Knaur

Von Rudolfo Anaya sind außerdem erschienen:

Der Segen der Curandera (Band 60500)
Die Wasser des Rio Grande (Band 60501)
Sonnenzeichen (Band 60502)

Über den Autor:

Rudolfo Anaya ist emeritierter Professor für Englisch an der Universität von New Mexico. Als einer der ersten gewann er den Premio Quinto Sol Nacional Chicano Award. Für seinen Roman *Die Wasser des Rio Grande* bekam er den PEN Center Award. Er hat zahlreiche weitere Romane, Kurzgeschichten, Essays und Kinderbücher geschrieben.

Rudolfo Anaya

Der Geist des Kojoten

Roman

Aus dem Amerikanischen
von Ursula Bischoff

Knaur

Die Originalausgabe erschien 1996 unter dem Titel
»Rio Grande Fall« bei Warner Books, New York

Redaktion: Ilse Wagner

Deutsche Erstausgabe Juli 1998

Umschlaggestaltung: Agentur Zero, München
Umschlagabbildung: The Image Bank/Jill Enfield, München
Satz: Ventura Publisher im Verlag
Druck und Bindung: Clausen & Bosse, Leck
Printed in Germany
ISBN 3-426-60690-9

5 4 3 2 1

Es gibt viele Arten, zu fliegen, haben uns die Alten gelehrt.
Und deshalb sage ich euch: Ich fliege in meinen Träumen,
ich fliege, wenn ich liebe, ich fliege in den Stunden
des frühen Morgens, wenn das Licht der Señores y
Señoras de la Luz *meine Seele mit Klarheit erfüllt.*
Ich fliege, wenn ich umgeben bin von Schönheit,
der Schönheit meiner Heimat, die ich liebe,
von Menschen, Geräuschen, Bildern, Gerüchen
und allem, was mein Selbst ausmacht.
Ich beginne, den Weg zu meiner eigenen inneren
Kraft zu finden.
Dieses Buch ist allen Menschen gewidmet,
die mir geholfen haben, diesen Weg zu gehen.

1

Sonny spürte den sanften Druck der Adlerfeder, die über seine Brust strich. Das leise Murmeln der Heilerin holte ihn aus seiner Vision zurück. Er nahm das süßliche Aroma des brennenden Kopalharzes im Raum wahr und versuchte, aus der dunklen Schattenwelt aufzutauchen, in der er mit einem Kojotenrudel um die Wette gelaufen war.

Kopalrauch zog über dem Hausaltar, kräuselte sich und stieg in die Höhe. Die Heiler und Schamanen an den Ufern des Río Grande verwendeten Salbei oder Rosmarin als Räucherwerk, Kräuter, die in den ländlichen Gegenden New Mexicos wuchsen, doch Lorenza bevorzugte Kopal, die traditionelle Opfergabe der Azteken.

Es war Teil der Reinigungszeremonie, *limpieza,* die sie gerade bei Sonny durchgeführt hatte, zu den Heiligen zu beten, Kopal zu verbrennen und ihn zu lehren, wie er Kontakt zu seinen Schutzgeistern, den Kojoten, aufnehmen konnte. Die *limpieza* sollte ihn von den Geistern und Dämonen befreien, die ihn den ganzen Sommer lang gequält hatten.

»Du leidest unter *susto*«, hatte Rita gemeint, und von Anfang an ins Schwarze getroffen. »Glorias Geist hat sich deiner Seele bemächtigt. Das ist ein nachhaltiger Schock und macht dir angst. Geh zu Lorenza. Sie ist eine *curandera*; nur jemand, der sich auf die alte, traditionelle Heilkunst versteht, kann dir helfen, dich von Glorias Geist zu befreien.«

Sonny spürte immer noch das Entsetzen, als Glorias Geist Besitz von ihm ergriff, kaum daß er das Schlafzimmer betreten und Frank Dominic das Laken zurückgezogen hatte, das die Leiche seiner Cousine bedeckte. Sie war in jener

Juninacht ermordet worden, und man hatte ihren Körper ausbluten lassen. Rita glaubte, daß Glorias Geist keine Ruhe gefunden hatte und in Sonny gefahren war.

Ihr unerlöster Geist hatte ihn völlig vereinnahmt und seiner gesamten Energie beraubt. Den ganzen Sommer über war er niedergeschlagen und den größten Stimmungsschwankungen unterworfen gewesen. Selbst die Nächte mit Rita hatten darunter gelitten. Die Reinigungszeremonie war seine letzte Hoffnung.

Und so hatte Rita ihn letztlich überredet, Lorenza Villa aufzusuchen, eine Freundin. Eine ungemein attraktive *curandera,* dachte Sonny. Lorenza mochte um die fünfunddreißig sein, mit einem sanft gerundeten, aber festen Körper. Ihre makellose braune Haut hatte die Farbe mexikanischer Milchschokolade, und die schwarzen Haare fielen ihr offen auf die Schultern wie ein dunkler, glänzender Wasserfall. Aber es waren ihre strahlenden Augen, die jeden in ihren Bann zogen, der es wagte, hineinzublicken.

Als er ihr zum erstenmal begegnete, hatte er gedacht, daß sie schielte, weil jedes Auge ihn aus einem anderen Winkel zu betrachten schien. Dann erinnerte er sich, daß Schamanen eine unterschiedliche rechte und linke Gesichtshälfte besaßen; folglich unterschieden sich vermutlich auch das rechte und das linke Auge. Das rechte schien zu lächeln, das linke den Schutzpanzer seiner geheimsten Gedanken zu durchdringen. Vielleicht war auch ihre Persönlichkeit gespalten? Vielleicht verbargen sich zwei Frauen in ihr und zwei Seelen in ihrer Brust.

Welches Auge sah wohl den Mann an, wenn sie mit jemandem Liebe machte? überlegte Sonny.

Ja, sie war sehr sinnlich mit ihrem Lächeln, das beruhigend und verführerisch zugleich wirkte. Sie besaß Anmut und eine königliche Haltung, dazu geballte Energie, die sich in

fließenden Bewegungen äußerte. Als sie ihn berührte, spürte er sein aufkeimendes Begehren.
Sie klatschte in die Hände und riß ihn aus seiner Trance; der Klang der Trommeln war verstummt. Zu Beginn der Zeremonie hatte sie das Tonband eingeschaltet, und die Trommeln hatten ihn in eine Welt versetzt, in der er sich endlich von Glorias Geist befreien konnte.
Er öffnete die Augen und sah sie an. Sie lächelte; ihre vollen Lippen glichen der feurigen Blüte des Feigenkaktus im Spätsommer. Ihr langes, dunkles Haar rahmte ihr Gesicht ein wie ein schwarzer Schal, der über ihre vollen Brüste fiel. Sie ging zu dem kleinen, mehrstufigen Hausaltar in einem Winkel des Raumes hinüber, auf dem inmitten von Blumen, Kräutern und Votivkerzen eine Statue der Jungfrau von Guadalupe stand. Auf der unteren Ablage drängten sich noch andere Heiligenfiguren: der Santo Niño von Atocha, Santa Anna und der schwarze San Martín de Porres.
Daneben befanden sich *milagros*, kleine Votivgaben, die ihr vermutlich von anderen geheilten Patienten gebracht worden waren, ein Rosenkranz aus Perlmutter mit einem goldenen Kruzifix, die Fotografie eines Mannes an Krücken, das Skapular eines Kindes, ein Taschenmesser, ein Märchenbuch.
Eine Schamanin, die auch zu den Heiligen betet, dachte Sonny. Seine Mutter hielt große Stücke auf die Heiligen, auf die Wirksamkeit ihrer Fürbitte, auf ihre wundertätige Kraft. Er stellte sich wieder einen Moment lang vor, wie seine Mutter nach ihrer schweren Bypassoperation in ihrem Krankenhausbett gelegen hatte. Er hatte drei Tage lang bei ihr gewacht, und der Genesungsprozeß machte ausgezeichnete Fortschritte. Trotzdem nahm er sich vor, heute abend auf einen Sprung bei ihr vorbeizufahren und zu sehen, wie es ihr ging.

Es gab *santos* für jeden Geschmack. Für Don Eliseo waren die *Señores y Señoras de la Luz* heilig, Götter männlichen und weiblichen Geschlechts, deren Seele vom Licht der Erkenntnis erfüllt war.

Lorenza erhob sich und stellte die Votivkerze, die Sonny mitgebracht hatte, zu Füßen der Jungfrau auf. Sie zündete sie an und neigte den Kopf in einem kurzen Gebet, dann wandte sie sich zu ihm um.

»Konzentriere dich auf den Rauch.«

»Gloria ist weg.«

»Ja.«

»Irgend jemand ist vom Himmel gefallen.«

»Das bedeutet Tod«, flüsterte sie.

Das letzte, was er in seiner Vision gesehen hatte, war ein Körper, der vom Himmel fiel. Warum meinte Lorenza, das Bild sei ein Symbol des Todes?

»Sind wir fertig?« fragte er. Er fühlte sich immer noch wie gerädert. War er wirklich zurückgekehrt aus der Welt der Kojoten, dort unten am Fluß? Zurückgekehrt aus der Welt der Traumbilder, die ihm seine Fantasie vorgegaukelt hatte?

»Für heute schon«, erwiderte sie, verließ den Raum und schloß die Tür hinter sich.

Ja, nickte Sonny. Was für eine unglaubliche Reise. Mit ihrer Hilfe war er an einen Ort gelangt, den er sich nicht einmal im Traum hätte vorstellen können. Als er nun auf die dunkle Rauchfahne blickte, die von der Votivkerze hochstieg, sah er, wie sie langsam die Gestalt eines Kojotenkopfes annahm.

Da war er wieder, sein *nagual*, sein Schutzgeist in der Tierwelt. Er starrte auf die Rauchfahne, die sich ganz allmählich in die Silhouetten von Kojoten verwandelte. Dieselben Kojoten, mit denen er während der Reinigungszeremonie zusammengetroffen war.

Sonny schloß die Augen. Vielleicht bildete er sich nur ein, die Kojoten in dem Rauch erblickt zu haben, genauso, wie er sie während der Trance zu sehen glaubte. Er hatte schon früher hin und wieder einmal Marihuana geraucht, aber *mota* machte ihn nur schläfrig, und deshalb hatte er sich nie damit angefreundet. Drogen lösten bei ihm keine Visionen aus.

Vor einem Jahr hatte er einer Peyote-Zeremonie beigewohnt, die Don Eliseo und einige seiner indianischen Nachbarn oben in den Sandia-Bergen abhielten. Eine wunderbare Möglichkeit, Visionen zu suchen. Der Wald wurde plötzlich lebendig, die Bäume bewegten sich im Rhythmus der rituellen Gesänge, winzige Tiere huschten über den Waldboden, ein riesiger Braunbär tauchte aus dem Nichts auf und sprach zu Sonny. Aber nicht einmal diese starken Halluzinationen, die vom Genuß des meskalinhaltigen Rauschmittels Peyotl herbeigeführt worden waren, ließen sich mit der heutigen Vision vergleichen.

Er öffnete die Augen. Der sich kräuselnde Rauch der Kerze hatte nun eine weiße Farbe angenommen, die Schwaden zogen an der Statur der Jungfrau hinauf, und der Rauch vertrieb Glorias Geist.

Das Bild seiner soeben beendeten Reise in die Welt der Geister und Dämonen kehrte zurück. Besonders eines machte keinen Sinn, oder er konnte zumindest keine Beziehung zum Erscheinungsbild der Kojoten entdecken: Er hatte jemanden vom Himmel fallen sehen.

»Das bedeutet Tod«, hatte Lorenza geflüstert.

Er stand auf, nahm das goldene Zia-Amulett, das er am Hausaltar aufgehängt hatte, und streifte es über den Kopf. Es war die Goldkette mit dem Anhänger, die er vor wenigen Monaten Raven während des Kampfes abgerissen hatte.

Er dachte an Tamara Dubronskys Worte: »Nun bist du der neue Raven.«
Kopfschüttelnd zog er sein Hemd an und ging in die Küche hinüber. Rita und Lorenza saßen auf dem Sims neben der kleinen, offenen Feuerstelle. Die Adobewände wirkten weich, feminin, strahlten eine friedliche Stille aus. Jahrhundertelang hatten die Indianer und Mexikaner der Talsenke Erdhäuser errichtet und Lehm benutzt, um von Hand Mauersteine daraus zu fertigen. Ein Adobehaus vermittelte einem das Gefühl, mit der Erde verbunden zu sein.
Rita erhob sich, ergriff Sonnys Hände und blickte ihn an. Zum ersten Mal seit Monaten entdeckte sie einen lebendigen Funken in seinen Augen, ein Lächeln auf seinen Lippen.
»Wie fühlst du dich, *amor*?«
»*Bien.*« Er sah zu Lorenza hinüber. »Als wäre ich in einer völlig anderen Welt gewesen.«
»Ich habe dir ja gesagt, daß Lorenza es versteht, wahre Wunder zu wirken.«
Rita hatte den ganzen Sommer über versucht, ihm mit Kräutertees zu helfen, wieder zu sich selbst zu finden. Aber sie wußte, die Ursache seiner Krankheit wurzelte auf einer tieferen Ebene seines Selbst, unerreichbar für ihre Heiltränke. Für sie bestand kein Zweifel, daß Glorias Geist von Sonnys Seele Besitz ergriffen hatte.
»Das glaube ich dir aufs Wort«, erwiderte er und nahm die Tasse Tee entgegen, die Lorenza ihm reichte. »*Gracias.*«
»*De nada.*«
Er betrachtete die beiden Frauen, Töchter des Río Grande Valley, in das sich die Stadt Albuquerque schmiegte. Töchter der alten Hispanos, Mexicanos und indianischen Ureinwohner der Talsenke, ein kunterbunt gemischtes, genetisches Vermächtnis, das im Lauf der Jahrhunderte die

nach Sonnys Meinung schönsten Frauen der Welt hervorgebracht hatte. Üppige, braunhäutige Nueva-Mexicana-Frauen, Mestizinnen, in deren Seele sich die grenzenlose Schönheit von Himmel und Erde spiegelte.
Ritas Haar, lackschwarz wie Lorenzas, ringelte sich um ihre Schultern und glänzte im Licht der Morgensonne, das durch das Fenster der Küche fiel. Ihre braunen Augen blitzten.
Er erkannte, wie ähnlich sich die beiden waren. *Hermanas.* Sie hätten Schwestern sein können. Rita war genauso alt wie er, Lorenza vielleicht fünf Jahre älter. Eine Frau in der Blüte ihrer Jahre. Sonny fragte sich, ob manche Männer wohl nur die Reinigungszeremonie über sich ergehen ließen, um ihr nahe zu sein, um den herben Duft ihres Körpers einzuatmen und die Anmut ihrer Bewegungen zu genießen.
Er lächelte. Beide Frauen erwiderten sein Lächeln; sie schienen sich in seiner offenkundigen Bewunderung zu sonnen. Rita warf Lorenza einen raschen Blick zu. Sie wußte, daß Sonny Frauen verehrte, daß ihm die Art gefiel, wie sie sich bewegten, tanzten, sprachen. Er schätzte ihre physische Schönheit, aber er respektierte und vertraute auch der einzigartigen Intuition der *mujeres.* Deshalb war er stets bereit, von ihnen zu lernen, wie heute von Lorenza.
Rita wußte, daß Sonny nach seiner Scheidung vor ein paar Jahren ein unstetes, hektisches Leben geführt hatte. Er hatte jung geheiratet und zu begreifen versucht, warum seine Ehe mit Angie in die Brüche gegangen war. Er hatte an vielen Wochenenden Zerstreuung gesucht, sich die Zeit in den Bars an der Fourth Street mit Trinken und Tanzen vertrieben, vor allem in der Fiesta Lounge.
Dort waren sie sich zum erstenmal begegnet, hatten getanzt und sich ineinander verliebt. Danach tauchte er immer häufiger in ihrem Restaurant auf; sie wurden ein Paar, und

zwei Jahre lang war ihr Glück ungetrübt. Sie paßten gut zueinander, zwei Liebende, die aus demselben Holz geschnitzt und damit beschäftigt waren, ihre Sexualität auszuloten, verwandte Seelen, die einander ihre innersten Geheimnisse anvertrauten.

Rita hatte von Heirat gesprochen. Er war der erste Mann, der ihren Erwartungen entsprach, sie fühlte sich wohl in seiner Gesellschaft und war noch immer bis über beide Ohren in ihn verliebt. Außerdem war er bereits dreißig und hatte sich die Hörner abgestoßen. Nun braucht er ein richtiges Zuhause, dachte sie, eine Familie, eine geregelte Arbeit, einen Garten, um einen Baum zu pflanzen. Er braucht Kinder und eine Ehefrau, und sie hatte beschlossen, die Frau zu sein, die er zum Traualtar führen würde.

Zuerst hatte er sich über die Ehe mokiert, aber je länger er Rita kannte, desto klarer wurde ihm, daß sie die Richtige war. Und es war wahrhaftig an der Zeit, das Zigeunerleben aufzugeben und einen Hausstand zu gründen. Doch dann kam der Sommer mit seinen teuflischen Ereignissen, die sich um das Zia-Sonnenzeichen rankten, und er vergaß seine Vorsätze, wurde apathisch und teilnahmslos. Glorias Geist hatte Besitz von ihm ergriffen, quälte ihn bei Tag und bei Nacht, und der Gedanke an Raven ließ ihn nicht ruhen.

»Was hast du während der *limpieza* gesehen?« fragte Rita.

»Gloria. Oder vielmehr ihren Geist. Und vier Kojoten. Sie streiften unten am Fluß umher, in der Nähe von Socorro. Ich hatte den Ort beinahe vergessen; dort befand sich die Farm meines Großvaters. Meine Eltern pflegten Armando und mich in den Ferien dorthin zu schicken, als wir Kinder waren.«

»Das war ein guter Anfang«, warf Lorenza ein und blickte Rita an. »Die wenigsten Menschen sind schon bei der ersten *limpieza* imstande, Kontakt zu ihren Schutzgeistern aufzunehmen. Unser *compañero* hier verfügt über eine besondere Gabe.«

Sie sah Sonny an, und er erwiderte ihr Lächeln. »Nicht doch, ich habe mich nur an deine Anweisungen gehalten.«

»Die Kojoten sind zu dir gekommen; auch das ist ein Weg, mit der Geisterwelt Verbindung aufzunehmen. Du kannst noch tiefer in dieses Reich eindringen, wenn du willst.«

»Eine weitere Sitzung?«

»Nur wenn du wirklich und wahrhaftig lernen möchtest, die Macht in deiner Vision zu nutzen.«

Während der Reinigungszeremonie hatte Sonny Zugang zur Unterwelt gefunden, zur Welt der Geister und Dämonen, wie Lorenza sie nannte. Dort war er auf die Kojoten am Flußufer gestoßen, und mit ihnen um die Wette zu laufen, hatte ihm tatsächlich ein Gefühl der Macht verliehen. Aber was hatte das alles zu bedeuten?

Lorenza ahnte seine unausgesprochenen Fragen. »Wir büßen das reiche spirituelle Wissen, das unsere Vorfahren besaßen, mehr und mehr ein«, seufzte sie. »Ich bin bei den *curanderas* in Río Arriba in die Lehre gegangen, habe mich mit ihren Gebeten und Ritualen vertraut gemacht. Ich kenne auch ihre *cuentos*: Sie haben mir von den Männern und Frauen erzählt, die Tiergestalt annehmen können. Diese *brujos*, sowohl die guten, die weiße Magie betreiben, als auch die bösen, dämonischen, die sich mit Schadenszauber befassen, kannten die Welt der *nagual*.«

»Der *nagual*«, wiederholte Sonny nachdenklich. Der Geist eines Menschen in Tiergestalt, ein aztekisches Wort wie *copal*, das Räucherwerk, das Lorenza bei ihren Reinigungszeremonien verwendete. In den alten Legenden ihres Volkes hieß es, daß die *brujos*, die Hexen und Zauberer, diese mit übernatürlichen Kräften ausgestatteten Tiere häufig in ihre Dienste nahmen. Ein *brujo* konnte sich sogar nach Lust und Laune in seinen *nagual* verwandeln. Rita hatte ihm erzählt, daß Lorenza ihr Handwerk bei den *brujos* in Mexiko erlernt hatte, und in diesem Fall beinhaltete der Begriff mehr als Hexenkünste und Zauberei. Er stand für etwas Machtvolleres, für die Fähigkeit von Männern und Frauen, sich Zugang zur Welt der Geister und Dämonen zu verschaffen.

»In unseren *cuentos* wimmelt es von Menschen, die alle nur erdenklichen Tiergestalten annehmen konnten«, fuhr Lorenza fort. »Überall ist die Rede von *brujas* und den spirituellen Finessen, die sie beherrschten. Diese Welt existiert. Es ist die Welt der Geister und Dämonen, der reinen Energie, wie die New-Age-Bewegung es nennt.«

»Und es gibt eine Möglichkeit, sich Einlaß in diese Welt zu verschaffen, wie ich es getan habe, um mich von Glorias Geist zu befreien.«

»Das war schon immer so«, bestätigte Lorenza. »Aber die meisten Angehörigen unseres Volkes verlieren den Kontakt zu dieser Welt.«

»Warum?«

»Die Jungen richten ihr Leben nicht mehr an den spirituellen Wertvorstellungen unserer Vorfahren aus.«

»Ja, ihr Leben dreht sich in erster Linie um Fernsehen oder Rapmusik«, pflichtete Sonny ihr bei. »Vielleicht war das einer der Gründe, warum ich meinen Beruf als Lehrer an den Nagel gehängt habe. Die Kinder und Heranwachsenden leben heute in einer Popmusik- oder Videowelt, oder was auch immer.« Er schüttelte bedauernd den Kopf.

»Was soll aus uns werden, wenn wir tatenlos zusehen, wie unsere spirituellen Traditionen aussterben?« warf Rita ein.

»Das müssen wir um jeden Preis verhindern«, entgegnete Lorenza energisch. »Sie einzubüßen würde bedeuten, daß wir dem Bösen kampflos das Feld überlassen. Deshalb sollten wir den Botschaften unserer Ahnen erhöhte Aufmerksamkeit schenken.«

Sie sah Sonny an.

»Und lernen, gegen Raven und seinesgleichen zu kämpfen«, sagte er.

Sie nickte. »Und wenn auch nur im Kleinen. Wie die Künstler, die *Kookoóee* gestaltet haben und diese Woche verbrennen werden. Federico Armijo und seine Freunde. Sie haben *El Coco* wiederauferstehen lassen, den Schwarzen Mann, der die unfolgsamen Kinder holt, wie Eltern früher den Jungen und Mädchen anzudrohen pflegten. Sie haben eine Strohpuppe erschaffen und ihm damit neues Leben eingehaucht. Sie versuchen, unsere Jugend wieder für die Sitten und Gebräuche unseres Volkes zu interessieren. Es liegt also ganz allein bei uns, ob wir das Vermächtnis und die Traditionen unserer Vorfahren bewahren wollen.«

»*El Coco* ist eine Gestalt aus der Welt der Geister und Dämonen.«

»Wir alle sind Wanderer zwischen den Welten.« Lorenza lächelte. Sie wußte, daß Sonny offen und bereit war, zu lernen. Er hatte sich erstmals auf die Suche nach spirituellen Visionen begeben und war gestärkt von seiner Reise zurückgekehrt.

Sonny dachte an Don Eliseo. Der alte Mann hatte gesagt, daß mit seinem Tod das uralte kulturelle Erbe der Nuevo Mexicanos im Río Grande Valley aussterben würde. Die jungen Leute verstanden sich nicht mehr als Hüter der Traditionen. Don Eliseo, der die Achtzig überschritten hatte und die Sitten und Gebräuche seiner Vorfahren wie kein anderer kannte, war ein Bindeglied zur Geschichte ihres Volkes, genau wie Lorenza Villa, die *curandera,* die Heilerin und Schamanin, die ihr Wissen lebte und die Seele mittels der altüberlieferten Methoden zu heilen suchte.

Sonny trank den Tee, eine Kräutermischung, die leicht nach Minze schmeckte. Das Aroma war beruhigend und angenehm. Die Reife des Herbstes lag bereits in der Luft. In der Stille des Morgens hörte er das Geräusch einer Motorsäge. Jemand schnitt Brennholz für den Winter, und weiter entfernt ertönte das Wiehern eines Pferdes. Hier in Corrales hielten viele Leute Pferde.

Ein Stück weiter unten an der schmalen, unbefestigten Straße befand sich die Wagner-Farm. Die Obststellagen waren voller Äpfel aus eigenem Anbau, und die aufgefädelten roten Chili-*ristras* trockneten in der warmen Oktobersonne. Riesige orangefarbene Kürbisse reiften auf den Feldern, beliebt für Tischschmuck und selbstgebastelte Horrormasken, mit denen man an *Halloween* die Leute erschreckte. Der Herbst war Sonny die liebste Jahreszeit. Außerdem fiel sein Geburtstag in diese Zeit. Ende Oktober würde er einunddreißig Jahre alt werden.

»*Qué piensas*?« fragte Rita.

»Ich habe gerade daran gedacht, wie schön das Leben ist.«

Sie wurden von einem weiteren lauten Geräusch unterbrochen. Das Gebläse eines Brenners, dann ein zischender Laut, dann erneut das Gebläse.

Lorenza spähte aus dem Küchenfenster. »Die Ballons kommen über den Fluß. Kommt, schaut euch das Spektakel an.«

»Ja, gerne«, nickte Rita, und Lorenza führte sie hinaus in den kleinen begrünten Patio, der sich vor der Küche erstreckte.

Als sie ins Freie traten, erwartete sie der atemberaubende Anblick zahlloser farbenprächtiger Heißluftballons, die am wolkenlosen Firmament schwebten. Es war der erste Tag der Heißluftballon-Fiesta von Albuquerque, die traditionsgemäß in der ersten Oktoberwoche stattfand. Der Massenstart am Morgen hatte den Himmel mit den bunten Kugeln gesprenkelt. Sie waren von einem weitläufigen, freien Feld nahe dem Journal Center am Alameda Boulevard aufgestiegen, und diejenigen, welche die aus dem Osten wehende, leichte Brise erwischt hatten, wurden nun von der Luftströmung über den Fluß getragen, farbenfrohe Blüten in der stillen Morgenluft, das folienartige Material der Hüllen in der Morgensonne glänzend.

Die Heißluftballons schwebten an ihnen vorüber, entschwanden ihrem Blickwinkel, unterbrachen die morgendliche Stille immer wieder mit dem Zischen der bläulichen Stichflamme, die dann und wann aus dem Propangasbrenner drang, um die Luftfüllung zu erhitzen und den Auftrieb zu regeln.

Die hohen Pappelwälder des Río Grande Valley waren bereits vom ersten goldenen Hauch des Oktobers gestreift worden. Jenseits der Talsenke ragten die Sandia Mountains in den Himmel, blaues, schroffes Granitgestein, das in grauer Vorzeit aus einer Erdverwerfung entstanden war, eine malerische Kulisse für die Heißluftballon-Veranstaltung. An vielen Sommerabenden glühte das Gebirgsmassiv so rot wie eine reife Wassermelone.

»*Qué maravilla*«, staunte Rita, hingerissen vom Anblick der Ballons, die friedlich über ihren Köpfen dahinglitten.

»Du hast recht, ein unvergeßlicher Anblick«, bestätigte Lorenza.

»Das bringt die Kasse der Stadt zum Klingeln«, meinte Sonny.

Die Heißluftballon-Fiesta von Albuquerque hatte sich zu einer internationalen Veranstaltung gemausert, die Menschen aus aller Herren Länder anlockte und dem Stadtsäckel Millionen von Dollar einbrachte. Sie war inzwischen die größte Einnahmequelle der Stadt, mit der sich nicht einmal die Landwirtschaftsausstellung messen konnte, die

im September stattfand und Besucher aus ganz New Mexico anzog.
Die Menschen, die in den Heißluftballons über uns dahinschweben, haben keine Ahnung von der traditionsverhafteten Welt Lorenzas, dachte Sonny, als er zum Himmel emporblickte.
»Ich wollte immer schon mal mitfahren«, bekannte Rita sehnsüchtig.
»Warum nicht? Wie wär's mit uns dreien?« schlug Sonny vor.
Sonny flog für sein Leben gern. Er hatte sich für das Drachenfliegen begeistert und ein Jahr gebraucht, um den Hängegleiter so weit zu beherrschen, daß er vom zehntausend Fuß hohen Sandia Crest gestartet war, und er hatte Flugstunden genommen und eine Lizenz als Hubschrauberpilot erworben. Fliegen war Teil der inneren Befreiung, vielleicht auch der Gefahr, die er nach seiner Scheidung gesucht hatte.
Lorenza lachte. »Nein danke. Ich bin viel zu erdgebunden, um in eines von diesen Dingern zu klettern.«
In der Nähe heulte der Hund eines Nachbarn auf, als der Heißluftballon vorüberglitt, und die Pferde galoppierten über die Koppel, wobei sie Staubwolken aufwirbelten und unruhig wieherten.
Susto, dachte Sonny. Auch Tiere fürchten sich vor dem Unbekannten.
Er drehte sich zu Lorenza um. »Ich habe mich seit Monaten nicht mehr so gut gefühlt. Deine Medizin wirkt Wunder. Das sollten wir feiern.«
»Das werden wir, wenn die Zeit gekommen ist.«
Ihre verhaltene Reaktion zeigte Sonny, daß dieses Kapitel noch nicht abgeschlossen war. Irgendeine dunkle Macht hielt ihn nach wie vor in ihrem Bann, und die Kojoten in

seiner Vision zu finden, war nur der erste Schritt, sich von ihr zu befreien.
Das Telefon läutete; Lorenza ging ins Haus und hob ab. »Für dich. Howard Powdrell.«
Sonny warf Rita einen fragenden Blick zu und ging hinein. Warum rief Howard ihn an?
»Howard?«
»Hallo, *compadre*, tut mir leid, dich zu stören, aber ich dachte, daß es dich interessieren würde.« Howards Stimme klang belegt.
»Was gibt's?«
»Veronica Worthy. Ihre Leiche wurde gerade entdeckt.«
»Wie bitte? Was ist passiert?«
»Sie ist aus einem von diesen Heißluftballons gestürzt. Ich bin gerade am Fundort, Ecke Montano und Coors, in der Nähe des Flusses.«
»Aus einem Ballon gefallen? Ein Unfall?«
»Nein. Kannst du herkommen?«
»Bin schon unterwegs.«

2

Veronica war als Kronzeugin der Anklage im Prozeß gegen Tamara Dubronsky Straffreiheit zugesichert worden. Sonny wußte, daß Veronica Gloria umgebracht hatte, aber sie konnte Tamara Dubronsky belasten. Und nun war sie tot.
Raven, dachte Sonny auf Anhieb. Raven ist zurückgekehrt.
Nach Veronicas Tod blieb der Staatsanwaltschaft keine andere Wahl, als die Anklage gegen Tamara fallenzulassen, was bedeutete, daß sie freikommen würde!
Sonny betrat im Sturmschritt den Patio. »Tut mir leid, wir müssen los.«
»*Qué pasa*?« fragte Rita.
»Das war Howard. Man hat gerade eben die Leiche von Veronica entdeckt, du weißt schon, die Hauptzeugin im Fall Dubronsky. Sie wurde ermordet.«
»O nein! Wie?«
»Aus dem Heißluftballon gestürzt.« Sonny wiederholte, was Howard ihm erzählt hatte, und blickte Lorenza Villa an. Er hatte es in seiner Vision vorhergesehen: ein menschlicher Körper, der vom Himmel fiel.
»Du mußt nicht –«, begann Rita, doch dann hielt sie inne.
Nein, er mußte wirklich nicht zum Fundort der Leiche fahren. Das war eine Angelegenheit der Polizei und nicht seine Sache, aber sie wußte, daß Sonny den ganzen Sommer über nicht nur wegen Glorias Geist unstet gewesen war, sondern daß ihm Ravens spurloses Verschwinden gleichermaßen zu schaffen machte.
»Raven!« Seine Leiche war nie gefunden worden.
Sonny nickte. »Sie sollte als Kronzeugin im Dubronsky-Pro-

zeß aussagen. Jetzt geht Tamara straffrei aus. Vielleicht ist es besser, wenn du hierbleibst.«
»Nein«, entgegnete Rita. »Vielen Dank für alles, Lorenza. Ich hoffe nur ...« Sie ließ den Satz unbeendet.
»*Gracias*«, bedankte sich Sonny und umarmte Lorenza.
»*Cuidado*«, flüsterte sie. Gib auf dich acht.
»Das werde ich«, versprach er und nahm Ritas Arm. Lorenza brachte sie zur Haustür und blickte ihnen nach, als sie davonfuhren. Ein Körper, der vom Himmel fällt, kann vieles bedeuten, dachte sie, als Sonnys Pick-up mit aufheulendem Motor die ungeteerte, schmale Straße hinunterbrauste. Ein Mensch, der geboren wird. Ein Mensch, der stirbt. Ikarus, der vom Himmel fiel, weil er auf seinem Flug der Sonne zu nahe kam.

Brujos, zauberkundige Männer und Frauen aus alter Zeit, konnten fliegen. Die Legenden der Indianer und Mexikaner waren voller Begebenheiten, die von solchen Kräften zeugten.
Raven konnte fliegen.
Sonny weiß das, dachte sie, als sie sich umdrehte und auf das Dickicht am jenseitigen Flußufer blickte. Dort, in den Schatten, erhaschte sie eine Bewegung: ein Kojotenpaar. Die Tiere hielten inne, spähten in ihre Richtung. Die Kojoten aus seiner Vision, sein *nagual*, dachte sie. Sie hatten die drei Menschen beobachtet.
Die Kojoten bewegten sich lautlos, verschwanden im dichten Unterholz, und Lorenza kehrte ins Haus zurück. Ich hätte wissen müssen, daß der fallende Körper ein Zeichen dafür ist, daß ein Mensch stirbt, schalt sie sich. Wie viele Gefahren mochten noch auf Sonny lauern?
Sie ging ins Beratungszimmer hinüber. Ihr stockte der Atem, als sie sah, daß die Kerze erloschen war. Mit fliegen-

den Fingern nahm sie ein Streichholz aus der Schachtel und zündete sie wieder an. Vielleicht war es noch nicht zu spät. Rauch stieg auf, in einer schwarzen Säule, eine schwarze Wolke, pilzförmig, nein, sie glich eher einem schwarzen Ballon! Ein unheilverkündendes Omen. Tod lag in der Luft.
Rita war von der gleichen Unruhe gepackt, als Sonny Corrales hinter sich ließ und auf der Coors nach Süden fuhr. Sie sah ihn prüfend an und spürte ein dumpfes Vorgefühl, daß sich Unheil ankündigte.
Über ihnen wurden zahlreiche Ballons von der Luftströmung nach Westen in Richtung Petroglyph Park auf den vulkanischen Steilabbruch der West Mesa fortgetragen. Sie würden über den weitläufigen, offenen Flächen des Tafelberges die Luftfüllung entleeren und in dem wildwuchernden Gras und den Salbeibüschen weich und sicher landen. Doch für Sonny und Rita waren der Friede und die malerische Schönheit der lautlos dahinschwebenden Ballons plötzlich trügerisch geworden.
»Ich habe in meiner Vision einen Körper fallen sehen, und ein paar Minuten später ruft Howard an.«
»Du hast Veronicas Tod während der *limpieza* gesehen. Glaubst du, daß Raven lebt? Daß er zurückgekehrt ist, um sie zu töten?«
»Ja. Jetzt weiß ich, warum Lorenza mir geraten hat, mit beiden Beinen auf dem Boden zu bleiben.«
Genau wie Don Eliseo, dachte er. »Bleib mit den Füßen auf *la tierra* und überlaß das Fliegen den Astronauten«, hatte der alte Mann gesagt. »Sie reisen ins Weltall, weil sie unserem Raumschiff Erde entfliehen wollen. Wir sollten bleiben und auf unsere *madre tierra* achtgeben. Wir haben keine andere Mutter, die uns nährt.«
Weiter vorn entdeckte Sonny die blinkenden Lichter von Einsatzfahrzeugen der Polizei. Der Verkehr auf der Coors

war beinahe zum Erliegen gekommen, die Autos kamen nur noch im Schneckentempo voran, und auf dem ungeteerten schmalen Weg, der zur Böschung des Flusses hinunterführte, standen Polizeiposten Spalier. Sonny bog ab und hielt vor der Straßensperre. Einer der uniformierten Beamten erkannte Sonny.

Jerry Candelaria war normalerweise bei der Drogenfahndung im Flughafen und Eisenbahndepot tätig, aber heute stand er in Zivil neben dem uniformierten Streifenpolizisten, der Fernsehübertragungswagen und andere Reporter an den Straßenrand dirigierte.

»Hallo, Sonny, machst du eine Spazierfahrt?« fragte Jerry, spähte in Sonnys Wagen und begrüßte Rita mit einem Kopfnicken.

»*Que tal?*«

»Wir haben eine Frau gefunden. Ist schon eine Weile tot. Ich hab' die Leiche noch nicht gesehen, aber bei ihrem Anblick soll's einem angeblich den Magen umdrehen.«

Was, zum Teufel, hatte ein Drogenfahnder in Zivil am Unfallort zu suchen? »Geht's um Drogen?«

»Nein, ich bin hier zufällig vorbeigekommen«, erwiderte Jerry. »Ich wohne ganz in der Nähe. Dachte, die Kollegen könnten vielleicht Hilfe gebrauchen.«

»*Qué pasó?*« Sonny war nicht in Stimmung für freundliches Geplänkel, aber er kannte die Cops. Man mußte sich behutsam vortasten und nicht gleich mit der Tür ins Haus fallen, wenn man Informationen aus ihnen herauskitzeln wollte.

»Die Kronzeugin der Anklage ist aus einem der Heißluftballons gefallen. Tot, und Schwartz, der Bezirksstaatsanwalt, ist stinksauer. Mehr weiß ich auch nicht. Bist du zur Party eingeladen worden?«

»Howard hat mich angerufen.« Jerry blickte den Polizisten in Uniform an, der beiseite trat.

»Na dann! Alles klar, Kumpel.« Jerry trat einen Schritt zurück und winkte den Pick-up durch.
Eine ganze Polizeifahrzeugkolonne parkte bereits am Straßenrand. Sonny hielt unweit der Baumlinie an und ging mit Rita zu Fuß auf dem Pfad weiter, der zur bewaldeten Böschung hinunterführte. Der Weg schlängelte sich unter dem Blätterdach der Bäume entlang, dann verbreiterte er sich plötzlich und mündete in eine weitläufige Lichtung ein. Ein Waldbrand hatte hier vor ein paar Jahren einen Kahlschlag verursacht, und die Bäume hatten ihr angestammtes Terrain noch nicht zurückerobert. Die Stelle, an der man Veronica Worthys Leiche gefunden hatte, war weitläufig abgesperrt.
Sam Garcia, der Polizeichef von Albuquerque, stand mit einer Gruppe von Kriminalbeamten in Zivil beisammen. Er sprach gerade mit Ben Chávez, dem Schriftsteller, der auf der West Mesa lebte. Chávez machte sich allem Anschein nach Notizen.
Jedesmal, wenn ich dem Mann begegne, macht er sich Notizen, dachte Sonny. Er schreibt Geschichten. Hatte er Veronica fallen sehen, oder war er rein zufällig in der Nähe gewesen, wie so häufig, wenn etwas Aufregendes passierte? Benjamin Chávez kannte zweifellos fast jeden Bewohner der Stadt, zumindest jeden, den zu kennen sich lohnte, und früher oder später baute er sie als Figuren in seine Romane ein.
Garcia blickte hoch, entdeckte Sonny, runzelte die Stirn und konzentrierte sich wieder auf sein Gespräch mit Chávez. Der Polizeichef hatte der Presse noch keine Informationen zukommen lassen, aber er vertraute auf die Verschwiegenheit des Schriftstellers.
Howard, der neben der mit einer Persenning zugedeckten Leiche stand, winkte und kam zu ihnen herüber. Sonny

dachte einen Moment, daß ihm der Mann bekannt vorkam, der sich mit Howard unterhalten hatte, und nun seiner Wege ging. Er gehörte zur DEA, der Bundesbehörde, die mit der Bekämpfung des Drogenhandels in großem Stil befaßt war, oft Seite an Seite mit Agenten des FBI.

»Hallo, mein Freund!« Howard schüttelte zuerst Sonny, dann Rita die Hand. »Hallo Rita. Wie geht's? Du siehst blendend aus, wie immer.«

»Danke.«

»Wer war der Typ von der DEA?«

»Joe Flannery. Die sind hier die ganze Woche im Einsatz. Trotzdem dachte ich mir, du würdest die Geschichte mit Veronica gerne aus erster Hand erfahren.«

»Bist du sicher, daß es Veronica ist?«

»Hundertprozentig. Ich habe die Leiche eindeutig identifiziert. Möchtest du einen Blick darauf werfen?«

Sonny zögerte. Nein, besser nicht. Es war schließlich nicht sein Fall. Er hatte keine Lust, sich wieder in etwas hineinziehen zu lassen. Er warf einen Blick auf den Fundort, der mit einem straffgespannten Seil abgesperrt war: der verwitterte, mächtige Stumpf einer uralten Pappel, die vor langer Zeit vom Blitz getroffen und gespalten worden war. Die weißen Splitter des einstigen Baumriesen ragten spitz wie Dolche aus dem verkohlten Wurzelgeflecht auf. Die Persenning, mit der man die Leiche zugedeckt hatte, war um die gezackten, knochigen Finger des Baumstumpfes gewickelt, die himmelwärts wiesen. Veronica hatte sich für ihre unfreiwillige Landung einen Ort ausgewählt, der vom Blitzschlag heimgesucht worden war.

Aber wenn ich mich nicht mit eigenen Augen von ihrem Tod überzeuge, kann ich nie ganz sicher sein, dachte Sonny. Zum Teufel, auf eine Leiche mehr oder weniger kam es nun auch nicht mehr an. Sie war tot, und ihr grausames Ende konnte ihm völlig gleichgültig sein. Sie hatte Gloria umgebracht; der Gerechtigkeit war dieses Mal unverhofft schnell Genüge getan worden.

»Gibt es Augenzeugen?« fragte Sonny, wütend auf sich selbst, weil er Zeit zu schinden versuchte. Aber man würde ohnehin nie nachweisen können, daß Tamara Dubronsky in den Mord an Gloria Dominic verwickelt war, und soweit es Sonny betraf, war ihm das gleichgültig. Sollten Garcia und der Bezirksstaatsanwalt sich doch mit dem Problem herumschlagen!

»Es ist ein anonymer Hinweis eingegangen. Der Anrufer will gesehen haben, wie ein Körper aus dem Korb fiel. Sonst hätte die Leiche hier möglicherweise tagelang unentdeckt gelegen. Merkwürdig, daß sich von den Ballonfahrern bisher keiner gerührt hat. Der Anruf stammte von irgend jemandem, der das Geschehen vom Boden aus beobachtet hat.«

Sonny musterte die Umgebung. In diesem Bereich der bewaldeten Uferböschung standen weit und breit keine menschlichen Ansiedlungen. Das Einkaufszentrum befand sich auf dem gegenüberliegenden Flußufer im Norden, und das Waisenhaus *Christian Children* direkt dahinter. Irgendwann würde die Montaño-Brücke nicht weit von hier über den Fluß führen, aber im Augenblick war die Gegend noch einsam und abgelegen.

»War sie allein im Ballon?«

»Kann ich mir nicht vorstellen«, erwiderte Howard.

Sonny wischte sich den Schweiß von der Stirn. Mord, Howard vermutete, daß es Mord war. Er hatte es die ganze Zeit geahnt. Ihm blieb keine andere Wahl, als einen Blick auf die Leiche zu werfen; er mußte sich vergewissern, daß die Frau, die unter der Persenning lag, Veronica war, Ravens füllige Frau, die seiner Meinung nach die Anhänger von Ravens Kult angestiftet hatte, Gloria Dominic zu ermorden.

»Du denkst jetzt wahrscheinlich das gleiche wie ich«, sagte Sonny.
»Ja. Und am Körper der Toten haben wir vier schwarze Federn gefunden.«
»Verdammt.« Ravens Visitenkarte!
Raven lebte, er war zurückgekehrt, und Howard wußte es. Die Federn waren Ravens Handschrift. Er war mit Veronica im Heißluftballon aufgestiegen und hatte sie dann aus dem Korb gestoßen.
»Na gut. Sehen wir uns die Leiche an.«
Rita drückte Sonnys Hand, dann ging er mit Howard zu dem Baum hinüber, wo sich Veronicas Leiche befand. Der Polizist, der neben der Persenning stand, machte den beiden Platz.
Howard zog die Plane zurück, und Sonny stockte der Atem. Der leblose Körper der Frau war von einem der beiden Zacken des Pappelstumpfes aufgespießt worden. Sie war mit dem Gesicht nach unten auf der messerscharfen Speerspitze des uralten Baumriesen gelandet. Ihr Mund war aufgerissen, zu einem Schrei namenlosen Entsetzens erstarrt; ihre hervorquellenden Fischaugen starrten Sonny blicklos an. Der Splitter, der sie durchbohrt hatte, war bleich wie die Rippe eines Wals. Ihr Brustkorb klaffte weit auseinander. Blut klebte an dem nackten Baumstumpf, durchtränkte ihre Kleider, näßte den Sand rundum.
Eine dicke grüne Fleischfliege umkreiste träge summend die Leiche, taumelte gegen die wachsbleiche Stirn der Toten.
»*Chingao.*« Sonny wandte sich ab. Es war ein grauenvoller Anblick.
»Vielleicht gibt es doch so etwas wie Gerechtigkeit auf der Welt«, sagte Howard leise. »Sie hätte den Sturz so oder so nicht überlebt, aber wenn sie auf dem Sand aufgekommen

wäre, wäre sie nicht auf der Stelle tot gewesen. Das ist ein gräßlicher, aber gnädiger Tod. Und vielleicht ganz passend.«
Veronica war eine der vier Frauen gewesen, die mit Raven zusammengelebt hatten, eine Angehörige des Sonnenkults. Raven hatte sie, vermutlich mit Tamaras Hilfe, einer Gehirnwäsche unterzogen, hatte ihr eine neue Identität und einen neuen Namen gegeben. Er hatte den Frauen ein Gefühl der Macht verliehen und eine Kommune gegründet, den Zia-Kult, hatte ein Leben jenseits aller bürgerlichen Moral geführt und sich mit unausgegorenen Ideen für sein erklärtes Ziel eingesetzt: den Kampf gegen die Atomkraft. Die Frauen waren Raven mit Haut und Haaren verfallen; er hatte ihnen den Himmel auf Erden versprochen, hatte ihnen ein neues Paradies verheißen, eine Welt ohne nukleare Bedrohung.
»Ja, da magst du recht haben.« Sonny wußte, woran Howard dachte. Das Holz war ähnlich einem Pflock mitten durchs Herz gebohrt wie in den alten Dracula-Filmen, ein bewährtes Mittel, um Vampire zu töten.
Eine zweite Schmeißfliege, im morgendlichen Sonnenlicht grün schillernd, tauchte auf und umkreiste summend die Plane, angelockt vom süßlichen Geruch des Blutes, das überall klebte.
»Wo ist eigentlich Tamara?«
»Soweit ich weiß, noch in der Psychiatrischen Klinik in Santa Fe. Pardon, so was nennt man ja heute ›Reha-Klinik für seelische Gleichgewichtsstörungen‹. Wahrscheinlich hat sie sich mit diesem Quacksalber zusammengetan, der sie für hundert Mäuse auf den Gipfel des spirituellen Spiralnebels führt.«
»Ekstase auf der Mesa.«
»Ja. Tamaras Anwalt konnte einen Haftrichter überzeugen, daß sie bis zur Verhandlung auf freiem Fuß bleiben sollte

und Erholung von dem Streß braucht, unter den die Polizei sie gesetzt hat. Sie entspannt sich also in einem Kurort erster Klasse. Aber jetzt, wo Veronica tot ist, packt sie vermutlich ihre Koffer.«

Ja. Die Kronzeugin der Anklage war tot, und Tamara würde der Prozeß erspart bleiben.

»Irgendwelche Spuren?« Sonny begutachtete das Erdreich rund um die mit der Plane bedeckte Leiche.

»Schwer zu erkennen im Sand.« Von Howards breiter, dunkler Stirn rann Schweiß über seine Wangen. »Als ich ankam, hatten die Notärzte, die noch vor der Polizei eintrafen, bereits alles verwischt und zertrampelt; aber hier gibt es ein paar.« Er deutete auf Fußspuren, die einen schmalen Weg hinunterführten und im dichten Gehölz der Uferböschung endeten.

Sonny spähte in das Gestrüpp. Ein Schatten bewegte sich. Er ging langsam auf das Dickicht aus Pappeln, Ginster und Trauerweiden zu. Er folgte den Abdrücken im Sand, nahm die Fährte auf wie ein Flußkojote, der einer verendeten Beute nachspürt, registrierte alle Einzelheiten und die Gefahr. Die Spuren endeten mitten im dichten Unterholz am Flußufer.

Stammten die Spuren von Raven? Hatte er das schützende Dickicht verlassen, um sich zu vergewissern, daß Veronica wirklich tot war? Hatte er die vier Federn so plaziert, daß Sonny sie finden mußte? Raven hatte stets für Hinweise gesorgt, die klar auf seine Urheberschaft deuteten.

Sonny blickte hoch, zog die Luft durch die Nase ein. Ein warmer Morgen. Die Temperatur würde im Lauf des Tages bis fünfundzwanzig Grad ansteigen und nachts bis auf fünf Grad plus sinken. Der Herbst war die schönste Jahreszeit in New Mexico, sie besaß einen ganz eigenen Zauber. Und nun das.

Er sah den träge dahinströmenden Fluß durch eine Lücke zwischen den Bäumen. Der Río Grande führte zu dieser Jahreszeit wenig Wasser. Er wirkte friedvoll und sanft wie der Herbst. Die leuchtendgrünen Blätter der Pappeln schimmerten in der Brise; in ihrem Rascheln schwangen eindeutig herbstliche Töne mit. Die ersten Pappeln färbten sich bereits gelb, ein Zeichen des herannahenden Herbstes.
Er nahm die Fußspur, die ins Dickicht führte, genau unter die Lupe. Plötzlich erspähte er Schatten, die sich bewegten, gleich darauf waren sie verschwunden. Sonnys Nackenhaare sträubten sich. Unten am Fluß gab es Kojoten, das war es vielleicht, was er gesehen hatte. Normalerweise jagten sie bei Nacht. Die Bewohner der Stadt, die in der Nähe des Flußufers lebten, hatten ihr Geheul vernommen, das die Dunkelheit wie ein Messer durchdrang. Selbst an den *acequias*, dem urtümlichen Bewässerungssystem im North Valley, hatte man bisweilen einen Kojoten oder einen Fuchs bei der Jagd gesichtet.
Veronica war tot, ein Pfahl war durch ihr Herz getrieben. Und Raven hatte noch immer eine Rechnung mit Sonny zu begleichen.
Veronica hätte vor Gericht vermutlich enthüllt, daß Tamara Dubronsky die Zia-Herrscherin gewesen war, die eigentliche Drahtzieherin hinter dem Zia-Kult, und daß die Ermordung Gloria Dominics ihre Idee gewesen war. Sie hätte wahrscheinlich auch Raven belastet und erzählt, was mit der halben Million geschehen war, die sie Gloria abgenommen hatten. Nun hatte man sie zum Schweigen gebracht, und der Fall mußte zu den Akten gelegt werden.
»Was jetzt?« fragte Howard, als sie zu Rita zurückgingen.
»Soll Garcia sich doch den Kopf darüber zerbrechen. Warum, zum Kuckuck, soll ich mich da hineinziehen lassen?«
Howard zuckte die Achseln. Sie beide kannten den Grund.

Rita nahm Sonnys Hand und sah ihn prüfend an, versuchte zu ergründen, welche Wirkung der Anblick der Toten auf ihn gehabt haben mochte. Er brauchte keine weitere verlorene Seele, die ihn Tag und Nacht verfolgte.
»Ah, meine beiden Lieblingsmitbürger«, unterbrach Sam Garcia die Musterung. Er war gereizt, denn soweit es ihn betraf, waren Privatdetektive eine Landplage. Schnüffler, die Versicherungsfälle lösten. Spürhunde, wenn es galt, Ehemänner ausfindig zu machen, die als vermißt gemeldet waren und sich aus dem Staub gemacht hatten. So weit, so gut, aber wenn es um Mord ging, sollten sie die Arbeit gefälligst der Polizei überlassen. Dafür wurde sie schließlich bezahlt.
Sonny war in Garcias Augen eine Ausnahme. Er nötigte ihm Achtung ab, denn er hatte den Zia-Kult-Fall geknackt.
»Was führt Sie hierher, Sonny?« begrüßte ihn der Polizeichef. »Hallo Rita.«
»Sieht so aus, als hätten Sie Ihre Kronzeugin verloren, Sam.«
»Sie war auf Kaution frei! Was, zum Teufel, erwartet man von mir? Daß ich das Kindermädchen für jeden spiele, der es sich leisten kann, die Kaution zu stellen?«
»Haben Sie schon einen Verdacht?«
»Nicht den geringsten!« erwiderte der Chief und warf Howard einen prüfenden Blick zu. Dann lugte er mißmutig zu den Fernsehkameras hinüber, die hinter der Absperrung in Position standen. Er haßte es, der Presse Rede und Antwort zu stehen.
»Irgendwelche Informationen über den Ballon?«
Der Polizeichef schüttelte den Kopf. »Ich habe mit Madge Swenson von der Organisations- und Luftaufsichtszentrale der Heißluftballon-Fiesta gesprochen. Veronica Worthy war nicht für den Start gemeldet. Sie gehörte eindeutig nicht zu den offiziellen Teilnehmern.«

»Wo ist der Ballon, in dem sie mitgefahren ist?«
»Wurde drüben in der Nähe der Cottonwood Mall gefunden. Der Propangasbehälter muß explodiert sein. Das Ding ist in Rauch aufgegangen.«
Howard schüttelte den Kopf und blickte Sonny vielsagend an. Daß Veronica ohne Begleitung mit dem Ballon aufgestiegen war, war reines Wunschdenken des Polizeichefs, wie sie beide wußten.
»Tatsächlich? Gerade erst auf Kaution entlassen, marschiert sie los, mietet einen Heißluftballon und erhebt sich mutterseelenallein in die Lüfte, um ihre Freiheit zu genießen? *Pués, buena suerte!*« Ja, Glück konnte der Polizeichef gewiß brauchen. Sonny nahm Ritas Hand. »*Vamos.* Hier gibt es nichts für uns zu tun. Grüß Marie von uns, Howard. Auf Wiedersehen, Chief.«
»Mmmpf!« schnaufte Garcia. Die Frau war tot. Ersparte dem Staat einen kostspieligen Prozeß. Der Fall konnte zu den Akten gelegt werden, soweit es ihn anging.
»Bis bald, *compadre*«, rief Howard und sah Sonny und Rita nach, die sich ihren Weg über den Sand bahnten.
»Was halten Sie von der Geschichte?« fragte Garcia den Gerichtsmediziner.
»Das war Raven.«
»Das darf doch nicht wahr sein«, stöhnte Garcia. Howard war weit und breit der Beste seines Fachs, aber mit dieser Ansicht befand er sich völlig auf dem Holzweg. »Ich sollte mir ein paar Tage freinehmen und oben im Jemez angeln gehen. Merhege hat angerufen. Meint, daß die Forellen beißen. Aber nein, statt dessen muß ich mich damit herumschlagen!«
Howard wischte sich den Schweiß von der Stirn. Sonny mimte den Gelassenen, aber Howard wußte, daß er sich Sorgen machte. Raven lebte, er war zurückgekehrt, um

Rache zu nehmen, hatte es auf Sonny abgesehen. Es sah nicht gut aus für seinen Freund.
Francine Hunter von TV-7, mit einem jungen Assistenten im Schlepptau, der die Fernsehkamera trug, wartete auf Sonny hinter der gelben Plastikabsperrung.
»Hallo, Mr. Baca, erinnern Sie sich? Francine Hunter von TV Seven. Ich würde Ihnen gerne ein paar Fragen stellen.«
»Ich dachte, Sie stünden bei Channel Four in Lohn und Brot.«
»Ich habe gewechselt. Es gefällt mir sehr gut, mit Nelson Martinez zusammenzuarbeiten.«
Der gutaussehende Nelson Martinez und der renommierte Dick Knipfing waren die Bosse bei TV-7. Ein gutes Team, dachte Sonny. Francine gehörte jetzt also auch noch dazu. Ihre Frisur hatte sich dadurch nicht verbessert, die Haare hingen ihr immer noch wirr in die Augen.
»Sprechen Sie mit dem Polizeichef. Ich bin nicht informiert.«
»Mein Gott, Sonny, Sie wissen doch, der Polizeichef ist verschlossen wie eine Auster.« Sie führte weiterhin den Pulk der übrigen Reporter an, hielt mühsam ihren Platz in der ersten Reihe. »Er würde vielleicht mit Conroy Chino sprechen, aber nicht mit einer kleinen Leuchte wie mir. War es ein Unfall oder nicht?« Sie hielt Sonny das Mikrophon dicht vors Gesicht und bedeutete ihrem Kameramann, das Interview zu filmen.
»Keine Ahnung.«
»Niemand startet allein in einem Heißluftballon. Ist sie aus dem Korb gefallen, oder hat da jemand nachgeholfen?« Das Mikrophon befand sich immer noch vor Sonnys Gesicht.
»Fragen Sie Garcia. Ich habe mit dem Fall nichts zu tun.«

»Aber Sie müssen jetzt Ihre Hauptverdächtige im Mordfall Gloria Dominic abschreiben!«

»Die Staatsanwaltschaft muß ihre Hauptzeugin abschreiben!« konterte Sonny und ging weiter, wobei er Rita mit sich zog. »Nehmen Sie Garcia aufs Korn! Oder den Bezirksstaatsanwalt!«

In diesem Augenblick fuhr der Bezirksstaatsanwalt in seinem Ford Bronco vor, unverkennbar dank seines Schnauzbarts. Als er Sonny erkannte, runzelte er die Stirn, genau wie Garcia, obwohl sein Blick noch finsterer war. Er eilte an der Meute der Reporter vorbei zum Fundort der Leiche.

»Mr. Schwartz!« rief Francine Hunter ihm nach, während sie hinter ihm herlief.

Sonny und Rita stiegen in den Pick-up und fuhren schweigend über die Paseo-del-Norte-Brücke. Die friedliche Stimmung, die an diesem Samstag morgen geherrscht hatte, gehörte der Vergangenheit an. Rita spürte die Veränderung bei Sonny.

Sonny nahm die Ausfahrt Second Street, dann fuhr er zur Fourth Street hinüber. Er hielt vor *Rita's Cocina,* einem der beliebtesten Restaurants im North Valley, das für seine mexikanische Küche berühmt war.

»Hast du Lust auf eine Tasse Kaffee?« Rita wußte, daß er gerne über die *limpieza* geredet hätte, aber es war Mittagszeit und das Lokal gerammelt voll. Er zog die Stille des Wagens vor.

»Es war Raven, oder?«

»Ja.«

»Er lebt, deshalb haben sie seine Leiche nicht gefunden. Und er ist gemeingefährlich. Er hat Veronica umgebracht, um zu verhindern, daß Tamara der Prozeß gemacht wird. Und Garcia weiß das.«

»Aber er tut so, als hätte er keinen blassen Schimmer.

Ich würde zu gerne wissen, wer die Kaution hinterlegt hat.«

»Eine von Ravens Frauen, vermute ich.«

»Könnte sein. Raven mag verrückt sein, aber er würde bestimmt nicht höchstpersönlich im Justizgebäude auftauchen, um das Geld abzuliefern.«

Er sah Rita an. Sie wußte, woran er dachte. Das nächste Opfer, das Raven ins Visier nehmen würde, war Sonny.

3

»Zum Teufel damit«, sagte er und versuchte krampfhaft, das Thema zu wechseln und seine düsteren Gedanken zu verscheuchen. »Ich habe keine Lust, mich da hineinziehen zu lassen. Soll Garcia doch sehen, wie er allein damit fertig wird. Ich habe Wichtigeres zu tun. Zum Beispiel, mich von hartnäckigen Gespenstern zu befreien.« Er lächelte. »Ich fühle mich schon viel besser; also paß auf, ich könnte meine Drohung wahrmachen und dich heiraten.«
Sie lächelte. »Du bist ein Mann, der sich schwer einfangen läßt, Sonny.«
Er beugte sich zu ihr hinüber und küßte sie. »Ich bin zu jeder Schandtat bereit. Ich habe seit dem Sommer viel nachgedacht. Und Lorenza hat mir heute wirklich die Augen geöffnet. Ich glaube, ich brauche nur noch ein paar weitere Sitzungen bei ihr, dann kann ich es mit jedem *brujo* aufnehmen.«
Er lachte. Er glaubte selbst nicht so ganz, was er da gerade gesagt hatte, aber Lorenzas Kräfte nötigten ihm Respekt ab. »*Hija*, die Reise, auf die sie mich heute morgen mitgenommen hat, war unglaublich. Hast du jemals eine *limpieza* erlebt?«
»Ja.«
»Ich bin Kojoten begegnet, und du?«
»Kolibris.«
»Kolibris?«
»Kolibris sind nicht nur Nektar- und Pollensammler. Der Kriegsgott der Azteken wurde der ›Linkshändige Kolibri‹ genannt.«

»Aha.« Er küßte sie. »Das muß daran liegen, daß du eine Blume bist. Eine kastilische Rose.«
Sie erwiderte den Kuß.
»Ich möchte ein Kolibri sein und nur noch an deinen süßen Lippen naschen.« Er sah ihr tief in die Augen.
Sie war eine schöne Frau, vielschichtig, und es gab Zeiten, wo er nicht schlau aus ihr wurde, Zeiten, wo ihre Seele sich tief in die Blütenblätter zurückgezogen hatte, hinter die Fassade ihrer äußeren Schönheit. Aber eines wußte er ganz sicher: Er liebte sie.
»Manchmal kannst du sehr romantisch sein«, flüsterte sie. »Das gefällt mir.«
»Romantische Gefühle bei mir auszulösen, das liegt ganz allein in deiner Macht. Und da wir gerade von Macht sprechen, wo hat Lorenza ihr Handwerk als Heilerin eigentlich gelernt?«
»Hier und in Mexiko. Ein Weg, der nicht leicht war. Sie mußte eine Menge ertragen. Die Geheimnisse der *curanderas* sind nicht so leicht zu lernen, und Lorenza hat Zugang zur Welt der *brujos* gefunden.«
»Was meinst du mit Welt der *brujos*?«
»Das ist eine lange Geschichte. Sie begann mit einem Diplom als Krankenschwester, das sie an der Universität von New Mexico machte. Sie war gut in ihrem Metier, aber sie stellte immer wieder fest, daß die moderne Medizin mit ihren spektakulären Errungenschaften den älteren Hispanos, die als Patienten in die Klinik kamen, keine guten Dienste leistete. Sie erhielten Spritzen, wurden operiert und experimentierten nach ihrer Entlassung mit den traditionellen Behandlungsmethoden ihrer Vorfahren herum. Mit anderen Worten, die Ärzte versäumten es, sich um ihr spirituelles Wohlergehen zu kümmern.«
»Und was ist mit den Priestern?«

»Die Religion, die man an den Ufern des Río Grande praktiziert, ist komplex. Den Priestern ist der Begriff *brujería* nicht fremd. Sie wissen, daß manche ihrer Schäfchen an Zauberei und Hexenkünste glauben, aber sie halten sich tunlichst bedeckt.«

»Vielleicht haben sie Angst vor dem Teufel.«

»Könnte man meinen. Wenn sie offen zugeben würden, daß Hexen imstande sind, einen Bannfluch über jemanden zu verhängen, müßten sie sich mit Exorzismus beschäftigen, und von den komplizierten Verfahren zur Austreibung von bösen Geistern und Dämonen haben nur wenige Ahnung. In Wirklichkeit haben sie nichts verstanden. Und deshalb machen sich die *padrecitos* darüber lustig und sprechen von heidnischem Aberglauben.«

»Die Kirche will nichts mit solchen Dingen zu tun haben. Adler- und Eulenfedern für Reinigungszeremonien verwenden und Räucherwerk anzünden? Da schaudert es die frommen Christen. Die ersten spanischen Priester in Mexiko verwüsteten die Opferstätten der Azteken, um dem gottlosen Treiben ein Ende zu setzen; sie verstanden deren religiöse Praktiken nicht. Die Franziskanermönche, die als Missionare ins Land kamen, haben die gleiche Verwüstung hier in New Mexico in den Pueblos der indianischen Ureinwohner angerichtet. Doch die religiösen Überzeugungen überdauerten alle Zeitläufe bis zum heutigen Tage, genau wie die Arbeit der *curanderas.* Lorenza war sich dessen bewußt. Sie wollte unserem Volk helfen, vor allem den alten, noch fest in der Tradition ihrer Vorfahren verhafteten Menschen, und so machte sie sich auf die Suche nach den *curanderas* im Norden New Mexicos. Dort gab es noch Heilerinnen und Schamaninnen vom alten Schlag, die ihr Wissen seit Jahrhunderten von einer Generation zur nächsten überlieferten. Diese Frauen wissen, wie man eine Seele heilt und wie man sie krank macht; mit anderen Worten, sie kennen die Welt der *brujería.*«

»Aber nicht alle waren mit dem Teufel im Bunde, oder?«

»O nein. Nur die *hechiceras,* die das Böse im Herzen trugen, waren mit Schadenszauber und Schwarzer Magie befaßt. Das Böse hat es schon immer gegeben, seit man an den ersten Getreideähren Zeichen von Hexenkünsten fand. Die *curanderas,* die sich als Heilerinnen und Hüterinnen des altüberlieferten Wissens verstehen, praktizieren Weiße Magie und kennen vielerlei Abwehrmittel gegen Bannflüche. Sie wissen, wie man sich auf die Suche nach verlorenen, kummervollen und verhexten Seelen begibt, nach Geistern, die im Grab keine Ruhe finden und rastlos über die Erde wandern.«

»Genau das bin ich, verhext.«

»*Sí amor,* ich habe dich verhext«, lächelte Rita und zauste seine dunklen, lockigen Haare.

»*Anda.* Erzähl weiter.«

»Lorenza gelangte im Verlauf ihrer Suche in die Hispano-Dörfer und die indianischen Pueblos, bevor sie genau wußte, wonach sie eigentlich Ausschau hielt. Als erstes lernte sie, die traditionellen Kräuterarzneien herzustellen, danach die Heilmassage und das Handwerk der *sobadoras,* die schmerzende Wirbelsäulen manuell einrichteten, lange bevor sich die ersten Chiropraktiker in dieser Gegend ansiedelten. Diese Frauen wußten intuitiv, daß sich in den schmerzenden Muskelbereichen und Nerven die dunklen Aspekte starker Gefühle wie Wut, Neid und Eifersucht aufgestaut hatten. *Vientos,* böse Winde, die an Nerven und Muskeln zerrten. Sie kannten die Körpersäfte oder Gemütsverfassungen, heiß und kalt, und das harmonische Gleichgewicht, das zwischen beiden herrschen sollte. Die altüberlieferten Heilmethoden repräsentierten eine ganze Lebens- und Weltanschauung.

Lorenza lernte die Heilmethoden der Nuevo Mexicanos, die an den Ufern des Río Grande leben. Sie machte sich auch mit der Stammesmedizin der Puebloindianer vertraut und erwarb weitreichende Kenntnisse von den Medizinmännern und Frauen. Aber sie mußte auf eine noch tiefere Ebene des Wissens vordringen.«

»Tiefer?«

»Die *curanderas* zögerten, über Zauberei und Magie zu sprechen.«

»*Por qué?*«

»Dieses Wissen gaben sie nur an Eingeweihte weiter. Mit anderen Worten, die Überzeugungen und Geheimlehren existierten nur noch im Untergrund. Die Alten befürchteten, daß Außenstehende darauf aufmerksam werden könnten, zum Beispiel irgendein Reporter, der neugierige Fragen stellen und unausgegorene Sensationsmeldungen veröffentlichen würde. In den Pueblos pflegen die Indianer sie schon am Eingangstor zum Dorf abzufangen. Die Anthropologen und Journalisten haben schreckliche Dinge über das Thema geschrieben. Haarsträubende Artikel. Sogar ganze Bücher wurden darüber verfaßt. Die Autoren hatten nicht die geringste Ahnung vom *curanderismo*, aber die Verlage zahlten für diesen Schund.«

»Und deshalb tauchten sie in den Untergrund ab.«

»Ja. Eine der *curanderas*, ich glaube, ihr Name war Doña Agapita, riet Lorenza, ihr Glück in Mexiko zu versuchen. Sie reiste nach Tlaxcala, und dort –«

Sie hielt inne.

»Sprich weiter.«

»Dort begegnete sie den *brujos*. Männern, die fliegen können.«

Sonny runzelte die Stirn. »Und das glaubst du?«

»Ja.«

»Also hat sie gelernt –«

»Ja. Sie war sich ihrer übersinnlichen Kräfte bewußt. Manche Menschen werden mit dieser besonderen Gabe geboren und andere nicht. Die *brujos* spürten, daß diese Kräfte in ihr schlummerten, und so weihten sie Lorenza in ihr geheimes Wissen ein. Sie lebte in dem Dorf am Fuße des Berges, bei Regenmachern und Geisterbeschwörern, Männer, die Einfluß auf das Wetter nehmen, den kostbaren Regen bringen und Hagelschauern Einhalt gebieten, Männer, die *la Malintzi* als Göttin verehrten –«

»La Malinche?« unterbrach sie Sonny. »Die Gefährtin des Eroberers Cortés?«

»Nein, nicht Malinche. Malintzi, ein Berggeist. Lorenza lernte von den *hechiceros*, den mächtigen Hexern, die Schwarze und Weiße Magie praktizieren; ihnen war die Gabe der Hellsicht und inneren Vision in die Wiege gelegt worden. Sie konnten Bannflüche aussprechen und waren imstande, jemanden zu töten, ohne Hand an ihn zu legen.«

Raven verhängt Bannflüche, dachte Sonny; der menschliche Körper, der vom Himmel fiel. Er hatte es mit eigenen Augen gesehen. Lorenza hatte ihn auf einen Weg geführt, der es ihm ermöglichte, sich ein Bild davon zu machen, wozu Raven fähig war. Wie konnte er noch zweifeln?

»Sie lernte von den Mitgliedern der Zunft, die in der Lage sind, sich zu verwandeln und Tiergestalt anzunehmen.«

War das Lorenzas Magie? Sie hatte ihn in die Welt der *naguales* versetzt.

»Verwandeln und Tiergestalt annehmen? Bist du sicher, daß sie genau das gesagt hat?«

»Ja. Diese Hexer sind die mächtigsten Mitglieder der Zunft in der Welt der *brujería.* Sie sind gefährlich, denn in ihrer Tiergestalt können sie ungeheure Kräfte entwickeln.«

»Sie fand ihren Tiergeist.«
»Sie hätte beinahe mit ihrem Leben dafür bezahlt. Ich suchte sie unmittelbar nach ihrer Rückkehr aus Mexiko auf. Sie ähnelte einem Skelett, nur noch Haut und Knochen, ausgemergelt und braun wie eine Salzzeder. Ihre Augen waren glasig. Sie hatte einen Blick in eine andere Welt getan. Als sie mich berührte, durchzuckte es mich wie ein elektrischer Schlag, und obwohl sie halbtot wirkte, tastete sie meinen Bauch ab, schob die Haut zusammen und holte etwas heraus. Ich hatte ihr nicht erzählt, daß ich schon seit Monaten unter schlimmen Leibschmerzen litt und mein Arzt dringend zu einer Operation geraten hatte. Aber was immer es auch war, sie holte es heraus, einfach so. Wie man einen Stein aus dem Fluß holt, tropfnaß. Aber ich war geheilt. Danach fiel sie in einen tiefen Schlaf. Es dauerte Monate, bis sie wieder zurückkam.«
»Zurück von wo?«
»Aus dieser anderen Welt. Die Welt des *nagual* ...« Ihre Worte waren kaum hörbar.
»Klingt wie dieser Don Juan. Yaquí-Magie«, grinste Sonny.
»Lach nicht. Lorenza ist keine literarische Figur, sondern ein Mensch aus Fleisch und Blut. Und wir müssen nicht in die Wüste von Sonora gehen, um unseren Glauben zu finden. Er ist hier im Tal verwurzelt, überall, in unmittelbarer Nähe.«
Sonny sah sie an; ihn schauderte. Er wußte, wann Rita etwas sehr ernst war. Und einiges von dem, was sie erzählt hatte, hatte er bereits von Don Eliseo gehört. Das Río Grande Valley war eine geheiligte Stätte, ein Hort der Götter und Geister aus uralter Zeit. Ein Hort des uralten Wissens.
»Ja«, bestätigte er nachdenklich.
»Du kennst die Geschichten, die man sich hier in der Gegend erzählt. Von Hexen, die sich in Eulen oder Kojoten

verwandelten. Und von Hexen, die in der Gestalt riesiger Feuerbälle an einem Hexensabbath teilnehmen.«

»Ja«, nickte Sonny. »Die kenne ich. Von meinen *abuelos* und meinen Eltern.«

Er dachte an eine Geschichte, die sein Vater zu erzählen pflegte. Von den zwei Männern, die sich auf den Heimweg machten, nachdem sie auf dem Markt ihr Vieh verkauft hatten. Zu später Stunde ritten sie durch die Ödnis des Llano, ohne einer Menschenseele zu begegnen, als sie an eine Hütte kamen, in der ein Licht brannte. Sie gehörte zwei alten Frauen, und so baten die Männer um Herberge für die Nacht. Doch die beiden waren ihnen unheimlich, und so taten sie nur so, als ob sie schliefen. Während der Nacht beobachteten sie, wie die beiden Alten ihren Körper salbten, tanzten, sangen und sich in einem Zuber wuschen. Dann verwandelten sie sich in Eulen und flogen durch den Rauchfang davon. Die Männer wollten wissen, ob das, was sie gesehen hatten, Hexenwerk oder ein Traum gewesen war. Deshalb standen sie auf, rieben sich mit den gleichen Salben ein, ahmten den Tanz nach, dem sie zugeschaut hatten und verwandelten sich ebenfalls in Eulen. Sie gelangten durch den Rauchfang auf den Dachfirst hinauf. Von dort aus beobachteten sie, wie sich zahllose Eulen in der dunklen Nacht versammelten, vermutlich zu einer Art Hexenzusammenkunft.

Plötzlich tauchte eine große schwarze Katze auf und griff die Eulen an, fauchend und kratzend. Die beiden Männer sahen zu und hatten Angst, ebenfalls von der Katze aufs Korn genommen zu werden. Deshalb flogen sie durch den Rauchfang zurück in die Hütte und wuschen die Salbe in dem großen Badezuber ab. Sie nahmen wieder ihre menschliche Gestalt an. Als sie auf ihren Strohsack zurückgekehrt waren, kamen die beiden Eulenfrauen, die Federn mit Blut verkru-

stet. Auch sie badeten in dem Zuber. Die beiden Männer beobachteten, vor Schreck wie versteinert, wie sie sich wieder in Menschen verwandelten und sich ebenfalls schlafen legten.
Als kleiner Junge hatte Sonny diese Geschichte schaurig gefunden. Er war der Meinung gewesen, sein Vater habe sie sich ausgedacht, um ihn und seinen Bruder zu unterhalten, doch als er älter wurde, dachte er mehr und mehr darüber nach. Hatte sein Vater sie erzählt, damit er und Armando etwas daraus lernten?
Sonny erinnerte sich, daß sein Vater leiser gesprochen hatte, wenn er das Ende der Geschichte erzählte. »Am Morgen, als die beiden alten Frauen die Männer einluden, zum Frühstück zu bleiben, trugen ihre Hände und Gesichter die frischen Kratzspuren der Katze.«
War die Geschichte als Warnung vor den Frauen schlechthin gemeint? Sonny und Armando waren damals gerade in der Pubertät gewesen. Wie die meisten Gleichaltrigen sahen sie sich heimlich erotische Magazine an, die einige ihrer Freunde unbemerkt den älteren Brüdern entwendet hatten, und zerbrachen sich den Kopf über die geheimnisvolle Welt der Sexualität.
»Trag immer brav dein Skapulier«, pflegte ihn die Mutter am Ende der Geschichte zu ermahnen. »Es wird dich vor dem Bösen bewahren.«
Er hatte sein Skapulier mit sieben Jahren bekommen, an dem Tag, als er zum ersten Mal zur heiligen Kommunion gegangen war. Es war im Lauf der Jahre fadenscheinig geworden, verschlissen und dunkel vom Körperschweiß. Schließlich verlor er es an einem Sommertag, als er im Fluß schwimmen gegangen war. Er hatte sich, wie die Freunde aus seiner Clique, splitternackt ausgezogen und die Kleider achtlos über die Äste der Weiden geworfen, die den Río

Grande säumten. Sonny hatte das Skapulier sorgfältig an den kahlen Stamm einer alten abgestorbenen Pappel gehängt. Der Baum war weiß wie ein Skelett, die Rinde vor langer Zeit abgeschält worden. Vielleicht war der Blitz hineingefahren, und nun verrottete die Pappel am sandigen Ufer des Flusses. Als sie aus dem Wasser kamen, war sein Skapulier weg. Sonny und seine Freunde hatten danach gesucht, aber es blieb spurlos verschwunden.

Sonny, wie ihn schauderte, als er an das Skapulier dachte. Er war überzeugt gewesen, daß es ihn vor Schaden bewahren würde, daß er ohne diesen Schutzschild verwundbar war. Der Schutz der Kirche und der Heiligen war ihm abhanden gekommen. Aber er hatte den Verlust mit einem Achselzucken abgetan. Wozu die Aufregung? Schließlich handelte es sich nur um ein Stück Schnur mit der geweihten Medaille des heiligen Christopherus auf der einen Seite und der Jungfrau von Guadelupe auf der Rückseite. Er hatte sie ein Jahr lang getragen, länger als die meisten Jungen in seiner Clique, bevor sie spurlos verschwand. Also wozu sich den Kopf zerbrechen?

»Und die beiden Männer?« hatte Sonny seinen Vater gefragt. »Hatten sie keinerlei Schutz?«

»Eine Pistole«, hatte sein Vater geantwortet. Das war in der Nacht, als er Sonny mitteilte, daß dieser nach seinem Tod den .45er Colt seines *bisabuelo* erben würde – Elfego Baca, sein Urgroßvater, einer der berühmtesten Gesetzeshüter um die Jahrhundertwende in dem wilden, unzivilisierten New Mexico.

Er zeigte Sonny und Armando die Pistole. »Das ist ein wirksamer Schutz.«

»Warum bekommt Sonny sie?« hatte Armando eifersüchtig gefragt.

»Er ist der Älteste.«

»Aber wir sind Zwillingsbrüder!«
»Er wurde als erster geboren.«
Der Erstgeborene, Erbe der legendären Waffe Elfego Bacas! Sonny konnte es nicht fassen. Die Pistole zu berühren, die Elfego Baca getragen hatte, sein Urgroßvater und der Mann, der als El Bisabuelo zur Legende geworden war – dieser Augenblick hatte einen ganz eigenen Zauber enthalten. Die Waffe befand sich seit Jahren im Besitz seiner Familie, und nun hatte sein Vater angekündigt, daß Sonny sie nach seinem Tod erben würde.
»Es ist gefährlich, eine Waffe im Haus zu haben«, hatte Sonnys Mutter protestiert.
»Jedes Instrument der Macht birgt Gefahren«, hatte sein Vater erwidert. »Damit hat mein Großvater Gesetz und Ordnung aufrechterhalten. Und damit wurden die gewalttätigen Tejanos daran gehindert, die Mexicanos zu mißhandeln.«
Seine Mutter hatte den Kopf geschüttelt. »Mir gefällt das nicht.«
»Die Welt ist voller Gewalt. Ihr müßt euch selber schützen«, hatte der Vater zu Sonny und Armando gesagt. »Aber richtet die Pistole nie, nie auf einen Menschen, wenn ihr nicht dazu gezwungen seid. Wir sind nicht auf der Welt, um einem anderen das Leben zu nehmen. Aber ihr müßt euch für den Notfall schützen.«
»Eine Kugel kann dem Bösen nichts anhaben«, hatte seine Mutter resolut entgegengehalten.
»O doch! Man muß nur ein Kreuzzeichen einritzen.«
Warum fallen mir diese Geschichten wieder ein? überlegte Sonny. Hing es mit der *limpieza* zusammen? Trotz des grauenvollen Anblicks von Veronicas aufgespießtem Körper, fühlte er sich unglaublich erleichtert und befreit von den düsteren Gedanken, die ihn seit einiger Zeit gequält hatten.

Die Erinnerung an dieses Gespräch mit seinem Vater war ihm so gegenwärtig wie ein lebhafter Traum.
Als Lorenza heute mit der Adlerfeder seinen Bauch berührt hatte, spürte er dasselbe wie im Juni des letzten Jahres, als Veronica mit dem Messer das Zia-Sonnenzeichen rund um seinen Nabel geritzt hatte. Der Schnitt hatte, obwohl dabei kaum mehr als die oberste Hautschicht verletzt worden war, eine Narbe hinterlassen. Die Sonne und die vier strahlenförmigen Linien waren ihm ständig ein Dorn im Auge.
Für Rita stellte die Narbe das äußere Symbol eines Geistes dar, der in ihn gefahren war. Raven und seine Kultgemeinschaft hatten ihn verflucht. Deshalb war er schließlich bereit gewesen, Lorenza aufzusuchen und um Hilfe zu bitten.
Sie hatte die Adlerfeder beiseite gelegt und auf seinen Nabel gedrückt. Sonny spürte einen inneren Druck. »Ahhh«, stöhnte er.
»Ein großer schwarzer Vogel hackt auf deine Seele ein –«
Ein schwarzer Vogel? Raven, dachte er. Dieser verdammte Mistkerl mit seinem Hokuspokus war immer noch am Leben.
»Du mußt dich auf eine Reise begeben«, flüsterte sie.
Er hatte gefragt, wohin, und dann zugestimmt.
Er hatte Gloria geliebt. Sie war mehr als eine Cousine für ihn gewesen, sie war die erste Frau, mit der er geschlafen hatte. Hatte ihr Geist von Sonny Besitz ergriffen, weil sie forderte, daß er ihre Ermordung rächte? Oder war Raven fähig, Glorias Geist zu manipulieren, um Sonny zu schaden?
»Sag mir, was du siehst«, hatte Lorenza ihn aufgefordert.
Im Körper der *curandera* verbargen sich zwei Persönlichkeiten. Lorenza und jemand anderer. War dieser andere Aspekt der *nagual*, der Tiergeist, auf den Rita angespielt hatte? Er sah das Auge eines Vogels vor sich. Einer Eule vom

Nil im alten Ägypten. Welches Auge wird mich heilen? fragte sich Sonny.

Er hatte Lorenza seine Geschichte erzählt. Es war an einem Morgen Anfang Juni gewesen. Er erinnerte sich genau an das Datum. Die Dukes spielten an jenem Abend, und er hatte vorgehabt, sich das Baseballspiel im Stadion anzusehen. Es war der Tag gewesen, an dem Don Eliseo, sein achtzigjähriger Nachbar, die uralte riesige Pappel in seinem Vorgarten fällen lassen wollte. Dann kam der Anruf, daß Gloria Dominic ermordet worden war. Glorias Mutter, seine Tante Delfina, hatte ihn benachrichtigt und gebeten, sie zu Glorias Haus zu fahren.

Alle Welt hatte sich am Tatort versammelt: Glorias Ehemann, Frank Dominic, der nach der politischen Vorherrschaft in der Stadt und in ganz New Mexico strebte; Polizeichef Garcia, ein alter Freund von Dominic und ein Dorn im Auge aller Privatdetektive von Albuquerque; und Howard Powdrell, Gerichtsmediziner im Polizeilabor, der Beste seines Fachs und Sonnys *compadre.* Ohne Howards Hilfe hätte Sonny das Verbrechen nicht aufklären können.

»Finde den Mörder meiner Tochter«, hatte ihn Tía Delfina unter Tränen angefleht und Sonny ein paar zerknüllte Dollarscheine in die Hand gedrückt.

Aber er hatte den Mord nicht nur seiner Tante wegen aufklären wollen, sondern auch um seiner selbst willen. Gloria war seine Cousine gewesen, eine schöne, begabte junge Frau, und einmal, nur ein einziges Mal, hatte sie sich ihm hingegeben.

Danach hatte sie die Stadt verlassen, doch die Erinnerung an seine erste Liebe lebte in ihm fort. Jahre später hatte sie Frank Dominic geheiratet, und gemeinsam strebten sie danach, die Stadt zu regieren. Sie liebte Frank nicht, aber nach außen hin waren sie ein ideales, wohlhabendes Paar, das

Albuquerque mit Hilfe eines Kanalsystems in eine Touristenattraktion verwandeln wollte und ein zweites Venedig am Río Grande zu errichten plante.

Aber Gloria war nicht glücklich gewesen, und es ging ihr gesundheitlich nicht gut. Sie verfiel dem Bann von Tamara Dubronsky, vierzig Jahre alt, Witwe, mit entwaffnendem Charme, eine kosmopolitische Schönheit, die alle Bewohner der Stadt faszinierte. Die geheimnisumwitterte Tamara besaß übersinnliche Kräfte. Sie sagte den Menschen die Zukunft voraus, sammelte Spenden für das Symphonieorchester der Stadt und war die Sonnenkönigin, wie Sonny herausfand, die heimliche Herrscherin des Zia-Sonnenkults, dessen Mitglieder Gloria ermordet hatten.

4

»*Qué piensas?*« riß Rita Sonny aus seinen Gedanken.
»Ich denke gerade an Raven.«
»Er ist gemeingefährlich.« Sie schauderte.
Raven war Tamaras Geliebter gewesen. War er zurückgekommen, um sie zu retten? Das FBI fahndete immer noch nach ihm, weil er einen Container in die Luft zu sprengen versucht hatte, in dem plutoniumhaltiger Abfall von den Los Alamos Labs zur WIPP-Deponie in den Carlsbad Caverns transportiert worden war. Dieses nukleare Entsorgungsgzentrum, ein Pilotprojekt, bestand aus einem weitläufigen unterirdischen Höhlensystem in den Salinen nahe dem Kurort Carlsbad, eine Milliarden-Dollar-Industrie für die Region.
Immer mehr Kleinstädte ohne industrielle Infrastruktur, die als Standbein der heimischen Wirtschaft dienen konnten, übereigneten Brachlandparzellen der Bundesregierung als Endlager für radioaktiven Abfall. Und inzwischen liebäugelten sogar die Mescalero-Indianer damit, eine Privatdeponie für die Giftstoffe zu errichten. Nukleare Entsorgungszentren standen derzeit hoch im Kurs, ein Geschäft, das einen satten Gewinn abwarf.
»Glaubst du, daß Tamara immer noch mit ihm unter einer Decke steckt?« überlegte Rita.
»Das kann ich mir nicht vorstellen. Tamara ist zu gerissen, um mit jemandem gemeinsame Sache zu machen, der so offenkundig mit dem Gesetz in Konflikt geraten ist. Raven hat sie nur benutzt, um an das Geld heranzukommen, mit dem er den Sprengstoff und die Ausrüstung gekauft hat. Als

das saubere Pärchen entdeckte, daß Gloria eine halbe Million Dollar im Haus aufbewahrte, die sie von Akira Morino erpreßt hatte, war das ihr Todesurteil.«

Aber wer von beiden hatte befohlen, Gloria zu ermorden? Raven oder Tamara?

Sonny war der Ansicht, daß Tamara sich nicht die Hände schmutzig gemacht hätte; deshalb war Veronica die Aufgabe zugefallen, Gloria umzubringen. Sie hatten sie ausbluten lassen und das Blut, mit Erde vermischt, in einer Amphore aufbewahrt. Es sollte der Sonne als Opfergabe dargebracht werden, um sie gnädig zu stimmen, damit es Raven gelang, den WIPP-Container zu sprengen.

Sonny hatte ihm einen Strich durch die Rechnung gemacht. An der schmalen Brücke über dem Arroyo del Sol an der Ostflanke der Sandia Mountains, ein ausgetrocknetes Flußbett, das sich nach den schweren Regenfällen in einen reißenden Strom verwandelt hatte, hatten Sonny, Rita und José Escobar Raven in allerletzter Minute entdeckt, um zu verhindern, daß er den WIPP-Atommüllcontainer in die Luft jagte.

In dem Kampf, der daraufhin entbrannte, war Raven in den Arroyo gestürzt. Die Strömung hatte seinen Körper mit sich gerissen. Irgendwo unter Tonnen von Sand begraben, hatte die Polizei vermutet, als die Suche nach der Leiche ergebnislos blieb.

Nun wußte Sonny, daß es ein Trugschluß gewesen war. Raven lebte. Auf unerklärliche Weise war er den Wassermassen entronnen und lauerte jetzt irgendwo da draußen. Vielleicht hatte Lorenza mit ihrer Reinigungszeremonie versucht, die Mächte der Finsternis, mit denen Raven im Bunde war, zu vertreiben. Deshalb mußte Sonny tiefer in das Schattenreich vordringen, mußte sich von Glorias Geist befreien, um an Raven heranzukommen.

Sonny erinnerte sich an den Besuch, den er Ravens Kommune an der Ostseite der Sandia Mountains in der Nähe von La Cueva abgestattet hatte. Ravens Frauen waren vier versklavte Jammergestalten, die dem Zia-Sonnenkult anhingen. Wie war es dem gutaussehenden und charismatischen Raven nur gelungen, sich die vier Frauen mit Leib und Seele untertan zu machen? Als Lockmittel diente die Aussicht, sich mit ihm zu paaren. Sich zu paaren mit dem Sonnenkönig, mit Raven, dem Träger des Sonnenamuletts, das Sonny ihm damals vom Hals gerissen hatte, als Raven in den Arroyo stürzte.

Tamara hatte mit Raven gemeinsame Sache gemacht, weil sie einen nuklearen Holocaust fürchtete; sie fürchtete, daß nach einem Atomkrieg eine neue Eiszeit über die Erde hereinbrechen würde. Unbegründete Ängste? Der Kalte Krieg war vorüber, daran gab es nichts zu rütteln. Aber nicht für eine Frau wie Tamara, die als Kind grausame Entbehrungen erleiden mußte. Sie hatte Sonny einmal von ihrer Mutter erzählt, einer Zigeunerin, die ihren Körper verkaufen mußte, um die kleine Tamara vor dem Verhungern zu retten.

Der Bezirksstaatsanwalt hatte Veronica einen Handel vorgeschlagen und ihr Straffreiheit zugesagt, wenn sie bereit war, als Kronzeugin auszusagen. Er wollte Tamara Dubronsky zur Strecke bringen. Veronica war ein kleiner Fisch und Tamara ein Hai. Als bekannt wurde, daß sie in den Mordfall verwickelt war, hatte sich die Presse eingehend mit dem Fall befaßt, und die Sensationsmeldungen halfen so mancher Karriere auf die Sprünge. Falls Tamara Dubronsky wegen Anstiftung zum Mord vor Gericht gestellt worden wäre, hätte New Mexico den spektakulärsten Prozeß aller Zeiten erlebt.

»Erzähl mir von Gloria«, hatte Lorenza Villa Sonny gebeten.

Er schilderte ihr, was er gesehen hatte: den bleichen, nackten Körper von Gloria Dominic auf dem Bett. Er hatte auf Anhieb gespürt, daß sich irgendeine seltsame Präsenz im Raum befand.
»Irgend etwas Kaltes.« Er wußte nicht, wie er dies beschreiben sollte.
»Hattest du Angst?«
Sonny haßte den Gedanken, Schwäche einzugestehen, aber er nickte. Ja, er hatte Angst gehabt.
»Du hast die Seele der Toten gespürt, die noch im Raum weilte.«
Sonny hatte damals nicht an Geister geglaubt. Er war schon einmal bei Lorenza gewesen, im Juni, ein kurzer Besuch, und sie hatte ihm das gleiche gesagt. Doch der Zynismus, mit dem er seit seiner Studentenzeit alles, was nicht mit dem Verstand zu erklären war, betrachtete, hinderte ihn daran, sich auf die Reinigungszeremonie einzulassen, zu der sie ihm dringend geraten hatte.
Doch drei Monate, in denen Alpträume und Orientierungslosigkeit zunehmend schlimmer wurden, hatten einen Sinneswandel bewirkt. Warum sollte er es nicht mit einer *limpieza* versuchen, mit der altüberlieferten Methode, der dunklen Mächte Herr zu werden, die ihm Tag für Tag mehr Lebensenergie raubten.
»Das ist *susto*«, sagte Lorenza. »Die Ermordung deiner Cousine hat einen Schock bei dir ausgelöst.«
»Möglich, aber das ist nicht die erste Tote, die ich zu Gesicht bekomme.«
»Aber du und Gloria, ihr standet euch sehr nahe.«
Sonny nickte.
»Sie war erst wenige Minuten tot. Ihre Seele befand sich noch im gleichen Raum. Das ist ganz natürlich. Der Körper stirbt, während die Seele noch an Ort und Stelle verweilt.

Sie hat noch eine wichtige Aufgabe zu erledigen. Eine starke Frau besitzt auch eine starke Seele.«
Sonny war, trotz allen Heldenmuts und Machogehabes, sehr dünnhäutig. Er war ein Mann, der viele Menschen und Seelen anzog wie ein Magnet. Glorias Geist hatte Besitz von ihm ergriffen und zehrte noch immer von seiner Energie.
»Warum so nachdenklich?«
»Tut mir leid, ich habe gerade überlegt. Lorenza meinte, daß ich vielleicht übersinnliche Kräfte besitze.«
»Die hast du.«
»Nein, das glaube ich nicht. Sie wollte wissen, ob ich mich an eine Begebenheit aus einem früheren Leben besinnen könnte oder hellsichtig bin.«
Rita wartete und schwieg.
»Ich sagte, vielleicht. Vielleicht früher einmal, als ich ein Kind war.«
»Erzähl weiter«, ermunterte Rita ihn mit sanfter Stimme.
»Ich habe Stimmen gehört. Oder ich habe es mir zumindest eingebildet, ich hätte Stimmen gehört in meiner Kindheit. Meine Eltern nahmen Armando und mich zu einem Besuch bei meinen Großeltern in Socorro mit. Armando ist in die Spielhalle ausgebüchst, wo ein Poolbillardtisch stand, um heimlich zu rauchen. Ich ging allein auf Entdeckungsreise, im Wäldchen unten am Flußufer. Eigentlich war mir der Ort unheimlich, aber irgend etwas zog mich unwiderstehlich dorthin. Ich streifte durchs Gelände, spitzte die Ohren, hörte das Raunen der Bäume, das leise Murmeln des Flusses, die Stimmen von Tieren ...«
»Was für Tiere?«
»Kojoten. Flußkojoten.«
»Sind die Kojoten davongelaufen, als sie dich entdeckten?«
»Nein. Merkwürdig. Mein *abuelo* erzählte mir, daß Kojoten sehr scheu sind. Sie wurden so lange von den Menschen

gejagt, daß sie ihnen nicht mehr trauen. Die Kojoten hatten ihren Bau in der Nähe. Eine Quelle mündete an dieser Stelle in den Fluß, dort befand sich eine weitläufige, grasbewachsene Lichtung und eine riesige gefällte Schwarzpappel. Unter dem trockenen Geäst hatten sie ihren Bau angelegt. Als ich den Platz entdeckte, dachte ich, daß sie schnurstracks das Weite suchen würden, aber sie rührten sich nicht vom Fleck. Ich beobachtete stundenlang, wie sie mit ihren Jungen spielten. Ich erzählte meinem *abuelo* von den Kojoten, und er sah mich seltsam an und meinte, ich sei offenbar etwas ganz Besonderes. Ich denke, er meinte damit, daß mir die Tiere vertrauten.«

Rita nickte.

»Ich erinnere mich, wie wir einmal Baseball spielten, da war ich ungefähr zwölf. Mit wir meine ich die Burschen aus meiner Clique. Plötzlich war mir, als befände ich mich nicht mehr in meinem Körper. Ich flog über den Köpfen der anderen dahin, und das Spielfeld bot sich in aller Klarheit meinen Blicken dar. Ich konnte die genaue Position der Jungen erkennen, und ich wußte im voraus, ob der Schlagmann treffen würde. Ich wußte, wer das Spiel gewinnen würde. Es war ein seltsames Gefühl, aber ganz real.«

Er sah Rita an. »Das hat nichts zu bedeuten.« Er zuckte die Schultern.

»Es ist wichtig.«

Vielleicht hatte er gewisse Vorahnungen, doch als er seinen Freunden davon erzählte, erklärten sie ihn für verrückt, und so begann er, die Visionen mit aller Macht zu verdrängen. Selbst in diesem Moment fühlte er sich nicht wohl genug, über jene Augenblicke zu sprechen, in denen er meinte, fliegen zu können. Gleichwohl hatten seine Visionen an Klarheit und Schärfe gewonnen, seit er in den Besitz von Ravens Amulett gelangt war.

»Erzähl weiter.«
»Es gab da einmal einen Unfall. Wir hatten bis spätabends draußen gespielt, es wurde schon dunkel. Wir verließen den Park und gingen nach Hause. Ich hatte eine Vision. Ich sah den Unfall, bevor er sich ereignete. Ich wußte, daß Robert Martínez von einem Auto angefahren werden würde. Die Szene spulte sich in allen Einzelheiten in meinem Kopf ab. Ich sah hoch und sah Robert und Nick Pino herumalbern. Bevor ich auch nur einen Ton herausbringen konnte, machte Robert einen Schritt auf die Straße; plötzlich tauchte ein Wagen auf und erfaßte ihn. Er erwischte Roberts Bein, es war gebrochen. Ich war zur Salzsäule erstarrt. Ich war außerstande, ihm rechtzeitig eine Warnung zuzurufen oder mich vom Fleck zu rühren. Aber ich wußte, daß es geschehen würde.«
Sonny erinnerte sich an viele Traumbilder, an Zeiten, in denen die Macht der Vision Besitz von ihm ergriffen hatte.
»Während der *limpieza* mußte ich mich wieder in den Raum zurückversetzen, in dem sich Glorias Leiche befand. Ich sah sie so deutlich vor mir, als stünde sie in diesem Augenblick vor mir. Weiß und wächsern. Ich hätte am liebsten die Hand ausgestreckt und sie berührt.«
»Hast du es getan?«
»Nein.«
»Warum nicht?«
»Keine Ahnung.«
»Sie war tot.«
»Ja. Aber irgendwo in meinem Kopf, tief im Innern, dachte ich wohl, ich könnte sie wieder ins Leben zurückholen. Verrückt, findest du nicht?«
Rita schüttelte den Kopf. »Verrückt? Nein.«
»Ihr beide seid euch sehr ähnlich.« Sonny lächelte. »Don Eliseo hat mir die Geschichte von *el hombre dorado* erzählt.

Dem Mann, der sich auf die Suche nach dem Jungbrunnen machte. Er geriet in den Bann böser Menschen, die seine Seele forderten und ihn dafür mit Gold überschütteten. Nun besitzt er zwar das ewige Leben, aber er hat seine Seele eingebüßt.«

»Aber deine Seele ist sehr empfindsam. Als du dich dagegen gewehrt hast, Glorias Leiche zu berühren, hat dich die Angst gepackt. Diesen Schock nennen wir *susto.* Glorias Geist hat Besitz von deiner Seele ergriffen.«

»Genau das hat Lorenza auch gesagt.«

Er dachte an Tamara Dubronsky. Er hatte sie am darauffolgenden Morgen zur Rede gestellt, ihr mitgeteilt, daß Raven tot war, doch sie hatte erwidert, Raven sei unsterblich. Seine Seele würde in Sonny wiedergeboren werden, hatte sie mit einem verwirrenden Lächeln behauptet, das Sonny verriet, daß sie jedes Wort glaubte. Deshalb sei es nur recht und billig, daß Sonny Ravens Zia-Amulett trug, das Symbol des Zia-Kults.

»Vielleicht verbirgt sich auch Raven in mir.«

Rita seufzte. Ja, er würde tiefer in die Welt der Geister vordringen müssen. Darauf hatte Lorenza ihn mit ihrer Reinigungszeremonie vorbereitet.

»Ein Schock lastet schwer auf der Seele«, erwiderte Rita sanft. »Jeder Schock kann *susto* im Nervensystem auslösen, aber der wirklich schlimme *susto* tritt ein, wenn eine andere Seele uns in Angst und Schrecken versetzt, wenn sie in uns eindringt. Das kann zu Schwermut und Antriebslosigkeit führen. Die andere Seele zehrt von unserer Energie.«

»Wie im Sommer.« Sonny hatte sich so elend und rastlos gefühlt, daß er nicht einmal mit Rita schlafen konnte. In manchen Nächten, wenn er neben ihr im Bett lag, verspürte er nicht das geringste Begehren. Seine Probleme glichen einem Teufelskreis, aus dem es kein Entrinnen gab.

»Ich habe Gloria geliebt. Früher, in der High-School, dachte ich manchmal, ich sei der einzige in meiner Clique, der sich nicht wie ein Macho aufführte. Die anderen prahlten dauernd damit, wie viele Mädchen sie schon flachgelegt hätten. Ich war in dem Glauben erzogen worden, daß man seine Unschuld bis zur Ehe bewahren sollte, du weißt schon, all diese katholischen Gebote. Gloria war die einzige, mit der ich darüber reden konnte. Sie verstand mich. Sie war, nun, einfach zehn Jahre älter und wußte mehr vom Leben. Ich ging oft zu ihr, besuchte sie; damals fühlte sie sich vermutlich genauso einsam wie ich. In der Woche, als die Abschlußfeier stattfand, durfte ich zur Belohnung mit ihr schlafen.«
Er hielt inne und dachte an den Abend zurück, als sie auf ihn gewartet hatte, an ihre Geschenke für ihn, an den Wein und das Kerzenlicht. Die Initiative war von ihr ausgegangen, und plötzlich lösten sich all die Jahre der Freundschaft, die Jahre, in denen sie ihr Begehren in Schach gehalten hatten, in einer Nacht der alles verzehrenden Leidenschaft auf. Es war seine Initiation.
»Und als ich sie tot dort liegen sah ... Ich weiß nicht. Irgend etwas ist in diesem Augenblick mit mir passiert. Wut, Trauer, ich lechzte nach Rache. Vielleicht habe ich ihrer Seele Tür und Tor geöffnet.« Er lachte.
»Möglich. Aber nun muß ihre Seele weiterwandern, die Lebenden freigeben. So will es das Gesetz von Leben und Tod.«
Er sah sie an. Ihre braunen Augen lächelten. Sie verstand ihn. Sie schien die Gedanken lesen zu können, die in seinem Kopf herumspukten.
»Wieso werde ich in diese Sache hineingezogen?«
»Irgend jemand muß Raven unschädlich machen.«
»Und ich wurde auserwählt. Ich habe Lorenza von dem

Zia-Zeichen erzählt, das Veronica mir rund um den Bauchnabel geritzt hat. Als sie mich kopfunter wie einen Ziegenbock aufgehängt hatte und mich töten wollte. Bevor du und Don Eliseo auf der Bildfläche erschienen seid, um mich in letzter Minute zu retten.«

»Das Zia-Symbol stammt von den Puebloindianern, sie benutzen es als Schriftzeichen für die Sonne«, erklärte Rita. »Aber Raven und seine Kommune haben es sich für ihre unheilvollen Ziele zu eigen gemacht. Wir müssen es zurückholen. Die Zia-Sonne ist gut und lebensspendend, sie hat keine negative Kraft.«

Ja, dachte Sonny. Die Macht des Guten muß wieder die Oberhand gewinnen. Wir müssen die *brujos* ihrer Macht berauben, die Hexer, die das Reich des Bösen vertreten.

»Lorenza glaubt, daß Raven die Kräfte eines *brujo* besitzt. Er lebt in der Geisterwelt, deshalb ist er so stark. Ich muß die Kojoten finden, meine Schutzgeister. Im Augenblick ist das der einzige Weg, ihm entgegenzutreten.«

»Im ersten Teil der Reinigungszeremonie wurde Räucherwerk verbrannt und das Böse mit den Federn von Adler und Eule, einem tagaktiven und einem nachtaktiven Vogel, weggefegt. Lorenza bereitete mich gründlich auf die Reise vor. Sie schaltete ein Tonband ein. Ein monotones, leises Trommeln war zu hören, wie aus weiter Ferne. Ich schloß die Augen. Der Rhythmus der Trommeln glich meinem Herzschlag ... ›Stell dir einen See, eine Höhle oder eine Quelle vor‹, forderte sie mich auf. ›Es kann auch ein tiefes Erdloch sein. Es muß ein Ort sein, den du gut kennst.‹ Dann bat sie mich zu singen, was mir gerade einfiel. Und so stimmte ich einen Gesang an, zum Schlag der Trommeln.«

Er hielt inne und blickte Rita an. »Die Worte flossen mir einfach zu: ›Großvater Sonne, erhöre mein Gebet. Ich flehe um euren Beistand, *Tata Díos y los santos.* Ich rufe die vier heiligen Himmelsrichtungen an. Ich rufe die Kachina-Geister der Berge an. Möge die Kraft meiner Ahnen meine Seele stärken. Gebt mir Geleit auf dem Pfad der Sonne. Erfüllt mich mit der Klarheit des Geistes und der Reinheit des Herzens.‹«

»Wundervolle Worte.«

»Während ich sang, geriet ich in Trance. Ich glitt durch die Lüfte ...«

Er war eine Wolke, ein Schatten, der über die Hochebene im Osten New Mexicos glitt, und er erblickte Santa Rosa, eine kleine Stadt, in der er als Kind mit seinen Eltern gewesen war. Er schwebte über einem See, es war der Hidden Lake, ein verborgenes Kleinod in der endlosen Weite der öden Steppenlandschaft des Llano Estacado.

In der Vision befand sich sein Vater auf der einen und seine Mutter auf der anderen Seite des Sees; sein Bruder Armando spielte in der Nähe. Der Vater wollte, daß seine Söhne ihre Heimat kennenlernten, und so unternahm er oft Ausflüge mit Sonny und Armando. Sie gingen mit dem Vater in die Taos-Berge zum Angeln; sahen sich die Ahornbäume in den Manzanos an, die sich im Oktober blutrot färbten; fuhren nach Jemez, um sich in die heißen, mineralhaltigen Quellen zu legen, die blubbernd aus den Tiefen des prähistorischen, erloschenen Vulkans heraufstiegen; erkundeten den Bosque del Apache, um die Ankunft der Schneegänse und der Kraniche im Herbst zu beobachten; besuchten die Folkloreveranstaltung der Navajo und das Rodeo, die im August in Gallup stattfanden.

»Ich möchte, daß ihr euer Land kennenlernt«, hatte sein Vater gesagt. Diese Besichtigungstouren waren Teil ihrer Erziehung im Elternhaus.

Eines Abends im Sommer waren sie in Santa Rosa gewesen.

Sie standen mit Ron Chávez, einem Freund des Vaters, am Ufer eines kleinen blauen Sees, der von hohen ockerfarbenen Sandsteinklippen gesäumt war. Als die Sonne am Horizont unterging, kam es Sonny vor, als sei der Ort verwunschen. Der Hidden Lake. Er erinnerte sich ganz deutlich daran, und als Lorenza ihn gebeten hatte, sich einen See oder Tümpel vorzustellen, dachte er an dieses Juwel von einem See in der roten Abendsonne, das er vor langer Zeit erblickt hatte.

»Ein See«, sagte er mit leiser Stimme zu Rita. »Ich sollte in den See hinuntertauchen. Dort würde meine Reise in die Unterwelt beginnen, an jenen Ort, an dem ich meine gequälte Seele finden würde. Ich mußte meine Tiergeister finden. ›Tauch hinab‹, sagte Lorenza. ›Der See ist ein Zugang zur Unterwelt. Hab keine Angst. Tauche einfach hinein. Tauche bis zum Grund. Berühre nichts auf deinem Weg in die Tiefe.‹«

Sonny hielt inne. Was danach kam, war verrückt. Er warf Rita einen raschen Blick zu.

»Verdammt.« Er schüttelte den Kopf. »Gerade als ich tauchen wollte, verblaßte das Bild des Sees, und ich sah Gloria vor mir!«

»Der Zugang zur Unterwelt war Gloria.«

Er nickte.

»Was hat Lorenza gesagt?«

»In Gloria einzudringen, sei eine Reise in den Schoß von Mutter Erde, in die Welt der Geister, an einen Ort, so tief in meinem Bewußtsein verborgen, daß ich noch nie dorthin gelangt sei. Gloria hatte von mir Besitz ergriffen, aber sie wollte mir auch helfen. Ich drang in sie ein, fiel tiefer und tiefer ins Nichts, erblickte Wucherungen, die giftigen Pilzen glichen. Das waren, wie Lorenza mir später erklärte, die Narben des sexuellen Mißbrauchs, den sie im Leben erlitten hatte. Manche, die in eine Quelle oder einen See hinabtauchen, beschreiben ähnliche Verwachsungen. Doch wie dem auch sei, nun verfüge ich über die Kraft, um mich im Kampf mit Raven zu messen.«

»Du hast die Kojoten gefunden.«

»Der Kojote ist mein *nagual.* Das Rudel kam, um mir bei der Reise beizustehen.«

Sonny schüttelte den Kopf. Er fühlte sich stark, wesentlich stärker als im Sommer. Daß er die Kojoten aufgespürt hatte und mit ihnen um die Wette gelaufen war, hatte seine Energie erneuert.

Lorenza hatte mit der Adlerfeder über seinen Körper gestrichen und die dunklen Mächte vertrieben. Ein Gefühl der Leichtigkeit und Helligkeit war an ihre Stelle getreten, ähnlich den *Señores y Señoras de la Luz,* die in Don Eliseos Universum eine so große Rolle spielten. Sie umhüllten seinen irdischen Körper, füllten ihn von Kopf bis Fuß mit ihrem Leuchten.

Er hatte sich gesträubt, als Rita ihm das erste Mal vorschlug, die Heilerin aufzusuchen, aber nun spürte er die Kräfte dieser Frau. Sie hatte den *susto* in seiner Seele vertrieben und ihm den Weg zur den machtvollen Kojoten gewiesen. Er mußte zugeben, daß die Reise, von der er gerade zurückgekehrt war, ihn, den Skeptiker, eines Besseren belehrt hatte. Sie hatte ihm segnend die Hände aufgelegt, Gebete und Gesänge angestimmt, in Spanisch und in der alten Nahuatl-Sprache der Azteken. Dann hatte sie noch mehr Kopal als Opfergabe verbrannt und zur Jungfrau von Guadalupe gebetet, der Heiligen Mutter Gottes der beiden Amerikas.

Als das Ritual beendet war, hatte sie Sonny die mitgebrachte Kerze gereicht und ihn aufgefordert, sie anzuzünden. Die Gestalten der Kojoten aus seiner Vision erschienen im Rauch.

»Der Kojote ist ein Einzelgänger wie ich«, sagte er zu Rita. »Er streift durch die Prärie und reißt hin und wieder ein Schaf, um seine Familie zu ernähren. Die Viehzüchter machen Jagd mit ihren Gewehren auf ihn, aber er ist zäh. Er ist ein Meister in der Kunst des Überlebens.«
»In einer indianischen Legende heißt es, der Kojote sei ein Gauner, mit allen Wassern gewaschen. Er gerät ständig in Schwierigkeiten, aber seine Kapriolen sind für die Menschen eine Lektion.«
»Lorenza hätte Gloria helfen können.«
»Ja. Sie starb auf grauenvolle Weise, unter furchtbaren inneren Schmerzen. Sie hatte Hilfe bei den falschen Menschen gesucht. Raven benutzte sie nur, er wollte ihr Geld, und als er es hatte, ließ er sie umbringen.«
Rita musterte Sonny. »Du fühlst dich gut nach der *limpieza*, oder?«
»Ja. Ich könnte Bäume ausreißen. Ich hätte Lust –« Er zwinkerte ihr zu.
»Heute abend vorbeizukommen?« beendete Rita lächelnd den Satz.
»Wie hast du das erraten? Es geht mir viel besser. Ich fühle mich einfach phantastisch!«
Sie küßte ihn und stieg aus.
»*Cuidao, amor*«, verabschiedete sie sich. Dann ging sie ins Restaurant.

5

Sonny fuhr nach Hause, nach Ranchitos. Nur wenige der alten Adobehäuser in der vormals ländlichen Ansiedlung gehörten noch den Mexicanos, den ursprünglichen Bewohnern der Talsenke; der Rest war von Bau- und Immobilienfirmen aufgekauft und parzelliert worden. Die hispanischen Enklaven des ehemals traditionsverhafteten North Valley waren mit exklusiven Herrenhäusern im nachgemachten Adobestil übersät. Sie befanden sich im Besitz von Menschen, die über genug Geld verfügten, um ein Stück Land zu erwerben und protzige Landsitze nach ihrem Geschmack darauf errichten zu lassen. Die alten Ansiedlungen in der Talsenke waren dem Erdboden gleichgemacht und die Felder umgepflügt und mit Reihenhäusern zugebaut worden, für die Pendler, die in der Stadt arbeiteten.

Abwanderung der Mittelschicht in einen sanierten Vorstadtbereich, nannten die Lokalzeitungen den Prozeß. Enteignung, konterten die Chicanos. Die Liegenschaftssteuern stiegen unaufhaltsam, und den Hispanos im Tal blieb keine andere Wahl, als zu verkaufen. Als immer mehr alteingesessene Familien ihr Dach über dem Kopf verloren und wegzogen, war das Ambiente, das für die Wohlhabenden einst den Reiz des North Valley ausgemacht hatte, unwiederbringlich verschwunden. Nur wenige erkannten, daß sie die Gans geschlachtet hatten, die goldene Eier legte.

Don Eliseo und seine beiden Freunde waren in dem kleinen Vorgarten beschäftigt, als Sonny seinen Wagen in der Einfahrt parkte. Er röstete gemeinsam mit Doña Concha und Don Toto einen Weidenkorb voll mit grünem Chili, den er auf dem Feld neben seinem Haus anbaute. Langsam und sorgfältig legte er die scharfen grünen Schoten auf den Grill, drehte sie behutsam auf die andere Seite, und wenn die Haut gleichmäßig braun war und Blasen warf, nahm er sie herunter und schichtete sie in einen Tiegel.

Don Totos Aufgabe bestand darin, sich zu vergewissern, daß die frisch gerösteten Chilischoten mit einem feuchten Handtuch zugedeckt waren und dampften, so daß sich die Haut leichter abziehen ließ. Außerdem sorgte er dafür, daß die Gläser stets gefüllt blieben, mit einem edlen Tröpfchen aus eigenem Anbau. Seine Vorfahren hatten schon im siebzehnten Jahrhundert Rebstöcke in ihren Weingärten im North Valley kultiviert. Inzwischen war der Bestand auf nicht mehr als ein Dutzend Rebstöcke geschrumpft, aber er konnte genug Wein keltern, um sich selbst und seine Freunde den Winter über zu versorgen.

Doña Concha, in Jeans und weißer Bluse, mit dicken kreisrunden Rougeklecksen auf den Wangen, die schmalen Lippen mit einem knalligen purpurfarbenen Lippenstift betont, schob fortwährend ihren verrutschten Büstenhalter hoch, während sie die Haut der Chilischoten abzog. Sie legte jeweils acht oder zehn in eine Plastiktüte, die als Vorrat für den Winter eingefroren werden sollten.

Sie rösteten gerade die letzten grünen Chilischoten. Die roten waren bereits zu Ketten aufgefädelt. Drei lange, dicke *ristras* mit roten Chilischoten hingen an der Mauer an der Vorderseite, der Südseite des Hauses, zum Trocknen in der warmen Sonne.

»Elfego, *cómo 'stás?*« rief Don Eliseo zu Sonny herüber. »Komm, trink einen Schluck Wein mit uns.«

Sonny überquerte die schmale Straße und setzte sich zu ihnen unter das schattige Blätterdach des Baumes. Er fühlte sich wohl in der Gesellschaft der drei rüstigen Alten; es machte ihnen Spaß, Sonny aufzuziehen, und er hatte ebenfalls seine helle Freude an den derben Späßen.

»Hallo, Schätzchen«, begrüßte ihn La Concha lächelnd. »Wenn ich nicht die Hände voll scharfer Chilischoten hätte, würde ich dich umarmen. *No quiero enchilarte.*«

»Concha, *querida*, du machst auch so jeden Mann scharf«, lächelte Sonny und küßte sie auf die Wange. Dann nahm er dankend das Glas Wein entgegen, das Toto ihm reichte.

»*Hijola!*« grinste Concha. »Habt ihr das gehört, Jungs? Der Bursche ist so scharf wie Chilischoten!«

»Vielleicht kann die *curandera* ja Abhilfe schaffen«, schlug Don Eliseo augenzwinkernd vor.

Concha stieß Sonny an. »Hat sie dich scharfgemacht?«

»Du bist zu beneiden, Sonny!« Don Toto schlug ihm anerkennend auf die Schultern. »Ein Prachtweib, diese Lorenza!«

»Viel zu jung für dich«, kicherte Concha.

»Mit vierzig sind sie gerade richtig. In deinem Alter hat man Gelüste, aber keinen Saft mehr«, feixte Toto.

Concha funkelte ihn an. »Seht ihr?« Sie nahm eine geröstete Chilischote vom Grill, welk und mitgenommen von der Gluthitze. »Schlapp wie Totos!« Sie brach in Gelächter aus.

»*Pues*, prall sind sie besser«, erwiderte Don Toto lächelnd. »Streu Salz drauf, und dann ab damit in deine Tortilla.« Er leckte sich genüßlich die Lippen.

»Eine scharfe Chilischote, umhüllt von einer Tortilla.« Concha zwinkerte Sonny zu. »Ist das nicht erotisch?«

»Sehr erotisch.« Sonny setzte sich in den alten Klubsessel, den Don Eliseo neben der riesigen Pappel aufgestellt hatte. Der Tag war warm geworden, so daß man draußen in Hemdsärmeln arbeiten konnte.

»Glücklich klingt das nicht gerade«, stellte Don Eliseo fest. »Wie war die *curandera*?«

»Sie war gut.«
»Nur gut?« hakte Don Eliseo nach. Der alte Mann wußte, wenn Sonny der Schuh drückte. Zwei Jahre lang wohnte der junge Mann in dem kleinen Adobehäuschen auf der gegenüberliegenden Straßenseite, und in dieser Zeit war er Don Eliseo wie ein Sohn geworden.
»Vielleicht braucht Sonny eine Frau mit Erfahrung«, meinte Concha. »Wie mich.«
»Sie hat recht.« Don Toto füllte die Gläser nach. »Concha kannte früher alle *curanderas* im Tal. Und sie war imstande, jemanden von *el mal ojo* zu befreien.«
»Dazu muß man nur ein Ei auf die Stirn der Person legen«, erklärte Concha, »und den Körper damit einreiben, vor allem den Bauch. Dann schlägt man das Ei über einem Glas Wasser auf, und sofort kann man *el mal* sehen. Meistens stammt der Schadenszauber von jemandem, der einen Säugling in der Wiege zu lange angeschaut hat. Du weißt schon, wenn ein Baby so niedlich ist, daß man sich an ihm nicht sattsehen kann. Wenn man einen anderen Menschen vergöttert, raubt man ihm die Seele. Die Seele eines Säuglings ist jung und unwissend, und so ist es für einen älteren Menschen ein leichtes, sie herauszulocken. Das Kind wird daraufhin krank. Der Geist ist stark, *sabes.* Man kann jemandem die Seele rauben, wie du siehst, übrigens auch, wenn man verliebt ist, *ese*! Ich wette, Rita hat dich auf diese Weise rumgekriegt und restlos eingewickelt!«
»Kein Wunder bei dieser scharfen Tortilla!« lachte Don Toto und trank.
Sonny lächelte.
»Und so gerät man aus dem inneren Gleichgewicht, wie *los indios* sagen«, fuhr Concha fort. »Die Person, die für *mal ojo* verantwortlich ist, muß auf die Stirn des Kindes spucken. Viele Leute glauben, es sei der Speichel, der heilende Wir-

kung hat, aber das ist ein Trugschluß, Schätzchen. Es ist der Atem. Der Atem haucht Leben ein, der Atem gibt dem Kind die Seele zurück und läßt es genesen. Ach, früher gab es überall in unserem Tal *curanderas*, die für jede Krankheit die richtige Medizin kannten. *Mujeres fuertes*, starke weise Frauen. Sie behandelten und heilten jedermann, halfen den Müttern bei der Entbindung, und –«

An dieser Stelle hielt sie inne, und ihre hellen grünlichen Augen blickten Sonny unverwandt an. »Sie nahmen es mit *el demonio* auf. Sie waren die einzigen, die wußten, wie man den Teufel bekämpft. *La gente* hat es damals nicht erkannt, aber als die letzte *curandera* starb, war niemand mehr da, um den *brujas del diabolo* das Handwerk zu legen. Man findet noch vereinzelt junge Frauen, die es lernen möchten, wie Lorenza. *Pero qué saben*? Sie haben keine Ahnung, wie mächtig das Böse ist. Schau dich nur um, was aus *la gente* geworden ist. Die jungen Leute spielen verrückt, genau wie ihre Eltern. Rauschgift, Alkohol, überall Gewalt. Der Teufel treibt sein Unwesen, und es gibt niemanden, der seinen *brujas* Einhalt zu gebieten vermag.«

Don Eliseo und Don Toto nickten zustimmend.

»Oh, natürlich gibt es die Medizinmänner in den Pueblos«, fuhr Concha fort. »Aber die Leute haben keine Lust mehr, bei ihnen Rat und Hilfe zu suchen. Sie gehen lieber zum Schaufensterbummel in die riesigen Einkaufszentren oder ins Kino; sie sind blind für die einzig wirksame Medizin.«

»Unsere uralten Sitten und Gebräuche sterben nach und nach aus«, klagte Don Eliseo.

Das Trio – die *Duendes* oder Kobolde, wie sie sich nannten – hatte Sonny im Juni auf Veronicas Spur geführt, direkt zu ihrem Haus. Als Veronica Sonny in eine Falle gelockt, ihn kopfunter wie einen Ziegenbock zum Schlachten aufgehängt und sich angeschickt hatte, ihn zu töten, war es nur

Don Eliseos und Ritas beherztem Eingreifen zu verdanken, daß ihm das Schicksal erspart blieb, ein weiteres Menschenopfer des Zia-Kults zu werden. Sie hielten Veronica für eine Hexe, eine *bruja*, die Schwarze Magie im schlimmsten Sinne des Wortes betrieb.

Sonny erzählte ihnen von Veronicas Ende.

»Eine schlimme Art, zu sterben«, erklärte Don Toto mit stoischer Gelassenheit. »Sie war zu Lebzeiten mit dem Teufel im Bunde, und nun hat er sie geholt.«

»Sie war es, die Gloria umgebracht hat«, sagte Sonny. »Der Befehl stammte zwar von Raven, aber Veronica hat ihn ausgeführt.«

Er blickte über das abgeerntete Maisfeld und sah wieder Gloria Dominics Leiche vor sich, so klar wie an dem Morgen ihres Todes. Ihr makelloser Körper lag auf dem weißen Satinlaken, erstarrt im eisernen Griff des Todes, ausgeblutet. Dieses Bild hatte ihn den ganzen Sommer lang nicht mehr losgelassen. Ihr Tod war noch nicht gesühnt. Sie brannte darauf, daß ihre Mörder bestraft wurden.

Die Seele eines Menschen, der eines gewaltsamen Todes starb, fand keine Ruhe. Sie begab sich auf die Wanderschaft, streifte nachts rastlos am Fluß und an den *acequias* entlang, über die Friedhöfe und die dunklen Straßen.

La Llorana war ein solcher Geist. Sie hatte zu Lebzeiten eine der größten Todsünden begangen und ihre eigenen Kinder ertränkt. Sie war dazu verdammt, am Ufer des Flusses nach den Leichen ihrer Söhne zu suchen. La Llorana, die wehklagende Frau, eine Legende, die Kinder schaudern machte. Enthielt sie die Warnung, daß selbst Eltern fähig waren, ihr eigen Fleisch und Blut zu töten? Alle Geschichten und *cuentos* beinhalteten eine Botschaft; vielleicht war das die Lehre, die man aus der Geschichte von La Llorana ziehen konnte.

»Die Reinigungszeremonie wird mir helfen.«
»Ja, die *limpieza* vertreibt die bösen Geister«, nickte Concha.
Don Eliseo musterte Sonny. Der junge Mann hatte noch Respekt vor dem Alter, fand immer Zeit für einen Schwatz unter Nachbarn und lauschte gebannt, wenn sie Geschichten aus alter Zeit erzählten. Nicht wie seine leiblichen Söhne und Töchter, die in allen vier Himmelsrichtungen der Stadt wohnten und viel zu beschäftigt waren, um ihren alten Vater zu besuchen.
»Also wird La Tamara ungeschoren davonkommen«, meinte Don Eliseo nachdenklich. »Und Veronica wurde tatsächlich ermordet?«
»Ja.« Sonny nickte und betrachtete das zerfurchte Gesicht des alten Mannes. Don Eliseos Augen waren kristallklar und braun, so strahlend und hell wie die Sonne, zu der er jeden Morgen betete. Das Licht von achtzig Lebensjahren hatte Don Eliseo durchdrungen, hatte seinen Geist mit Klarheit erfüllt, und es spiegelte sich in seinem Gesicht und in seinen Augen wider.
Sonny trank seinen Wein aus und stand auf.
»Von Raven«, sagte der alte Mann.
»Ja. Er lebt, er ist zurückgekehrt.«
»*Póngate la cruz*«, flüsterte Concha und bekreuzigte sich eilends.
»Um sich zu holen, was ihm gehört.«
Der alte Mann wußte, daß Sonny Ravens Amulett trug. Die Mitglieder von Ravens Kult und Tamara Dubronsky ließen nicht locker; sie hatten noch eine Rechnung mit Sonny zu begleichen.
»Ja. Und ich muß ihn vernichten, bevor er mich vernichtet.«
»Du wirst es schon schaffen, Sonny«, ermunterte ihn Don Toto.
»*Pero con cuidao*«, rief La Concha. »Nur wenn er es schlau

anfängt. Dieser Raven ist ein *brujo,* er kann fliegen. *Brujos* haben große Macht.«

»Die fehlt mir.«

Concha sah Don Eliseo an.

»Hat die *curandera* dir von dem Kojoten erzählt?« fragte Don Eliseo.

Sonny lächelte. Der alte Mann wußte davon. Er hatte Sonny schon vor langer Zeit gesagt, daß der Geist des Kojoten in ihm schlummerte.

»*Sí*«, nickte Sonny.

»*Pués, ten fé.* Du mußt ihr vertrauen. Sie ist jung und stark –«

»Nicht so saft- und kraftlos wie wir *gastados*«, unterbrach ihn Concha.

»Du mußt ihr vertrauen, Sonny«, wiederholte Don Eliseo beschwörend. »Aber es wird nicht leicht werden. Raven ist ein *brujo.* Er kann fliegen.«

»Man weiß nie genau, ob er ein Mensch oder ein Rabe ist«, meinte Concha.

»Manche *brujos* fliegen durch die Lüfte wie ein Feuerball«, flüsterte Don Toto und stärkte sich mit einem kräftigen Schluck Wein.

Die drei glaubten an Zauberei und Hexenwerk. Sie hatten viele Geschichten über Menschen gehört, die auf den öden Hochebenen des Llano oder im Wald von brennenden Feuerbällen verfolgt wurden. Menschen, die Stein und Bein schworen, daß sie die hüpfenden Feuerbälle, die hinter ihnen herjagten, mit eigenen Augen gesehen hatten.

Ja, dachte Sonny, die drei glaubten an Zauberei und Hexenwerk.

»*Bueno,* ich werde mich jetzt ein bißchen hinlegen.«

»Bleib doch und iß mit uns zu Mittag. Ich koche *chili con carne*«, lud Concha ihn ein.

»Das beste im ganzen Land«, bestätigte Don Toto lächelnd.

»*Gracias.* Aber ich muß noch ein paar wichtige Dinge erledigen. *Adiós.*«
»*Adiós*«, riefen sie ihm nach, als Sonny über die schmale Straße ging. Er betrat das sonnendurchflutete kleine Haus und schaltete als erstes den Ventilator an. Selbst im Oktober besaß die Sonne, die durch das Küchenfenster schien, noch so viel Kraft, daß sie die Räume aufgeheizt hatte. Auf dem Weg zur Küche hielt er vor der Kredenz inne und sah in den Spiegel. Er griff in sein Hemd und zog das Amulett – für jedermann sichtbar – heraus.
Raven war zurückgekehrt, um sich an Sonny zu rächen. Vielleicht hatte Tamara einen Mafioso beauftragt, oder einen Ganoven aus der Gegend, ihr Veronica vom Hals zu schaffen. Dann waren Ravens Federn bewußt am Tatort hinterlassen worden, um Sonny auf eine falsche Spur zu lenken und ihn zu einer Unachtsamkeit zu verleiten.
Im Herbst kehrten die Rabenkrähen in hellen Scharen zurück, um sich während des Winters tagsüber von den Abfällen der Stadt zu ernähren und nachts in den Schwarzpappeln unten am Fluß zu nisten. Den ganzen Winter über flogen die riesigen Schwärme am frühen Morgen auf der Suche nach Nahrung davon und kehrten in der Abenddämmerung zum Fluß, in das kahle Geäst der Bäume, zurück. Rabenkrähen sind keine Jäger, die ihre Beute töten, sondern Aasfresser; sie begnügen sich mit Tieren, die überfahren am Straßenrand liegen, und Abfällen. Was war, wenn die vier Federn von einer Flußkrähe stammten?
Nein, er wußte es besser. Die Federn enthielten eine Botschaft für ihn. Raven hatte Veronica dazu gebracht, mit ihm eine Fahrt im Heißluftballon zu unternehmen, und sie dann aus dem Korb gestoßen. Er war sich dessen absolut sicher, genau wie Howard, und sogar Polizeichef Garcia schien ihren Verdacht zu teilen. Aber es gab nicht den geringsten

Beweis – es sei denn, Raven hatte Glorias Geld dazu benutzt, die Kaution zu stellen und Veronica höchstpersönlich aus dem Gefängnis zu holen.
Nein, nein und nochmals nein! Dafür war er viel zu gerissen. Er würde erst dann in Erscheinung treten, wenn er selbst den Zeitpunkt für richtig hielt, und keine Minute vorher.
Der Mord war ein empfindlicher Schlag für die Heißluftballon-Fiesta. Tausende von Besuchern waren in die Stadt gekommen, um dem spektakulären Ereignis beizuwohnen; siebenhundert Piloten hatten sich für den Massenstart gemeldet, und ein grauenvoller Tod wie dieser war keine gute Reklame. Gleich am ersten Tag mußte man einen Toten beklagen. Sie würden die Meldung in den 6-Uhr-Nachrichten bringen, und morgen konnte man die Schlagzeilen auf der Titelseiten der Zeitungen lesen.
Sonny wußte aus Ben Chávez' Romanen, daß früher den Hexen ein geflochtener Weidenkorb als Sarg diente, damit der Leichnam schneller verweste. Sie wurden nicht in der geweihten Erde des Friedhofs beigesetzt, sondern im nassen Lehm entlang des Flußbetts verscharrt.
Sonny stand vor dem Spiegel und erinnerte sich an die Geschichten, die er während seiner Kindheit gehört hatte, Geschichten, die ihm seine Großeltern erzählt hatten, wenn er bei ihnen zu Besuch in Socorro war.
Hexen mußten mit einer Kugel getötet werden, in die ein Kreuz eingeritzt war, Kugeln, die der Priester mit Weihwasser besprengt hatte. Sein Vater hatte die Geschichte eines Mannes erzählt, der Tag und Nacht von einer Eule verfolgt wurde, die es auf sein Leben abgesehen hatte. Alle Bemühungen, die Eule zu töten, waren vergebens. Monatelang tat der bedauernswerte Mann kein Auge zu, fand keine Ruhe. Er war dem Tode nahe, als er endlich auf die Idee kam, die Kugel mit einem Kreuz zu versehen und sie vom Priester mit

Weihwasser segnen zu lassen. Diese Kugel feuerte er auf die Eule ab, als sie nachts wiederkam.
Am Morgen entdeckte er eine Blutlache am Fuß des Baumes, in dem die Eule ihren Nistplatz gehabt hatte, aber keine Spur von dem Tier. Er lief zum Haus seines Freundes, und gemeinsam folgten sie der Blutspur bis zur Behausung einer alten Frau, die in dem Ruf stand, eine Hexe zu sein. Sie hatte schon viele Bewohner des Tales mit einem Fluch belegt. Der Mann hatte sie entlarvt und angeprangert, und nun hatte sie sich an ihm rächen wollen. Sie fanden die Alte, tot, gestorben an einer Kugel, die das Zeichen des Kreuzes trug.
»Geschichten«, murmelte Sonny. »Das sind doch nur Geschichten; so etwas gibt es in Wirklichkeit gar nicht.«
Er berührte das Amulett an seinem Hals. Er trug es Tag und Nacht, fast, als folge er einem inneren Zwang. Er hatte sich immer wieder geschworen, es bei nächster Gelegenheit der Staatsanwaltschaft zu übergeben. Schließlich war es ein Beweisstück in einem Mordfall.
Er erinnerte sich an Tamaras Worte an dem Morgen, als sie verhaftet wurde. Sie hatte ihn immer wieder aufgefordert, das Amulett zu behalten und zu tragen, denn er sei der neue Raven.
»Raven ist unsterblich. Er wird zurückkehren, und deine einzige Hoffnung ist das Amulett.«
Was, zum Teufel, hatte sie damit gemeint? Daß ihm dieses Amulett Macht über Raven verlieh? Wenn ja, dann war Raven gekommen, um es zurückzuholen.
Wie bin ich bloß in die Welt der bösen Geister und Dämonen geraten, die von einem Menschen Besitz ergreifen? dachte Sonny.
Vielleicht hatte er schon immer eine besondere Beziehung zu dieser Welt gehabt. Ihn faszinierten die Geschichten von

Menschen, die Tiergestalt annehmen konnten, von *brujos*, die in der Lage waren zu fliegen, und selbst die einfache Warnung, jemanden nicht aus dem Schlaf zu reißen, weil sich die Seele nicht im Körper befand, sondern umherflog. Die Seele konnte fliegen, und sie brachte von ihrer Reise das zurück, was die Menschen Traum nannten.

»Lauf und weck deinen Vater auf«, pflegte seine Mutter zu sagen. »Aber geh leise und flüstere.« Und er betrat das Schlafzimmer und rief leise: »Papá, Papá …« bis sich sein Vater im Bett regte.

»*La vida es sueño*«, hatte Don Eliseo den berühmten Dichter Calderón de la Barca zitiert. »Wir träumen fortwährend, unsere Seele ist die größte Träumerin. Sie liebt es umherzufliegen, um die Welt kennenzulernen. Bist du jemals an einen Ort gekommen, an dem du nie zuvor warst, und meinst, ihn zu kennen?«

»Das nennt man ein Déja-vu-Erlebnis«, erwiderte Sonny.

»*Qué?*«

»Das ist französisch und bedeutet, man hat den Eindruck, man habe das Gesehene oder Erlebte in gleicher Weise schon einmal gesehen oder erlebt.«

»*Sí. Dejavu.* Das Wort gefällt mir. Die *Franceses* sind wahre Meister des Wortes. Stell dir vor, sogar die kleinen Kinder können dort Französisch sprechen!« Don Eliseo klatschte vergnügt in die Hände und lachte. »Hast du verstanden? Die französischen Kinder sind so schlau, daß sie französisch sprechen können.«

»Hab' schon kapiert.«

Sonny betrachtete sich im Spiegel. Verdammt, er war dreißig, daran gab es nichts zu rütteln, er wurde sogar einunddreißig am Ende des Monats. An Halloween, wenn die Kinder abends klingelten und Süßigkeiten forderten, damit sie ihm keine Streiche spielten, würde er feiern, daß ein

weiteres Jahr seines Lebens vorbei war. Was ist schon ein Jahr, dachte er. Als Hengst bin ich immer noch Spitzenklasse, bei bester Gesundheit.
Cabrón, siehst gar nicht so schlecht aus! Er grinste und entblößte seine weißen ebenmäßigen Zähne. Er war drahtig und muskulös, mit dunklem lockigem Haar; die Frauen mochten ihn. Seine Augen waren dunkelbraun, manchmal schwarz wie Kaffeebohnen, je nachdem, in welcher Stimmung er sich gerade befand. Er hatte sich in letzter Zeit nicht besonders gut gefühlt, na und? Lorenzas Behandlung würde das Problem lösen. Er wollte daran glauben.
Er erinnerte sich an Ravens dunkle Züge, an das lange, glänzende Haar, das zum Pferdeschwanz gebunden war, an die Adlernase. Sonnys Nase war ähnlich, sein Kinn stark ausgeprägt, vorspringend, mit einem Grübchen in der Mitte. Er hatte eine gewisse Ähnlichkeit mit Raven, vielleicht glich er Raven sogar mehr als Armando, seinem leiblichen Zwillingsbruder. In den *Barrios* des South Valley, wo Sonny aufgewachsen war, hätten Raven und er als Brüder durchgehen können.
Sonny tastete nach dem Amulett. Er wird kommen, um es zu holen. Er braucht die Macht der Zia-Sonne.
Das Telefon läutete, riß ihn aus seinen Gedanken. Madge Swenson war am Apparat. Sie war für den reibungslosen Ablauf der Fiesta verantwortlich. »Hast du schon gehört, was passiert ist?« fragte sie. Sonny erzählte ihr, daß er am Fundort der Leiche gewesen war. »Ich muß unbedingt mit dir sprechen.«
»Über den Mord?«
»Nicht am Telefon. Es ist dringend.«
»Warum?«
»Ich ... ich brauche deine Hilfe. Kannst du herkommen? Ich bin in der Zentrale von Fiesta Control.«

»Hast du eine Liste der Piloten, die heute morgen gestartet sind, mit Insassen?«

»Natürlich –« Sie unterbrach sich jäh. »Sag mal, recherchierst du für jemanden?« fragte sie mißtrauisch.

»Nur für mich selbst.«

»Wie schnell kannst du hier sein?«

»Bin schon unterwegs.«

Er legte den Hörer auf. Die mit allen Wassern gewaschene, ungemein attraktive Madge Swenson brauchte also seine Hilfe. Ein Mord gleich am ersten Tag der Fiesta war eine Sensation, die zahlreiche Pläne zu durchkreuzen vermochte.

6

Sonny sprang kurz unter die Dusche und zog ein frisches Hemd an. Er wußte, daß der Heißluftballon, in dem sich Veronica befunden hatte, nicht auf der offiziellen Teilnehmerliste stand, und es gab noch andere beunruhigende Geschehnisse rund um die Fiesta, die ihn nicht mehr losließen. Er mußte schnellstens herausfinden, welche prominenten Persönlichkeiten sich derzeit in der Stadt aufhielten und wer eine Ballonfahrt gebucht hatte.

Auf dem Weg zum Startplatz rief er Howard über Autotelefon an.

»Howie, gibt's was Neues?«

»Ich hab' mich wegen der Kaution umgehört. Veronica hatte sich bereit erklärt, als Kronzeugin gegen Tamara auszusagen, wenn sie dafür bis zur Verhandlung auf freien Fuß gesetzt würde. Sie würde da drinnen vor die Hunde gehen, behauptete sie. Der Staatsanwalt war einverstanden, und gestern am späten Nachmittag tauchte eine Frau mit einer Viertelmillion Dollar auf, in bar.«

An dem Abend ihrer Ermordung hatte Gloria Dominic eine beträchtliche Summe von Akira Morino erhalten. Zweifellos war ein Teil des Geldes als Kaution für Veronica verwendet worden.

»Veronica konnte ihre wiedergewonnene Freiheit also nur eine einzige Nacht auskosten. Wer war die Frau?«

Howard lachte.

»Schwester Hawk.«

»Eine von Ravens Frauen.«

»Richtig. Name, Anschrift, alles erfunden. Ziemlich peinlich für den Bezirksstaatsanwalt.«

»Ja, kann ich mir vorstellen«, grinste Sonny.

»Der Chief hat unseren Zeichner angewiesen, ein Phantombild anzufertigen, aber es wird sich wohl herausstellen, daß die Frau ein Mitglied der Kommune ist. Oder eine Unbekannte, die Raven auf der Straße angesprochen und gegen ein entsprechendes Entgelt mit der Geldübergabe betraut hat. Es ist schließlich kein Verbrechen, Kaution für jemanden zu hinterlegen, auch wenn die betreffende Person ein paar Stunden später ermordet wird.«

»Veronica verbrachte also die Nacht mit Raven, genug Zeit, sie zu der Ballonfahrt am Morgen zu überreden. Sie begleitete ihn, vertraute ihm ... Aber da ist noch was anderes, Howie, irgend etwas.«

»*Qué?*«

»Ich weiß es nicht, nur so ein vages Gefühl. Gibt es Augenzeugen, ich meine, verläßliche?«

»Nein. Garcias Männer haben zahllose Leute auf der West Mesa befragt, aber niemand hat wirklich gesehen, wie es passiert ist.«

»Außer dem anonymen Anrufer.«

»Richtig, aber wer immer die Polizei benachrichtigt haben mag, will nicht, daß seine Identität bekannt wird. Wir müssen also bei Null beginnen.«

»Madge Swenson hat gerade angerufen. Sie will mich unbedingt sprechen.«

»Der Mord wirft ein schlechtes Licht auf die Fiesta.«

»Ja.«

Es herrschte eine kurze Pause.

»Fährst du hin?«

»Bin schon auf dem Weg.«

»Aha, es wird immer spannender, mein lieber Watson. Warum rufen alle gutaussehenden Frauen in Albu-Kirk ausgerechnet dich an, kannst du mir das verraten? Hast du mit ihr zusammen die Schulbank gedrückt?«

»Nein, sie lebte mit ihren Eltern in El Dorado. Wir haben uns im letzten Studienjahr an der Universität kennengelernt, im Rahmen eines Studentenaustauschs. Ich glaube, die Psychiater haben sich dieses Programm für die finanziell minderbemittelten Burschen im South Valley ausgedacht, um unsere Bildung abzurunden und uns zu zeigen, wie die andere Hälfte der Bevölkerung lebt. Wir haben eine Woche lang als Gaststudenten bei einer Familie in den Heights gewohnt, und einige der jungen Leuten aus dem Luxusviertel wurden hier bei uns, in einem der Barrios, untergebracht.«

»Und du bist in Madges Familie gelandet?«

»Du hast's erraten.«

»Du mußt beim lieben Gott einen Stein im Brett haben.«

»Wohl wahr. Es stellte sich heraus, daß sich die achtzehnjährige Tochter des Hauses für mehr als ihre Hausaufgaben interessierte.«

»Du Glückspilz! Also Kost und Logie einschließlich Sex?«

»Nein –«

»Nein? Was heißt hier ›Nein‹?«

»Sie war ein *anständiges* Mädchen.«

»Nein, das darf doch nicht wahr sein!«

»Es war trotzdem eine schöne Zeit. Ich bin ihr dann vor ein paar Jahren wieder begegnet. Als ich bei der Heißluftballon-Fiesta vor zwei Jahren die Luftüberwachung für Fiesta Control übernommen habe. Sie brauchten jemanden, der ihren Hubschrauber fliegen konnte –«

»Bist du da wenigstens auf deine Kosten gekommen?«

»Nein.«

»He, so langsam mache ich mir deinetwegen Sorgen, mein Freund.«

»Ich hatte Rita gerade kennengelernt.«
»Aha, schon verstanden. Und jetzt?«
»Jetzt bin ich einfach nur neugierig.«
»*Bueno. Cuidado,* paß auf, daß du dir nicht die Finger verbrennst. Ich hab' sie im Fernsehen gesehen; sie sieht verdammt gut aus.«
»*Capito*«, erwiderte Sonny und legte auf.
In der Fahrerkabine des Pick-up war es heiß. Eine Fliege summte gegen die Fensterscheibe und erinnerte Sonny an den Fundort der Leiche.
Kein Wachposten hielt ihn an, als er auf das weitläufige Feld fuhr, das als Startplatz für die Heißluftballons diente. Eine Reihe von Buden säumte rechts und links den Weg, ähnlich wie auf dem Rummelplatz. Allem Anschein nach hatte Veronica Worthys Tod die Begeisterung der Besucher nicht schmälern können. Menschenmassen drängten sich vor den Buden, aßen und hielten nach Souvenirs Ausschau.
Im Hauptquartier von Fiesta Control, untergebracht in einem großen Gebäude östlich des Startplatzes, war die Atmosphäre wesentlich gedämpfter. Die Piloten, denen der Schock noch in den Gliedern saß, standen vor der Tür Schlange und warteten darauf, eingelassen zu werden. Die Polizei hatte alle einbestellt, die am Morgen aufgestiegen waren, und nun warteten die beunruhigten Männer darauf, von den Ermittlungsbeamten zum Tathergang befragt zu werden.
Garcia geht methodisch vor, dachte Sonny. Ob sich wohl ein wichtiger Hinweis bei der Vernehmung ergab? Wahrscheinlich nicht. Augenzeugen des Mordes wären längst zur Polizei gegangen. Oder sie hatten Angst. Die Presse hatte sich wie ein Hornissenschwarm auf dem Gelände verteilt, erpicht darauf, einen heißen Tip für eine Sensationsmeldung in den Abendnachrichten zu ergattern.

Madges Sekretärin hatte Sonny bereits erwartet. Sie lotste ihn an der versammelten Menschenmenge vorbei in das Büro ihrer Chefin.
»Bin ich froh, daß du gleich kommen konntest.« Madge stand auf und ging um den Schreibtisch herum, an dem sie gesessen hatte. Sie begrüßte Sonny mit einem festen Händedruck, einem Lächeln und einem sanften Kuß auf die Wange. »Es ist lange her, seit wir uns das letztemal gesehen haben.«
»Seit ich für dich gearbeitet habe, war ich nicht mehr bei einem Start der Heißluftballons dabei.«
»Du siehst gut aus.«
»Du auch.« Er lächelte.
»Vielen Dank für das Kompliment. Ich steh' unter Streß, seit heute morgen.« Sie deutete auf einen Stuhl. »Nimm bitte Platz. Kaffee?«
»Gerne.«
»Kommt gleich. Ich habe eine Heidenangst.« Sie hob ihre Tasse, die auf dem Schreibtisch gestanden hatte, und trank. »So ein verdammter Mist! Die ganze Sache ist total verfahren.«
Sonny betrachtete sie. Er hatte gerne mit ihr zusammengearbeitet, als er den Überwachungshubschrauber für Fiesta Control geflogen hatte. Sie war eine ungemein attraktive Frau, und sie ließ ziemlich schnell durchblicken, daß Sonny sie interessierte. Die blonde Madge besaß erotische Ausstrahlung, ein sicheres Stilempfinden und lange Beine, und die Jahre hatten ihr äußeres Erscheinungsbild durch Charme und innere Ausgeglichenheit bereichert. Heute wirkte sie allerdings besorgt, und ihr Blick war getrübt.
»Ich bin geschieden«, hatte sie ihm eines Nachmittags mitgeteilt, als sie sich nach der Arbeit an der Bar des Aero Clubs in den Heights auf einen Drink trafen. Der Flug-

sport war ihre große Leidenschaft, und sie hatte Sonny in ihrem eigenen Heißluftballon mitgenommen und ihm beigebracht, wie man ihn steuert.

»Und ich habe gerade jemanden kennengelernt«, hatte Sonny erwidert und dabei an Rita gedacht. »Seither bin ich ziemlich monogam.« Das war der Augenblick gewesen, als er erkannte, daß er Rita wirklich liebte, denn ein Angebot von einer Frau wie Madge erhielt man nur alle Jubeljahre einmal.

»Eigentlich müßte ich jetzt beleidigt sein, aber weißt du, das macht die Herausforderung nur um so größer. Vielleicht bist du ja irgendwann einmal wieder frei.« Sie lächelte. Es gefiel ihr nicht, einen Korb zu bekommen, aber sie konnte ihn verstehen.

Nach der Fiesta war der Kontakt abgerissen, doch obwohl inzwischen zwei Jahre vergangen waren, entzündete sich der Funke des Begehrens noch immer zwischen ihnen.

Die Sekretärin kam herein; sie trug ein Tablett mit frisch aufgebrühtem Kaffee und einer Schale mit Plätzchen. Nachdem sie alles auf den Schreibtisch gestellt hatte, verließ sie den Raum.

»Hier ist die Liste mit den Namen der Piloten, die zum Start gemeldet waren.« Madge schenkte ihm Kaffee ein und deutete mit dem Kopf auf die Liste, die auf einem Beistelltisch lag. Dann setzte sie sich ihm gegenüber in einen Sessel.

Sonny nahm das Blatt und überflog es. Mehr als siebenhundert Ballonfahrer! Es würde also einige Zeit dauern, die Teilnehmer zu überprüfen.

»Ein tragischer Unfall«, sagte Madge. »Aber die Medien versuchen, eine große Sache daraus zu machen.«

Sonny sah in ihre strahlendblauen Augen. Schöne Augen, dachte er, aber er erinnerte sich an eine alte Regel, die Manuel López ihm eingebleut hatte: Jeder Mensch ist fähig,

einen Mord zu begehen, wenn sich ihm die Gelegenheit bietet und er ein Motiv hat.
»Eine große Sache?« murmelte Sonny, während er einen der Kekse probierte, mit Schokosplittern, seine Lieblingssorte.
»Das war kein Mord!« erwiderte Madge mit einem Anflug von Verärgerung. »Und die Frau, die bei dem Unfall ums Leben kam, gehörte nicht zu unseren Teilnehmern. Der Ballon, in dem sie sich befand, war nicht offiziell gemeldet. Aber das ist ja nichts Neues: Jedes Jahr starten ein paar Verrückte auf eigene Faust. Und das sind dann die ersten, die während der Fahrt in Schwierigkeiten geraten. Genau das ist heute morgen geschehen. Es war ein Unfall!«
Aha, dachte Sonny, daher weht der Wind. Madge setzte alles daran, Fiesta und Mord fein säuberlich voneinander zu trennen. Das machte Sinn. Ihre Aufgabe bestand darin, als Leiterin von Fiesta Control für einen reibungslosen Ablauf der Veranstaltung zu sorgen, und sie hatte ihre Arbeit bisher immer mit Bravour erledigt, so daß sie inzwischen zu den einflußreichsten Frauen der Stadt gehört. Sie besaß einen guten Kontakt zur Bürgermeisterin und zum Gouverneur, und die Handelskammer fraß ihr aus der Hand. Aber heute hatte es eine Panne gegeben.
»Die Presse schert sich nicht darum, ob Veronica offiziell für den Start gemeldet war oder nicht«, erklärte Sonny. »Für die ist das ein gefundenes Fressen. Ich sehe schon die Schlagzeilen: ›Tod bei der Fiesta‹!«
»Ja«, erwiderte Madge bedrückt. »Und genau das ist der Haken. Aber sie ist auf eigene Verantwortung aufgestiegen, nicht von unserem Startplatz. Sie bekam Probleme mit dem Ballon und geriet in Panik. Dann machte sie eine unglückliche Bewegung und stürzte aus dem Korb.«
»Du hast dir die ganze Geschichte gut zurechtgelegt.«

»Das ist die offizielle Version für die Presse.«
Es galt, den weiteren Verlauf der Fiesta nicht zu gefährden, und damit die Einnahmen, welche die Touristen brachten. Früher oder später ging es immer ums Geld. Wenn die Ballonfahrer und Tausende von Besuchern gleich nach dem ersten Tag ausblieben oder vorzeitig abreisten, gingen die zwanzig oder dreißig Millionen Dollar, die sie der Stadt einbrachten, ebenfalls verloren.
Sicher hatte es schon Unfälle gegeben. Vor ein paar Jahren waren zwei Männer ums Leben gekommen, gleich am ersten Tag der Fiesta, die eine Woche lang dauerte. Ihr Ballon hatte sich in den Hochspannungsleitungen verfangen, aber am nächsten Tag war das Programm planmäßig fortgesetzt worden. Das war eindeutig ein Unglücksfall gewesen. Falls sich herausstellte, daß man Veronica ermordet hatte, würde sich der Vorstand von Fiesta Control gezwungen sehen, die Veranstaltung abzubrechen. Und wenn die Ballonfahrer und ihre Familien Wind davon bekamen, daß ein Mörder umging, würden sie im Nu ihre Siebensachen packen und das Weite suchen.
»Das wird uns eine schöne Stange Geld kosten«, erklärte Madge. »Ich habe schon mit der Bürgermeisterin gesprochen. Wir müssen uns unbedingt etwas einfallen lassen.«
Sonny musterte sie. Madge Swenson hatte nach Abschluß der High-School einen kalifornischen Unternehmer geheiratet, der sich für die Künstler aus New Mexico interessierte. Alles, was den Stempel ›Santa Fé‹ trug, war in Kalifornien der letzte Schrei, und man konnte mit den Kunstwerken ein Vermögen verdienen. Madge und ihr Mann, Bud Swenson, eröffneten daraufhin eine Kunstgalerie in Santa Fé; das Geschäft blühte, sie hatten bald eine internationale Klientel und stiegen immer höher auf der Erfolgsleiter. Der Jet-set, der zu ihren Vernissagen eingeladen und auf immer neue

Abwechslung erpicht war, begann, bei solchen Veranstaltungen nicht nur Champagner und Kaviar, sondern auch eine Prise Kokain zu erwarten.
Selbst die Oberen Zehntausend von Santa Fé, die »kalifornisch« angehaucht waren, was bedeutete, daß ihnen das Treiben nicht bunt genug sein konnte, runzelten die Stirn, wenn Bud Swenson eine Ausstellung eröffnete. Sie wußten, daß es Koks bis zum Abwinken gab, daß die Nachmittage aus dem Ruder liefen und am Abend sexuelle Vergnügungen in allen nur erdenklichen Kombinationen verfügbar waren. Und es war allseits bekannt, daß Madge als Zeremonienmeisterin dieser Orgien fungierte.
Dann war sie, wie sie Sonny an jenem Nachmittag an der Bar in den Heights erzählte, aus ihrem 1-Million-Dollar-Haus in Santa Fé ins Freie getreten, um den Herbstmorgen zu genießen. Sie hatte draußen gestanden und im ersten Licht der Dämmerung einen Becher Kaffee getrunken, um einen klaren Kopf zu bekommen, als ein roter Falke auf einer der Adobewände landete.
Der Sonnenaufgang und der Falke waren für sie eine Offenbarung, die ihr sagte, daß die Schattenseite des Lebensstils, den die Reichen in Santa Fé führten, überhand genommen hatte. Sie verließ Bud Swenson und erhielt bald darauf eine Anstellung als Organisationsleiterin der Heißluftballon-Fiesta.
Sie hatte die Lizenz als Heißluftballonpilotin erworben, als sie noch die Kunstgalerie in Santa Fé führte. Der Flugsport war ihre große Leidenschaft und ein fester Bestandteil des Programms, das sie ihren wohlhabenden Kunden bot, wenn diese nach Santa Fé kamen, um Kunstobjekte zu erwerben. Doch Champagner zu schlürfen und bornierte, reiche *bozos* hoch über dem Erdboden aufs Kreuz zu legen, verlor bald seinen Reiz. Madge verspürte zunehmend den Wunsch,

allein dort oben in der Stille des Universums zu sein; das Ballonfahren wurde für sie zu einer Form der Meditation.
An dem besagten Morgen fuhr sie in die Stadt, reichte die Scheidung ein und ließ die Galerie, Bud und alles hinter sich zurück, was dieses Leben repräsentierte.
Sie hatte bereits einige der ersten Ballonfahrer New Mexicos kennengelernt und Freundschaft mit ihnen geschlossen, wie die Abruzos und Andersons, die weltweit bekannt waren. Und so kam es, daß sie in den vergangenen Jahren zu den namhaften Freiballon-Veranstaltungen in aller Herren Länder gereist war. Sie und ein paar andere hatten die Fiesta von Albuquerque, ursprünglich eine regional begrenzte Veranstaltung, in eine Multimillionen-Dollar-Ereignis verwandelt. Es war ihr gelungen, eine Nische im Machtgefüge der Stadt zu finden, die ihr gefiel.
»Dir hat das Ganze auch einen Strich durch die Rechnung gemacht, oder? Der Fall Dubronsky wird jetzt ja wohl ad acta gelegt werden, richtig?«
Sonny nickte.
»Tut mir leid.«
»*El destino.*«
»Wieso Schicksal?«
»Veronica Worthy ist heute morgen jemandem begegnet, der eine andere Vorstellung von ihrem Schicksal hatte als sie.«
»Es war kein Mord!« wiederholte Madge hitzig, runzelte die Stirn und schlug die langen Beine übereinander. Sie beugte sich zu Sonny hinüber. Ihr Parfüm duftete verführerisch. Ihre blauen Augen sahen ihn unverwandt an.
»Es war Mord.«
»Und wer soll der Mörder sein? Etwa Tamara Dubronsky? Von diesem Edelsanatorium aus, in dem man sie unter Verschluß hält?«

Sonny zuckte die Schulter. »Möglich ist alles.«
»Das ist doch verrückt. Dazu ist die Frau viel zu gerissen.«
»Ja.«
»Ich brauche deine Hilfe.« Madge ergriff seine Hand.
Jetzt kommt der Haken, dachte Sonny, spürte ihre weichen kühlen Finger und atmete den schweren Duft ihres Parfüms ein.
»Die Fiesta kann sich eine derartige Publicity nicht leisten. Glaub mir, die Presse wird den Fall gnadenlos ausschlachten. Die Kronzeugin im Fall Dubronsky, seit dreißig Jahren der interessanteste Mordfall in New Mexico, stirbt bei einem Unfall. Aber in den Zeitungen wird es heißen, sie sei ermordet worden. Das könnte das Aus für die diesjährige Fiesta sein und auch für die Zukunft schweren Schaden an unserem Image anrichten. Arbeite mit mir zusammen, Sonny. Kläre die Geschichte auf. Diskret.«
Diskret? dachte Sonny. Wie, um alles in der Welt, führt man in einem Mordfall diskret Ermittlungen durch? Und was gab es bei einem Unfall überhaupt zu »ermitteln«?
»Wenn es um Mord geht, läßt sich nichts vertuschen.«
»Es war kein Mord!« wiederholte sie stur und lehnte sich im Sessel zurück. »Es war ein Unfall, soweit es den Vorstand von Fiesta Control betrifft.«
»Das kann ich mir gut vorstellen«, erwiderte Sonny sarkastisch. Madge Swenson und Konsorten setzten tatsächlich alles daran, das Verbrechen unter den Teppich zu kehren.
»Sonny, die Fiesta ist eine Touristenattraktion; sie bringt der Stadt ungeheure Summen ein. Innerhalb von zehn Tagen wird die Stadt um dreißig Millionen reicher. Wir sind weltweit bekannt. Ein Mord könnte mit einem Schlag alles zunichte machen.«
»Ein Mord läßt sich nicht vertuschen.« Sonny erhob sich.
Auch sie stand auf. »Ich hab' nicht von dir verlangt, einen

Mord zu vertuschen! Die Leute hier kennen dich. Seit deiner Rolle im Fall Dubronsky bist du ein Held. Ein Chicano-Detektiv, der für Gesetz und Ordnung kämpft, das ist doch was. Wenn du sagst, die Tragödie heute morgen war ein Unfall, hätte das einiges Gewicht.«

»Ich soll den Leuten Märchen erzählen?« rief Sonny aufgebracht. »Du verlangst von mir, daß ich lüge?«

»Was heißt hier lügen!« schrie Madge. »Es ist doch überhaupt noch nicht erwiesen, daß es Mord war! Ich habe mit Garcia gesprochen, es gibt keinerlei Indizien, die eine solche Schlußfolgerung zulassen. Ich habe mit der Bürgermeisterin Rücksprache gehalten. Marisa möchte dich nicht persönlich um Hilfe bitten, aber sie hat großes Verständnis für unsere Lage!«

»Heiliger Bimbam! Gibt es noch jemanden, der mich unter Druck setzen will?«

»Der Vorstand hat in eben diesem Augenblick eine Krisensitzung einberufen. Wir müssen eine Marschroute festlegen. Sogar die großen überregionalen Fernsehsender werden die Neuigkeit in den Abendnachrichten breittreten. CNN hat bereits Reporter hergeschickt, die mich gleich interviewen wollen.«

Madge saß in der Klemme, und sie hatte ihn um seinen Beistand gebeten. Aber die Art von Hilfe, die sie sich vorstellte, konnte Sonny nicht verantworten.

»Der Vorstand ist bereit, deine Dienste gut zu bezahlen.«

»Damit ich behaupte, daß es ein Unfall war?« Sonny schüttelte den Kopf. »Soll sich die Polizei damit befassen.«

»Und wo gehobelt wird, da fallen Späne; willst du das damit sagen?« Madge runzelte verärgert die Stirn.

»So ist das nun mal bei einem Mord«, nickte Sonny. »Danke für die Liste. Tut mir leid, daß ich dir nicht helfen kann.«

»Es war einen Versuch wert; du weißt doch, wer nicht wagt,

der nicht gewinnt. Solltest du deine Meinung ändern, ruf mich an. Jederzeit. Du weißt ja, wo ich wohne«, fügte sie hinzu. Dann kehrte sie unvermittelt zum Schreibtisch zurück.
Sie hat versucht, mich zu bestechen, dachte Sonny, als er zu seinem Wagen ging. Verdammtes Weibsbild! Eigentlich hätte er jetzt wütend sein müssen, aber er begriff, was auf dem Spiel stand. Die ganze Stadt profitierte von der Fiesta! Ein gewiefter Spieler sagt nicht »Ich passe, will sehen«, ohne jede Karte, die er ausgeteilt bekommt, vorher dreimal umzudrehen.
Madge hatte Sonny auf den Zahn gefühlt und gesehen, daß er nicht bluffte. Er ließ sich nicht mit Geld und guten Worten zu einem Statement gegenüber der Presse verleiten. Madge war eine Kämpfernatur. Ein Mord hatte das Imperium, das sie aufgebaut hatte, bis in seine Grundfesten erschüttert; und es stand sogar zu befürchten, daß es wie ein Kartenhaus in sich zusammenfiel. Aber sie würde kämpfen, mit allen Mitteln, die ihr möglich waren, das eindeutige »Besuch-mich-jederzeit-Angebot« eingeschlossen.
Er fuhr nach Hause, setzte sich in die Küche und überflog die Teilnehmerliste. Ein Who's who der Heißluftballonpiloten. Viele Länder waren vertreten. Die Meldeliste umfaßte die kauzigen Schnorrer und namhaften Aristokraten dieser Sportart. Hartgesottene Konkurrenten, Neulinge, die noch grün hinter den Ohren waren, und die üblichen Möchtegerne, die sich im Glanz der Profis sonnten. Film und Hochfinanz gaben sich die Ehre. Und nicht zu vergessen die Piloten aus der Mittelschicht, die Haus und Hof verpfändeten, um sich einen eigenen Ballon zu kaufen und in aller Herrgottsfrühe zu starten. Bei ihnen war das Gefühl, frei wie ein Vogel zu schweben, zur Besessenheit geworden: Sie betrachteten es als ihr persönliches Credo, brauchten den

Nervenkitzel, in der Morgendämmerung aufzusteigen und hoch über der Erde die ersten Strahlen der Sonne zu begrüßen.
Sonny las die Liste sorgfältig durch, versah die Namen mit Kreisen, Notizen, Markierungen. Er konzentrierte seine Aufmerksamkeit auf drei Teilnehmer, die er aus Zeitungsartikeln kannte.
Mario Secco war Italiener. Wenn man den jüngsten Meldungen Glauben schenken durfte, hatte er in großem Stil Kokain aus Südamerika nach Europa geschmuggelt und die Dealer damit beliefert. Und das Heroin des Cali-Kartells wurde durch sein Kontaktnetz nach Libyen geschleust, von wo es nach Sizilien und in die kleinen Häfen entlang der Adria gelangte. Im Zuge der letzten Razzia, bei der die Bosse des Cali-Kartells verhaftet wurden, war auch Secco den Drogenfahndern ins Netz gegangen, aber in Italien hatte die Mafia ihre schützende Hand über ihn gehalten, und Secco wurde wieder auf freien Fuß gesetzt.
Secco schlüpfte dann eine Zeitlang in die Rolle des Biedermanns und nahm weltweit an Zielwettfahrten im Heißluftballon teil, immer mit einem ganzen Harem bildschöner Italienerinnen im Schlepptau. Erst gestern war in der Zeitung gestanden, daß Mario und sein Gefolge eine komplette Etage des Nobelhotels La Posada im Zentrum der Stadt gemietet hatten.
Der zweite Teilnehmer, der Sonnys Aufmerksamkeit auf sich zog, war John Gilroy, der in Albuquerque lebte. Sonny erkannte den Namen auf Anhieb wieder. Gilroy war ein ehemaliger CIA-Agent, der unter dem Namen Juan Libertad die Contra-Rebellen in Nicaragua mit Geld und Kriegsmaterial versorgt hatte. Seine Maschine war von den Sandinisten abgeschossen worden, die ihn gefangengenommen, öffentlich als Spion gebrandmarkt und danach freigelassen

hatten. Während seiner Gefangenschaft hatte er den Zerknirschten gespielt, aber sobald er sich wieder auf freiem Fuß befand, erzählte er der Presse, daß er und seine Gesinnungsgenossen vom rechten politischen Flügel der CIA, die unter dem Codenamen Libertad operierten, auch weiterhin nach Nicaragua fliegen wollten, um Lateinamerika vom Kommunismus zu befreien und die Guerilleros in ihrem Freiheitskampf zu unterstützen.
Er war vom Weißen Haus während der Reagan-Administration mit einem Orden für besondere Verdienste um das Vaterland ausgezeichnet worden und betätigte sich als Referent und Berater in ultrakonservativen, rechtsextremen Kreisen. Doch hatte er den Bogen überspannt. Die Iran-Contra-Affäre setzte Präsident Reagan hart zu, und »Juan Libertad« erhielt eine scharfe Abmahnung von seinen Vorgesetzten. Raus aus dem Rampenlicht und abtauchen, hieß es, oder ... Der Ruhm, den er mittlerweile genoß, war ihm zu Kopf gestiegen, und er war nahe daran, auszuplaudern, daß die CIA Waffen nach Nicaragua flog und auf dem Rückweg Drogen für die Vereinigten Staaten geladen hatte, mit deren Erlös weitere Waffenkäufe finanziert wurden. Oder das Geld landete in den Taschen der Agenten, die als Mittelsmänner dienten.
Innerhalb der CIA bestand die Aufgabe der Libertad darin, den Contra-Rebellen zum Sieg über die Sandinistische Befreiungsfront zu verhelfen, wenn man der Gerüchteküche in Washington Glauben schenken durfte. Libertads interne Anweisung lautete, Umsturzpläne gegen jedwede Regierung in Lateinamerika zu schüren, die den Ruf hatte, linkslastig zu sein.
Libertads Aktivitäten in jüngster Zeit bestanden, wie man munkelte, in der militärischen Beratung eines mexikanischen Generals, der mit seiner regierungstreuen Truppe

den Aufstand der Bauern in Chiapas niederschlagen sollte. Commandante Marcos war unverzüglich als Kommunist gebrandmarkt worden.
Aber Gilroy hatte zuviel geredet, und er wurde aus der CIA hinauskomplimentiert. Er wählte Albuquerque, um hier seinen Ruhestand zu verbringen, und entdeckte seine Liebe zum Ballonfahren. Ein kurzweiliges Hobby, aber Sonny vermutete, daß sein wahrer Lebenszweck immer noch darin bestand, die Übel des Kommunismus in Lateinamerika aufzudecken.
Drogen, dachte Sonny. Auf dem Rückweg von Mittelamerika machten alle, die das Verteilernetz des Cali-Kartells und die Mittelsmänner kannten, welche den Nachschub für die Contra-Rebellen organisierten, in Panama Zwischenstation. Hier war Diktator Noriega der starke Mann, und von hier starteten die mit qualitativ hochwertigem Stoff beladenen Flugzeuge in die USA. Vermögen wurden gescheffelt und in Schweizer Banken gewaschen, und die Drogen türmten sich an diesem Umschlagplatz bis zum Weitertransport. Eine bis ins kleinste durchdachte, straff geführte Organisation mit genug Geld, um Regierungsbeamte entlang den Distributionswegen zu bestechen, brachte das Rauschgift nach Amerika. Die Polizei erwischte und bestrafte nur die kleinen Fische – die Pusher, die durch kostenloses Verteilen von Proben neue Kunden gewannen, und die Dealer auf der Straße.
Und schließlich stieß Sonny auf den Namen Alisandra Bustamante-Smith, eine Journalistin aus Bogotá, die weltweit für Schlagzeilen sorgte, als ihr Mann von den Drogenbaronen ermordet wurde. Bustamante hatte eine enthüllende Reportage über das Cali-Kartell veröffentlichen wollen und der Regierung Glauben geschenkt, die versicherte, sie werde künftig härtere Maßnahmen gegenüber den Herrschern

des Rauschgiftimperiums ergreifen. Man hatte ihr und ihrer Familie Personenschutz zugesagt, aber einen Tag, bevor sie ihren Bericht in der Redaktion abliefern sollte, wurde ihr Mann auf dem Weg zur Arbeit von der Kugel eines Heckenschützen niedergestreckt und tödlich getroffen.

Die kolumbianische Regierung war nicht nur außerstande gewesen, sie und ihre Familie zu schützen, sondern hatte auch nicht verhindern können, daß sie von einem »Maulwurf« in den eigenen Reihen verraten wurde. Sie verließ das Land bei Nacht und Nebel und tauchte mit ihrem kleinen Sohn unter. Wäre sie in Kolumbien geblieben, hätte sie sich und das Kind in Lebensgefahr gebracht. Sie baute sich schließlich eine neue Existenz in einem kleinen College in Texas auf, wo sie Journalismus lehrte, und schwor sich, nie wieder eine Zeile für eine Zeitung zu schreiben.

Sie wurde eine Art Kultfigur, aber sie wollte nichts mit einer solchen Propaganda zu tun haben. Sie heiratete ein zweites Mal, einen Journalismus-Professor, dessen Hobby das Ballonfahren war. Sie begleitete ihn auf seinen Reisen, hielt sich aber im Hintergrund. Offensichtlich wollte sie die Welt vergessen, die ihr soviel genommen hatte.

Es standen noch andere Berühmtheiten auf der Liste, wie Sonny sah. Zahlreiche interessante Persönlichkeiten waren zur Heißluftballon-Siesta nach Albuquerque gekommen.

Ob Garcia die Namen in den Computer eingegeben hatte, um zu überprüfen, ob etwas gegen den einen oder anderen Teilnehmer vorlag? Oder suchte Matt Paiz vom FBI nach einem Dossier? Möglicherweise braute sich gerade eine Schlacht am Himmel über Albuquerque zusammen, und Veronica Worthy war nur das erste Opfer gewesen.

Gegen sechs machte Sonny eine Pause und schaltete die Abendnachrichten ein, um das Interview mit Madge nicht zu verpassen. Sie klingt zuversichtlich, dachte Sonny, als er gespannt zusah, wie Conroy Chino ihr das Mikrophon hinhielt.

»... Ich befinde mich im Hauptquartier von Fiesta Control und spreche mit Madge Swenson, der Leiterin der Veranstaltung. Wie es scheint, wurde ein entscheidender Durchbruch bei den Ermittlungen in dem Unglücksfall erzielt, der sich heute morgen ereignete. Miss Swenson, stimmt es, daß Sie einen Augenzeugen gefunden haben?«

»Ja, ein Ehepaar hat den Unfall beobachtet«, erwiderte Madge, und Sonny sprang auf und drehte den Ton lauter. »Mr. und Mrs. Arthur Fiora aus Corpus Cristi haben zufällig gesehen, wie die Frau das Gleichgewicht verlor und aus dem Korb stürzte. Sie befand sich allein in dem Ballon und hat offenbar versucht, nach einem lose herunterhängenden Schlepptau zu greifen.«

»Lügnerin!« fluchte Sonny.

Die Kamera schwenkte auf Arthur Fiora, der nervös zwischen Madge und seiner Frau stand. »Ja«, bestätigte er stotternd. »Meine Frau und ich haben gesehen, wie es passiert ist. Sie griff nach der Leine und fiel. Fiel ganz einfach über den Korbrand. Es war ein Unfall. Ich hab' der Polizei schon alles gesagt.«

Seine dralle Frau nickte bekräftigend. »Sie ist ganz einfach aus dem Korb gefallen.«

Das Telefon läutete. »Sonny, hörst du dir gerade die Nachrichten an?« Es war Rita.

»Ja. Das darf doch nicht wahr sein. Ich kann es nicht glauben.«

Das Telefon blinkte, ein Signal, das noch jemand Sonny sprechen wollte. »Würdest du so lieb sein und einen Moment warten?« bat er und drückte die Sprechtaste.

»Alles Makulatur«, sagte Howard anstelle einer Begrüßung.

Sonny stöhnte. »Meinst du, daß sie damit durchkommen?«

»Klar doch.« Howards Stimme klang zynisch.
Conroy Chino schickte sich an, seinen Knüller weidlich auszuschlachten. »Befand sich noch jemand im Ballon?«
»Nein, sie war allein. Meine Frau und ich haben alles genau beobachtet.« Bei diesen Worten zupfte er die robuste Frau am Arm, die, den Tränen nahe, neben ihm stand.
»Es war ein Unfall«, bestätigte sie pflichtschuldig und wischte sich über die geröteten Augen.
Conroy drehte sich um und blickte in die Kamera, um seine Meldung mediengerecht abzurunden. Er hatte Francine Hunter mit diesem Interview ausgebootet und einen Exklusivbericht geliefert, und er grinste zufrieden. Auch Madge Swenson, die hinter ihm stand, lächelte und führte das vor Aufregung zitternde Ehepaar Fiora weg.
»Ich kann nicht glauben, daß Madge –«
»Sich die Geschichte aus den Fingern gesogen hat, um die Sache zu vertuschen?« vollendete Howard den Satz. »Sie ist durch und durch Realistin und weiß, was auf dem Spiel steht. Im Rathaus war heute nachmittag eine Krisensitzung anberaumt. Allem Anschein nach hat man sich auf diese Version geeinigt.«
»Die Stadt kann es sich nicht leisten, eine Mammutveranstaltung wie die Fiesta zu verlieren.« Madge Swensons Worte, dachte Sonny.
»Übrigens, Tamara ist wieder im Lande. Kann ich noch irgend etwas für dich tun?«
»Halt die Augen offen, *compa.*«
»Nimm's nicht persönlich, mein Freund. So ist nun mal der Lauf der Welt: Eine Hand wäscht die andere. Als Schwarzer in diesem Land lernt man das schon in jungen Jahren. *Adiós.*«
»Ja«, erwiderte Sonny nachdenklich, und ein Klicken zeigte an, daß Howard aufgelegt hatte.

»Rita, entschuldige bitte, aber Howard war in der anderen Leitung.«

»Es will mir einfach nicht in den Kopf, daß die versuchen, die Sache zu vertuschen. Was wirst du jetzt tun?«

»Auf die Jagd gehen.«

»*Qué?*«

»Das erklär' ich dir später. *Buenas noches, amor.*«

Sonny legte auf. Auf dem Weg nach draußen schnappte er sich eine leichte Jacke. Die Abendluft im Oktober war kühl. Don Eliseo und seine Freunde hatten Strickjacken angezogen. Die grünen Chilischoten aus dem Korb waren fertiggegrillt. Sie hatten an dem milden Nachmittag reichlich Totos Wein zugesprochen. Nun erhob sich Concha, reckte sich und ging ins Haus, um nach dem *chili con carne* zu sehen, das vor sich hin köchelte. Die langjährigen Freunde würden fürstlich speisen – zwei Könige und eine Königin.

Unten am Fluß, im dunklen Unterholz, bewegten sich Schatten. Kojoten auf der Jagd. Oder Menschen.

7

Kreaturen der Nacht, dachte Sonny, als er den Schotterweg hinunterfuhr, der zum Gehölz am Flußufer führte. Die Montaño-Brücke befand sich ein Stück weiter südlich, eines von mehreren Bindegliedern zwischen der West Mesa und der Ostseite der Stadt. Der Weg führte unmittelbar ins dichte Gestrüpp. Vor ihm lag der Schauplatz des Mordes.

Sonny holte eine Taschenlampe aus dem Handschuhfach und überlegte kurz, ob er den .45er Colt mitnehmen sollte, das Erbstück seines Großvaters; aber dann beschloß er, unbewaffnet zu gehen. Nur mit der Taschenlampe ausgerüstet, schlich er vorsichtig den sandbedeckten Pfad hinunter. Als er den Fundort der Leiche erreichte, richtete er die Taschenlampe auf den Baumstumpf. Seine Nackenhaare sträubten sich, und ein Adrenalinstoß bewirkte, daß sein Herz einen Satz machte. Dort, auf dem Pappelspeer, lag Veronica, ihr blutleerer Körper immer noch aufgespießt. Sonny schnappte nach Luft. Er verspürte den Drang, sich umzudrehen und wegzulaufen, dann verwünschte er sich selbst. Er richtete die Taschenlampe erneut auf die Stelle, und die Leiche war verschwunden. Die Schatten spielten ihm einen Streich. Erleichtert atmete er auf.

»Ich brauche weiß Gott keinen weiteren Geist mehr«, flüsterte er.

Und doch wäre er bereit gewesen, zu schwören, daß er Veronicas aufgespießten Körper tatsächlich gesehen hatte, ihre starren Augen, die ihn fixierten, den gesplitterten Baumstumpf, getränkt von ihrem Blut. Er dachte an den

Leichenbeschauer, der mit seinen Helfern die Tote von ihrem Pfahl herunterheben mußte. Danach kehrten die Männer und Frauen nach Hause zu ihren Familien zurück, setzten sich an den Tisch und aßen zu Abend. Wie gelang es ihnen, die Erinnerung an das grauenvolle Bild zu löschen?
Ein Geräusch ließ ihn jäh herumfahren. Sonny duckte sich tief ins Unterholz, als eine Eule mit weitausholendem Flügelschlag über ihn dahinglitt, wobei sie beinahe seinen Kopf streifte, und dann in der Dunkelheit entschwand.
Als er sich umdrehte, erspähte er aus dem Augenwinkel einen Schatten, der sich an der Stelle bewegte, wo der steile Pfad in das Wäldchen am Flußufer mündete. »Halt!« schrie er, doch schon war der Schatten verschwunden.
Er schlich ins Unterholz, verfolgte den Schatten, den er ausgemacht hatte, und fragte sich, ob es ein Mensch oder ein Tier sein mochte. Als er anhielt, um mit der Taschenlampe das Gestrüpp nach Spuren abzusuchen, war er allein. Er lauschte. Die Schwarzpappeln glichen Baumriesen, die mit ihrem dunklen Blätterdach bedrohlich rundum aufragten. Der schmale Saumpfad war von Ginster, Trauerweiden und Salz-Zedern gesäumt, die dicht beieinanderstanden. Das war der verwunschene Wald, in dem La Llorana und El Coco hausten, Spukgestalten aus den Gruselgeschichten seiner Kindheit.
»Verdammt, ich bin ein erwachsener Mann und kein Kind mehr«, sagte sich Sonny forsch.
Als Kind hatte er mit seinen Freunden im Sommer oft auf den Sandbänken des Flusses gespielt. Manchmal hatten sie darüber die Zeit vergessen und waren von der Dunkelheit überrascht worden, fern von zu Hause, fern von den Lichtern des *Barrio.* Und dann pflegte jemand »La Llorana!« zu rufen, und sie rannten und rannten, getrieben von ihrer eigenen Angst.

Sonny spitzte die Ohren und holte tief Luft, versuchte, die verschiedenen Gerüche im dunklen Unterholz zu identifizieren. Es roch nach Verwesung. Die ersten Bäume waren bereits entlaubt, die goldenen und braunen Blätter welkten auf dem Boden dahin. In den kommenden Wochen würden die kalten Nächte und die kürzeren Tage das ganze Wäldchen gelb färben.

Halt! Da war noch ein anderer Geruch. Irgendwo köchelte ein Topf Bohnen auf dem Feuer vor sich hin, und es roch nach frischgebrühtem Kaffee. Ja, er hatte sich nicht getäuscht.

Er stand reglos da, hörte jemanden atmen, außerhalb des Lichtkegels der Taschenlampe. Er spürte, wie ihn eine Gänsehaut überlief. Der Schatten rannte davon, und Sonny stolperte hinterher, gelangte an einen schmalen Pfad, der unter den herunterhängenden Kronen der Bäume entlangführte.

Zweige peitschten ihm ins Gesicht, zerkratzten seine Arme, doch er folgte unbeirrt dem Geräusch, das er vor sich vernahm. Seltsam, dachte er, daß ich derjenige bin, der die Spukgestalt in der Dunkelheit verfolgt, und nicht umgekehrt. Falls es sich tatsächlich um La Llorana handelte, müßte sie eigentlich Jagd auf ihn machen.

Im schwachen Schein der Taschenlampe war ihm der Stolperdraht entgangen, der quer über den Weg gespannt war, und als er nun darauf trat, stürzte eine riesige Gestalt aus dem Geäst, warf sich auf ihn und riß ihn zu Boden. Sonny schrie auf und schlug nach dem Angreifer. Die groteske Fratze der Kreatur, die am Baum baumelte, ächzte, dann schwang sie zurück in die Baumkrone. Die langen Arme droschen wild und ungezielt auf Sonny ein.

Sonny sprang mit klopfendem Herzen auf. »*Pinche mono*«, fluchte er.

Er lehnte sich an einen Baumstamm und richtete den Strahl der Taschenlampe auf die Schreckensgestalt, die am Baum hin- und herschwang. Der unförmige Kopf war weiß, die Augen grellorange, die Haare bestanden aus der Rinde verwitterter Äste. Der Körper pendelte hin und her, vor und zurück.

Sonny richtete die Taschenlampe auf die Attrappe. Irgend jemand hatte einen Mechanismus gebaut, der die Vogelscheuche in Bewegung setzte, sobald jemand in den Stolperdraht geriet; sie sollte Unbefugte am Betreten des Pfades hindern. Irgend jemand legt keinen Wert auf ungebetene Besucher, dachte er, als er sich den Schweiß von der Stirn wischte.

»Gib doch zu, Baca, du hättest um ein Haar die Flucht ergriffen.« Er grinste. Er bohrte die Taschenlampe in die Fratze der Vogelscheuche. »*Buenas noches,* Coco. Was machst du hier mitten in der Nacht? Du bist so abgrundtief häßlich, daß du Menschen mit einem schwachen Herzen in Angst und Schrecken versetzen kannst.«

Er überlegte, ob es Sinn machte, weiterzugehen. Vielleicht war die nächste Falle ein hin und her schwingendes, rasiermesserscharfes Schwert, um diejenigen zu köpfen, die sich nicht von Mr. Coco ins Bockshorn jagen ließen. Er war hier nicht willkommen; niemand war willkommen in diesem finsteren Wald am Ufer des Flusses.

Die Stille war gespenstisch.

Er hörte ein Rascheln hinter sich, wirbelte auf dem Absatz herum und richtete die Taschenlampe auf den Schatten, den er verfolgt hatte.

»Los, kommen Sie raus«, rief Sonny. »Ich bin nicht von der Polizei.«

Schweigen. Plötzlich ertönte eine barsche Stimme: »Hau ab, *hermano.* Du hast hier nichts zu suchen.«

»Ich möchte mit Ihnen reden«, erwiderte Sonny und ließ den Lichtkegel langsam von Baum zu Baum wandern.
»Es gibt nichts zu reden.« Dieses Mal kam die Stimme mehr von rechts. Sonny drehte sich in die Richtung, konnte jedoch nichts erkennen.
»Eine Frau wurde heute morgen ganz in der Nähe ermordet. Ist das nichts, worüber wir reden sollten?«
Wieder herrschte Schweigen. Dann: »Und wozu soll das gut sein?«
Ja, dachte Sonny, das ist eine gute Frage. Veronica hatte einen Mord begangen, und mit ihrem Tod war der Gerechtigkeit Genüge getan.
»Es ist wichtig.«
Wieder herrsche lange Zeit Schweigen. »Machen Sie die Taschenlampe aus!«
Sonny kam der Aufforderung nach. Die Finsternis unter dem dichten Pappelgeäst war undurchdringlich. Irgendwo weiter unten neben dem Pfad nahm er einen Feuerschein wahr, der die Dunkelheit schwach erhellte. Er wartete. Wer immer der Mann auch sein mochte, er bewegte sich, umkreiste ihn, schlich näher, bis er vor Sonny stand.
»Wozu soll das gut sein?« fragte der Mann noch einmal.
Sonny spähte in die Dunkelheit. Der Mann, mit dem er sprach, mußte zu den Obdachlosen gehören, die unten am Fluß hausten. An beiden Ufern hatten sie aus alten Holzlatten, Wellblechresten und Umzugskartons einen primitiven Verschlag errichtet. Sie gingen nur in die Stadt, um sich etwas zu Essen zu beschaffen und lebten den ganzen Sommer im Unterholz, in sicherer Entfernung von der Gesellschaft, die sie mied. Es war Oktober, und die meisten suchten wegen der Kälte bereits eines der Obdachlosenasyle in der Stadt als Nachtquartier auf. Einige hatten sich auf den Weg nach Arizona und Südkalifornien gemacht, um dort zu

überwintern. Nur wenige waren an Ort und Stelle geblieben, hatten das Pappelgehölz auch für die Wintermonate als Unterkunft gewählt.

»Wenn jemand stirbt, geht es uns alle an.«

»Die Armen krepieren jeden Tag wie die Fliegen, *hermano*, und keiner weint ihnen eine Träne nach«, entgegnete der Mann.

Er hatte recht. Es gab immer mehr Menschen, die ihr Dach über dem Kopf verloren, ins gesellschaftliche Abseits gedrängt, ihrer Menschenwürde beraubt und zu Flüchtlingen wurden. Sie waren nur noch Schatten auf den Straßen der Stadt, lebende Tote, die man nicht zu sehen vorgab. Ja, die Obdachlosen starben jeden Tag wie die Fliegen, und keiner weinte ihnen eine Träne nach.

»Wer sind Sie?« fragte Sonny, der gerne die Taschenlampe wieder eingeschaltet und das Gesicht des Mannes gesehen hätte, von dem er wußte, daß der Anblick ihn schaudern machen würde.

»Diego. Und Sie?«

»Sonny Baca«, erwiderte Sonny und streckte dem Mann in der Dunkelheit die Hand entgegen. Er spürte, wie Diego seine Hand ergriff. Seine Augen gewöhnten sich allmählich an die Dunkelheit, er konnte den Mann sehen.

»Sonny Baca«, wiederholte Diego nachdenklich. »Doch nicht etwa der *vato* aus den Nachrichten?«

»Ich bin Privatdetektiv.«

»*Chingao.* Ich hätte es wissen müssen, *carnal.* Nur ein Schnüffler würde sich hierhertrauen.«

Er schwieg. Sonny spürte das Unbehagen des Mannes. Er wollte nicht, daß die Obdachlosen hier entdeckt wurden, und er hatte ihren Schlupfwinkel ausfindig gemacht.

»*Bueno*«, sagte er schließlich. »Kommen Sie, ich mache Sie mit meiner *familia* bekannt.«

Sonny folgte ihm auf dem gewundenen Pfad durch die Böschung, bis sie an eine Lichtung kamen, wo ein kleines, offenes Feuer in einer Blechtonne glühte. Sie wollten verhindern, daß die Polizei auf sie aufmerksam wurde; sie wollten nicht verjagt werden. Rund um das Feuer saßen drei Männer und eine Frau.

»Wir haben das Gebrüll gehört«, sagte einer der Männer und trat drohend einen Schritt näher.

»Ich habe einen Mann mitgebracht, der keine Angst vor El Coco hat«, erklärte Diego, als er in den Lichtschein des Feuers trat.

Die Männer musterten Sonny prüfend. Daß jemand so spät am Abend in ihr Nachtquartier eindrang, bedeutete für gewöhnlich nichts Gutes.

»Das ist Sonny Baca. Der Detektiv, über den im Sommer was in der Zeitung stand. Wir sind hier auf dem laufenden, *hermano.* Das ist meine Frau, Marta. Unsere Tochter Cristina schläft in der Hütte.«

Marta streckte die Hand aus. »Wir haben Kaffee; möchten Sie?«

Sonny lehnte dankend ab.

»Darf ich Ihnen meine *compas* vorstellen?« sagte Diego. »Das ist Peewee. Er war früher eine große Nummer in Silicon Valley, in der Computerbranche. Einer aus der oberen Einkommensklasse, die Reagan gefördert hat, um die gesamte Wirtschaft anzukurbeln, rein statistisch, versteht sich. Wurde betriebsbedingt entlassen, und mit fünfzig ist es schwer, einen neuen Arbeitsplatz zu finden. Er besaß keine Geldmarktzertifikate, die er versilbern konnte, und, um es kurz zu machen, jetzt ist er obdachlos.«

»Sonny Baca sind Sie also, hm, nett, Sie kennenzulernen. Diego hat die Berichte über den Fall gelesen, mit dem Sie letzten Sommer befaßt waren. Ließ uns keine Ruhe, bis er

alles verschlungen hatte, was in der Zeitung darüber zu finden war«, begrüßte Peewee ihn. »Und, nur der Richtigkeit wegen, ich habe sowohl ein Obdach als auch ein Zuhause«, korrigierte er Diego.
Diego klopfte ihm auf den Rücken. »Ja. Das ist dein Zuhause. Und dieser junge Mann hier ist Busboy. Hat die High-School abgebrochen, keine Berufsausbildung, also arbeitet er als Geschirrspüler, wenn jemand einen brauchen kann.«
Busboy lächelte und schüttelte Sonny die Hand.
»Und das ist Peter«, sagte Diego und wies auf den älteren, würdevollen Mann, der am Feuer stand. »Er ist nachrichtensüchtig. Hört sich immer die Abendnachrichten an und erzählt uns, was in der Welt vor sich geht. Wir müssen ihm zuhören; er behandelt uns wie seine Schüler.«
Peter drückte Sonny kräftig die Hand. »Diegos Freunde sind auch unsere Freunde. Bitte nehmen Sie Platz. Wir können Ihnen leider nur eine alte Lattenkiste anbieten, aber unter Freunden ist das eine Sitzgelegenheit, die einem König gebührt. Und Marta braut einen göttlichen Kaffee.«
Er zog eine Lattenkiste heran, und Marta reichte Sonny den Becher, eingeschenkt aus der Kaffeekanne, die auf den Kohlen stand.
»Was führt Sie in unser bescheidenes Quartier?« wollte Peter wissen.
»Er stellt Nachforschungen über die Frau an«, sagte Diego, und die anderen blickten sich beunruhigt an.
»Wie haben Sie von uns erfahren?« fragte Peter.
»Ich bin einem Fingerzeig gefolgt«, erklärte Sonny, ohne zu erklären, daß er ihre Anwesenheit im Gehölz gespürt hatte.
»Wir wollen nichts mit der Polizei zu tun haben«, murmelte Diego. »Wenn sie es herausfinden, werden sie kommen und uns von hier vertreiben. Dann gibt es nichts mehr, wo wir

hinkönnten. Wir haben uns hier häuslich niedergelassen; wir wollen einfach keine Scherereien mit der Polizei.«
Die anderen nickten zustimmend.
»Ich weiß, aber hier handelt es sich um ein Kapitalverbrechen. Falls ihr etwas beobachtet habt, hängt ihr automatisch mit drin.«
Er nahm Platz und erzählte ihnen von der Frau, die am Morgen ums Leben gekommen war, und über die Rolle, die sie bei der Ermordung von Gloria Dominic gespielt hatte.
»Das tut uns leid«, sagte Peter, als Sonny geendet hatte. »Aber Sie müssen verstehen, daß wir einfach nichts mehr damit am Hut haben wollen. Früher war das anders. Ich war bei einem Fernsehsender im Süden Kaliforniens beschäftigt. War gut in meinem Beruf. Aber –« Er zögerte. »Sagen wir, daß denen, die dort das Sagen hatten, nicht gefiel, was ich damals gerade recherchierte; ich hatte in ein Wespennest gestochen. Ich wollte eine Sendung über die Ermordung von Rubén Salazar machen.«
»Das ist der Reporter aus Chicago, der vor fünfundzwanzig Jahren im Silver Dollar Café ermordet wurde«, erläuterte Diego. »Während des Schweigemarsches, den die Vietnamgegner in East Los Angeles veranstalteten. Er wurde ermordet.«
Peter nickte. »Ja, sieht ganz so aus. Er führte damals gerade für die LA *Times* Recherchen durch, sollte ein Bericht über die Chicano-Bürgerrechtsbewegung werden. Wie dem auch sei, die einflußreichen Bürger der Stadt wollten verhindern, daß die Chicanos erkennen, wie stark sie sein könnten, wenn sie sich organisieren. Salazar wurde beschattet: Die Deputies des Sherrifs von LA County observierten ihn. Sie *wußten*, daß er sich im Silver Dollar aufhielt. Er wurde von einem kubanischen Agenten verpfiffen, oder einem kolumbianischen.«
»Waren Drogen im Spiel?« Sonny kannte die Geschichte

von Salazar und wußte auch, wie der Mord vertuscht worden war. Ricardo, ein Freund von ihm in LA, hatte ein Fernsehspiel geschrieben, in dessen Mittelpunkt die tragischen Ereignisse standen, die mit Salazars Tod verknüpft waren. Er hatte eine Menge Staub aufgewirbelt, und dafür hatte der Sheriff ihm die Hölle heiß gemacht.

»Von Kolumbien bis Los Angeles, eine direkte Linie. Salazar war drauf und dran, die Bombe platzen zu lassen. Sie haben ihn umgebracht. Und als ich enthüllen wollte, auf was ich bei meinen Recherchen gestoßen war, wurde ich fristlos entlassen und auf die schwarze Liste gesetzt.«

Er hielt inne. Alle schwiegen.

Sonny seufzte und trank einen Schluck Kaffee. So war das also. Die kriminellen Organisationen, die ihre Finger im Rauschgifthandel hatten, würden jeden auf die eine oder andere Weise zum Schweigen bringen.

Er blickte die Gruppe an, die im Kreis um das Feuer saß. Jeder Mensch konnte mundtot gemacht werden, und er wollte niemanden in Lebensgefahr bringen.

Er wußte auch, daß er an ihren Existenzbedingungen nichts ändern konnte, gleichgültig, was er auch sagen mochte. Ein Leben in Umzugkartons, Abfalltonnen nach Nahrung durchwühlen, jede Gelegenheitsarbeit annehmen, und wie Diego und Marta ein Kind großziehen, dem sie keine Zukunft zu bieten vermochten – das war nicht leicht.

»Ihr müßt keine Aussage bei der Polizei machen; erzählt es mir.«

»Und Sie werden der Polizei kein Sterbenswörtchen verraten?« Diego, der Sonny gegenüber am glühenden Lagerfeuer saß, starrte ihn mißtrauisch an.

Sonny schüttelte den Kopf. »Ich kann es nicht versprechen.« Er wußte, daß es möglicherweise unumgänglich sein würde, Garcia einzuweihen.

»*Pués, hay 'stá.*« Diego schlug sich aufs Knie. »Was wir heute sagen, kann morgen schon in der Zeitung stehen.« Er sah Busboy an. »Was meinst du, *hijo*?«
Busboy druckste herum. Der junge Mann, nicht älter als neunzehn oder zwanzig, kratzte sich verlegen die Bartstoppeln.
»Ich weiß nicht. Ich wünschte, ich hätte den schwarzen Ballon nie gesehen. Ich hab' ja gleich geahnt, daß sich da was zusammenbraut. Früher, als ich noch zur Schule ging, habe ich mit den Straßenbanden Ärger gekriegt, weil ich die Wahrheit gesagt habe. Das schlimmste ist, jemanden zu verpfeifen!«
»In welche Schule sind Sie gegangen?« fragte Sonny.
»Río Grande.«
»Da habe ich meinen Abschluß gemacht.«
»Tatsächlich?« Busboy war beeindruckt. Da stellte sich doch tatsächlich heraus, daß jemand, der mit einer so aufregenden Tätigkeit seinen Lebensunterhalt verdiente, dieselbe Schule besucht hatte. »Ich hab' keinen Abschluß«, meinte er kummervoll. »Mußte meiner Familie unter die Arme greifen, und im Lesen war ich nie besonders gut. Ich hab' hier und da einen Job im Schnellimbißrestaurant gehabt, aber mehr war aus meinem Leben nicht zu machen.«
Ja, Sonny kannte das.
»Aber es steht geschrieben, daß uns die Wahrheit freimachen wird.« Peter stand auf. »Es gibt einige Unbilden im Leben, die nicht auf unserem eigenen Mist gewachsen sind. Sie brechen über uns herein und zwingen uns, Klarheit über uns selbst zu gewinnen.« Er blickte seine Freunde an. »Ich denke, wir sollten Sonny erzählen, was wir wissen.«
Diego wandte sich an seine Frau. Sie schwieg. Vielleicht litt sie am meisten von allen. Es mußte bitter sein für eine Frau, ihrem Kind nicht die Geborgenheit eines richtigen Zuhau-

ses bieten zu können. Ihrer Tochter keine Puppen, keine Süßigkeiten, keinen Malblock und keine Malkreiden für den ersten Schultag kaufen zu können. Die Männer kämpften gegen den Rest der Welt, und sie gegen die Zukunft und den Schmerz in ihrem Innern.

Sie sah ihren Mann an. »Du predigst immer, daß wir keine Angst haben dürfen, Diego. Wir sind frei. Wir besitzen wenig, aber wir sind frei. Andere fürchten, ihr Hab und Gut zu verlieren, aber wir haben nichts mehr zu verlieren, außer unserer Würde. Wir dürfen keine Angst zeigen.«

Diego lächelte. Er blickte seine Freunde an und nickte. »In Ordnung, Sonny, wir werden Ihnen erzählen, was wir wissen.« Er sah die anderen fragend an, und auch sie nickten.

Diego goß sich einen Becher Kaffee ein und setzte sich auf die Lattenkiste, Sonny gegenüber. Der flackernde Schein der glühenden Holzscheite warf Schatten auf sein Gesicht.

»Wir waren auf dem Weg zum Pfarrhaus in der Nähe der Kirche. Wollten uns dort Wintermäntel aus den Kleiderspenden aussuchen. Wir entdeckten die Ballons auf der anderen Seite des Flusses und hielten an, um zuzuschauen. Ein einzelner schwarzer Ballon befand sich direkt über den Bäumen am diesseitigen Ufer. Sah ganz so aus, als sei er irgendwo unten am Fluß aufgestiegen. Er war so tief, daß wir den Mann und die Frau im Korb erkennen konnten. Als er über die Baumkronen schwebte, sahen wir, wie der Mann die Frau schlug. Dann stieß er sie aus dem Korb.«

»Es war Mord, vorsätzlicher, eiskalter Mord«, fügte Peter hinzu.

»Die Frau fiel, und wir rannten zu ihr. Aber sie war tot. Sie haben ja selbst gesehen, wie sie starb.«

Sonny nickte. »Würden Sie den Mann wiedererkennen?«

»Er hat über den Rand der Gondel nach unten geschaut,

und deshalb konnten wir uns sein Gesicht genau einprägen. Er war jung, vielleicht in Ihrem Alter. Dunkles Haar.«
»Langes Haar, zum Pferdeschwanz zusammengebunden«, sagte Busboy.
»Eine Seite des Gesichts wies Verbrennungen auf«, erklärte Diego.
»Verbrennungen?«
»Ja, oder es war irgendwie verunstaltet.«
»Hat er euch bemerkt?«
»Deshalb haben wir ja Angst«, erklärte Peter. »Er sah, wie wir zu der Frau hinüberliefen.«
Ja, dachte Sonny, dazu haben sie auch allen Grund. Sie waren Augenzeugen der Tat, und Raven würde keinen am Leben lassen, der ihn belasten konnte. Die Vogelscheuche am Stolperdraht, mit der sie den Saumpfad blockiert hatten, würde ihn nicht aufhalten.

8

Als Sonny nach Hause zurückkehrte, war es nach Mitternacht. Er hatte seinen neuen Freunden Ravens Geschichte erzählt, denn sie mußten wissen, was sie unter Umständen erwartete.
Aber hatte Raven lediglich versucht, Tamara davor zu bewahren, daß ihr der Prozeß gemacht wurde? War ihm nicht klar, daß Tamara ihn nach dem WIPP-Debakel im Juni nicht einmal mit der Kneifzange angefaßt hätte? Sie war eine Überlebenskünstlerin und würde alles tun, um ihre eigene Haut zu retten. Vielleicht hatte Tamara Glorias Geld. Und Raven brauchte Geld, um das Land zu verlassen, aber möglicherweise war er auch so verrückt, einen zweiten Anschlag auf einen WIPP-Transport auszuhecken.
Hatte Tamara heimlich ihre Fäden gesponnen und dafür gesorgt, daß Veronica auf Kaution freigelassen wurde, so daß man sich der unliebsamen Zeugin entledigen konnte? So wenig mir der Gedanke auch behagt, früher oder später werde ich ein Wörtchen mit ihr reden müssen, dachte Sonny.
Als er die Haustür öffnen wollte, spürte er die Anstrengungen des Tages in den Schultern, die völlig verspannt waren. Die Reinigungszeremonie bei Lorenza Villa hatte ein Gefühl des Friedens in seinem Innern geschaffen, wie er es seit langer Zeit nicht mehr empfunden hatte, doch alle diese Empfindungen waren mit einem Mal verraucht.
Vielleicht war es in einer Welt, in der rohe Gewalt herrschte, unmöglich, die innere Harmonie zu bewahren. Er hatte von Don Eliseo und Rita und nun auch von Lorenza gelernt, daß

sich ohne fortwährendes Ringen die Seele nicht im Gleichgewicht halten ließ.

»Verflixt, wie bin ich da nur wieder hineingeraten?« murmelte Sonny. Er zögerte, als er den Schlüssel ins Türschloß steckte. Lautlos trat er einen Schritt zurück. Sein sechster Sinn warnte ihn, daß jemand in sein Haus eingedrungen war oder sich bis eben darin aufgehalten hatte.

Don Eliseo, dachte er. Der alte Mann ist gekommen, um nach dem Rechten zu sehen. Nein, es war jemand anderer gewesen. Sonny dachte an die Nacht im Juni zurück, als er Rita nach Hause gebracht hatte und die abgeschnittenen Hoden eines Ziegenbocks an den Pfosten der Veranda genagelt fand. Die erste Warnung des Zia-Kults. Nun spürte er das gleiche Kribbeln im Nacken wie in jener schaurigen Nacht.

Er drehte sich um, suchte den Weg nach unbekannten Fahrzeugen ab. Doch er sah nur die Personenwagen und Pick-ups seiner Nachbarn, die im kalten Licht des Oktobermonds am Straßenrand oder in der Einfahrt parkten. Alles wirkte friedlich an der La Paz Lane. Sogar bei Don Eliseo auf der gegenüberliegenden Straßenseite war alles dunkel. Der alte Mann hatte sich bereits zur Ruhe begeben.

Sonny fröstelte in der kühlen Nachtluft, dann kehrte er, leise die Melodie von »He, Baby, Qué Pasó« vor sich hin pfeifend, zu seinem Wagen zurück und holte die Pistole aus dem Handschuhfach. Der uralte Colt funktionierte noch nach dem Single-action-Prinzip: Beim Spannen des Hahns mußte man gleichzeitig die als Patronenmagazin dienende Walze drehen. Heute nacht war er jedenfalls bewaffnet.

Er betrat langsam das Wohnzimmer und machte Licht. Alles wirkte unberührt, aber er spürte die Gegenwart eines

Eindringlings. Er ging in die Küche, schaltete das Licht ein, und auch hier war alles so, wie er es am Morgen verlassen hatte. Trotzdem waren seine Nerven zum Zerreißen gespannt, und sein Instinkt sagte ihm, daß Gefahr in der Luft lag.

Er dachte daran, nun das Schlafzimmer zu inspizieren, doch dann zuckte er die Schultern. »*Chingao*, langsam leide ich unter Verfolgungswahn. Das kommt davon, wenn man dauernd über Gespenster redet.«

Er legte die Pistole auf den Tresen, der Küchen- und Eßbereich trennte, und öffnete den Schrank, wo er stets eine Flasche Whisky verwahrte. Er schenkte sich ein kleines Glas Bourbon ein und berührte das goldene Amulett unter seinem Hemd. Er spürte eine seltsame Kraft davon ausgehen, die ihm das Gefühl verlieh, unbesiegbar zu sein. Das Amulett besaß für ihn einen Schutzzauber. Er hatte es den ganzen Sommer unentwegt getragen.

Es war ein wertvoller Goldschmuck, ein Unikat, hatte er sich eingeredet, das sicher aufbewahrt werden mußte. Außerdem gehörte das Amulett ihm gar nicht. Als Beweisstück in einem Mordprozeß war es Eigentum des Staates, oder vielmehr hätte eigentlich als Beweismaterial dienen sollen. Doch nun würde ja ohnehin keine Gerichtsverhandlung mehr stattfinden. Vielleicht gehörte es jetzt ihm, wie Tamara gesagt hatte.

»*Pués*, auf Raven«, grinste er stillvergnügt in sich hinein und trank den Whisky auf einen Zug aus. Er keuchte; der Bourbon brannte in seiner Kehle, und er hustete. Unvermittelt erinnerte er sich an den Nachmittag, als Tamara ihn aufgefordert hatte, einen Blick in ihr Schlafzimmer zu werfen, in das Sanktuarium der Liebesgöttin, der Herrscherin des Zia-Kults. Sie hatte ihm Wein angeboten, der mit getrockneten und in Scheiben geschnittenen Mescal-Buttons versetzt war, um die Reise durch vergangene Existenzen herbeizuführen. Doch Sonny hatte abgelehnt.

»Wir sind seit Anbeginn der Zeit Seelengefährten, Sonny, wir gehören unauflöslich zusammen. Du verstehst nicht, wie tief meine Liebe zu dir ist. Geh jetzt, Liebster, für den Augenblick. Wir werden uns wiedersehen. Keine Macht der Erde könnte uns trennen. Ich bin dir stets nahe.« Trotz all der Jahre sprach Tamara immer noch mit ausländischem Akzent. Russisch, Polnisch, Romani oder eine andere »Zigeunersprache« – niemand wußte es genau.

Tamara hatte Spendengelder für Raven gesammelt, damit dieser seine überspannten Pläne ausführen und die Inbetriebnahme der WIPP-Atommülldeponie verhindern konnte. Aber warum?

Du und Raven, ihr seid Seelengefährten seit Menschengedenken, hatte sie gesagt. Seelengefährten, die zu lieben ihr bestimmt war in allen Zyklen der Zeit. Ihr Karma.

Sonny lächelte und schenkte sich ein zweites Glas ein. Ja, sie liebte ihn offenbar wirklich, und ihre Seele schwebte über ihm, beobachtete ihn, wartete.

»*Qué chinga*!« schimpfte Sonny und versteifte sich, als er einen Schatten am Küchenfenster gewahrte.

Einen Moment lang erblickte er das Bild von Veronica Worthy an der Fensterscheibe. Er rieb sich die Augen, und es verschwand. Er sah Tamara Dubronsky, die ihm zuwinkte, seinen Namen flüsterte, ihn rief.

»Komm zu mir«, lockte sie ihn. »Du bist der neue Raven.«

Dann tauchte das Bild eines Mannes in Schwarz auf, spiegelte sich einen Moment in der Fensterscheibe. Sonny machte einen Satz zur Seite, und das Schlagholz, das der Angreifer schwang, traf krachend den Küchenschrank. Als er sich blitzschnell duckte, griff Sonny nach seiner Pistole, ließ sich auf den Boden fallen und wirbelte herum. Der Mann in

Schwarz holte ein zweites Mal aus. Das Schlagholz landete auf dem Küchenboden, verfehlte Sonnys Kopf um Haaresbreite. Sonny hob die Pistole, aber ein gezielter Fußtritt schlug sie ihm aus der Hand, und der Angreifer stürzte sich auf ihn.

Der Mann war stark; er hatte eine schwarze Kapuze über den Kopf gezogen, so daß Sonny sein Gesicht nicht erkennen konnte. Sie rollten ineinander verkeilt über den Fußboden der kleinen Küche, ächzend und aufeinander einschlagend, bis es Sonny gelang, ihm einen kräftigen Fausthieb zu verpassen und seine Waffe zu ergreifen.

Plötzlich erschien eine zweite Gestalt, und ein Stiefel trat auf seine Hand.

»Raven!« keuchte Sonny, und zur gleichen Zeit spürte er, wie ihm der Mann mit der Kapuze mit geballter Kraft ins Gesicht schlug; dann drohten Wellen der Dunkelheit über ihm zusammenzuschlagen. Der Mann hielt ihn wie im Schraubstock fest, während Raven hochaufgerichtet über ihm stand.

»Wo ist das Amulett?« herrschte Raven ihn an. »Na los, sag schon!«

Er hatte die Pistole aufgehoben und hielt sie nun an Sonnys Schläfe.

Obwohl Sonny von dem Schlag benommen war, hörte er die Worte. Der Duft nach Vanille drang in seine Nase. Er stöhnte und versuchte aufzustehen, doch er spürte den kalten Lauf der Pistole auf seiner Stirn.

»Keine Ahnung –«

»Schluß mit dem Geplänkel!«

Sonny hörte ein Klicken, als der Hahn gespannt wurde, das kalte Metall des Laufs vibrierte an seiner Stirn, und er spürte, wie seine Blase schwach wurde und sich entleerte.

Doch der Schuß, der in aller Regel unmittelbar nach dem Klicken erfolgte, blieb aus; ihm wurde nicht das Gehirn aus dem Schädel gepustet. Wie sein Vater ihm eingebleut hatte, hatte Sonny die Pistole mit einer leeren Kammer im Magazin gesichert, eine uralte Regel aus dem »Wilden Westen«, die ihm genau im richtigen Augenblick das Leben gerettet hatte.
Sonny hatte das Gefühl, als ob alle Bewegungen im Zeitlupentempo erfolgten, als er nun zu Raven hinaufstarrte. Seine gesamte linke Gesichtshälfte war rosafarben und vernarbt, verunstaltet durch tiefe, klaffende Wunden, die ohne die sachkundige Behandlung eines Arztes verheilt waren. Als Raven von den reißenden Fluten des Arroyo mitgerissen worden war, hatte die Strömung ihn vermutlich mit dem Gesicht nach unten über den Kiesgrund geschleift, über Steine und Geröll. Eine breite Narbe verlief von der Stirn bis zum linken Auge, so daß sein Augenlid herabhing und die gesamte Gesichtshälfte verunstaltete.
Raven fluchte und spannte den Hahn der Pistole, doch bevor er einen Schuß abgeben konnte, erfüllte ein ohrenbetäubendes Krachen die Küche, und Putz rieselte von der Decke herunter, fiel auf Raven und seinen Spießgesellen.
Sonny spürte, wie sich sein Körper entspannte und in Dunkelheit versank; er starb. Er stieg in einem goldenen Ballon auf, dessen Korb die Form eines *ojo de Dios* hatte, wie das Auge Gottes, das Tamaras Haus schmückte. Unter ihm, auf der Erde, entdeckte er Menschen, die ihm zum Abschied zuwinkten. Rita, seine Mutter, Madge Swenson, Don Eliseo und seine Freunde.
Er vernahm eine dröhnende Stimme in der Leere. Es war der Geist seines Urgroßvaters, El Bisabuelo, Elfego Baca höchstpersönlich, der legendäre Gesetzeshüter des Socorro

County, der nun auf Sonny herabsah und schadenfroh grinste. »Du steckst mal wieder in der Klemme, Sonny«, sagte der alte Mann.
»Waffe weg!« rief er.
Die Pistole fiel klirrend zu Boden.
Sonny stöhnte, er sah, wie die Schatten von Raven und seinem Kumpanen aus seinem Blickwinkel verschwanden. El Bisabuelo war aus dem Fegefeuer der Cowboys gekommen, um seinen unseligen Enkel zu retten.
»Danke, Grandpa«, ächzte Sonny. Er blickte zu der Gestalt des berühmt-berüchtigten Gesetzeshüters hoch, der mit dem Gewehr im Arm vor ihm stand. Putz rieselte von der Decke und bedeckte ihn mit weißem Kalk und herabfallenden Mörtelbrocken.
»Ich bin nicht dein Grandpa«, sagte Don Eliseo und kniete sich neben ihn. »Alles in Ordnung?« Er hob behutsam Sonnys Kopf an.
»Alles bestens«, versuchte Sonny zu lächeln. »Meine Ohren klingeln ...«
»Sonny, zähl meine Finger!« Don Eliseo hielt seine fünf von der Feldarbeit rissigen Finger hoch.
»Ich kann nicht. Ich bin tot«, stöhnte Sonny.
»Nein, *hijo*«, antwortete Don Eliseo mit fester Stimme. »Du lebst noch.«
Sonnys Augenlider flatterten. »Ich bin nicht tot?«
»Nein.«
»*Qué pasó?*« Er öffnete die Augen.
»Die beiden haben versucht, dich umzubringen. Ich hab' einen Warnschuß abgegeben.«
Don Elisco war mit seinem vorsintflutlichen Gewehr gerade rechtzeitig gekommen. In der Decke über ihm befand sich ein kreisrundes Loch.
»Wo wohnst du, mein Junge?«

»Burque.«
»In welchem Staat?«
»New Mexico.«
»Du wirst bald wieder ganz der Alte sein.«
»Das war knapp«, keuchte Sonny.
»Sehr knapp.«
»*Gracias.*«
»*De nada.* Wozu sind Nachbarn schließlich da?«
Er half Sonny auf die Füße, führte ihn zu einem Küchenstuhl, wickelte Eiswürfel in ein Handtuch und hielt die Kompresse gegen Sonnys Kinn, wo ihn der Faustschlag getroffen hatte. Dann kochte er einen starken Kaffee für Sonny. Erst als das Schwindelgefühl nachließ, redeten sie.
»Was hältst du davon, wenn ich dich ins Krankenhaus bringe?«
Sonny schüttelte den Kopf.
»Ein Arzt sollte sich das anschauen. Vielleicht hast du ja Knochenbrüche.«
»Nein, mir fehlt nichts«, stöhnte Sonny und rieb mit der kalten Kompresse über seinen schmerzenden Nacken.
»Wie du meinst. Aber ich möchte mir die Beulen genauer ansehen, solange sie noch frisch sind.«
Er berührte sanft und sicher die Ränder der Verletzungen. Seine rauhen Bauernpranken glichen den Händen eines Heilers, als sie nach gebrochenen Knochen tasteten. Sonny zuckte zusammen, aber er saß still. Der alte Mann wußte genau, was er tat. Wie immer.
»Keine Platzwunden. Du hast einen Dickschädel.«
»Das muß in der Familie Baca liegen.«
»Und was hast du von deiner Mamá geerbt?«
»Mein gutes Aussehen«, grinste Sonny und preßte den Eisbeutel gegen seinen Nacken, der vom Schlag schmerzte.

»Das Gehirn ist ein wahres Wunderwerk«, sagte Don Eliseo, während er vorsichtig zu Werke ging. »Genau wie die Seele. Ein Licht, das in unserem Innern brennt.«
»Das Leben selbst.«
Als der alte Mann die Untersuchung beendet und festgestellt hatte, daß keine Knochen gebrochen waren, sagte Sonny: »Erinnerst du dich an die Geschichte, die du mir in diesem Sommer erzählt hast? Von dem *hombre dorado*? Dem Mann, der auf der Suche nach dem Jungbrunnen in das Río Grande Valley kam?«
»Ja. *Brujos*, die Handlanger des Teufels, stahlen seine Seele. Dann umhüllten sie ihn mit einem goldenen Panzer. Der *hombre dorado* ist ein Mensch ohne Seele.«
»Warum hielt er ausgerechnet nach dem Jungbrunnen Ausschau?«
»Er war auf der Suche nach dem ewigen Leben«, erwiderte der Alte. »Er wollte werden wie Gott. Diejenigen, die den Jungbrunnen suchten, meinten, sie könnten ihre Feldflaschen mit dem Wasser füllen und einen ausreichenden Vorrat mit nach Hause nehmen. Betrachte das, was gerade geschehen ist, doch einmal aus dieser Perspektive, Sonny: Angenommen, ich wäre zu spät gekommen. Diese beiden Männer hätten dich umgebracht. Mit dem Wasser aus dem Jungbrunnen kann dir der Tod nichts anhaben.«
»Raven hat sich da auf ein merkwürdiges Spiel eingelassen«, stöhnte Sonny.
»Ja. Denk immer daran: Er ist ein Spieler. Ihr beide habt schon viel zuviel Zeit mit Spielen vertan …« Seine Stimme verklang.
Sonny fragte Don Eliseo nicht, was er damit meinte. Im Augenblick war er einfach nur froh, daß er mit dem Leben davongekommen war.

»Mit dem Leben davongekommen, um für die nächste Runde des Spiels gerüstet zu sein«, flüsterte Sonny. Und dann, an den alten Mann gewandt: »*Gracias*, Don Eliseo. Du hast mir das Leben gerettet. Wieder einmal.« Er war seinem alten Freund zutiefst dankbar. Es bestand keine Notwendigkeit, Rita anzurufen und sie in Unruhe zu versetzen; er würde es ihr am Morgen erzählen.

»Ach, war doch nicht der Rede wert.« Der alte Mann ließ sein Gewehr aufschnappen und nahm die leere Patronenhülse heraus.

»Du hattest nur eine Kugel im Magazin?« staunte Sonny ungläubig.

Der alte Mann lächelte. »Das konnten die beiden ja nicht wissen.«

»*Chingao.*« Sonny grinste. Der alte Mann hatte Mut. Er hatte Raven und seinem mordlustigen Spießgesellen angedroht, beim nächsten Mal keinen Warnschuß abzugeben, obwohl er gar keine zweite Kugel hatte.

»Und was ist mit dir?« fragte Don Eliseo, als er Sonny die Pistole reichte.

Sonny öffnete das Patronenmagazin. Fünf Kugeln fielen heraus. Der zweite Schuß hätte ihm das Lebenslicht ausgeblasen. Am besten, ich trage sie in Zukunft ungeladen mit mir herum, dachte er, nahm die fünf Patronenhülsen heraus und legte sie fein säuberlich auf den Tisch.

»Das war knapp.«

»Ich weiß«, nickte Sonny und blickte verstohlen an seinen Hosenbeinen hinunter, um zu sehen, ob er sie naß gemacht hatte. »Wie hast du –«

»Ich kenne das Motorengeräusch deines Wagens, *hijo.* Ich habe die Kerle nicht kommen hören, aber als ich aus dem Fenster schaute und dich mit der Pistole ins Haus gehen sah – ›*Pués,* das bedeutet nichts Gutes‹, sagte ich mir. Und deshalb habe ich meine alte Schrotflinte herausgeholt und mich auf leisen Sohlen angeschlichen.«

Er blickte Sonny prüfend an. Der *brujo* Raven war zurückgekommen, um sich zu rächen. Sie wußten es beide.

»Bin wohl gerade zur rechten Zeit aufgetaucht.«

»Das kann man wohl sagen.«

»Ah, dieser *brujo* Raven versucht es mit allen Tricks. Er weiß, daß er dich nicht töten kann.«

Sonny war verwirrt. »Was meinst du damit?«

»Er kann dich nicht mit einer Pistole umbringen. Nein, worauf er es abgesehen hat, ist deine Seele, deine *alma.* Deshalb braucht er unbedingt das Symbol der Sonne auf dem Amulett, das du trägst. Um seine Macht gegen dich einzusetzen. *Bueno,* ruh dich jetzt aus. Bis morgen, *mañana.*«

Er klopfte Sonny auf die Schulter und sagte beim Hinausgehen: »Ich werde morgen einen Sack Zement besorgen. Toto und ich werden deine Decke ausbessern. *Buenas noches.*«

»*Buenas noches!*« rief Sonny dem alten Mann nach, als seine Gestalt in der Dunkelheit verschwand.

Sonny nahm die Bourbonflasche, schlurfte ins Wohnzimmer, wo er in einen Schaukelstuhl sank, und trank einen kräftigen Schluck.

Himmelherrgott, er hätte um ein Haar ins Gras gebissen. Aber was, zum Teufel, hatte Don Eliseo gemeint, als er sagte, Raven sei außerstande, ihn mit einer Pistole zu töten? Man konnte jeden töten, wenn die Kugel traf. Mit Ausnahme eines *brujo.*

»Ich, ein Hexer?« dachte Sonny lächelnd. Was nicht ist, kann ja noch werden; vielleicht, wenn ich weiterhin mit den Kojoten um die Wette renne. Er hatte heute etwas Wichtiges gelernt – nicht nur, weil er sich hatte übertölpeln lassen und sein Haus nicht gründlich genug durchsuchte. Er wußte, ein

solches Versäumnis war leichtsinnig und hätte ihn das Leben kosten können. Nein, er hatte etwas über die Welt der Geister gelernt, die Welt der Seele, in die Lorenza ihn geführt hatte.
Er versuchte zu schlafen, aber es gelang ihm nicht; er döste immer nur für kurze Zeit ein. Beängstigende Traumbilder glitten an seinem inneren Auge vorüber.
Sonny erwachte mit einem Ruck. »Wo ist meine Seele?« stöhnte Sonny.
»Tamara!« fluchte er und setzte sich kerzengerade auf. Er zog das Amulett unter seinem Hemd hervor und betrachtete es. Dafür hätte er beinahe mit dem Leben bezahlt! Und sie hatte es ihm um den Hals gehängt, hatte ihn beschworen, es immer zu tragen. Hatte ihn den neuen Raven genannt!
Was wäre gewesen, wenn er es Raven gegeben hätte? Wären damit seine Rachegelüste befriedigt gewesen?
Du bist der neue Raven, hatte ihm Tamaras verführerische Stimme geschmeichelt. Er spürte ganz deutlich, daß sie sich jetzt im Raum befand.
Komm zu mir, flehte ihre Stimme.
Doña Sebastiana, Tamara, La Llorana! Sirenengesang, der ihn in der Oktobernacht ins Verderben locken wollte!
Sonny ergriff das Telefon und wählte Tamaras Nummer. Howard hatte gesagt, daß sie in ihr Haus am Río Grande Boulevard zurückgekehrt war. Es bestand keine Notwendigkeit mehr, hinter den Mauern des exklusiven Sanatoriums in den Hügeln von Santa Fé in Deckung zu gehen, bis sich der Staub verzogen hatte und der Prozeß begann, oder finstere Pläne zu schmieden, um eine Eröffnung des Gerichtsverfahrens zu verhindern.
Sonny blickte auf seine Armbanduhr. Zwei Uhr nachts.
»Sonny«, rief sie, bevor er auch nur einen Ton sagen konnte,

wobei sie seinen Namen wie »Son-nie« aussprach. »Schätzchen, ich mußte gerade an dich denken. Ich habe die Meldung in den Nachrichten gehört. Schrecklich. Ich weiß, daß du mit mir sprechen willst. Komm nur. Mach dich gleich auf den Weg, ich freue mich!«

9

Er wusch vorsichtig sein verletztes, geschwollenes Gesicht, zog ein sauberes Sweatshirt und seine warme Lederjacke an, goß sich eine Tasse Kaffee ein, der inzwischen kalt geworden war, und fuhr dann über die Ranchitos Road zum Río Grande Boulevard.

Als Tamara den Hörer abgehoben hatte, mußte er den Impuls unterdrücken, zu fragen, woher sie wußte, daß er es war, der zu einer so unchristlichen Zeit anrief. Das war typisch für sie, jemanden in die Defensive zu drängen, ihm Rätsel aufzugeben.

»Raven lebt, er ist zurückgekehrt«, hatte er gesagt und gehört, wie sie leise lachte.

»Natürlich, Schätzchen, was hast du denn gedacht! Wir haben doch beide gewußt, daß er wiederkommen würde, oder etwa nicht? Chief Garcia hat mich angerufen und mir erzählt, was mit Veronica geschehen ist. Tragisch, dieser Unfall. Aber alles ist vergeben und vergessen; ich bin nicht nachtragend.«

Vergeben und vergessen? dachte Sonny. Und sie ist nicht nachtragend? Sie befand sich auf freiem Fuß, die Staatsanwaltschaft hatte keine Handhabe mehr gegen sie, und da redete sie davon, daß sie nicht nachtragend war!

»Sonny, bitte komm. Ich würde mich freuen. Ich kann nicht schlafen, die grauenvollen Nachrichten haben mich aufgewühlt. Ich muß dich unbedingt sehen.«

Das letzte Mal hatte er Tamara am Morgen des 22. Juni getroffen, als er zu ihr gefahren war, um ihr mitzuteilen, daß Raven von den reißenden Fluten des Arroyo, der nach den sintflutartigen Regenfällen Hochwasser führte, mitgerissen worden und aller Wahrscheinlichkeit nach ums Leben gekommen war.

Nun ist Tamara also wieder frei, dachte Sonny, als er die Auffahrt zu dem weitläufigen, von Kletterpflanzen überwucherten Herrenhaus hinauffuhr; das Areal grenzte an die bewaldete Böschung des Flusses und war ein Stück von der Straße zurückversetzt.

Das Anwesen wirkte gespenstisch. Es gab ein paar alte Art-déco-Bauwerke in der Stadt, aber die meisten Bewohner des North Valley zogen ein Domizil im Landhaus- oder nachgemachten Adobestil vor. Tamara hatte gleichwohl ein echtes Herrenhaus geerbt, nach Sonnys Einschätzung im gotischen Stil erbaut. Es wirkte unheimlich, vor allem in einer Oktobernacht, wenn der eisige Wind leise in den Ulmen und Pappeln säuselte, Baumriesen, die den Besitz umgaben.

Eine Eule schrie im Wäldchen unten am Fluß, gefolgt vom Heulen eines Kojoten und dem Rascheln des Herbstwindes in den Bäumen.

Ja, dachte Sonny, das ist die Jahreszeit, in der La Llorana umzugehen pflegt.

Sonny läutete und Tamara öffnete ihm die Tür.

»Sonny, wie schön, dich zu sehen. Komm herein.« Sie nahm ihn bei der Hand und zog ihn in die sehr weitläufige Eingangshalle. Antike Navajo-Webdecken schmückten die Wände, und ein großer Chimayo-Teppich verlieh dem Steinboden Wärme. Sie schloß die Tür und musterte Sonny. Ihre grünen Augen blitzten, und ein Lächeln umspielte ihre Lippen.

Sie hatte sich nicht verändert. Ihre langen Fingernägel waren immer noch purpurrot lackiert, und sie benutzte dasselbe Parfüm, das schwach nach Flieder duftete. Sie trug

ein goldfarbenes Negligé aus Satin, das die Rundungen ihres Körpers betonte.
Ihn an beiden Hände haltend, streckte sie ihm die Wangen zum Begrüßungskuß hin, eine europäische Sitte, der sich bei Tamara jeder unterwarf.
»Ich freue mich unbeschreiblich, dich zu sehen«, flüsterte sie. »Ich bin erst heute aus Santa Fé zurückgekehrt, und ich saß da und hoffte, daß du anrufen würdest. Was für ein wunderbarer Zufall.«
Sie führte ihn in den weitläufigen, nach allen Seiten offenen Wohnbereich. Ein Feuer knisterte in dem riesigen Kamin, Kerzen verbreiteten ihren sanften Schein im Raum, es brannte kein Licht.
»Bitte nimm Platz.« Sie deutete auf die ausladende Couch. »Mach's dir bequem. Wir haben uns viel zu erzählen. Ich trinke gerade Wein. Leiste mir dabei Gesellschaft.«
Sie schenkte ein, reichte ihm einen Becher und stieß mit ihm an.
»Auf uns.« Sie lächelte, dann setzte sie sich neben ihn.
»Du wußtest, daß ich anrufen würde.«
»Natürlich. Du bist ein einsamer Wanderer in der Nacht, und ich bin deine Llorana. Du bist der Mann, den ich suche.«
Sonny stellte sein Glas ab. »Es heißt, daß La Llorana die Burschen tötet, die sie auf ihren nächtlichen Streifzügen trifft.«
»Schätzchen, glaub doch nicht all die Abscheulichkeiten, die Männer der wehklagenden Frau unterstellen. Sie erzählen, daß sie ihr über den Weg gelaufen sind und daß sie Jagd auf sie gemacht hat. Wegen ihrer Schuldgefühle bilden sie sich ein, La Llorana in dunklen Nächten zu sehen.«
»Schuldgefühle?«
»Was sonst! Aber unsere schöne, klagende Frau ist nicht an

Männern mit Gewissensbissen interessiert. Sie ist eine Liebesgöttin, und sie interessiert sich für junge Burschen, für junge Seelen.«

»Die Version kenne ich ja noch gar nicht.«

»Nun, hat nicht jeder seine eigene Vorstellung von diesem Geschöpf der Nacht, von der Frau, die das Flußufer absucht? Ich denke, daß sie die Burschen mitnimmt, die sie findet. In ihren Tempel im Wald, unten am Fluß.«

Sonny hob fragend die Braue.

»Was sonst? Göttinnen brauchen Meßgehilfen, Altardiener, die sie zu Priestern ihrer Religion heranziehen.«

»Und was ist ihre Religion?«

»Die Göttin kennt nur einen Glauben, und das ist das Credo der Zeugung. Doch vor der leidigen Aufgabe, Männer zu gebären, kommt die Lust der sexuellen Vereinigung. La Llorana nimmt die unreifen Burschen mit in ihre Grotte, um sie in die Kunst der Liebe einzuweihen. Wenn es um die Liebeskunst geht, sind alle Männer Tiere. Oh, damit meine ich nicht Männer wie dich.« Sie berührte seine Hand. »Aber die meisten Männer. Du bist einer von den wenigen Auserkorenen, die La Llorana mit Freuden in die Geheimnisse der Liebe einweihen würde.«

»Und warum?«

»Du bist etwas Besonderes. Du gehörst zur Gattung der Männer, die La Llorana mit in ihre Liebeslaube nähme. Du genießt die Lust der sinnlichen Liebe, du genießt das Beisammensein mit Frauen. Und wichtiger noch, du weißt die Macht der Frauen zu schätzen. Und worin besteht diese Macht? In der die Stärke ihrer Leidenschaft, in den lustvollen Gefühlen, die eine Antriebskraft in jedem Schöpfungsakt darstellt. Wer in eine Frau eindringt, auf der mentalen wie physischen Ebene, spürt das.«

Sonny lächelte. Er dachte an Rita, die Frau, die er liebte, und an die ungeheure Befriedigung, die ihre Liebe ihm schenkte. Er dachte an die Macht und an die Geheimnisse Lorenzas, der *curandera*, die ihn in die Welt der Geister geführt hatte. Er dachte an seine Mutter, die nach dem Tod seines Vaters grenzenlose innere Stärke entfaltet und ihn und seinen Bruder allein großgezogen hatte. Er dachte an Frauen, die Kriegerinnen und Kämpferinnen waren.

»Ja, du bewunderst und verstehst Frauen«, fuhr Tamara fort. »Du weißt, daß wir das Geheimnis allen Seins in uns bergen, den Schlüssel zum Universum. Du suchst diese Eigenschaften in Frauen, und sie sprechen darauf an. Sie sind bereit, dir ihre Geheimnisse zu offenbaren. Und ich bin bereit, dir meine Geheimnisse zu offenbaren.«

Sie nippte an ihrem Wein und blickte Sonny an; ihre grünen Augen funkelten im sanften Schein des Feuers.

Sie hatte sich ihm schon einmal so unverblümt angeboten. Hatte ihn bis zur Schlafzimmertür gelockt. In der Mitte des Raumes stand ein großes rundes Bett, bedeckt mit seidenen Laken. Darüber ein Baldachin aus weißer, durchsichtiger Gaze. Es war das Zelt einer Wüstenprinzessin, einer Frau, die erfahren war in der Kunst der Verführung. Weiche Schaffelle, vom Wollfett glänzend, und das pelzige Fell weißer Ziegen lagen auf dem Fußboden, sinnlich und sanft unter der Berührung der nackten Füße.

In einer Ecke des Raumes befand sich eine Kiva-Feuerstelle, wie sie die Puebloindianer für religiöse Zeremonien benutzten. Heute abend brannte vermutlich ein Feuer darin, glimmende Zedernscheite, die knisterten und ihren würzigen Duft verbreiteten.

Von dem runden Bett in der Mitte waren strahlenförmig in vier geraden Linien goldene Fußbodenfliesen verlegt. Das Zia-Sonnensymbol. Ein Pfad führte zur Feuerstelle, der gegenüberliegende zu einer kleinen Weihestätte, einem getrockneten Piniennußbaum mit blattlosen, glatten Ästen, die bis zum alten, verwitterten Pinienbalkenwerk an der hohen Decke hinaufreichten. Am Geäst des Piniennußbaumes hingen kleine *ojos de Dios*, ein schlichter Schmuck aus farbiger Wolle in Diamantenform.

Neben dem Piniennußbaum lagen dünne Schwarzpappelzweige in Kreuzform. In der Mitte des *ojo de Dios* befand sich das Kruzifix, und die Wollfäden waren um das Kruzifix herumgewickelt.

»Ein Weg, der uns Zugang zu unseren Visionen bietet«, hatte Tamara erklärt. »Diese Schmuckobjekte, die von den Ureinwohnern des Landes das ›Auge Gottes‹ genannt werden, sind in Wirklichkeit ein Symbol für das Auge Ras, des alten ägyptischen Sonnengottes. Während ich sie webe, versetze ich mich mit Hilfe ritueller Gesänge in Trance und gelange in das Auge Ras. Ich betrete das Reich der Sonne, und die Traumbilder kommen wie von selbst. Auch du kannst die Reise in das Reich des Sonnenkönigs antreten. Du mußt mich nur begleiten.«

Sonny hatte gezögert. Mit Tamara ins Bett zu gehen, wäre Teil dieser Reise gewesen.

Gottes Auge sieht alles, das hatte ihm seine Mutter eingeschärft. Seine Mutter hatte sich die größte Mühe gegeben, ihn zu einem frommen Katholiken zu erziehen. Die diagonale Form des *ojo* war ein Mandala, ein Labyrinth, das zur Mitte führte, zum Auge Gottes. Für Tamara war der altägyptische Ra der Sonnengott.

Sie versprach ihm eine Vision von der Unendlichkeit, ewige Jugend, eingebettet in die Orgasmen ihres Fleisches. Deshalb war sie stets auf der Suche, bestrebt, einen Blick in ihre früheren Existenzformen zu werfen. Hatte der Wunsch nach Erkenntnis, wie die Sehnsucht des *hombre dorado* nach

ewiger Jugend, zu einem Faustschen Handel, einem Pakt mit dem Teufel, geführt? Hatte sie ihre Seele verkauft, um das ewige Leben zu erlangen?
Die dritte Linie, die von Tamaras Liebesbett ausging, endete an einem Buntglasfenster in der Südwand des Hauses. Am Tag der Wintersonnenwende, wenn die Sonne tief am südlichen Horizont stand, erwachten die Farben zum Leben. Die dicken, bunten Glasmosaike schufen ein weiteres Mandala, eine weitere Spielart des *ojo de Dios*, oder das Zia-Symbol. In der Mitte des vierblättrigen Ornaments ruhte die runde, goldene Sonnenscheibe.
Die vierte und letzte Linie führte durch eine offene Tür zu einer weitläufigen, in den Boden eingelassenen Badewanne. Hier nahmen die Vorbereitungen für das Liebesabenteuer ihren Anfang, wie Sonny vermutete.
Tamara rückte näher. »Warum so nachdenklich?«
»Ich dachte gerade an deine Deutung der Legende von La Llorana.«
»Sie macht doch Sinn, findest du nicht?«
»Ja.« Er mußte zugeben, daß eine solche Auslegung möglich war. Vielleicht war La Llorana eine Facette der Erdgöttin mit dem Bedürfnis nach einem ewigen Kreislauf von Wiedergeburt und Erneuerung. Für diesen Zeugungsakt brauchte sie Männer, die sie in den dunklen Gassen der Städte, entlang den *acequias* auf dem Lande und unter den Brücken suchte, die das trockene Bett der *arroyos* und die trägen Fluten schlammiger Flüsse überspannten.
»Raven hat mir einen Besuch abgestattet«, sagte er, um das Thema zu wechseln.
»Ich hätte dich warnen sollen.« Sie streckte die Hand aus und berührte die Platzwunde an seiner Stirn. »Aber du hast sicher gewußt, daß er lebt und zurückkommen würde.«
»Um mit mir abzurechnen?«

»Du mußt verstehen, daß der Raven, der zurückgekehrt ist, nicht der Raven ist, den wir kannten.«
»Was meinst du damit?«
»Er ist verletzt. Nicht nur physisch, auch seine Seele hat Schaden genommen. Er kennt nur noch einen Gedanken: Rache.«
»Er hat versucht, mich umzubringen.«
»Raven kann dir nichts anhaben. Solange du das Zia-Amulett trägst, kann er dir nichts anhaben.« Sie schmiegte sich an ihn und küßte ihn sanft. Die Wärme und der Druck ihres Körpers brachten sein Blut in Wallung. Er rückte von ihr ab.
»Ich habe dir schon oft gesagt, daß du einer von uns bist. Eine Seele, die so alt ist wie die Menschheit und in vielen Inkarnationen gelebt hat«, flüsterte sie und berührte seine Wange mit Fingerspitzen, die wie Feuer glühten. »Du könntest die gleiche Macht wie Raven besitzen, wenn du bereit wärst, einen Blick auf dein inneres Selbst zu werfen.«
Sonny streifte das Amulett von seinem Hals und streckte es ihr entgegen. »Ich brauche es nicht, um mit Raven fertigzuwerden.«
»Das ist ein Trugschluß!« entgegnete sie heftig und schob das Amulett weg. »Begreifst du denn nicht? Du stehst Raven im Weg.«
»Was soll das heißen? Die Polizei sucht nach ihm, nicht ich!«
»Die Polizei kann ihn weder schrecken noch aufhalten –« Sie hielt inne und rang die Hände. »Raven ist außerordentlich gefährlich. Du hast seine Pläne am Tag der Sommersonnenwende durchkreuzt, und damit war ein Zeitzyklus vergeudet. Er erkannte in dir seinen uralten Erzfeind.«
»Erzfeind?«
»Ach Sonny, wenn du nur sehen könntest, wenn du nur glauben könntest, daß wir seit Urzeiten Seelengefährten sind! Wir gehen unseren Weg durch die Zyklen der Zeit,

sind in einen fortwährenden Kampf verwickelt, in dem es keine Ruhepause gibt. Wenn du nur in der Lage wärst, das zu begreifen, dann könntest du auch meine Liebe zu dir verstehen. Ich würde alles, alles für dich tun.«

Ihre Stimme klang sentimental, und in ihr schwang, wie Sonny bemerkte, ein Ausdruck echter Zuneigung mit.

»Ich liebe dich. Ich liebe dich wirklich. Und ich werde alles in meiner Macht Stehende tun, damit dir nichts geschieht. Aber ich bin nicht imstande, mir Zutritt zu Ravens Welt zu verschaffen.«

»Zur Welt der Geister und Dämonen.«

Sie nickte. »Aber du bist dazu befähigt. Doch vorläufig ist das Amulett dein einziger Schutz.«

Sie nahm es und streifte es ihm über den Kopf. Sonny wußte, daß es zwischen Raven und ihr zum Bruch gekommen war. Es sah ganz so aus, als hätte er es nun auch auf sie abgesehen.

»Hat er dich auch bedroht?«

»Er hat angerufen. Wie du siehst, stehe ich ihm ebenfalls im Weg.«

Sonny wußte nicht, ob er ihr glauben sollte. Im Sommer waren Raven und Tamara Verbündete gewesen, doch nun schien Raven Amok zu laufen.

»Wenn du weißt, wo er sich versteckt hält, solltest du es mir verraten.«

Sie zögerte. »Ich habe keine Ahnung. Er wechselt ständig sein Versteck, ruft immer aus verschiedenen Ortschaften an. Manchmal treibt er seinen Spott mit mir. Ich habe Angst vor ihm.«

Sonny runzelte die Stirn. Die Zia-Herrscherin fürchtete sich vor Raven?

»Es mag schwer sein, mir zu glauben, ich weiß. Angeblich bin ich nicht ganz richtig im Kopf, eine Hexe, die aus der

Vergangenheit und Zukunft weissagen kann, und außerdem bildest du dir ein, ich hätte etwas mit Glorias Tod zu tun. Wie dem auch sei, im Augenblick geht es nur darum, daß ich dir helfen möchte.«
Sie beugte sich zu ihm hinüber und küßte ihn.
»Ich will dich«, flüsterte sie ihm ins Ohr; ihre Stimme war sanft, zwingend, und der Duft ihres Körpers betäubend.
Die innere Kraft, die er nach Lorenzas Behandlung verspürt hatte, war wie weggeblasen. In seinem Kopf tobte ein pochender Schmerz. Raven wäre es um ein Haar gelungen, ihn zu töten, und er würde es erneut versuchen. Er würde von seinen Leiden genesen, wenn er in das eingelassene Bad für den müden Krieger stieg, wenn er Tamara gestattete, sich seiner Lethargie anzunehmen. Er konnte in die Arme von La Llorana zurückkehren, zu der Schreckensgestalt seiner Kindheit, die ihn oft verfolgt hatte, wenn er abends nach Hause lief. Er konnte der neue Raven sein, die Wahl lag ganz allein bei ihm.
Warum auch nicht? dachte er. Vielleicht war Tamara wirklich die Antwort auf alle seine Probleme, eine Möglichkeit, seine Säfte wieder in Fluß zu bringen, die Energie wiederzufinden, die ihn an jenem Tag verlassen hatte, als er Glorias Leiche auf dem Bett ausgestreckt fand.
»Es wäre sehr leicht.«
»Ja.« Tamara nickte und berührte das Amulett auf seiner Brust. »Ich verstehe, wer du bist und was du als Mann brauchst.«
Sonny riß sich von ihr los.
»Warum nicht? Was ist los mit dir?«
»Vielleicht bin ich altmodisch.« Er zuckte die Achseln.
»Oder du hast Angst.« Sie stand auf.
Er lächelte. Sie konnte offenbar wirklich seine Gedanken lesen. Möglicherweise hatte er wirklich Angst. Wenn er das

Wüstenzelt der Liebesgöttin betrat, würde er es unter Umständen nie mehr verlassen wollen. Tamara war eine Sirene, eine schöne Frau, die zweifellos genau wußte, wie man Männern Vergnügen bereitet. Er würde La Lloranas Sklave werden und jedem ihrer Befehl, sie zu lieben, begierig folgen.

»Kehren die Burschen, die La Llorana in ihre Liebesgrotte am Fluß mitnimmt, jemals nach Hause zurück?«

Sie lächelte. »Sobald du der Liebesgöttin deine Seele verschrieben hast, wirst du nicht mehr den Wunsch verspüren, zurückzukehren. Die Männer, die sie zu sich ruft, sind mit ihrem Los zufrieden. Du wirst bei mir deinen Seelenfrieden finden. Das verspreche ich dir. Dein Wohl liegt mir wirklich am Herzen.«

»In meinem Leben gibt es einige Menschen, deren Wohl wiederum mir am Herzen liegt«, antwortete Sonny. »Ich muß gehen; danke für den Wein.«

»Jetzt hast du mir zum zweiten Mal einen Korb gegeben, Sonny. Wenn ich Selbstzweifel hätte, würde ich mich fragen, was ich falsch mache. Aber ich kenne dich zu gut. Unsere Zeit ist noch nicht gekommen. Ich werde mich also in Geduld üben.« Sie lächelte kokett, nahm seinen Arm und brachte ihn zur Tür.

»Vergiß nicht, das Amulett zu tragen. Es schützt dich vor Raven. Er ist außerordentlich gefährlich«, schärfte sie ihm noch einmal ein.

»Ich weiß. Aber ich denke, er hat keine Chance. Früher oder später wird die Polizei ihn finden. Wo könnte er sich verstecken?«

Tamara schüttelte traurig den Kopf. »Er ist nicht von dieser Welt«, flüsterte sie, und Sonny fragte sich, ob er sich nicht verhört hatte, da der Nachtwind durch das Geäst der Bäume strich und die Blätter unter der Liebkosung seufzten.

»*Buenas noches.* Komm wieder, wenn du bereit bist. Meine Tür steht dir immer offen.«

Sonny ging zu seinem Wagen. Im Osten sah er den Morgenstern. Venus. Der Stern, der den Liebenden leuchtete, der Planet der Göttin aus uralter Zeit. Tamara war spätnachts noch wach gewesen und hatte Wein getrunken, und ihre Gedanken an Venus hatten Sonny angezogen wie ein Magnet.

Er glaubte zu hören, wie jemand seinen Namen rief. Ein Rascheln im Wind. La Llorana. Seine Großmutter hatte ihm erzählt, daß es in Wirklichkeit ihr Ehemann gewesen war, der die Kinder umgebracht hatte, um ihr den Verstand zu rauben und sich in Spanien mit einer anderen zu vermählen.

Für Tamara war La Llorana eine Liebesgöttin, eine Circe, die unbedachte Reisende mit einem Zauber auf ihre Insel lockte.

Er hätte bleiben und die Möglichkeiten erforschen können; aber auf ihn warteten dringlichere Aufgaben. Er hatte Versprechen gegeben, die er halten mußte. Und er hatte Rita. Sonny, ich bin stolz auf dich, lobte er sich und lächelte, als er in seinen Pick-up stieg und nach Hause fuhr.

10

Sonny wachte am folgenden Tag spät auf. Sein Kopf schmerzte, und sein Gesicht war geschwollen, aber nicht so schlimm, wie er befürchtet hatte. Sein Magen knurrte, er war hungrig. Er stand auf, setzte Kaffeewasser auf und blickte auf die andere Straßenseite zu Don Eliseos Haus hinüber. Es war Sonntag nachmittag, und die Oktobersonne schien hell und warm.

Der alte Mann saß in seinem Lieblingsstuhl. Concha und Don Toto hatten neben ihm Platz genommen. Auf dem Grillrost über der offenen Feuerstelle stand der Kaffeetopf. Sogar bis hierher konnte Sonny das würzige Aroma riechen. Sie brieten Eier mit Kartoffeln und Chorizo, scharfen, geräucherten Würstchen, wärmten das Chili con Carne wieder auf und bereiteten Tortillas auf dem *comal* zu.

Don Eliseo erzählte ihnen vermutlich gerade, wie er Sonny letzte Nacht das Leben gerettet hatte. Seine alte Schrotflinte lehnte am Stamm der Pappel. Die beiden *compas* lauschten aufmerksam. Sie waren seine Freunde, und er würde es sich niemals verzeihen, wenn einer von ihnen seinetwegen zu Schaden käme.

Sonny trank in kleinen Schlucken den heißen Kaffee und fühlte sich auf Anhieb besser. Er nahm ein paar Aspirin, lehnte sich bequem im Sessel zurück und wartete, daß der Schmerz nachließ. Dann hörte er die Nachrichten auf seinem Anrufbeantworter ab. Rita erinnerte ihn daran, daß er versprochen hatte, mit ihr am Nachmittag zum Herbstfest im South Valley zu fahren. Sie freue sich sehr darauf, und sie wollte wissen, wo er letzte Nacht gesteckt hatte. Seine

Mutter hatte ebenfalls auf Band gesprochen. Max hatte sie aus dem Krankenhaus abgeholt und nach Hause gefahren. Keine Sorge, es gehe ihr blendend.
Und am Schluß eine Nachricht von Howard. Er wollte mit seiner Tochter zur Ballon-Fiesta und anschließend ins Museum of Natural History in Old Town, dem historischen Stadtkern von Albuquerque. Vielleicht hatten Rita und er ja Lust, mitzukommen. Im Mordfall Veronica gab es nichts Neues. Die Polizei war genauso erpicht wie alle anderen, der Aussage des Ehepaares Fiora Glauben zu schenken.
Sonny rief seine Mutter an. »Hallo, Mom, tut mir leid, daß ich gestern abend nicht kommen konnte –«
»Sonny, *mi hijo,* wie geht es dir? Du mußt dich nicht entschuldigen. Du wußtest ja, daß Max mich abholen würde.«
»Ja, aber –«
»Kein aber. Ich weiß, daß du beschäftigt bist. Der Mord an dieser Frau, ich habe es schon gehört. Ich hoffe, du läßt dich da nicht hineinziehen.«
»*Pués,* du weißt doch –«
»Genau das habe ich befürchtet. *Ay Dios,* von klein auf war bei dir zu spüren, daß du die Gefahr suchst. Warum? Liegt es an dem Blut der Bacas, das in deinen Adern fließt? Wie bei deinem *bisabuelo*? Vielleicht wirst du dich ja endlich ändern, wenn du dich entschließen könntest, zu heiraten und eine Familie zu gründen –«
»Vielleicht, eines Tages.«
»Kein vielleicht. Du bist dreißig, und in Kürze wirst du einunddreißig. *Hijo,* ich würde dir gerne ein große Geburtstagsfeier ausrichten, wenn du einverstanden bist.«
»Ja, das wäre wunderbar. Hast du etwas von Mando gehört?«
»Er hat mich besucht. *Dios mío,* dein Bruder wird nie ver-

nünftig. Er hat schon wieder eine neue Freundin. Seine ›Lady‹ hat er sie genannt. Sie heißt Bunny. Sie hat früher in einem dieser Klubs gearbeitet, deren Name ich lieber nicht erwähne, weil es mir die Schamröte ins Gesicht treibt. Und sie ist aufgetakelt wie eine – du weißt schon. Aber sie ist nett, das muß ich zugeben. Was soll ich dazu sagen? Dein Bruder mag offenbar augenfällige Frauen. Und er hat ein neues Grundstück für seinen Gebrauchtwagenhandel.«

»Hab' ich schon gehört.«

»Er versucht wenigstens, etwas auf die Beine zu stellen, und ich liebe ihn. Ich liebe euch beide.«

»Hör zu, ich hab' Rita versprochen, mit ihr zum Herbstfest zu fahren. Willst du nicht mitkommen? Falls du nichts Besseres vorhast?«

»Vielen Dank, *hijo,* aber lieber nicht. Der Arzt hat mir ein paar Tage Bettruhe verordnet. Max wird mir Gesellschaft leisten, wir wollten Chilischoten auffädeln. Er hat wundervollen roten Chili in Belén entdeckt. Ich denke, das ist fürs erste genug Trubel.«

Sie lachte. Es ging ihr gut, sie mochte Max, und die zwei würden einen ruhigen Tag miteinander verbringen. Auch Sonny lächelte, obwohl er einen Stich verspürte. Er hätte gern mehr für seine Mutter getan, sie häufiger besucht, aber das Leben, das er führte, hinderte ihn daran.

»Hör zu, wenn es irgend etwas gibt, was ich tun kann …«

»Es reicht, wenn du auf dich achtgibst«, erwiderte sie. »Diese Leute, hinter denen du her bist, können gefährlich werden. Ich mache mir Sorgen um dich.«

»Ich passe schon auf. Sei du aber bitte auch vorsichtig.«

»*Que Dios te bendiga.*«

»*Gracias.*«

»Auf Wiedersehen. Gib auf dich acht. Und bring Rita mit, wenn du das nächste Mal kommst.«

»Mach' ich. Bis dann.«

Sonny hatte seine vierte Tasse Kaffee ausgetrunken und ging unter die Dusche. Vor dem Spiegel blieb er stehen. Die dunklen Ringe um seine Augen überraschten ihn. Er sah älter aus, sorgenvoll.

Wie kurz das Leben doch ist, dachte er. Oder frei nach Shakespeare, die Zeit eilt dahin und niemals kehrt sie wieder.

Ihn schauderte; er ging unter die Dusche, stellte das Wasser so heiß, wie er es gerade noch aushalten konnte, und dachte über Raven nach; er wußte, daß sein Widersacher gekommen war, um ihn zu töten. Nach der heißen Dusche ließ er kaltes Wasser über seinen Körper laufen, versuchte, die Schmerzen damit zu betäuben.

Während er sich ankleidete, dachte Sonny an das kleine Mädchen, das friedlich in Diegos und Martas Zelt geschlafen hatte – Cristina. Er kannte sie nicht, aber der Gedanke an sie ließ ihn nicht los. Was für Chancen und Zukunftsaussichten hatten Kinder wie sie? An diesem Sonntag morgen waren überall in der Stadt Eltern aufgestanden, um mit ihren Kindern in die Kirche zu gehen, zur Ballon-Fiesta, zum Fußballtraining oder zu einem Footballspiel. Oder sie hatten eine Spritztour zu den Bauern im Tal gemacht, um rote Chilischoten und Äpfel zu kaufen. Der Herbst war die schönste Jahreszeit im Río Grande Valley, die lieblichste und berückendste in New Mexico.

Aber worauf konnte sich Cristina freuen, wenn sie morgens die Augen aufschlug? Ein Bretterverschlag im Wald war ihr Zuhause, und ein weiterer Tag im Behelfslager der Obdachlosen erwartete sie. Vielleicht war ihre einzige Abwechslung ein Spaziergang zur nächsten Suppenküche oder Sozialstation, wo sie ihre magere Nahrungsmittelration und gebrauchte Kleider aus Spenden in Empfang nehmen würden.

Das Leben ist ungerecht, dachte er, als er ins Freie trat. Es gab viele Kinder wie Cristina, die der Hilfe bedurften. Als erstes mußte er Diegos Familie und Freunde aus dem Lager auf der Sandbank unten am Fluß herausholen. Mußte ein sicheres Versteck für alle finden. Raven wußte, daß sie den Mord mit angesehen hatten. Selbst wenn sie ihre Siebensachen packen und sich einen anderen Standplatz für ihre Wellblechhütten suchten, war die Gefahr nicht gebannt.

»Sonny, *mi amor*!« schrie Concha herüber. »Komm und iß einen Happen mit uns.«

»Geht leider nicht!« rief Sonny zurück. »Ich bin spät dran, und ich habe Rita versprochen, mit ihr zum Herbstfest ins South Valley zu fahren. Wie wär's, habt ihr nicht Lust, mitzukommen?«

»Wir feiern hier unsere eigene Fiesta«, erwiderte Don Eliseo. »Aber komm doch danach auf einen Sprung vorbei und trink mit uns eine Tasse Kaffee.«

»Brauchst du immer noch Leute, die auf deinem Anwesen Ordnung schaffen?« fragte Sonny. »Ich hätte da ein paar Freunde, die gerne arbeiten würden und eine Unterkunft brauchen.«

»Bring sie nur her. Bei mir ist Platz genug.«

»*Gracias.*« Sonny winkte und stieg in seinen Wagen.

Er hatte Diego gestern abend beiseite genommen und ihm geraten, das Behelfsquartier am Flußufer schleunigst zu verlassen.

»Aber wohin sollen wir denn?« hatte Diego gefragt.

Die Worte hallten immer noch in seinen Ohren nach, als Sonny vor Ritas Haus vorfuhr. Die letzten Rosenblüten schmückten in ihrer samtigen Fülle die Büsche rund um die

Veranda. Noch waren die meisten Bäume grün, aber die ersten färbten sich bereits golden.

Pralle, üppige Ringelblumen säumten in einer dichten Reihe die Hauswand auf der einen Seite, und hochgewachsene Kosmeen die andere. Es hatte bisher keinen Nachtfrost gegeben, so daß die Pflanzen in einem letzten Aufwallen der Kräfte noch einmal ihre ganze Blütenpracht entfalteten.

»Poesie«, dachte Sonny. »Blumen sind Poesie.« Wie die Worte, die er bisweilen gerne gesagt hätte, wenn er mit Rita schlief. Er hätte ihr gerne gesagt, wie sehr er sie liebte, aber es fehlten ihm die richtigen Worte.

Der kleine Garten hinter Ritas Haus strotzte von den Früchten der Erde, die der Sommer hervorgebracht hatte. Die Kräuter in den Beeten warteten darauf, geerntet und getrocknet zu werden. Rita hatte alle Hände voll im Restaurant zu tun, aber sie fand immer Zeit für die Arbeit im Garten.

»Mutter Erde rüstet sich für den Winterschlaf«, hatte sie gesagt. »Es ist Zeit für die Ernte.«

»Zeit, um *pinon* zu essen und Geschichten zu erzählen«, würde Don Eliseo sagen.

Sonny hielt inne, um die Schönheit der Blumen zu genießen. Ich bin ein Glückspilz, dachte er. Rita liebt mich. Sie war sich ihrer inneren Stärke bewußt, und wenn Sonny bei ihr war, ließ sie ihn an dieser inneren Kraftquelle teilhaben. Sie nahm ihn, wie er war, bot ihm Zugang zu ihrem innersten Selbst, hieß ihn mit offenen Armen willkommen, und er trat ein, um neu geboren zu werden.

Ich werde ihr einen Heiratsantrag machen, beschloß er, und fragte sich, ob der Trauschein die Liebe beeinträchtigen würde, die sie füreinander empfanden. Viele Leute seines Alters lebten zuerst ein paar Jahre zusammen, bevor sie sich endgültig banden. Aber trotzdem schienen die Ehen heutzutage nicht sehr lange zu halten.

Kinder. Er wußte, daß er sich Kinder wünschte, und Rita auch. Erst wenn Kinder kamen, war man eine richtige Familie. Sein Samen, der im Río Grande Valley Früchte trug.
»Der Samen gelangt in die Erde und gedeiht, wenn die Zeit reif ist«, hatte Rita gesagt. Die Worte einer Frau, die ihren Garten bestellt, einer Frau aus dem Tal. Sie wußte um die Erde, war in ihre Geheimnisse eingeweiht. Kein Wunder, daß sie sich so blendend mit Don Eliseo und seinen Freunden und mit Lorenza Villa verstand.
Rita begrüßte ihn an der Tür, gekleidet in eine weiße Bluse und in einen leuchtendbunten mexikanischen Stufenrock. Sonny küßte ihre nackte Schulter. »Du siehst umwerfend aus, *morenita.*«
»Danke, Señor.« Sie lächelte, dann verschwand ihr Lächeln und machte einer besorgten Miene Platz. »Was ist mit deinem Gesicht? *Qué paso?*« Sie streckte die Hand aus und berührte behutsam die Platzwunde an seiner Stirn.
Sie setzten sich auf die Veranda, genossen den Sonnenschein, und er erzählte ihr von Ravens Überfall und wie er Diegos Familie entdeckt hatte.
»Wie dem auch sei, mir geht es inzwischen wieder ganz gut. Aber was mache ich mit Diego und seiner *familia?*«
»Hast du immer noch Lust, zur Fiesta zu gehen?«
»O ja, aber mir wollen Diego und seine Familie einfach nicht aus dem Kopf.«
»Wir nehmen sie mit«, schlug Rita vor. »Es macht ihnen bestimmt Spaß, Kookoóee brennen zu sehen.«
Auf Anregung von Ben Chávez war vor Jahren erstmals eine riesige Strohpuppe entstanden, die El Coco darstellen sollte, und nun gestalteten Federico Armijo und eine Gruppe

von Künstlern die allegorische Maske jeden Herbst aufs neue.
Heute würde die riesige Strohpuppe bei Sonnenuntergang im Rahmen des South Valley Festival del Otono verbrannt werden, und während die Flammen hoch aufloderten, würden die Ängste und Sorgen, die der Kookoóee versinnbildlichte, in Rauch aufgehen. El Coco war der Sündenbock der ländlichen Gemeinden. Wenn er lichterloh brannte, würde die Pechsträhne, die man gehabt hatte, der Vergangenheit angehören, und mit dem Beginn der neuen Jahreszeit schlug man auch ein neues Kapitel im Leben auf.
»Das kleine Mädchen wird Spaß daran haben. Es werden Spiele für die Kinder veranstaltet, es gibt alles mögliche zu essen, und Musik.«
»Warum ist mir das nicht eingefallen?«
»Dafür hast du mich ja«, zwinkerte Rita ihm zu.
Sie fuhren zum Fluß, und Sonny kletterte zu Diegos Lagerplatz hinunter. Als er mit seiner Familie auftauchte, hatten alle ihre Sonntagskleider angezogen. Sonny machte sie mit Rita bekannt; dann kletterten sie auf die Ladefläche des Pick-up und fuhren nach Süden. Cristina saß vorn bei Sonny und Rita. Sie war schüchtern, hatte die beiden aber auf Anhieb ins Herz geschlossen. Sie saß still da in ihren fadenscheinigen Jeans und einer blauen Bluse. Das dunkle Haar war zu zwei dicken Zöpfen geflochten. Ihr Gesicht strahlte.
»Ich muß sie da rausbringen«, sagte Sonny.
Rita verstand. »Ich könnte Busboy ganz gut im Restaurant gebrauchen. Und ich habe genug Platz, um Marta und Cristina zu beherbergen.«
»Ich kann nicht von dir verlangen –«
»Du verlangst nichts, ich habe es von mir aus angeboten.« Sie legte den Arm um Cristina.

»*Gracias, amor.* Das wäre nicht schlecht für den Anfang. Vielleicht kann ich Peter einen Job bei einem der Fernsehsender verschaffen. Und Diego und Peewee können Don Eliseo zur Hand gehen. Es wird schon klappen, da bin ich mir ganz sicher.«

Die Fiesta im South Valley war bereits in vollem Gang, als sie eintrafen. Der Himmel war wolkenlos und der Tag warm, und Hunderte von Menschen drängten sich auf dem Rummelplatz. Die Leute waren aus allen Stadtteilen und weit entfernten Landstrichen zur Fiesta gekommen. Einige nutzten die Gelegenheit, um ihre Waren feilzubieten. Schüler aus dem South Valley hatten ihre Bastelarbeiten ausgestellt, und in der nahe gelegenen Bücherei lasen sie selbstgeschriebene Geschichten vor. Vor dem Lautsprecher des Orchesterpavillons stand der Gouverneur und brüstete sich gerade damit, was er alles für die wirtschaftliche Entwicklung des South Valley getan hatte.

Ganze Familien waren hierhergepilgert, um das Herbstfest in vollen Zügen zu genießen. Die Bauern der Talsenke hatten lange Klapptische aufgestellt, um ihre landwirtschaftlichen Erzeugnisse zu verkaufen. Hier trafen sich alte Freunde und Bekannte. Das Festival del Otono wurde von ehrenamtlichen Helfern organisiert, Bewohnern des South Valley, die stolz auf ihre Gemeinde waren.

Sonny parkte den Wagen und führte seine *familia* von Stand zu Stand, wo er etwas zu essen und zu trinken für alle erstand. Er fand die kleine Cristina zum Anbeißen, und da er sich rundum wohl fühlte, gab er das Geld mit vollen Händen aus. Während sie sich stärkten, erzählte Sonny Diego und Marta von Ritas Angebot. Alle stimmten darin überein, daß es nicht sicher war, in die Wellblechbehausungen unten am Fluß zurückzukehren.

Als die Abenddämmerung einsetzte, schlenderten sie zum

Baseballspielfeld hinüber, wo die Strohpuppe von Kookoóee bereits ihres Schicksals harrte. Sonny stockte der Atem, als er näher trat und die überdimensionale Gestalt in Augenschein nahm. Das Gesicht ähnelte Ravens! Die langen Arme, die sich bewegten, wirkten wie zwei dunkle Flügel, die auf- und niederschwangen.

Rita spürte Sonnys Zögern. »Raven«, flüsterte sie.

Sonny nickte. Jedes Jahr hatte El Kookoóee ein anderes Erscheinungsbild erhalten, je nachdem, welchem Künstler die Gestaltung der Strohpuppe übertragen worden war. Dieses Jahr hatte zweifellos ein schwarzer Rabe Modell gestanden.

Ben Chávez stand neben den Künstlern, aus deren Werkstatt die schauerliche Strohpuppe stammte.

Er kam herüber, um Sonny zu begrüßen. »*Cómo 'stás.*«

»Eine kreative Sendepause?« erkundigte sich Sonny.

»O nein, auch das ist Teil meiner schöpferischen Arbeit«, erwiderte Chávez. »Die Arbeit eines Schriftstellers hat viele Facetten.«

Die Künstler, die ihn umringt hatten, nickten und lachten. Ja, alle vorhandenen Zutaten kamen in einen Topf, wurden mit kreativen Säften gewürzt, umgerührt und mußten dann leise vor sich hinschmoren, bis die überlieferten Sitten und Gebräuche in neuer Form zum Leben erwachten.

»El Coco sieht wie ein Rabe aus.«

»Mag sein. Könnte aber auch ein alter Bussard sein.« Er lachte.

»Nein, ein Rabe«, erklärte Sonny mit Nachdruck. Eiskalte Wut stieg in ihm hoch. Was, zum Teufel, suchte Chávez zu verbergen?

Rita hörte den Ton in seiner Stimme und drückte beschwichtigend seine Hand. Sie hatte keine Ahnung, warum Sonny plötzlich so angespannt wirkte.

»Na gut, dann eben ein Rabe.« Chávez' Gesicht sah düster aus in der zunehmenden Dunkelheit. »Weißt du nicht, daß du jede Hilfe gebrauchen kannst, die sich bietet? Hüte dich vor dem Raben! Er ist heute abend hier!«

Bevor Sonny ihn fragen konnte, was er damit gemeint hatte, zogen die Künstler Chávez mit sich, wie Gnome oder Elfen, die Pan entführten, oder einen *brujo.* Es war Zeit für die alten Spiele, Zeit, um anzukündigen, daß Kookoóee den Flammentod sterben würde, Zeit, das Schreckgespenst mit der Fackel anzuzünden. Der Zauber des Abends konzentrierte sich nun auf die riesige Strohpuppe; ihr Kopf drehte sich in der Dämmerung hin und her, die Arme schwangen vor und zurück.

Chávez hat El Coco zum Leben erweckt, dachte Sonny, wie er seinen Romangestalten Leben einhaucht. Der Schriftsteller war in der Tat ein *brujo.*

Sonny spürte ein Kribbeln im Nacken. Was hatte Chávez gemeint, als er behauptete, der Rabe sei heute abend hier? Er musterte die Menschenmenge, die sich dicht an dicht um die Strohpuppe versammelt hatte. Familien mit Kindern, lächelnd, die gespannt darauf warteten, daß El Coco in Flammen aufging. Er wandte den Kopf und betrachtete das Schreckgespenst. Hatte Chávez mit seinen Worten andeuten wollen, daß die schaurige Symbolfigur tatsächlich von einem bösen Geist beseelt war? Wirkte sie deshalb so grimmig und unheimlich?

Cristina zupfte Sonny am Arm.

»Mein Vater hat mir Geschichten von Kookoóee erzählt. Früher, als mein Vater ein kleiner Junge war, hieß Kookoóee noch *el Coco.* Er jagte den ungezogenen Kindern Angst ein. Jetzt ist el Coco wie die Polizei. Wenn sie uns findet, jagt sie uns fort. Manchmal macht sie unser Haus kaputt. Und einmal hat sie meinen Vater eingesperrt.«

»Warum?« fragte Sonny.

»Er hat Essen für uns gestohlen«, flüsterte sie. »Und dann hat mein Vater einen Kookoóee gemacht, wie den da.« Sie deutete mit dem Finger auf die Strohpuppe, die in der Dämmerung hoch aufragte; der Kopf drehte sich nach links und rechts, der Kiefer mit den großen Zähnen klappte auf und zu, und die langen Arme schwangen hin und her. »Aber er war nicht so riesig. Er hat ihn auf den Weg gestellt, der zu unserem Haus führt.«

»Ich hab' ihn gesehen.«

»Ich hab' keine Angst vor ihm«, sagte Cristina. »Er verscheucht die Leute, die uns nicht leiden mögen. Wahrscheinlich hattest du auch keine Angst.«

»Nein, ich hatte keine Angst. Ich wußte, daß ich dir begegnen würde und daß wir Freunde werden würden.«

»Ja.« Zum ersten Mal schmiegte sie sich an Sonny und Rita.

Auf der Bühne des Orchesterpavillions sang jemand: »*Todos me dicen Llorana, Llorana* ...«

Dann unterbrach Ben Chávez das alte Volkslied mit der Ansage, daß nun das Feuer entzündet würde. Die Kinder sollten ihre Kümmernisse auf kleine Zettel schreiben, die eingesammelt und in den Sack des Kookoóee gestopft wurden, um mit ihm verbrannt zu werden. Rita hielt das Blatt Papier, und Cristina schrieb: Ich habe am meisten Angst davor, daß ich nicht bei meiner Familie sein darf.

»Dann wollen wir diese Sorge jetzt verbrennen«, verkündete Rita, und sie warfen den Zettel in den Sack.

»*Señores y Señoras*«, rief Ben Chávez. »Es ist an der Zeit, El Coco zu verbrennen. Zeit, den Kookoóee dem Feuer zu übergeben!«

Die Menge brach in Jubelrufe aus.

»Seht doch!« rief Cristina und deutete auf El Coco.

Ein junger Mann mit langen schwarzen Haaren kletterte eine Leiter hoch und hielt die brennende Fackel an die Augen der Strohpuppe. Der Kookoóee schien plötzlich lebendig zu werden. Flammen loderten in seinen Fingern auf, so daß er seine Arme wie Windmühlenflügel schwang, und angesichts der rotglühenden Schreckgestalt verstummte die erschrockene Menge.

Die anderen Künstler hielten Zündhölzer an ein Büschel Gras zu Füßen des Monsters, und die Flammen griffen rasch um sich. Der Kopf des Kookoóee zuckte hin und her, und eine geisterhafte Stimme flehte um Gnade vor dem Flammentod: »*No me quemen! No me quemen*!«

Die Kinder kreischten vor Vergnügen, die Eltern lächelten und erinnerten sich an die unzähligen Male, als ihnen die eigenen Eltern mit Coco, dem Schwarzen Mann gedroht hatten, wenn sie nicht artig waren.

Der Kookoóee ruderte wild mit den Armen, als versuche er, dem Feuer zu entkommen. Er warf verzweifelt den Kopf hin und her, aber die Flammen züngelten bereits um die seltsame Haartracht. Der Schwarze Mann der Mexicanos im Río Grande Valley ging in Flammen auf, während die Menge begeistert Beifall klatschte und schrie. Das Holz bäumte sich auf, als das Feuer hell aufloderte, und ein Funkenregen ergoß sich in den Abendhimmel. Das aufflackernde Licht verlieh Kookoóee ein furchterregendes Aussehen. Er schlug wild mit den Armen um sich, als litte er Todesqualen. Die Menge antwortete mit Bravo- und Hurrarufen.

»Du sollst brennen, Coco! Du sollst brennen!«

Schicksalsschläge und Armut waren vergessen. Jetzt herrschte eitel Freude bei allen Zuschauern des Spektakels, und die Ängste und Sorgen im Sack von Kookoóee waren ebenfalls in Flammen aufgegangen.

Das Verbrennen der Strohpuppe dauerte nicht länger als

eine halbe Stunde, aber in dieser Zeit fand eine innere Reinigung, eine Läuterung statt. Freude ergriff die Menge. Und als die letzten Überreste von Kookoóee in die glühenden Scheite fielen, brandete ringsum Beifall auf. Dann strebten die Familien den häuslichen vier Wänden zu, während die Jungen blieben, um an der abendlichen Tanzveranstaltung teilzunehmen.

Sonny fuhr seine neue Familie zu Don Eliseo.

»*Entren, entren*«, begrüßte Don Eliseo seine Gäste. »Ihr kommt gerade recht zu einer Tasse Kaffee.« Er lächelte.

»*Y pasteles de manzana*«, fügte Concha hinzu.

»Sie macht die besten Apfelpasteten der Welt«, verkündete Don Toto strahlend.

»Toto, du bist ein Schmeichler. Wenn du nicht mein Freund wärst, würde ich dich glatt heiraten und dir jeden Tag einen Kuchen backen.«

»Ich würde dich sofort zum Traualtar führen, allein schon wegen deiner heißen *pastelito*«, erwiderte Don Toto sie neckend.

Sonny stellte seine neuen Freunde vor, und sie wurden von dem betagten Trio herzlich aufgenommen. Concha umsorgte Cristina wie eine Glucke. Alle erhielten ein großzügig bemessenes Stück Pastete mit einer Käsescheibe obendrauf. Diego und seine Familie entspannten sich allmählich. Es war lange her, seit sie in einem richtigen Haus willkommen geheißen wurden. Sie fühlten sich sicher in Sonnys Gegenwart, und sie fühlten sich wohl in der Gesellschaft seiner Freunde.

Als sie sich alle um Don Eliseos Küchentisch versammelt hatten, schilderte Cristina, wie El Coco verbrannt worden war. Nun begann das Geschichtenerzählen, und Don Toto gab das Märchen von der Hexe zum besten, die sich in einen Fleischer verliebte. Am Ende wurde sie versehentlich zu

Wurst verarbeitet, als sie sich gerade in ein Schwein verwandelt hatte, um ihren Liebsten zu täuschen.

»Das ist die Jahreszeit, in der La Llorana umgeht«, sagte Concha. »Die Kinder nennen es Halloween, aber in Wirklichkeit ist der Vorabend des einunddreißigsten Oktober ein Fest zur Feier des Winteranfangs. Die Erde hält ihren Winterschlaf, und es ist an der Zeit, Geschichten zu erzählen.«

»Ich erinnere mich an eine Geschichte, die von meinem Großvater stammt«, sagte Sonny.

»Erzähl doch«, bettelte Cristina.

»Mein *abuelo* war Lorenzo Baca. Ihm und seinem *compadre* ist etwas Unheimliches widerfahren, als sie noch junge Männer waren. Man hatte sie zur Rancho de San Martín geschickt, um nach streunenden Rindern Ausschau zu halten, die beim Zusammentreiben der Herde zurückgelassen worden waren. Die Ranch war ein unbewohntes, entlegenes Gehöft am Fuß des Hochplateaus La Mesa de los Ladrones. Mein *abuelo* Lorenzo und sein Freund störten dabei eine nächtliche Zusammenkunft von *brujos.* Sie hatten die Gestalt riesiger Feuerbälle angenommen, sprangen im Kreis herum und tanzten.«

»Das ist wahr«, pflichtete Concha ihm bei. »Genauso haben sie es immer gemacht bei ihren Zusammenkünften.«

»Die Männer machten schnurstracks kehrt und galoppierten auf ihren Pferden davon, aber einer der Feuerbälle hängte sich an ihre Fersen. Er verfolgte sie mit gewaltigen Sprüngen quer durch die trostlose Weite des Llano. Die beiden Freunde gaben den Pferden, die schwitzten und Schaum vor dem Maul hatten, erbarmungslos die Sporen. Sie dachten, der Leibhaftige höchstpersönlich sei hinter ihnen her, in der Gestalt des Feuerballs. Es waren erwachsene Männer, hartgesottene *Vaqueros*, die ihr Leben lang als

Viehtreiber in der Einöde gearbeitet hatten. Sie waren dem Tod nicht nur einmal von der Schippe gesprungen, aber nie war ihre Angst größer gewesen. Einige Meilen vor ihnen lagen das Dorf Socorro und die Kirche. Sie wußten, das Gotteshaus war der einzige Ort auf Erden, der ihnen Sicherheit bot. Sie trieben die armen Gäule gnadenlos an und zogen ihnen die Peitsche über. Der Horizont war dunkel, und der Feuerball verfolgte sie unbeirrt.«

»*Madre de Dios!*« Concha bekreuzigte sich eilends.

»Sie konnten den Feuerball nicht abhängen. Er sprang über den Llano, bis er die beiden Vaqueros eingeholt hatte. Meinem Großvater gefror das Blut in den Adern. Er blickte seinen *compadre* schreckerfüllt an, dessen Augen vor Entsetzen weit aufgerissen waren. Sie wußten, daß sie dem Teufel kein Schnippchen schlagen konnten, der in Gestalt des Feuerballs hinter ihnen her war. Das Pferd meines *abuelo*, erschöpft vom scharfen Ritt, stürzte und warf seinen Reiter ab. Mein Großvater hatte ein paar Schrammen davongetragen, blieb aber unverletzt. Sein *compadre* zügelte sein Pferd und rief ihm zu aufzuspringen. Es hatte keinen Zweck. Zwei Männer auf einem entkräfteten Pferd würden nicht weit kommen.«

»Man kann dem Teufel nicht entkommen«, sagte Don Toto weise.

»Mein Großvater hatte eine Pistole, und als der Feuerball vor ihn hinsprang, riß er sie aus dem Holster und schoß.«

Concha fuhr zusammen. Als Kind waren ihr ähnliche Geschehnisse zu Ohren gekommen.

»Die Kugel traf den Feuerball. Er schoß erneut. Fünfmal insgesamt.«

»Waren die Kugeln in der Kirche geweiht worden?« fragte Concha.

»Still, Concha. Laß ihn seine Geschichte zu Ende erzählen«, mahnte Don Toto flüsternd.
»Die Sonne war untergegangen, Dunkelheit senkte sich über den Llano. Mein Großvater konnte den Feuerball deutlich ausmachen. Er wußte, seine Kugel hatte ihn genau in der Mitte getroffen. Der Feuerball schien zu atmen, zu stöhnen. Und plötzlich sprang er davon, und die beiden Männer waren allein. Die Pistole glitt meinem Großvater aus der Hand. Er zitterte. Sein Körper war schweißgebadet. Er drehte sich nach seinem *compadre* um, der die Hand ausstreckte und ihm half, hinter ihm aufs Pferd zu steigen. Gemeinsam setzten sie den Weg nach Socorro fort.«
Sonny hielt inne. Er sah Cristina an. »Habe ich dir jetzt Angst eingejagt?«
»Nein. Mein Vater erzählt mir dauernd solche Geschichten.«
Diego lächelte. »Ich bin in Belén geboren. Wir sind mit all diesen Geschichten aufgewachsen.«
»Wir haben in unserer Bleibe unten am Fluß viel Zeit zum Geschichtenerzählen«, fügte seine Frau hinzu.
»Ich habe nie Angst«, erklärte Cristina. »Meine Mom und ich gehen immer am Fluß entlang, um Feuerholz zu sammeln. Sogar spät am Abend. Solange wir zusammen sind, fürchten wir uns nicht.« Sie ergriff die Hand ihrer Mutter.
»Nun, für heute ist Schluß mit dem Geschichtenerzählen; es ist an der Zeit, schlafen zu gehen.« Sonny nahm Cristina und stellte sie auf die Füße. »Was hältst du davon, die Nacht bei Tía Rita zu verbringen?«
Cristina blickte zuerst ihre Mutter, und dann ihren Vater an.
»Deine Mom kommt auch mit. Dein Vater bleibt hier, weil er Don Eliseo morgen früh helfen wird, Ordnung im Garten zu schaffen. Einverstanden?«

»Einverstanden.« Sie nickte, dann gab sie Sonny einen Kuß. »Danke, daß du uns zur Fiesta mitgenommen hast, um Kookoóee zu sehen, und auch für die gruselige Geschichte. Weißt du, was ich getan hätte, wenn ich dein Großvater gewesen wäre?«

»Nein, was?«

»Ich hätte laut gebetet. Dann kann einem das Böse nichts anhaben.«

»Ja.« Sonny lächelte, nahm sie auf den Arm und übergab sie ihrer Mutter. »Das hätte bestimmt gewirkt.«

11

Als am Montag morgen die Sonne über den Sandia-Bergen aufging, hüllte sie die Talsenke und die aufsteigenden Heißluftballons in ihren hellen Schein. Ein paar Federwolken drifteten gemächlich über dem Gipfel des Massivs dahin, aber auch sie würden bald verschwunden sein. Die Morgenluft war von prickelnder Frische, aber es regte sich kein Lüftchen, ein idealer Tag zum Ballonfahren. Morgan, der Wetterfrosch, hatte für die ganze Woche eine hervorragende Großwetterlage angekündigt.
Die Wettkämpfe hatten begonnen. Heute war Geschicklichkeit beim Navigieren an der Reihe. Die Heißluftballons mußten punktgenau zur Landung ansetzen und während des Sinkens so dicht wie möglich an einen hohen Pfosten gelangen, um von der Gondel aus einen dort hängenden Schlüssel zu ergreifen. Der Schlüssel paßte in das Zündschloß eines fabrikneuen Autos und gehörte demjenigen Piloten, der ihn in seinen Besitz brachte.
Sonny rief Francine Hunter an; sie teilte ihm mit, daß sie einen Kameramann als Aushilfe sehr gut gebrauchen könne. Bestens gelaunt wegen der guten Neuigkeiten, trat Sonny vor die Haustür und schüttelte den Kopf. Madge wäre verrückt gewesen, wenn sie die Geschichte von Veronicas Ermordung unwidersprochen hingenommen hätte, aber, zum Teufel, was ging ihn das an! Er überquerte die Straße und ging zu Don Eliseos Anwesen hinüber, wo die Männer gerade beim Frühstück saßen. Sie begrüßten ihn herzlich.
»*Siéntate,* setz dich«, lud Don Eliseo ihn ein. »Trink einen Kaffee mit uns. Wie wär's mit einem zweiten Frühstück?«

Er goß Sonny einen Becher Kaffee ein und häufte Eier, eine Portion von Doña Conchas Chili con Carne und heiße Tortillas auf einen Teller.

»Diego hat uns von seiner *familia* erzählt. Die Padillas aus Belén. Ich kannte seinen *abuelo,* Don Cipriano. Cipi lautete sein Spitzname. Die Familie lebte ursprünglich in Los Padillas. Hatte dort eine ziemlich große *huerta.* Sie bauten Chili und Mais auf ihren Feldern an und verkauften das Gemüse in Santo Domingo auf dem Markt. Doch während der Weltwirtschaftskrise verlor er sein ganzes Hab und Gut. Er ging wie viele andere in den Norden, nach Colorado, um sich als Landarbeiter zu verdingen oder in den Minen zu schuften. Dann hatte er einen Unfall, unweit von Raton. Die Männer waren arm; deshalb versuchten sie, als blinde Passagiere auf fahrende Frachtzüge aufzuspringen und ein Stück mitzufahren, um anderswo einen Broterwerb zu finden. Cipi verlor dabei ein Bein, und bis sie ihn endlich zu einem Arzt geschafft hatten, war er verblutet.«

Diego nickte. Das war die Lebensgeschichte seines Großvaters, an die er sich gut erinnerte. Don Eliseo kannte seine Familie, und sein Wissen um Diegos Herkunft half ihm, nach langer Zeit wieder ein Gefühl der Geborgenheit und der Zugehörigkeit zu empfinden. Durch die Obdachlosigkeit der letzten Jahre hatte er den Kontakt zu seinen alten Freunden verloren.

Don Eliseo erinnerte sich auch noch an Diegos Vater. Er hatte im Zweiten Weltkrieg als Soldat in der Nationalgarde New Mexicos gekämpft und den siebzig Meilen langen Fußmarsch ins Kriegsgefangenenlager überlebt, als seine Einheit die Stellung nicht mehr halten konnte und die Halbinsel Bataan auf den Philippinen dem Feind überlassen mußte.

Diegos Vater hatte sich von den Strapazen des Todesmarsches nicht mehr erholt. Das kleine Häuschen in Belén, sein einziger Besitz und seit langer Zeit in der Familie, wurde von den Söhnen und Töchtern nach seinem Tod veräußert. Als Diego aus Vietnam zurückkehrte, hatte er kein Elternhaus mehr, das ihm Unterschlupf gewähren konnte. Seine Wurzeln waren gekappt, und damit begann seine Wanderschaft als Nichtseßhafter.

»Es ist schwer für *la gente*«, seufzte Don Eliseo. »Die *politicos* schöpfen den Rahm ab, und unser Volk muß sich mit den Knochen begnügen, die vom Tisch der Reichen abfallen. Ich kann überleben, weil ich ein bißchen Landwirtschaft betreibe und alles anbaue, was ich zum Leben brauche, aber auch damit wird bald Schluß sein. Schaut euch nur um. Die Erschließungs- und Immobilienfirmen kaufen das ganze Land auf. Fünf Jahrhunderte lang waren unsere Vorfahren hier ansässig, seit der Rückkehr von de Vargas im Jahr 1693. Aber das Leben ist hier inzwischen sehr schwer geworden. Früher habe ich alle Arbeiten auf meiner *ranchito* alleine bewältigt, aber jetzt macht mir die Arthritis zu schaffen. Oh, meine Söhne kommen gelegentlich auf einen Sprung vorbei! *Pero no saben nada* – sie haben keine Ahnung vom Ackerbau, trotz aller Schulbildung. Aber sie verdienen ihr Geld ja auch mit dem Kopf statt mit den Händen, und ich kann es ihnen nicht einmal übelnehmen. Die Arbeit auf einer *rancho* ist hart. Ich bin stolz darauf, aber zu alt, um sie allein zu schaffen. Ich wäre von Herzen froh, wenn ich Hilfe hätte. Ich müßte das Anwesen in Schuß bringen, bevor es kalt wird, und Brennholz hacken und schlichten.«

»Wir sind für jede Arbeit dankbar«, erklärte Diego eifrig. »Stimmt's, Peewee?«

»Und ob, Partner. Das Wetter ist im Moment ideal, und ich habe ohnehin nichts Besseres vor.«

Sie lachten. Die Wende hatte bei allen Aufbruchsstimmung

erzeugt. Peter war der Teilzeitjob als Kameramann beim Fernsehen sicher, den Sonny ihm verschafft hatte. Busboy sollte in Rita's Cocina zur Hand gehen. Und Rita wollte mit Marta und Cristina einkaufen gehen. Sie dachte bereits daran, daß die Kleine zur Schule gehen sollte.

»Eine Riesenveränderung für meine *familia*«, meinte Diego, als sie zu Ende gegessen hatten.

»Ja«, stimmte Sonny zu.

»Wir wissen zu schätzen, was du für uns tust, *compa.* Wir haben es schon mehrfach versucht, aber –«

Sonny verstand. »Und wir werden es wieder versuchen. Am Fluß unten seid ihr nicht sicher.« Er verabschiedete sich von Diego mit einer freundschaftlichen Umarmung; dann brauste er mit Peter davon.

Diego hatte ihm erzählt, daß sie sich schon mehrmals bemüht hatten, der Armut der Wellblechhütten unten am Fluß aus eigener Kraft zu entfliehen. Sie hatten jede sich bietende Arbeit in der Stadt angenommen und während der Woche im Obdachlosenasyl genächtigt, in dem verzweifelten Versuch, wieder auf die Füße zu kommen. Doch da ihnen die beruflichen Qualifikationen, eine feste Bleibe und die nötigen Referenzen fehlten, war es schwer, den Teufelskreis der Armut zu durchbrechen.

Sonny lieferte Peter bei Francine Hunter ab. Ihr Kameramann hatte gerade gekündigt, und deshalb konnte sie Peter für die nächsten Wochen gut gebrauchen, und Peter nahm die Aushilfstätigkeit mit Freuden an.

»Ich werde mit keiner Silbe verlauten lassen, daß ich ein Profi bin«, flüsterte er Sonny zu, als sie sich trennten. »Aber es wird ein herrliches Gefühl sein, wieder eine Kamera in der Hand zu halten.«

»Du wirst deine Sache prima machen«, sagte Sonny, als er ihn vor dem Sender absetzte. Er war glücklich, daß Diegos

»Familie« untergebracht und in Sicherheit war, zumindest für den Augenblick.
Er hatte noch einiges zu tun, und als erstes machte er sich auf den Weg ins Stadtzentrum, zur Bibliothek. Er mußte der Leiterin, Ruth Jamison, einer alten Freundin aus der High-School, die Namensliste geben, die Madge ihm überlassen hatte. Sie begrüßte ihn herzlich.
»Recherchen?«
»Ich stehe vor einem Rätsel«, meinte Sonny und reichte ihr die Liste. Er hatte diejenigen Namen mit einem Kreis markiert, über die er mehr in Erfahrung bringen wollte. »Ich muß alles über diese Leute wissen.«
»Jawohl, Sir«, lächelte Ruth.
Sie hatte Sonny in den letzten zwei Jahren schon oft bei Nachforschungen geholfen, nicht nur, weil das Teil ihrer Arbeit war, sondern weil sie ihn schon seit der High-School bewundert hatte. Sonnys Recherchen waren außerdem interessanter als die Anfragen von den Zeitungen.
»Aha, der Mord bei der Heißluftballon-Fiesta!« Sie warf einen Blick auf die Namensliste.
»Genau.«
»Es hat bereits eine Anfrage gegeben; jemand wollte Informationen über diesen Mann da haben. John Gilroy, ehemaliger Angehöriger der CIA.«
»Wer hat sich nach ihm erkundigt?«
»Polizeichef Garcia.«
Gut, dachte Sonny. Dann fühlt er Gilroy zumindest auf den Zahn. »Vielen Dank für den Tip.«
»Gern geschehen«, erwiderte Ruth augenzwinkernd.
Sonny erklärte, er werde später wiederkommen, und ging zu Fuß ins Lindy's, um einen Kaffee zu trinken.
Er mußte einige Dinge in Erfahrung bringen. Zum Beispiel, woher Raven den Ballon hatte. Er würde die Firmen abklap-

pern, die Freiluftballons ohne Piloten vermieteten, aber das hatte Garcia sicher auch schon getan. Und Raven war bestimmt so schlau gewesen, einen falschen Namen anzugeben oder einen seiner Spießgesellen hinzuschicken. Zum Beispiel Stirnband oder Narbengesicht. Sonny war mit ihnen in einer Bar in Estancia aneinandergeraten und hatte ihnen gezeigt, wo's langgeht. Doch halt, Narbengesicht war bei der Schießerei an der Brücke über den Arroyo del Sol ums Leben gekommen. Blieb also Stirnband, der Sadist und Brutalere von beiden.

Sonny war überzeugt, daß der Schlüssel in der seltsamen Besucherschar lag, die sich zur Heißluftballon-Fiesta in Albuquerque eingefunden hatte. Die Geschichte, die das Ehepaar Fiora den Medien aufgetischt hatte, war eine glatte Lüge; wahrscheinlich hatte man sie gut dafür bezahlt, daß sie die Stadt nach ihrer Aussage auf schnellstem Weg verließen.

Raven brauchte ein Transportmittel, und er war vermutlich gerade damit befaßt, Waffen zu kaufen. Er führte wieder etwas im Schilde. Er brauchte neue Verbündete. Aber wen? Hinter der glatten Fassade dieser Fragen, das sagte Sonny seine Intuition, verbarg sich ein Spiel, das wesentlich vielschichtiger war und bei dem es um mehr ging als um den Mord an Veronica Worthy.

Tamara hat Angst, dachte Sonny. Er trank seinen Kaffee aus und fuhr zum North Valley hinüber. Das hatte er bei einer Frau ihres Schlages nicht erwartet. Er blickte zum wolkenlosen Himmel hinauf. Ein idealer Tag zum Ballonfahren.

Der kühle Fallwind von den Sandia Mountains wehte in aller Regel morgens, von Norden nach Süden. Bei optimalen Wetterbedingungen stiegen die Heißluftballons auf und wurden von der Brise bei niedriger Höhe in Richtung Süden fortgetragen; dann stiegen sie auf, um die Luftströmungen auszunutzen, die sie in die Nähe des Start- und Landeplatzes zurückbringen würden. Das Muster, das sie dabei beschrieben, glich einem großen Rechteck – die sogenannte »Albuquerque-Box«, in der sich ein erfahrener Pilot frei bewegen und den Kurs des Ballons mehr oder weniger »bestimmen« konnte.

Doch heute trieb der Ostwind die Ballons auf den Fluß zu.

Sonny hörte Selena zu, die im Rundfunk eine Sendung von KABQ moderierte, als ihr der Nachrichtensprecher Gomez plötzlich das Wort abschnitt. Sonny lauschte gespannt, was die Sondermeldung zu bedeuten hatte.

»Wir befinden uns am Schauplatz und haben gerade eine Bestätigung der Berichte erhalten, daß heute morgen auf die Ballons geschossen wurde, während sich diese in der Luft befanden. Ein Ballon ist, wie von offizieller Seite mitgeteilt wurde, notgelandet. Ich habe soeben mit einem Angehörigen von Fiesta Control gesprochen. Einzelheiten sind noch nicht bekannt, aber nach Aussage von Augenzeugen befand sich der Heckenschütze in einem schwarzen Ballon. Mario Secco, ein italienischer Wettbewerbsteilnehmer, wurde unmittelbar nach der Notlandung mit der Ambulanz ins Universitätskrankenhaus gebracht. Sein Zustand ist kritisch, wie uns mitgeteilt wurde. Die Verantwortlichen bei Fiesta Control haben per Notruf versucht, die Ballons zurückzuholen. Alle Wettbewerbsteilnehmer sind dringend aufgefordert, sofort zu landen. Ich werde versuchen, ein Interview mit der Leiterin der Veranstaltung zu bekommen ...«

»Verdammt«, stöhnte Sonny. Nicht zu fassen! Raven war nicht der Typ, der in einen Ballon stieg und begann, hoch über den Wolken wahllos auf Menschen zu schießen. Hatte

er völlig den Verstand verloren? Veronica umzubringen war eine Sache, aber Menschen zu töten, die das Pech hatten, ihm zufällig in die Quere zu kommen? Was, zum Teufel, ging da vor?
Sonnys Autotelefon klingelte, und er drehte das Radio leiser.
»Sonny, ich versuche schon seit einiger Zeit, dich zu erreichen!« Es war Howard.
»Sag, daß es nicht wahr ist!« Howard hatte einen guten Draht zur Polizei, er würde wissen, was das Ganze bedeutete.
»Tut mir leid, aber es ist wahr. Der Dreckskerl hatte es auf Secco abgesehen!«
»Gibt es eine Bestätigung von offizieller Seite?«
»Ja. Secco ist auf dem Weg ins Krankenhaus gestorben. Eine Frau, die ihn im Ballon begleitete, ist leicht verletzt; sie steht noch unter Schock. Sie hat den Ballon runtergebracht. Es gibt Dutzende von Augenzeugen, die den schwarzen Ballon gesehen haben. Du hattest recht, es ist Raven!«
»Aber warum? Warum, um alles in der Welt?«
»Ich hab' keinen blassen Schimmer! Ich weiß nur, daß hier die Hölle los ist.«
»Ich bin gleich drüben. Bleib am Ball, und melde dich wieder, wenn's was Neues gibt.«
»Alles klar.«
Sonny schaltete die Suchfunktion ein, um den Polizeifunk abzuhören. Harsche Stimmen rauschten durch den Äther, Kommandos wurden gebrüllt. Der schwarze Ballon war gesichtet worden, er driftete über den Fluß. Alle Polizeieinheiten im nordwestlichen Quadranten befanden sich in Alarmbereitschaft. Der mutmaßliche Heckenschütze, der sich im schwarzen Ballon befand, war bewaffnet und gefährlich, wie es hieß. Annäherung mit extremer Vorsicht.
Viel Glück, dachte Sonny. Die leichte Brise hielt an und trug

den Ballon über den Fluß auf das andere Ufer hinüber. Raven konnte nach der Landung blitzschnell im Dickicht untertauchen.

Alles Unsinn, überlegte Sonny. Denk logisch. Ein Ballon ist langsam, nicht besonders wendig. Warum sollte Raven damit aufsteigen, um sich nach der Schießerei in einem so schwer steuerbaren Gefährt vor der Polizei in Sicherheit zu bringen? Das paßte alles nicht zusammen.

Wieder klingelte das Telefon. »Sonny, ich muß dich unbedingt sehen.« Madge Swensons Stimme klang völlig aufgelöst. »Hast du die Nachrichten schon gehört?«

»Bin schon auf dem Weg.«

»Beeil dich!«

Bei Fiesta Control herrschte Aufruhr, als Sonny auf den Start- und Landeplatz fuhr. Bei der Pressekonferenz mit dem Ehepaar Fiora war Veronicas Tod als tragischer Unfall deklariert worden, und das hatte das anfängliche Unbehagen gedämpft. Doch nun hatte jemand mit einem Gewehr auf einen Wettbewerbsteilnehmer geschossen, und einige Ballonfahrer, die sich in der Nähe befanden, hatten den Tathergang mit eigenen Augen gesehen; an ihrer Aussage gab es nichts zu rütteln.

Sam Garcia stapfte gerade aus Madges Büro, als Sonny eintraf.

»Sie schon wieder!« Der Polizeichef blickte ihn ungnädig an.

»Ich habe eine Einladung.« Sonny zuckte lässig die Schultern.

»Klar, eine Einladung.« Garcia bedachte ihn mit einem finsteren Blick. »Ich warne Sie, kommen Sie uns ja nicht in die Quere. Der Täter, wer immer es auch sein mag, gehört in die Klapsmühle. *Bien loco.*«

»Das war mir am Samstag schon klar, Chief, aber Sie haben

es ja vorgezogen, der Version von Fiesta Control Glauben zu schenken.«

»Ich hatte mit den Fioaras nichts zu tun!« explodierte Garcia. »Hüten Sie Ihre Zunge und wagen Sie es ja nicht, auch nur im entferntesten anzudeuten, ich hätte bei dieser Mauschelei meine Hand im Spiel gehabt!«

Der Chief schnaubte vor Wut. Beide wußten, daß die Fiora-Geschichte eine Verschleierungstaktik war, und diejenigen, die sich diese Strategie ausgedacht hatten, würden nun, nach dem zweiten Mord, ein paar unangenehme Fragen beantworten müssen.

Sonny dachte nicht daran, klein beizugeben. »Sie haben gewußt, daß der Mann log.«

»Hier wurde nichts gemauschelt«, knurrte Garcia. »Meine Abteilung würde sich grundsätzlich nicht auf einen solchen Kuhhandel einlassen!«

»Sie haben gewußt, daß es Raven nicht bei dem einen Mord bewenden lassen würde!«

»Ich werde diesem Hundesohn schneller das Handwerk legen, als er glaubt!« zischte der Polizeichef. »Was für ein Interesse haben Sie an dem Fall?«

»Die Obdachlosen.«

Der Polizeichef runzelte die Stirn. »Obdachlose!« schnaubte er. »Halten Sie sich bloß aus unseren Ermittlungen raus, Sonny! Und noch ein guter Rat: Halten Sie sich auch von diesen Leuten fern.« Er nickte den beiden FBI-Agenten zu, die einen prüfenden Blick auf die Passanten warfen.

Sonny sah dem aufgebrachten Polizeichef nach. Dann drehte er sich um und grüßte die beiden FBI-Agenten, die sich ihm näherten. Mike Stevens, wegen seiner Schwitzkastentaktik »Gorilla« genannt, und Eddie Martínez, einer der wenigen Chicanos in der bundesstaatlichen Ermittlungsbehörde. Sonny spürte, wie sein Mund trocken wurde. Er war bemüht gewesen, den FBI-Männern nicht wieder über den Weg zu laufen. Sie konnten Privatdetektive nicht ausstehen, und er hatte keine Lust, sich mit ihnen auf eine nervenzerfetzende Kraftprobe einzulassen.

Sie waren Matt Paiz unterstellt, Regionalleiter im FBI. Sonny hielt nach Paiz Ausschau, konnte aber keine Spur von ihm entdecken. Er ließ Stevens und Martínez offenbar ziemlich freie Hand.

»Hallo, Sonny.« Mike streckte die Hand aus und gab sich freundlich.

Sie waren beide für eine Ballonfahrt gekleidet, trugen neonfarbene Nylonhosen und einen dicken Parka. Sie hatten sich unerkannt unter die verschreckten Zuschauer gemischt und herumgeschnüffelt. Garcia hatte eines der Büros von Fiesta Control für die Vernehmung requiriert und seine Leute beauftragt, die Piloten zu befragen, die an diesem Morgen aufgestiegen waren. Mike und Eddie arbeiteten gleichwohl als verdeckte Ermittler.

»Ich wußte gar nicht, daß ihr zwei eine Pilotenlizenz habt«, erwiderte Sonny und reichte den beiden die Hand. Er versuchte, den Schein der Höflichkeit zu wahren.

»Haben wir auch nicht. Aber Sie, wie man hört«, konterte Martínez.

»Fehlanzeige; ich hab' genausowenig Ahnung. Ich bin hier, weil ich von Madge darum gebeten wurde«, lächelte Sonny und spielte das Unschuldslamm.

»Machen Sie auf eigene Faust Jagd auf den Kerl, der Secco umgebracht hat?« erkundigte sich Stevens.

»Warum nicht, falls Fiesta Control mir dazu den Auftrag erteilt.« Die beiden FBI-Agenten zogen es offenbar vor, die Katze nicht aus dem Sack zu lassen. Sie mußten schließlich wissen, daß Raven seine Hände im Spiel hatte.

»Was wissen Sie über Secco?« ließ sich Martínez vernehmen.

»Nur das, was ich in der Zeitung lese. Und Sie?«

Stevens rückte bedrohlich näher, seine Augen waren zu Schlitzen verengt, und sein Atem roch schal. »Secco war ausländischer Staatsbürger, Baca. Deshalb sind wir hier.«

»Und er hatte mit Rauschgift zu tun.«

»Sie glauben also, daß er Rauschgift geschmuggelt hat? Ist es das, was Sie behaupten wollen?« fragte Stevens.

»Ich habe bereits gesagt, daß ich mein Wissen nur aus der Zeitung beziehe.«

»Sie lassen sich da auf eine gefährliche Gratwanderung ein, Baca«, zischte Stevens. »Ich möchte wetten, daß Fiesta Control Sie um Hilfe bitten wird. Es interessiert mich nicht die Spur, womit Sie Ihren Lebensunterhalt verdienen, aber mischen Sie sich nicht in Dinge ein, die eine Nummer zu groß für Sie sind.«

»Ich kenne die Spielregeln! Aber falls Fiesta Control mich engagiert, könnte ich geneigt sein, den Auftrag anzunehmen. Die Zeiten sind hart.«

»Wir wollen nur nicht, daß Sie sich zu weit aufs Glatteis wagen«, erklärte Martínez, und Sonny hörte die versteckte Drohung in seiner Stimme. »Alsdann, alles Gute!«

»Ihnen auch!«

Er sah ihnen nach, als sie davongingen und in der Schlange untertauchten, die sich von der Eingangshalle des Gebäudes, in dem sich das Hauptquartier von Fiesta Control befand, bis zum Parkplatz erstreckte.

Inzwischen waren alle Piloten mit ihren Ballons gelandet und warteten auf die Befragung durch die Polizei.

Sonny zuckte die Achseln und schob sich an der Schlange vorbei in Richtung von Madges Büro. Raven hatte sich wieder in die Lüfte begeben, in einem Heißluftballon, der unverschämterweise auch noch mit seinem Emblem geschmückt war. Er hatte seinen Spott mit Garcia und dem FBI

getrieben, sie geradezu herausgefordert, ihn dingfest zu machen. Aber warum der Angriff auf Mario Secco?
»Sonny«, rief Madge und bahnte sich mühsam ihren Weg durch die Menschenmenge, die sich in der Eingangshalle drängte. Sie ergriff seine Hand und drückte sie. »Bin ich froh, daß du da bist.«
Sie war fassungslos. Die dynamische, selbstsichere Blondine, deren äußeres Erscheinungsbild stets so makellos war, daß sich auch nicht ein Haar am falschen Platz befand, wirkte völlig aufgelöst.
»Was ist mit deinem Gesicht passiert?«
»Ich bin gegen die Tür gerannt.« Sonny berührte vorsichtig die Platzwunde.
Sie zuckte die Achseln. »Komm mit.« Sie nahm Sonny bei der Hand. »Ich möchte, daß du meinen Vorstand kennenlernst.«
Sonny überlegte. Was hatte er schließlich zu verlieren? Er mußte Raven unbedingt finden, und wenn er dabei Schützenhilfe von Fiesta Control bekam, um so besser.
»Geh du voran.«
Madge lächelte. »Danke Sonny, daß du gekommen bist. Das werde ich dir nie vergessen.«
Sie führte ihn in einen Konferenzsaal, in dem zwölf Boardmitglieder saßen und dumpf vor sich hin brüteten.
Traurige Jünger, dachte Sonny, der die meisten kannte. Geschäftsleute aus der Gegend, begeisterte Anhänger des Heißluftballonsports, wohlhabende und einflußreiche Spieler auf der politischen und wirtschaftlichen Bühne der Stadt.
Ein hochgewachsener, energiestrotzender Mann erhob sich, um Sonny zu begrüßen. Dr. Stammer. Sonny hatte nicht gewußt, daß sich der Herzchirurg für den Ballonsport interessierte.

»Sonny, ich bin froh, daß Sie kommen konnten.« Er schüttelte Sonny die Hand.
»Dr. Stammer.«
»Nennen Sie mich bitte Jerry.«
»Kennt ihr euch?« erkundigte sich Madge.
»Durch seine Mutter«, erwiderte Stammer. »Dr. Branch hat sie vor ein paar Tagen operiert. Ich kam am Morgen danach zufällig vorbei und fand den pflichtbewußten Sohn schlafend am Bett seiner Mutter. Sie hatten die ganze Nacht Wache gehalten, richtig?«
Sonny nickte. »Sie ist inzwischen aus der Klinik entlassen. Es geht ihr gut.«
»Eine wunderbare Frau, einfach wunderbar.«
Sonny erinnerte sich, daß Stammer mit Dr. Branch ins Zimmer gekommen war. Stammer schien Branch mit einer Forderung unter Druck zu setzen. Schließlich erklärte Branch seinem Kollegen mit barscher Stimme, daß sie im Zimmer eines Patienten nicht reden könnten, er solle ihn in seinem Büro aufsuchen. Stammer war aus dem Raum gestürmt.
»Sind Sie unter die Ballonfahrer gegangen?«
»Ich habe mich von Madge letztes Jahr dazu überreden lassen. Nachdem ich das erste Mal oben war, kam ich nicht mehr davon los. Ich bin ganz vernarrt in den Ballonsport, deshalb stelle ich Fiesta Control meine Dienste zur Verfügung. Bitte nehmen Sie Platz. Wir möchten etwas mit Ihnen besprechen.«
Dr. Jerry Stammer hatte, wie sich herausstellte, mehr getan, als seine Dienste zur Verfügung gestellt. Er war Vorstandsvorsitzender von Fiesta Control.
Sonny las regelmäßig Zeitung, um sich auf dem laufenden zu halten. Er hatte vor ein paar Tagen noch nicht darüber nachgedacht, als Stammer das Krankenzimmer seiner Mut-

ter betrat, aber nun durchforstete er sein Gedächtnis nach Informationen, die ihm über Dr. Stammer bekannt waren. Als Stammer nach Albuquerque kam, hatte er im Presbyterian Hospital, einer Klinik, die für ihre Pionierarbeit auf dem Gebiet der offenen Herzchirurgie weithin bekannt war, für einiges Aufsehen gesorgt. Stammer war nicht nur Operateur, sondern auch in der Forschung aktiv. Er hatte einige wichtige Leute überzeugt, daß der nächste Schritt in der Transplantationstechnologie darin bestehen würde, menschlichen Patienten Pavianherzen einzupflanzen.

Es standen nicht genug menschliche Spenderherzen zur Verfügung, um den Bedarf auch nur annähernd zu decken; deshalb hatte Stammer mit privaten Geldern ein Laboratorium aus der Taufe gehoben, in dem Paviane ausschließlich zu Forschungszwecken gezüchtet wurden.

»Ich werde Albuquerque zu Rang und Namen verhelfen«, wurde er zitiert. »Wir stehen kurz vor der Entdeckung der Gewebesubstanzen, die verhindern, daß der Körper ein fremdes Organ abstößt. Tatsache ist, daß wir die einzelnen Elemente bereits isolieren konnten. Ich bin bereit, den nächsten Schritt zu wagen.«

Aber die Klinikleitung hatte sich seiner Sichtweise nicht anschließen können. Pavianherzen als Transplantat waren bestenfalls auf Experimente beschränkt; es konnte keine Rede davon sein, daß sie dem Projekt grünes Licht für die Erprobung am Menschen geben würden. Stammer hatte Millionen von Dollar in ein Laboratorium investiert, in dem Paviane gezüchtet wurden, aber seine Kollegen waren nicht bereit, sie als Organspender in Betracht zu ziehen. Zu gefährlich.

Stammer ging wutentbrannt zum Gegenangriff über und bezichtigte die Klinikleitung, sich an mittelalterliche Praktiken zu klammern. Dafür wurde er von seinen Standesgenossen geächtet, was ihn um ein Haar seine gutgehende Privatpraxis als auch seine Belegbetten im Krankenhaus gekostet hätte.

»Meine Damen und Herren«, sagte Stammer gerade. »Darf ich Ihnen Sonny Baca vorstellen? Sie kennen seinen Namen; er ist der Privatdetektiv, dem es im Sommer gelang, das Sprengstoffattentat auf den WIPP-Transporter zu vereiteln. Er hat unser Land vor einer Katastrophe bewahrt.«

Ernste Gesichter lächelten ihm zu und nickten. Jeder, der regelmäßig Zeitung las, wußte, daß Sonny ein Drama verhindert hatte.

»Ich möchte Ihnen als erstes herzlich danken, daß Sie gekommen sind. Sie kennen möglicherweise nicht alle Anwesenden, aber ich denke, ich kann mit Fug und Recht behaupten, daß Sie uns kein Unbekannter sind.« Stammer beugte sich über den Konferenztisch und blickte Sonny unverwandt an. »Sie wissen, in welcher Notlage wir uns befinden.«

»Ja«, erwiderte Sonny schlicht und sah in die stahlblauen Augen des Mannes.

Stammer war groß und muskulös, um die fünfzig, das graue Haar streichholzkurz geschnitten. Er wirkte sportlich in seiner Fliegerkluft, aber genauso angespannt wie an dem Morgen, als Sonny ihn im Krankenzimmer seiner Mutter gesehen hatte.

»Ich werde gleich auf den Punkt kommen«, fuhr er fort, dann warf er Madge einen raschen Blick zu. »Wir brauchen Ihre Hilfe. Es war ein Fehler, den Fioras zu glauben. Nun ist einer unserer offiziellen Wettbewerbsteilnehmer tot. Wir brauchen professionellen Beistand.«

»Die Polizei ermittelt bereits«, unterbrach ihn Sonny. »Mario Secco war italienischer Staatsbürger, und das FBI stellt ebenfalls Nachforschungen an –«

»Das wissen wir, das wissen wir alles. Aber derartige Untersuchungen kosten Zeit, und die haben wir nicht.« Seine Augen bohrten sich in Sonnys. »Wir wollen, daß unsere Fiesta als eine Veranstaltung gilt, bei der alles Menschenmögliche für die Sicherheit getan wird. Ballonfahren ist ein Sport für die ganze Familie und ein geselliges Ereignis, das allen Spaß machen soll. Aber heute stehen da draußen Piloten, denen angst und bange geworden ist. Die Hälfte der Wettbewerbsteilnehmer überlegt bereits, ob sie ihre Anmeldung nicht zurückziehen sollen. Wenn das passiert, stehen wir vor dem finanziellen Ruin. Wir müssen den Mörder finden, und zwar schnellstens! Heute noch! Mein Vorstand ist bereit, Ihnen jedes Honorar zu zahlen, das Sie verlangen, plus Spesen.«
»Jedes?«
»Innerhalb vernünftiger Grenzen, versteht sich«, erwiderte Stammer.
»Können Sie einer obdachlosen Familie ein Haus zur Verfügung hinstellen?«
Stammer runzelte die Stirn. »Wir sind kein Bauunternehmen. Das war ein ernstgemeinter Vorschlag.«
»Mir ist es genauso ernst.« Sonny stand auf. »Sie wollen einem Mörder das Handwerk legen, und ich will ein Haus für eine sechsköpfige Familie. Ihre Ballons schweben über dem Wäldchen am Flußufer, und dort oben ist die Welt heil und schön, während unten die Menschen in elenden Löchern aus Wellpappe hausen.«
Er hielt inne, und ihm wurde bewußt, daß sein Temperament mit ihm durchgegangen war. Er musterte die Gesichter der Vorstandsmitglieder. Ihre undurchdringlichen Mienen sagten ihm, daß sie keine Ahnung hatten, wovon er redete. Fiesta Control war, wie Stammer ganz richtig bemerkte hatte, kein Bauunternehmen.

»Hundert Mille«, flüsterte Sonny. Damit konnte er ein Haus für Diegos Familie bauen. *Habitat for Humanity* schuf Wohnraum innerhalb kürzester Zeit, ohne lange Wartelisten. Er konnte Diego und seine Angehörigen bis Weihnachten in ihren eigenen vier Wänden unterbringen.
Die Boardmitglieder versteiften sich. Dann steckten sie die Köpfe zusammen und beratschlagten im Flüsterton.
Stammer blickte seine Vorstandskollegen an und unterbrach mit barscher Stimme das Murmeln. »Uns bleibt keine andere Wahl«, befand er und starrte die Versammlung herausfordernd an. »Wir müssen alle Starts absagen, bis wir gewährleisten können, daß den Ballons da oben am Himmel keine Gefahr droht. Die Leute reisen in Scharen ab; die Ratten verlassen das sinkende Schiff. Das ist eine Katastrophe, Freunde, eine gottverfluchte Katastrophe!« Er wandte sich an Madge.
»Was meinst du?«
»Er ist sein Geld wert. Und wir haben, wie du bereits sagtest, keine andere Wahl. Es geht um mehr, als alle geplanten Wettbewerbe zu streichen und die diesjährigen Teilnehmer zu verlieren: Unsere Reputation und damit unsere Zukunft stehen auf dem Spiel. Wenn diese Angelegenheit nicht schnellstens geklärt wird, können wir die Veranstaltung nächstes Jahr in den Wind schreiben. Die Leute kommen nicht zu einer Ballon-Fiesta, bei der ihnen Lebensgefahr droht.«
Sie wandte sich an Sonny. »Die Polizei von Albuquerque und das FBI fahnden nach Mr. Seccos Mörder. Falls sie ihn zuerst aufspüren, sind wir nicht verpflichtet, das Honorar zu zahlen.« Bei diesen Worten blickte sie die Boardmitglieder der Reihe nach an. »Findet dagegen Mr. Baca den Mann, der Mario Secco auf dem Gewissen hat, und trägt er somit zur Aufklärung des Falls bei, zahlen wir selbstverständlich.«

»Klingt fair«, meinte Stammer zustimmend und warf einen Blick in die Runde; die anderen bekundeten ihr Einverständnis mit einem stillschweigenden Kopfnicken. Die Fiesta dauerte zehn Tage, und mit jedem Veranstaltungstag, den sie streichen mußten, gingen ihnen Millionen von Dollar an Einnahmen verloren. Sie hatten in der Tat keine andere Wahl.

»Was sagen Sie, Sonny? Wir erwarten prompte Ergebnisse. Wir können es uns nicht leisten, zu warten«, erklärte Stammer.

»Wir sind handelseinig.«

»Was veranlaßt Sie zu der Annahme, daß Sie den Mann im schwarzen Ballon vor der Polizei zu fassen bekommen?« wollte ein Boardmitglied wissen. Dem Mann gehörte eines der größten Sportartikelgeschäfte der Stadt.

»Mein Gespür«, entgegnete Sonny und wandte sich an Madge. »Können wir morgen starten?«

»Starten, mit dem Ballon?«

»Wir haben die Starts für morgen gestrichen.« Stammer schüttelte bedauernd den Kopf. »Dieser Verrückte lauert irgendwo da draußen –« Er unterbrach sich und sah zuerst Sonny, dann Madge an.

»Morgan hat optimales Wetter vorausgesagt. Eine solche Chance möchte ich mir nicht entgehen lassen.«

»Und ich soll als Köder dienen«, erwiderte Madge mit einem schiefen Lächeln. Sie wußte genau, was Sonny vorhatte. Sie würden aufsteigen, um den Mörder im schwarzen Ballon aus der Reserve zu locken. Warum auch nicht? Die Polizei würde sich nie auf ein solches Spiel einlassen, aber Sonny scheute das Risiko nicht.

»Ich verstehe.« Stammer nickte. »Aber das ist zu gefährlich.«

»Das ist die einzige Möglichkeit, die ich sehe«, entgegnete Sonny, die Augen unverwandt auf Madge geheftet.

Sie erwiderte seinen Blick. Sonny hatte vorgeschlagen, die Gefahr herauszufordern; Erregung durchfuhr sie bei dem Gedanken an das Abenteuer, und ihre Stimme klang lauter als sonst.
»Von mir aus kann's losgehen!«
»Falls etwas passiert, übernehmen wir keinerlei Verantwortung!« erklärte Stammer. Er sah zuerst seine Vorstandskollegen, und danach Sonny unbehaglich an.
»Schließen Sie doch eine Lebensversicherungspolice für einen Tag auf uns ab.«
Stammer machte ein verdutztes Gesicht, dann grinste er. »Keine schlechte Idee. Danke, daß Sie uns Ihre Zeit geopfert haben, Sonny. Madge wird dafür sorgen, daß Sie alles haben, was Sie brauchen.«
Madge erhob sich und verließ den Raum; Sonny folgte ihr.
»Ich war nicht mehr mit einem Ballon unterwegs, seit ich damals die Luftüberwachung für euch gemacht habe«, meinte Sonny, als sie durch den Korridor gingen. »Ich brauche einen Piloten mit Lizenz, sonst bleibt mir keine andere Wahl, als es selbst zu probieren.«
»Glaubst du, daß dein Plan funktioniert? Meinst du wirklich, daß Seccos Mörder verrückt genug ist, uns als nächstes ins Visier zu nehmen?«
»Ich denke schon. Sag deinen Technikern, daß sie den Boden des Korbs mit einem Stahlblech verkleiden sollen, rund einen Zentimeter dick. Es dürfen auch zwei sein, wenn du der Ansicht bist, daß der Ballon das zusätzliche Gewicht bewältigt, ohne seine Fahrtauglichkeit einzubüßen.«
»Nur auf dem Boden der Gondel?«
»Ja.«
»Noch irgendwelche Vorkehrungen?«
»Gib eine Presseerklärung heraus. Wir beide werden star-

ten, aber sonst absolut niemand. Gib bekannt, wann und wo, alle Einzelheiten.«

»Schon kapiert.«

»Es könnte gefährlich werden.« Sonny runzelte die Stirn. »Ich weiß, wer Mario Secco getötet hat. Er hat es auf mich abgesehen, also wird er sich die Chance nicht entgehen lassen und uns aufs Korn nehmen. Bist du ganz sicher, daß du –«

»Hundertprozentig.« Sie beugte sich vor und verabschiedete sich mit einem Kuß auf seine Wange. »Also, bis morgen früh. Wann soll's losgehen?«

»Bei Sonnenaufgang. Ich bin um Punkt halb sechs bei dir.«

»Nein, ich hole dich ab«, verkündete sie augenzwinkernd.

12

»*Hasta mañana*«, verabschiedete sich Sonny und trat ins Freie.

Zugegeben, er fischte im trüben, aber er war sicher, daß Raven den Köder schlucken würde. Immer wieder hatte Raven mit ihm gespielt, hatte ihn mit seinen Schachzügen herausgefordert, ihn gezwungen, Position zu beziehen. Nun war es an der Zeit für eine Revanche.

Sonny bahnte sich mühsam einen Weg durch die Menge, die sich vor dem Gebäude versammelt hatte, und stieg in seinen Wagen. Er versuchte, Rita über Autotelefon zu erreichen, aber niemand hob ab am anderen Ende der Leitung. Sicher war sie noch mit Marta und Cristina beim Einkaufen. Ich muß unbedingt mit Lorenza Villa sprechen, dachte er. Er rief sie an; ja, natürlich könne er kommen, sie hatte Zeit für ihn. Er fuhr über die neuerbaute Alameda-Brücke nach Corrales.

Der Vorstand von Fiesta Control will unbedingt die Veranstaltung retten, und ich will Raven finden, dachte Sonny. Aber hier ging es um weit mehr. Das FBI wußte von Raven, doch Mike und sein Freund Eddie ließen kein Wort darüber verlauten. Und warum hatte Raven Mario Secco aus dem Weg geräumt?

Lorenza öffnete die Tür. »*Buenos días,* Elfego. Komm herein!« begrüßte sie Sonny.

»*Buenos.* Danke, daß du Zeit für mich hast.«

»Rita hat mir alles erzählt«, sagte sie, als sie ihn in die Küche führte. »Aus dem Fest ist eine Tragödie geworden.«

Sie war barfuß. Die dünne Baumwollbluse, die sie trug,

zeichnete die sanften Rundungen ihres Körpers nach. Sie forderte ihn mit einer Geste auf, Platz zu nehmen. »Möchtest du eine Tasse Kaffee? Oder lieber Tee?«

»Kaffee wäre wunderbar, *gracias.*« Während sie ihm einschenkte, erzählte er ihr, daß er Veronicas Leiche gesehen hatte. »Es kann kein Zweifel bestehen, sie wurde ermordet.«

»Von Raven.«

»Ja. Warum habe ich den fallenden Körper in meiner Vision gesehen? Als wenn ich gewußt hätte, daß sie umgebracht worden war?«

»Deine Vision hat dir gesagt, daß Raven lebt und zurückgekehrt ist.«

»Und die Kojoten?«

»Dein *nagual.*«

Mein *nagual,* dachte er. Ich bin den Kojoten begegnet und mit ihnen um die Wette gerannt. Will Lorenza damit sagen, daß ich mich insgeheim vor ihnen fürchte?

»Und was bedeutet das?«

»Der Kojote ist dein Schutzgeist in Tiergestalt«, erklärte Lorenza.

Er stand auf und ging zum Küchenfenster, von dem aus man nach Osten blickte. Die bewaldete Uferböschung des Flusses bot sich dem Betrachter in der Oktobersonne von seiner strahlendsten Seite dar. *Indian summer,* die Zeit, in der das Laub in allen Rot- und Brauntönen prangt, Erntezeit. An den Ständen, die Obst und Gemüse verkauften, türmten sich Äpfel, zu Ketten aufgefädelte, getrocknete Chilischoten und Kürbisse.

Im nördlichen Teil des Bergmassivs Sangre de Cristos hatten die Espen bereits eine goldene Färbung angenommen, schimmernd im Sonnenlicht. Rund um die Wohnhäuser der Puebloindianer wurde mannshoch Brennholz geschichtet. In den Hochwäldern paarten sich die Elche, die Bullen röhrten, und die Bewohner der umliegenden Dörfer rüsteten sich für die Jagd. Sie legten Nahrungsmittelvorräte für den Winter an, kochten Gelees und Marmeladen ein, die süße Ausbeute der Beerenernte.

Die Nächte waren kühl, noch ohne Frost, aber rauh, und das würzige Aroma der Pinienscheite, die in offenen Kaminen und Feuerstellen brannten, durchdrang die Talsenke bis in den hintersten Winkel. Der Herbst war eine Zeit des Friedens, des Rückzugs in die häusliche Geborgenheit, des Geschichtenerzählens. Doch in diesem Herbst war alles ganz anders.

In der Stadt des Duque de Albuquerque fehlte nur eines, um die malerische Kulisse abzurunden: die Heißluftballons, die in der klirrendkalten Luft wie bunte Blüten den wolkenlosen Oktoberhimmel zierten.

»*Qué piensas?*«

Lorenza hatte Sonny beobachtet. Als er am Fenster stand und hinausblickte, hatte sie gespürt, daß er in Gedanken versunken war. Er hatte tief die Luft durch die Nase eingezogen, wie ein Kojote, der die Witterung aufnimmt, sobald er ein ihm fremdes Territorium betritt. Irgend jemand war in sein Territorium eingedrungen, er befand sich in großer Gefahr. Ravens Rückkehr stellt eine Bedrohung für Sonnys Leben dar.

»Ich habe an die Kojoten gedacht.« Er drehte sich um und blickte sie an. »Ich habe in meiner Kindheit viele Geschichten über sie gehört. Von meinen *abuelos.* Die alten Leute von den Nachbarhöfen besuchten uns, und dann erzählten sie sich Geschichten. Von *brujas,* die sich in Eulen, Kojoten oder Vögel verwandeln. Als Kind habe ich jedes Wort geglaubt.«

»Und als Mann hast du diesen kindlichen Glauben verloren.«

»Warum sollten sie Tiergestalt annehmen?«

»Das ist ein Weg, um sich Zutritt zur Welt der Geister und Dämonen zu verschaffen.«

Er runzelte die Stirn. »Zur Welt der Geister?«

»Die Seele kann auf ihrer Wanderung durch Zeit und Raum vielerlei Gestalt annehmen. Die Tiergestalt ist nur eine Möglichkeit von vielen. Du solltest dich mit ihr vertraut machen, denn das ist Ravens Methode. Er erreicht seine Ziele durch seinen *nagual*, und genau das solltest auch du versuchen. Später wirst du lernen, deine Träume als Vehikel zu benutzen ...« Ihre Stimme verklang.

Er verstand nicht genau, was sie meinte. Nur soviel: Er mußte Raven mit seinen eigenen Waffen schlagen.

»Meine Träume als Vehikel benutzen?«

»Ja. Es gilt, deine eigenen Träume zu schaffen. Bisher hat Raven den Ton angegeben. Weißt du, unsere wahre Welt ist die Welt der Natur. Wir bilden uns ein, daß wir mit dem Eintritt ins Zeitalter der Technologie die Vergangenheit auslöschen könnten. Aber das ist ein Trugschluß. Unsere menschliche Natur ist eng mit dem Dasein unserer Ahnen verknüpft, mit ihren Überzeugungen. Für uns mag sich an der Oberfläche etwas ändern, aber hinter dieser Fassade liegt die wahre Welt verborgen, die Welt der Geister.«

»Eine Welt, die ich während der Reinigungszeremonie betreten habe.«

»Ja. Du hast deine Seele gefunden.«

Sonny nickte. »Don Eliseo erinnert mich gelegentlich an jene Geschichten, die ich als Kind gehört habe. Meine *abuelos* glaubten an die Welt der Geister. Sie waren der Überzeugung, von ihr umgeben zu sein. Sie waren fromme Katholiken und wollten den Geschichten über Hexen nicht zuviel Gewicht beimessen, aber sie glaubten an sie.«

Er hielt inne und sah ihr in die Augen, Augen, die ihn in

ihren Bann zogen, weil es ihm nicht gelang, sie auf seinen Blick zu konzentrieren. Schamanenaugen. Das eine glich dem Auge einer Eule.

»In Visionen eintauchen, den Kojoten begegnen ... ich hatte nicht gedacht, daß so etwas möglich sei.« Er schüttelte den Kopf.

»Diese Fähigkeiten gab es schon zur Zeit der Azteken. Moctezuma Ilhuicamina sandte vierzig seiner *brujos* – das ist das Wort, mit dem die spanischen Mönche die Schamanen zu beschreiben pflegten – in die Unterwelt. Sie machten sich in der Gestalt von Jaguaren, Adlern, Vögeln und anderer Kreaturen der Erde auf den Weg. Sie kehrten zu ihrem Volk zurück, um zu berichten, daß das Reich der Azteken dem Untergang geweiht war.«

Sie hielt inne und schenkte ihm eine weitere Tasse Kaffee ein.

Der gleiche Kampf, dem Don Eliseo als Augenzeuge beigewohnt hat, grübelte Sonny. Das Kräftemessen war älter, und dabei ging es um weit mehr als Zauberkünste. Es ging um die Grundfesten der menschlichen Zivilisation. Eine Lebensform wurde beendet, und eine neue geboren.

»Die spanischen Eroberer zerstörten die Tempel. Heidnisch und Götzenanbetung nannten sie die alte Religion. Sie sahen die Totenschädel der Ahnen auf den Mauern der Tempel und behaupteten, die Azteken wären Kannibalen, die Menschenopfer darbrachten. Das war hervorragend mit ihrem Ziel zu vereinbaren, das Volk mit Hilfe der neuen Religion zu versklaven.«

»Und so kam es, daß die Experten schrieben, die Azteken hätten ihren Göttern Menschen geopfert.«

»Die Totenschädel gehörten zum Ahnenkult, dem sie anhingen. Einer ihrer wichtigsten Festtage war, genau wie heute, der *Día de los Muertos.* Die Menschen besuchten ihre

Toten auf den Friedhöfen. Sie errichteten Altäre, nahmen zu Essen und zu Trinken mit, feierten eine Fiesta. Es ist eine Form, der Ahnen und des Guten zu gedenken, das sie auf Erden gewirkt haben. In grauer Vorzeit dauerten diese Feste länger. Die Schädel der Ahnen wurden aus den Grabkammern geholt, liebevoll gesäubert und entlang den Mauern des Tempels aufgereiht. Was die Spanier als Götzenanbetung bezeichneten, waren Tage des Gebets und Totengedenkens.«

»Und die Spanier haben das völlig mißverstanden.«

»Sie mußten die Geschichten mit der Götzenanbetung erfinden, um die Tempel niederreißen und dem Volk ihre Religion aufzwingen zu können. Eroberer, in gleich welchem Teil der Welt, haben das immer so gemacht, um die Besiegten zu unterjochen. Sie stempeln sie zu Heiden oder Untermenschen, und sie nennen ihre religiösen Überzeugungen Aberglauben. Sie versuchen, die Zerstörung, die sie anrichten, mit rationalen Argumenten zu rechtfertigen.«

»Ja, das Muster ist überall das gleiche, wenn man sich umsieht.«

»Ich war am Día de los Muertos in Mexiko. Ich habe mit eigenen Augen gesehen, wie die Menschen den Tag gefeiert und ihre Ahnen geehrt haben. Je traditionsverhafteter ein Indianerstamm, desto besser versteht er, welch enge Verbindung zu unseren Vorfahren besteht und welche Achtung und Ehre ihnen gebührt.«

»Auch wir achten und ehren sie«, flüsterte Sonny.

Er dachte an die Messen für seinen verstorbenen Vater, die seine Mutter hatte lesen lassen. An ihren kleinen Hausaltar mit der Statue der Jungfrau von Guadeloupe, der mexikanischen Gottesmutter, und den Heiligenfiguren. Und inmitten der Heiligenfiguren und brennenden Votivkerzen befanden sich Fotografien von ihren Angehörigen.

Er dachte an seinen Vater, wie fast jeden Tag. Sogar El Bisabuelo, Elfego Baca, der Urgroßvater, den er nie kennengelernt hatte, war ein Geist, der eine wichtige Rolle spielte und sein Leben beeinflußte. Ja, er ehrte die Toten, denn sie hatten ihr Lebenswerk, ihre Geschichte, ihre Traditionen, ihre Sitten und Gebräuche von einer Generation zur nächsten weitergegeben.

»Die spanischen Eroberer mußten die religiösen Überzeugungen der Ureinwohner verteufeln«, sagte Lorenza. »Deshalb töteten sie die Priester und machten die Tempel dem Erdboden gleich. Sie erbauten ihre Kirchen an derselben Stelle, aber die Menschen hielten trotzdem an ihrem alten Glauben fest. Noch lange, nachdem ein Großteil der aztekischen Kultur zerstört war, wußten die Menschen, daß sie die Welt der Geister nach Belieben betreten konnten.«

»Und die *curanderas* halfen ihnen dabei.«

Lorenza lächelte. »Das ist unsere Aufgabe. Menschen in jene Welt zu geleiten. Sie haben, heute genauso wie früher, Seelenprobleme, und unsere Arbeit besteht darin, Abhilfe zu schaffen.«

Sie denkt genauso wie Don Eliseo, kennt die gleichen Geschichten wie der alte Mann und seine Freunde. Sie erzählten sich die Geschichten mit leiser Stimme an den Sommerabenden, wenn sie unter freiem Himmel an einem prasselnden Feuer saßen oder die kühle Nachtluft genossen. Lorenza könnte ihre Tochter sein. Sie vertrauten ihr; sie wußten, daß sie zu den wenigen gehörte, die der traditionellen Lebensweise anhing.

»Meine Mutter pflegte zu sagen, ich hätte einen Schutzengel«, erklärte Sonny. »Und nun erfahre ich, daß ich außerdem noch einen animalischen Schutzgeist besitze? Und was ist mit dir, hast auch du einen *nagual*?«

»Ja.«

»Und welchen?«
»Es ist besser, nicht darüber zu sprechen.«
»Warum?«
»Das beeinträchtigt seine Stärke.«
»Und er beschützt dich?«
»Ja.«
»Wovor?«
»Vor den Mächten der Finsternis.«
»Was für Mächte?«
»Es hat von Anbeginn der Zeit einen Kampf zwischen dem Universum der Harmonie und einer Welt gegeben, die in völligem Chaos versinkt. Mit anderen Worten, es findet ein ewiges Ringen zwischen Gut und Böse statt. Der Ursprung dieser beiden Prinzipien befindet sich in unserer Seele, und deshalb streben die *brujos* mit ihrer Schwarzen Magie danach, uns zu besiegen.«
»Und das ist in der Welt der Geister festgeschrieben.«
Sie nickte. »Aber wir haben einen großen Teil des überlieferten Wissens vergessen.«
»Nicht nur, daß unsere uralten Traditionen verlorengehen. Wir büßen auch unser inneres Wissen ein. Ich sehe, wie sich die innere Harmonie bei Don Eliseo auswirkt, und ich frage mich, warum wir nicht alle nach den Einsichten streben, die er gewonnen hat.«
»Weil wir unter denen leben, die nicht an das alte, überlieferte Wissen glauben. Die Welt ist voller Zweifel, und die Menschen haben keinen Kontakt mehr zu ihrer Seele. Sie kommen hierher und *spüren*, daß es sich um einen spirituellen Ort handelt, aber sie dringen nicht zu einer tieferen Ebene vor. Sie bleiben am Eingang zu jener Welt stehen.«
»Es gibt viele Leute, die ihre Identität verbergen.«
»Und ihr Wissen«, erwiderte Lorenza. »Dabei hätten wir

einander viel zu geben. Wege, auf denen die Seele gedeihen kann. Wege, die unsere Vorfahren mit ihrer Lebensweise vorgezeichnet haben.«

»Und immer weniger Menschen glauben an die Existenz der Seele«, überlegte Sonny. »Wie ich. Habe ich meine Seele verloren?«

»Du hast den Zugang zum Wissen deiner Vorfahren verloren. Du erinnerst dich zwar an die Geschichten deiner *abuelos,* aber der Glaube daran ist dir abhanden gekommen. Erst als Glorias Geist Besitz von dir ergriff, hast du erkannt, daß du Hilfe brauchst. Du hast einen Anfang gemacht und dich auf die Reise begeben.«

»Ich werde den Weg nicht allein gehen können.« Zum ersten Mal in seinem Leben gestand Sonny ein, daß es Dinge gab, die er nicht wußte.

»Jeder Mensch braucht einen spirituellen Führer. Frauen pflegten das geheime Wissen von einer Generation zur nächsten weiterzugeben. Doch inzwischen verstehen sich nur noch wenige darauf, die *brujos* in Schach zu halten.«

»Deine Arbeit besteht also unter anderem auch darin, Raven und seinesgleichen zu bekämpfen?«

»Das ist eigentlich unser aller Aufgabe. Raven repräsentiert das Böse in einer ungeheuer zerstörerischen Form.«

»Ja, ich weiß.«

Er lehnte sich zurück und bewunderte Lorenzas Gesichtszüge, die wie gemeißelt aussahen, die hohen indianischen Wangenknochen, die weiten Nasenflügel, die hellbraune Haut, die braunen Augen. Die innere Schönheit spiegelte sich in ihren Gesichtszügen wider, wie bei Rita, Don Eliseo und anderen Menschen, die ihm nahestanden. Sie strahlten eine lebensbejahende Einstellung aus.

»Werde ich die Kojoten wiedersehen?«

»Natürlich. Bist du innerlich bereit für die Begegnung?«

»Raven hat versucht, mich umzubringen. Ich muß ihn finden.«

»Du mußt dich für die Begegnung rüsten. Komm.« Sie führte ihn in das kleine Beratungszimmer an der Rückseite des Hauses, in dem sie die *limpieza* durchgeführt hatte. Sie schloß die Tür. »Knöpf dein Hemd auf.«

Sonny tat wie geheißen, wobei das Zia-Amulett auf seiner Brust sichtbar wurde, das Symbol der Sonne.

»Tamara meinte, das sei der einzig wirksame Schutz vor Raven.«

»Möglich. Aber es muß geweiht werden. Das Zia-Symbol auf dem Anhänger befand sich in Ravens Besitz, und er hat es für sein Werk der Zerstörung benutzt. Du mußt damit gute Taten vollbringen. Es wird dich mit dem Licht der Erkenntnis erfüllen. Nimm das Amulett und leg es auf den Altar.«

Er streifte das Amulett über den Kopf, ging zu dem kleinen Hausaltar hinüber und legte es der Jungfrau von Guadalupe zu Füßen. Er zuckte unter der Berührung des Goldes zusammen, es brannte in seiner Hand. Dann kehrte er zu Lorenza zurück und nahm ihr gegenüber Platz. Sie rückte den Stuhl dicht an ihn heran, so daß sich ihre Knie berührten. Sie streckte den Arm aus und hielt seine Hände. Ihre Hände waren warm, hüllten ihn ein. Sie duftete nach dem Räucherwerk und den Kräutern, die sie für ihre Heilungsrituale verwendete, und den Kerzen, die am Altar brannten.

»Raven zu finden, kann gefährlich sein.«

»Ihn nicht zu finden ist noch gefährlicher.«

»Ja, das ist richtig.« Sie blickte aus dem Fenster zum Wäldchen am Flußufer hinüber. Einen Moment lang sah sie verstört aus.

»Stimmt etwas nicht?«

»Nein, alles in Ordnung. Es ist nur, daß ich sowenig Zeit

habe, um dich auf das vorzubereiten, was dich erwartet. Du weißt, daß Raven über ganz besondere Kräfte verfügt.«
Sonny nickte. »Don Eliseo meint, er sei ein *brujo.*«
»Ja, ein äußerst gefährlicher *brujo.* Ein Hexer, der Schwarze Magie praktiziert. Er lockt Menschen an, die seinem Kult beitreten, und dann läßt er sie nicht mehr aus seinen Fängen.«
»Veronica gehörte dazu.«
»Ja, die Frau hat Gloria umgebracht, aber seine Anhänger besitzen bei weitem nicht die gleiche Macht wie er. Er hat sie fest im Griff. Raven lebt in der Welt der Finsternis. Er will Kontrolle über andere gewinnen.«
»Wie kommt es, daß du soviel über ihn weißt?«
Sie lehnte sich zurück. Sonny kannte die Welt der *brujos* nicht. Er hatte Kontakt mit seinen Schutzgeistern gehabt, doch nun wurde er von seinem alten Erzfeind bedroht. Nun brauchte er seinen *nagual,* die Kojoten, die ihn in die Welt der Geister geleiten und ihm die Kraft verleihen konnten, sich im Kampf gegen Raven zu behaupten. Sonny erwachte aus einem langen Schlaf.
»*Brujo* ist das spanische Wort für Zauberer. Aber diese Beschreibung wird Raven nicht in vollem Umfang gerecht. Er ist mehr als ein *brujo.*« Sie hielt inne. »Die Angehörigen unseres Volkes, die die Menschen auf der Suche nach ihrer Seele mit Rat und Tat begleiten, wissen um Raven. Er besitzt die Macht eines *nagual.*«
»Raven kann sich in einen Raben *verwandeln*?«
»Ja.«
»Dann brauche ich nur eine Falle, um den Raben zu fangen«, scherzte Sonny.
Sie blickte in Sonnys mutwillig funkelnde Augen und lachte. Sonny besaß in der Tat die Charaktereigenschaften eines Kojoten. Das war gut. Er war ein mit allen Wassern gewasche-

ner Mann, der sich in einem gefährlichen, verworrenen Netz verfangen hatte. Er wußte nicht, was die Zukunft für ihn bereithielt, aber er hatte das Lachen nicht verlernt. Er besaß die Bereitschaft und den Mut, zu lernen und zu überleben.

»Ja, eine Falle für den Raben«, sagte Lorenza. »Sein *nagual* verleiht ihm große Macht, und die einzige Möglichkeit, seinem üblen Treiben Einhalt zu gebieten, besteht darin, sich die Macht der Kojoten zu eigen zu machen.«

»Warum ausgerechnet Kojoten?«

»Im Augenblick hat es ganz den Anschein, als würde dich diese Energie ansprechen. Es gibt noch andere Möglichkeiten, aber diese erfüllt ihren Zweck. Zumindest vorübergehend.«

»Und später?«

»Später wirst du lernen, deine Träume als Vehikel zu benutzen, und danach die Meditation, bis du nach Lust und Laune von einer Welt in die andere überwechseln kannst.«

»Ich stehe also gerade erst am Anfang. Worauf warten wir noch? Mein *abuelo* pflegte zu sagen: ›Wenn du in Schwierigkeiten steckst oder ein Problem hast, über das du gründlich nachdenken mußt, geh zum Fluß hinunter. Dorthin, wo die Kojoten ihren Bau haben.‹ Vielleicht wußte er, daß die Kojoten mir helfen würden.«

»Sie werden dir beistehen«, bestätigte Lorenza. Sie nahm wieder seine Hand. »Erzähl mir mehr über die Kojoten, die am Fluß leben.«

»Ich habe viele Sommermonate bei meinen *abuelos* verbracht. Der Fluß verläuft dort in einer U-Form, ähnlich einem Ochsenjoch. Das Wasser strömt hinein und auf dem gleichen Weg hinaus, wie beim Hufeisen eines Pferdes. Es fließt an dieser Stelle gemächlich dahin und ist sehr tief. Ich ging dort fischen oder schwimmen. Oder ich saß einfach nur reglos da, und obwohl die Kojotenfamilie anhand der Witterung um meine Anwesenheit wußte, lief sie nicht davon. Ihr Bau befand sich unter den ausladenden Wurzeln einer Schwarzpappel. Die Jungen spielten im Schatten des Baumriesen …«

»Wie viele waren es?«

»Vier. Ein Männchen, ein Weibchen und zwei Junge.«

»Die vier Kojoten aus deiner Vision.«

»Ja, ich kann sie auch jetzt sehen.«

Die Vision war urplötzlich aufgetaucht, so klar, daß es ihn verblüffte. Hatte es etwas mit Lorenzas Berührung zu tun? Versetzte sie ihn in Hypnose, um ihm den Weg in die Vergangenheit zu erleichtern?

»Du bist jetzt dort?«

»Ich sehe sie ganz deutlich vor mir …«

Sie stand auf, schaltete das Tonband ein, und das Trommeln begann. »Leg dich auf den Boden«, befahl sie ihm. »Auf die Seite.«

Er gehorchte, und sie legte sich zu ihm, Rücken an Rücken.

»Bist du sicher –« begann er, aber sie unterbrach ihn.

»Tu einfach, was ich dir sage«, flüsterte sie. »Lausche den Trommelschlägen.«

Er spürte ihre Wärme, hörte ihren gleichmäßigen Atem.

»Versuch, das Bild von dem Tümpel, den der Fluß bildete, klar vor deinem inneren Auge zu sehen … Du wirst hinabtauchen … Stimm deinen Gesang an.«

Er schloß die Augen und begann leise, kaum hörbar, im Rhythmus der Trommeln zu singen. Er sah die Farm seines Großvaters vor sich, das Adobehaus, so angenehm kühl im Sommer, die Luzerne auf den Feldern, die von den Männern gemäht und gebündelt wurde, das Trillern der Zikaden im Sommer, die Grashüpfer, die er aufscheuchte, wenn er durch das hohe Gras lief, das Zwitschern der Vögel im

Obstgarten, der aromatische Duft der grünen Chilischoten, die seine Großmutter für das Mittagsmahl röstete.
Ein großer Teil seiner Kindheitserinnerungen bestand aus Gerüchen, Berührungen, Geräuschen und Träumen. Wo endeten die tatsächlichen Wahrnehmungen des Kindes, und wo begannen die Träume? Das Leben war ihm damals wie ein ständiges Vibrieren vorgekommen, wie ein stetiger Pulsschlag, der von einer seltsamen Energie ferngesteuert wurde, wie ein schwacher Stromstoß, der seinen Körper durchzuckte.
Er spürte wieder alles, als sei es erst gestern gewesen, so deutlich, daß er meinte, seine Hand ausstrecken und die üppige Pracht der Sonnenblumen entlang dem Bewässerungsgraben berühren zu können, als er zum Fluß hinunterlief. Er nahm das Peitschen der wildwachsenden Gräser wahr, den Duft der gelben Blütentrauben auf den Ginsterbüschen, die Wärme der salzigen Schweißtropfen, die ihm in Bächen die Wangen und den Nacken hinunterrannen.
Der Fluß lag heiter und friedlich da. Das dichte Blätterdach der Pappeln war die Unterwelt seiner Kindheit gewesen. Er war in die Kindheit zurückgekehrt, und dort, auf der feuchten Sandbank des Tümpels, entdeckte er die vier Kojoten. Zwei ausgewachsene Tiere und zwei große Junge. Eine Familie.
Er trat in die Mitte des Kreises, den sie bildeten. Die Kojoten umringten ihn, im Osten, Norden, Westen, Süden. Stumme Wächter, welche die geheiligten Himmelsrichtungen kennzeichneten, und er befand sich im Zentrum. Ihre Energie ging auf ihn über, füllte ihn mit Leichtigkeit, mit überschäumender Lebensfreude. Er lief, dicht an die Erde geduckt, neben den Gerüchen der Tiere einher, er lief mit den Kojoten um die Wette, schwerelos, seine Füße berührten kaum den Boden.

Er sah einen Wald ganz anderer Art: die Schwarztannenschonung in den Sandia Mountains, wo er zum erstenmal Ravens Schlupfwinkel ausfindig gemacht hatte. Die Vision löste sich auf, und der Wald verwandelte sich in einen Dschungel, mit Menschen, die in panischer Hast flohen. Das Donnern von Gewehrsalven erfüllte die Luft, und das ohrenbetäubende Krachen von Mörsern. Er sah einen dunklen Schatten, der sich aus dem Geäst der Bäume erhob, und plötzlich ertönte das Dröhnen eines Hubschrauberschwarms, der sich über ihren Köpfen näherte. Die Menschen starben wie die Fliegen. Sie verschwanden im Rauch des Kampfgeschehens.

»Die Obdachlosen«, murmelte Sonny. Es gab nichts, was er tun konnte, um die braunhäutigen Menschen zu retten, die reihenweise niedergemäht wurden.

»Raven!« hörte Sonny seine eigene Stimme brüllen. Er forderte Raven auf, sich zu zeigen.

Ein riesiger Umzugswagen tauchte plötzlich auf. Zuerst dachte er, es hätte mit den Obdachlosen zu tun, doch dann sah er, wie sich das Verdeck öffnete und Ravens schwarzer Ballon zum Himmel emporschwebte.

»Ah!« hörte sich Sonny flüstern.

Der dumpfe Klang der Trommeln sagte ihm, daß es an der Zeit war, tiefer in die Vision einzudringen.

»Tauch tiefer hinunter«, sagte die Stimme. »Tiefer ...«

Er fand Gloria. Ihr Körper war nicht kalt und todesstarr wie an jenem Tag im Juni, sondern warm und verlockend, wie in der Nacht, als sie sich ihm hingegeben hatte.

Sie umarmte ihn, schmiegte sich an ihn.

»Gloria«, flüsterte er. Endlich! Sie hatte ihn im Träumen und Wachen verfolgt, hatte ihm erbarmungslos zugesetzt. Sie forderte Rache für ihre Ermordung, und dazu benutzte sie Sonny als Werkzeug.

Die Kojoten stupsten ihn an, zwangen ihn, die Frau in seinen Armen genauer zu betrachten. Es war nicht Gloria, sondern ihr Geist. Er war den Kojoten in die Welt der Geister gefolgt. Sie hatten ihn hierhergeführt, damit er sich von dem Geist befreien konnte, der Besitz von ihm ergriffen hatte.
»Gib mich frei«, murmelte er, und Glorias Geist verschwand. Ein helles Licht schwebte von ihm weg, verlor sich in weiter Ferne, und er stand allein da, rang nach Atem. Er spürte, wie neue Energie in ihm aufwallte, als sich das Licht entfernte, sich in Richtung der untergehenden Sonne bewegte.
»Ich bin frei«, schluchzte er. »Ich bin frei ...«
Das Trommeln war nun so leise, daß er es kaum noch vernahm. Er spürte, wie sich Lorenza erhob, hörte sie beten; dann fuhr die Adlerfeder über seine geschlossenen Augen, und er spürte einen Lufthauch. Sie klatschte laut in die Hände, viermal, und berührte seine Augen sanft mit ihren Händen.
»Öffne die Augen. Öffne sie ganz langsam. Kehre mit Hilfe der Kojoten in diese Welt zurück ...«
Er wandte sich von der Welt der Geister ab und rannte mit dem Rudel um die Wette. Rannte flach gegen die Erde geduckt, die Witterung aufnehmend während des Laufs, bei dem seine Füße kaum den Boden berührten.
»Atme ein, tief, dann atme langsam aus. Öffne allmählich die Augen.« Sie gab ihm genaue Anweisungen, so daß der grelle Schein der diesseitigen Welt erst ganz allmählich in sein Bewußtsein eindrang.
Er lag auf dem Fußboden und Lorenza saß neben ihm.
»Ich fühle mich, als hätte ich Marihuana geraucht.« Er lächelte. »Oder Peyotl. Ich dachte, du wärst Gloria.«
Sie lächelte. »Du hast ihren Namen gerufen. Was hast du gesehen?«
Sonny erzählte ihr von seiner Vision.

»Du bist frei, Glorias Geist wird dich nicht mehr behelligen«, sagte sie. »Und nun weißt du, daß dein Schutzgeist dir Beistand leisten wird. Das sind gute Neuigkeiten, Sonny Baca.«

Sie lächelte und ging hinaus. Sonny stand auf und blickte sich um. Die Wirklichkeit des Raumes wirkte so nüchtern, verglichen mit der Reise, auf die er soeben gegangen war. Und wie kam es, daß er einen solchen Trancezustand erreicht hatte, ohne Marihuana zu rauchen oder Peyotl zu kauen? War es so einfach, die Schutzgeister anzurufen und die Welt der Geister zu betreten? Oder hatte ihm Lorenza heimlich etwas in den Kaffee getan?

Sie kehrte mit zwei Tassen Kräutertee zurück und bot Sonny eine an. Er nahm sie und trank, genoß das Aroma, die milde, warme Flüssigkeit, die sich seidig auf seiner Zunge anfühlte. Er war durstig.

»Hast du mir vorhin etwas in den Kaffee getan?«

Sie lachte. »Es ist alles in deinem Inneren verborgen, Sonny, nur in deinem Inneren.«

»Ich kann die Kojoten nach Belieben herbeirufen?«

»Wann immer du willst.«

»Eine wunderbare Medizin.«

»Ja. Und ungemein wirkungsvoll.«

»Schade, daß nicht mehr Leute sie kennen.« Er lächelte. »Wir würden häufiger einen Abstecher in die Welt der Geister machen.«

»Nein«, warnte sie. »Das ist eine Reise, die nur aus einem sehr schwerwiegenden Grund angetreten werden sollte.«

»Ich dachte, der Kojote sei ein Gauner, fintenreich und mit allen Wassern gewaschen.«

»Das ist er auch, was jedoch nicht heißt, daß er andere fortwährend mit seinen Tricks an der Nase herumführt. Der Kojote ist ein alter Gauner. Manchmal vergißt er das und bezirzt die jungen Frauen, denen er in einer der Bars an der Fourth Street begegnet. Er trinkt und tanzt mit ihnen und geht mit ihnen ins Bett. Sie lieben seine Art und seine honigsüßen Worte.«

»Kommt mir bekannt vor«, murmelte Sonny und wurde rot.

Sie lachte. »Du lernst schnell. Der Ausflug in die Welt der Geister und Dämonen kann voller Gefahren sein. Zuerst verstehst du nicht, was du siehst. Du hast in deiner Vision die Gestalt eines Kojoten angenommen und eine sehr angenehme Reise gehabt.«

»Ich fühle mich phantastisch.«

»Das ist gut.«

»Und du?«

Er trank seinen Tee und blickte in ihre klaren Augen. Sie war attraktiv, alleinstehend, und er wußte, daß er ihr gefiel.

»Meine Aufgabe besteht ausschließlich darin, dich zu führen. Die Reise ist gefährlich. Zahlreiche Geister und Dämonen leben in dieser Unterwelt, viele Gespenster hausen im Reich des Unbewußten. Im Augenblick besteht unser Ziel darin, Kontakt zu deinen Schutzgeistern herzustellen, zu deiner Kraftquelle.«

»Ich hatte das Gefühl, als sei ich imstande zu fliegen.«

Sie lachte. »*Brujos* fliegen.«

»Ich ein *brujo*?«

Sie nickte.

»Ich würde es nicht glauben, wenn ich es nicht am eigenen Leib erlebt hätte. Ja, ich war tatsächlich dort, in der Welt der Geister. Und die anderen Bilder, die ich gesehen habe?«

»Es sind Zeichen. Denk gründlich darüber nach. Es sind Fingerzeige.«

»*Gracias por todo*«, bedankte er sich. »Und das Zia-Amulett?«

»Es ist von deinen Schutzgeistern gesegnet worden. Es gehört jetzt dir, und du sollst es tragen. Es wird dich von nun an beschützen.«

Er ging zu Lorenzas Hausaltar hinüber und nahm das Zia-Amulett in die Hand. Einen Augenblick lang zögerte er, dachte daran, daß es Raven wie ein Magnet anziehen würde, dann streifte er es sich über den Kopf.

Er ging zu ihr und umarmte sie zum Abschied, spürte erneut einen Moment lang die Wärme ihres Körpers. »*Gracias*«, bedankte er sich nochmals, dann verließ er rasch das Haus, wagte nicht, zurückzublicken.

»*Ve con Dios, los santos y tu nagual*«, flüsterte sie.

13

Sonny stieg in seinen Pick-up und spürte, daß sich eine ganz neue Stimmung seiner zu bemächtigen begann. Er war von Gloria befreit, die an seinen Kräften gezehrt hatte, und ihre Seele, die sich nach Rache sehnte, befand sich auf dem Weg in den Himmel. Glorias Seele folgte nun ihrer natürlichen Entwicklung, und Sonny war frei.

Meine Schutzgeister haben mir geholfen, dachte er, als er einen flüchtigen Blick auf das Dickicht an der Böschung des Flußufers warf, wo sich Schatten im Licht des Nachmittags bewegten. Die Kojoten waren in seiner Nähe.

Licht hatte sich gleich einer Decke über die Talsenke gebreitet. Die schräg einfallenden Strahlen der Oktobersonne überzogen das Land mit dem sanften Schimmer des goldenen Blütenstaubs. Die Sandias trugen ein malvenfarbenes Gewand.

Daß ich wieder in der Lage bin, dieses in Licht getauchte Fleckchen Erde zu sehen und mich daran zu erfreuen, ist ein gutes Zeichen, dachte Sonny.

Bevor er Peter im Sender abholte, fuhr er noch rasch zur Bibliothek. Ruth hatte ein paar Angaben zu den Personen gemacht, über die er Erkundigungen einziehen wollte.

»Es ist nicht viel«, erklärte sie bedauernd. »Aber ich suche weiter.«

»Das ist hervorragend für den Anfang«, lobte er sie und bedankte sich. Bei TV-7 fand er Peter bereits auf dem Parkplatz vor, in ein Gespräch mit Francine Hunter vertieft. Sie hatte ihren Bericht für die Abendnachrichten unter Dach und Fach und wollte sich gerade auf den Heimweg machen.

»Pech gehabt«, begrüßte Peter ihn.
»Hallo Sonny. Gibt's was Neues?« fragte Francine.
Sonny schüttelte den Kopf.
»Ein rabenschwarzer Tag für die Fiesta, schlecht für den Ruf.« Sie ging zu ihrem Wagen hinüber. »Arbeiten Sie für den Vorstand von Fiesta Control?«
»Ja.«
Einen Augenblick schien es, als würde der Instinkt der Nachrichtenjägerin sie veranlassen, als nächstes die Frage zu stellen: Und wer hat Ihrer Meinung nach Mario Secco ermordet? Und das Motiv? Aber sie hielt sich zurück. »Nun, dann wünsche ich Ihnen viel Glück. Eine schreckliche Geschichte. Wir sehen uns morgen früh, Peter. Und danke.«
»Bis morgen, Punkt acht bin ich da.« Peter winkte ihr zu, als sie davonbrauste.
»Habt ihr Aufnahmen vom Secco-Mord gemacht?« fragte Sonny auf dem Heimweg.
»Ja. Francine ist wie eine Bulldogge. Beißt sich noch schlimmer fest als dieser Barker. Sobald sie eine gute Story wittert, läßt sie nicht mehr locker.«
»Habt ihr dabei irgend etwas Ungewöhnliches bemerkt?«
»Nein. Wir waren außerhalb der Absperrung. Es heißt, der Mörder sei in einem schwarzen Heißluftballon unterwegs gewesen. Wie der Ballon, den wir gesehen haben, da bin ich mir sicher. Also hat dieser Schurke, der dich verfolgt, erneut zugeschlagen und einen Menschen getötet.«
»Ja.«
Sonny ließ Peter am Garten auf der Rückseite von Ritas Haus aussteigen, wo Peewee und Busboy beisammensaßen, die Ruhe genossen und über ihr Tagwerk sprachen.
Als Sonny das Haus betrat, probierte Cristina gerade ihre neuen Kleider an. Sie führte ihrem Vater vor, was Rita ihr alles gekauft hatte.

»*Quíhubole*, mein Freund«, begrüßte Diego ihn.
»*Amor.*« Rita küßte ihn. »Ich bin so froh, dich zu sehen.«
»Und ich erst«, sagte er, hielt sie fest in den Armen und blickte ihr in die Augen. Er hätte ihr gerne von dem Besuch bei Lorenza erzählt, aber das konnte warten. »Was ist denn das?« fragte er, an Cristina gewandt.
»Tía Rita hat mir Kleider gekauft«, strahlte Cristina und umarmte Rita.
»Wunderschön.« Sonny lächelte, nahm sie auf den Arm und wirbelte sie herum.
»Und guck mal, meine Haare«, sagte sie stolz. Ihr glänzendes schwarzes Haar war zu zwei dicken Zöpfen geflochten und mit Schleifen geschmückt. »Für die Schule.«
»Die Los-Ranchos-Grundschule ist ganz in der Nähe«, ließ sich Marta im Hintergrund vernehmen.
»Sie sollte unbedingt wieder zur Schule gehen«, erklärte Rita. »Und das kann sie hier genausogut wie anderswo. Ich kenne die Rektorin. Einer wunderbare Frau. Sie wird dafür sorgen, daß Cristina von den anderen akzeptiert wird und sich wohl fühlt.«
»Ich möchte so gerne, Papá«, bat Cristina. »Ich vermisse die Schule.«
Diego blickte von seiner Frau zu seiner Tochter und zuckte verzweifelt die Achseln. »Woher soll ich das Schulgeld nehmen? Ich habe keine Arbeit –« Er hielt inne. »Ich werde mal nach den Jungs sehen«, sagte er, drehte sich auf dem Absatz um und ging nach draußen.
Sonny wollte ihm nachlaufen, aber Marta hielt ihn am Arm fest. »Es ist nicht leicht für ihn. Wir haben schon öfter versucht, aus den Wellblechhütten am Fluß herauszukommen, aber es hat nie geklappt. Wir mußten immer wieder zurück. Wenn er eine richtige Anstellung finden würde, könnten wir es schaffen.«

»Wir werden uns etwas einfallen lassen«, versprach Sonny. »Aber Cristina sollte wirklich die Schule besuchen.« Er kniete sich hin und sah ihr in die Augen. »Gefällt es dir in der Schule?«

»O ja!«

»Gut. Dann lauf los und hol deinen Papá und die anderen. Sag ihnen, wir wollen feiern, mit dem besten Essen in der Stadt.«

Cristina lief nach draußen und rief ihren Vater.

Sonny sah aus dem rückwärtigen Fenster in den Garten, wo die Männer saßen. Sie lachten und scherzten, wie Männer es nach einem harten, aber befriedigenden Arbeitstag zu tun pflegen. Er hatte ihnen nicht mehr als einen Teilzeitjob verschafft, aber es war zumindest ein Anfang. Dennoch konnte er Diego und seiner Familie nicht garantieren, daß sie in ein paar Wochen, wenn ihre Aushilfstätigkeit vorüber war, nicht zum Fluß zurückkehren mußten.

»Ich habe die Nachrichten im Radio gehört«, sagte Rita, als Cristina den Raum verlassen hatte. »War es Raven?«

»Ja.«

»Aber warum?«

»Ich wollte, ich wüßte es.«

»Und was nun?«

»Vielleicht sollten wir ihn einfach vergessen.«

Er erzählte ihr nichts von der Ballonfahrt, die für morgen anberaumt war.

»*Vamos*, laß uns zum Essen fahren«, rief er, um das Thema zu wechseln.

Rita hatte darauf bestanden, alle in ihr Restaurant einzuladen, und so kletterten die Frauen in ihren Wagen und die Männer in Sonnys Pick-up, um zu *Rita's Cocina* zu fahren.

»Es ist das erste Mal, daß ich ein Restaurant betrete, um dort zu essen, und nicht Geschirr zu spülen«, verkündete Busboy, als sie hineingingen.

»Es ist das erste Mal seit langer Zeit, daß ich überhaupt ein Gebäude durch die Vordertür betreten darf«, fügte Diego hinzu.

Mario Seccos Tod hatte sich herumgesprochen und einige Leute veranlaßt, schleunigst das Weite zu suchen; die ersten Teilnehmer an der Ballonfahrt und den Wettbewerben verließen fluchtartig die Stadt. Die Folgen zeigten sich bereits in Ritas Restaurant. Gestern abend war es voll gewesen, heute war nur die Hälfte der Tische besetzt.

Sonny nahm Diego gegenüber Platz; sie bestellten eisgekühltes Corona-Bier.

»Wie bist du mit Don Eliseo ausgekommen?« erkundigte sich Sonny.

»*Bien.* Der alte Mann erinnert mich an meinen Großvater. Ich bin auf so einer kleinen *ranchito* aufgewachsen. Auf Don Eliseos Hof muß einiges instand gesetzt werden.«

»Ja, er braucht dringend jemanden, der ihm zur Hand geht«, stimmte Sonny zu. »Seine Söhne leben in den Heights. Sie haben selber Familie und wenig Zeit, dem alten Mann zu helfen. Einer ist Lehrer an der High-School – unterrichtet Musik, glaube ich. Der andere arbeitet als Ingenieur bei Sandia-Labs. Sie kommen hin und wieder auf einen Sprung vorbei, um nach dem Rechten zu sehen, aber sie bleiben selten länger als eine Stunde. Dann machen sie sich wieder aus dem Staub. Die Felder bestellen, das ist nicht ihr Ding.«

»Familien verändern sich, sie zerstreuen sich in alle Winde.« Diego kannte das aus eigener Erfahrung. »Als ich aus Vietnam zurückkehrte, passierte genau das.«

Sonny hätte gerne mehr über den Mann erfahren, den er

erst seit kurzem kannte, aber er war einfühlsam und fragte ihn nicht weiter aus.
»Nam. Scheint Ewigkeiten her zu sein.«
»Ich schätze, die meisten Leute haben den Krieg vergessen, aber diejenigen, die dort waren, werden sich ihr Leben lang daran zurückerinnern. Ich war nie an Kampfhandlungen beteiligt, Gott sei Dank, und verglichen mit einigen meiner Kameraden an der Front, habe ich eine ruhige Kugel geschoben. Doch als ich aus dem Krieg zurückkam, hatte meine Schwester unser Elternhaus verkauft, und nach dem Tod meiner Mutter hielt mich nichts mehr an dem Ort. Ich habe Brüder. Drei. Einer lebt hier, zwei in Kalifornien. Sie haben Großvaters Ranch verkauft.«
»Hast du keinen Pfennig von dem Erlös erhalten?«
»Ich wollte nichts. Ich fühlte mich ausgebrannt. In Nam war ich zu einer Sondereinheit abkommandiert, Graves Registry; wir haben Leichenteile aufgesammelt und in Säcke für den Heimflug verpackt. Der Mann, für den ich arbeitete, war Leichenbestatter, kein regulärer Angehöriger der Armee. Er hat mir Marihuana gegeben, und ich wurde süchtig. Es war die einzige Möglichkeit, die grauenvolle Arbeit zu bewältigen ...«
Er trank einen Schluck Bier.
»Nach menschlichem Ermessen müßten wir alle tot sein. Wir haben völlig verrückte Dinge getan. Charlie, so nannten wir die Vietkong, befestigte oft Sprengstoff an den Leichen, doch wir standen meistens so unter Strom, daß wir trotzdem blindlings losstürmten. Einige von den Jungs haben auf diese Weise ins Gras gebissen. Ich wurde degradiert, Besitz von Drogen, aber das bedeutete nichts. *Nada.* Sie brauchten uns. Einige Männer waren so abhängig, daß sie sich freiwillig wieder für das Graves-Sonderkommando meldeten. Nur wegen des Stoffs. Ich hab' die Kurve gekratzt, als meine

Mutter starb, und zu saufen angefangen. Die Jahre sind mir unter den Fingern zerronnen. Will heißen, außer Trinken und Würfeln zählte nichts mehr. Fünf Jahre verbrachte ich auf den Straßen von Burque, ständig mit Alkohol vollgepumpt, und nachts schlief ich unten am Fluß. Dann traf ich Marta. Sie hat mich gerettet. Half mir beim Entzug. Schließlich wurde Cristina geboren. Ich habe immer wieder versucht, mich am eigenen Schopf aus der Gosse zu ziehen, aber das ist schwer. Ich habe keine abgeschlossene Berufsausbildung, keine Qualifikationen. Ich nahm Aushilfsjobs an, egal was, aber ich bekam immer nur für kurze Zeit Arbeit. Wir gerieten immer mehr ins soziale Abseits, *hermano,* immer mehr. Das schlimmste daran ist, daß wir dem Kind kein richtiges Zuhause bieten können; es ist wie ein Fluch. Wenn dir das passiert, weiß du, daß Gott dich wirklich hart straft.«

Diego schwieg. Peter unterbrach die Stille, indem er von seinem ersten Arbeitstag mit Francine Hunter und dem Schauplatz des Mordes an Mario Secco erzählte. Doch Diegos Blick war abwesend, er starrte aus dem Fenster, er sah den Verkehr auf der North Fourth Street und darüber hinaus. Er kannte die Stadt, aber die Stadt kannte ihn nicht.

Für Sonny endete der Abend ebenfalls in bedrückter Stimmung. Rita nahm Marta und Cristina mit zu sich nach Hause, und Sonny lieferte die Männer bei Don Eliseo ab. Don Eliseos weitläufiges, planlos erbautes Haus besaß zahlreiche leerstehende Räume, in denen die Männer schlafen konnten, während Sonny nur ein kleines Schlafzimmer hatte.

»*Hasta mañana.* Und danke für das Abendessen. Danke für alles.«

»Ich weiß zu schätzen, was du für uns getan hast«, sagte Diego und ergriff Sonnys Hand. »*Buenas noches, hermano.*«

Diegos Abschiedsworte erinnerten Sonny an seinen Bruder, Armando. Mando hatte zwar ein Dach über dem Kopf, wurde vom Schicksal jedoch ebenfalls arg gebeutelt. Er bemühte sich unverdrossen, seinen eigenen Gebrauchtwagenhandel zu eröffnen, doch ein Malheur nach dem anderen machte ihm einen Strich durch die Rechnung, so daß sein Geschäft nicht richtig in Gang kam.
Qué cosa es el destino, dachte Sonny, als er todmüde ins Bett fiel. Ja, das Schicksal war wirklich unberechenbar und launisch. Der eine hat Erfolg im Leben, der andere ist ein notorischer Pechvogel. Der eine scheitert, der andere verwandelt alles, was er anfaßt, in Gold. Diego hat mich *hermano* genannt, dabei bin ich nicht einmal meinem leiblichen Zwilling ein guter Bruder.
Er überflog die Notizen, die Ruth, die Bibliothekarin, gemacht hatte. Er hoffte, Hinweise auf den Grund zu finden, warum sich der Himmel über der Stadt plötzlich als todbringend erwies. Raven brauchte Geld, um wieder auf seinen Kult und seine Ziele aufmerksam zu machen. Er brauchte ein Transportmittel, Waffen und Sprengstoff, falls er tatsächlich einen weiteren Anschlag plante. Er fand noch andere beunruhigende Hinweise in den Dossiers, die Ruth für ihn zusammengestellt hatte. Viele Besucher waren zur Heißluftballon-Fiesta nach Albuquerque gekommen, und einige besaßen einen interessanten Lebenslauf.
»Jeder Mensch hat ein Motiv«, hatte sein Mentor Manuel López gesagt, wie er sich erinnerte. »Das macht unsere Arbeit so verdammt faszinierend.«
Sonny döste ein, aber er schlief wenig. Die Nacht war voll erschreckender Traumbilder; überall lauerten Gesichter, die aus den Schatten hervorspähten. Er befand sich in einem Krankenhaus, auf der Suche nach einem Trupp Vietnam-Veteranen. Er hielt vergebens nach ihnen Aus-

schau, bis eine blonde Krankenschwester ihm den Weg wies. Endlich fand er sie, Männer ohne Beine und Arme. Die Torsos waren in der Erde vergraben und bildeten einen Kreis. Er trat näher. Diego hieß ihn in einer unverständlichen, ihm fremden Sprache willkommen. Die Männer im Kreis waren Autisten, lebten in ihrer eigenen Welt, abgeschnitten von der Realität; aus ihren Kehlen drang nur ein Stöhnen.

Er unterhielt sich mit Diego, in Metaphern und geistreichen Wortspielen, und jedesmal, wenn er Diego mit einem brillanteren Einfall übertraf, lachte dieser. Die dumpf brütende Masse ringsum schien keinen Anteil daran zu nehmen. Endlich wurde er in den Kreis aufgenommen, er hatte die Prüfung bestanden. Setz dich, forderte Diego ihn auf, und er wies auf einen freien Stuhl neben einer jungen Frau. Sie hielt etliche Schriftstücke in der Hand. Sophia, dachte er. Ihr Gesicht besaß außergewöhnliche Schönheit. Sie begrüßte ihn lächelnd.

Einige Blätter lagen auf dem niedrigen Schemel neben ihr, und als er Platz nahm, entschuldigte er sich. Ich werde mich auf Ihre Unterlagen setzen müssen, sagte er, und sie lächelte erneut. Machen Sie es sich ruhig bequem auf dem Polster des Wissens.

Er sah sich in dem Kreis der verunstalteten Körper um. Seltsam, dachte er. Ich unterhalte mich mit ihnen, aber ohne Worte! Eine Art mentale Telepathie! Ich kann mich mit ihnen verständigen. Nicht verbal, aber durch Gedankenübertragung.

Er wollte mehr über diese Erdgestalten in Erfahrung bringen, wollte Wiedergutmachung leisten oder für das Leid, das sie ertragen mußten, um Verzeihung bitten. Vielleicht würden seine Worte, wenn er die richtigen fand, den halb im Schlamm eingegrabenen Körpern zumindest ein wenig Ruhe und Frieden bringen. Es waren die verstümmelten Leiber der Toten, die Diego auf den Schlachtfeldern Vietnams aufgelesen hatte. Die Soldaten waren auf grauenvolle Weise gestorben, Körper und Seele wurden augenblicklich voneinander getrennt. Und es gab keine Familie, die ihre Gräber mit einem *descanso*-Kreuz kennzeichnen konnte.

Mit unendlicher Traurigkeit hob er zwei Bambusstangen auf. Er band sie mit seinem Schnürsenkel in Kreuzform zusammen und stellte sie am Wegesrand auf. Es war vollbracht, er hatte den Ort, an dem die stöhnenden Männer gestorben waren, mit einem *descanso*-Kruzifix gekennzeichnet, genau wie an jenen Stellen neben den Landstraßen New Mexicos, wo ein Mensch bei einem Autounfall ums Leben gekommen war. *Descanso* bedeutete »ruhen«. Eine Ruhestätte, die letzte Ruhestätte für die Männer.

Er lächelte und drehte sich auf die andere Seite. Der seltsame Traum beruhigte ihn.

Rita erschien vor seinem inneren Auge, stieg in einem bunten Heißluftballon auf. Sie lachte, winkte ihm zu. Rundum schwebten Ballons empor, farbenprächtig wie die Blumen in ihrem Garten. Sonny wäre gerne bei ihr gewesen, aber er fand keine Möglichkeit, in den Korb hinaufzugelangen. Ein Seil tauchte aus dem Nichts auf, er kletterte daran hoch, und plötzlich versperrte ein schwarzer Schatten das Kaleidoskop der Farben, und Sonny fiel, fiel in immer tiefere Dunkelheit.

Er erwachte mit einem Ruck, als es an der Tür klopfte.

Madge. Er rappelte sich benommen hoch und öffnete. Draußen war es noch dunkel. Er rieb sich die Augen. »Komm rein, komm rein.«

»Brrr, ist das kalt draußen.« Sie trat über die Schwelle und schloß die Tür.

»Du bist früh dran. Ich werde uns Kaffee machen –«
»Das hat Zeit«, sagte sie und legte die Arme um ihn.
»Raven wartet nicht.« Er machte sich so taktvoll wie möglich frei. »Ich werde den Heizstrahler einschalten.«
Sie lachte und drehte sich um, musterte die Umgebung. »Wenn ich richtig verstanden habe, könnte heute unser letztes Stündlein schlagen, und du spielst den Züchtigen?«
»Ja, aber nur heute.« Er lächelte. »Ich werde mich erst einmal anziehen. Kaffee steht in der Küche.« Er deutete auf die Küche und sprang unter die Dusche.
Verdammt, dachte er, als ihn das kalte Wasser schlagartig hellwach machte. Da steht die schönste Blondine der Stadt vor meiner Tür, zu allen Schandtaten bereit, und ich gebe ihr einen Korb. *Que pendejo*! Hoffentlich weiß sie, worauf sie sich einläßt, und hat sich nicht zu der Ballonfahrt bereit erklärt, weil sie meint, das würde uns zusammenschweißen. Dieses Abenteuer könnte uns in Lebensgefahr bringen.
Nun, ich werde versuchen, das Beste aus der Situation zu machen, dachte er. Während er sich abtrocknete und anzog, summte er einen alten Schlager vor sich hin und ging pfeifend in die Küche hinüber. Madge schenkte ihm Kaffee ein.
»Eine schöne *madrugada*; solche Morgengesänge mag ich. Sieht nach einem idealen Tag zum Ballonfahren aus«, sagte er, trank seinen Kaffee und blickte durch das Fenster in das heraufdämmernde graue Licht des Morgens. Es würde noch ungefähr eine Stunde dauern, bis die Sonne über den Sandia-Bergen aufging. *Santo día*, ein geheiligter Tag, pflegten die alten Leute im Tal zu sagen, und Sonny fragte sich, ob daraus im Lauf der Zeit der Name Sandia-Mountains entstanden war.
»Dein Kaffee schmeckt mir.«
»Bringt die Pumpe in Gang«, erwiderte Madge.

»Tut mir leid, wenn ich ein wenig schroff war und dich beleidigt habe.«

Sie zuckte die Schultern. »Was nicht geht, geht nicht. Ich bin ein großes Mädchen, ich versteh' dich schon. Also, an die Arbeit!«

»Ist der Ballon startklar?«

»Ja, und alles wurde genauso gemacht, wie du angeordnet hast. Das ist der erste Ballon mit Stahlboden, den ich je gesehen habe. Wird er in die Falle gehen?«

»Raven muß einen triftigen Grund haben, die *fiesta* zu stören. Er geht Risiken ein, die er normalerweise vermeiden würde. Was ist an dieser Veranstaltung anders als sonst, Madge?«

Sie schüttelte den Kopf. »Nichts, soweit ich weiß.«

»Hat Mario Secco früher schon einmal daran teilgenommen?«

»Nein, es war das erste Mal.«

»Und was ist mit John Gilroy, dem ehemaligen CIA-Agenten?«

Sie runzelte die Stirn. »Der war früher bei der CIA?«

Sonny nickte. »Stand in allen Zeitungen, als er nach Albuquerque zog.«

»Wir überprüfen nur die Lizenzen, aber nicht die Biographie der Teilnehmer. Er fährt seit vier oder fünf Jahren Ballon. Jeder hier kennt ihn. Wo ist die Verbindung zu den beiden Mordfällen?«

»Ich dachte, das könntest du mir sagen.«

Sie trank ihren Kaffee aus. »Ich kenne die meisten Teilnehmer nicht persönlich, also weiß ich auch nicht, ob eine Verbindung zwischen ihnen besteht. Sie füllen die Anmeldebescheinigungen für den Start bei den Wettbewerben aus, zahlen und steigen auf. Ich schnüffle nicht in ihrem Privatleben herum. Das ist nicht gut fürs Geschäft. Komm, wir werden versuchen, diesen Raven zu schnappen. Vielleicht kann er dir deine Fragen beantworten.«

»Ja, vielleicht.«

Er nahm seine Jagdflinte aus dem Schrank, überprüfte sie und füllte die Taschen seiner Armeejacke mit Patronen.

Als sich die Sonne anschickte, rot wie ein Feuerball über dem Gipfel der Sandias aufzugehen, fuhren sie gerade auf den Startplatz. Madges Ballon war bereits startklar und schaukelte in der kühlen Brise sanft an seiner Verankerung hin und her; er war von einem Mitglied der Bodenmannschaft mit Luft gefüllt worden; Tony hieß der Mann, wie Sonny sich erinnerte. Tony war einer der sogenannten »Zebras«, die für den Start der Freiballons zuständig waren.

Jerry Stammer wartete ebenfalls in der Nähe des Ballons; er zitterte in der eisigen Luft des frühen Morgens.

»Ihr seid spät dran«, begrüßte er sie schroff, während er dicke Atemwölkchen ausstieß.

»Wir sind pünktlich«, konterte Madge und drehte sich um. »Kann's losgehen, Tony?«

»Alles klar!« rief Tony und reichte ihr einen Rucksack. »Wir haben eine kräftige Luftströmung von Osten. Genau wie gestern. Du wirst vermutlich bei achthundert Fuß über der Strecke sein, die du markiert hast.«

»Vielleicht wäre es besser, die Sache zu lassen«, klagte Stammer. »Zu gefährlich. Vielleicht sollten wir das Ganze abblasen.«

Warum ist der Mann so nervös? dachte Sonny. Empfand er mehr für Madge, als es auf den ersten Blick schien?

»Sind Sie sicher, daß es keine andere Lösung gibt?«

Sonny sah Madge an, sie nickte. »Ja, Sonny meint, das sei der einzige Weg. Und ich bin der Pilot. Es sei denn, du willst heute diese Aufgabe übernehmen!«

»Du mußt verrückt sein«, entgegnete Stammer wie aus der Pistole geschossen.
Sonny betrachtete das riesige, menschenleere Feld. Auf der gegenüberliegenden Seite parkte in einiger Entfernung ein Fahrzeug mit Polizisten in Zivil. Garcia. Sonny hoffte, daß er Raven nicht vertreiben würde. Wenn er das Gefühl hatte, daß man ihm eine Falle stellte, würde er sich vermutlich nicht blicken lassen. Aber Garcia übte sich in Geduld, hockte da wie eine Spinne, die ihr Netz gewebt hat und auf ihre Beute lauert. Er ließ Sonny genug freie Hand, um sich das eigene Grab zu schaufeln.
»Sieht gut aus«, versicherte Madge. »Der Ostwind wird uns über den Fluß ans andere Ufer treiben.«
»Dann los!« Sie kletterten in den Korb.
Sonny überprüfte die Stahlplatte auf dem Boden der Gondel. Sie reichte aus, um eine Gewehrkugel abprallen zu lassen und ihm die Zeit zu verschaffen, seinerseits das Feuer zu eröffnen. Heute würde Raven nicht auf unbewaffnete Menschen schießen, sondern sich im Kampf gegen einen fliegenden Kojoten mit einer Flinte Kaliber 30.06 behaupten müssen.
»Dann los!« rief Madge, und Tony löste das Halteseil, das den Ballon an den Eisenpfosten im Boden verankert hatte. Madge zog am Brennerventil, und eine blaue Propangasflamme schoß in den weit geöffneten Rachen des aufsteigenden Ballons. Sie gewannen schnell an Höhe.
»Es geht in Richtung Fluß«, erklärte sie, als sie mit der östlichen Luftströmung davongetragen wurden.
Sonny hatte sein Gewehr in seinen Parka eingewickelt. Nun holte er die Waffe heraus, zog die Jacke an und füllte die Kammer mit Patronen.
Ja, es ging in Richtung Fluß, wo Secco und Veronica ermordet worden waren.

Die Sonne erhob sich über dem Bergmassiv, ein blendender Feuerball. Rita würde jetzt gerade aufwachen. Er hätte mit ihr sprechen sollen. Rita war geduldig und verständnisvoll, aber wenn er sie vor vollendete Tatsachen gestellt und ihr gesagt hätte, was er plante, wäre sie vor Angst vergangen. Dennoch, sie hatte ein Recht darauf, es zu wissen; schließlich wollten sie heiraten. Ja, er würde sie zur Frau nehmen, eine Familie gründen und aus dem Geschäft mit dem Abenteuer aussteigen.

»Es ist an der Zeit für einen gemeinsamen Hausstand und Kinder«, flüsterte er.

»Wie bitte?«

»Ich habe nur laut gedacht. Es ist kalt hier oben.«

Seine Worte waren in eisigen Dampf gehüllt.

»Die Temperaturen sind hier unter dem Gefrierpunkt«, erwiderte Madge lächelnd. »Und je höher wir steigen, desto kälter wird es. Das macht mir einen Heidenspaß!«

Ja, dachte Sonny, für sie ist das ein Nervenkitzel. Er zog den Reißverschluß seines Anoraks hoch und spähte über den Korbrand nach unten.

Der Ballon war über dem Feld aufgestiegen und driftete nun nach Westen. Garcias Wagen folgte dem Verfolgerfahrzeug, einem Pick-up, der den Heißluftballon später wieder aufnehmen würde. Tony saß am Steuer. Beide Autos würden soviel Abstand wie möglich halten.

»Erinnerst du dich noch daran, wie du beim letztenmal mit mir aufgestiegen bist?«

Sonny nickte. »Ja. Schade, daß mir das Ballonfahren nicht im Blut liegt. Es ist sensationell.«

Als er nun auf das Schachbrettmuster der Felder in der Talsenke und auf die Straßen hinunterblickte, auf denen sich die Autos in der frühen Morgenstunde wie winzige Ameisen in Bewegung setzten, empfand er eine unbeschreibliche Euphorie. Die Welt sah wunderbar aus dieser Höhe, zu dieser Tageszeit, aus. Ein Gefühl der inneren Ruhe kam über ihn, er war losgelöst von der Erde. Er hatte die Nabelschnur durchtrennt, die ihn mit der Erde verband, und der Rausch einer grenzenlosen Freiheit pulsierte in seinen Adern.

»Man hat etwas verpaßt im Leben, wenn man sich nicht über den Wolken geliebt hat«, meinte Madge augenzwinkernd.

»Wird's einem da nicht kalt?«

»Das ist wie Eis im Kaffee, heiß und kalt.«

Ihre Augen blitzten in der morgendlichen Frische. Sie war ganz in ihrem Element, und sie bot ihm an, daran teilzuhaben. Sie lächelte und wandte sich wieder der Aufgabe zu, den Ballon auf Kurs zu trimmen.

Sonny richtete seinen Blick nach Westen und von Zeit zu Zeit auf sie. Sie gehörte zu den Frauen, die den Adrenalinstoß eines sexuellen Abenteuers genossen, je aufregender desto besser. Und warum auch nicht, das Leben war schließlich kurz. Fliege so hoch, wie du kannst, nimm alles mit, was sich dir bietet, nimm an allen Ballon-Fiestas der Welt teil, denn nichts währt ewig. *Todo se acaba,* wie sein Vater zu sagen pflegte. Alles geht einmal zu Ende.

Die Erde aus dieser Höhe zu betrachten stimmte ihn philosophisch. Vielleicht war dies das Geheimnis des Freiballonsports: Erde und Kosmos wurden in Beziehung zueinander gesetzt. Man fühlte sich hochgestimmt dort oben, aber auch sehr klein und unbedeutend.

Sie wurden langsam nach Westen fortgetragen, über das goldgetönte Blattwerk der Pappeln am Fluß. Sie konnten genau die richtige Höhe halten. Am Anfang hatte Madge alle Hände voll zu tun gehabt, um das zusätzliche Gewicht der Stahlplatte auszugleichen, aber sobald sie den Ballon unter Kontrolle hatte, entspannte sie sich. Sie holte eine Flasche Champagner aus dem Rucksack, die Tony eingepackt hatte.

»Machst du den Zeremonienmeister?« Sie reichte Sonny die Flasche.

Du liebe Güte, dachte er, da machen wir uns auf den Weg zu Ravens Schlupfwinkel, und sie möchte Champagner trinken. Zum Teufel, was soll's, vielleicht war das genau die richtige Einstellung – abwarten und sich überraschen lassen. Wie bei den Ballons, die letztlich doch dorthin trieben, wohin sie wollten. Sonny lockerte den Plastikverschluß an der Flasche, der mit einem Plopp heraussprang, und füllte die beiden Plastikbecher.

Sie stießen miteinander an. Möglicherweise war das der letzte Schluck Champagner, den er jemals trinken würde, wenn ihm bei seiner Begegnung mit Raven ein Fehler unterlief.

»Auf uns«, prostete sie ihm zu. »Ist das nicht herrlich?«

»Ja, es ist phantastisch.« Er drehte sich um und blickte nach Westen zum Mt. Taylor hinüber, einem uralten, erloschenen Vulkan, der sich wie die Brust einer Frau dem hellen, wolkenlosen Himmel entgegenwölbte. Im Norden lagen die blauen Jemez-Berge und der Sangre de Cristos. Ihre Gipfel waren an den Spitzen weiß überpudert, Überreste eines Schneesturms.

Rundum sah der Himmel wie eine umgedrehte Schüssel aus, eine zerbrechliche Porzellanschale, mit einem Muster aus fedrigen Zirruswolken. Die Erde unter ihnen glich einer *colcha*, einer Quiltdecke aus bunten Flicken, wie Sonnys Mutter sie zu nähen pflegte.

Von hier oben konnte er die Erde aus der gleichen Perspektive wie die großen Falken betrachten, die mit den Luftströmungen aufstiegen, um zu jagen. Oder wie ein Hängegleiter, der vom Sandia Crest gestartet war und dahinschwebte, ebenfalls die Thermik nutzend. Oder wie jemand, der am Fallschirm hing und sich langsam dem Erdboden näherte. Sie wurden sanft in Richtung Fluß davongetragen, dem gemächlich dahinfließenden, gewundenen Río Grande. Der breite Strom erstreckte sich bis nach Los Lunas, Belén und an Socorro vorbei, die Heimat seiner Vorfahren. Dort hatte sein Großvater eine Ranch besessen, und dort war sein *bisabuelo* Elfego Baca geboren.

Er blickte nach Osten. Die Sandia und Manzano Mountains ragten wie riesige Reptilien aus dem blauen Dunst auf. Die Berge bewachten die östliche Pforte zur Talsenke. Dahinter lag das Reich des Adlers und der Schlange, die weiten, menschenleeren und öden Hochplateaus an der Ostseite des Llano Estacado. Das Land des Ben Chávez. Der Schriftsteller hatte Sonny gewarnt, hatte ihm gesagt, Ravens Geist sei überall. Er hatte versucht, das Böse in El Coco zu bannen, es den Flammen zu überantworten und dadurch ein für allemal zu vernichten.

Aber diese Methode funktionierte nicht. Man mußte sich Raven im Kampf stellen, sich auf eine Kraftprobe mit ihm einlassen. Sonny wußte das.

»Wir treiben genau auf die Stelle zu, an der Seccos Ballon notgelandet ist«, meinte Madge.

Sonny hielt sein Gewehr im Anschlag.

Er machte Jagd auf Raven, und das erforderte einen hellwachen Geist. Es wäre ihm lieber gewesen, wenn er festen Boden unter den Füßen gehabt hätte, wo er anhand der Gerüche die Witterung des Feindes aufnehmen, das Knacken von Zweigen am Wegesrand hören, das Rascheln von Flügelschlägen spüren konnte, wenn Vögel über seinem Kopf dahinflogen. Dort oben fühlte er sich losgelöst von der Erde, ohne Bodenhaftung.

Ein plötzliches Geräusch ließ ihn hochfahren. Ein Lärmen, das aus der Talsenke kam. Hunde bellten, ein Pferd wieherte ängstlich auf einer Koppel, ein Mensch brüllte. Dann waren sie über dem Dickicht an der Flußböschung.
Er spürte, wie sich ihm die Nackenhaare sträubten.
»Es geht los«, sagte er zu Madge und lud sein Gewehr.
Als sie sich dem Ostufer des Flusses näherten, stieg Ravens Ballon auf. Der Kampf hatte begonnen.

14

»Da!« Sonny deutete in die Richtung, und Madge fuhr herum. Sie sah, wie der schwarze Ballon vom Flußufer aufstieg, das weiße Rabenemblem war deutlich zu erkennen. Raven hatte auf sie gewartet, war in seinem Ballon von einer kleinen Lichtung irgendwo dort unten im Wald aufgestiegen. So war es ihm gelungen, unentdeckt zu bleiben, er hatte sich in dem Dickicht an der Uferböschung versteckt. Sein Ballon gewann rasant an Höhe, trieb auf sie zu.
»Das ist er!« schrie Madge.
Der Mistkerl hat Nerven, dachte Sonny. Er muß doch wissen, daß Garcia in der Nähe auf der Lauer liegt. Ist er so versessen darauf, mit mir abzurechnen, daß er ein solches Risiko auf sich nimmt?
Sein sechster Sinn meldete sich bohrend. Nein, Raven würde derartige Risiken nicht eingehen. Halte dich an deinen Plan … halte dich an deinen Plan …
Ravens Gestalt, tief in den Korb geduckt, als der Ballon aufstieg und näher kam, hatte Sonny einen Moment lang abgelenkt. Er hatte ein Gewehr in der Hand, Mündungsfeuer blitzte auf, dann der Widerhall eines Schnellfeuergewehrs. Sonny hörte das Pfeifen einer Kugel, die von der Stahlplatte abprallte.
»Er schießt auf uns!«
»Ja.« Sonny spähte vorsichtig über den Rand des Korbes. »Sinken lassen!« schrie er. »Bring den Ballon so schnell wie möglich runter!«
»Runter?«
»Ja, runter. Landen, egal, wo!«

Ein weiterer Schuß wurde aus Ravens Ballon abgefeuert, dann noch einer, und plötzlich wußte Sonny ganz sicher, daß es sich dabei um eine Finte handelte. Der Stoß, der die Stahlplatte erschüttert hatte, sagte ihm, daß der Schuß nicht aus dem Korb, sondern irgendwo von unten, vom Erdboden aus erfolgt war. Die stählerne Bodenplatte hatte die Kugel abprallen lassen.

Sonny entdeckte eine Gestalt auf der Lichtung nahe dem Flußufer. Er zielte und schoß. Der Mann sprang erschrocken zurück, als die Kugel den Staub vor seinen Füßen aufwirbelte. Sonny drückte ein zweites Mal ab. Dieses Mal traf die Kugel einen verdorrten Ast unmittelbar über dem Kopf des Heckenschützen. Sonny sah, wie er mit einem Satz im Unterholz verschwand.

»Worauf schießt du?« schrie Madge, als sie merkte, daß Sonny nicht auf den schwarzen Ballon, sondern nach unten zielte.

»Schau!« Sonny deutete auf Ravens Ballon.

Er stieg sehr schnell, und als er auf gleicher Höhe mit ihnen war, konnten sie die Gestalt im Ballon deutlich erkennen. Es war eine Attrappe, eine Kleiderpuppe mit einem Besenstiel in der Hand. Das Krachen der Gewehrsalven stammte von Feuerwerkskörpern, die an der Spitze des Besenstiels befestigt waren. Raven war das Risiko nicht eingegangen, in einem Ballon auf frischer Tat ertappt zu werden: Er hatte Mario Secco vom Boden aus getötet. Der Ballon war nur ein Ablenkungsmanöver gewesen.

»Das ist ja eine Kleiderpuppe!« schrie Madge, als der schwarze Ballon eine Zeitlang neben ihnen schwebte und dann langsam zu sinken begann.

»Ja.« Sonny spähte in das Dickicht hinunter, in dem Raven verschwunden war. Da er von ihrer Reaktion überrumpelt worden war, würde er nicht mehr auf sie schießen.

Raven hatte seinen Ballon am Boden vertäut und mit Luft gefüllt. Als sich Sonny und Madge in ihrem Ballon näherten, hatte er das Halteseil gekappt und der Ballon war aufgestiegen, um ihnen angst zu machen und sie abzulenken, damit er Sonny um so deutlicher im Visier hatte.
Sonny spähte noch einmal vorsichtig über den Rand des Ballonkorbes. Weit und breit keine Spur von Raven. Seine List war durchschaut, und er schien sich nicht auf einen Waffengang mit Sonny einlassen zu wollen. Vielleicht war jetzt nichts mehr zu befürchten, aber dort oben am Himmel boten sie eine erstklassige Zielscheibe. Es war am besten, weiter zu sinken und auf der *terra firma* zu landen, um wieder festen Boden unter den Füßen zu gewinnen.
Madge deutete auf eine Sandbank im Flußbett. »Wie wär's damit?«
»Wunderbar!« Ohne weiteres Erhitzen der Luftfüllung sank der schwarze Ballon immer tiefer, driftete auf dieselbe Sandbank zu, die Madge ansteuerte. Sonny wollte sich das Ganze genauer ansehen.
»Er hat uns auf dem Boden aufgelauert, oder?«
Sonny nickte. Madge erhöhte jetzt die Sinkgeschwindigkeit und landete den Ballon geschickt auf der Sandbank.
»Wir werden den Ballon vertäuen und die Luft drin lassen«, rief Madge, warf Sonny das Schlepptau zu und deutete auf einen riesigen Holzkloben, der halb im nassen Sand vergraben lag.
Wenn sie die Luftfüllung aus dem Ballon abgelassen hätten, hätten sie ein tragbares Gebläse gebraucht, um ihn wieder starten zu können, aber sie hatten keines mitgenommen. Sonny verankerte den Ballon und rannte zu Ravens Ballon hinüber.
Vorsichtig näherte er sich der Gondel, überzeugt, daß Raven mehr als ein As im Ärmel hatte. Die schwarz gekleidete

Schaufensterpuppe war an einer Seite des Korbs festgebunden, das Gesicht unter einer Maske verborgen. Die abgebrannten Feuerwerkskörper bedeckten die Spitze des Besenstiels. Kein Wunder, daß die Zeugen, die den Mord an Mario Secco beobachtet hatten, Stein und Bein schworen, daß die Gewehrsalven aus dem schwarzen Ballon abgefeuert worden waren. Die Feuerwerkskörper machten einen Höllenlärm, und die Blitze ähnelten dem Mündungsfeuer.

Sonny entdeckte ein Tonbandgerät, das um den Hals der Kleiderpuppe hing. Als er es einschaltete, zerriß ein irres Gelächter die Stille. Die Botschaft, die folgte, war für den Polizeichef bestimmt.

»Garcia ... wenn Sie diese Worte hören, wird Sonny Baca ein Loch im Kopf haben. Ich hatte noch eine Rechnung mit ihm zu begleichen, nun sind wir quitt. Und ich habe noch eine Rechnung mit diesem verdammten Staat zu begleichen, und auch er wird bekommen, was er verdient. Pech für Sie! Aber Sie und Ihre Jungs vom FBI können mich nicht aufhalten.«

Es folgte eine kurze Pause. »Doch nehmen wir an, daß Baca überlebt. Ich gebe zu, daß mir das mehr Spaß machen würde. Gauner kennen viele Finten und spielen gerne, stimmt's, Baca? Ja, ich bin ein leidenschaftlicher Spieler, aber alles hat einmal ein Ende! Ihr habt das Höllenfeuer der Atombombe geschaffen, und ihr werdet seine tödliche Glut spüren!«

Sonny sprang mit einem Satz zurück, als die Schaufensterpuppe explodierte; Flammen loderten auf und hüllten den Korb in Windeseile ein. Das Tonband war vermutlich mit einem Zündmechanismus versehen, der sich nach dem Abspielen der Nachricht selbst auslöste. Raven hatte alles bis ins kleinste Detail geplant. Der Ballon, aus dem auf Mario Secco geschossen worden war, war ebenfalls in Flammen aufgegangen. Die Polizei glaubte, der Propangasbehälter sei explodiert. Doch sie irrte; Raven hatte das Feuer geplant.

Das Geräusch eines herannahenden Hubschraubers ließ Sonny herumwirbeln; er riß das Gewehr hoch und richtete den Lauf nach oben. Er atmete auf, als er den Helikopter von TV 7 erkannte, der dicht über den Baumwipfeln herabstieß und zur Landung auf der weitläufigen Sandbank ansetzte. Francine Hunter sprang heraus und rannte geduckt über die Sandbank, gefolgt von Peter, der die Kamera über der Schulter trug.

»Haben Sie ihn erwischt?« schrie sie, als sie zu der brennenden Gondel hinüberlief.

»Alles in Ordnung?« erkundigte sich Peter.

»Alles klar«, brüllte Sonny, um das Dröhnen des Motors zu übertönen. »Das war ein Ablenkungsmanöver.«

»Machen Sie Aufnahmen«, rief Francine Peter zu.

Madge kam herübergelaufen, schlang die Arme um Sonny. »Ist dir auch nichts passiert?«

»Alles in Ordnung.«

»Was sollte denn das Feuer?« Sie starrte auf die Flammen und die schwarze Rauchsäule, die aufstieg, als der Korb rasch verbrannte.

»Um Beweise zu vernichten. Raven liebt solche Spielchen.«

»Peter, weiterdrehen, weiterdrehen!« schrie Francine Hunter. »Jetzt Aufnahmen von Sonny. Haken Sie sich bei ihm unter«, wies sie Madge an und stellte sie für das Foto, das Peter machen sollte, in Positur. »Er ist der Held des Tages.«

Sie drehte sich um und blickte in die Kamera. »Hier spricht Francine Hunter; wir berichten live von einer Sandbank im Río Grande, wo Sonny Baca und Madge Swenson gerade gelandet sind. Sie sind mit knapper Not den Kugeln der

Person oder der Personen entkommen, die mit hoher Wahrscheinlichkeit Mario Secco ermordet haben. Der Heißluftballon, den sie im Hintergrund brennen sehen, gehört dem mutmaßlichen Mörder.«

So ein Mist, schimpfte Sonny lautlos und trat wütend gegen den nassen Sand. Die verdammte Presse muß aber auch alles breittreten.

Er wandte sich an Madge. »Können wir uns aus dem Staub machen?«

»Klar.«

»Halt, wir haben noch nicht zu Ende gedreht!« rief Francine Hunter Sonny und Madge hinterher, die zu ihrem Ballon hinüberliefen.

Peter drehte sich um und sagte leise: »Lassen Sie's gut sein, Francine. Ist Ihnen nicht klar, daß die beiden dem Tod nur mit knapper Not von der Schippe gesprungen sind?«

»Ooooh ... ja natürlich«, räumte Francine ein und strich sich die Haare aus der Stirn.

»Da, sehen Sie!«

Ein zweiter Hubschrauber fegte dröhnend über die Baumwipfel und setzte zur Landung an.

»Verdammt!« schimpfte Madge. »Weiß dieser vermaledeite Pilot nicht, daß der Druckluftstrom, den er erzeugt, der reine Mord ist?« Sie hielt die Halteleinen des vertäuten Ballons, der in der Zugluft der Rotoren beängstigend hin und her schwankte.

Zwei Männer sprangen aus dem Hubschrauber und liefen geduckt auf sie zu. Sonny sah, daß es Mike Stevens und Eddie Martínez waren. Stevens kam zu ihm, während Martínez den brennenden Ballonkorb in Augenschein nahm.

»Was, zum Teufel, haben Sie hier zu suchen?« brüllte Stevens in dem Versuch, das Dröhnen der Motoren zu übertönen.

»Ich nehme Unterricht im Ballonfahren«, erwiderte Sonny sarkastisch. »Agent Stevens, darf ich vorstellen: meine Lehrerin, Madge Swenson.«
»Ich weiß verdammt gut, wo Sie herumschwirren, Baca«, knurrte Stevens. Sie hatten ihn natürlich observiert, in der Hoffnung, daß er sie zu Raven führen würde.
»Nett, Sie kennenzulernen, Agent Stevens. Was führt Sie zu uns auf die Grand-Central-Sandbank mitten im Río Grande?«
Er war nicht zum Scherzen aufgelegt. »Kamera aus!« brüllte er zu Peter hinüber. Dann, an Sonny gewandt: »Haben Sie ihn gesehen?«
»Mit dem blauen Auge, mit dem ich davongekommen bin.«
»Sind Sie sicher, daß er es war?«
Sonny zuckte die Achseln. Die FBI-Agenten wußten, daß Raven der Mörder war, sie hatten es die ganze Zeit gewußt. Sie weigerten sich, ihre Informationen preiszugeben; weshalb sollte er ihnen gegenüber großzügiger sein?
»Solche Mätzchen sind schwachsinnig, Baca, völlig schwachsinnig!«
»Warum haben Sie mich nicht daran gehindert, wenn es so schwachsinnig war?«
Er wußte, daß sie keinen Finger gerührt hatten, weil sie hofften, daß er Raven aus seinem Versteck locken würde.
»Sie wollen Raven zu fassen kriegen, aber lassen dich die Drecksarbeit machen«, sagte Madge angewidert.
»Wir sind für diesen Fall zuständig. Es war keine gute Idee, Sonny zu engagieren, Ms. Swenson. Und diese akrobatische Glanznummer, die Sie gerade abgezogen haben, war ebenfalls keine gute Idee. Sie haben Mr. Baca in aller Herrgottsfrühe besucht, das ist Ihre Sache«, grinste Stevens anzüglich. »Aber die Aufgabe, Mario Seccos Mörder zu finden, sollten Sie uns überlassen. Ich wünsche Ihnen noch einen schönen

Tag. Los, gehen wir«, schrie er Martínez zu, und gemeinsam liefen sie zum Hubschrauber zurück.
Sonny entdeckte plötzlich eine Gestalt, die hinter dem Hubschrauberpiloten saß. Ein dritter Agent? Der FBI-Hubschrauber erhob sich in Windeseile in die Lüfte und verschwand hinter den Bäumen.
»Haben Sie gesehen, wer in dem Hubschrauber saß?« erkundigte sich Francine Hunter. Sie und Peter hatten wortlos danebengestanden und dem Schlagabtausch zugehört.
Sonny zuckte die Achseln. »Ein FBI-Agent, schätze ich.«
»Nein. Das war William Stone.«
Sonny versuchte, den Namen einzuordnen, aber es klingelte nicht. William Stone war schließlich ein Allerweltsname.
»CIA«, fügte sie in einem Ton hinzu, der andeutete, daß ihr journalistischer Spürsinn sie auf eine heiße Spur geführt hatte.
»CIA? Sind Sie sicher?« Sonny drehte sich um und starrte dem Hubschrauber hinterher. Er hatte den Piloten gesehen, und einen großen mittelblonden Mann auf dem Rücksitz. Einen Augenblick lang meinte er, Jerry Stammer gesehen zu haben; die Sonne hatte ihn geblendet, so daß er das Gesicht nicht klar erkennen konnte. Aber da er sich getäuscht hatte, war die Angelegenheit ihm nicht weiter wichtig erschienen. Dann befand sich eben ein weiterer FBI-Agent an Bord.
»CNN hat eine Sendung über ihn gebracht, als Bush Truppen nach Panama schickte. William Stone war der Oberbonze in der CIA-Gruppe, die Waffen an die Contras in Nicaragua lieferte.«
»Was macht der in Albuquerque?«
»Offiziell heißt es, er sei hier in der Gegend, um dem FBI einen Besuch abzustatten, aber kein Mensch weiß, warum.«

Sonny erinnerte sich nun an den CNN-Bericht. Stone war darin als Leiter derjenigen Abteilung des geheimen Nachrichtendienstes genannt geworden, die mit der Überwachung der Nachschublinien an die Contra-Rebellen befaßt war. Seine Machenschaften waren unmittelbar nach Gilroys Abschuß aufgedeckt worden, dem die eigene Dienststelle den Stuhl vor die Tür setzte, weil er zuviel ausgeplaudert hatte. Hatte Gilroy für Stone den Sündenbock spielen müssen? Nach der CNN-Sendung war Stone wieder im Labyrinth der CIA verschwunden. Warum war er hier und jetzt wieder aufgetaucht?

Und wieso befand er sich an Bord eines FBI-Hubschraubers in Begleitung von zwei Agenten, die Jagd auf Raven machten? Sonny blickte Francine an und sah, daß sie sich insgeheim die gleiche Frage stellte. Dann drehte er sich zu Madge um.

Sie zuckte die Acheln. »Von mir aus können wir.«

»Ach, was soll's, dann beenden wir den Dreh eben damit, wie die beiden ins Blaue gondeln!« wies Francine ihren Kameramann an.

Sonny und Madge kletterten in den Korb, und Peter löste das Halteseil. Der Ballon stieg auf und gewann schnell an Höhe, hatte das Dickicht rasch unter sich gelassen.

»Was jetzt?« fragte Madge, als sie über die Coors Road glitten und nach einer freien Fläche Ausschau hielten, auf der sie landen konnte.

»Wir werden wieder bei Null anfangen«, murmelte Sonny. Seine Gedanken drehten sich unablässig um Stones Rolle in diesem Spiel. Das FBI fahndete nach Raven, weil dieser versucht hatte, den WIPP-Transporter mit dem nuklearen Abfall in die Luft zu jagen. Er wurde bei der Bundespolizei als Terrorist geführt. Aber warum interessierte sich der Geheimdienst für Raven? William Stone hatte heute keine

Spritztour im Hubschrauber unternommen. Nichts machte Sinn.

Madge landete den Ballon auf dem Fußballplatz neben der St.-Pius-High-School. Tony, der im Verfolgerfahrzeug gesessen hatte, war bereits an Ort und Stelle, um Hand anzulegen. Und nun kam auch noch Polizeichef Garcia wie ein Stier angerast.

»Haben Sie ihn gesehen?« schnaufte er, als Sonny und Madge aus dem Korb kletterten.

»Ja. Er machte Jagd auf Kojoten.«

Raven hatte wieder Pluspunkte verbucht, würde es in den Abendnachrichten heißen. Das bedeutete, daß der Mörder von Veronica und Mario Secco auf jeden x-beliebigen Ballon schießen konnte, der aufstieg, und die Polizei außerstande war, dies zu verhindern. Die Nachrichten würden die Angst schüren und den Keil noch tiefer in die kläglichen Überreste der Fiesta treiben.

»Eine schwachsinnige Nummer, die Sie da abgezogen haben«, knurrte Garcia.

»Er ist näher an den Mörder herangekommen als alle anderen«, fuhr Madge den Chief an.

Die Augen des Polizeichefs funkelten vor Zorn. »Sie sollten heilfroh sein, daß man Ihnen keine Kugel in den Allerwertesten verpaßt hat, Miss Swenson!« fauchte er. Schwerfällig stapfte er davon, stieg in seinen Wagen und fuhr vorsichtig von dem sandigen Parkplatz.

Madge lachte. »Ja, das bin ich auch!« rief sie ihm nach. »Es tut mir leid. Ich bin da oben in Panik geraten«, gestand sie, an Sonny gewandt.

»Ach was, die Situation war ja auch ziemlich brenzlig. Kein Grund, sich zu entschuldigen.«

»Woher hast du gewußt, daß Raven uns am Boden auflauert?«

»Ein Freund aus dem Polizeilabor hat mir gesagt, daß es in dem Autopsiebericht über Mario Secco hieß, das Geschoß sei im unteren Bereich des Magens in den Körper eingedrungen und zwischen den Schulterblättern ausgetreten. Ich wußte also, daß er vom Boden aus getötet worden war, auch wenn Garcias Männer sich nicht die Mühe gemacht haben, den Schußwinkel zu überprüfen.«

Sie blickten auf die Stahlplatte am Boden des Ballonkorbes. Eine Kugel hatte eine Beule in das Blech getrieben; der Aufprallwinkel ließ Rückschlüsse darauf zu, von wo sie abgegeben worden war.

Tony fuhr sie zum Ballonstartplatz hinüber, und Madge brachte Sonny in ihrer roten Corvette nach Hause. »Danke für alles«, sagte sie, als sie sich verabschiedeten. »Und was den heutigen Morgen angeht, ich verspreche, daß ich mich nicht wieder aufdrängen werde – es sei denn, du forderst mich dazu auf. Dann werden wir beide an einem ruhigen Morgen eine Ballonfahrt unternehmen. Arbeitest du weiterhin für Fiesta Control?«

»Ja. Ich bin genauso erpicht darauf wie du, Raven das Handwerk zu legen.«

»Du weißt, daß uns die Zeit davonläuft.«

Er nickte.

Sie legte den Gang ein und brauste in ihrer schnittigen Corvette davon, wobei sie eine Staubwolke in der klaren Oktoberluft hinter sich herzog.

Auf der gegenüberliegenden Straßenseite verbrannten Don Eliseo und Diego das verdorrte Gras am Bewässerungsgraben. Sie hielten inne, um zu beobachten, wie die blonde Frau in dem roten Schlitten Sonny zu Hause ablieferte, und als sie weg war, kamen sie herüber.

»Heh Sonny! Wer war denn die Blonde?«

»Meine Chefin.«

»Die Dame kommt morgens aber ziemlich früh zur Arbeit!« Don Eliseo zwinkerte und sah Diego vieldeutig an.

Sonny wurde rot. Wenn der alte Mann Bescheid wußte, dann machte die Neuigkeit bald bei seinen Freunden die Runde. Doña Concha würde Sonny aufziehen, und der Besuch zu früher Morgenstunde würde mit Wiederholung weiter ausgeschmückt werden. Und früher oder später würde die Geschichte Rita zu Ohren kommen.

»Ich brauche Diego. Kannst du ihn entbehren?«

»Sicher. Aber bring ihn bitte heil zurück. Er ist der beste Arbeiter, den ich je hatte.«

Diego lächelte stolz. »Ihre *ranchito* wird bald genauso makellos sein wie eines dieser hochherrschaftlichen Anwesen an der Chavez Road, die aussehen, als wären sie mit der Nagelschere getrimmt, Don Eliseo.«

»Sie sollte aber nicht zu edel wirken«, lachte Don Eliseo, »sonst kommt noch einer von diesen reichen *gringos* daher, um sie mir abzuluchsen. *Adiós. Mucho cuidado.*«

»Wohin geht's?« fragte Diego, als er in Sonnys Wagen stieg. Sonny erzählte ihm, was sich bei der Ballonfahrt zugetragen hatte.

»Ich muß die Gegend dort noch einmal genauer in Augenschein nehmen.«

»Mann, du solltest vorsichtig sein, *hermano.* Aber mach dir keine Sorgen, falls Raven eine Spur hinterlassen hat, werde ich sie finden.«

»Genau das hatte ich gehofft.«

Sie fuhren zum Fluß hinunter und bogen in einen schmalen Weg ein, der entlang dem Ufer des Bewässerungskanals verlief und Instandsetzungsfahrzeugen vorbehalten war. Sie näherten sich der Stelle, an der Raven nach Sonnys Ermessen den Ballon gestartet hatte. Sie kamen an eine Kette, die zwischen zwei Pfosten befestigt war und die Straße für den

Durchgangsverkehr sperrte. Sonny stellte den Motor ab, und sie gingen zu Fuß weiter, in das Dickicht an der Uferböschung des Flusses. Sonny hatte seine Pistole eingesteckt, für alle Fälle. Er wollte kein Risiko eingehen.

»Ich glaube, hier ungefähr war es.« Sie begannen methodisch nach Spuren von Raven zu suchen. Es dauerte nicht lange, bis Diego leere Patronenhülsen auf der Lichtung entdeckte. Er nahm einen Stecken, hob eine der Hülsen auf und roch daran.

»Da haben wir sie ja. Gerade erst abgefeuert. Hier hat er dir aufgelauert. Siehst du, dort hat er den Ballon mit Heißluft gefüllt! Genug Platz, um ihn zu verstecken und um zu starten.« Er deutete auf die Stelle. Dann bückte er sich und hob eine schwarze Rabenfeder auf. »Irgendwie macht das keinen Sinn. Der Mann hinterläßt viel zu viele Spuren.«

Ja, dachte Sonny, das ist typisch Raven.

»Und das da?« sagte Diego, als er eine kleine Plastiktüte aufhob, die aussah wie ein Butterbrotbeutel. »Glaubst du tatsächlich, er hat gekokst, während er hier auf dich wartete?«

»Bist du sicher?«

Diego roch an dem weißen Pulverrest in der Plastiktüte. »Ich erkenne guten Stoff auf den ersten Blick, *compa,* und dieser Typ hat sich *caca* vom Feinsten gegönnt.«

Der Raven, den Sonny kannte, hatte kein Kokain genommen.

»Der Mann ist verrückt«, sagte Sonny. »Vielleicht hat er auch Schmerzen. Nachdem er in die reißenden Fluten des Arroyo gestürzt war, hat ihn die Strömung möglicherweise gegen die Felsen geschmettert und über den Kiesboden geschleift. Er hat bestimmt nicht gewagt, die Wunden von einem Arzt behandeln zu lassen. Das FBI fahndete nach ihm, und deshalb war es vermutlich schwierig, Hilfe zu finden. Er hat sich also drei Monate lang verstecken müssen.«

»Und so große Schmerzen gehabt, daß er sich mit Rauschgift betäuben mußte«, führte Diego den Gedanken fort. »Klingt einleuchtend.«

»Wie kommt er an den Stoff ran?«

»Er hat Freunde.«

»Trotzdem muß er es kaufen. Vielleicht mit dem Geld, das er Gloria abgenommen hat.«

»Oder er hat Beziehungen.«

»Du meinst zur Quelle?«

»Also, der Stoff ist absolut rein.« Diego hielt prüfend den Plastikbeutel hoch. »Letzte Woche war ich in der Stadt, auf der Suche nach Arbeit, und da wurde in einschlägigen Kreisen gemunkelt, daß eine große Lieferung ins Haus stünde. Ich meine wirklich groß.«

»Woher?«

»Kolumbien. Der Stoff wird nicht von der mexikanischen Mafia importiert. Es gibt eine direkte Verbindung zwischen dem Cali-Kartell und den Drogenbossen in Juárez, doch aus irgendeinem Grund sind Abregos Jungs in Juárez nicht mit dieser Lieferung befaßt. Das bedeutet, daß irgend jemand eine Menge Mäuse als Schutzgeld für den Transport auf den Tisch blättert.«

»Du meinst, das Juárez-Kartell ausgekauft hat?«

»Ja.« Diego nickte.

»Ist der Stoff bereits hier?«

»Die Lieferung soll noch diese Woche kommen. Jeder weiß davon, aber die Leute, mit denen ich gesprochen habe, halten sich bedeckt. Es geht um ein Riesengeschäft. Etliche Millionen. Das bedeutet, daß sie Polizeischutz haben, angefangen vom amerikanischen Zoll bis zur Haustür der kleinen Dealer.«

»Garcia?«
»Garcia hat nie Bestechungsgelder angenommen. Aber wenn es um Kokain im Wert von einigen Millionen geht, kann man vermutlich seinem besten Freund nicht mehr trauen.«
Sonny konnte nicht glauben, daß der Polizeichef bestechlich sein sollte. Garcia war ein Mistkerl, aber er gehörte zu den anständigen Mistkerlen. Er stammte aus einfachen Verhältnissen, ein Junge aus dem *barrio*, der mit dem Gesetz in Konflikt geraten war wie die meisten Heranwachsenden. Aber er hatte es geschafft, die Polizeiakademie zu besuchen, und sich hochgearbeitet. Er liebte die Stadt und ihre Bewohner. Trotzdem: Würde er vielleicht doch schwach werden und seine Schäfchen ins trockene bringen, wenn die Bestechungssumme hoch genug war?
»Nicht Garcia.« Sonny schüttelte den Kopf.
»Dann haben sie eben bei den anderen Polizisten in der Stadt die Runde gemacht. Sonny, wenn die Mafiabosse einen solchen Deal auf die Beine stellen, wenden sie sich nur an erste Adressen. Sie kaufen einen Zollinspektor, die Jungs, die per Radar die Grenze überwachen, und am Ende der Kette einen DEA-Mitarbeiter. Du weißt schon, die mit der Drogenbekämpfung befaßt sind. Für die ist das ein Geschäft.«
Ja, dachte Sonny, ein äußerst lukratives Geschäft.
»Erinnerst du dich an die Fiesta im letzten Jahr? Da war auch eine große Lieferung angesagt, aber sie kam nicht über die regulären Kanäle zu den Dealern in der Stadt. Die haben einen neuen Transportweg ausprobiert.«
Sonny blickte Diego an, und beiden ging gleichzeitig ein Licht auf.
»Denkst du das gleiche wie ich?«
»Irgend jemand benutzt die Fiesta als Tarnung!« rief Diego.

»Jemand wie Mario Secco hätte der Drahtzieher sein können. Albuquerque als Zentrum des Verteilernetzes.« Sonny schnippte mit den Fingern. »Es sind viele Leute in der Stadt – um an den Ballonfahrten und Wettbewerben teilzunehmen, um sich zu amüsieren ... und ein paar haben sich unters Volk gemischt, um den Stoff abzuholen. Das macht Sinn!«

»Glaubst du wirklich, daß sie das Zeug mit den Ballons transportieren?«

»Möglich wär's.«

»Und wie?«

»Vielleicht benutzen sie sie nur als Ablenkungsmanöver.«

»Richtig! Sie täuschen einen Bandenkrieg vor, um die Polizei aufs Glatteis zu führen. Sie können das Rauschgift über Juárez ins Land bringen, wenn sie der dortigen Mafia eine Art Wegezoll gezahlt haben. Dann transportieren sie die gesamte Lieferung per Lastwagen auf der Interstate 25 weiter. Bleibt immer noch das Problem mit der Verteilung.«

»Hier kommt Raven ins Spiel. Er braucht Geld, um seinen Kult über Wasser zu halten.«

»Und seine Schmerzen zu betäuben«, fügte Diego hinzu.

»Wer schießt ihm das Geld vor? Wer, zum Teufel, würde mit Raven zusammenarbeiten?«

»Menschen, die verzweifelt sind und nichts mehr zu verlieren haben.«

»Völlig verzweifelt. Sie brauchen Helfer, wenn sie das Zeug abladen.«

»Hm, richtig. Ich könnte mich mal umhören«, erbot sich Diego.

»Nein. Viel zu gefährlich.«

»*Mira, hermano,* ich kenne die Straßen wie meine Westentasche. Die meisten Obdachlosen wollen nichts mit solchen Dingen zu tun haben, aber einige sind mit der Szene vertraut. Ich kann an der Central Avenue ziemlich schnell an Informationen herankommen. Ich kenne meine Pappenheimer; mir wird schon nichts passieren. Ich mache mir viel mehr Sorgen um dich. Raven sinnt auf Rache wegen der Geschichte am Arroyo. Ich würde sagen, wir schnappen ihn zuerst.«

15

Sonny setzte Diego unweit der El Rey im Stadtzentrum ab, dann fuhr er zum Polizeipräsidium, um mit Howard zu sprechen.

Während sie einen Kaffee in der Kantine tranken, berichtete Sonny seinem Freund, was geschehen war und was er vermutete.

»Raven ist also unter die Dealer gegangen, und eine große Lieferung wird erwartet.«

»Stoff aus Kolumbien«, wiederholte Howard mit leiser Stimme. »Die amerikanische Zollbehörde und die DEA behaupten, sie hätten alles unter Kontrolle. Sie lassen die Polizei im dunkeln tappen. Garcia ist stinksauer.«

»Die DEA weiß Bescheid?«

»Ja, die wissen immer, wenn sich etwas tut.« Howard beugte sich vor. »Sie beobachten jede Bewegung in der Szene. Manchmal werden sie fündig, manchmal haben sie mit Zitronen gehandelt. Wenn sie den Stoff entdecken, veranstalten sie einen Riesenrummel in den Medien. Aber meistens finden sie nichts. Da stellt man sich natürlich die eine oder andere Frage, stimmt's? Der Stoff gelangt auf die Straße, und die kleinen Dealer machen ein paar Mäuse. Das Kartell, das die Lieferung finanziert, sahnt dagegen Millionen ab.«

»Cali und Juárez.«

»Was in den Nachrichten natürlich nicht erwähnt wird, ist, daß es auch bei uns Drogenkartelle gibt. Einige Leute verdienen sich damit eine goldene Nase, genau wie die Syndikate in Cali und Juárez.« Howard nickte ernst, während er sich zurücklehnte und seinen Kaffee trank.

Er war Gerichtsmediziner, aber er kannte die Straßen. Er hatte es geschafft, das soziale Elend in dem *barrio* South Broadway hinter sich zu lassen, und er machte sich Sorgen um sein Stadtviertel. Der Drogenhandel bereitete inzwischen auch jedem Politiker Kopfzerbrechen: Immer mehr Angehörige der weißen Mittelschicht, die gute Jobs als Führungs- und gefragte Fachkräfte hatten, hingen an der Nadel, doch unter dem Strich richtete das Rauschgift in den Ghettos der Schwarzen und Chicanos noch mehr Schaden und Elend an. Diejenigen, die es sich am wenigsten leisten konnten, sehnten sich nach der Apathie, die es brachte, um ihr hoffnungsloses Leben überhaupt zu ertragen.

»Warum läßt du Garcia im dunkeln tappen?«

Howard warf einen raschen Blick zur Tür, obwohl sie allein in dem kleinen Raum waren. »Es gibt zwei Möglichkeiten, die Fakten zu deuten. Die eine ist, daß irgendein hohes Tier bei der US-Zollbehörde und der DEA auf der Lohnliste des Kartells steht. Der Schutz kommt also von ganz oben, aus Washington.«

»Oder?«

»Oder Garcia weiß Bescheid und wurde gekauft.«

Howards Theorien, beiläufig präsentiert, waren beide gleichermaßen beunruhigend. Sonny konnte es nicht glauben. Nein, nicht Garcia.

Aber sein alter Lehrer und Mentor, Manuel López, würde sagen: »Wenn's ums Geld geht, trau niemandem. Die alte Manuel-López-Regel: Jeder ist imstande, einen Mord zu begehen. Jeder ist imstande, Bestechungsgelder anzunehmen.«

Was wäre, wenn die Lieferung unter dem Schutz von irgendeiner einflußreichen Persönlichkeit in der DEA stand? In dem Fall konnte die Polizei von Albuquerque umgangen werden. Die Razzien der Drogenfahnder vor Ort beschränk-

ten sich auf Bahnhof und Flughafen. Ab und zu erhielten sie einen Tip und schnappten einen kleinen Verteiler, der das Amphetamin in seinem Behelfslabor in der Küche herstellte.
Auf die großen Lieferungen hatte der amerikanische Zoll und die DEA ein Auge, und wenn letztere es vorzog, die Polizei nicht in Kenntnis zu setzen, hatte diese keine Möglichkeit, in den Besitz von Informationen über großangelegte Aktionen zu gelangen.
»Nicht Garcia«, betonte Sonny noch einmal.
»Ich klopfe nur noch einmal sämtliche Möglichkeiten ab«, verteidigte Howard seine Hypothesen. Er stand auf, um seine Tasse nachzufüllen. »Mir gefällt der Gedanke genausowenig. Ich vertraue dem Mann. Ich kenne ihn, seit er als kleines Licht bei der Polizei anfing, und er ist meines Wissens absolut unbestechlich.«
Howard seufzte. »Aber ich habe auch schon erlebt, wie selbst die untadeligsten Männer in Versuchung geführt wurden. Man kann keine Lieferung von dem Umfang in Umlauf bringen, ohne daß die Gesetzeshüter beide Augen zudrücken.«
Auch Sonny machte sich keine Illusionen. Die ganze Sache wurde immer unerfreulicher, sie stank regelrecht zum Himmel. Er erhob sich. »Vielen Dank für den Kaffee.«
»*De nada.* Tut mir leid, daß ich dir diese gräßliche Brühe vorsetzen mußte, aber etwas Besseres gibt's bei uns nicht. Ich glaube, Dolly verdünnt den Kaffee mit Spülwasser. Wie dem auch sei, paß auf dich auf, mein Freund. Du wirst observiert.«
»Garcia?«
»Nein, FBI. Du stehst bei den Brüdern auf der schwarzen Liste.«
»Kann ich mir vorstellen. Sie haben mich heute morgen in

die Mangel genommen. Stevens und Martínez, sie folgen mir wie ein Schatten. *Bueno,* ich muß los.« Er reichte Howard zum Abschied die Hand.
»Und hüte dich vor gewissen Damen!« grinste Howard augenzwinkernd.
Sonny verließ das Präsidium und machte sich auf den Weg zur Bibliothek. Wie die Suche nach der Nadel im Heuhaufen, dachte er. In der Bibliothek hatte Ruth Jamison weitere Informationen für ihn ausgegraben und ein kurzes Dossier über Alisandra Bustamante-Smith angefertigt, die Journalistin aus Kolumbien. Einige der anderen Personen auf der Liste, die er ihr gegeben hatte, besaßen nachweislich Verbindungen zur Unterwelt, nicht zu den Bossen, aber zu den Mafiahandlangern. Fußvolk, dachte Sonny, fleißige Ameisen, die emsig Stoff und Geld hin- und hertransportieren, um das rauschgift- und geldsüchtige Land zufriedenzustellen.
Aber wann sollte der Stoff abgeworfen werden? Und wo? Oder war er bereits geliefert worden? Und warum auf dem Luftweg? Aus welchem Grund war Secco in die Schußlinie geraten? Und wie paßte Veronicas Tod ins Bild? Diejenigen, die im Drogenhandel mitmischten, wußten, daß sie nur die Polizei auf den Plan rufen würden, wenn sie zu hohe Wellen schlugen. Vielleicht war ihnen die Polizei von Albuquerque tatsächlich völlig egal, weil sie Schutz von allerhöchster Stelle genossen, wie Howard angenommen hatte.
Nein, kein Profi würde die Aufmerksamkeit begrüßen, für die Raven gesorgt hatte.
Vielleicht war der Tod von Veronica und Secco nur eine Finte, um die Polizei von der Drogenspur abzulenken. Verwirrung schaffen, und in dem Chaos die Lieferung einschmuggeln, portionieren und verteilen.

»Und was nun?« fragte Ruth.
»Ich werde versuchen, mit den Leuten zu reden. Wie kann ich dir danken?«
»Paß auf dich auf.«
»Keine Sorge, das werde ich.« Er blätterte flüchtig die Papiere durch. Obenauf lag ein erst vor kurzem erschienener Artikel von Maria Alvardo, einer Reporterin beim Lokalblatt, die ein Interview mit Alisandra gemacht hatte.
»Kann ich dein Telefon kurz benutzen?«
Ruth führte ihn in ihr Büro, in dem ein privater Apparat stand. Er setzte sich hin und las Marias Artikel durch, dann rief er sie an. »Können Sie mir helfen, Kontakt zu Alisandra Bustamante-Smith herzustellen? Ich muß unbedingt mit ihr sprechen!« Er zog es vor, aufrichtig zu sein und sofort auf den Punkt zu kommen.
»Ich habe gehört, daß Sie für Fiesta Control arbeiten«, erwiderte Maria.
»Ja, das stimmt«, gab Sonny zu. Inzwischen wußte es ohnehin schon die ganze Stadt.
»Sehen Sie einen Zusammenhang zwischen ihr und den Fiesta-Morden?«
»Nein. Ich muß nur mit ihr reden. Sie könnte etwas wissen, was mir weiterhilft, das ist alles. Aber ich brauche Sie als Referenz.«
»Sie hat nichts damit zu tun, Sonny. Was bringt Sie auf diese Schnapsidee ...«
»Ich habe nicht behauptet, daß sie etwas damit zu tun hat. Ich muß nur mit ihr reden.«
Einen Augenblick lang herrschte Schweigen; dann: »Ich werde sie anrufen.«
»Danke, Maria.«
»Ich bin Ihnen noch einen Gefallen schuldig, Sonny. Aber

gehen Sie achtsam mit Alisandra um; sie ist ein empfindsamer Mensch.«

Sind wir das nicht alle? dachte Sonny, als er den Hörer auflegte.

Alisandra Bustamante-Smith und ihre Familie wohnten im La Posada, ein Hotel im Stadtzentrum. Sonny blieb in der Bibliothek, bis er meinte, Maria hätte nun genug Zeit gehabt, Alisandra anzurufen.

Er rief Alisandra aus einer öffentlichen Telefonzelle draußen vor der Bibliothek an und stellte sich als ein Freund von Maria Alvarado vor. Alisandra Bustamante-Smith eröffnete ihm, daß sie zwar gerade mit Maria gesprochen hatte, aber nicht wisse, worüber er mit ihr reden wolle. Als er erwiderte, er sei daran interessiert, mehr über Mario Secco zu erfahren, hörte er, wie ihre Stimme plötzlich kühl wurde. Sie scheute ganz offensichtlich davor zurück, Fragen zu beantworten. Sie erklärte, daß sie in der Zeitung von den Morden gelesen und durchaus Verständnis dafür habe, daß die Zeit drängte, aber sie könne nichts zur Klärung beitragen.

»Ich habe da eine Theorie.« Sonny legte sich mächtig ins Zeug, um sie doch noch zu einem Treffen zu überreden. »Ich denke, daß Mario Secco wegen einer Kokainlieferung in die Stadt gekommen ist. Ich weiß, daß Sie Front gegen das Medellín-Kartell in Ihrem Land gemacht haben. Jede Information, die ich bekommen kann, ist wichtig: Vielleicht läßt sich dadurch verhindern, daß die Lieferung auf die Straße gelangt.«

Er wartete und hörte, wie sie seufzte, dann folgte eine lange Pause, in der sie zu überlegen schien. »Also gut. Ich werde mich mit Ihnen treffen.«

Sonny schlug das Café im La Posada vor.

Fünfzehn Minuten später saß Sonny in einer Nische,

trank Kaffee und beobachtete die Eingangstür. Als Alisandra Bustamante-Smith hereinkam, erkannte er sie auf Anhieb anhand der verblichenen Schwarzweißaufnahme in der Zeitung, die Ruth dem Dossier beigelegt hatte. Aber das Foto war ihrer Schönheit bei weitem nicht gerecht geworden.

Sie war eine dunkelhäutige, faszinierende Frau. Als sie das Café betrat, blickte sie sich verstohlen um, über den Rand ihrer dunklen Sonnenbrille hinweg. Sonny gab sich mit einem Handzeichen zu erkennen, und sie kam rasch zu seinem Tisch. Er erhob sich, um sie zu begrüßen.

»*Buenos días,* Señor Baca.« Sie lächelte und reichte ihm die Hand.

»*Buenos días. Un placer*«, erwiderte Sonny. Ihre Hand fühlte sich kühl an. Eine schlanke, grazile Frau mit dunklen, gefühlvollen Augen.

Noch vor wenigen Jahren war sie eine namhafte Journalistin gewesen, die kurz davor stand, diejenigen Mitglieder der Regierung zu entlarven, die auf der Lohnliste des Medellin-Kartells in Kolumbien standen. Doch dann kam die Tragödie: Ihr Mann fiel einem Mordanschlag zum Opfer.

»Bitte setzen Sie sich.« Sonny deutete auf einen Stuhl, und sie nahmen Platz. »Was darf ich Ihnen bestellen? Kaffee oder Tee?«

»Kaffee, bitte.«

Sie musterte ihn gründlich, und er wußte, daß sie überlegte, wieweit sie ihm vertrauen konnte. War er so naiv, zu glauben, daß er ein mächtiges Drogenkartell daran zu hindern vermochte, eine Rauschgiftlieferung in die Vereinigten Staaten einzuschmuggeln? Auch sie war früher engagiert und idealistisch gewesen. Sie hatte vorgehabt, die Personen öffentlich an den Pranger zu stellen, die für das Drogenproblem in ihrem Land verantwortlich waren, und hatte dabei den kürzeren gezogen. Danach hatte sie mit niemandem mehr über irgendwelche Dinge gesprochen, die mit ihrer damaligen Tätigkeit in Verbindung standen.

»Danke, daß Sie bereit waren, mit mir zu reden.«

»Maria hat mir erzählt, daß Sie auf privater Basis Ermittlungen durchführen. Ein Detektiv. Sie hat mir auch gesagt, daß Sie für Fiesta Control arbeiten.«

Sonny nickte. »Ich wurde von Fiesta Control beauftragt, herauszufinden, wer Mario Secco umgebracht hat, denn das ist keine gute Werbung für die Veranstaltung. Aber ich habe meine eigenen Beweggründe für die Suche nach dem Mörder. Der Mann, der Mario Secco auf dem Gewissen hat, hat es auch auf mich abgesehen, und es könnte durchaus sein, daß Unschuldige zu Schaden kommen. Ich muß ihn erwischen, mit oder ohne Fiesta Control.«

»Maria hat mir versichert, daß Sie Ihre Informationen nicht an die Polizei weitergeben.«

Ich muß Maria demnächst zum Mittagessen einladen, dachte Sonny, um mich bei ihr für die hervorragenden Referenzen zu bedanken. Alisandra hatte aus ihren Erfahrungen gelernt; sie traute nicht einmal mehr der Polizei über den Weg.

»Was führt Sie hierher?«

»Mein Mann war früher Heißluftballonpilot. Wir sind zur Fiesta gekommen«, erwiderte sie. »Aber das wissen Sie doch.« Sie schwieg, während die Kellnerin den Kaffee servierte.

»Keine gute Zeit, um sich als Tourist in unserer gastfreundlichen Stadt aufzuhalten.«

»Eine Tragödie. Mein erster Impuls war gestern, sofort abzureisen, aber wir wollten mit unserem Sohn unbedingt noch in das Volkskunstmuseum in Santa Fé.«

»Was wissen Sie über Mario Secco?«

»Mein Gott, Mr. Baca, Sie kommen wohl immer ohne Umschweife zur Sache!«
»Nennen Sie mich Sonny, *por favor.*«
»Sonny. Das gefällt mir. Sie haben Ihren Namen anglisiert.«
»Das nehmen uns die Schulen ab. Ich wurde nach meinem Großvater benannt, Elfego Francisco Baca. Die Lehrer hatten Schwierigkeiten mit der Aussprache.«
»Wie schade.« Alisandra seufzte und trank einen Schluck Kaffee. »So geht das Vermächtnis unserer Vorfahren verloren, Stück für Stück. Ich habe die Biographie des Elfego Baca während meines Studiums in den USA gelesen. Er war ein Robin Hood in modernem Gewand.«
»Ja, ein Robin Hood am Río Grande«, lächelte Sonny. »Von dem Kaliber gibt es bei uns nicht viele.«
»Nein, das ist richtig. Ich habe zuerst in Yale studiert. Dort gab es keine Chicanos an der Universität, aber was die Schriftsteller und Dichter Ihres Volkes verfaßt haben, interessierte mich brennend. Ich las alles, was ich in die Finger bekommen konnte.«
»Meine Familie ist schon seit langer Zeit in dieser Gegend ansässig.«
»Ja, ich weiß. Und das Land hat dieses brachliegende Potential immer noch nicht erkannt. Nicht einmal Mexiko ist sich der Kraft bewußt, die in Ihrem Volk steckt. Männer wie César Chávez haben Lateinamerika auf die Bedeutung der Chicanos aufmerksam gemacht.«
»Und nun ist er tot«, sagte Sonny. »Und es gibt niemanden, der seinen Platz einnehmen könnte.«
»Eine Leitfigur wie ihn gibt es nur einmal im Leben.« Alisandra trank ihren Kaffee und sah Sonny an. »Wir Menschen sind wilde Tiere. Wenn eine Gruppe Macht erwirbt, ist sie nicht bereit, sie mit anderen zu teilen. Das ist der Lauf der Geschichte. Ihr Chicanos werdet Gewalt anwenden müs-

sen, um Macht zu erringen, denn sonst werdet ihr weiterhin ein Schattendasein führen, als ›die anderen‹ ausgegrenzt sein und immer dann herhalten müssen, wenn die Gesellschaft einen Sündenbock braucht.«

»Sie scheinen aber auch ein Mensch zu sein, der unumwunden auf den Punkt kommt«, meinte Sonny anerkennend. Die Frau kannte die Geschichte der Unterdrückten, und sie nahm kein Blatt vor den Mund.

»In meinem Land haben wir gekämpft, um die Situation zu ändern.«

Ihre Stimme erstarb, und Sonny folgte ihrem Blick aus dem Fenster. Die Second Street war nahezu menschenleer. Eine Frau in Blau überquerte die Straße, lugte in das Fenster des Cafés, lächelte, als sie Sonny zu erkennen schien, und ging ihrer Wege.

»Eine Bekannte?«

»Nein.«

»Ist Ihnen jemand gefolgt?« Die Angst verlieh ihren Worten einen schrillen Unterton.

»Nein, ich war vorsichtig. Der Anruf erfolgte aus einer öffentlichen Telefonzelle. Ich habe meinen Wagen ein paar Häuserblocks entfernt geparkt und bin den Rest zu Fuß gegangen.«

Sie lächelte, ein nachdenkliches Lächeln. »Wir treffen alle nur erdenklichen Vorkehrungen, und trotzdem –« Sie seufzte leise. »Sie wollen also etwas über Mario wissen.«

»Ja.«

»Mehr als die Zeitungen berichten?«

Sonny nickte.

»Er hat einen gewissen Ruf in einschlägigen Kreisen. In Kolumbien ist er bekannt wie ein bunter Hund. Ich bin sicher, das FBI wußte, daß er sich in der Stadt aufhielt. Ich weiß, daß es in Ihrem Land den *Freedom of Information Act* gibt, was bedeutet, daß die Bundespolizei mit wenigen Ausnahmen per Gesetz verpflichtet ist, das Dossier über ihn der Öffentlichkeit zugänglich zu machen. Sie sind also durchaus in der Lage, auch ohne mich in den Besitz von Informationen zu gelangen.«

»Der bürokratische Weg dauert zu lange.«

Er spürte ihr Zögern, deshalb nahm er sich die Zeit, ihr die Beziehung zu Raven zu schildern.

»Sie glauben also, daß dieser Mann, den Sie Raven nennen, in diesen geplanten Drogenschmuggel verwickelt ist«, sagte sie nachdenklich, als er seine Theorie in groben Zügen geschildert hatte.

»Raven führt etwas im Schilde; ihm geht es nur um eines, nämlich Zerstörung. Ob es um den Sprengstoffanschlag auf den WIPP-Transporter geht, der angeblich dazu dienen sollte, die Welt auf die Gefahren des nuklearen Abfalls aufmerksam zu machen, oder um Rauschgift – er sinnt auf Zerstörung, egal in welcher Form. Nehmen wir einmal an, daß Mario Secco für den Transport der Lieferung aus Kolumbien verantwortlich war. Und nehmen wir außerdem an, daß er Raven für die logistische Seite des Geschäfts engagiert hat. Aus welchem Grund könnte Raven seinen Auftraggeber abserviert haben? Und wer war sonst noch an der Sache beteiligt?«

Er hielt inne. Sie warf einen raschen Blick zur Tür, die zur Empfangshalle des Hotels führte. Ihre Augen verrieten Argwohn, großen Argwohn.

»Man kann nicht vorsichtig genug sein«, entschuldigte sie sich.

»Keine Sorge, es ist alles in Ordnung«, versicherte Sonny und berührte ihre Hand. Sie war verängstigt, brauchte die Geste der Beschwichtigung. Sie hatte ihr eigenes Leben und das ihrer Familie aufs Spiel gesetzt, und verloren.

»In Bogotá habe ich die Strukturen von der Pike auf kennengelernt durch einen meiner Kollegen, Emilio Aragon. Er kannte jeden, der auch nur im entferntesten in Verbindung mit den Kartellen stand. Er kannte die Drogenbarone der Clans, die Männer in der Regierung, die diese Teufel deckten, und er kannte die Ratten, die den Stoff in den finsteren Gassen verhökern. Sechs Monate, bevor mein Mann ermordet wurde, verschwand Emilio. Wir haben ein ganz neues Phänomen in unserem Land: Menschen verschwinden, ohne eine Spur zu hinterlassen. *Los Desaparecidos* nennen wir sie. Die Drogenbarone sollen für ihr Verschwinden verantwortlich sein, aber auch die faschistoiden Gruppen bei der Polizei und den Streitkräften sind in der Lage, Menschen verschwinden zu lassen. Ich wollte den Dokumentarbericht über die Drogenkartelle auch Emilios wegen veröffentlichen. Sie wußten, daß wir gemeinsam daran gearbeitet hatten. Sie ließen ihn verschwinden, in der Hoffnung, mich einzuschüchtern und zu einem Rückzieher zu bewegen. Sie konnten mich nicht aufhalten, und deshalb haben sie meinen Mann umgebracht.«
»Es tut mir leid«, murmelte Sonny.
»Ich denke jeden Tag an meinen Mann und an Emilio. Aber irgendwann setzt man die Bruchstücke seines Lebens zusammen und macht weiter.«
Er dachte an Diego und seine Familie und an andere Obdachlose, die jeden Tag spurlos von der Bildfläche verschwanden. Nicht als Opfer einer rechtsextremistischen Polizei, sondern wie Diegos Familie als Opfer einer Gesellschaft, die sie ausgegrenzt hatte.
»Es fällt mir schwer, über meine Situation zu sprechen. Nach dem Tod meines Mannes merkte ich, daß man der Polizei nicht trauen kann, und schlimmer noch, daß sich das Netz von Lug und Betrug durch sämtliche Ränge der

Polizei bis in die höchsten Etagen der Zeitung selbst erstreckte.«

»Ihre Zeitung?«

Sie nickte. »Sie sehen also, warum ich mein Vertrauen und meinen Glauben an die Menschen verloren habe. Ich wollte nur noch eines, in Ruhe gelassen werden. Ich habe wieder geheiratet, einen Professor, ebenfalls im Lehramt tätig. Thomas Smith ist sein Name, ein friedfertiger Mann, der nichts von der Welt des Verbrechens weiß. Ich habe ein Kind, eine gute Stellung. Ich arbeite an einem kleinen College in Texas. Mehr als die Hälfte meiner Studenten sind Mexicanos. Ich bin zufrieden mit meinem Leben. Vielleicht gibt es so etwas wie Vorsehung, und hier zu unterrichten ist eine gute Sache.«

»Aber Sie wollen nicht mit dem FBI reden.«

»Nein, natürlich nicht. Ich habe ein Abkommen mit ihnen getroffen.«

»Ein Abkommen?«

»Es gibt da ein gewisses Foto –« Sie hielt inne, sah ihm in die Augen, überlegte erneut, was sie offenbaren konnte; dann streckte sie den Arm aus und berührte seine Hand. »Ich muß Sie ins Vertrauen ziehen«, flüsterte sie und beugte sich vor. »Also, Mario Secco war mein Bruder.«

Sonny zuckte zusammen. Hatte er richtig gehört? Der Bruder von Alisandra Bustamante-Smith, ehemals eine der bekanntesten Journalistinnen in Kolumbien, die nun im Exil in Texas lebte? Die Geschichte vom Tod ihres Mannes hatte weltweit für Schlagzeilen gesorgt. Doch in den Zeitungen oder in ihrem Dossier war mit keinem Wort erwähnt worden, daß Mario Secco ihr Bruder war.

»Das wissen nur wenige Eingeweihte«, fuhr sie fort. »Vermutlich haben sie die Daten irgendwo in den FBI-Archiven vergraben. Mariano Bustamante, mein Bruder, verließ unser Elternhaus schon in jungen Jahren und fuhr mit einem Frachter nach Italien. Ein paar Jahre lang heuerte er auf solchen Schiffen an. Als er die italienische Sprache fließend beherrschte, erhielt er eine Anstellung bei einem sehr reichen Mann. Ein italienischer Reeder. Geld besaß für Mariano schon immer einen ungeheuren Reiz. Er wollte reich werden; er dachte, er könne sich mit Geld das Glück erkaufen. Drogen sind das falsche Versprechen für junge Männer seines Schlages. Er kehrte nach Kolumbien zurück und wurde zum Drogenkurier, der Europa mit Rauschgift belieferte. Das habe ich im Zuge meiner Recherchen herausgefunden.«

Also das war es, dachte Sonny. Sie hätte um ein Haar den eigenen Bruder in ihrem Bericht, der nie veröffentlicht wurde, ans Messer geliefert. Und schlimmer noch, dieser Bruder hatte möglicherweise den Mord an ihrem Mann in Auftrag gegeben oder zumindest davon gewußt.

»Sie wollten Ihren Bruder nicht verraten.«

Sie schüttelte den Kopf. »Emilio und ich hatten uns darauf geeinigt, jeden bloßzustellen, der in Verbindung zu den Kartellen stand. Das ist die einzige Möglichkeit, unsere Gesellschaft von diesem Übel zu befreien. Doch nachdem sie meinen Mann umgebracht hatten, fürchtete ich um meinen Sohn. Diese Angst saß so tief, daß ich sie nicht mehr zu ertragen vermochte. Ich konnte das Risiko nicht eingehen, daß meinem Kind das gleiche Schicksal wie meinem Mann zugedacht worden wäre. Deshalb verließ ich das Land und tauchte unter.«

Sie hielt inne, und Sonny wartete geduldig, daß sie weitersprach.

»Ich werde morgen an der Beisetzung teilnehmen. Mariano wird hier beerdigt werden. Er hat weder Familie noch Freunde, die um eine Überführung gebeten haben. Die

Ballonfahrer werden ihn als einen der ihren bestatten, aber sie kennen seine dunkle Vergangenheit nicht. Die Frauen an seiner Seite, mit denen er sich gerne schmückte, waren Zugvögel, die bereits in andere Gefilde verschwunden sind.«

»Und nach der Beisetzung fahren Sie nach Hause zurück.«

»Ja. Wir werden mit unserem Sohn in unsere kleine Stadt in Texas zurückkehren, an einem kleinen College unterrichten und ein rundum zufriedenes Leben führen. Ich habe gelernt, diese Abgeschiedenheit zu lieben. Mit der Beerdigung meines Bruders ist ein weiteres Kapitel abgeschlossen.«

Das ist eine traurige Geschichte, dachte Sonny.

»Warum haben die Mario umgebracht?«

Sie sah ihn verwirrt an. »Sie mußten ihn aus dem Weg räumen. Sagt Ihnen der Name John Gilroy etwas?«

Die Frau steckt voller Überraschungen, dachte Sonny. »Ja«, antwortete er zögernd. »Ich habe schon von ihm gehört. Ein ehemaliger CIA-Agent, hat die Contras in Nicaragua mit Waffen beliefert. War Rädelsführer einer rechtsradikalen Gruppe, die sich Libertad nannte.«

»Gut! Sie haben Ihre Hausaufgaben gemacht. Während der letzten wechselvollen Tage der Revolution haben die Contra-Rebellen Kriegsmaterial gegen Drogen getauscht. Mit dem Segen einiger sehr wichtiger Leute in der Regierung wurde Kokain in die USA geschleust.«

»Durch die CIA?«

Sie nickte kaum merklich. »Ich glaube, daß Mariano, den Sie unter dem Namen Mario Secco kennen, in diese Geschichte verwickelt war. Vermutlich wurden er, John Gilroy und der Mann, den Sie Raven nennen, damit beauftragt, den Stoff über die Grenze zu bringen. Bei einem solchen

Geschäft sind Millionen zu verdienen, und deshalb ist meine Theorie die, daß Gilroy und Raven Mario Secco loswerden wollten.«

»Damit sie den Gewinn nur noch durch zwei teilen mußten«, erwiderte Sonny nachdenklich. Alisandra kannte die Szene, und was sie sagte, hatte Hand und Fuß.

»Ich kannte Männer von Gilroys Schlag, damals, in Kolumbien«, flüsterte sie. »Männer ohne Skrupel, die nicht die geringsten Gewissensbisse hatten, einen Menschen umzubringen. Aber aus Ihren Erzählungen folgere ich, daß Raven der Gefährlichste in diesem Spiel ist, und er scheint es auf Sie abgesehen zu haben.«

»Sind Sie während Ihrer Recherchen auf seinen Namen gestoßen?«

»Nein. Aber es gab da einen anderen Kontaktmann. Klingelt es bei Ihnen, wenn Sie den Namen William Stone hören?«

Und ob, dachte Sonny. William Stone, der Mann, der auf dem Rücksitz des Hubschraubers gesessen hatte, mit dem Stevens und Martínez auf der Sandbank des Flusses gelandet waren.

»Ein hohes Tier beim Geheimdienst«, murmelte Sonny.

»William Stone war Leiter der CIA-Operationen in Mittelamerika. Die offiziellen Berichte an seine Vorgesetzten waren eine Sache, aber was er in Nicaragua wirklich machte, stand auf einem ganz anderen Blatt«, flüsterte sie. »Das Foto, von dem ich sprach, zeigt William Stone auf der Treppe eines Gebäudes in Bogotá, das bekanntermaßen einem Rauschgiftring gehört. Neben ihm steht einer der Drogenbarone des Medellín-Kartells. Damals waren sie die mächtigsten Männer in der Rauschgiftszene. Die Qualität des Fotos läßt zu wünschen übrig, es wurde mit einer Teleskoplinse aufgenommen, aber –«

Sie holte einen schmalen gelben Umschlag aus ihrer Handtasche hervor.
»Das ist meine Lebensversicherung«, sagte sie. »Das FBI hat einen Abzug, und sie wissen, daß ich das Negativ besitze. Ich bin im Rahmen meiner Recherchen über dieses Foto gestolpert. Deshalb haben mich weder FBI noch CIA behelligt. Inzwischen verschwenden sie ohnehin keinen Gedanken mehr daran. Einige der Kartellchefs wurden gefaßt, und die Öffentlichkeit wurde mit der Behauptung eingelullt, man habe das Problem völlig im Griff. Sie wissen, daß die Angst um meinen Sohn mich veranlaßt zu schweigen. Und jetzt wurden, bis auf Stone und Gilroy, auch noch die Akteure ausgetauscht. Die Regierung hat gewechselt, und eine neue Ära der diplomatischen Beziehungen zu Lateinamerika hat begonnen. Doch Leute wie Stone sind in Geheimdienstkreisen immer noch sehr mächtig und einflußreich. Sie halten sich bedeckt, gehen auf Nummer Sicher. An sie kommt man nicht heran.«
»Wie sind Stone und Gilroy Verbündete geworden?«
»Stone hat Gilroy angeworben, als führenden Kopf der Tarnaktion, eine kleine Gruppe von CIA-Agenten, die Waffen gegen Kokain tauschten. Zuerst war der Beweggrund wohl ihre rechtsradikale Ideologie. Aber dann sahen sie, daß sich mit dem Rauschgift ein Vermögen verdienen ließ. Als die Revolution in Nicaragua zu Ende ging und es keine Contra-Rebellen mehr mit Waffen zu beliefern gab, wollten sie auf ihre lukrative Einnahmequelle nicht mehr verzichten.«
»Und brachten weiterhin Drogen ins Land.«
»Ja«, erwiderte Alisandra. »Sie wurden Bündnispartner des neueren Cali-Kartells und schufen ein ausgefeiltes logistisches System. Sie genießen Schutz auf allerhöchster Regierungsebene. Aber Gilroy wurde zum Problem. Er redete

zuviel, und deshalb schickten sie ihn in den Ruhestand in Ihre hübsche Stadt, weit weg vom Schuß. Mr. Stone wird ihm hier ab und zu einen Besuch abstatten, wie ich vermute. Sie achten auf den Erhalt freundschaftlicher Beziehungen. Die Kriege in Mittelamerika gehören inzwischen der Vergangenheit an, aber diese Männer haben eine ganze Generation rauschgiftsüchtig gemacht.«

»Ein ganzes Land ist davon abhängig.«

Alisandra nickte. »Rein wirtschaftlich gesehen haben sie einen Markt geschaffen, den sie auch weiterhin beliefern könnten. Aber Gilroy ist zu publicitysüchtig, zu laut. Er stellte seinen Reichtum gerne zur Schau. Wie ich hörte, haben Stones Mittelsmänner in Washington nicht viel für Gilroy übrig.«

Was für eine unglaubliche Geschichte, dachte Sonny. Die Elemente waren mehr oder weniger bekannt; wovon niemand etwas wußte, waren die heimlichen Drahtzieher hinter den Kulissen.

Sonny blickte den Umschlag an, der auf dem Tisch lag.

»Sie dürfen ihn aufmachen.«

Sonny hob ihn auf und öffnete ihn.

»Ich trage ihn seit Jahren mit mir herum.«

Sonny betrachtete die vergilbte Fotografie. Auf den Stufen eines Gebäudes, neben einer breiten Eingangstür mit üppigen Ornamenten, standen zwei Männer, mit dem Gesicht zur Kamera. Der eine, breitschultrig und groß, war blond, er lächelte. William Stone.

»Sind Sie sicher, daß dieser Mann Stone ist?«

»Absolut sicher. Der Mann links gehört zum Medellín-Kartell. Sie stehen vor einem Gebäude des Syndikats in Bogotá. Damals befanden sie sich auf dem Gipfel ihrer Macht, ein Höhenflug, der sie überheblich werden ließ. Sie führten Verhandlungen mit Staatschefs und hohen Militärs, und sie waren der Überzeugung, daß ihre Organisation eines Tages Lateinamerika regieren würde.«

»Das haben sie wirklich geglaubt?«

»Natürlich. Sie gaben vor, den Kommunismus zu bekämpfen, aber in Wirklichkeit waren sie auf dem besten Weg, die Herrschaft des Landes zu übernehmen, indem sie hohe Regierungsbeamte kauften. Wenn Kabinettsmitglieder in Schlüsselstellungen sich weigerten, gemeinsame Sache mit ihnen zu machen, schürten sie Aufruhr im Land. Ihr Plan war, die Wirren zu nutzen und die Herrschaft an sich zu reißen.«

Großer Gott, dachte Sonny, ein Land, das nicht von gewählten Repräsentanten des Volkes regiert wurde, sondern von Drogenbaronen. Ziemlich absonderlich, diese Idee, aber sie machte Sinn.

»Aber Sie brauchen das Foto«, sagte Sonny.

Sie seufzte und schüttelte den Kopf. »Es würde vor Gericht nicht als Beweismittel zugelassen, und das Negativ wurde schon vor langer Zeit vernichtet. Als Lebensversicherung war es eine Zeitlang zweckdienlich, aber das spielt heute keine Rolle mehr. Die Akteure haben sich geändert. Noriega sitzt hinter Gittern. Das Land, das er regiert hat, wird von den amerikanischen Streitkräften verwaltet, und die Militärs unterstehen dem amerikanischen Geheimdienst. Die Kartelle fassen inzwischen überall Tritt, auch in unseren Heimatländern. Die Menschen sterben wie die Fliegen. Deshalb habe ich Ihnen erzählt, was ich weiß.« Sie zuckte traurig die Schultern. »Ich muß jetzt gehen.«

Sonny erhob sich ebenfalls.

»Falls es Ihnen gelingt, Stone oder Gilroy zu überführen, ist das eine unerhebliche Vergeltung; mein Mann wird dadurch auch nicht wieder lebendig. Gilroy befindet sich im Besitz der Informationen, an denen Sie interessiert sind.

Aber das ist eine sehr gefährliche Spur. *Adiós*, Señor Baca. *Adiós*, Sonny«, verbesserte sie sich.
Sie reichte ihm die Hand.
»*Gracias*«, bedankte er sich noch einmal. Sie lächelte, wandte sich um und verließ in aller Eile das Café. Sie verschwand hinter der grünen Fächerpalme, die neben der Eingangstür stand.
Sonny sah ihr hinterher; dann nahm er wieder Platz und betrachtete die Fotografie. Er trank den letzten Schluck Kaffee, der inzwischen kalt war.
William Stone, dachte er, Hüter unserer Freiheit, ein Topagent des Geheimdienstes, ein Mann, der den Fortbestand der Demokratie sichern sollte. Er hatte sich auf einen Tauschhandel Drogen gegen Waffen eingelassen, und als die Revolutionen in El Salvador und Nicaragua beendet waren, hatte er das florierende Geschäft fortgesetzt.
Sonny warf einen kurzen Blick aus dem Fenster. Alisandra Bustamante-Smith ging vorüber, Spiegelbild einer Seele, die zuviel gesehen hatte. Dann war sie verschwunden.
Sie braucht einen Menschen wie Lorenza Villa, dachte Sonny, um die Todesbilder in ihrem Kopf auszulöschen. Sonst würde sie das Entsetzen über den Tod ihres Mannes ein Leben lang mit sich herumtragen. Ein Mensch war außerstande, zu lieben, wenn er die Last so grauenvoller Bilder mit sich schleppte, wie Sonny aus eigener Erfahrung wußte. Und dennoch hatte sie ihm gerade den einzigen brauchbaren Hinweis gegeben, über den er verfügte.
»Verdammt«, fluchte er; die Frau tat ihm leid.
Er blickte wieder zum Fenster hinaus. Auf den Bürgersteigen der Stadt eilte die arbeitende Bevölkerung hin und her. Es war ein ganz normaler Arbeitstag in Albuquerque. Nur eine Handvoll Menschen wußte um das Spiel, das hinter den Kulissen lief, und den hohen Einsatz, um den es dabei ging.

Was wußte das FBI wirklich? Zu viele unbeantwortete Fragen, dachte Sonny, und Garcias Männer waren nicht einmal zum Spiel zugelassen, geschweige denn am Ball.
Er starrte die Fotografie an. Wie, zum Teufel, kam man an ein hohes Tier wie William Stone heran?

16

John Gilroy wohnte im Milagro Country Club, einem der teuersten Viertel im nordöstlichen Einzugsbereich der Stadt. Die Prunkvillen in dieser Bannmeile waren weitläufig und luxuriös, nahezu extravagant. Das weitläufige Terrain am Fuße der steilen Sandia Moutains, zu dem auch ein Golfplatz gehörte, war von einer gewundenen Steinmauer umgeben, die nach dem Muster der Chinesischen Mauer erbaut zu sein schien, wahrscheinlich, dachte Sonny, um den Rest der Welt am Eindringen zu hindern. Das Fußvolk war nur geduldet, um die Gärten instand zu halten oder die Häuser zu putzen, und sie mußten das Gelände bei Einbruch der Dunkelheit verlassen.

Sonny hatte einmal in seinem Leben ein Haus in Milagro betreten: Er war im Vorfeld zu der letzten Bürgermeisterwahl zu einer Cocktailparty gebeten worden. Er hatte gerade den Mordfall Gloria Dominic geknackt, eine harte Nuß, und in den Wochen danach erhielt er zahllose Einladungen zu Festlichkeiten in Häusern, deren Türen ihm früher verschlossen gewesen waren.

Das Paar mittleren Alters, das ihn eingeladen hatte, war gerade erst aus Kalifornien hierhergezogen, und sie vertrauten Sonny an, daß sie New Mexico sehr mystisch fanden. Sie führen jede Woche nach Santa Fé, wo ein Prophet der New-Age-Bewegung ein Pendel mit einem Kristall über ihren Köpfen schwang, aber abgesehen davon schienen sie wenig über die tiefere, spirituelle Welt des Río Grande Valley zu wissen.

Soll doch jeder nach seiner Fasson selig werden, dachte

Sonny, als er in seinen Pick-up stieg und sich auf den Weg zu den Heights machte. Er wollte Gilroys Domizil in Augenschein nehmen und anschließend den Mann beschatten. Und es blieb ihm nicht viel Zeit.

Er mußte lange vor einer roten Ampel an einer Straßenkreuzung warten, die wegen Bauarbeiten mit orangefarbenen Fässern markiert war. Der Verkehr kam nur sehr langsam voran, und deshalb nutzte er die Gelegenheit, um Rita anzurufen.

»Guten morgen, *amor*!«

»Schluß mit *amor*!« zischte sie. »Was zum Teufel hast du dir dabei gedacht, mit dieser Frau da oben herumzukurven? Du hättest tot sein können!«

Die Neuigkeiten hatten sich offenbar schon herumgesprochen. Kein Wunder, denn alle Leute im Umkreis der Stadt waren in der Lage gewesen, Sonnys Ausflug mit Madge Swenson im Fernsehen zu verfolgen.

»Ich weiß, ich hätte es dir sagen sollen, aber ich wollte dich nicht beunruhigen.«

»Mich beunruhigen? Jetzt bin ich beunruhigt. Ich sehe mir völlig nichtsahnend die Nachrichten an, und plötzlich entdecke ich dich auf dem Bildschirm! An einer *playa* am Fluß, und dieses Weibsbild klammert sich an dich wie eine Schlingpflanze. Alle Welt hat daraufhin bei mir angerufen. Auch deine Mutter. Wo steckst du?«

»Auf dem Weg nach Milagro –«

»Oben im Norden?«

»Nein, in den Milagro Country Club.«

»Wozu?«

»Ich muß mit jemandem sprechen.«

»Bist du mit dem Heißluftballon unterwegs?« fragte Rita sarkastisch.

Auch das noch! Rita war offensichtlich geladen. Sonny

schüttelte den Kopf. Er hätte ihr von Anfang an reinen Wein einschenken sollen.
»Ich muß mehr über einen Mann namens John Gilroy herausfinden.«
»Elfego Francisco Baca, manchmal wünschte ich mir, du müßtest nicht dauernd irgendwelche Leute beschatten.«
»Genau das sagt meine *mamacita* auch.«
»Ich bin nicht deine Mutter, sondern deine Zukünftige. Ich finde es nicht komisch, wenn du mit irgendeinem blonden Gift im Ballon herumgondelst. So wie sie aussieht, traue ich ihr nicht über den Weg; wahrscheinlich stecken bei ihr ganz andere Beweggründe dahinter.«
Sonny zuckte zusammen. Rita traf mit ihren Intuitionen in neunundneunzig Prozent der Fälle ins Schwarze.
»Du hast mit meiner *jefita* gesprochen? Wie geht es ihr?«
»Prima. Sie ist zäh. Ein doppelter Bypass, und trotzdem wieder so fit, als könnte sie Bäume ausreißen. Sie wollte wissen, warum du nicht wenigstens auf einen Sprung vorbeigekommen bist.«
»Ich weiß, es gibt keine Entschuldigung. Ich bin ein *sinverguenza*.«
»*Amor*, sag so etwas nicht! Du bist kein Taugenichts! Ich habe ihr von Diego und seiner Familie erzählt. Sie weiß, daß du im Moment viel um die Ohren hast. Du kannst ohnehin nichts für sie tun. Es geht ihr gut.« Ihre Stimme bekam einen sanfteren Klang.
»Und wie geht's *la familia*?«
»Bestens. Ich habe Cristina heute morgen zur Schule gebracht. Sie war vor Aufregung völlig aus dem Häuschen. Marta ist in der Zeit zu Hause geblieben und hat den Hausputz erledigt, und ich habe Don Eliseo etwas zu essen gebracht, damit die Männer nicht verhungern. Diego war nicht da.«

»Ich weiß. Er zieht Erkundigungen für mich ein, erledigt die Beinarbeit.«

»Beinarbeit, soso! Manchmal frage ich mich, was ihr Männer unter ›Beinarbeit‹ versteht. Ballons und Blondinen? Das wäre mir neu! Das nächste Mal kommt sie noch auf die Idee, da oben Champagner mit dir zu trinken.«

Sonny schluckte. »Hör zu, ich muß Gilroy finden und ihn observieren. Ich weiß nicht –«

»Du weißt nicht, wann du wieder zu Hause sein wirst. In Ordnung, aber ruf an. Du hast schließlich ein Autotelefon, also benutze es auch. *Y ten cuidado.* Ich liebe dich. Und ich mache mir Sorgen um dich.«

»Ich liebe dich, *amor.* Und mach dir keine Sorgen. Ich rufe dich an.«

»Versprochen?«

»Versprochen.«

»*Adiós. Un besito.*« Er hörte an dem schmatzenden Geräusch, daß sie ihm einen Kuß zuwarf.

»*Adiós. Un beso.*« Er erwiderte den Kuß. Dann blickte er zur Seite und entdeckte eine Frau in einem Camaro, die ihn beobachtete. Sie lächelte, und Sonny spürte, wie er errötete.

»Ich liebe dich wirklich, *cabrón*«, sagte Rita.

»Und ich liebe dich«, sagte er. Dann schaltete er das Telefon aus und schloß sich dem Verkehrsstrom an, der sich träge durch das Labyrinth der orangefarbenen Markierungsfässer schob. Die Stadt wuchs wie verrückt, und die orangefarbenen Fässer waren ein Schmuck, der an jeder Straßenecke zu finden war.

Er bog in die Straße ein, die zum Milagro Country Club führte. Am Eingangstor stand ein Wachposten. Der Wagen vor ihm bremste ab und wurde durchgewunken. Sonny hielt am Tor an.

»Geschäftlich?« schnarrte der muskelbepackte Wachmann.
»Rasen mähen«, erwiderte Sonny. Er hatte kein Firmenemblem an seinem Pick-up, deshalb konnte er nicht behaupten, weiter oben in der Hierarchie als Installateur oder Elektriker zu arbeiten.
»Adresse des Auftraggebers?«
Sonny gab die einzige Adresse an, die er kannte, Gilroys. Der Wachmann beäugte Sonny mißtrauisch, winkte ihn aber durch.
John Gilroys Anwesen war ein Musterbeispiel für die Architektur der Neureichen: ein dreigeschossiges, protziges Bauwerk mit ionischen Säulen, eine schlechte Nachbildung der Herrenhäuser auf den alten Südstaatenplantagen. Diese Ungeheuerlichkeit wurde von den blauen Sandia Mountains eingerahmt. Die Rasenfläche war genauso groß wie einige der Baseballspielfelder in den ärmeren Stadtvierteln. In der breiten Auffahrt parkten zwei Mercedes-Limousinen.
Aha, dachte Sonny, als er an dem Haus vorüberfuhr. Ich bin offenbar nicht der einzige, der sich für Gilroy interessiert.
Der »Kabelmeßwagen« parkte einen halben Block von Gilroys Anwesen entfernt, genau an der Stelle, an der Sonny den FBI-Beobachtungsposten erwartet hatte. Die beiden Männer hatten einige orangefarbene Markierungsfässer aufgestellt und taten, als wären sie mit Ausbesserungsarbeiten in der Parkbucht beschäftigt. Der eine Mann war baumlang, der andere klein, wie die beiden Pechvögel Mutt und Jeff aus dem gleichnamigen Comicstrip. Aber Sonny kannte die Agenten nicht, es waren nicht Mike und Eddie. Wußte Gilroy, daß er observiert wurde? Sonny hoffte, daß er nervös geworden war und sich zu einem unüberlegten Schachzug hinreißen ließ.

Sonny parkte seinen Wagen ein Stück weiter die Straße hinunter. Er konnte das Haus und den FBI-Lieferwagen von hier aus beobachten, aber früher oder später würde er Aufmerksamkeit erregen und weiterfahren müssen. Wenn er sich zu lange hier herumtrieb, würde gewiß jemand den Wachposten benachrichtigen.

Er spürte, wie sein Magen knurrte. Er hatte ein Brot mit Erdnußbutter und Gelee und eine Thermoskanne Kaffee eingepackt. Er aß das Brot und trank Kaffee, während er in Gilroys Dossier blätterte. Mit rund einem Meter achtzig war der Mann groß und massiv, hatte blondes, kurzgeschnittenes Haar und ein Kinn, das Entschlossenheit verriet. Ein Mann von der Sorte, die schon während ihrer Studienzeit als Verteidiger in der Rugbymannschaft gelernt hatte, über Leichen zu gehen.

Gilroy hatte sich danach als Pilot bei der Air Academy in Colorado Springs beworben. Er war bei den Tests durchgefallen und wurde vom Geheimdienst angeworben. Hier endete seine Spur auf dem Papier; danach tauchte er erst wieder aus der Versenkung auf, als er weltweit für Schlagzeilen sorgte: Er war über Nicaragua abgeschossen und von der Sandinistischen Nationalen Befreiungsfront gefangengenommen worden. Das war ein verheerender Schlag für die Geheimoperation der CIA, die den Contra-Rebellen Waffen lieferte.

Alisandra hatte Gilroy mit dem Drogenkartell in Medellín in Verbindung gebracht, aber ihre Geschichte wurde in Washington ins rechte Licht gerückt. Als die Sandinisten ihren Gefangenen der US-Regierung auslieferten, erhielt er eine neue Identität und die Anweisung, unterzutauchen. Aber er war nicht der Typ, der sich in ein Mauseloch verkriecht.

Das Telefon unterbrach Sonny bei seiner Lektüre. Es war Diego.

»Hallo, *hermano,* ich habe gehört, daß auf dich geschossen wurde. Alles in Ordnung?«
»Alles bestens. Raven ist ein schlechter Schütze.«
»Werde ja nicht leichtsinnig. Hör mal, hast du schon einmal den Namen Gilroy gehört?«
»Ich sitze im Auto, und das steht direkt vor seiner Haustür.«
»Dann bist du schneller als ich. Meine Leute wissen sehr wenig, aber sie sind hundertprozentig sicher, daß die Lieferung noch nicht eingetroffen ist. Dieser Gilroy macht sich nicht selbst die Hände schmutzig, aber die Lage spitzt sich allmählich zu. Er wird die *carga* höchstpersönlich befördern.«
»Wo befindet sie sich jetzt?«
»In Juárez.«
»Was hast du sonst noch herausgefunden?«
»Es handelt sich um eine große Lieferung.«
»Wie groß?«
»Die größte, die sie je reinzuschmuggeln versucht haben. Millionenschwer!«
Sonny pfiff durch die Zähne. Verdammt, genug *carga,* um dem Land im Winter einzuheizen.
»Da ist noch was.«
»Was?«
»Es ist nicht nur Koks, sondern auch Heroin. Ein schneller Schuß für jeden, der genug Moneten hat.«
»Heroin«, wiederholte Sonny. Jeder wußte, daß dieses totgesagte Morphinderivat wieder auf dem Vormarsch war und sich inzwischen auch bei den Spitzenverdienern der Gesellschaft zunehmender Beliebtheit erfreute, um ein paar Tage im Wochenendhaus auszuspannen, um den Streß zu vergessen, mit dem man sich in der täglichen Tretmühle und im Konkurrenzkampf konfrontiert sah.
»Auf den Straßen ist es ruhig. Die mexikanische Mafia hat

ihren Wegezoll kassiert und hält sich heraus. Der Stoff kommt, wie man munkelt, aus Kolumbien, und die CIA hat ihre Finger im Spiel. Dieser Mann hat Beziehungen, Sonny. Sei vorsichtig.«

»Das werde ich. *Gracias.*«

Juárez, dachte er. Sie hatten dem Kartell von Juárez also eine Art Maut gezahlt und benutzten ihr Verteilernetz. Teufel auch, die Mafiosi von Juárez ließen sich nicht mit Kleingeld abspeisen, sie hatten eine hohe Summe als Abschlag erhalten, genug Geld, um Regierungsbeamte in Mexico und den USA zu kaufen.

Ein blonder Fünfjähriger und seine junge Mutter fuhren auf ihren Fahrrädern vorbei. Sie blickten Sonny an. Sonny lächelte, und die Frau runzelte die Stirn. Sie würden Meldung machen, vermutete Sonny; es war an der Zeit, den Standort zu wechseln. Er ließ den Wagen in dem Moment an, als sich die Eingangstür des Hauses öffnete; John Gilroy kam heraus, sprang in eine seiner Limousinen und preschte aus der Einfahrt.

Der hat's aber eilig, dachte Sonny. Er wartete, bis »Mutt und Jeff« in ihren Kabelmeßwagen geklettert und an ihm vorbeigebraust waren. Sie beschatteten Gilroy, und er hängte sich an ihre Fersen, während der Pulk auf der direkten Route zum Flughafen fuhr.

Keine Zeit für eine Maskerade, dachte Sonny, als er Gilroy in die Parkgarage und danach zum Flugkartenschalter der Southwest Airlines folgte. Er hoffte, daß die beiden Agenten, die Gilroy beschatteten, ihn nicht kannten.

Der Mann hatte es eilig, er mußte offenbar unbedingt die nächste Maschine nach Juárez erwischen. Sonny reihte sich vorsorglich weiter hinten in der Schlange ein.

»El Paso, Mr. Gilroy«, sagte die Bodenhosteß hinter dem Ticket-Counter. »Der Flug geht in dreißig Minuten.«

Sonny kramte in seiner Jackentasche und fand zwanzig Dollar. Er war pleite. Er reichte der Hosteß seine Kreditkarte und sagte: »El Paso, bitte.« Er seufzte erleichtert, als die Dame lächelte. »Sie haben Glück, Mr. Baca. Der Flug ist bereits aufgerufen, bitte beeilen Sie sich.«

»Mutt und Jeff« stiegen nach Gilroy ein, und so war Sonny der letzte, der an Bord ging. Die Tür wurde verriegelt, und gleich darauf starteten sie. Er überprüfte noch einmal den Inhalt seiner Brieftasche. Der Abstecher nach El Paso war nicht eingeplant gewesen, aber wenn sich das Kokain in Juárez befand, dann konnte es kein Zufall sein, daß Gilroy ausgerechnet jetzt nach El Paso flog. Sonnys Kreditkartenlimit war vermutlich so gut wie erschöpft. Es würde eng werden, in jeder Beziehung.

Er hatte Freunde in El Paso, Joe Olvera und Bobby Byrd, Männer, die er während seines Studiums kennengelernt hatte. Aber er würde keine Zeit haben, sie anzurufen und sich Geld von ihnen zu borgen. Gilroy war offenbar in großer Eile.

Auf dem Flughafen von El Paso war nichts los. Sonny folgte Gilroy und verlor die beiden Agenten kurzfristig aus den Augen. Gilroy winkte ein Taxi herbei, stieg ein und fuhr los. Sonny sprang in das nächste Taxi, das gerade in der Parkbucht vorfuhr.

»Sehen Sie das Taxi dort?« Er deutete auf den Wagen vor ihnen. »Zwanzig Dollar extra, wenn Sie ihm auf den Fersen bleiben.« Seine Barschaft schmolz schnell zusammen, aber er war nicht so weit gereist, um Gilroy jetzt aus den Augen zu verlieren.

Der dunkelhäutige, schnurrbärtige, pockennarbige Taxifahrer drehte sich zu ihm um und blickte ihn mißbilligend an. »Was, zum Teufel, glauben Sie, wer Sie sind? Charlie Chan?«

»Zwanzig Dollar!« wiederholte Sonny und wedelte mit den Scheinen vor dem Gesicht des Mannes herum.
Der Mann lächelte. »Alles klar, mein Freund. Sie sind also kein Geizkragen wie dieser Superdetektiv aus den alten Fernsehfilmen.« Er nahm die zwanzig Dollar und drückte auf die Hupe, als er den Flughafen verließ. Gilroys Taxi war noch in Sicht, legte aber ein rasantes Tempo vor.
»Sind Sie ein Cop?« hakte der Taxifahrer nach. »Wissen Sie, wenn Sie nämlich bei der Polizei sind, muß ich mir nicht den Kopf über Straßenverkehrsgesetze und Strafmandate zerbrechen.«
»Ich bin auch kein Polizist. Mein Name ist Elfego Baca.« Er lächelte den Taxifahrer im Rückspiegel an, während er gleichzeitig Gilroys Taxi im Auge behielt, als sie sich durch den dichten Verkehr schlängelten. »Und machen Sie sich keine Sorgen wegen der Strafzettel.«
»Elfego Baca? Hier hat's irgendwann vor langer Zeit mal einen Cowboy oder Sheriff gleichen Namens gegeben.«
»Der gehörte zu meiner Familie.«
»Sie sind aus New Mexico?«
»Ja. Woran haben Sie das erkannt?«
»Ach, ihr *manitos* seid alle gleich.« Er runzelte die Stirn.
Wo mögen »Mutt und Jeff« stecken? dachte Sonny. Sie hatten Gilroy gewiß nicht verloren, aber er hatte sie auch nicht aus der Taxireihe ausscheren sehen.
»Welche Stadt?«
»Burque. Ich mache hier Urlaub.«
Der Taxifahrer lachte. »Das ist kein Urlaub, mein Freund. Sie haben kein Gepäck, und Sie folgen einem Mann, der gewieft ist. Der Fahrer kennt die Gegend, und er weiß, wie man Spürhunde abhängt.«
»Aber uns wird er nicht abhängen.«

»Dieser Lackaffe hat keine Chance. Ich bin hier aufgewachsen. Ich bleibe dran, auf Biegen und Brechen.«
Sonny betrachtete das Plastik-Namensschildchen des Fahrers auf der Sonnenblende. Marcos Vargas. Ein Landsmann. Er befand sich in guten Händen.
»He, mein Freund«, sagte der Fahrer, als sie über die Brücke fuhren, die über die Grenze führte. »Der Mann fährt nach Juárez. Möchten Sie, daß ich ihm folge?«
»Ja.«
»Das kostet aber extra«, sagte Marcos und legte seinen Arm auf die Rückenlehne, als der Verkehr am Grenzübergang langsamer wurde. »Und mit Drogen will ich nichts zu tun haben. Ich hab' Familie, wissen Sie, und ich war schon mal im Knast. Also keine krummen Dinger.«
Er drehte sich um und sah Sonny an. Seine kohlschwarzen Augen zeigten Sonny deutlich, auf welcher Seite des Gesetzes er stand.
»Ich folge diesem Mann, weil ich überzeugt bin, daß er jemanden getötet hat«, sagte Sonny genauso ehrlich und ohne Umschweife. »Wenn Sie mich jetzt hier absetzen, geht der Mann straffrei aus.«
Marcos schüttelte den Kopf und ließ seine Faust auf das Lenkrad krachen. »Verflixt! Schon wieder so eine haarsträubende Geschichte. *Por qué yo, Dios*? Warum passiert das immer mir?«
Unmittelbar vor ihnen befand sich der Schlagbaum; die mexikanischen Grenzposten warfen einen Blick in jeden Wagen und stellten die üblichen Fragen.
»Sie sind pleite, stimmt's?«
»Richtig.« Sonny zuckte bedauernd die Achseln und versuchte zu lächeln.
»Und ich habe meiner besseren Hälfte heute morgen erzählt, das wird bestimmt ein guter Tag!« stöhnte Marcos.

»Reines Wunschdenken! Und dann tauchen Sie auf. Haben Sie Schmuggelware bei sich?«
Sonny schüttelte den Kopf.
»Tragen Sie eine Waffe?«
Wieder schüttelte Sonny den Kopf.
»Mexikanische Gefängnisse sind elende Rattenlöcher.« Marcos fluchte und fuhr zu dem mexikanischen Grenzpolizisten hinüber. »Glauben Sie mir, ich spreche aus Erfahrung.«
»*Adónde?*« Wohin? Der Mann musterte Sonny.
»*El señor va comprar pisto*«, erwiderte Marcos.
Der Mann lächelte. Es war immer gut, wenn die Touristen zum Einkaufen kamen und eine Menge Geld im Lande ließen.
»*Cuánto tiempo va pasar en México?*«
»*Una hora, es todo*«, erwiderte Sonny. Ja, eine Stunde Aufenthalt würde reichen.
Der Grenzposten trat einen Schritt zurück und winkte sie durch. Marcos gab Gas, um Gilroys Taxi einzuholen. »Mörderisch«, sagte er, als sie am Stadtzentrum von Juárez vorbeifuhren. »Ihr Mann fährt in Richtung *Colonia de los Muertes.* Das ist der Bezirk, in dem die Mafia ihre Lagerhäuser hat. Sind Sie sicher, daß Sie dorthin wollen?«
»Ganz sicher«, erwiderte Sonny. Er hatte sich bereits weit vorgewagt, und sein Instinkt sagte ihm, daß Gilroy zu einem wichtigen Treffen unterwegs war. Vielleicht hatte es mit seiner Kokainlieferung zu tun.
Sie folgten dem Taxi entlang den Eisenbahnschienen mitten hinein in den riesigen Lagerhausdistrikt. Kleine *tienditas,* Verkaufsstände, und *talleres,* Kunstgewerbeläden, säumten die mit Schlaglöchern übersäte Straße, auf der ungezählte räudige Köter und rotznäsige Kinder spielten. Dunkelhäutige Frauen, die beobachtet hatten, wie das erste Taxi

vorüberfuhr, wandten den Kopf, um mißtrauisch das zweite zu beäugen. Zwei Taxis aus El Paso, das bedeutete Ärger. Die Mütter standen an den offenen Türen und befahlen ihren Sprößlingen, schleunigst ins Haus zu kommen.

»Er hat angehalten.« Marcos deutete zu dem einparkenden Wagen hinüber, als er an den Rand der schmalen, menschenleeren Straße fuhr. »Diese Lagerhäuser gehören dem Juárez-Kartell«, flüsterte er. »Carillos Territorium. Man läßt sich hier nicht auf der Straße blicken, wenn man keine *carga* kaufen oder liefern will.«

Carillo war in Mexiko die Nummer eins unter den Kokain-Schmugglern. Sein Syndikat, das Juárez-Kartell, war genauso mächtig geworden wie das Cali-Kartell. Carillo kaufte das Kokain in Kolumbien, brachte es nach Guadalajara und Ciudad Juárez, und von dort wurde es per Flugzeug in die Vereinigten Staaten transportiert. Die mexikanische Presse nannte ihn den »Herrn der Lüfte«, weil er Jets benutzte, um Koks von Kolumbien nach Mexiko zu fliegen. Und nun sah es ganz so aus, als sei er auch ins Heroingeschäft eingestiegen.

»Der Mann macht dem Gulf-Syndikat Konkurrenz«, sagte Marcos. »Er beschafft den Stoff für die Tijuana- und Sinaloa-Kartelle; hier ist seine Kommandozentrale, von der aus er alle Fäden zieht. Er kauft direkt von Orejuela in Kolumbien. Aber das wissen Sie ja«, sagte er und sah Sonny durchdringend an. »Sie haben mich an der Nase herumgeführt. Ich lasse Sie jetzt aussteigen, und dann sind Sie ganz auf sich selber gestellt.«

»Ich werde offen mit Ihnen sein. Der Mann, dem wir gefolgt sind, steht im Begriff, eine riesige Drogenlieferung nach Albuquerque zu schmuggeln. Das will ich verhindern.«

»Aber Sie sind kein Cop?«

»Nein. Das ist eine persönliche Angelegenheit.«

Er suchte in seiner Brieftasche und drehte die Klappe um, hinter der er immer einen Zehndollarschein aufbewahrte. Für Notfälle, und das war einer. Er reichte sie Marcos. »Würden Sie hier auf mich warten?«

»Warten?« Marcos sah den Zehndollarschein an und lachte. »Für zehn Mäuse soll ich warten? Sie müssen den Verstand verloren haben, völlig *loco*! Wenn ich auch nur in Sichtweite von irgend jemandem erwischt werde, der mit Drogen zu tun hat, bin ich wieder im Knast!«

»Ich hatte keine Chance, mehr Geld einzustecken; ich bin überstürzt hierhergekommen, ich wollte den Mann nicht aus den Augen verlieren«, erklärte Sonny und bot dem Taxifahrer die zehn Dollar an.

»*Ay, madrecita Llorana*!« Marcos schüttelte den Kopf. »Ich bin ein ausgemachter Pechvogel! Den ganzen Tag lang kutschiere ich die langweiligen Touristen hin und her, und sobald sich ein aufregendes Abenteuer bietet, erwische ich einen *manito*, der völlig abgebrannt ist. Meine Frau meint, ich sollte zum Film gehen, da würde ich mehr Geld als Statist verdienen. Ich könnte den Bösewicht spielen. Die suchen ja immer Chicano-Schurken, wissen Sie. Sie meint, ich hätte Ähnlichkeit mit Eddie Olmos, Sie wissen schon, der Schauspieler.« Er drehte sich um und sah Sonny an. »Na gut, Elfego, ich werde eine Tasse Kaffee trinken, und wenn ich damit fertig bin, rufe ich die Polizei an und sage ihnen, daß Elefego Baca tot in dem Lagerhaus da drüben liegt. Und anschließend fahre ich nach Hause. Ich hab' schließlich Frau und Kinder. Wer soll für die sorgen?«

Sonny lächelte und klopfte dem Taxifahrer anerkennend auf den Arm. »Danke, mein Freund. Ich habe nicht vor, ins Gras zu beißen.«

Er stieg aus dem Taxi und lief geduckt im Zickzackkurs zwischen den Lagerschuppen zur Rückseite des Gebäudes.

Die Laderampe war leer. Er entdeckte eine Hintertür, aber sie war verriegelt. Er holte seinen Bund mit Nachschlüsseln heraus und probierte sie durch, aber nichts rührte sich. Jetzt blieb nur noch die Feuerleiter, und so kletterte er die rostigen Sprossen bis zum Flachdach empor. Mit einem alten Stück Leitungsrohr stemmte er den Notausstieg auf und betrat das höhlenartige Dachgeschoß des dunklen Gebäudes.

Er tastete sich vorsichtig durch die Dunkelheit, bis er zu einem Oberlicht gelangte, das mit Spinnweben und Staub bedeckt war. Unter ihm konnte er Stimmen hören. Er wischte den Staub von der Glasscheibe und spähte in die Mitte einer weitläufigen Halle hinab. Im trüben Licht, direkt unter ihm, stand John Gilroy. Er brüllte einen Mann an, der sich im Schatten befand. Sonny spürte, wie sich seine Nackenhaare sträubten.

Raven! Gilroy war nach Juaréz gekommen, um Raven zu treffen!

17

Sonny beugte sich vor und spitzte die Ohren.

»Es interessiert mich nicht im mindesten, was Sie sagen! Warum haben Sie im Ballon Jagd auf Baca gemacht? Das war eine Falle, zum Teufel!«

»Das wußte ich!« schnappte Raven, drehte sich um und funkelte Gilroy grimmig an. »Sonny und ich lieben solche Spielchen. Eines Tages wird er sich in meine Domäne wagen, und dann Gnade ihm Gott!« In ohnmächtigem Zorn schlug er die Fäuste gegeneinander.

»Was Sie und Baca miteinander haben, geht mich nichts an! Aber ich habe ein Jahr für die Planung gebraucht, und ich werde nicht zulassen, daß Sie mir in letzter Minute einen Strich durch die Rechnung machen! Das Ganze sollte ein Ablenkungsmanöver sein, aber nein, Sie mußten ja versuchen, Baca zu erwischen! Es reicht, Sie sind zu weit gegangen! Der Chef tobt!«

»Er soll sich zum Teufel scheren«, fluchte Raven, und Gilroy, der Menschen mit seinen bloßen Händen umgebracht hatte, mußte an sich halten. »Wir können die Lieferung auch ohne die Ballons nach Albuquerque bringen. Ich finde hier immer ein paar Mexikaner, die jeden Job übernehmen!« brüstete sich Raven.

»Sie haben es immer noch nicht kapiert, oder?« Gilroy knirschte mit den Zähnen. »Carillo ist an dem Deal nicht beteiligt. Es hat mich ein Jahr gekostet, die Logistik auszuarbeiten war, ein ganzes Jahr, um den Stoff am Juárez-Kartell vorbeizudirigieren! Das wird der größte Coup aller Zeiten!«

Raven grinste. »Regen Sie sich ab, Mann. Wir liegen immer noch gut in der Zeit. Und Secco ist tot.«
»Ja, Secco ist tot, und ich bin dafür verantwortlich, das Geschäft über die Bühne zu bringen. Das ist der einzige Grund, warum das Kartell mich angeheuert hat. Sie wollten Secco abservieren!«
»Vergessen Sie nicht, ich bin derjenige, der Ihnen Secco vom Hals geschafft hat!« rief Raven erregt und trat drohend näher.
Im trüben Licht der nackten Glühbirne war sein Gesicht und das entstellende, rote Narbengewebe deutlich zu erkennen.
»Sie werden Ihren Anteil erhalten, Raven, sobald die Ware ausgeliefert ist und sich im Besitz meiner Leute befindet. Und falls Sie auf die Idee kommen sollten, mich reinzulegen, ist Ihr Leben keinen Pfifferling mehr wert!«
Von seinem Beobachtungsposten aus konnte Sonny die Wut spüren, die zwischen den beiden Männern loderte.
»Das gilt auch für den umgekehrten Fall«, fauchte Raven.
»Soll das eine Drohung sein?«
»Eine Drohung?« grinste Raven heimtückisch. »Sie sind für mich völlig uninteressant, ein kläglicher Wurm. Sie können mir nicht das bieten, was ich will!«
»Sie wollen doch nur eines, nämlich das, was alle wollen: Geld!«
Raven lachte. »Sie irren sich. Sie befinden sich völlig auf dem Holzweg!«
»Was denn sonst?«
»Ich will Sonny Baca, den Mann, dem ich das da zu verdanken habe!« Er zeigte auf die entstellte Gesichtshälfte.
»Sie können ihn haben, aber zuerst muß das Geschäft unter Dach und Fach sein. Sind alle Vorbereitungen getroffen?«
»Ja, alles ist bereit. Ich habe den ganzen Morgen auf Sie

gewartet. Hier sind schon ein paar Kilo gelagert.« Er deutete mit einer Kopfbewegung auf einen Stapel Päckchen, die auf dem Boden lagen.

»Gut«, erwiderte Gilroy. »Dann lassen Sie uns von hier verschwinden. Ich muß zurück.«

»Wozu die Eile? Die Cops kommen erst, wenn ich sie benachrichtige.«

Gilroy nickte. »Und sobald die Polizei auftaucht, wird sie nur noch Asche finden. Wir haben den diensthabenden Capitán fürstlich entlohnt; er wird bestätigen, daß die große Lieferung, die allenthalben erwartet wurde, verbrannt ist. Er wird den amerikanischen Zoll anrufen und Meldung erstatten, daß er die verkohlten Überreste gefunden hat, und dann werden sie den Fall zu den Akten legen. Die mexikanischen Zeitungen werden die Sache entsprechend aufbauschen.«

»Und unsere Ware ist inzwischen sicher in Albuquerque gelandet.«

»Frei Haus, eine Dienstleistung von UPS. Die Polizei läßt ihre Spürhunde nicht an den Lieferwagen von so bekannten Paketzustellern schnüffeln!« grinste Gilroy.

Die beiden Männer lachten.

Sie schmieren also Angehörige der mexikanischen Polizei und der amerikanischen Zollbehörden, dachte Sonny. Die UPS-Lieferwagen werden angewiesen, an einem bestimmten Tag und zu einer bestimmten Stunde, wenn nämlich der bestochene Beamte Dienst hat, die Grenze zu passieren, und ohne Durchsuchung durchgewunken. Dann werden Kokain und Heroin kiloweise auf der Interstate 25 direkt nach Albuquerque gebracht.

Es war ein raffinierter Plan. Gilroy stand unter dem Schutz des Cali-Kartells in Kolumbien. Er hatte sich mit den Mafiabossen darauf verständigt, Secco aus dem Weg zu räumen,

denn Secco war ein schwaches Glied in der Kette. Also mußten sie sich seiner entledigen. Raven wird vermutlich auch auf der Abschußliste stehen, dachte Sonny. Gilroy hat Beziehungen zum Kartell und den Militärs und er genoß Protektion auf allerhöchster Ebene. Er schützte wiederum seinen eigenen Gewinn aus dieser Transaktion und den führenden Kopf, der hinter dem Deal steckte.
Aber wie, zum Teufel, schützte sich Raven? Hatte er noch ein As im Ärmel versteckt?
Sonny hörte ein Geräusch hinter sich und wirbelte herum. In dem dämmrigen Licht erkannte er die beiden FBI-Agenten, die Gilroy gefolgt waren, »Mutt und Jeff«. Sie hatten ihre Waffen auf ihn gerichtet.
Na, so was! Er lächelte. »Nett, Sie kennenzulernen«, flüsterte er und deutete schweigend mit einem Kopfnicken auf das Oberlicht, damit sie einen Blick auf Gilroy und Raven werfen konnten. Er war überrascht, als sich einer der Agenten hinunterbeugte, seinen Arm packte und ihm die Pistole gegen die Schläfe drückte.
»Hoch mit dir!« bellte der Mann. Er stieß Sonny vom Oberlicht weg, beugte sich hinunter und rief: »Wir haben einen ungebetenen Besucher!«
»Bringt ihn runter!« hörte er Gilroys Stimme. Er schien nicht im mindesten überrascht.
Santo Nino. Die beiden Mechaniker aus dem »Kabelmeßwagen«, die Gilroy beschattet hatten, waren keine FBI-Agenten, sondern seine Leibwächter. Sie waren Sonny vom Flughafen aus gefolgt, als er Gilroy im Taxi hinterhergefahren war. Nun erkannte er den kleineren Mann: Schweißband, Ravens Spießgeselle, der versucht hatte, Sonny in der Küche umzubringen! Er und der baumlange Kerl waren Ravens neue Handlanger.
»Die Treppe runter, marsch!« befahl Schweißband, und die

beiden stießen Sonny die knarzenden Stufen hinunter in die Lagerhalle, wo Gilroy und Raven warteten.

»Darf ich vorstellen: Sonny Baca!« sagte einer der beiden Wachhunde.

Gilroy funkelte Sonny mit mörderischer Wut an. »Was ist mit dem Taxi, Langer?« fragte er den hochgewachsenen Mann.

»Ist weg. Der Mann hat Fersengeld gegeben!«

Gilroy musterte Sonny. »Sie sind also Sonny Baca. Ich kenne Ihren Namen aus der Zeitung. Ich hab' Sie für klüger gehalten. Einbruch und Hausfriedensbruch. Eigentlich sollte ich die Polizei rufen.« Er lachte.

»Ich bitte darum!« grinste Sonny. Ein Kojote, der von tollwütigen Hunden umringt ist und versucht, sie mit seinem Charme zu entwaffnen, dachte Sonny. Er wußte, daß es keinen Ausweg gab. Er hätte es mit vier Männern aufnehmen müssen, und zwei davon waren bewaffnet. Sich auf einen Kampf einzulassen, wäre der reine Selbstmord gewesen. Nein, er hätte sich lächerlich gemacht, und er wollte nicht als Witzfigur sterben.

»Er hält sich für ein schlaues Bürschchen«, sagte Raven und trat aus dem Schatten hervor, um seinen Erzfeind anzusehen.

Sonny zuckte zusammen. Ravens Gesicht war grauenvoll entstellt.

»Was ist los, Baca, kannst du meinen Anblick nicht ertragen? Das habe ich dir zu verdanken!« brüllte er und packte Sonny am Revers. »Also schau dir gut an, was du angerichtet hast! Du darfst dich sattsehen! Alles dein Werk!« Er spie Sonny ins Gesicht.

»Das hast du dir selbst zuzuschreiben!« entgegnete Sonny, riß die Arme hoch und schlug Ravens Hände weg. Im gleichen Atemzug verpaßte er Raven mit aller Kraft einen

Kinnhaken, so daß er das Gleichgewicht verlor und über Gilroy stolperte. Er drehte sich zu den beiden bewaffneten Leibwächtern um, aber zu spät. Der eine holte bereits zum Schlag aus und traf Sonny mit seiner Pistole im Nacken. Der zweite landete einen weiteren Treffer, und Sonny ging in die Knie.

Ravens Fußtritt traf Sonny mitten ins Gesicht, so daß er der Länge nach zu Boden fiel.

»Zeit, zu sterben!« fauchte Raven. Er riß einem der Männer die Waffe aus der Hand und zielte damit auf Sonnys Kopf. »Wenn du nicht gewesen wärst, hätte ich den WIPP-Transporter in die Luft gejagt!«

»Warten Sie!« schrie Gilroy und packte Ravens Arm.

»Wozu?« Ravens Gesicht war rot vor Wut, die Adern an den Schläfen traten hervor.

»Sie werden nicht meine Pläne durchkreuzen!« erklärte Gilroy mit Nachdruck. »Ich habe eine bessere Idee. Fesselt ihn!« wies er seine beiden Leibwächter an. Sie rissen Sonny, der noch immer benommen auf dem Boden lag, hoch und banden ihn an einem der nackten Stahlträger fest.

»Er gehört mir!« protestierte Raven.

»Sie kriegen ihn, keine Sorge!« brüllte Gilroy ihn an. »Aber auf meine Weise. Wir gehen nach Plan vor: Das Lagerhaus wird abgefackelt. Die Polizei wird die Leiche finden und Wochen brauchen, um ihn zu identifizieren. Uns reichen zwei Tage, um die Transaktion zu beenden.«

Raven entspannte sich, dann sah er Sonny an. »Feuer? Ja, das ist gut, verbrennen wir den *brujo.* Warum nicht? Soll seine Seele in den Flammen schmoren.« Er grinste. »Hast du gehört, Baca? Wir werden einen Scheiterhaufen anzünden. Baca muß brennen!«

Er lachte und riß Sonnys Hemd auf. Er schnappte nach Luft, als er sah, daß Sonny das Zia-Amulett nicht trug.

»Wo ist es?«
»In Sicherheit«, lächelte Sonny. »In Sicherheit, und deinem Zugriff endgültig entzogen. Die Zia-Sonne gehört jetzt uns!«
Raven schlug zu, und Blut floß aus der Platzwunde an Sonnys Lippe.
»Du Narr! Glaubst du etwa, ich käme nicht an das Amulett heran, nur weil du es nicht trägst? Damit hast du nur eines bewirkt: Du bist verwundbar und wirst sterben. Ja, das Feuer wird deine Seele verbrennen. Du hast keinen Schutzzauber mehr!«
Er trat einen Schritt zurück. »Verbrennt ihn! Verbrennt ihn auf der Stelle!« schrie er dem Langen und Schweißband zu.
Die beiden sammelten in aller Eile altes Zeitungspapier und Lattenkisten, die sie aufeinanderschichteten. »Pulvertrokken; das Zeug wird brennen wie Zunder«, grinste Schweißband.
»Der Fußboden ist mit Öl getränkt. Die Flammen werden blitzschnell um sich greifen«, fügte sein Komplize hinzu.
Raven lachte, und der grauenvolle Klang seiner Stimme hallte in der leeren Lagerhalle wider. Er packte Sonny an den Haaren und brüllte ihm ins Gesicht: »Wir werden der Sonne ein Menschenopfer darbringen!«
Er nahm ein Feuerzeug aus seiner Tasche und hielt es an den Stapel, der sofort Feuer fing. Dann beugte er sich zu Sonny vor. »Viel Spaß, Baca!«
Er holte eine schwarze Feder aus der Tasche seines Hemdes und steckte sie in Sonnys Hemd. »Das Feuer wird das gleiche anrichten wie der Arroyo bei mir. Du wirst spüren, wie dein Fleisch brennt, bevor du stirbst.«
»Los, kommen Sie endlich!« rief Gilroy und zerrte ihn weg. Die vier Männer drehten sich um und rannten in die an-

grenzende Garage. Sonny hörte, wie der Wagen angelassen wurde und mit aufheulendem Motor davonbrauste; dann kehrte Totenstille ein, bis auf das Prasseln des Feuers, das rasch um sich griff.

Er zerrte an den Fesseln, doch vergebens. Sie hatten ihn so fest an den Stahlträger gebunden, daß die Stricke in sein Fleisch schnitten. Vor ihm züngelten die Flammen, verschlangen gierig die trockenen Lattenkisten und vernebelten die Lagerhalle mit schwarzem Rauch. Dann fing die Ölspur auf dem Boden Feuer, breitete sich mit rasender Geschwindigkeit aus, kam immer näher, und der Rauch wurde immer dichter.

Sonny hustete. Er würde vermutlich am Rauch ersticken, bevor die Flammen seiner habhaft wurden. Das war ein gnädigerer Tod, als bei lebendigem Leib zu verbrennen. Sie hatten die Garagentür offengelassen, so daß die Zugluft die Flammen noch stärker entfachte, und der Speicher brannte inzwischen lichterloh wie eine Zündholzschachtel.

Sonny fluchte, rief laut um Hilfe. Wieder zerrte er mit aller Kraft an seinen Fesseln. Die undurchdringliche Rauchwand trieb ihm die Tränen in die Augen. In diesem Teil des Lagerhausdistrikts würden die Anwohner den Rauch geflissentlich übersehen, dachte er. In dieser Gegend wollte man nichts mit den Geschäften des Syndikats zu tun haben. Und selbst wenn jemand Alarm schlug, würde es lange dauern, bis die Feuerwehr von Juárez eintraf; für ihn würde jede Hilfe zu spät kommen. Er brüllte noch einmal aus Leibeskräften, um sich bemerkbar zu machen, dann schloß er die Augen und betete.

»O mein Gott, ich bereue alle meine Sünden … und es tut mir leid, daß ich ein so schlechter Sohn war …«

Er dachte an seine Mutter. Ob es ihr gutging? Seine Mutter hatte ihn immer angefleht, seinen Job als Detektiv an den

Nagel zu hängen, Rita zu heiraten, wieder als Lehrer an einer Schule zu unterrichten.
»Du bist ein guter Lehrer ... die Kinder brauchen dich. Du hättest wieder eine feste Anstellung, und denk an die langen Sommerferien; was macht's, wenn die Schüler ab und zu ein bißchen über die Stränge schlagen! Sie brauchen eine starke Hand. Es ist an der Zeit, seßhaft zu werden und nicht mehr das gleiche unstete Leben zu führen wie dein Bruder Mando.«
Er hatte sein Leben vergeudet. Ja, er war genau wie sein Bruder; beide hatten sie nichts aus ihrem Leben gemacht.
Diego und seine Familie verließen sich auf ihn, waren auf seine Hilfe angewiesen. Sie würden in die Wellblechhütten am Fluß zurückkehren müssen.
Und Rita. »Rita«, murmelte er. Herrgott im Himmel, er würde sie nie wiedersehen, sie nie mehr in den Armen halten. Er hatte alles auf eine Karte gesetzt und verloren.
Er öffnete die Augen und blinzelte, versuchte, in den dunklen Rauchschwaden etwas zu erkennen.
»Don Eliseo!« rief er und hustete. »Wo sind sie, deine Mächte des Lichts? Die *Señores y Señoras*? Ich gebe ihnen meine Seele anheim. Sie mögen mir den Weg weisen, wenn ich in das Reich meiner Vorfahren zurückkehre!«
Die Gestalt des alten Mannes erschien in dem wirbelnden schwarzen Rauch. »Das Feuer ist ein Element der *Señores de la Luz*«, sagte er. »Jedes Element des Universums wird mit Licht erfüllt geboren, hat Teil am Licht und kehrt zum Licht zurück.«
Zu viele Dinge, die ungetan geblieben sind, dachte er und atmete den dicken schwarzen Qualm ein. Er hustete, der Kopf sackte ihm auf die Brust, und unmittelbar bevor ihm die Sinne schwanden, sah er, wie ein Schatten über ihm aufragte.

»Charlie Chan!«
Hände rüttelten ihn grob an den Schultern, dann hörte er das Schnappen eines Springmessers, und die Fesseln fielen von ihm ab. Marcos, der Taxifahrer, legte sich Sonnys Arm um die Schultern und schleifte ihn aus dem Inferno, brachte ihn auf die Straße hinaus, in Sicherheit.
»Alles in Ordnung, mein Freund?« fragte er, als er Sonny über die Motorhaube seines Taxis legte.
Sonny keuchte und schnappte nach Luft. »Ja«, stammelte er und atmete tief die frische Luft ein, die seine Lungen reinigte.
Das Lagerhaus hinter ihnen war ein Flammenmeer, der ölgetränkte Holzboden brannte lichterloh. Irgendwo ertönte eine Sirene.
»Wir sollten nicht warten, bis die Polizei auf der Bildfläche erscheint«, sagte Marcos und half Sonny ins Taxi. Er selbst nahm auf dem Fahrersitz Platz und brauste los, ein prasselndes, explodierendes Feuer und eine aufsteigende Rauchsäule hinter sich lassend.
Die frische Luft belebte Sonny. Seine Lunge und seine Augen brannten vom Qualm; er hustete und keuchte, aber er lebte.
»Danke, mein Freund«, flüsterte er mit rauher Stimme, als er wieder zu Atem gekommen war.
»*De nada.*« Marcos lächelte. »Die haben Ihnen ganz schön eingeheizt, stimmt's?«
»Ein bißchen«, erwiderte Sonny und betastete vorsichtig die Beulen an Nacken und Hinterkopf. Sie taten weh, aber es fühlte sich nicht so an, als hätten sie ihm die Knochen gebrochen. »Die haben behauptet, Sie wären auf und davon.«
»Nichts da. Als sich diese zwei Männer in ihrem Wagen näherten, bin ich um den Block gefahren und habe das

Taxi dort abgestellt. Als ich sie davonbrausen sah und den Qualm entdeckte, wußte ich, daß Sie in Schwierigkeiten stecken.«

»Das kann man wohl sagen«, meinte Sonny und krümmte sich auf dem Beifahrersitz zusammen, um den Rauch auszuhusten. Er verdankte Marcos sein Leben.

»Checkpoint Charlie«, witzelte Marcos.

Sonny putzte sich geräuschvoll die Nase und wischte sich den Schweiß von der Stirn. Der Grenzposten sah bissig aus.

»Staatsangehörigkeit?« fragte er und beäugte Sonny mißtrauisch.

»Amerikaner.«

»Was haben Sie in Mexiko gemacht?«

»Mich amüsiert«, erwiderte Sonny. »Ich schätze, ich habe zuviel getrunken ...«

»Ihre Papiere bitte!«

Sonny holte umständlich seine Brieftasche hervor. »Ich wußte nicht, daß es so einen Zirkus gibt, wenn man mal kurz über die Grenze fährt, um sich einen Schluck zu genehmigen!« protestierte er.

Marcos runzelte die Stirn und blickte ihn im Rückspiegel warnend an. Sein Gesichtsausdruck besagte: Weißt du nicht, daß man Fügsamkeit von uns erwartet? Die können dir das Leben zur Hölle machen, wenn ihnen dein Aussehen nicht gefällt.

»Wollen Sie damit sagen, das sei hier ein Zirkus, Mr. Baca?« Der Grenzposten blickte von dem Führerschein hoch, den er gerade überprüfte. Seine Stimme war kalt und sein Blick streng.

»Nein.«

»Sieht ganz so aus, als wären Sie in eine Schlägerei geraten, Mr. Baca.«

»Nein, ich hab' nur einen über den Durst getrunken. Bin gestolpert. Sie kennen ja die Bürgersteige, voller Schlaglöcher.«
Er versuchte zu grinsen, aber der Grenzposten nahm ihm die Geschichte nicht ab.
»Würden Sie bitte aussteigen!«
Sonny gehorchte, und der Mann schob den Sitz des Taxis hoch.
»Den Kofferraum öffnen«, befahl er Marcos und warf einen flüchtigen Blick hinein. »Haben Sie Alkohol eingekauft, Mr. Baca?«
»Nein, nichts«, antwortete Sonny und senkte die Augen. Marcos Stirnrunzeln hatte ihm dringend nahegelegt, sich nicht provozieren zu lassen, die Rolle des einfältigen Touristen zu spielen.
Der Grenzposten setzte seine Sonnenbrille wieder auf und wandte sich an Marcos.
»Ihren Führerschein bitte.« Marcos kam der Aufforderung schweigend nach.
Der Grenzposten gab ihm den Führerschein zurück. »Sie können weiterfahren«, sagte er und forderte den nächsten Wagen mit einem Wink auf, vorzufahren.
»*Cabrón*«, schimpfte Marcos, der vor Wut kochte. »Die führen sich auf, als könnten sie sich alles erlauben. Wollen, daß wir ihnen vor lauter Angst die Stiefel lecken. *Jodidos*!« Er gab Gas.
»Immer mit der Ruhe, wir haben es geschafft«, versuchte Sonny ihn zu beschwichtigen. Es hatte ihm nicht gefallen, dem Grenzposten den blauäugigen Touristen vorzuspielen, aber es ging nicht anders.
Marcos blickte in den Rückspiegel. »Die haben versucht, Sie umzubringen. Waren das Carillos Männer?«
»Nein. Ich denke, noch eine Nummer größer.«

Als sie El Paso erreichten, erzählte er Marcos einen Teil der Geschichte.

»Sie bringen das Zeug also nach Burque und verfrachten es in Heißluftballons. Und dann?« sagte Marcos, als sie durch den Barrio Segundo fuhren. »Ich kapier' das nicht.«

»Ich auch nicht. Ich glaube, diese Ballongeschichte ist eine Finte. Sie machen Wirbel, so daß sich alle auf die Ballons konzentrieren, und dann schmuggeln sie den Stoff klammheimlich auf einem anderen Weg aus dem Land.«

»Klingt einleuchtend«, stimmte Marcos ihm zu.

»He, wohin fahren wir?«

»Wann fliegen Sie zurück?«

»Um vier geht eine Maschine. Gilroy hat sie vermutlich noch erwischt. Die nächste geht erst um acht. Die nehme ich.«

»Und Sie sind abgebrannt, richtig?«

Sonny nickte. »Ich werde Ihnen gleich nach meiner Rückkehr das Geld schicken, das ich Ihnen schulde.«

»He, wenn ich Geld verdienen wollte, würde ich die Drogenlieferung in Umlauf bringen, die Sie stoppen wollen. Ja, früher habe ich so etwas mal gemacht. Aber inzwischen bin ich verheiratet, hab' Kinder, bin ein gesetzestreuer Bürger. Wir haben also Zeit bis acht. Wie wär's mit einem kalten Bier und frischer Luft? Der Tag ist sowieso gelaufen, Mann; wir werden jetzt meine *familia* abholen und ausgehen.«

Sonny lächelte. Er ließ immer noch seine Lunge auslüften, und er konnte sich nichts Besseres vorstellen, als sich mit einem eisgekühlten Corona gemütlich im Sessel zurückzulehnen. »Bleibt noch ein Problem. Ich bin völlig blank.«

»He, machen Sie sich deswegen keine Sorgen, Mann. Wir Landsleute müssen zusammenhalten.«

Marcos lebte im Barrio Segundo, einem mexikanischen Ghetto. Linda, Marcos' Frau, war eine warmherzige, liebenswürdige Frau. Marcos erzählte ihr die ganze Geschichte, und sie umsorgte Sonny wie eine Glucke, vergewisserte sich, daß er literweise Wasser trank. Als Marcos' Kinder aus der Schule heimkamen, es waren fünf an der Zahl im Alter zwischen sechs und vierzehn, wollten sie ebenfalls wissen, was es mit dem Besucher auf sich hatte.

»Das ist ein Freund«, stellte Marcos ihn vor. »Wir werden mit ihm in die Stadt fahren.« Die Kinder strahlten. Ein Besuch in der Stadt war ein reines Sonntagsvergnügen, das ihnen nur selten geboten wurde. Heute hatte ihr Vater einem Bewohner des Staates New Mexico das Leben gerettet, ein Ereignis, das gefeiert werden mußte.

Sonny rief Rita an und erklärte ihr, wo er sich befand und daß er mit der Abendmaschine nach Albuquerque zurückkommen würde. Sie solle sich keine Sorgen machen, er sei in guten Händen, versicherte er ihr. Er schilderte, wie er Gilroy zum Lagerhaus gefolgt war, erwähnte aber mit keiner Silbe die Begegnung und das Feuer. Und er erzählte ihr, daß er sich bei dem Taxifahrer Marcos und seiner Familie befand.

»Juárez«, seufzte Rita. »Ich wünschte, ich wäre bei dir.«

Juárez war eine ihrer Lieblingsstädte, weil man dort hervorragend einkaufen konnte. Die mexikanische Ausstattung in ihrem Restaurant stammte aus Geschäften in Juárez. »Nächstes Mal, *amor*«, tröstete er sie.

Marcos verstaute seine Familie im Taxi, und sie fuhren ins Stadtzentrum. Die Oktobersonne ging im Westen über den *colonias von Juárez* unter und tauchte den *Barrio* in ihren sanften Schein. Die Nachbarn setzten sich in den späten Nachmittagsstunden auf die Bürgersteige, um einen Plausch zu halten, wenn die Tagelöhner nach Hause zurückkehrten. Marcos reihte sich in die Schlange der Fahrzeuge ein, die sich im Schrittempo über die Straße schob.

Die Menschen im Barrio kannten Marcos, winkten und

riefen ihm einen Gruß zu. Die Kinder winkten ihren Freunden. Für sie war es eine besondere Gelegenheit, im Taxi ihres Vaters in die Stadt zu fahren. Ein ganz besonderes Ereignis, das sie auf Sonnys Anwesenheit zurückführten.

Marcos saß mit lächelndem Gesicht hinter dem Lenkrad. Er lehnte sich bequem im Sitz zurück und genoß seine Rolle.

»Ich wünschte, ich hätte das Geld, um die Achsen bei dem Wagen höher legen lassen«, sagte er. »Dann wären wir schnell wie der Blitz und würden es richtig krachen lassen.«

»Toll, Dad«, meinte eines der Kinder begeistert.

»Du bist zu alt, um mit einem aufgemotzten Auto herumzukurven«, neckte ihn seine Frau.

»Nicht doch, *vieja*, ein Chicano ist nie zu alt.« Er lächelte, und sie lachten alle und machten es sich in den Sitzen bequem, um die Fahrt zu genießen.

In der Nähe des McIlvoy-Hotels befand sich eine winzige *Taqueria*, kaum größer als eine Abstellkammer, aber dort gab es, wie Marcos versicherte, die besten Tacos in ganz El Paso. Und das kühlste Bier.

»*Sabroso*«, lobte Sonny immer wieder die heißen Tacos, die einfach köstlich schmeckten. Jede Maismehltortilla war verschwenderisch mit den verschiedensten Zutaten gefüllt: Zunge, Schweinefleisch, Hirn, Rindfleisch, Kichererbsen, und alles war mit einer scharfen Salsa gewürzt. Er spülte die letzten Bissen mit kaltem Bier hinunter.

»Mir gefällt New Mexico«, sagte Marcos, als sie sich nach dem Essen unterhielten. »Die *manitos* sind ein bißchen überspannt, ziemlich spanisch angehaucht, aber trotzdem *buena gente.*«

»Das will ich doch meinen, daß wir in Ordnung sind!« scherzte Sonny.

»Ja, schwer in Ordnung. Ich war früher einmal in Taos und habe dort eine ganz verrückte Truppe kennengelernt.

Nannte sich la Academia de la Nueva Raza, eine Art Kulturzentrum, in Embudo. *Sabes donde 'stá?*«

Ja, Sonny wußte, wo das war. Die Aktivisten in der Gegend hatten in den siebziger Jahren eine Menge für die Gemeinde getan. Heute beschränkte sich ihre Tätigkeit auf die Veröffentlichung eines Informationsblatts mit dem Namen *Arellano Newsletter.*

»*Hijo*, mein Freund, ich habe mich damals prächtig amüsiert. War tagelang betrunken, machte bei den rituellen Tänzen im Tao-Pueblo mit, und schließlich setzte mich jemand in den Bus und verfrachtete mich nach Hause. Das war vor meiner Heirat.« Er warf seiner Frau einen mutwilligen Blick zu.

»Ein Casanova, wie er im Buche steht«, scherzte Linda.

»Es ist überall dasselbe mit *la raza*«, fügte Sonny hinzu.

In einem kleinen Lokal zu sitzen, ein kühles Bier und *taquitos* zu genießen, war überall ein herrliches Gefühl, und die Geräusche und Sorgen waren überall die gleichen. Er dachte an *Rita's Cocina.* Marcos und seine Frau würden sich dort auf Anhieb zu Hause fühlen. Genau wie die Kinder.

»Sie müssen uns im nächsten Sommer besuchen. Wir könnten nach Taos oder Jemez fahren, zum Fischen.«

»Ja?«

»Bitte, Dad, bitte!« bettelten die Kinder.

»Ja! Packen Sie einfach Ihre *familia* ins Taxi, und ab geht's auf die Autobahn«, wiederholte Sonny die Einladung. »Wir werden uns schon um euch kümmern.«

»Dann sage ich nicht nein«, lächelte Marcos und bedankte sich mit Handschlag bei Sonny. »Also, abgemacht, mein Freund. *Qué no, vieja?*«

»*Seguro que sí*«, stimmte Linda zu.

Die Sonne ging unter, und auf der Straße wurde es dunkel.

»Wir nehmen die Kinder zum Fischen mit. Ja, das machen wir. Die blauen Berge, die riesigen Kiefern. Den Kindern wird es im Gebirge gefallen. Dort können sie unbeschadet spielen, keine Straßenbanden, keine Scherereien.«
Linda nickte. Die Kinder hatten sich am Nachbartisch ausgebreitet, um Tacos zu essen und Cola zu trinken. Es herrschte eine harmonische, entspannte Atmosphäre. »Das wäre traumhaft.«
»Ein Chicano muß träumen«, lächelte Marcos.
Nach dem Essen fuhren sie Sonny zum Flughafen und trennten sich mit dem Versprechen, sich bald wiederzusehen. Sonny wollte Rita bei seinem nächsten Besuch mitbringen, und wenn die Familie im Sommer nach New Mexico kommen würde, war geplant, in den Bergflüssen angeln zu gehen. Sie umarmten einander zum Abschied.
»Ich rechne also damit, daß ihr alle im Sommer zu uns kommt«, betonte Sonny noch einmal.
»Paß auf dich auf, mein Freund«, flüsterte Marcos ihm zu. »Die Männer, mit denen du Katz und Maus spielst, gehören zur übelsten Sorte.«
»Ich werde mein Bestes tun«, versprach Sonny und mußte sich beeilen, um seine Maschine nicht zu verpassen.
Um neun Uhr abends landete er in Albuquerque und fuhr sofort ins North Valley, erschöpft von den Aufregungen des Tages, aber er dachte unablässig an die Querverbindungen in diesem Fall. Gilroy und Raven waren also Geschäftspartner, aber wer war der Boß? Stone?
Er wählte Howards Nummer und traf ihn zu Hause an.
»Hallo, *compadre*, wo hast du gesteckt?«
»Das ist eine lange Geschichte«, seufzte Sonny. »Was weißt du über William Stone?
»William Stone? *Der* William Stone von der CIA?«
»Genau der.«

Einen Augenblick lang herrschte Schweigen. »Ich weiß, daß er sich gerade in der Stadt aufhält. *Por qué?*«
»Er hat früher dunkle Geschäfte in Nicaragua gemacht.«
»Warte mal eine Minute. Ich werde nachsehen, was wir über ihn haben.«
Sonny wartete. Er wußte, daß Howard seinen Computer eingeschaltet hatte und eine Datei abrief. Er hatte direkten Zugriff auf das Rechnernetz der Polizei.
»Ja, ich erinnere mich, etwas über ihn gelesen zu haben. Hier ist es ja. Deckname Bill Bonney. ›Billy the Kid‹. Er und ein paar andere politisch Ambitionierte gehörten zur Clique von Oliver North. Sie haben sich alle die Namen von bekannten Cowboys gegeben. Ollie wurde unehrenhaft aus den Streitkräften entlassen, wie du weißt, aber Stone konnten sie nichts nachweisen. Seine Gruppe, die Befreiungsfront oder Libertad, hat Waffen gegen Drogen getauscht.« Howard hielt inne. »Heiliges Kanonenrohr!« rief er plötzlich aus. »Da steht ein riesiger Drogendeal ins Haus, und Stone hält sich rein zufällig in Albuquerque auf. Warum hat bisher noch niemand zwei und zwei zusammengezählt?«
»Gute Frage.«
»Wußtest du, daß dieser Mann während der Amtszeit Reagans zu den engsten Beratern des Präsidenten zählte? Das ist kein kleines Licht, *compadre.* Hör dir das an. Berichten zufolge hat er einen Gefangenen der Sandinista im Hubschrauber mitgenommen und sich seiner über der Managua-Lagune entledigt, nach einem sogenannten ›Verhör‹, wie man das zu nennen pflegte. Wurde nach Washington D.C. zurückbeordert, als die Gilroy-Affäre ruchbar wurde. Zuviel Druck von den Medien. Du bist da auf eine heiße Sache gestoßen, Sonny, aber was es auch immer sein mag, laß die Finger davon. Hast du gehört? Der Mann ist ein politisches Schwergewicht.«

»Sonst noch was?«
»Das sind nur Zeitungsausschnitte, Mann. Du kannst dir Einzelheiten beschaffen, die müssen dir eine Kopie des Dossiers gemäß *Freedom of Information Act* zur Verfügung stellen, aber die wirklich wichtigen Informationen ...«
»Richtig.« Die wirklich wichtigen Informationen befanden sich in den CIA-Akten, die den Vermerk »Streng vertraulich« trugen.
»Vergiß es, mein Freund. Wenn die Jungs auch nur argwöhnen, daß du auf Informationen über einen ihrer eigenen Leute scharf bist, knallen sie dich ab, bevor sie dich auch nur nach deinem Namen fragen. Das ist Regel Nummer eins, Sonny. Die Jungs mögen es gar nicht, wenn irgend jemand einen Blick in ihre Akten werfen will.«
»Ich weiß. Grab trotzdem weiter. Laß es mich wissen, sobald du fündig geworden bist. *Buenas noches.*«
»Paß auf dich auf.«
Sonny wünschte ihm nochmals eine gute Nacht und verließ die Schnellstraße an der Ausfahrt North Fourth. Raven und Gilroy hatten versucht, ihn umzubringen. Er mußte sie so schnell wie möglich finden, und das setzte eine gewisse Risikobereitschaft voraus. Er konnte sich nicht an Garcia wenden. Der Polizeichef würde ihn auslachen, von Hirngespinsten reden und ihn auffordern, hieb- und stichfeste Beweisen für seine Behauptungen vorzulegen. Und die besaß Sonny nicht. Ravens Feder steckte in seiner Hemdtasche, aber was ließ sich schon daraus schließen?
Er kurbelte das Fenster auf der Fahrerseite herunter und hielt die schwarze Feder hinaus, ließ sie in die kalte Nacht und Dunkelheit davonfliegen.
»*Señores y Señoras de la Luz*, steht mir bei!«
Nun wußte er, daß er Stone aufscheuchen mußte, daß es herauszufinden galt, in welcher Beziehung er zu Gilroy

stand, und um das zu erreichen, blieb ihm nur eine Möglichkeit. Er mußte ihm mitteilen, daß er sich im Besitz von Alisandra Bustamante-Smiths Fotografie befand. Mußte ein Tauschgeschäft mit ihm eingehen: Raven gegen das belastende Foto.

Er rief Rita an.

»Du bist zurück! Gott sei Dank. Wie geht es dir? Hast du schon einen Happen gegessen?«

»Marcos und seine Frau haben mich fürstlich bewirtet. Es geht mir bestens. Ich habe Sehnsucht nach dir.«

Großer Gott, und wie er sich nach ihr sehnte. Das brennende Lagerhaus überschattete seine Gedanken. Er war dem Tod von der Schippe gesprungen. Er brauchte das Gefühl der Erdverbundenheit. Er brauchte ihre Liebe.

»Und ich habe Sehnsucht nach dir.«

»Ich komm rüber.«

»Nein, ich werde zu dir kommen, falls es dir recht ist«, erwiderte sie.

Ihm fiel siedendheiß ein, daß Marta und Cristina ja bei ihr wohnten.

»Beeil dich.«

»Ich bin schon unterwegs, *amor*«, flüsterte sie.

Ein paar Minuten später bog er in die Auffahrt seines Häuschens ein. Auf der gegenüberliegenden Straßenseite brannte noch Licht in Don Eliseos Küche. Der alte Mann war noch wach. Sonny hupte zweimal, und ein Schatten erschien am Fenster und winkte ihm zu.

Sonny winkte zurück, als er aus dem Wagen stieg. Der alte Mann hatte ein Auge auf ihn, aber in der La Paz Lane schien alles friedlich zu sein.

Er ging ins Haus und ließ die Tür für Rita offen. Dann drehte er den Heizofen an und ging duschen. Er stand lange Zeit unter dem heißen Wasserstrahl und wusch den Geruch des

beißenden Qualms von der Haut. Es war ein langer Tag gewesen, eine Nervenzerreißprobe. Wenn Marcos nicht gewesen wäre …
Er trocknete sich ab und öffnete das Arzneischränkchen. Das Zia-Amulett lag auf dem unteren Regal.
Eine innere Stimme hatte ihm am Morgen gesagt, daß er es heute nicht tragen sollte, und so war es vor Ravens Zugriff sicher gewesen. Er zog seinen Bademantel an, löschte das Licht im Bad und ging ins Schlafzimmer hinüber. Es duftete nach Parfüm. Rita.
»Willkommen daheim«, sagte sie. Sie erwartete ihn im Bett.
»Mein Gott, bin ich froh, dich zu sehen.« Er zitterte.
»*Ven.*« Sie hob die Bettdecke. Er glitt neben sie, spürte ihren nackten Körper mit einer Intensität, als sei er das einzig Wirkliche, das es gab. Eine Realität, die einen unbeschreiblichen, inneren Hunger schuf, einen Hunger, der gestillt werden wollte.
Er küßte sie und legte sich auf sie, spürte die Wärme ihrer Rundungen, die Leidenschaft ihrer Küsse.
»Ich hab' dich vermißt«, stöhnte sie.
»Und ich hab' dich vermißt, *amor*«, flüsterte er und gab sich dem Zauber ihrer Liebe hin.

18

Später stand Rita auf und versorgte seine Wunden. Danach schlief er in ihren Armen ein wie ein Säugling.

Noch vor Sonnenaufgang spürte er, wie sie sich bewegte, und streckte die Hand nach ihr aus. Ihre Liebe war wie die Morgendämmerung, ein perlendes Grau, aus der Lust geboren, dann die explodierende Helligkeit des Sonnenaufgangs.

»Glücklich, *amor*?« fragte er.

»Unsagbar glücklich.«

Sie lagen schweigend und reglos aneinandergeschmiegt unter den Laken. Sonnenlicht überflutete den Raum, und er erzählte ihr von den Spuren, die er verfolgte, entschuldigte sich nochmals, daß er ihr nichts über die Ballonfahrt mit Madge gesagt hatte. Er hatte sie nicht beunruhigen wollen.

»Ich mache mir trotzdem Sorgen«, entgegnete sie. »Das gehört dazu, wenn man jemanden liebt. Wenn dir ein Mensch wichtig ist, machst du dir automatisch Sorgen um ihn.«

Sie unterhielten sich, ein Flüstern im Raum, dann glitt Sonny unmerklich in den Schlaf zurück. Eine Weile später spürte er, wie sie aufstand, hörte die Dusche, dann setzte sie sich neben ihn auf die Bettkante. »Schlaf, Elfego, und paß gut auf dich auf!«

Er spürte ihre warmen Lippen auf seinem Mund und streckte die Arme aus, um sie unter die Laken zu ziehen, begehrte sie erneut.

»*Malcriado*«, flüsterte sie, tätschelte ihm die Wange und

stand auf. Dann hörte er, wie die Haustür ins Schloß fiel.
Sie mußte los, gab es doch viel zu tun im Restaurant. Überall in der Stadt machten sich die Leute jetzt auf den Weg zur Arbeit. Sie erwarteten heißen Kaffee, Spiegeleier und heiße Tortillas zum Frühstück zu bekommen.
Er roch das würzige Aroma frischgebrühten Kaffees. Ah, sie hatte ihm eine Kanne Kaffee gekocht, bevor sie gegangen war. *Que mujer.* Es war nicht nur die Art, wie sie Liebe machte, oder das Verlangen, das sie in ihm schürte, sondern das alles und noch vieles mehr. Er drang auf immer tiefere Ebenen ihres Selbst, ihrer Liebe vor, und es gefiel ihm, was er entdeckte.
Er stand auf, zog den Bademantel an, den sie ihm zu seinem letzten Geburtstag geschenkt hatte, und ging in die Küche, um seine erste Tasse Kaffee am Morgen zu trinken.
Er blickte aus dem Küchenfenster. Was für ein Tag war heute? Ach richtig, Dienstag. Ein frischer, klarer Oktobermorgen. Es war windstill, die glänzenden Sonnenstrahlen drangen, Speerspitzen gleich, über die Gipfel der Sandia Mountains.
»Großvater Sonne«, betete er. »Segne alles Leben auf Erden. Erfülle uns mit Klarheit. Ich verneige mich vor deinem Licht in allen vier Himmelsrichtungen, verneige mich vor der Welt. Ich bade in deinem Licht.«
Dieses Gebet hatte ihn Don Eliseo gelehrt.
Der alte Mann nannte die Strahlen der Morgensonne die *Señores y Señoras de la Luz.* Die Mächte des Lichts. Das war die Bezeichnung, die zum Ausdruck brachte, daß sie männlichen und weiblichen Geschlechts waren. Er erzählte Sonny, daß die Señores y Señoras de la Luz Sendboten der Sonne waren; sie schenkten einem neuen Tag das Leben, schufen den Tanz des Sonnenlichts, den Don Eliseo den Tanz des

Lebens nannte. Die Sonne ging auf, um Leben zu gebären, um das Leben zu segnen.

Sonny stand reglos am Fenster und fühlte sich wie unter einem Zauberbann. Der alte Mann war weise. Er kannte die wichtigste Eigenschaft des Lichts und wußte, daß es Leben hervorbrachte.

Don Eliseo stand inmitten seines Maisfelds. Die Arme hoch erhoben, betete er um inneren Frieden. Der alte Mann stimmte seinen rituellen Gesang an, mit dem er um den Segen der Sonne bat. Die Töne trugen weit in der kühlen Morgenluft. Manchmal hörte Sonny Fetzen alter spanischer *alabados* über die Straßen hallen; manchmal bestanden die Gesänge aus Liedern, die Don Eliseo von seinen Nachbarn, seinen *vecinos* im Sandia Pueblo gelernt hatte. Ein Morgengesang an die Sonne.

Lange Zeit sah Sonny ihm zu, und schließlich wurde Don Eliseo ein Teil des glänzenden Lichts, der Brise, die sanft durch die Blätter strich, der Geräusche des Morgens.

Das Telefon läutete, und Sonny schreckte aus seinen Tagträumen hoch.

»Sonny, hast du mal aus dem Fenster gesehen?« Es war Madge Swenson.

»Ja. Scheint so, als würde heute ein herrlicher Tag werden.«

»Sonny, die Ballons sind in der Luft!« schrie Madge. »Aber sie sind nicht auf unserem Startplatz, sondern in der West Mesa aufgestiegen!«

Sonny lief ins Wohnzimmer, öffnete die Eingangstür und trat ins Freie. Im Westen entdeckte er bunte Tupfen am Horizont. Ungefähr ein Dutzend.

»Das ist auf John Gilroys Mist gewachsen«, fuhr Madge fort. »Er hat gestern nacht eine Horde Verrückter zusammengetrommelt. Nachdem sie reichlich dem Alkohol zugesprochen hatten, konnte er sie zu der Ballonfahrt überreden. Er rief mich nach Mitternacht an und wollte, daß der Vorstand von Fiesta Control grünes Licht für den Start gibt. Man kann uns nicht dafür verantwortlich machen, wenn ein paar Lebensmüde da oben auf eigene Faust Abenteuer suchen. Was meinst du?«

Sonny konnte Madge nichts von Juárez erzählen, noch nicht. Er hatte keine Beweise gegen Gilroy in der Hand; für die Begegnung im Lagerhaus gab es keine Augenzeugen. Ihm blieb keine andere Wahl: Er mußte Gilroy mit den Drogen auf frischer Tat ertappen.

Er konnte ihr nicht sagen, daß diese Ballonfahrt eine Finte war. Zuerst hatten sie Raven beauftragt, für Wirbel zu sorgen, Secco zu töten und auf Sonny und Madge zu schießen; und nun hatte sich Gilroy höchstpersönlich in die Lüfte begeben, um Verwirrung zu stiften. Sie wollten die Aufmerksamkeit auf die Fiesta lenken. Die Drogenfahnder von der DEA sollten glauben, daß sie das Kokain dort finden würden; sie würden mit Spürhunden anrücken, sogar die Polizei aus ihrem Dornröschenschlaf aufschrecken, und in der Zwischenzeit würden Gilroy und Konsorten in aller Ruhe durch die Maschen des Netzes schlüpfen, das zu knüpfen sie sich so große Mühe gegeben hatten.

»Kann ich meinem Vorstand sagen, daß alles in Ordnung ist?« fragte Madge.

»Für Gilroy mag es in Ordnung sein, aber du weißt, daß sich der Mörder immer noch auf freiem Fuß befindet!«

»Verdammt«, fluchte Madge. »Gilroy kurvt also da oben herum, und ich habe siebenhundert Piloten, die mein Büro belagern und wissen wollen, ob die Fiesta nun weitergeht oder abgesagt wird. Jerry Stammer ruft mich jede Stunde an, und du warst gestern den ganzen Tag nicht zu erreichen. Wo hast du gesteckt?«

»Ich habe einen kleinen Ausflug gemacht«, erwiderte Sonny. Es gab nicht viel, was er ihr oder der Polizei sagen konnte. Die DEA behielt Gilroy im Auge, das FBI beschattete Raven, und einige Personen, die an allerhöchster Stelle im Staatsapparat oder in den Regierungen verschiedener Länder saßen, hatten einiges in die Lieferung investiert und wollten ihren Gewinn abschöpfen.

»Gibt es etwas Neues bei dir?«

»Nein«, erwiderte Sonny.

»Uns bleibt nicht mehr viel Zeit«, sagte Madge erregt. »Wenn ich in ein paar Minuten ankündige, daß unsere Piloten heute nicht starten werden, wissen sie, daß ich damit sagen will, da oben sei es nicht sicher. Einige von ihnen werden unsere Warnung ignorieren und Gilroy folgen, aber ich fürchte, die meisten werden packen und die Stadt verlassen. Wir steuern auf eine Katastrophe zu. Gibt es nichts, was du tun könntest?«

Sonny beobachtete die Ballons. Leuchtend bunte Farbkleckse am wolkenlosen Himmel. Ideale Wetterbedingungen zum Ballonfahren waren für die ganze Woche angesagt, ideal für die Wettbewerbe.

Gilroys Alleingang würde man als Bravourstück betrachten. Wie Madge gesagt hatte, stand zu erwarten, daß noch ein paar kühne Männer starteten, aber das würde die Mehrzahl der Teilnehmer, die ihre Familie im Heißluftballon mitnehmen wollten, nicht davon überzeugen, daß keine Gefahr mehr drohte. Es gab einfach zu viele erfahrene Piloten, die nicht bereit waren, ihr eigenes Leben oder das ihrer Passagiere und der Verfolgermannschaft zu gefährden oder auch nur den Verlust ihres teuren Ballons zu riskieren.

Gilroy hatte für noch mehr Verwirrung gesorgt, was genau seiner Absicht entsprach.

Sonny wußte, daß Madge von ihm erwartete, den Karren aus dem Dreck zu ziehen. Ein einziges Wort von ihm, und Madge würde den Piloten die Starterlaubnis geben, damit die Veranstaltung weitergehen konnte. Aber er war nicht bereit, die Verantwortung dafür zu übernehmen. Es würde zum Bruch zwischen Gilroy und Raven kommen, dessen war er sich sicher. Irgendwann war das Maß voll; dann würde sich das aufgestaute Mißtrauen Luft machen und in einem Duell auf Leben und Tod enden. Sobald der Stoff ausgeliefert war, würde vermutlich die Hölle losbrechen.

»Vermutungen, das ist alles, was wir haben«, sagte er schaudernd. Er schloß die Tür.

»Komm bitte heute noch vorbei«, sagte Madge. »Wir müssen dringend miteinander reden.«

Sonny kehrte in die Küche zurück und goß sich eine zweite Tasse Kaffee ein, die er auf dem Weg ins Bad trank. Er duschte eilends und rasierte sich. Als er seine Morgentoilette beendet hatte, öffnete er das Arzneischränkchen, holte das Zia-Amulett heraus und streifte es über den Kopf. Heute brauchte er jede Macht, die er um Schutz und Beistand anflehen konnte. Er fühlte sich zwar rundum glücklich nach seiner Nacht mit Rita, aber er spürte dennoch das Unheil, das in der Luft lag.

»Der Wechsel der Jahreszeiten«, dachte er achselzuckend. Das milde Wetter der ersten Oktobertage würde anhalten und den Pappeln unmerklich eine goldene Tönung verleihen. Dann, gegen Ende des Monats, würde ein Sturm von den Rockies heraufziehen und die Hochstimmung, die infolge des wunderbaren Wetters herrschte, vertreiben. Mit ein wenig Glück würde das milde Oktoberwetter bis zum Erntedankfest andauern; natürlich konnte um diese Jahreszeit der erste Nachtfrost auftreten, aber tagsüber würden sich die Temperaturen aufwärmen, vielleicht sogar bis auf fünfzehn Grad.

Sonnys Gedanken kehrten zu dem Brand im Lagerhaus zurück. In der einen Minute dem Tod nahe, und in der nächsten in den Armen der Frau, die er liebte. Tod und Leben. Konnte er weiterhin solche Risiken eingehen, wenn er mit Rita alt werden wollte?

Don Eliseo würde sagen, daß der Tod die Sinnesempfindungen schärft. Genauso wie die Liebe. Über den Tod nachzudenken, machte die Seele empfindsamer, und das Licht der Erkenntnis schuf inneren Frieden.

Er briet gerade Spiegeleier mit Speck, als er sah, wie Diego von Don Eliseos Anwesen kam und die Straße überquerte; dann ein Klopfen an der Tür. »*Entra*«, forderte Sonny ihn auf. »Wie wär's mit einer Tasse Kaffee?«

»Gerne.« Diego rieb sich fröstelnd die Hände. »Ziemlich kalt draußen.«

»Das erinnert mich an den Witz von dem Texaner und dem Mexikaner, die mitten der Nacht bei eisiger Kälte ins Freie gehen, um ihr Wasser abzuschlagen. Und wie sie dort stehen, sagt der Tejano mit einem Seitenblick: ›Ganz schön kalt.‹ ›Ach‹, meint der Mexicano, ›nicht der Rede wert; die paar Zentimeter.‹«

Diego lachte. »Wo hast du eigentlich gesteckt, *hermano*?«

Sonny erzählte ihm die Geschichte, während sie frühstückten.

»Das war knapp«, sagte Diego.

»Ich säße bestimmt nicht hier, wenn Marcos nicht gewesen wäre.«

»Gott sei Dank, daß dieser Mann kein *loco* war. Er hätte sich auch die Drogen schnappen, abhauen und dich schmoren lassen können.«

»Und was war bei dir?« fragte Sonny.

»Ich habe die ganze Stadt abgeklappert. *Nada.* In einschlägigen Kreisen wird zwar überall gemunkelt, daß eine große Lieferung unterwegs ist, aber keiner weiß, wo sie eintreffen wird. Als guter Detektiv –« er grinste Sonny an – »bin ich also zum Ausgangspunkt der Ermittlungen zurückgekehrt. Ich wollte die Lichtung unten am Fluß noch einmal in Augenschein nehmen. Er muß den Ballon in einem Pick-up oder Kleinlaster dorthin geschafft haben. Ich habe Reifenspuren entdeckt und sie bis zu der schmalen Straße verfolgt, die parallel zum Bewässerungsgraben verläuft. Dort habe ich sie verloren. Aber ich habe mich gründlich umgesehen. Ich wußte, daß da unten am Fluß, irgendwo in der Nähe, eine Obdachlosenfamilie haust, und nach einigem Suchen habe ich sie auch gefunden. Ihnen ist ein Lieferwagen aufgefallen, der dort auftauchte. Ein Lieferwagen von UPS.«

»Ein Lieferwagen von UPS! Gilroy sagte, die Ware würde dank UPS frei Haus geliefert.«

»Die Männer, mit denen ich geredet habe, fanden das sehr komisch. Sie hatten da unten noch nie einen Lieferwagen von UPS gesehen.«

»Das ist unter Umständen die einzige heiße Spur, die wir haben.« Sonny klopfte ihm anerkennend auf die Schultern. »Sie mußten die Lieferwagen kaufen oder sonstwie beschaffen. Und eine Garage, um sie unterzustellen.«

»Oder die Lieferwagen wurden geleast!« gab Diego zu bedenken.

»Wir werden also nach der Garage Ausschau halten und den Autohändlern auf den Zahn fühlen, am besten hier und in El Paso.« Sonny notierte die Telefonnummer seines Bruders auf einer Papierserviette. »Armando ist Gebrauchtwagenhändler. Ruf ihn an. Er soll sich mal umhören, vielleicht findet er ja etwas über den Lieferwagen heraus. *Pero cuidado,* sei vorsichtig. Gilroy und Raven kennen keine Skrupel, *entiendes?*«

»Alles klar. *Y tú?*«

»Ich muß einer Frau einen Besuch abstatten.«

»Der Blonden mit dem Heißluftballon?«

»Ja, der Blonden«, erwiderte Sonny. »Wie kommst du in die Stadt?«

»Heh, mir steht ein ganzer Fuhrpark mit städtischen Bussen zur Verfügung. Ich kann jeden nehmen, den ich will.« Diego lachte und verabschiedete sich.

Sonny wusch das Frühstücksgeschirr ab, dann setzte er seinen Pick-up rückwärts die Auffahrt hinunter und fuhr die schmale, ungepflasterte Straße Richtung Fourth Street entlang. Er wählte Ritas Nummer, um ihr zu sagen, daß er nicht zum Frühstück kommen würde, aber niemand ging ans Telefon. Wahrscheinlich brachte sie gerade Cristina zur Schule.

Auf dem Weg zu Fiesta Control rief er Howard an.

»Hast du schon Nachrichten gehört?« fragte Howard. »Die mexikanischen *federales* haben bei einer Razzia die Koks-Lieferung in Juárez entdeckt. Das ganze Lagerhaus einschließlich des Stoffs ist in die Luft geflogen!«

Sonny erzählte Howard, was ihm dort widerfahren war.

»Verdammt! Sah von hier aus alles astrein aus. Garcia ist auf den Trick hereingefallen. Er hat den Köder geschluckt, samt Schnur und Angel.«

»Ein *capitán* aus Juárez steht auf Gilroys Gehaltsliste. Er wird ihm erzählen, daß sie in dem verbrannten Lagerhaus keine Leiche gefunden haben. Und dann wissen sie, daß ich am Leben bin.«

Ein Gefühl der Erregung durchflutete Sonny. Jagdfieber. Raven würde wieder zuschlagen, er war nahe am Ziel.

»Sonny?«
»Ja, ich bin noch dran.« Er erzählt Howard von dem UPS-Lieferwagen.
»Klingt genauso überzeugend wie jede andere Theorie«, sagte Howard. »Die DEA observiert Gilroy, aber die geben der Polizei keinerlei Informationen, lassen sie im dunkeln tappen. Und nun wurde allenthalben Entwarnung gegeben.«
»Außer, daß Raven und Gilroy sich gegenseitig nicht über den Weg trauen«, warf Sonny ein. »Es ist damit zu rechnen, daß bei den beiden die Sicherung durchbrennt.«
»Seit Orejuela hinter Gittern sitzt, rennen die Mitglieder des Cali-Kartells wie kopflose Hühner herum. Vielleicht ist die Lieferung deshalb so groß; sie wollen einen ordentlichen Batzen Geld einstreichen und dann eine Weile abtauchen, um sich neu zu formieren.«
»Die werden wiederkommen. Mit ihrem Stoff kann man viele Leute schmieren«, erwiderte Sonny. Irgend jemand mit sehr viel Macht und Einfluß hielt seine schützende Hand über Gilroy.
»Übrigens, unsere Bürgermeisterin hat den Chief auf die Matte zitiert. Garcia verbringt neuerdings viel Zeit damit, sich von der Bürgermeisterin die Leviten lesen zu lassen, und Marisa steht ihrerseits unter Druck seitens der Handelskammer. Die will natürlich nicht, daß die Geschäftsleute ihre Einnahmequelle verlieren.«
»Wie man's auch nimmt, es ist schlecht fürs Image«, bestätigte Sonny.
»*Hasta la vista,* Elfego«, verabschiedete sich Howard. »Und denk dran: Ein nasser Vogel fliegt nie bei Nacht.«
»Danke für deinen guten Rat.«
Als Sonny den Startplatz erreichte, verließen die Vans und Pick-ups gerade scharenweise das Gelände. Die griesgrämi-

gen Gesichter der Leute sprachen Bände. Madge Swenson hatte offenbar die Verlautbarung herausgegeben, daß der Vorstand von Fiesta Control trotz des Aufstiegs von Gilroy und seiner Gruppe kein grünes Licht geben würde und daß nicht feststünde, ob die Veranstaltung morgen weitergehen könne. Die Rundfunk- und Fernsehstationen zogen ihre Reporter ab, denn die Sensationsmeldungen über das kleine Fähnlein der Aufrechten, die am Morgen gestartet waren, waren plötzlich ins Leere gelaufen.

Gilroys Männer waren bereits über die West Mesa gedriftet und den Blicken entschwunden. Keine Menschenseele war mehr am strahlendblauen, wolkenlosen Himmel über der Stadt zu sehen. Gilroy hatte mit seinem Bravourstück wider Erwarten keinen Massenaufstieg der übrigen Veranstaltungsteilnehmer ausgelöst, was bedeutete, daß er zu einer anderen Taktik greifen mußte.

Jerry Stammer und Sonny trafen an der Eingangstür zusammen. »Gibt's was Neues?« fragte er sofort. Sonny schüttelte den Kopf.

»Hören Sie, Baca, wir brauchen dringend Ergebnisse. Die ganze Veranstaltung geht den Bach runter. Uns brennt die Zeit unter den Nägeln!«

Jetzt machte auch Sonny seiner Verärgerung Luft. »Ich weiß, daß die Zeit drängt. Ich liege schließlich nicht den ganzen Tag auf der faulen Haut! Ich muß nur –«

Er unterbrach sich, als Madge Swenson aus ihrem Büro kam.

»Hören Sie«, fuhr er beherrschter fort, »ich weiß, unter welchem Druck Sie stehen. Es gibt da ein paar heiße Spuren, die ich verfolge.«

»Das ist nicht genug!« rief Stammer erregt. »Wir brauchen hieb- und stichfeste Resultate, Baca. Deshalb haben wir Sie engagiert. Das könnte der letzte Tag sein. Die Hälfte unserer

Ballonfahrer ist bereist abgereist.« Er steckte die Hände in die Taschen und stakste in den Konferenzraum des Vorstands zurück.

»Tut mir leid, wir sind nicht besonders in Form«, entschuldigte sich Madge. »Unsere Hoffnung schwindet immer mehr. Garcia kann uns nichts versprechen, und das liegt nicht daran, daß er, im Gegensatz zu uns, keinem Druck ausgesetzt ist. Komm mit«, sagte sie und lotste ihn in ihr Büro.

Sie blickte ihm in die Augen, und Sonny begriff, daß Madge ihm die Hölle heiß gemacht hätte, wenn Stammer ihr die Aufgabe nicht abgenommen hätte. Sie kämpfte um ihre Existenz, und als Überlebenskünstlerin war ihr dazu jedes Mittel recht, das ihr zu Gebote stand.

»Ich weiß nicht, ob ich tatenlos zusehen soll, wie Stammer dich feuert, oder –«

»Oder was?« Er roch den Duft ihres Parfüms, der jetzt mit Frustration gemischt war.

»Wir müssen wissen, was da vor sich geht!«

Er spürte, wie nervös sie war. Sie hatte sich eine verantwortungsvolle berufliche Position erkämpft und Angst, alles zu verlieren. Er beschloß, mit offenen Karten zu spielen.

»Raven wird eine Kokainlieferung in die Stadt bringen«, sagte er, sich wohlweislich hütend, etwas über Gilroys Beteiligung anzudeuten. Er wartete auf ihre Reaktion.

»Und?«

»Ein Riesendeal, eine große Sache, und du sitzt auf dem Pulverfaß.«

»Sag das noch mal!«

»Die Fiesta zieht Tausende von Besuchern an. Sehr wahrscheinlich benutzen sie die Veranstaltung als Tarnung.« Er schwieg.

Sie war vermutlich im Rahmen ihrer Dienstleistungen für ihre kunstbeflissenen Kunden in Santa Fé mit Drogen in Berührung gekommen und war alles andere als die Unschuld vom Lande. Er sah sie an und wartete.
»Willst du damit behaupten, daß zwischen dieser Drogenlieferung und der Heißluftballon-Fiesta eine Verbindung besteht?«
»Ja?«
»Und welche?«
»Ich dachte, das könntest du mir verraten.«
»Du Mistkerl! Du hast doch wohl nicht allen Ernstes angenommen, daß ich –«
Sie blickte ihm in die Augen, die ihren Blick ungerührt erwiderten, und verzichtete darauf, ihren Satz zu beenden. Ihre Wut verebbte, und sie seufzte. Sonny kannte ihre Vergangenheit; viele Leute wußten, daß sie kein unbeschriebenes Blatt war.
»Das ist nicht fair.« Ihre Schultern sackten nach vorn, und sie senkte den Blick.
»Dann sag mir, was du weißt.«
Sie schüttelte den Kopf und ging zum Fenster hinüber, von dem aus man den Startplatz im Blick hatte.
»Du denkst, daß ich immer noch bei diesem Spiel mitmache, nur weil ich früher Stoff gekauft habe.«
»Sag mir einfach, was du weißt.«
»Vielleicht hast du recht.«
Er sah, wie sie zustimmend nickte. Er ging zu ihr hinüber, wollte die Hand nach ihr ausstrecken, wartete.
»Du kennst John Gilroy«, sagte sie, drehte sich um und sah ihn an.
»Er hatte sich als Pilot bei der Fiesta beworben. Der Vorstand lehnte strikt ab. Seine Vergangenheit kam zur Sprache, und deshalb fühlten sich viele Vorstandsmitglieder nicht wohl

bei dem Gedanken, aber Jerry beharrte darauf. Es war ein Kampf bis aufs Messer, den Jerry gewann, als dem Vorstand plötzlich ein Stück Land als Schenkung übereignet wurde, für unseren neuen Startplatz.«

»Gilroy?«

Sie nickte. »Ein Spender, der nicht genannt werde wollte, soweit es die Öffentlichkeit angeht. Gilroy hat eine Menge Geld.«

Es paßt alles nahtlos zusammen, dachte Sonny. Gilroy braucht die Fiesta als Tarnung.

»Eines laß dir gesagt sein«, fuhr sie fort. »Wir haben nichts mit dem Drogendeal zu tun. Wenn ich wüßte, daß irgend jemand uns als Tarnung benutzt, wäre ich die erste, die Garcia informieren würde.«

»Du weißt, daß Gilroy früher Rauschgift aus Mittelamerika per Flugzeug in die USA gebracht hat?«

»Ja, das war mir bekannt. Jeder wußte von der Panama-Connection. Die Sache war so offenkundig, daß es geradezu ein Witz war. Als das Cali-Kartell expandierte, hat die Drogenmafia von Juárez dort eingekauft.«

»Und du hast das Zeug aus Juárez bezogen.«

»Mein Mann, mein Exmann, genauer gesagt, pflegte seinen Stoff in Juárez zu kaufen. *Aber das war einmal!*« In ihren Augen schimmerten Tränen. »Ich bin normalerweise keine Heulsuse, aber wenn du denkst, ich –«

»Ich mußte in Erfahrung bringen, was du weißt«, entschuldigte sich Sonny. »Zwei Menschen sind tot!« Und mich hätten sie auch beinahe erwischt, dachte er.

»Ich sag's dir noch einmal, klipp und klar, Sonny. Wir haben nichts damit zu tun. Hältst du mich wirklich für so unglaublich dumm, alles aufs Spiel zu setzen, was ich mir hier aufgebaut habe?«

Sie hielt inne, gewann ihre Fassung wieder und fügte mit

hocherhobenem Kopf hinzu: »Wenn wir irgend etwas tun können, das dir hilft, dann werden wir es tun. Aber Jerry hat recht: Auch wenn du meinst, wir wären miese Sklaventreiber, uns bleibt nicht viel Zeit.«

»Ja, ich verstehe. Falls dir noch etwas einfällt oder sich etwas rührt, ruf mich an.«

»Und du meldest dich bei mir.«

Einige Leute haben bei diesem Spiel eine Menge zu verlieren, dachte er, und alles begann mit dem Bündel, das aus den Wolken fiel. Der Gedanke an Lorenza Villa wurde übermächtig. Sie konnte hellsehen. War sie ihm möglicherweise eine Hilfe?

Er ging zu seinem Wagen und hörte als erstes die Nachrichten auf dem Anrufbeantworter ab. Garcia hatte gebeten, er solle so schnell wie möglich bei Rita anrufen.

Garcia? Und Rita anrufen? Er spürte, wie ihm eine Gänsehaut über den Rücken lief. Das hörte sich nicht gut an. Er wählte sofort ihre Nummer; Marta war am Telefon.

»Sie sind weg!« weinte sie. »Sie sind weg! *M'ijita*! Er hat sie entführt. Er hat Rita entführt. Ich kann Diego nicht finden! Ich weiß nicht, wo Diego steckt!«

»Marta, beruhige dich!« Er konnte sich keinen Reim auf ihren Hilfeschrei machen, aber er hatte bereits Gas gegeben, eine Staubwolke hinter sich aufwirbelnd. Die Verzweiflung in Martas Stimme ließ ihn das Schlimmste befürchten.

»Was ist passiert?« rief er.

»Ein Mann ist gekommen«, schluchzte sie. »Er hat Rita und *m'ijita* mitgenommen. Er hat mich gefesselt. Ich weiß nicht, wo Diego steckt! Die Polizei ist hier. Lieber Gott, was soll ich nur machen?«

»Ganz ruhig. Ich bin gleich da. Ich möchte jetzt kurz mit jemandem von der Polizei sprechen.«

Garcia kam ans Telefon. »Er hat Rita und das kleine Mädchen entführt. Kommen Sie her, schnell.«

»Bin schon unterwegs«, rief er und raste los.

Raven hatte keine Zeit verschwendet und Sonny an seiner Achillesferse getroffen. Da sich Rita in seiner Gewalt befand, konnte er den Ton angeben.

Als Sonny eintraf, wimmelte es rund um Ritas Haus bereits von Polizeifahrzeugen und Übertragungswagen verschiedener Fernsehsender. Francine Hunter lief zu ihm hinüber, im Schlepptau Peter mit der Kamera.

»Ich habe gehört, daß Rita López entführt wurde. Gibt es da irgendeinen Zusammenhang mit den Ballonfiesta-Morden?«

»Ich habe keine Ahnung, was passiert ist«, entgegnete er und rannte ins Haus. Polizeichef Garcia nahm ihn an der Tür in Empfang.

»Was ist passiert?« Sonny sah Marta, die völlig aufgelöst im Wohnzimmer saß, den Kopf auf die Brust gesunken, weinend.

»Kennen Sie diese Frau?« erkundigte sich Garcia.

»Sagen Sie mir endlich, was passiert ist!« brüllte Sonny und packte den Polizeichef am Arm.

»Sie behauptet, daß irgend jemand Rita und ihre Tochter entführt hat. Die Täterbeschreibung paßt auf Raven. Ich weiß nicht recht –«

Sonny stürmte an dem Polizeichef vorbei und lief zu Marta hinüber. Sie stand auf und umarmte ihn. »Sonny, Gott sei Dank, daß du da bist! Was sollen wir bloß machen?« schluchzte sie. »Warum haben sie meine Tochter mitgenommen? Warum Rita? Es war schrecklich!« weinte sie. »*M'ijita, m'ijita.*«

Sonny nötigte sie, sich hinzusetzen, und hielt ihre Hände. »Beruhige dich. Erzähle, was passiert ist. Die Polizei kann uns nur dann helfen, wenn du den Hergang genau schilderst.«

Er brachte ihr ein Glas Wasser, und sie wurde allmählich ruhiger. »Wir wollten Cristina gerade zur Schule bringen. Ein Mann drang plötzlich ins Haus ein. O Gott, er sah grauenvoll aus. Sein Gesicht war schrecklich entstellt.«

Sonny ballte in ohnmächtiger Wut die Fäuste. Raven hatte Rita in seine Gewalt gebracht, und da sich Cristina in ihrer Gesellschaft befand, hatte er das kleine Mädchen ebenfalls als Geisel mitgenommen. Marta war zurückgelassen worden, damit sie die Polizei benachrichtigen und eine Täterbeschreibung geben konnte. Es war eine törichte, verzweifelte Tat, aber nun besaß Raven einen menschlichen Schutzschild, der ihm sicheres Geleit garantierte.

»Ich werde sie finden, Marta. Ich werde deine Tochter und Rita finden, das verspreche ich. Diego wird jeden Moment hier sein. Er war in der Stadt. Hast du mich verstanden?«

Marta unterdrückte einen Schluchzer, nickte dumpf. »*Sí.*«

»Das macht alles keinen Sinn!« brummte Garcia. »Er weiß doch, daß ich die ganze Stadt auf den Kopf stellen werde, um ihn zu finden! Der Mann muß völlig verrückt geworden sein!«

»Möglich«, erwiderte Sonny. »Aber er liebt solche Spiele. Tödliche Spiele.«

Er nahm Garcia beiseite und erzählte ihm von seinem Abstecher nach Juárez. Als er geendet hatte, fluchte der Polizeichef.

»Und diese Mistkerle von der DEA glauben, ich würde ihnen das Märchen vom ausgebrannten Lagerhaus abkaufen!« Garcia spie Gift und Galle. »Es hat sich nichts geändert! Diese arrogante Bande und das FBI halten uns Polizisten immer noch für Hinterwäldler und Trottel, denen man so

sicherheitsempfindliche Informationen nicht anvertrauen kann. Verdammt!«
»Zumindest wissen wir jetzt, wonach wir suchen müssen.«
»Nach den gestohlenen UPS-Lieferwagen. Und nach Raven, nach dem Stoff und nach Rita und dem Mädchen. Das werden meine Jungs als erstes in Angriff nehmen.«
»Danke.« Sonny sah dem Polizeichef nach, der sich umdrehte, das Haus verließ und zu seinem Einsatzwagen eilte.
Das Telefon läutete, und Sonny ging ran. Es war Lorenza Villa. »Sonny, Rita befindet sich in höchster Gefahr!«
»Wie bitte?«
»Ich hatte letzte Nacht einen Traum. Ich habe Rita nicht angerufen, weil ich es nicht glauben konnte. Ich wollte ihr keine Angst machen. In meinem Traum hat Raven Rita entführt.«
»Das hast du gesehen?« fragte Sonny mit angehaltenem Atem.
»Ja.«
»Wo?«
»In meinem Traum befand sich Raven in einem Ballon. Er packte Rita und eine andere Person, und als sie landeten, konnte ich die Straßen ganz deutlich erkennen. Ich weiß, wo er gelandet ist.«
Sonny erklärte ihr, was geschehen war.
»*Madre de los dioses*«, flüsterte Lorenza.
»Aber Raven hat sie nicht in einem Ballon entführt.«
»Das mag sein, aber meine Vision war trotzdem real. Verstehst du nicht? Raven kann fliegen, deshalb sah ich ihn in einem Freiluftballon. Ich weiß, wohin Raven Rita gebracht hat. Ich habe die Straßen erkannt, als der Ballon sie passierte.«
»Würdest du die Gegend wiedererkennen?«

»Ich denke schon«, erwiderte sie leise. »Ich habe die Straßen deutlich vor mir gesehen, und das Dach des Gebäudes. Es handelt sich um ein Lagerhaus, und auf dem Dach befindet sich das Zia-Sonnenzeichen. Es ist irgendwo in der Nähe der North Edith Street. Ich konnte deutlich die Bahngleise erkennen, und den Namen einer Straße. Der Straßenname hatte etwas mit dem Teufel zu tun.«

»Warte einen Moment«, sagte Sonny und schnappte sich das Telefonbuch. Er blätterte und schlug die Seiten mit den Zia-Einträgen auf, dann fuhr er mit dem Finger die lange Liste hinunter: Zia-Tierklinik, Zia-Grundschule, Zia-Pueblo ... rund vier Dutzend Einträge, aber nicht einer mit einer Adresse an der North Edith Street.

»Bist du sicher, daß es die Edith Street war?«

»Ja, ganz sicher.«

Na gut, dachte Sonny. Sie hatte den Ort, an dem die Geiseln gefangengehalten wurden, in ihrer Vision gesehen, aber es gab nur eine Möglichkeit, ihn zu finden, nämlich aus der Luft. Vielleicht würde sie das Gebäude mit dem Zia-Sonnenzeichen, wenn es sich irgendwo an der North Edith Street befand, von oben wiedererkennen.

»Wärst du imstande, das Lagerhaus von oben zu identifizieren?«

»Von einem Freiballon aus?«

»Ja.«

»Ja, ich denke schon. In meiner Vision bin ich geflogen; wenn ich mich also in einem Ballon befände, würde ich die Straßen höchstwahrscheinlich wiedererkennen. Und das Lagerhaus mit dem Zia-Zeichen. Draußen vor dem Eingang parkte ein Lieferwagen, ein großer Lieferwagen, dunkel, wie die von UPS.«

»Das ist es!« schrie Sonny aufgeregt. »Ich bin gleich bei dir!«

Er legte den Hörer auf. Sie hatte den Lieferwagen beschrieben, den Raven benutzte. Aber war es tatsächlich möglich, Straßen wiederzuerkennen, die man im Traum gesehen hatte? Eine dürftige Spur, aber besser als gar keine. Madge würde ihm gewiß einen Ballon zur Verfügung stellen, aber in einem solchen Vehikel waren sie auf Gedeih und Verderb den Luftströmungen ausgeliefert.

Ein Hubschrauber? dachte er. Fiesta Control besaß einen, einen R-22-Robinson, und Sonny kannte ihn in- und auswendig. Vor drei Jahren hatte er bei Tim Lewis, dem Sicherheitschef der Heißluftballon-Fiesta, Flugunterricht für den Zweisitzer genommen.

Er rief Madge Swenson an und erzählte ihr, was geschehen war. Er erklärte ihr, es bestünde die Chance, daß eine Zeugin Ravens Versteck aus der Luft finden könne. Sie stimmte sofort zu; der Hubschrauber würde für ihn bereitstehen.

Sonny legte den Hörer auf. Diego kam im Eilschritt herein und umarmte seine Frau. Peter folgte ihm auf dem Fuße.

»*Mi hijita*«, schluchzte Marta, als sie die Geschichte von dem Mann mit dem verunstalteten Gesicht, der Rita und Cristina entführt hatte, wiederholte. Diego beruhigte sie und wandte sich Sonny zu.

»*Mi hija*, entführt, Sonny. Der Mann hat den Verstand verloren, und nun befindet sich meine Tochter in seiner Gewalt.«

»Diego, es tut mir leid. Ich werde sie finden, ich verspreche es.«

»Unten am Fluß hatten wir nichts«, sagte Diego bitter. »Kein heißes Wasser, kein warmes Bett für die kalten Nächte, keine Schule für meine Tochter. Aber wir waren sicher ...« Seine Stimme brach, und er ließ verzweifelt die Schultern hängen.

Er hatte gedacht, daß sich die Gefahren bei der Suche nach Raven auf ihn oder Sonny beschränken würden, und damit konnte er umgehen. Er hatte nie geglaubt, daß seine Tochter zur Zielscheibe werden könnte.
»Es tut mir leid«, wiederholte Sonny noch einmal. »Es ist alles meine Schuld.«
Diego schüttelte den Kopf. »Vielleicht ist das Gottes Strafe für meine Sünden.« Er drehte sich um und sah zum Himmel empor. »Herrgott im Himmel, strafe mich, aber nicht meine Tochter!« rief er mit gequälter Stimme.
»Diego, Diego!« beschwichtigte seine Frau ihn. »Du hast nichts Böses getan. Wir müssen auf Gott vertrauen.«
»Auf Gott vertrauen? Wie könnte ich das?« Er drehte sich zu Sonny um. »Ich vertraue dir. Was sollen wir tun?«
»Ihn finden. Und das so schnell wie möglich.«
»Wie?«
»Ich mache mich mit dem Hubschrauber auf die Suche und nehme Lorenza Villa mit.« Es blieb keine Zeit für weitere Erklärungen. »Hast du mit Armando gesprochen?«
Diego nickte. »Drei UPS-Lieferwagen wurden letzte Woche bei einer Auktion versteigert. In El Paso. Dein Bruder Mando war dort. Lieferwagen interessieren ihn nicht, deshalb hat er nicht mitgeboten. Aber er kennt den Mann, der sie gekauft hat. Er besitzt einen Schrottplatz an der North Edith Street. In der Nähe der alten Bahngleise.«
Die Zia-Autoverwertung, dachte Sonny. Vielleicht hatte Lorenza dieses Firmenemblem auf dem Dach des Lagerhauses gesehen. In der North Edith Street reihten sich Lagerhäuser, kleine Handwerksbetriebe und Gebrauchtwagenhändler dicht aneinander.
»Ich muß los«, sagte Sonny.
»Ich komme mit.«
»Nein, bleib du bei Marta. Sie braucht dich jetzt.«

»Kann ich irgend etwas tun?«

»Bete, daß Lorenza imstande ist, das Versteck aus der Luft wiederzuerkennen«, sagte Sonny und verließ im Laufschritt das Haus. »North Second oder North Edith Street«, rief er Garcia zu, als er zu seinem Wagen rannte. »Ich nehme den Hubschrauber von Fiesta Control!«

19

Lorenza Villa wartete bereits an der Haustür, als Sonny vorfuhr. Sie trug Jeans, eine weiße mexikanische Bluse, die ihre Schultern freiließ, und eine bunte, bestickte Jacke, eine Handarbeit aus Guatemala. Ihr langes schwarzes Haar fiel ihr über die Schultern, ihr Gesicht war angespannt. Sonny dachte, daß sie zarter aussah als bei ihrer letzten Begegnung, die Augen erschienen ihm dunkler und auf eine andere Welt konzentriert.

Ob sie eben jetzt ihren Schutzgeist herbeirief, um seiner Stärke teilhaftig zu werden? Welches Tier aus der urzeitlichen Welt wirkte in ihrem Blut, in ihrer Seele, in ihren Augen? Er atmete tief ein und spürte ein Kribbeln entlang der Wirbelsäule und in seinen Eingeweiden, als ihr Duft den Wagen füllte.

Er spürte das Adrenalin in seinen Adern strömen, fühlte sich erregt, die Chakren vom Kopf bis zu seinem Geschlecht wurden seltsam lebendig.

»Ich habe ein ... merkwürdiges Gefühl. Die Kojoten?«

»Ja.«

Das war's also! Er hatte das gleiche Gefühl wie damals während der *limpieza*, als er mit den Kojoten um die Wette gerannt war.

»Du hast gelernt, sie nach Belieben herbeizurufen. Das ist gut. Von jetzt an wird es immer so sein, ihr Energiefluß wird dich auf Schritt und Tritt begleiten.«

Sie hüllte sich in Schweigen, doch auf der Fahrt zu Fiesta Control erzählte er ihr von Juárez und der Entführung. Sie hörte aufmerksam zu.

»Raven scheint mir immer einen Schritt voraus zu sein. Ich hatte so eine dunkle Vorahnung, aber ich habe nichts unternommen. Er wußte, daß ich nicht in den Flammen umgekommen war, oder?«

»Er hat dir etwas voraus, weil er seine Rabenmacht benutzt. Aber du machst Boden wett.«

Nein, dachte Sonny, ich mache keine Handbreit Boden wett. Nicht, solange sich Rita in seiner Gewalt befindet.

Aber er sagte nichts.

Als sie am Ballonstartplatz ankamen, sagte Lorenza: »Seit deiner *limpieza* drehen sich meine Träume ums Fliegen. Zuerst der Körper, der aus dem Himmel fiel, dann schwingt sich Raven mit Rita in die Lüfte. Ich weiß einiges über den Flug der Seele, aber ich bin noch nie in einem Hubschrauber gesessen.«

Die Frau hat also auch ihre Schwachstellen, dachte Sonny.

»Keine Angst, es wird dir gefallen.«

Er bog in den Feldweg ein und rumpelte über den Startplatz der Freiluftballons, vorbei an den verwaisten Essens- und Souvenirständen zu dem Hubschrauber, der in der Mitte des Platzes wartete. Madge, in Fliegerkluft und Schutzhelm, stand an der Tür neben ihrem Assistenten und Jerry Stammer.

Sonny parkte den Pick-up in rund zwanzig Meter Entfernung vom Hubschrauber und holte seine Pistole aus dem Handschuhfach. Er prüfte, ob sie geladen war, und schob die Waffe unter den Gürtel. Dann sprang er aus dem Wagen und öffnete Lorenza die Tür.

»Alles klar?«

Sie nickte und stieg aus. Die Druckluft, die von den Rotorblättern des Hubschraubers erzeugt wurde, strich über sie hinweg und wirbelte ihr langes Haar wie die Mähne eines Pferdes hoch.

Sie erinnerte Sonny an jemanden, den er kannte, an eine Frau, die er im Traum gesehen hatte. Sie erschien ihm vertraut und stark wie seine Mutter, als er ein Kind gewesen war.

Lorenza hielt inne. »Wer ist die Frau?«

»Madge Swenson. Sie leitet die Veranstaltung. Wir benutzen den Hubschrauber von Fiesta Control. Sie hat sich erboten, uns zu fliegen.«

Lorenza schüttelte den Kopf.

»Was ist?« fragte Sonny verwirrt.

»Das wird nicht gehen.«

Sonny blickte Madge an, die ihnen gerade mit einem Winken bedeutete, daß sie herüberkommen sollten. Alles war bereit.

»Warum nicht?«

»Ich kenne diese Frau aus meiner Vision. Sie wird meine Hellsichtigkeit beeinträchtigen«, sagte Lorenza ohne weitere Erklärung.

»Du kennst sie?«

»Nur aus meiner Vision«, erwiderte Lorenza geheimnisvoll.

»In Ordnung.« Sonny ergriff ihre Hand und zog sie über die mit Splitt befestigte Rollbahn zum Hubschrauber hinüber, wobei er sie gegen die vom Rotor hervorgerufenen Böen abschirmte.

»Wer ist deine Begleiterin?« brüllte Madge, um den ohrenbetäubenden Lärm der Rotoren zu übertönen.

»Das ist Lorenza! Sie glaubt, daß sie das Versteck, in dem die Geiseln gefangengehalten werden, wiedererkennen kann!«

»Wie das?« ließ sich Stammer vernehmen.

Sonny hatte keine Zeit für langwierige Erklärungen. Wie hätte er außerdem jemandem begreiflich machen können, daß Lorenza aus der Luft eine Straße wiederzuerkennen

hoffte, die sie in einem Traum gesehen und als Warnzeichen gedeutet hatte?
Stammer schüttelte den Kopf. »Das ist völlig verrückt!«
»Dieses Ding fliegt nicht mit drei Menschen an Bord«, erklärte Madge stirnrunzelnd.
»Ich werde selbst fliegen.«
Madge schwieg. »Deine Lizenz ist abgelaufen.«
»Ich werde es trotzdem riskieren.«
»Aber –« Madge hielt inne und blickte zuerst ihn, dann Lorenza an. »Bist du sicher?«
»Das ist unsere einzige Chance!«
»Also gut! Hier, bediene dich.«
Sie streifte den Helm ab und drückte ihn Sonny in die Hand. »Probier ihn an, wegen der Größe.«
Sonny setzte den Helm auf, stellte das Mikrophon auf Mundhöhe ein und hob den Daumen, das Signal, daß alles in Ordnung war. Er half Lorenza an Bord, dann kletterte er auf den Sitz neben sie. Er wünschte, er hätte einen Bell Jet Ranger fliegen können, ein richtig heißes Geschoß, aber der lahme alte Robinson war besser als nichts. Es war dieselbe Maschine, die er schon einmal im Auftrag von Fiesta Control geflogen hatte. Alles bestens. Er schloß die Tür.
»Anschnallen!« rief er und zeigte Lorenza, wie er sich angurtete. Sie nickte und machte es ihm nach.
Sobald die Tür geschlossen war, verringerte sich der Lärm in der Kabine. Kein Staubkorn wurde mehr aufgewirbelt. Sonny überprüfte die Instrumente. Er sah Lorenza an. Beeil dich, sagte ihr Blick, wir müssen schnell handeln. Raven wartet nicht. Sie hatte recht. Raven hatte Rita und das kleine Mädchen in seiner Gewalt, und die Zeit arbeitete gegen sie. Sonny holte tief Luft und brachte den Rotor auf Touren; er spürte, wie der Helikopter vibrierte, spürte seinen ureigenen Rhythmus. Er blickte hinaus und bedeutete Madge mit

erhobenem Daumen, daß er bereit war. Sie gab ihm, ebenfalls mit erhobenem Daumen, das Startsignal, dann lief sie geduckt beiseite.

Der Helikopter hob vom Boden ab, als er den Pitch-Hebel nach oben zog, dann schoß er vor und zurück, als Sonny ihn ausprobierte.

Ein bißchen eingerostet, dachte er und entspannte sich, als das Gefühl für die Pedale langsam zurückkehrte; er brachte den Helikopter in eine kontrollierte Lage und stabilisierte ihn. Er zog ihn senkrecht hoch, drückte den Stick nach vorn und beschrieb einen weiten Bogen, wobei er Kurs auf die Ballons in Tierform nahm, die am anderen Ende des Startplatzes vertäut waren. Er zog die Maschine knapp über sie hinweg, dann drehte er zur Seite ab.

Er seufzte erleichtert auf; Lorenza sprach ein stummes Gebet.

»Geschafft!« schrie Sonny ihr zu und steuerte den Helikopter Richtung North Edith Street.

Lorenza entspannte sich. Der steile Aufstieg hatte bei ihr ein flaues Gefühl im Magen ausgelöst. Ihre Ohren rauschten vom Dröhnen des Motors, doch als sie langsam Höhe gewannen, wurde die Angst von einem tiefen Gefühl des inneren Friedens verdrängt. Sie würden Rita aus den Klauen des Entführers retten.

Sonny deutete nach draußen, und sie sah zum Fenster hinaus.

Im Westen schlängelte sich der Río Grande wie eine träge grüne Schlange mit goldenen Schuppen dahin. Der Fluß war Lorenzas wichtigster Bezugspunkt. Für sie glich er der Schlange: Er symbolisierte eine urwüchsige intuitive Kraft, war eine Quelle der mentalen Orientierung, Klarheit und Weisheit.

»*Infierno*«, sagte sie. Doch Sonny hörte sie nicht.

Eine Straße, die den Namen der Hölle trug.
»Gibt es hier eine Straße, die Infierno heißt?« schrie sie, um den Lärm zu übertönen, und zupfte Sonny am Arm.
»Infierno? Eine Straße?« Er war der Ansicht, jede Straße im North Valley in- und auswendig zu kennen, oder zumindest hatte er sich das eingebildet. »Nein, ich erinnere mich nicht –«
Plötzlich ging ihm ein Licht auf. Es gab eine kurze, unbefestigte Durchgangsstraße, die zwischen Second Street und Edith Street verlief. Sie führte an einem gottverlassenen Gelände vorbei, auf dem sich eine Kiesgrube befand. Und dort befand sich auch ein Autofriedhof, der nicht mehr in Betrieb war!
»Doch! Jetzt weiß ich's! Infierno!«
Raven hatte seinen Schlupfwinkel in der Hölle.
Sonny nahm Kurs nach Süden und flog die Interstate 25 entlang, dann beschrieb er eine Kurve, um den Bahngleisen zu folgen. Es war eine Chance, auch wenn sie an den Haaren herbeigezogen schien, doch da Lorenza ein Straßenname eingefallen war, zahlte sich ihre Vision letztlich vielleicht doch aus.
Sie spähte angestrengt nach unten, hielt Ausschau nach der Straße, die in ihrem Traum aufgetaucht war, und dem Inferno, in dem Rita und das Mädchen gefangengehalten wurden.
»Da!« schrie sie. »Siehst du?« Er blickte in die Richtung, in die ihre Hand deutete.
Er folgte der Linie, die sie mit dem Finger beschrieb, entdeckte das Lagerhaus und Ravens Wahrzeichen. Auf dem Dach des Gebäudes war, in verblaßter roter Farbe, das Zia-Symbol zu erkennen, die kreisrunde Sonnenscheibe und die vier geraden Linien, die strahlenförmig davon ausgingen. Daneben die Worte ZIA-AUTOVERWERTUNG. Hinter

dem Schuppen stand ein Lieferwagen von UPS. Raven ist da drinnen, dachte Sonny, mit Rita und Cristina und den Drogen.

»Das ist es!« schrie Lorenza.

Sonny nicke und berührte das goldene Amulett auf seiner Brust. Raven hielt sich in unmittelbarer Nähe auf, das spürte er. Rita und Cristina befanden sich in dem baufälligen, verlassenen Schuppen, der inmitten eines staubigen, brachliegenden Feldes errichtet war, umgeben von den Skeletten ausgeschlachteter Personen- und Lastkraftwagen.

Der Autofriedhof war ringsum von einem Windschutz aus zerzausten, von Käfern zerfressenen Ulmen umgeben. Ein hoher Stacheldrahtzaun, teilweise vom Blattwerk der Bäume verdeckt, schützte das Terrain vor ungebetenen Besuchern.

»Sie werden hören, wie ich lande, das ist so sicher wie das Amen in der Kirche«, schimpfte Sonny, aber ihm blieb keine andere Wahl. Wenn er außerhalb der Umzäunung aufsetzte, würde er über den Stacheldraht klettern oder eine andere Zugangsmöglichkeit finden und kostbare Zeit verschwenden müssen. Nein, er hatte wirklich keine andere Wahl, als mit dem Helikopter direkt über dem Rabenhorst niederzugehen.

Er brachte den Robinson schwankend zum Stillstand, dann senkte er die Maschine langsam ab. Sie kippte leicht zur Seite, und die Erde unter ihm kam schnell näher. Sie wurden mit einem dumpfen Aufschlag in Empfang genommen, aber die Landung war zum Glück nicht so hart gewesen, wie Sonny erwartet hatte. Er schaltete den Motor aus und löste den Sicherheitsgurt.

Lorenza atmete erleichtert auf.

»Du wartest hier«, sagte er.

»Nein! Ich werde dich begleiten.«

Sonny zuckte die Achseln. Es blieb keine Zeit, lange mit ihr zu diskutieren. Raven wußte, daß sie kommen würden, und er wartete gewiß schon auf sie.
Sonny sprang aus dem Helikopter, und Seite an Seite rannten sie geduckt auf den grauen Wellblechschuppen zu und preßten sich an die Seitenwand.
Leider können wir den Überraschungseffekt nicht nutzen, dachte Sonny, als er seine Waffe herausholte. Der Colt, Kaliber .45, fühlte sich kühl an. Er holte tief Luft. Es war später Nachmittag; der sanfte, goldene Lichtschein flimmerte bereits in den Wolken über der West Mesa. Überall lauerte Gefahr; er spürte es. Er winkte Lorenza wortlos zu, ihm zu folgen, und sie näherten sich lautlos dem Eingang. Sonny bedeutete ihr zurückzutreten, dann öffnete er langsam die Tür. Der Raum lag im Dunkeln und war allem Anschein nach leer. In dem Gebäude roch es nach Motorenöl.
Sie schlichen geduckt in ein Büro, das voller Staub war. Es sah aus, als sei der Raum seit langem nicht mehr betreten worden. Eine dicke Staubschicht lag auf dem Schreibtisch und auf dem Bürostuhl. Spinnweben bedeckten das Fenster und eine Tür, die in die Garage führte, wie Sonny vermutete. Hatten sie wirklich das Versteck ausfindig gemacht, in dem die Geiseln gefangengehalten wurden? Raven verstand sich meisterhaft darauf, falsche Fährten zu legen.
Sonny ließ die Pistole sinken und öffnete die Tür, die in das Innere des Lagerschuppens führte. Plötzlich rannten zwei dunkle Gestalten auf ihn zu.
»Tränengas!« brüllte Sonny, als er die ätzende chemische Substanz einatmete. Er stieß Lorenza zurück, als der erste Mann eine Wolke direkt in sein Gesicht sprühte.
Er keuchte, hielt die Luft an und richtete seine Waffe auf den maskierten Mann, der auf ihn zulief. Irgendwo hinter

einem der Angreifer hörte er Ritas Stimme, die seinen Namen rief, und dieser Bruchteil einer Sekunde wurde ihm zum Verhängnis. Ein Faustschlag in den Magen, dann ging er zu Boden, und seine Lungen brannten von den ätzenden Dämpfen.

Lorenza war noch nicht außer Gefecht gesetzt. Sie hatte Mund und Nase mit den gewölbten Händen bedeckt. Nun schnellte ihre Hand vor, und sie riß dem Mann, der sie angegriffen hatte, die Maske vom Gesicht, enthüllte sein grauenhaft entstelltes Gesicht. Der Mann fluchte und schlug sie nieder.

»Raven«, ächzte sie und fiel neben Sonny zu Boden.

Sonny verlor das Bewußtsein. Einige Augenblicke lang nahm er benommen wahr, daß sich jemand über ihn beugte; er hörte undefinierbare Geräusche, ein Keuchen, und dann merkte er, wie ihn jemand wegschleifte. Sein Atem wurde ruhiger, das Brennen ließ nach. Immer wieder schwanden ihm die Sinne. Er spürte, daß er gefesselt und wie ein Paket verschnürt wurde, dann zog ihn jemand über den Boden nach draußen ins Freie.

Kalte Luft drang in seine Lungen, milderte das Brennen, das er mit jedem Atemzug verspürte. Er versuchte, sich loszureißen, aber seine Arme und Beine waren gefesselt. Die frische Luft belebte ihn, das Sonnenlicht kehrte zurück. Er keuchte, schnappte nach Luft und spürte, wie er hochgehoben und mit Schwung auf einem Karren abgeladen wurde.

Der Todeskarren, dachte er. *La Muerte*, von den Nuevo Mexicanos Doña Sebastiana genannt. Die Sendbotin des Todes kam in einem quietschenden Karren daher, sie hatte die Seelen der Verstorbenen ins Joch gespannt.

Lag er im Sterben? Oder hatten sie ihn und Lorenza bereits getötet?

Geschieht mir recht, sagte er sich. Ich bin wie ein Narr in die Höhle des Löwen gestürmt, habe alle Vorsicht in den Wind geschrieben. Aber er hatte Ritas Stimme gehört! Sie hatte seinen Namen gerufen. Was für einen Unterschied machte das schon? Raven hatte ihn genau dort, wo er ihn haben wollte.

Er atmete wieder tief ein. Frische Luft. Das Brennen in den Atemwegen, das vom Tränengas verursacht worden war, ließ allmählich nach. Er war nicht tot, er wurde sogar zusehends lebendiger. Er spürte, wie jemand an seinem Hals zerrte, und öffnete die Augen. Durch die tränenden Augen sah er, wie Raven ihm das Zia-Amulett über den Kopf zog.

»Das gehört mir!« schrie Raven und streckte das Zia-Amulett der Sonne entgegen. Das Gold fing das Sonnenlicht ein. »Zia-Sonne! Nun bin ich wieder ein ganzer Mensch!« Er lachte und streifte sich die Kette über den Kopf.

Dann blickte er Sonny an. »Du hast offenbar neun Leben, Sonny Baca. Genauso wie dein alter Großvater. Aber ich habe dreizehn!«

Sonny schüttelte den Kopf. Das Tränengas hatte die Netzhaut seiner Augen versengt, aber die Spinnweben fielen nun ab. Er lugte zu Lorenza hinüber, die zusammengekauert neben ihm lag, und danach zu Schweißband, Ravens Spießgesellen.

Der schwarze Umriß eines gefüllten Heißluftballons ragte über ihnen auf. Sie hatten ihn und Lorenza in den Korb gehievt!

»Du bist dem Höllenfeuer entkommen, wie ich sehe. Dann wollen wir doch mal sehen, wie's dir im Himmel ergeht!« Raven grinste, nahm Sonnys Pistole und leerte die Kammer. Eins, zwei, drei, vier, fünf Patronen fielen zu Boden: Dann warf er die leere Waffe in den Korb des Ballons. Grinsend drehte er sich zu Lorenza um. »Du hast ihn in diese Situation gebracht. Ich bin gespannt, wie du ihm da wieder heraushelfen wirst!«

»Schluß mit dem Gerede! Laß uns hier endlich abhauen«, jammerte Schweißband nervös. »Die Bullen sind bestimmt schon im Anmarsch.«

Sonny blinzelte. Das war der Mann, der Sonny beinahe in seiner eigenen Küche umgebracht hatte, der Mann, der mit dem Langen im Lagerhaus in Juárez gewesen war.

Sonny versuchte, seine Arme anzuwinkeln, und spürte, daß sie hinter seinem Rücken fest zusammengeschnürt waren. Wenn er sich bewegte, zog sich der Strick um seinen Hals enger zusammen.

Garcia, wo bist du, wenn man dich braucht? dachte Sonny verzweifelt.

Er spannte erneut die Muskeln an, aber die Fesseln waren so eng, daß er nicht aufstehen konnte. Er rutschte hin und her, nur um festzustellen, daß es ihm nicht einmal gelang, sich aufzusetzen. Neben ihm lag Lorenza Villa. Auch sie hatte man an Händen und Füßen gefesselt.

»Reg dich ab«, grinste Raven. »Wir haben Zeit.« Er drehte sich um und blickte Sonny an. »Du wirst eine aufregende Reise unternehmen, Baca. Du wirst so hoch fliegen wie ein Rabe. Aber du hast keine Flügel!«

Sonny fluchte. Raven würde sie umbringen, indem er die Halteleinen durchtrennte, die den Ballon am Boden verankerten.

»Wenn dieses Ding landet, wirst du genauso aussehen wie ich. Und das gilt auch für deine Freundin!«

»Laß sie gehen«, begehrte Sonny auf. »Sie hat nichts damit zu tun!«

»Und ob sie etwas damit zu tun hat.« Raven beugte sich hinunter und starrte Lorenza an. »Hast du Mr. Baca nichts über uns *brujos* erzählt? Vielleicht hat er keine Ahnung, ist noch gar nicht eingeweiht! Vielleicht hat deine kleine Zeremonie nicht gewirkt. Keine Kojoten?«

»Darauf würde ich mich an deiner Stelle nicht verlassen!« zischte Lorenza.

Er wandte sich an Sonny. »Sie hat es dir also gesagt. Na und? Möglicherweise hat sie dir sogar zu einem Besuch bei deinen Vorfahren verholfen. Ich habe nichts dagegen einzuwenden. Sie hat dich in diese Situation gebracht; jetzt bin ich neugierig, ob es ihr gelingt, dich da wieder herauszuholen! Mal sehen, ob Kojoten fliegen können!«

»Du hast hier keine Macht!« schrie Lorenza.

»Ich sehe keine *brujos*«, zischte er, holte aus und schlug ihr ins Gesicht.

»Die Klauen der Eule sind eine mächtige Waffe!«

Plötzlich griff Raven mit verzerrtem Gesicht nach seinem Magen. Er krümmte sich vor Schmerzen und stöhnte. »*Bruja!*« brüllte er und sprang zurück, als wolle er Lorenzas durchdringendem Blick entfliehen.

Schweißband, der gesehen hatte, wie Raven zurückwich, sprang mit einem Satz vor und zog an der Leine, die am Brennerventil befestigt war. Im selben Augenblick schoß eine blaue Stichflamme hinauf in die Hülle, so daß der Bauch des Ballons mit einem neuen Schwall heißer Luft gefüllt wurde.

Er legte das Ende der Leine um einen Holzknebel auf der Innenseite des Ballonkorbs zur Schlinge und sicherte sie mit einem Slipknoten. Auf diese Weise erhitzte der Brenner auch weiterhin die Luftfüllung. Der Ballon zerrte an den Halteleinen, die ihn am Boden verankerten.

»Ich verfluche dich und deinesgleichen!« brüllte Raven. »Leinen los!«

Schweißband bückte sich und kappte die Halteleinen; der

schwarze Ballon erhob sich mit einem Ruck in die Lüfte. Da der Brenner die Luftfüllung mit voller Kraft erhitzte, stieg er in Windeseile.

»Santo Niño«, flüsterte Sonny.

Es war seine Schuld, daß sie sich nun in dieser Situation befanden. Er hatte Ravens Gegenwart gespürt und war trotzdem kopflos in das Gebäude gestürmt. Seine Sorge um Rita und Cristina hatte ihn tollkühn gemacht, und nun würden Lorenza und er dafür bezahlen. Und es gab keinen Komplizen, der ihm aus der Klemme helfen konnte.

Er versuchte wieder, sich aufzusetzen, spannte jeden Muskel an, um an die Auslaufleine über seinem Kopf heranzukommen. Wenn er sie vom Haken ziehen konnte, würde der Brenner aufhören, die Luftfüllung zu erhitzen. Er zerrte an seinen Fesseln, aber die Art, wie sie ihn verschnürt hatten, machte es ihm unmöglich, seine Hände zu bewegen, ohne daß er sich selbst erwürgte.

Unter ihm hörte er eine Sirene; er fragte sich, ob es wohl Garcia war, der in diesem Augenblick vor dem Stacheldrahtzaun hielt. Zu spät! Raven würde bereits durch die Hintertür verschwunden sein, den UPS-Lieferwagen mit Rita, Cristina und dem Rauschgift beladen.

Sonny zerrte wieder an den Stricken, aber es war zwecklos. Der Ballon gewann schnell Auftrieb.

»Wir müssen den Brenner abstellen«, schrie Sonny. »Rund fünf Meilen über uns wird er von allein ausgehen! Nicht genug Sauerstoff! Dann sinken wir! Falls wir nicht vorher erfrieren!«

Lorenza nickte. Er sah, wie sie an den Stricken zerrte und versuchte, sich hinzuknien oder hinzusetzen, aber auch ihre Bemühungen waren vergebens. Die Fesseln waren fachmännisch angebracht worden.

Sonny hörte ein Dröhnen, das den Brenner übertönte. Als

er den Kopf wandte, erspähte er einen DEA-Hubschrauber, der an ihnen vorüberflog, so daß sich der Ballon gefährlich zur Seite neigte. Ein Warnschuß aus einem Gewehr explodierte in der Luft.

»Sie schießen auf uns!« schrie Lorenza.

»Die denken, sie hätten Raven vor sich. Diese Mistkerle glauben, sie hätten Raven aufgespürt.«

Der Hubschrauber beschrieb einen kleinen Kreis und wirbelte ein zweites Mal dicht an ihnen vorüber. Ein weiterer Warnschuß ertönte: Eine Kugel pfiff dicht am Korb vorbei, und der Luftschwall, der von den Rotorblättern erzeugt wurde, brachte den Ballon wieder in eine sehr gefährliche Schräglage.

Die werden uns umbringen, dachte Sonny. Sie können uns vom Helikopter aus nicht erkennen. Oder vielleicht wissen sie auch, wer sich im Korb befindet, und schießen trotzdem auf uns.

Sonny zerrte wieder mit aller Macht an den Fesseln. Die Stricke bewegten sich keinen Millimeter. Nichts, absolut gar nichts konnte er unternehmen! Es war nicht schiere Kraft, die er brauchte, sondern die akrobatische Geschicklichkeit eines Schlangenmenschen.

»Wenn du auf mich raufsteigst, kann ich dich nach oben drücken«, rief er. Er blickte zu der Auslaufleine empor, die um den Pflock geschlungen war. Wenn es ihnen gelang, die Leine loszumachen, würde der Propangasbrenner aufhören zu heizen.

Lorenza lächelte. »*Andale!*«

Sie drehte sich auf die Seite und rollte sich auf ihn. Seine Füße waren gefesselt, aber er konnte sie mit den Knien fassen und ihre Lage stabilisieren. Es war zumindest einen Versuch wert. Er balancierte ihr Gleichgewicht aus, als sie sich rittlings auf ihn setzte; er hielt sie einen Augenblick in

dieser Haltung, spürte das feste Fleisch ihres Körpers, ihren warmen Atem auf seinem Gesicht. »Auf drei geht's los!«
»*Uno, dos, tres*«, zählte er laut, und bei drei stieß er sie so fest, wie es ging, nach oben. Sie bäumte sich auf, schnappte mit den Zähnen nach der Leine, verfehlte sie um Haaresbreite und prallte mit dem ganzen Gewicht ihres Körpers auf ihn.
»Ich hätte sie beinahe erwischt«, keuchte sie.
Die kalte Luft wurde bereits dünn, und die Anstrengung verschlug ihr den Atem.
»Versuch es noch einmal!« schrie Sonny, denn das war ihre einzige Chance.
Sie wußten beide, daß es unter Umständen die letzte Gelegenheit war, das Seil zu fassen. Ihre Kraft ließ wegen der Kälte und des Sauerstoffmangels rasch nach.
»Noch fester hochdrücken!« schrie sie mit klappernden Zähnen. Der Ballon war bereits hoch, sehr hoch, und die Luft wurde zunehmend eisiger.
Er nickte und zählte wieder bis drei, stieß sie mit gewölbtem Rücken nach oben und hielt sie im Gleichgewicht, damit sie die erforderliche Höhe erreichte.
Sie schnellte nach oben und schnappte dabei nach der Leine wie eine Ertrinkende nach dem Rettungsanker. Ihre Zähne bekamen das Ende zu fassen, und sie biß fest darauf. Ein betäubender Schmerz schoß durch ihre Kiefermuskulatur, aber der Laufknoten öffnete sich, und als sie sich neben Sonny fallenließ, hörte der Brenner auf zu heizen.
»Juhu«, brüllte Sonny. »Du hast es geschafft!«
Sie stöhnte und lag erschöpft und zitternd neben Sonny, rang keuchend nach Atem, die Lippen blutig vom Seil. Ihr Gesicht war blau vor Kälte.
Der Ballon kam zum Stillstand. Bald würde er zu sinken beginnen. Die Insassen des DEA-Hubschraubers, der sie verfolgt hatte, sahen darin offenbar eine Kapitulation; der

Hubschrauber zog sich zurück, verharrte abwartend und in sicherer Entfernung auf der Stelle.
»Ein Bravourstück, *mujer.*«
»*Gracias.*«
Vor Kälte zitternd, preßte sie sich eng an Sonny.
»Ich will nie wieder im Leben einen Ballonkorb von innen sehen«, ächzte sie.
»*Yo tampoco*«, sagte Sonny. Nein, ihm reichte es auch, ein für allemal.
Sie schwebten lautlos dahin in der dünnen Höhenluft, in dem Schweigen, das sie umhüllte. Sie kuschelten sich eng aneinander, um die Kälte abzuwehren, als der Ballon endlich langsam zu sinken begann.
»Wir müssen noch einmal heizen«, sagte Sonny, als sie zu schnell sanken. »Wir müssen langsamer werden.«
Sie nickte. Nun war es einfacher. Ihre Stärke war zurückgekehrt, und das Zittern hatte nachgelassen. Die Leine, die vom Brenner herunterbaumelte, befand sich in Reichweite, und sie packte sie mit dem Mund und zog mit einem Ruck daran. Der Brenner feuerte, wodurch sich die Sinkgeschwindigkeit des Ballons verringerte.
Sie wiederholte diesen Bewegungsablauf immer wieder während des qualvoll langsamen Abstiegs, feuerte den Brenner, um den Ballon abzubremsen, und zwischendrin erfolgten lange Strecken, in denen sie sanken.
Vom Boden des Korbs aus konnten sie die Erdoberfläche nicht sehen, sie konnten nur raten, wie nahe sie ihr waren. Sonny versuchte, Höhe und Sinkgeschwindigkeit einzuschätzen, als die Erdanziehungskraft sie nach unten zog. Sie wußten nicht, welche Gefahren sie bei der Landung erwarteten. Gab es an der Stelle, wo der Ballon niedergehen würde, Hochspannungsleitungen, Gebäude, Bäume, Straßenverkehr?

Sie hörten Stimmen.
»Wie hoch sind wir?« rief Lorenza.
»Gleich unten!« erwiderte Sonny. »Noch einmal!«
Sie zündete den Brenner ein letztes Mal und der Ballon schien schwankend zum Stillstand zu kommen.
»Er kommt runter! Er kommt runter!« hörten sie jemanden aufgeregt rufen.
»Aus dem Weg! Aus dem Weg!«
»Spitze!«
Ihre Landung wurde von einigen Jugendlichen verfolgt, die dem schwarzen Heißluftballon nachrannten. Ein leerer Ballon, wie sie glaubten, denn sie konnten niemanden in dem hohen Korb entdecken. Er war aus dem Nichts aufgetaucht, vom Himmel gefallen. Und nun landete er aus eigener Kraft, und ein Hubschrauber verfolgte ihn. Da spielte jemand Räuber und Gendarm! Oder vielleicht wurde gerade eine Szene für einen Film gedreht!
Sonny und Lorenza spürten, wie sie auf dem Boden aufschlugen, ein Willkommensgruß, bei dem sie kräftig durchgeschüttelt wurden, und sie lachten und schrien vor Erleichterung und Angst, als der Wind den Korb über den unebenen Boden schleifte, bis die Luft aus der Hülle wich, und auf dem Boden in sich zusammensank.
Der Korb kippte auf die Seite, und Sonny und Lorenza purzelten heraus. Sonny stöhnte. Er sah Lorenza an. Sie lächelte. Was für eine Frau, dachte er bewundernd. Ohne sie wäre ich jetzt tot.
Sie waren unmittelbar vor den riesigen schwarzen Findlingen auf dem Steilabbruch des erloschenen Vulkans auf der West Mesa gelandet. Ein Dunebuggy parkte in unmittelbarer Nähe, und eine Gruppe junger Leute lief auf sie zu. Als sie Sonny und Lorenza entdeckten, waren sie fassungslos.

»He, Mister, alles in Ordnung?« fragte ein hochaufgeschossener, schlaksiger Bursche.
Seine Freundin, ein blondgelocktes Mädchen, schob ihn beiseite. »Da ist ja eine Frau dabei!« rief sie. »Drehen Sie gerade einen Film oder so was?«
Ein drittes Gesicht, klein und rundlich, erschien, die Augen aufgerissen und groß wie Suppentassen. »Absolute Spitze!« keuchte der junge Mann.

20

Die Landung verwandelte sich in ein gigantisches Medienspektakel. *Sky-7,* der Hubschrauber einer der großen Fernsehstationen, hatte den schwarzen Heißluftballon entdeckt und war ihm auf den Fersen geblieben. Die Kameraleute hatten sensationelle Aufnahmen von dem DEA-Helikopter im Kasten, der mit dröhnendem Lärm am Ballon des flüchtigen Raven vorüberflog und auf ihn schoß.

Als Sonny und Lorenza landeten, hatten bereits zwei weitere Fernsehsender ein Reporterteam auf den schwarzen Ballon angesetzt, der seine letzte Ruhestätte am Rande des Petroglyph Park auf der West Mesa gefunden hatte.

»Wie heißt du?« fragte Sonny den schlaksigen jungen Mann, der offenbar der Fahrer des Dunebuggy war.

»Lawrence Marquez.«

»Würdest du mich bitte von den Fesseln befreien, Lawrence?« fragte Sonny sanft. Er wollte den jungen Leuten keinen Schrecken einjagen, so daß sie vielleicht noch auf die Idee kamen, das Weite zu suchen.

Der junge Mann holte ein Pfadfindermesser heraus und durchtrennte die Stricke.

»Alles klar?«

»Bestens«, nickte Sonny, rieb sich die Handgelenke, um die Blutzirkulation wieder in Gang zu bringen, und befreite Lorenza von ihren Fesseln. Dann half er ihr auf die Füße.

»Das war knapp«, flüsterte sie und deutete auf den schwarzen gigantischen Findling, der sich direkt vor ihnen auf dem Geröllfeld befand. Die riesigen Monolithen ragten drohend

wie Leviathan, der dunkle Chaosdrache der Urzeit, am Rande des Lavaflusses auf.
Auf der ihnen zugewandten Seite des Felsens, der ihnen am nächsten lag, entdeckten sie eine menschliche Gestalt, die verwitterte Skizze eines Mannes mit Pfeil und Bogen, der in grauer Vorzeit von einem Jäger des Río Grande Valley in das Gestein gemeißelt worden war. Er zielte auf einen Vogel am Himmel. Vielleicht macht er Jagd auf Raben, dachte Sonny.
Eine weitere Felszeichnung zeigte die verwitterte Gestalt von Kokopello, dem buckeligen Flötenspieler, der kreuz und quer durch das Land gezogen war und dabei fruchttragendes Saatgut verstreut hatte.
Sonny lachte und blickte zum Gipfel der Petroglyphen empor, wo zwei sprungbereite Schatten in den Felsen eingeritzt waren. Er spähte zu Lorenza hinüber. Auch sie hatte die beiden gesehen.
»Die Kojoten wachen über dich.«
Sonny nickte und fuhr herum, als er ein Geräusch vernahm; eine endlose Fahrzeugkarawane rückte näher, fiel wie ein Hornissenschwarm in die stille Landschaft ein. »Großer Gott!« rief er entsetzt.
In Sekundenschnelle wimmelte es vor Autos, Polizisten, Ambulanzen, und sogar ein Feuerwehrwagen quälte sich die sandige Anhöhe herauf, eine Bedrohung für die Wüstentaranteln, die sich auf dem Weg zu ihren Winterbrutstätten befanden.
Wie im Zirkus, dachte Sonny, als er zum dunklen Steilabbruch mit den Felszeichnungen hinüberblickte, der unter Naturschutz stand. Nur ein paar Schritte weiter, und der Korb wäre gegen die mächtigen schwarzen Felsblöcke gekracht. Ihn schauderte. Zum Glück war der Heißluftballon genau vor den alten vulkanischen Lavaergüssen auf dem

weichen Sand gelandet, der mit Chamisa, einem Wüstenstrauch, und Salbeibüscheln gesprenkelt war. Sie hätten sich keinen besseren Platz für ihre Blindlandung wünschen können.

Die Fernseh- und Rundfunkstationen hatten *live* von der spektakulären Fahrt des Ballons berichtet, seit sie seiner ansichtig geworden waren. Einige Neugierige, die die Meldungen gehört hatten, waren ihm über den Fluß gefolgt und hatten die Landung auf der West Mesa beobachtet. Nun wälzte sich eine Blechlawine, bestehend aus PKWs, Pick-ups und geländegängigen Motorrädern hinter den Polizei- und Fernsehübertragungswagen die Anhöhe hinauf.

Die jungen Leute, die Sonny und Lorenza von ihren Fesseln befreit hatten, verharrten in ehrfürchtigem Staunen.

»Superlandung.«

»Macht ihr das beruflich?«

»Dreht ihr einen Film?« wollte der Jüngste wissen.

»Ja«, erwiderte Sonny. »Das ist nur ein Film.«

Chief Garcia bahnte sich seinen Weg durch die Menge der Gaffer, die sich langsam formierte, seinen Stellvertreter und zwei Sanitäter im Schlepptau.

»Wollten Sie sich umbringen?« schrie Garcia empört.

Sonny stöhnte. Er war nicht in der Stimmung, sich auf eine lange Diskussion mit Garcia einzulassen. »Waren Sie in dem Lagerschuppen?«

»Ich habe meine Männer hingeschickt. Keine Menschenseele.«

»Rita und das Mädchen waren dort!« erklärte Sonny mit Nachdruck.

»Haben Sie die beiden mit eigenen Augen gesehen?«

Sonny schüttelte den Kopf. Er hatte Ritas Stimme gehört, dessen war er sich absolut sicher; deshalb hatte er ja auch nicht auf Raven geschossen. Aber es hatte keinen Zweck, Garcia das zu erklären.

»Wir haben nichts gefunden. Sie können von Glück sagen, daß Sie mit heiler Haut davongekommen sind, wissen Sie das eigentlich?« Er blickte Lorenza an. »Sie auch.«

Es gab hundertprozentig Spuren in dem Schuppen. Sie hatten dort den »Schnee« aufbewahrt. Vielleicht war das Rauschgift in dem Moment weggeschafft worden, als die Polizei auftauchte, aber jedesmal, wenn sie es in ein neues Versteck transportierten, liefen sie Gefahr, dabei erwischt zu werden. Sie mußten den Stoff baldmöglichst verteilen, denn in Drogenhändlerkreisen herrschte Panikstimmung.

Der DEA-Hubschrauber, der reglos über ihren Köpfen schwebte, machte kehrt und flog in Richtung Fluß davon.

»Wer ist der DEA-Agent?« erkundigte sich Sonny.

»Flannery«, erwiderte Garcia.

»Warum haben die auf uns geschossen?«

»Sie haben wohl gedacht, es sei Raven«, meinte Garcia achselzuckend.

»Unsinn. Sie wußten, daß Raven nicht im Ballonkorb war.«

»Hören Sie endlich mit Ihren Horrorgeschichten auf, Sonny. Woher sollten die wissen, daß Sie und Ihre Freundin in der Gondel waren? Der Ballon trug Ravens Zeichen.«

»Von Ihnen beispielsweise!«

Garcia zuckte erneut die Schultern. »Die DEA steht nicht in ständigem Funkkontakt mit mir«, erwiderte er lakonisch.

Sonny drehte sich um und war froh, als er Howard entdeckte, der sich durch die Menge kämpfte.

»Ich habe gehört, was mit Rita geschehen ist!« begrüßte er Sonny. »Verdammt, es tut mir so leid. Kann ich irgendwie helfen?«
»Du kannst uns hier wegbringen.«
Howard ging Sonny und Lorenza voran zu seinem Wagen. Der Jeep mit Allradantrieb bahnte sich zügig seinen Weg durch das Verkehrschaos, das mittlerweile auf dem sandigen Pfad herrschte, und fuhr Richtung Coors Road.
»War das Raven?« fragte Howard.
»Ja.«
»Hast du die beiden gefunden?«
»*Nada.* Wir sind in einen Hinterhalt geraten.« Er sah Lorenza an. »Ich hätte uns beinahe umgebracht.«
»Wir haben es zumindest versucht«, tröstete sie ihn. Sie waren so nahe an ihrem Ziel gewesen, Rita und das Mädchen zu befreien – und hatten alles falsch gemacht.
»Ich habe ihre Stimme gehört.«
»Ja«, bestätigte Lorenza. »Sie war dort.«
»Gott sei Dank, sie lebt. Das sind gute Nachrichten.«
»Ich bin der festen Überzeugung, daß sich auch die Drogen in dem Schuppen befanden.«
Howard runzelte die Stirn. »Der Gedanke behagt mir aber ganz und gar nicht. Der Lagerschuppen wurde auf den Kopf gestellt.«
»Von wem?«
»Von der DEA.«
»Die DEA hat dort eine Razzia durchgeführt? Bist du sicher?«
Howard blickte zuerst Sonny, dann Lorenza mit Verschwörermiene an. »Das bleibt aber unter uns, klar? Garcia hat einen Tip wegen des Lagerschuppens bekommen, und ungefähr zur gleichen Zeit rief der DEA-Agent an –«
»Flannery?«

»Ja, genau der. Er versicherte Garcia, daß alles in Ordnung sei. Sie würden sich um die Sache kümmern. Deshalb ist Garcia so sauer. Sie haben ihn einfach kaltgestellt.«

»Oder –«

Sonny zog es vor, den Gedanken nicht zu Ende zu denken. Er sah Howard an, der heftig den Kopf schüttelte. Keiner von beiden wollte glauben, daß Garcia gegen einen entsprechenden Anteil am Erlös beide Augen zugedrückt hatte. Aber es war inzwischen sonnenklar, daß einige Leute, die sich für die Drogenlieferung interessierten, unter einer Decke steckten.

»Leitet Flannery den Einsatz?«

»Ja. Er arbeitet in diesem Fall vermutlich mit dem FBI zusammen.«

»Hast du von Matt Paiz gehört?«

»Garcia hat ihn angerufen; er schickt seine Männer, um bei der Suche nach Rita zu helfen.«

Gut, dachte Sonny. Das FBI fahndete nach Raven, und nun würden sie auch nach Rita fahnden. Doch die Uhr tickte unerbittlich, und ihnen blieb nur wenig Zeit.

»Was ist mit der CIA?«

Howard runzelte die Stirn. »Was soll damit sein? Du scheinst mehr zu wissen als ich.«

»Offensichtlich.« William Stone hielt sich in Albuquerque auf, und Gilroy war früher CIA-Mitglied gewesen.

»Sie müssen die Drogen bald auf den Markt bringen«, überlegte Howard laut, als sie nach Corrales fuhren. Ja, aber wo würde der Umschlagplatz sein? dachte Sonny und blickte sinnend auf das Tal des Río Grande, das in der lauen Oktoberluft badete.

Sie setzten Lorenza vor ihrem Häuschen in Corrales ab. Sonny begleitete sie zur Tür. »Was hältst du davon?«

»Das ist nicht gut«, erwiderte sie, und bestätigte damit seine

eigenen Befürchtungen. »Selbst wenn du Raven finden solltest –«
»Was dann?«
»Siehst du nicht, warum er ganz nach Belieben auftauchen und verschwinden kann? Er macht sich über die Polizei lustig, und er hat deine Liebste entführt. Du und Howard, ihr glaubt, daß er Schutz von allerhöchster Ebene genießt, von Leuten, die am Erlös aus dem Verkauf dieser *mierda* interessiert sind. Aber dahinter stecken noch ganz andere, tiefere Beweggründe. Er lebt in der Welt der Geister und Dämonen, die er als Geist Raven nach eigenem Gutdünken betreten und verlassen kann; er hat Rita in seine Gewalt gebracht, um dich in diesen magischen Kreis hineinzuziehen.«
Ihre Worte waren geflüstert, der Ton ernst.
»Er ist also auf ein Duell aus!«
»Ja. Und du mußt dich ihm stellen!«
Ein Kräftemessen mit Raven? Mit einem *brujo*? Raven hatte die Bemerkung gemacht: »Hast du Mr. Baca nichts über uns *brujos* erzählt? Ah, vielleicht hat er keine Ahnung.« Und er hatte indirekt behauptet, daß Lorenza »eingeweiht« sei. Trieben beide ein Spiel mit ihm?
»Wie?« fragte er, eine Spur von Verärgerung in der Stimme.
»Wir haben uns nicht richtig vorbereitet«, sagte Lorenza. »Wir waren Ritas wegen in Sorge und haben übereilt gehandelt. Wir müssen wie Raven denken. Sonst …« Sie ließ den Satz unbeendet.
»Sonst was?« hakte Sonny nach.
Lorenza berührte seinen Arm. »Du mußt dich auf Rita konzentrieren. Stell mental den Kontakt zu ihr her. Sie wird auf deinen Versuch der Fühlungnahme reagieren. Du wirst ihr Bild vor deinem inneren Auge sehen.«

»Ich werde mir Mühe geben. Ich werde alles tun, was in meiner Macht steht.«

»Das tun wir beide«, sagte sie und küßte ihn zum Abschied auf die Wange. »Ruf mich an, wenn du das Gefühl hast, daß sie auf deinen Ruf antwortet. Vertrau auf ihre Kraft, zu dir zu kommen.« Dann drehte sie sich eilends um und ging ins Haus.

Howard fuhr Sonny zu seinem Wagen, der noch auf dem Ballonstartplatz stand. Das Gebäude, in dem Fiesta Control seinen Sitz hatte, war von PKWs und Pick-ups umlagert. Sie entdeckten Madge Swenson in der Nähe der Stelle, an der Sonnys Fahrzeug parkte.

»Sieht aus wie eine große Party«, lästerte Howard.

»Gilroy wird durch den Wirbel aufgescheucht worden sein und das Weite suchen. Vielleicht führt er uns zu Raven, wenn wir ihm auf den Fersen bleiben.«

Sonny blickte Madge an. Sie war nur ein Teilchen in dem größeren Puzzle, das ihm gleichwohl Rätsel aufgab. Bei dem Drogengeschäft ging es vermutlich um mehrere Millionen, und diese Summe mußte Abenteurer jedweder Schattierung anlocken.

»Hast du heute abend Zeit, eine gutaussehende Frau auf Schritt und Tritt zu begleiten?« fragte Sonny und deutete auf Madge, als Howard neben dem Pick-up hielt.

»Madge? Nichts lieber als das. Und was tust du in der Zeit?«

»Ich werde einen Kneipenbummel machen und die Stadt Stück für Stück durchforsten. Irgendwo muß der Stoff ja stecken.« Sonny sprang aus dem Wagen. »Vielen Dank fürs Chauffieren.«

»Ich ruf' dich an.« Howard winkte und brauste davon.

»Ich hab' die Meldung im Radio gehört«, rief Madge, als sie sich Sonny im Eilschritt näherte. »Ich bin froh, daß du lebst. Und was jetzt?« Ihre Sorge schien echt zu sein.

»Kannst du deinen Hubschrauber zurückbringen lassen?«
»Kein Problem. Die Jungs sind bereits draußen – was ist mit Rita?«
»Ich werde Rita schon finden.«
»Ich habe auf dich gewartet, um es dir persönlich zu sagen: Unsere Ballons werden morgen wieder starten.«
»Ihr werdet waaaas?«
»Jerry und der Vorstand sind zu der Schlußfolgerung gelangt, daß die einzige Möglichkeit, die Veranstaltung noch zu retten, darin besteht, grünes Licht zu geben und jeden starten zu lassen, der noch Lust dazu hat.«
»Nach allem, was passiert ist? Raven befindet sich noch immer auf freiem Fuß. Lorenza und ich hätten beinahe ins Gras gebissen!«
»Aber nur beinahe, und genau das ist der springende Punkt. Ihr seid mit einem blauen Auge davongekommen. Du hättest die Nachrichten hören müssen. Sie haben die Geschichte so dargestellt, als wäre das Ganze ein Spiel gewesen, eine Art Hasenjagd. Die Telefone haben überhaupt nicht mehr aufgehört zu läuten, überall schwirren Piloten herum, die wissen wollen, warum du da oben soviel Spaß hattest, während sie nicht starten durften. Sie haben sich zusammengerottet und den Vorstand unter Druck gesetzt, und sie saßen am längeren Hebel.«
»Und Stammer?«
»Jerry wird ebenfalls starten. Er meint, die Gefahr sei vorüber.«
»Und was meinst du?«
»Herrgott, Sonny, ich möchte die Fiesta retten. Raven hat es nicht darauf abgesehen, der Veranstaltung den Todesstoß zu versetzen. Bisher ging es um Drogen, und das betrifft uns nicht. Wir haben nichts damit zu tun, also droht den Teilnehmern der Fiesta auch keine Gefahr.«

»Ja, und der Tod von Mario Secco war ein tragischer Unfall«, bemerkte Sonny sarkastisch und runzelte die Stirn.
Wut loderte in ihm auf, die in seinen Eingeweiden nagte und dem Wissen entsprang, daß sich Rita in Gefahr befand und er dazu verdammt war, ohnmächtig zuzusehen.
»Sonny, die Fiesta hat nichts mit der anderen Sache zu tun. Aber ich brauche trotzdem deine Hilfe. Der Vorstand wird dir deine Zeit sehr großzügig vergüten, wenn du im Fernsehen auftrittst. Gleich findet eine Pressekonferenz statt. Wenn du dort sagst, daß nichts gegen die geplante Fortsetzung der Veranstaltung einzuwenden ist, bleiben uns immer noch sieben Starttage, und vielleicht können wir sogar noch zwei anhängen –«
»Und du läßt dir das schriftlich geben, richtig?«
Madge zuckte zusammen. »Ja. Das ist mein Job, Sonny. Für mich steht eine Menge auf dem Spiel. Das gleiche gilt für die Stadt. Wir können die Fiesta nicht abblasen.«
»Wie wollt ihr Veronicas Tod erklären, wenn ihr behauptet, Mario Secco sei bei einem Unfall ums Leben gekommen?«
»Sie war Augenzeugin in einem Mordprozeß. Deshalb wurde sie umgebracht. Das hat nichts mit der Fiesta zu tun. Schau, unsere Piloten haben Familie, aber sie sind überzeugt davon, daß es sich bei den Morden nicht um irgendwelche Terroranschläge handelt, die gegen die Veranstaltung gerichtet sind. Sie wollen nur eines: starten. Kannst du das nicht verstehen?«
Sonny lehnte sich an seinen Pick-up. Er fühlte sich körperlich erschöpft und roch den kalten Angstschweiß, der seinen Körper bedeckte.
»Ich brauche jetzt dringend etwas zu trinken.«
»Komm mit.« Madge ergriff seinen Arm. »Ich habe einen guten Scotch in meinem Büro. Wasch dir das Gesicht, dann

fühlst du dich gleich besser. Alle warten auf dich. Du bist ein Held, Sonny. Die ganze Stadt weiß von deiner Ballonfahrt. Wenn du da reingehst, werden die Leute toben. Komm mit.« Sie streckte ihm die Hand entgegen.

Sonny zögerte. »Ich muß Rita suchen.«

Madge nickte. »Und ich möchte dir dabei helfen.« Sie drückte Sonnys Arm. »Komm mit, komm.«

Er schüttelte den Kopf.

Einen Augenblick lang ließ sie die Schultern hängen, dann holte sie tief Luft. »Wir werden morgen starten. Das ist eine Entscheidung des Vorstands, und daran gibt es nichts zu rütteln.«

»Ich muß mit Stammer sprechen.«

»Es wird nichts nutzen, aber bitte.«

»Ich werde bei seinem Büro vorbeigehen.«

»Höchstwahrscheinlich ist er um diese Zeit in seinem Labor. Ach ja, du wirst es noch nicht gehört haben: Seine Kollegen in der Klinik haben ihn gerade rausgeworfen. Nach all den Jahren stellen sie ihm den Stuhl vor die Tür!«

Sonny zuckte die Schultern. Ihm fiel siedendheiß seine Mutter ein und sein Versprechen, sich bei ihr zu melden.

»Würdest du so nett sein, ihn anzurufen und ihm auszurichten, daß ich mich auf dem Weg ins Labor befinde?«

Madge nickte. »Kein Problem. Aber er ist ziemlich deprimiert. Ich weiß nicht, ob er dir eine große Hilfe sein wird.« Sie drehte sich um und eilte in das Fiesta-Control-Gebäude.

Sonny sah ihr nach, bis sie die Tür hinter sich schloß.

»Rita«, flüsterte er. »Sprich zu mir. Sag mir, wo du bist.«

Rita schwieg.

Sonny schlug die Hände vor die Augen und spürte, wie Tränen seine Handflächen netzten. Er war in Ravens Lagerschuppen gewesen, er hatte mit eigenen Augen den Liefer-

wagen gesehen, den Raven fuhr, er war so nahe am Ziel gewesen, und nun tappte er wieder im dunkeln. Nicht ein einziger Hinweis. Und Rita und Cristina befanden sich immer noch in der Gewalt des Entführers.
Er stieg in den Pick-up und rief seine Mutter per Autotelefon an.
»*Hijo*? Bist du lebensmüde? Wir haben alles im Fernsehen verfolgt. Was wolltest du da oben? Was hast du dir dabei gedacht? Warum steigst du in solche Ballons? Das ist gefährlich. Ach Gott, und Rita. Warum ausgerechnet Rita? Warum nur?«
Es gab nicht viel zu erklären, denn Sonny wollte seine Mutter nicht ängstigen. Er versuchte, sie zu beschwichtigen, und beteuerte, daß alles gut werden würde. Die Polizei suchte Rita, er suchte Rita, und es war nur eine Frage der Zeit, bis man sie fand.
Er mußte lügen. Er dachte an ihre Operation und daß sie sich allein zu Hause befand, und er war nicht in der Lage, bei ihr zu sein.
»Warst du beim Arzt zur Nachuntersuchung?«
»Dr. Sanchez kommt ins Haus. Nicht der Arzt, der den Eingriff gemacht hat. Ich mag ihn, ich kann Spanisch mit ihm sprechen. Er behandelt mich so nett und zuvorkommend, als wäre ich seine eigene Mutter.«
»Fühlst du dich einigermaßen gut?«
»Es geht mir blendend! Am liebsten würde ich zum Tanzen gehen. Max kam heute morgen vorbei und hat mir Frühstück gebracht. Er bleibt den Tag über bei mir. Mach dir keine Sorgen um mich. Konzentriere dich lieber darauf, Rita zu suchen. Ich kann einfach nicht glauben, daß irgend jemand ihr etwas Böses antun will.«
»Ich werde sie finden. Ich rufe dich wieder an. Mach dir keine Sorgen.«

»Das ist leichter gesagt als getan. Aber denk jetzt nicht an mich. *Ay, Díos,* ich liebe Rita, als wäre sie meine Tochter. *Hay qué cosas!* Was ist bloß aus dieser Welt geworden!«

»Ich weiß es nicht. *Adiós, mamá.*«

»*Adiós, hijo. Cuídate.*«

Er besaß nur wenige Informationen über Jerry Stammer, und deshalb fuhr er als erstes in die Stadtbibliothek, wo Ruth jeden Zeitungsartikel über den Doktor durchforstete, dessen sie habhaft werden konnte.

Stammer stand in jungen Jahren in dem Ruf, ein genialer Forscher auf dem Gebiet der Herztransplantationen zu sein. Er war ehrgeizig und strebte nach einem sensationellen medizinischen Durchbruch, aber jedesmal, wenn es soweit war, stellte sich heraus, daß andere Wissenschaftler ihm einen Schritt voraus waren. Dann hatte er sich auf Pavianherzen als potentielle Spenderorgane konzentriert, wobei er hoffte, seinen Kollegen, die mit Schweineherzen experimentierten, den Rang abzulaufen. Es war ein Kopf-an-Kopf-Rennen, ein ungeheuer kostspieliger Wettlauf mit unvorhersehbaren, langfristigen Folgen. Stammer hatte ein Labor eingerichtet, das er auch aus eigener Tasche finanzierte.

Nun hatte der kleine, handverlesene Kreis der Herzspezialisten, die auch im gesellschaftlichen Leben der Stadt den Ton angaben, sein Urteil gefällt: Pavianherzen waren tabu, soweit es die Herzchirurgen von Albuquerque betraf.

Die Sonne ging gerade unter, als Sonny den Motor anließ und sich auf den Weg zu Jerry Stammers Labor machte. Er fuhr die Martin Luther King Avenue hinunter und bog nach Westen ab. Das Stammer Laboratory befand sich hoch oben auf einem Hügel unweit des St.-Joseph-Spitals. Er versuchte sein Glück an der vorderen Eingangstür, die nicht verschlossen war. Die Rezeption im Innern war kahl und leer. Kein Personal, keine Patienten, keine Zeitschriften auf den nied-

rigen Beistelltischchen, keine Bilder an der Wand, keine gedämpfte Musik aus dem Lautsprecher.
Ein stechender Geruch lag in der abgestandenen, muffigen Luft. Die Paviane, dachte Sonny.
Er rief »Hallo« in den angrenzenden, schwach beleuchteten Korridor und wartete. Kurz danach tauchte Jerry Stammer an der Rezeption auf und begrüßte Sonny herzlich.
»Sonny, wie geht es Ihnen? Ich habe die gute Nachricht schon vernommen. Wir können unsere Piloten starten lassen. Die beste Neuigkeit seit Tagen.«
»Ich –« begann Sonny, schwieg aber gleich wieder, denn der Doktor war so aufgeregt, daß er gar nicht zuhörte.
»Der Druck, der auf uns allen lastet, ist endlich weg. Ganz im Vertrauen, dieses Problem mit der Fiesta hat mir ganz schön zu schaffen gemacht.«
»Das kann ich mir vorstellen.«
Er forderte Sonny mit einer Geste auf, Platz zu nehmen, während er sich an den Schreibtisch der Rezeptionistin setzte.
»Ich habe alle Hände voll zu tun, komme kaum mit der Arbeit nach. Ich werde dem Vorstand meinen Rücktritt erklären. Das war mein letztes Jahr als Boardmitglied. Ich liebe den Ballonsport, und ich habe mein Scherflein beigetragen. Sie wissen ja, daß wir die Fiesta aus dem Nichts aufgebaut haben. Es ist an der Zeit, daß Jüngere ans Ruder kommen und frischen Wind in den Vorstand bringen. Und dieses Jahr war hart, wissen Sie, ziemlich hart sogar. Vielen Leuten ist offenbar nicht bewußt, wie wichtig die Veranstaltung für die Wirtschaft von Albuquerque ist. Nach den Touristen im Sommer und der Landwirtschaftsausstellung rangieren wir auf Platz drei. Zwanzig bis fünfundzwanzig Millionen im Jahr fließen dadurch in den Stadtsäckel. Und unser Markt wächst. Er erweitert sich ununterbrochen …«

Er hielt inne. »Ich muß jedenfalls kürzertreten. Übrigens, wie geht es Ihrer Mutter?«
»Bestens.«
»Das ist gut, sehr gut. Und Sie – Sie sind heute dem Tod von der Schippe gesprungen. Haben Sie die Nachrichten gehört?«
Sonny schüttelte den Kopf.
»Der bescheidene Held.« Stammer lächelte und beugte sich über den Schreibtisch; auf seinem Gesicht machte sich ein Ausdruck höchster Zufriedenheit bemerkbar. »Wenn Sie nicht gewesen wären, hätten wir die Starterlaubnis für morgen nicht erteilt.«
Sonny schüttelte abwehrend den Kopf. Er wollte um keinen Preis der Welt dafür verantwortlich sein, wenn die Leute mit dem Ballon aufstiegen, solange sich Raven auf freiem Fuß befand. »Ich habe nicht –«
Aber Stammer schnitt ihm das Wort ab. »Doch, haben Sie. In dem Augenblick, als Sie landeten, habe ich mit dem Vorstand telefoniert. Alle sind begeistert von Ihrem Mut. Wenn Sie starten und heil landen konnten, dann sind unsere Piloten auch dazu in der Lage.«
Sonny stöhnte. Das entsprach nicht im mindesten seiner Absicht. Er stand auf, stemmte die Hände auf den Schreibtisch und funkelte Stammer wutentbrannt an.
»Ich wäre um ein Haar getötet worden! Es ist sicherheitstechnisch nicht zu vertreten, morgen zu starten! Wir können noch keine Entwarnung geben. Nicht, solange sich Raven auf freiem Fuß befindet.«
Stammer sprang auf und begann, erregt hin und her zu gehen. »Ich habe von der Entführung gehört, und ich wünschte bei Gott, ich könnte helfen. Aber es gibt nichts, was ich tun kann. Wir müssen morgen starten. Verstehen Sie das denn nicht?«

Sonny schloß die Augen.
»Ich wußte es. Hören Sie, ich habe gerade mit der Bürgermeisterin telefoniert. Sie hat mir versichert, daß die Polizei jeden Mann, den sie entbehren kann, bei der großangelegten Suchaktion einsetzt. Sie werden diesen Irren finden, und Ihre Freundin ...«
»Rita.«
»Ja, Rita. Ihr wird nichts geschehen. Und dem kleinen Mädchen auch nicht. Die Bürgermeisterin verbürgt sich höchstpersönlich für ihre Sicherheit.«
Der Mann versuchte zwar zu helfen, aber er wußte nicht, um was es bei dieser Angelegenheit in Wirklichkeit ging, was auf dem Spiel stand, und das galt auch für Garcia oder die Bürgermeisterin.
»Sie wissen von dem Drogendeal?«
»Ja«, erwiderte Stammer und marschierte wieder zu seinem Stuhl zurück. »Madge hat mir alles erzählt. Zumindest das, was sie darüber weiß.«
Stammers Gesichtsausdruck veränderte sich; er wurde ruhiger. »Ah, jetzt verstehe ich. Sie verdächtigen sie. Wegen –« Er schüttelte den Kopf. »Wegen ihres Vorlebens. Sie täuschen sich, Sonny, glauben Sie mir, sie hat einen Schlußstrich unter ihre Vergangenheit gezogen; ihr Lebenswandel ist untadelig, seit sie für Fiesta Control arbeitet. Sie genießt das uneingeschränkte Vertrauen des Vorstands. Worum es bei diesem sogenannten ›Drogendeal‹ auch gehen mag, es hat nichts mit Madge oder der Fiesta zu tun.«
»Wie können Sie da so sicher sein?«
Stammer runzelte die Stirn. »Weil ich Madge kenne. Und wie Sie wissen, haben wir unser eigenes, firmeninternes Sicherheitssystem. Abgesehen von den Wachposten auf dem Startplatz, mischen sich unsere Sicherheitsleute verdeckt unters Fußvolk. Falls es jemandem gelänge, Marihuana ein-

zuschmuggeln, werden unsere Spürhunde aktiv, die Drogen schon in kleinsten Mengen entdecken. Und Drogen in solcher Menge, wie Sie erwähnt haben? Ausgeschlossen! Es gäbe keine Möglichkeit, sie zu verstecken.«

»Meinen Sie!«

»Sie sollten wissen, daß Madge, als ich sie heute morgen anrief, zuerst an Ihre Interessen gedacht hat. Sie erinnerte mich daran, daß Sie Ihr Honorar verwenden wollten, um einer obdachlosen Familie zu helfen.«

Sonny nickte.

»Wunderbar, eine sehr noble Geste. Der Vorstand hat abgestimmt und beschlossen, Sie bei dieser Hilfsaktion zu unterstützen, Sonny. Auch wenn es Ihnen nicht gelungen ist, Raven das Handwerk zu legen. Um was es bei diesem Spiel auch gehen mag, Drogen oder sonst was, zumindest wissen wir jetzt eines: Er hatte es nicht auf die Veranstaltung abgesehen. Doch wie dem auch sei, ich hoffe, daß die Polizei ihn erwischt und am nächsten Baum aufknüpft.«

Er hörte auf, hin und her zu laufen, und blieb vor Sonny stehen. »Ich möchte Ihnen danken. Nicht nur im Namen des Vorstands, sondern auch ganz persönlich. Ich war wohl ein wenig vorschnell mit meinem Urteil, aber ich stehe unter Streß. Zum Teil sind diese Belastungen privater Natur, aber dies sollte meine Tätigkeit für die Fiesta nicht beeinträchtigen. Ich wünsche mir von ganzem Herzen, daß die Veranstaltung erfolgreich über die Bühne geht.«

Er hielt inne und kehrte zum Schreibtisch zurück. »Wir werden Ihnen einen Scheck schicken. Glauben Sie mir, der Vorstand möchte helfen.«

»Danke« war alles, was Sonny erwidern konnte.

Er fühlte sich ausgebrannt, erschöpft. Er hatte nichts Neues erfahren, und die Hoffnungslosigkeit der Situation nagte an ihm. Stammer vertraute Madge, sie hatten den Sicherheits-

aspekt voll unter Kontrolle, und schließlich gab es allem Anschein nach wirklich keine Möglichkeit, die Drogen zu verstecken, wenn sie auf den Startplatz geschmuggelt worden wären. Aber was wäre, wenn doch?
Er griff sich an die Brust, denn er hatte sich daran gewöhnt, das Amulett zu berühren, aber es war weg. Schwand seine Macht nun?
»Vielen Dank, daß Sie gekommen sind. Meine Tür steht Ihnen jederzeit offen«, verabschiedete ihn Stammer. »Glauben Sie mir, wir werden alles tun, was in unserer Macht steht.«
»Ja, sicher.« Sonny wandte sich zum Gehen.
»Falls ich irgendwie behilflich sein kann, lassen Sie es mich wissen.«
Sonny stieg in seinen Wagen und fuhr ins Tal. Irgendwo muß es eine undichte Stelle geben, dachte er. Irgend jemand in der Stadt weiß, was auf uns zukommt, kennt das Kontaktnetz. Nachts, auf den Straßen, in den schummrigen *cantinas* an der North Fourth und im South Valley und entlang der Central, wo sich die Kreaturen der Nacht trafen, würde es Gerüchte geben, und vielleicht eine Antwort.
Es war Zeit, von Bar zu Bar zu ziehen, in der Hoffnung, daß jemandem eine Andeutung entschlüpfte, der Fingerzeig, nach dem er suchte.
Er fuhr zur Fiesta Lounge, aber dort war nichts los, dann weiter zur Forth Street Cantina, wo er ein Bier bestellte. Es wärmte ihn von innen, verringerte die Anspannung, die er bis in die kleinste Faser jedes Muskels spürte. Es bedurfte indessen mehr, um den Schmerz des Verlusts zu lindern, den er in seinem Herzen empfand. Vielleicht hatte Raven ihn bereits besiegt. Er hatte Ravens wahre Macht möglicherweise nicht richtig eingeschätzt, seine Fähigkeit, die Gestalt

eines Raben anzunehmen und als Geisterwesen an jeden beliebigen Ort zu gelangen.

»Bolsas?« Er flüsterte den Namen. Mein Gott, er hatte seit Ewigkeiten nicht mehr an Bolsas gedacht. Trotzdem war es das Bild seines Jugendfreundes, das er in dem Spiegel über dem Tresen der Bar zu sehen meinte.

Bolsas und Ray. Als Jungen waren sie *compas* gewesen, Freunde fürs Leben, die miteinander durch dick und dünn gingen. Sie hatten sich das schändliche Kreuz des *pachuco*-Gangsters in die Falte zwischen Daumen und Zeigefinger tätowiert, nach dem Vorbild einiger alter *pachucos* im Río Grande Valley.

Sonny blickte auf seine Hand, erwartete, das mit Tusche eingeritzte Kreuz auf seiner braunen Haut zu sehen. Die Farbe hatte bei ihm nicht lange gehalten. Ein paar verblaßte Punkte, das war alles, was von seinem Experiment als Heranwachsender übriggeblieben war.

Bolsas – rotznasig, mit vorstehenden Zähnen, Bolsas, der ständig in der Klemme steckte, der immer Schrauben und Bolzen, Kneifzange, Schleuder, Eisstiele, mexikanische Münzen, Hasenpfote, Bilder von zweibeinigen Häschen, die er aus dem *Playboy*-Magazin ausschnitt, und Millionen anderer Dinge in seinen ausgebeulten Taschen mit sich herumtrug. Der verrückte Bolsas hatte ihnen eine Mutprobe vorgeschlagen. Sie hatten eine Pistole organisiert und mit einer Patrone geladen. Als sich der Schuß löste, waren sie zu Tode erschrocken. Irgendwie hatten sie nicht damit gerechnet, daß die Waffe funktionierte. Das galt auch für Bolsas. Sonny erinnerte sich an seine verwundert aufgerissenen Augen, als er mit einem Ruck nach hinten kippte, während Blut aus dem Loch an seinem Hinterkopf floß.

Russisches Roulette. Sie hatten sich gegenseitig herausgefordert, ihren Mut beim Russischen Roulette zu beweisen.

Was für eine Waffe hatten sie damals benutzt? überlegte Sonny. Er hatte den Gedanken verdrängt, aber es war die Pistole seines *abuelo* gewesen. Elfego Bacas alter, verläßlicher Colt Kaliber .45, derselbe, den Sonny im Handschuhfach seines Pick-up verwahrte. War das der Grund, warum er mit der Waffe nicht schießen konnte?
Böse Erinnerungen, dachte Sonny. Er zahlte und verließ die Bar. Ein Drink reichte, er wollte nicht alkoholisiert am Steuer sitzen. Er fuhr zur Central Street. Entlang der Amüsiermeile der Stadt gab es ein paar Etablissements, die illegale Glücksspiele in einem Hinterzimmer für besondere Kunden anboten.
Besondere Kunden. »Du bist etwas Besonderes«, hatte Don Eliseo zu ihm gesagt.
Was war so außergewöhnlich an ihm? »Hast du Mr. Baca nichts von uns *brujos* erzählt?« hatte Raven Lorenza gefragt. Ich, ein *brujo*? dachte Sonny. Was bedeutet das? Ein *brujo* ist ein Hexer. Nein, ein *brujo* ist ein Schamane, ein Mensch, der fliegen kann. Ein Mann, der verlorene Seelen sucht.
Sonny schüttelte den Kopf und spuckte aus dem Fenster. Genug der verrückten Gedanken! Manuel López würde sagen: »Halte dich nur an die Fakten.« Verfolge die Spur wie ein Bluthund und nicht wie ein Kojote. Kojoten sind verspielt und mit allen Wassern gewaschen, aber sie lassen sich leicht ablenken. Die Welt der Geister und Dämonen ist für Philosophen wie Don Eliseo gemacht, nicht für einen Detektiv, der sich auf der Pirsch befindet.
Endlich, in der Puro Pedo Bar an der Coors, gab ihm ein alter *veterano* aus den fünfziger Jahren, ein *vato*, dem Sonny zu einem Methadon-Programm als Ersatz für die harten Drogen verholfen hatte, im Flüsterton den entscheidenden Tip.
»Willst du wissen, um was es bei den *drogas* geht? *Pues*, dann

geh zu Turco. Sprich mit ihm. Der Kerl weiß alles. Was ist, zahlst du im Gegenzug meine Rechnung?«

»*Turco*? Lebt der noch?« Das Juárez-Kartell suchte Turco, seit dieser im Juni mit dem Drogengeld der Mafiabosse durchgebrannt war.

»Turco weiß alles. Er ist der Verbindungsmann des Juárez-Kartells.«

Warum nicht? dachte Sonny und legte ein paar Geldscheine auf den Tresen. Turco schien sich da auf einen ziemlich heiklen, wenn nicht gefährlichen Handel eingelassen zu haben, um seine Schulden ratenweise zu begleichen.

»*Gracias*«, bedankte er sich bei seinem alten Freund und verließ eilends das Lokal.

Die Nacht war dunkel und kalt. Ein kräftiger Wind wehte aus dem Westen, die Straßen der Stadt waren menschenleer, und nur noch ein oder zwei Fahrzeuge standen auf den Parkplätzen der Cafés und Bars.

Turco Dominguez galt als die Nummer eins im Drogenhandel des South Valley. Die Zusammenarbeit mit dem Juárez-Kartell war ein Sprung nach oben auf der »Karriereleiter«, und Turco war Sonnys Cousin. Ein Cousin, den er bis aufs Blut dafür haßte, was er seiner Schwester Gloria angetan hatte, aber dennoch, er war ein Verwandter.

Ja, es war an der Zeit, Turco einen Besuch abzustatten. Zeit, sich im Stammlokal seines Vetters umzusehen.

21

Es war schon nach Mitternacht, als Sonny die Bar Aqui Me Quedo betrat.

Zwei wie aus dem Ei gepellte Mafiosi saßen an einem Tisch in der Nähe der Theke. Vor der Jukebox standen drei Mexicanas in farbenprächtiger Kleidung, allem Anschein nach die Gangsterbräute der Juárez-Männer. Sie erörterten lebhaft, welchen Schallplattentitel sie als nächstes wählen sollten. Abgesehen davon war nichts los in dem Schuppen. Drei Frauen, zwei Männer. Turco ist also hier, sagte sich Sonny und nahm auf einem der Barhocker Platz. Die beiden Mafiosi musterten ihn kurz, dann kehrten sie zu ihrer Unterhaltung zurück, die in gedämpftem Ton stattfand.

»He, *compa*«, begrüßte Sonny den Barkeeper. »Was soll das hier sein? Ein Bestattungsunternehmen? Ein Budweiser, bitte.«

»Sonny, hab' dich lange nicht mehr gesehen«, erwiderte der Barkeeper und schob ein Bier über den Tresen.

Sonny blickte den Mann an. Er kannte ihn, aber woher?

»Manny Arroyo, aus Mama Lucys Truppe. Früher war ich in der Politik.«

»*Órale!*« sagte Sonny und reichte ihm die Hand. Der Mann hatte für den Bezirk South Valley kandidiert, bis der Gouverneur ihn auf die Abschußliste gesetzt hatte.

»Wie läuft das Geschäft?«

»Mäßig. Ich hab' gehört, was mit Rita passiert ist«, sagte Manny. »Tut mir leid.«

Sonny zuckte die Achseln. »Und, was gibt's Neues?«

»*Nada*«, erwiderte Manny. »Ich halt' mich aus allem raus.«

»Gib mir einen Whisky.« Sonny kramte in seiner Hemdtasche und schob einen Zehner über den Tresen.
Er warf einen Blick zu den drei Frauen am Musikautomaten hinüber. Zwei von ihnen stammten aus der Generation der Freddie-Fender-Fans – nicht mehr ganz taufrisch –, aber die dritte war eine rassige Schönheit, vom Typ Pedro Infante. Vermutlich Turcos Braut. Die Bar war Turcos Territorium, und die beiden Männer aus Juárez waren nicht ins Aqui Me Quedo gekommen, um sich zu amüsieren. Sie warteten. Warten bedeutete, daß ein Geschäft ins Haus stand.
»Ich hätte Lust zu tanzen«, sagte Sonny laut. Es war an der Zeit, Krawall zu machen, Turco zu provozieren.
Die Frauen starrten ihn fassungslos an.
»*Esas jainas*«, rief er den dreien zu, die wie angewurzelt neben der Jukebox standen. »Na, wie wär's?«
»*Órale!*« rief Turcos Braut. »Warum nicht?« Wahrscheinlich hatte der junge, gutaussehende *vato* nicht mehr alle Tassen im Schrank. Er mußte doch bemerkt haben, daß sie nicht allein hergekommen waren, sondern sich in männlicher Begleitung befanden. Oder er hatte Mumm in den Knochen, ein Wesenszug, den sie bewunderten.
Die beiden Männer am Tisch drehten sich um und funkelten Sonny wütend an, aber sie rührten sich nicht vom Fleck. Manny schob Sonny den Whisky zu und legte ihm beschwichtigend die Hand auf seinen Arm. »Das solltest du besser lassen, Sonny. Ich will keinen Ärger.«
»He, reg dich ab! Ich bin hier, um mich zu amüsieren«, lächelte Sonny und kippte den Whisky auf einen Zug. Er sah die beiden Männer an. »*Dónde está Turco?*«
Sie antworteten nicht, aber der drohende Blick ihrer dunklen Augen sagte ihm, daß er es langsam auf die Spitze trieb. Die Frauen an der Jukebox wurden still. Der junge Mann, der nach Turco gefragt hatte, suchte offenbar Streit und

hatte nicht genug Grips, um zu erkennen, daß ihre Begleiter bewaffnet waren. Er hatte gerade sein eigenes Todesurteil unterschrieben.

Einer der beiden Männer stand bedächtig auf. »*Qué quieres con Turco?*« Seine Hand glitt in die Tasche des Jacketts. Aber er zog keine Waffe heraus. Sie wollten keinen Streit, denn dann würde der Barkeeper die Polizei rufen, und die konnten sie jetzt am allerwenigsten gebrauchen. Der Mann bot ihm damit die Chance, einen Rückzieher zu machen. Falls Sonny darauf einging, würde er sich umdrehen und die Bar unbehelligt verlassen können.

»*Solamente para saludarlo.*«

»Wer bist du? Warum möchtest du mit ihm sprechen?« fragte der Mann. Seine Stimme klang kalt.

»*Su primo.*« Sonny haßte es zuzugeben, daß er Turcos Cousin war, aber an der verwandtschaftlichen Beziehung gab es nichts zu rütteln.

Der Barkeeper stöhnte. Es würde gleich ein Blutbad geben. Eine Woche war es her, seit hier zum letzten Mal ein Kampf stattgefunden hatte, beinahe schon ein Rekord.

Die tödliche Stille wurde vom Quietschen der Toilettentür unterbrochen. Sie öffnete sich, und über die Schwelle trat ein feister Mann, der mehr als hundert Kilo wog. Turco Dominguez. Dunkelhäutig und pockennarbig stand er da in seinem teuren dunkelvioletten Maßanzug. Diamanten blitzten an seinen Fingern, als er sich das pomadige Haar aus der Stirn strich. Seine Nasenflügel blähten sich, schienen die Witterung aufzunehmen, als er Sonny erblickte.

»Hallo, *primo*«, begrüßte Sonny ihn und trat einen Schritt vor. »Wie geht's?«

»*Qué chingaos quieres,* Sonny?« erwiderte Turco und spähte unruhig zu den Männern am Tisch hinüber. Er war nicht in der Stimmung, Sonny langatmig zu begrüßen, oder überhaupt jemanden, ganz nebenbei bemerkt. Die beiden Männer in seiner Begleitung gehörten nicht zu seiner Truppe aus dem South Valley, sondern zur Mafia in Juárez. Sie waren hergeschickt worden, um zu gewährleisten, daß bei dem geplanten Vorhaben – welcher Art auch immer – nichts schiefging.

»Ist das eine Art, seinen Vetter zu behandeln?« fragte Sonny grinsend. »Komm, ich spendier' dir einen Drink.«

»Keine Zeit«, grollte Turco, warf seiner Herzdame einen flüchtigen Blick zu und ging zu den beiden Männern hinüber.

»Keine Zeit für die Verwandtschaft? *Stá bien*«, sagte Sonny und folgte ihm an den Tisch. »Weißt du, meine Freundin ist verschwunden.«

»Damit habe ich nichts zu tun.«

»Das hoffe ich sehr, denn andernfalls –« Sonny beugte sich über den Tisch, sein Blick durchbohrte Turco.

»*Qué dices?*« Die Wut verzerrte Turcos dunkles Gesicht. Hatte er richtig gehört? Dieser Hundesohn drohte ihm?

»Du hast mich ganz richtig verstanden«, sagte Sonny gefährlich leise, wobei sich seine Kiefermuskeln anspannten.

»Du wagst es, mir zu drohen!« zischte Turco, die Augen funkelnd wie bei einer Wildkatze im Dschungel, die zum Sprung ansetzt; die Sehnen an seinem Hals quollen hervor. Sonny trat gekonnt den Rückzug an. Turco war höchstwahrscheinlich bewaffnet, und in seiner Gesellschaft befanden sich zwei *pistoleros.* Mit einem Kampf würde er sich keine Informationen beschaffen. Er mußte herausfinden, was Turco über Ritas Verbleib wußte.

»He, *primo,* reg dich ab. Ich bin stinksauer. Du weißt doch –« Turco zuckte die Achseln. »Ich habe dir bereits gesagt, daß ich nichts damit zu tun habe.«

»*Anda,* na komm schon, ich geb' einen aus.« Sonny lächelte.

»*Cantinero!* Ein Glas für alle meine Freunde.« Er verbeugte sich vor den Bräuten an der Jukebox, und sie erwiderten das Kompliment mit einem Lächeln. Turcos Herzdame, die Frau in dem roten Satinkleid, war zu ihnen herübergekommen und stand nun neben Turco.

»Ich erinnere mich an Sie«, sagte sie in schleppendem Tonfall.

»*Morenita,* wer könnte Sie jemals vergessen!«

Sie lachte. »Dein *primo* gefällt mir«, sagte sie, an Turco gewandt. »Er ist *muy guapo y muy valiente.*« Ja, sie ließ keinen Zweifel offen, daß ihr gutaussehende und kühne Männer gefielen.

»*Sientate!*« herrschte Turco sie an und schob sie zu einem Stuhl. »Ich hab' keine Zeit für einen Drink. Ich bin mit Freunden hier. Also zieh Leine, Sonny.«

»Du hast keine Zeit für die *familia*?« Sonny machte ein fassungsloses Gesicht. »Nun gut, vielleicht hast du ja Zeit zum Armdrücken!« Damit zog er seine Jacke aus, begann, die Ärmel seines Hemdes hochzukrempeln, und forderte Turco zu einem Kräftemessen heraus.

»Nein«, entgegnete Turco wütend.

»Na komm schon, *primo,* Armdrücken ist doch was Feines. Mal sehen, wer die nächste Runde zahlt.«

Turcos Brustkorb war rund wie ein Faß, und trotz seines weichen, feuchten Händedrucks waren seine Arme so dick wie Taue. Im South Valley galt er in dieser Disziplin als unbesiegbar. Und er konnte einer Herausforderung nicht widerstehen.

»*Stás loco?*«

»Nein, ich bin nicht verrückt. Na komm schon, laß uns sehen, wer der Stärkere ist. Der Verlierer gibt einen aus.« Sonny krempelte die Ärmel hoch.

»Scheiße!« fluchte Turco.

Er sah die beiden Männer an. *Anda*, besagte ihr Gesichtsausdruck, mach schon! Zeig diesem *puto primo*, wo's langgeht, damit wir unser Verhandlungsgespräch endlich fortsetzen können. Nun konnte er keinen Rückzieher mehr machen.
»Okay.« Er nickte, zog sein Jackett aus und reichte es seiner Freundin.
»*Cuidado*, Vorsicht!« Sie lächelte; ihre Zähne hinter den dunkelgeschminkten Lippen glichen weißen, ebenmäßig aufgereihten Perlen. »Er sieht *muy fuerte* aus!«
Sonny lächelte sie an. Es war an der Zeit, den Stier in Weißglut zu versetzen. »He, *morenita*, darf der Sieger dich als Trophäe mit nach Hause nehmen?«
»He, Finger weg von meiner Braut!« fauchte Turco, und mit einer einzigen Armbewegung fegte er Flaschen und Gläser vom Tisch. Nun sah er wirklich rot. Seine Begleiterin war beleidigt worden, oder zumindest von Sonny zur Siegestrophäe erklärt worden. Einem echten Mann blieb gar keine andere Wahl, als die Herausforderung anzunehmen und sich dem Kampf zu stellen.
Turco öffnete die goldenen Manschettenknöpfe und begann, die Hemdärmel aufzukrempeln. »*Te voy quebar el brazo*«, drohte er Sonny an. Er würde ihm den Arm brechen, um seine Mannesehre zu retten.
Die beiden Männer nickten zustimmend. Turcos Begleiterin lächelte. »*Ay que macho*!« schwärmte sie.
»*Callate!*« brüllte Turco und beugte den rechten Arm.
Ach du meine Güte, dachte Sonny. Turcos Arm herunterzudrücken war genauso aussichtslos wie der Versuch, einen Panzer umzukippen.
»He, Manny!« rief er dem Barkeeper zu. »Ruf schon mal den Krankenwagen.«
»Ja, mach das!« Turco grinste und legte den Arm flach auf den Tisch. »Unser Sonnyboy wird ihn brauchen.«

Niemand lachte.
Sonny zog einen Stuhl heran und nahm Turco gegenüber Platz. Die beiden Männer lehnten sich zurück.
»Du wirst dir das Geschäft verpatzen«, flüsterte Sonny, beugte sich über den Tisch und blickte Turco in die Augen.
Turco lächelte. »Was faselst du dauernd von Geschäften? Ich wollte mir mit den *compañeros* nur einen netten Abend machen.«
»Erzählt mir keinen Blödsinn«, flüsterte Sonny. »Die Spatzen pfeifen es von den Dächern, daß ein Riesendeal bevorsteht. Du weißt es, und ich weiß es.« Sonny stützte den Ellenbogen auf die Tischplatte auf, und beide Männer beugten sich vor und verschränkten die Hände.
»Wenn du so schlau bist, dann müßtest du auch wissen, daß wir nicht daran beteiligt sind.«
Sonny spürte den Druck auf seinen Arm, als Turco seine Hand umklammerte und zu drücken begann.
»Wer dann?«
Turco lachte, ein rauhes, kehliges, verächtliches Lachen.
»Du redest wie einer von Garcias *narco putos.* Mach schon, *vato,* jetzt wird's ernst.«
Sonny verstärkte seinen Griff, spürte Turco weiches Fleisch, aber er wußte um die Stärke, die in diesem Arm steckte, um die Kraft in dem massigen Brustkorb.
»Sie haben meine Freundin als Geisel genommen. Und mir bleibt nicht viel Zeit ...«
Schweißtropfen bildeten sich auf Turcos Stirn, als er mit aller Macht drückte. Seine Stimme klang angespannt, während sie mit verschränkten Händen vorsichtig die Stärke des Gegners auszuloten versuchten. Sonny spürte, wie seine Muskeln arbeiteten, wie sich sein Arm anspannte und schwoll, als er Turcos Gewicht standzuhalten versuchte.
»Das ist nicht unser Geschäftsstil –«

»Wer ... steckt dahinter?«
»Männer mit Macht ... und Kohle«, erwiderte Turco keuchend.
»Gilroy?«
Schweiß brach auf Sonnys Stirn aus, als er seinen Körper anspannte, um nicht vor Turcos Gewicht und seiner physischen Stärke zu kapitulieren. Jede Sehne, jeder Muskel schwoll an, so daß Arm, Hals und Schultern von der Anstrengung zitterten.
»*Anda*, Schatz«, feuerte die Braut Turco an und massierte ihm die Schultern.
Turco grinste. Er spannte den Körper an, holte tief Luft und begann langsam, Sonnys Arm auf die Tischplatte zu drücken.
Turco war beleibt und schwer, aber Sonny besaß kräftige Muskeln. Er hielt dagegen und brachte seinen Arm langsam wieder in die senkrechte Position zurück, hielt die Stellung eine Sekunde und begann dann, seinerseits Druck auf Turcos Arm auszuüben.
»Was ist mit Gilroy?« murmelte Sonny und biß die Zähne zusammen.
Seine Wut und das verzweifelte Bemühen, Rita wiederzufinden, wirkten sich zu seinem Vorteil aus, und Turcos kokainbedingter Energieschub war verpufft. Seine Ausdauer ließ zu wünschen übrig, wenn er einen Kampf nicht innerhalb kürzester Zeit für sich entschieden hatte. Aber Sonny wollte ihn gewinnen lassen, wenn er Namen preisgab, und im Beisein der Männer aus Juárez mußte er gewinnen.
»Na los, sag schon, dann darfst du mir auch den Arm brechen«, flüsterte Sonny.
»*No sé!*« fluchte Turco schweißgebadet; sein Arm begann, sich zu verkrampfen.

»Und ob du es weißt! Red endlich, *cabron*!« erwiderte Sonny zähneknirschend. Turco wußte, daß er seine Siegeschance vertan hatte.
Turco stöhnte, das Gefühl der Stärke schwand. Seine nikotinverpestete Lunge hatten nicht mehr genug Luft. Mit einem letzten Aufbäumen aller Kräfte stemmte sich Sonny gegen Turcos Arm und ließ ihn auf die Tischplatte krachen. Der Riese brüllte wie ein verwundeter Stier, als die Schulter aus dem Gelenk sprang.
»*Hijo de la chingada!*« fluchte er schmerzerfüllt.
Ein Klappmesser schnappte auf; Sonny sprang von seinem Sitz hoch und sah sich Turcos Begleitern gegenüber.
Turco stöhnte, schob seinen Stuhl beiseite und stand schwankend auf. »*Mátenlo*!« schrie er.
Die beiden Mexikaner umkreisten Sonny bedächtig, hielten die Messer tief und drängten Sonny zurück, bis er mit dem Rücken gegen die Bar stieß. Er griff blind nach einer Bierflasche, die auf dem Tresen stand, und wartete auf ihren Eröffnungsschachzug. Mit einem Mann konnte er es notfalls aufnehmen, aber der zweite würde ihn mit dem Messer bearbeiten. Fragt sich nur, wie schlimm, dachte er.
In diesem Augenblick wurde die Tür mit lautem Getöse aufgestoßen, und alle fuhren herum. Es war Diego. In seiner Hand hielt er Sonnys .45er Colt.
»Nanu«, sagte er, als sei er erstaunt, Zeuge eines Kampfes zu werden. Seine Stimme war sanft, um zu verhindern, daß jemand überreagierte. Er richtete die Waffe auf die beiden Mexikaner. »*Mucho cuidao con las filas!*« warnte er die Männer, die ihre Messer noch in der Hand hielten.
»Wer bist denn du?« Turco beäugte Diego mißtrauisch.
»*Un compa.*« Diego bewegte sich im Zeitlupentempo auf Turco zu. Er hielt die Pistole so, daß die beiden Männer sie

sehen konnten, bis er neben Turco stand und ihm den Lauf gegen die Schläfe drückte.

»*Tiren las filas*«, befahl er. Turco nickte, und die beiden ließen ihre Schnappmesser fallen.

Sonny sprang nach vorn und packte Turco am Revers. »Wo finde ich Rita?«

»Ich habe dir bereits gesagt, das ist nicht unser Geschäftsstil«, ächzte Turco und griff mit dem unverletzten Arm nach seiner schmerzenden Schulter.

»Sag mir, wo sie hingebracht wurde!« brüllte Sonny; er hatte die Spielchen satt. Die Zeit arbeitete gegen ihn, er mußte Rita und das kleine Mädchen schnellstens finden. »Du kennst Gilroy. Er ist der Drahtzieher hinter Raven, und Raven hat Rita!«

»*Sí*«, gab Turco keuchend zu und versuchte, sich aus Sonnys Umklammerung zu befreien, denn sein Arm schmerzte höllisch. »Frag Gilroys Braut!« schrie er.

»Wen?«

»Die große Nummer bei der Ballon-Fiesta, *pendejo*!« knurrte Turco und entwand sich Sonnys eisernem Griff.

»Madge?« Sonny war verblüfft. Was, zum Teufel, meinte Turco damit? Madge und Gilroy? Das war also das Bindeglied.

Turco lachte. »Ja, du arbeitest doch für das blonde Gift! Sie gehört zu Gilroy! Immer ist eine Frau im Spiel, *qué no*?« sagte er und schielte zu seiner eigenen Begleiterin hinüber, die neben ihm stand.

Er spuckte auf den Boden. »Du kommst hier hereinmarschiert und riskierst eine dicke Lippe, *vato*, aber du suchst am völlig falschen Ort. Sie haben dich aufs Glatteis geführt, Esel! Du bist hinter Gilroy her, und die Ballon-Lady hat die *drogas* direkt unter deiner Nase ausgeliefert.« Er wandte sich zu den beiden Männern um. »*Vamos.*«

»*Hasta pronto*«, drohte einer der Männer, als er an Diego vorbeiging. Wir werden die Rechnung ein anderes Mal begleichen, besagte sein finsterer Blick.
Die Tür wurde zugeschlagen, und in der Bar kehrte Stille ein. Sonny lugte zu dem Barkeeper hinüber, der den Kopf schüttelte, sich den Schweiß von der Stirn wischte und sich einen Drink einschenkte. »*Chingao*«, murmelte er. Da hatte er noch einmal Glück gehabt: Kein Blut auf dem Fußboden. Er würde den Laden dichtmachen, nach Hause gehen, wie ein Murmeltier schlafen und Gott und allen Heiligen danken.
»*Gracias, compadre*«, sagte Sonny, an Diego gewandt.
»*De nada.* Alles in Ordnung?«
»Ja, nichts passiert.«
»Ich habe Gilroy gefunden.«
»Wo?«
»Ich habe die Bars an der Central Street abgeklappert und bin auf einen Sprung ins El Rey. Dort traf ich einen alten Freund, Chanclas. Vielleicht kennst du ihn. Er ist in der Computerbranche tätig.«
Sonny nickte. Er begegnete ihm manchmal im Epi's, wo er mit seinen Freunden ein Bier trank.
»Chanclas erzählte mir von diesem Haus auf dem Gelände des Milagro Country Club, in dem er eine Anlage installiert hatte. Der Mann kaufte das beste und schnellste Gerät, das es derzeit auf dem Markt gibt, um mit den technisch ausgefeiltesten Systemen in aller Welt kommunizieren zu können. Gestern ist der Kerl ausgezogen, und Chanclas befürchtet, der Betrogene zu sein: Er wartet noch auf die Bezahlung. Der Kunde heißt John Gilroy.«
»Hat Chanclas dir das erzählt?«
»Ja. Und da ist noch etwas. Gilroy ist ins Pyramid umgezogen. Ich konnte dich nicht erreichen, deshalb habe ich mich

in den Bus gesetzt und bin zu dem Hotel gefahren. In dem Moment, als ich ausstieg, fuhr die Ballonlady in ihrer Nobelkarosse vor.«

»Madge?«

Diego nickte. »Ich bin ihr in die Halle gefolgt, und in der Bar hat sie sich mit jemandem getroffen –«

»Mit Gilroy.«

»Richtig.«

Aha, dachte Sonny, Turco hat also recht gehabt.

»Sie haben etwas getrunken, und ich sage dir, die Dame war stinksauer. Danach verlassen die zwei also die Bar und fahren mit dem Fahrstuhl nach oben. Ich hab' genau beobachtet, in welchem Stockwerk sie aussteigen. Dann bin ich die Treppe hoch und den Korridor entlang, bis ich sie brüllen höre. Wirklich wütend waren die. Klang so, als hätten sich die beiden gegenseitig übers Ohr gehauen! Sie schreit ihn an, er solle gefälligst aus der Stadt verschwinden, sonst könne er etwas erleben. Er schreit zurück, daß sie ihm überhaupt nichts zu befehlen hat. Laß dich ja nicht in der Nähe vom Startplatz blicken! kreischt sie. Du kannst mich nicht daran hindern! brüllt er. Und dann kam ein Wachmann den Korridor entlang, und ich mußte verschwinden. Das war alles, was ich hören konnte. Ich habe Peter angerufen. Er ist mit Peewee da draußen und hält die Stellung.«

»Das hast du großartig gemacht«, lobte Sonny ihn, legte den Arm um Diegos Schultern, und gemeinsam verließen sie die Bar. »Ich stehe tief in deiner Schuld. Wie hast du mich gefunden?«

»Mein Freund, ich habe dir doch gesagt, daß ich die Straßen wie meine Westentasche kenne. Ich konnte nicht herumsitzen und Däumchen drehen, deshalb habe ich mal in ein paar Bars hineingeschaut. *Pues,* du hast eine Spur hinterlassen, die nicht zu übersehen ist.«

Sonny lächelte. Den Heiligen sei gedankt, und seinem Kojotennagual.

Diego reichte Sonny die Pistole. »Als ich hier aufkreuzte, sah ich deinen Pick-up und den Cadillac. Turco ist der einzige Mann im South Valley, der einen purpurfarbenen Cadillac mit Goldleiste fährt. Das bedeutet Ärger, dachte ich mir. Ich wußte, daß du deine Waffe im Handschuhfach aufbewahrst. Ist sie geladen?«

»Nein.«

Diego verzog das Gesicht. Er hatte die Pistole in aller Eile an sich genommen und sich nicht die Mühe gemacht, zu überprüfen, ob sie geladen war. Er war Turcos Leibwächtern mit einer leeren Waffe gegenübergetreten!

»*Chingao.*« Dann lachte er. »Du solltest sie laden. Für diese Leute steht viel auf dem Spiel, und der Zahltag ist nicht mehr weit.«

»Ja, du hast recht.«

Der mit Glasscherben übersäte Parkplatz war menschenleer; der kalte Wind hatte nachgelassen, aber die Luft war immer noch eisig.

Wenn man dem Wetterfrosch Morgan Glauben schenken darf, wird es morgen sonnig und klar, dachte Sonny. Ideales Wetter zum Ballonfahren. Der UPS-Lieferwagen und die Heißluftballons würden sich an einem bestimmten Punkt zur Übergabe treffen, die illegalen Päckchen würden dann auf die Verfolgerfahrzeuge verteilt werden, und dann würden die Pick-ups auf schnellstem Weg die Stadt verlassen. Die Polizei würde sie durchwinken, während Gilroy und Madge irgendwo in der Stadt saßen, sich das Geld teilten und sich über den gelungenen Coup halb totlachten.

»Danke«, sagte Sonny. »Ich glaube, es ist besser, wenn du jetzt erst einmal ein paar Stunden schläfst.«

»Und was ist mit dir?«

»Ich werde Madge Swenson einen Besuch abstatten. Welche Zimmernummer hat Gilroy?«
Diego griff nach einem zerknüllten Zettel, der in seiner Jackentasche steckte, und reichte ihn Sonny. »Hab' ich alles aufgeschrieben. Und sei vorsichtig!«
Sonny nickte. Er sah Diego nach, der in dem geliehenen TV-7-Übertragungswagen davonfuhr. Dann ließ er den Motor an und brauste in Richtung West Mesa davon. Während der Fahrt hörte er mittels Fernabfrage seinen Anrufbeantworter ab.
Ein Werbespruch von einem Vertreter für Aluminiumverkleidungen und eine Nachricht von seiner Mutter; sie teilte ihm mit, daß es ihr gutging, und wollte wissen, ob er inzwischen etwas von Rita gehört hatte.
Am Ende des Bandes ertönte Howards Stimme: »Ich hab' sie verloren, Sonny. Verdammt! Sie hat mich abgehängt! Sie hat auf der Autobahn Vollgas gegeben, und weg war sie in ihrer Corvette. Sie wußte garantiert, daß sie beschattet wurde.« Es folgte eine Pause, und dann: »Tut mir leid. Ich fahre jetzt nach Hause. Ruf mich an.«
Madge hat also die ganze Zeit gewußt, daß sie observiert wurde, dachte Sonny. Sie hat mich engagiert und den Anschein erweckt, als sei auf ihr Betreiben hin eine umfassende Suchaktion nach dem Mörder eingeleitet worden. Sie hat mich mit dem Hubschrauber in die Falle gelockt und Lorenza und mich in die Höhle des Löwen geschickt, und sie hat uns Raven zum Fraß vorgeworfen. Sie hatte offenbar ihre eigenen geschäftlichen Vereinbarungen mit Gilroy getroffen. War bei der Abwicklung des Drogendeals etwas schiefgelaufen? Und wo, zum Teufel, steckte Raven?
Madge Swenson lebte in einer Eigentumswohnung in La Luz, auf der West Mesa. La Luz gehörte zu den ersten Stadtvierteln mit Häusern, die im traditionellen Pueblostil

erbaut worden waren. Die Stadtwohnungen schmiegten sich an den Abhang des Plateaus, das sich unweit des Wäldchens am Flußufer erstreckte – ein idyllisches Plätzchen für diejenigen, die der Hektik der Großstadt zu entfliehen suchten. Sonny bog nach La Luz ab und parkte vor einer Reihe Ginsterbüsche. Die West Mesa lag im Tiefschlaf. Er lief geduckt zu der hüfthohen Mauer hinüber, die das Anwesen umgab, und preßte sich gegen das Gestein. Er war zu einer Party in Madges Wohnung eingeladen gewesen, als er die Luftüberwachung für Fiesta Control übernommen hatte. Er wußte, daß es einen Wachmann gab, der in regelmäßigen Abständen auf dem Gelände Streife ging; er hatte also nur wenig Zeit zur Verfügung, bevor sein Pick-up entdeckt werden würde.

Er suchte Madges Patio, sprang mit einem Satz über die Mauer und duckte sich, als er auf der anderen Seite landete. In einem der Fenster des ersten Stocks brannte noch Licht. Ihr Schlafzimmer? War Gilroy bei ihr? Als Diego ihm die Pistole zurückgegeben hatte, hatte Sonny sie wieder ins Holster gesteckt und im Handschuhfach seines Wagens verstaut. Nun wünschte er, er hätte sie mitgenommen. Doch jetzt war es zu spät, sie zu holen. Soviel Zeit blieb ihm nicht. Er bewegte sich geräuschlos auf die gläserne Schiebetür zu, die zum Patio führte. Sie war geschlossen, doch als er gegen die Glasscheibe drückte und sie anhob, öffnete sie sich. Blitzschnell schlüpfte er ins Wohnzimmer. Jazzmusik überflutete die Räume. Dizzie Gillespie, schätzte Sonny. Im oberen Stockwerk brannte Licht. Langsam schlich er die auf Hochglanz polierte Holztreppe hinauf. Der schwache Lichtschein warf Schatten auf die Ölgemälde, Wandteppiche und Stufen.

Die Schlafzimmertür stand offen. Sonny wartete, lauschte auf Geräusche, die auf einen Besucher hindeuteten, hörte

aber nichts. Sie war allem Anschein nach allein. Er näherte sich der Tür und spähte hinein.
Madge Swenson saß im Bett; sie las. Eine angezündete Zigarette lag im Aschenbecher auf dem Nachttisch, daneben standen eine Flasche Weißwein und ein halbvolles Glas. Sie war in ihr Buch vertieft. Ihre kurzen blonden Haare umrahmten ihre Wangen; ihre Brust hob und senkte sich unter dem seidenen Nachthemd.
Sonny stand reglos da und beobachtete sie, bis sie seine Gegenwart spürte und von ihrer Lektüre aufsah. Sie erschrak, streckte die Hand zum Nachttisch aus, dann lächelte sie erleichtert, als sie ihn erkannte.
»Sonny. Du hast mich zu Tode erschreckt. Wo bleiben deine Manieren?«
»Ich bin in Eile«, erwiderte er und betrat den Raum.
Madge legte das Buch beiseite und klopfte einladend auf die Bettkante. »Wie wär's mit einem Glas Wein?«
»Du weißt, warum ich hier bin.«
»Um mit mir ins Bett zu gehen, wie ich hoffe.« Sie stand auf. Im Licht zeichneten sich die Konturen ihres Körpers unter dem seidenen Negligé deutlich ab. Ihr Atem war warm und duftete nach Wein. Ihre blauen Augen waren ebenfalls warm – kleine Kristalle, die Sonny an die blauen Katzenaugen-Murmeln erinnerten, die er als Kind wie einen Schatz gehütet hatte.
»Warum sagst du mir nicht, was zwischen dir und Gilroy läuft?«
»Da gibt es nichts zu sagen.« Sie runzelte die Stirn.
»Erzähl mir keine Märchen, Madge!« Sonnys zornige Stimme wurde lauter. »Du warst in Gilroys Zimmer im Pyramid Hotel. Der Mann ist für den Drogentransport verantwortlich. Und ich kann zwei und zwei zusammenzählen!«
»Du hast kein Recht, mir zu unterstellen –«

»O doch, das habe ich! Vergiß nicht, ich wurde von dir engagiert, um den Mörder zu finden. In Juárez wollte mich dein Freund Gilroy bei lebendigem Leibe im Höllenfeuer schmoren lassen! Und es geht auf sein Konto, daß ich bei der Jagd auf ihn und Raven beinahe erfroren oder im Ballonkorb zerschmettert worden wäre!«

»Hör auf!« schrie sie und holte aus, um ihn zu schlagen. Er packte ihr Handgelenk und hielt sie fest, spürte, wie sie vor Wut zitterte.

»Du handelst mit Rauschgift und hast mich engagiert, um von deinen Machenschaften abzulenken!«

»Ich habe nichts damit zu tun!« rief Madge und versuchte, sich aus Sonnys eisernem Griff zu befreien.

»Dann beweis es mir!«

»Ich war heute abend bei Gilroy«, gab sie zu, als sie aufhörte, sich zu wehren. »Aber ich schwöre dir, ich habe nichts mit dem Drogendeal zu tun.«

»Du hast davon gewußt!«

Madge nickte, und ihr Körper erschlaffte. Sonny ließ ihre Hand los, und Madge sank auf die Bettkante. Sonny spürte eine Mischung aus Wut und sexueller Erregung, als er auf sie hinunterblickte.

»Ja, ich habe es gewußt.« Sie nickte. Mit zitternder Hand nahm sie das Glas Wein und trank.

»Los, rede, ich habe nicht viel Zeit.« Er dachte an Rita und fragte sich, wie lange Raven sie und das kleine Mädchen am Leben lassen würde.

Madge nickte. »Ich wollte John heute abend nicht sehen, glaub mir, ich wollte es nicht!« Ihre Augen füllten sich mit Tränen. Sie ergriff Sonnys Hand.

»Er und mein Exmann haben früher Geschäfte miteinander gemacht. John flog den Stoff ein, und alle waren zufrieden. Ich habe auch gekokst und war high, genau wie alle anderen.« Sie hielt inne. »Aber irgendwann wachte ich aus meinem Dornröschenschlaf auf und beschloß, bis hierher und nicht weiter. Ich dachte, ich könnte ohne weiteres aussteigen, aber so einfach war das nicht. Gilroy hat gegen etliche Leute etwas in der Hand, womit er sie erpressen kann, auch mich. Mein Exmann war kein Trottel. Er hat es mir überlassen, den Stoff zu besorgen. Und Gilroy ist ebenfalls nicht dumm. Er hat die Übergabe heimlich auf Tonband mitgeschnitten. Erpressung, Sonny, Erpressung. Er hat mich in der Hand.«

»Und deshalb warst du bereit, dich ein letztes Mal auf einen Handel mit ihm einzulassen.«

Madge schüttelte den Kopf. »Nein! Vielleicht hätte ich das tun sollen«, flüsterte sie. »Es handelt sich um eine große Lieferung. Aber ich habe abgelehnt.«

»Und Gilroy akzeptiert kein Nein.« Konnte er ihr glauben?

»Er hat eine Menge Leute am Gängelband, Sonny. Leute, die in Santa Fé Einfluß besitzen. Er schmuggelt die unverschnittenen Drogen ins Land, und selbst die Angehörigen des Rauschgiftdezernats lassen ihn unbehelligt.«

»Wegen seiner alten CIA-Verbindungen?«

Sie nickte. »Ich wußte, daß er plante, die Ballonfiesta als Tarnung für seine Zwecke zu benutzen, aber ich hatte keine Ahnung, wie. Ich wollte es auch gar nicht wissen. Das ist das einzige, was ich mir vorzuwerfen habe. Ich habe die Augen zugemacht und getan, als gäbe es ihn gar nicht. Bitte, du mußt mir glauben.« Ihre Stimme war sanft, flehend.

»Ich brauche irgend etwas, einen Hinweis, damit ich meinen nächsten Schachzug planen kann.«

»Wenn ich etwas wüßte, würde ich es dir sagen. Ich kann nur raten: Ich glaube, daß sich Gilroys Käufer bereits in der Stadt befindet. Aber ich bin mir sicher, daß es keiner der Heißluftballonpiloten ist.«

»Hast du die Akten überprüft?«
»Jerry und ich haben jeden einzelnen Teilnehmer auf Herz und Nieren durchleuchtet. Wir kennen unsere Piloten.«
»Jeder, der eine Lizenz besitzt, kann mitmachen.«
»Das ist richtig.«
»Wie viele Ballons werden starten?«
»Siebenhundert.«
Die sprichwörtliche Suche nach der Nadel im Heuhaufen, dachte Sonny. »Um welche Uhrzeit geht's los?«
»Morgen früh, halb acht.«
Sonny blickte auf seine Uhr. Ihm blieben noch drei Stunden. »Das FBI weiß, was mit Gilroy los ist, genauso wie die DEA. Was haben die vor?«
»Nur um unsere Kooperationsbereitschaft zu demonstrieren, haben wir den Fahndern mit ihren Spürhunden den Zugang zum Startplatz gestattet. An ihnen kommt niemand vorbei, der Drogen schmuggeln will.«
»Ich verstehe.« Aber Raven war kein Niemand und kein gewöhnlicher Mensch.
Sonnys Blick fiel auf die gegenüberliegende Seite des Raumes, auf das Bild, das an der Wand hing. Eine nackte Frau: Sie räkelte sich auf einer Navajo-Webdecke, die auf dem Gras der West Mesa ausgebreitet lag. Die Nackte war Madge, die nicht die Ballons, sondern den Betrachter ansah. Ihre Augen hielten Sonny fest.
Er stand auf und ging zu dem Gemälde hinüber. Irgend etwas in den Augen der Frau ließ ihn stutzen. Er trat näher und sah, daß die Iris aus zwei schwarzen Ballons bestand. Er drehte sich um und musterte Madge. Hatte sie ihm die Wahrheit gesagt?
Sie löste den Gürtel ihres Negligés, und es glitt zu Boden. »Ich möchte dir helfen. Bleib heute nacht bei mir.«
Sonny schüttelte den Kopf, drehte sich um und ging.

»Mistkerl!« hörte er sie fluchen.
Er eilte die Treppe hinunter und trat durch die Patiotür ins Freie, rannte los und sprang über die Mauer des begrünten Innenhofs. Dann drehte er sich ein letztes Mal um. Ihre Silhouette zeichnete sich gegen das Licht ab, die Konturen ihres Körpers scharf und klar sichtbar.
Er drehte sich um und lief zu seinem Wagen, trat aufs Gaspedal und brauste davon, aus La Luz hinaus in Richtung Norden auf die Coors, dann weiter zur Paseo-del-Norte-Brücke und quer durch die Talsenke zum Pyramid Hotel, in der Hoffnung, daß der Vogel noch nicht ausgeflogen war.

22

Sonny fuhr auf den Parkplatz des Pyramid, oder des Peso Pyramid, wie einige Angehörige von *la gente* das Hotel nannten, wobei sie auf die Mayakultur anspielten, die angeblich die Bauweise inspiriert hatte.

Er sog tief die Luft ein und nahm den schweren Duft von Rosen wahr. Er erinnerte sich an den Fliederduft, der Gloria Dominics Leiche umhüllt hatte, und spürte, wie sein Magen revoltierte. Er spähte in die Empfangshalle und entdeckte Dutzende von Blumenständen; kleine Marktkarren mit bunten Markisen säumten die Lobby. Am Schwarzen Brett des Konferenzraums war eine Ausstellung der Flower Society von New Mexico angekündigt, wie immer am Ende der Saison. Die Stände waren mit Blumen, die im Oktober in voller Blüte standen, und Rosengewächsen dekoriert. Ein riesiger Freiluftballon aus Blüten schmückte die Mitte der Lobby.

Sonny schaute sich um; die Rezeption war menschenleer. Es gab zwei Möglichkeiten, in Gilroys Zimmer zu gelangen: den Portier hinters Licht führen, oder den Schlüssel einfach mitnehmen. Er schaute über den Tresen. Gedämpftes Licht drang aus dem angrenzenden Raum. Es war vier Uhr morgens, und der Nachtportier war höchstwahrscheinlich vor dem Fernsehgerät eingedöst.

Also los, dachte Sonny, beeil dich! Mit Sicherheit gingen hoteleigene Sicherheitskräfte auf der Empore über der riesigen, verlassenen Empfangshalle Streife. Den Schlüssel nehmen und nichts wie weg. Falls man ihn erwischte, konnte er damit rechnen, daß Garcia ihn im Gefängnis schmoren lassen würde, aber ihm blieb keine andere Wahl, als alles auf eine Karte zu setzen. Für Rita.

Er schlich geduckt um den Tresen herum, musterte die schmalen Fächer, entdeckte die Magnetkarte, mit der man Gilroys Zimmer öffnen konnte, und steckte sie in die Tasche.

Vor ihm, am Aufzug, tauchte plötzlich ein Wachmann auf. Sein strenger Blick schien zu besagen: Wieso, zum Teufel, treibst du dich in aller Herrgottsfrühe draußen herum?

Sonny setzte sein Unschuldslächeln auf und tat, als habe er einen über den Durst getrunken. »Lange Party. Wird die Hölle sein zu fliegen«, stammelte er und marschierte an dem Wachmann vorbei in den Fahrstuhl. Er drückte den Knopf, und als sich die Tür schloß, atmete er erleichtert auf. Der Aufzug war schnell, die Glasscheibe gestattete ihm einen Blick hinunter in die Empfangshalle.

Im sechsten Stock stieg er aus und ging eilends die menschenleere Empore entlang, fand Gilroys Zimmernummer und schob die Karte in den Schlitz. Er öffnete die Tür, schlüpfte lautlos in den kleinen Vorraum, schloß die Tür und wartete, bis sich seine Augen an die Dunkelheit gewöhnt hatten. Irgend jemand befand sich im Raum, er konnte seine Anwesenheit spüren. Jemand, der schlief? Ein schmaler Gang führte vom Vorraum in das dahinter liegende Schlafzimmer, am Bad vorbei.

Es war dunkel im Raum. Die schmale Mondsichel, deren karges Licht durch die dunklen Vorhänge schien, war die einzige Beleuchtung im Schlafbereich.

Westseite, folgerte Sonny. Wenn er die Vorhänge öffnete, würde er den Startplatz der Freiluftballons vor sich sehen, und dahinter die Lichter der schlafenden Stadt.

Was befindet sich in diesem Raum? fragte sich Sonny, als er auf Zehenspitzen am Badezimmer vorbeischlich und sich dem Schlafzimmer näherte. Er hielt den Atem an, spähte hinein, aber das Bett war leer. John Gilroy war ausgeflogen. Sonny atmete auf. Das Bett sah unberührt aus. Falls Gilroy hier gewesen war, hatte er zumindest nicht hier geschlafen. Sonny knipste die Nachttischlampe an.

Auf einem gläsernen Beistelltisch neben dem Bett befanden sich eine Flasche Scotch, zwei Gläser und Kokainspuren. Gilroy hatte offenbar noch eine kleine Party gefeiert, bevor er sich aus dem Staub gemacht hatte. Mit Madge? Vielleicht hatten sie sich zugeprostet und sich über Sonny Baca lustig gemacht, den vertrottelten Privatdetektiv, der so leicht an der Nase herumzuführen war.

Aber von Gilroy selbst keine Spur. War der Vogel nach dem Streit mit Madge ausgeflogen, oder befand er sich bereits auf dem Startplatz, wo er die Verteilung des Stoffs überwachte? Sonny drehte sich um und schickte sich zum Gehen an, aber sein siebter Sinn sagte ihm, daß er sich nicht getäuscht hatte, daß sich noch jemand im Raum befand.

Er spürte, wie ihm eine Gänsehaut über den Nacken kroch. Sei auf der Hut, sagte er sich, wie ein Kojote. Immer mit der Ruhe. Irgendwo lauerte hier eine Gefahr. Blut? Ja, er hatte sich nicht getäuscht: Da war Blutgeruch!

Das Bad, dachte er, und hielt an der Tür inne. Ich habe das Badezimmer nicht in Augenschein genommen. Das war dumm von mir! Er schob die Tür langsam auf, dann schaltete er das Licht ein.

Ihn schauderte. Der große, weißgekachelte Raum war mit Blutspritzern übersät. In der Badewanne lag John Gilroy, teilweise vom Duschvorhang bedeckt, nach dem er im Fallen gegriffen hatte. Seine Augen waren weit aufgerissen und starrten Sonny blicklos an. Blut tränkte seine Kleider und lief in Striemen über sein Gesicht.

»Verdammt«, fluchte Sonny. Er fühlte den Puls; nichts.

Die Leiche war noch warm. Er war zu spät gekommen. Irgend jemand hatte soeben seinen Hauptverdächtigen umgebracht. Er hatte den Mörder um Haaresbreite verfehlt; er mußte in der Zeit zwischen Madges Besuch und Sonnys Eindringen zugeschlagen haben. Es sei denn, Madge …

Sonny spürte, wie sich sein Magen verkrampfte, aber er zwang sich, näher zu treten. Ja, es war Gilroy, daran konnte kein Zweifel bestehen, und die Art, wie er dalag, sagte Sonny, daß er seinen Mörder gekannt hatte. Es waren keinerlei Anzeichen eines Kampfes zu entdecken, kein zerrissenes Hemd. Vielleicht hatten sie einträchtig eine Prise Kokain miteinander geschnupft, und dann war Gilroy aufgestanden und ins Bad gegangen, als sein »Freund« ihm lautlos von hinten die Kehle durchschnitt. Gilroy hatte sich taumelnd umgedreht, zwei weitere Messerstiche hatten seine Halsschlagader aufgeschlitzt, er hatte blind nach dem Duschvorhang gegriffen und war kopfüber in die Badewanne gekippt. Das Ganze hatte vermutlich nicht länger als ein paar Sekunden gedauert.

Madge war die letzte gewesen, die Gilroy lebend gesehen hatte. Sie hatten gestritten, wie er von Diego wußte. Sie hatten sich gegenseitig angeschrien, waren sich wegen des Geldes in die Haare geraten, das in ein paar Stunden ausgezahlt werden sollte, sobald der Stoff verteilt war. Wäre es ihr rein technisch möglich gewesen, ihn umzubringen? Gilroy war nicht nur groß und kräftig, sondern auch ein vorsichtiger Mann, ein wehrhafter CIA-Agent, der eine entsprechende Ausbildung genossen hatte. Hatte das Kokain jeden Argwohn zerstreut?

Nein, es mußte jemand mit einer kräftigen Statur gewesen sein. Sonny bedeckte Mund und Nase mit der Hand und beugte sich tiefer über die Leiche. Falls Raven Gilroys Mör-

der war, hatte er dieses Mal ausnahmsweise keine Visitenkarte hinterlassen. Sonny konnte keine schwarze Rabenfeder am Körper des Toten entdecken.
Wieder spürte er, wie ihm eine Gänsehaut über den Rücken lief, und in diesem Moment wußte er, daß ihm ein verhängnisvoller Fehler unterlaufen war. Er hatte nicht im Schrank nachgesehen! Raven hatte keine Zeit gehabt, seine Visitenkarte zu hinterlassen! Er hielt sich immer noch im Raum auf!
Sonny fluchte und wirbelte herum, genau in dem Augenblick, als das Badezimmerlicht erlosch und eine dunkle Gestalt sich auf ihn stürzte. Sonny riß schützend den Arm hoch, als Raven ausholte. Das Messer streifte seinen linken Arm, verfehlte um Haaresbreite seinen Hals, schlitzte seine Lederjacke auf.
Sonny konterte mit einem rechten Haken, der Ravens Brustkorb traf, ein Schlag, der nicht stark genug war, um seinen Widersacher außer Gefecht zu setzen, der aber den zweiten Angriff verzögerte.
Dieses Mal krachte Sonny gegen die Wand. Er stieß Raven zurück, und ineinander verkeilt taumelten sie durch den dunklen Vorraum. Während sie miteinander rangen, bekam Sonny Ravens rechte Hand zu fassen und drehte sie mit aller Kraft um. Raven ließ das Messer fallen, doch zur gleichen Zeit riß er das Knie hoch und rammte es Sonnys in die Leisten. Der Schmerz ließ Sonny taumeln, und ein zweiter Faustschlag ins Gesicht bewirkte, daß er unsanft auf dem Sofa landete.
Raven drehte sich um und rannte aus dem Raum, während Sonny benommen hinter ihm herwankte. Raven befand sich bereits auf halbem Weg zum Aufzug, als sich die Tür öffnete und Polizeichef Garcia, ein Wachmann des Hotels und zwei Polizisten aus dem Fahrstuhl stürmten.

»Halt, oder ich schieße!« brüllte Garcia; alle vier hatten ihre Waffen gezogen und auf Raven gerichtet.
Raven drehte sich um und blickte Sonny an.
»Wo ist Rita?« keuchte Sonny; die Wut in seiner Stimme hallte in dem bis zur Decke offenen Atrium gespenstisch wider.
»Stehenbleiben!« schrie Garcia wieder. »Eine Bewegung, und Sie sind tot!«
Raven funkelte die Polizisten haßerfüllt an, dann kehrte sein Blick zu Sonny zurück.
»Wo ist Rita?« schrie Sonny noch einmal und näherte sich Raven.
»Sie gehört mir!«
»Ich bring' dich um!« brüllte Sonny.
»Nein, du bist es, der sterben wird!«
»Ergeben Sie sich, Sie sind umstellt«, schrie Garcia. Er und die Polizisten näherten sich langsam mit gezogener Waffe. »Auf den Boden! Gesicht nach unten! Runter auf den Boden, hab' ich gesagt, oder wir schießen!«
Raven wußte, daß er in der Falle saß. Er spähte über die Brüstung der Empore in die Lobby hinunter, die sechs Stockwerke unter ihnen lag.
»Auf den Boden!« forderte Garcia ihn noch einmal auf, als die Polizisten schrittweise näher kamen. »Sie auch, Sonny.«
»Zu spät«, erwiderte Raven und schwang sich über die Brüstung.
Der verdutzte Wachmann beugte sich hinunter und drückte blitzschnell den Abzug; der Schuß hallte im Atrium wider.
»Nicht schießen!« brüllte Garcia. »Wir wissen nicht, wer sonst noch unten ist!«
Sonny spähte über die Brüstung. Er hatte erwartet, Ravens Körper zerschmettert auf dem Boden der Lobby liegen zu sehen. Was er, Garcia und die anderen entdeckten, war

jedoch nur ein umgekippter Blumenkarren mit zerdrückter Markise; er stand genau an der Stelle, wo Raven aufgekommen sein mußte.
»Springt dieser Mistkerl doch glatt!« fluchte Garcia. »Hoffentlich hat er sich das Genick gebrochen!«
»Kommen Sie!« schrie Sonny und lief zum Fahrstuhl hinüber, gefolgt von Garcia.
»Ihr nehmt die Treppe!« rief Garcia, und die Polizisten liefen los. »Was haben Sie hier eigentlich gemacht?« keuchte Garcia, als sie im Aufzug standen und mehrmals ungeduldig auf den Knopf für die Lobby drückte.
»Ich habe Gilroy gesucht.«
»Und, haben Sie ihn gefunden?«
»Er ist tot.«
»Raven?«
Sonny nickte.
Die Fahrstuhltüren öffneten sich gerade, als Garcias Männer von der Treppe her in die Empfangshalle rannten. Sie liefen zu dem Blumenkarren, auf dem Raven vermutlich gelandet war. »Umstellen! Und Vorsicht. Der Mistkerl hat mehr Leben als eine Katze!« rief Garcia ihnen zu.
Auf der Empore über ihnen waren die Gäste aus ihren Zimmern gekommen, lehnten sich über die Brüstung und spähten hinunter. Eine Frau schrie hysterisch: »Er ist gesprungen! Ich hab's mit eigenen Augen gesehen, er ist gesprungen!«
»Was geht da vor?« schrie ein anderer.
»Polizei! Gehen Sie in Ihre Zimmer zurück und bleiben Sie dort!« befahl einer von Garcias Männern. »Wir haben alles unter Kontrolle!«
Draußen heulte eine Sirene.
»Hat jemand an der Tür Stellung bezogen?« fragte Sonny.
Garcia sah ihn an und fluchte. Er stieß einen der Polizisten

an. »Die Tür im Auge behalten! Los! An die verdammte Tür!«

Sie näherten sich vorsichtig dem Blumenkarren, erwarteten, Ravens Körper zwischen verdrehten Stoffbahnen und verstreuten Rosen zu finden. Sonny zog die Markise weg, enthüllte zerbrochene Töpfe und zerdrückte Blumen. Er schob sie zur Seite und blickte nach oben. Sechs Stockwerke – aber die Markise und der Karren hatten Ravens Fall gebremst. Der *brujo,* der fliegen konnte, war sanft gelandet und auf und davon, als sei nichts gewesen.

Raven ist ein *brujo,* ein Schamane, der Schwarze Magie betreibt und fliegen kann. Sonny erinnerte sich sehr gut an Don Eliseos und Lorenzas Warnung.

»Ihr habt mich überzeugt. Er kann tatsächlich fliegen«, flüsterte Sonny.

»Dieser Mistkerl!« fluchte Polizeichef Garcia. Er ließ seine aufgestaute Wut an seinen Männern aus. »Ihr geht raus! Riegelt den Parkplatz ab! Stellt die ganze Lobby auf den Kopf! Los, los, los, Beeilung!«

Die Polizisten und Wachmänner des Hotels kamen seinem Befehl unverzüglich nach.

»Ist das zu glauben?« Garcia drehte sich frustriert zu Sonny um. »Ist das, verdammt noch mal, zu glauben?«

»Ja, ist es.«

Raven war im *arroyo* von den reißenden Fluten mitgerissen worden und hatte überlebt. Nun war er sechs Stockwerke in die Tiefe gesprungen und wieder keine Leiche. Er besaß viele Leben, eines für jeden Schritt in die Unterwelt.

Garcia drehte sich um und begrüßte die beiden DEA-Agenten, die durch die Eingangstür kamen. »Wenn das nicht Polizeichef Garcia ist!« begrüßte ihn der eine. »Kleine Feier gehabt, Chief?«

Sonny erkannte Joe Flannery.

»Ihr kommt zu spät. Raven ist gerade ausgeflogen!«
»Raven?« Flannery machte ein überraschtes Gesicht. »Ist Matt hier?«
»Nein. Nicht das FBI hat Raven entdeckt, sondern Sonny. Darf ich vorstellen, Sonny Baca.« Und mit einer Kopfbewegung: »Joe Flannery.«
»Mr. Baca«, grinste Flannery. »Sie scheinen die Gewohnheit zu haben, sich immer dort herumzutreiben, wo etwas los ist. Durchsuchen«, befahl er seinem Begleiter.
Der Mann, der mit Flannery gekommen war, legte die Hand an seine Waffe. »Umdrehen und Hände an die Wand!« herrschte er Sonny an.
»Soll das ein Witz sein?«
»Keineswegs«, erwiderte Flannery aufgebracht und zog seine Pistole aus dem Halfter. Garcia pflanzte sich drohend vor ihm auf.
»Hören Sie auf damit, Joe! Sie haben den Falschen erwischt!«
»Wir haben einen Tip gekriegt. Und eine Beschreibung von Baca«, knurrte Flannery.
»Ich habe hier das Kommando, und ich sage, Schluß jetzt!« brüllte Garcia.
Flannery kochte vor Wut, nickte seinem Partner aber zu.
»Der Mann blutet«, ließ sich Flannerys Begleiter vernehmen.
»Hat er Sie erwischt?« fragte Garcia.
Sonny hielt den Arm hoch. Der Ärmel seines Hemds war blutgetränkt. In der Hitze des Gefechts hatte er die Stichwunde überhaupt nicht bemerkt. »Er hatte ein Messer.«
»Es ist besser, wenn Sie sich verarzten lassen.«
»Später.«
»Also gut, Baca«, schnauzte Flannery ihn an. »Warum zum Teufel sind Sie hier?«

»Ich habe einen Tip gekriegt, daß Sie hier sein würden.«
»Das finde ich kein bißchen komisch!« schnaubte Flannery. »Ich bin mitten in der Nacht aufgestanden, um Gespenster zu jagen; also sparen Sie sich ihre blöden Bemerkungen.«
Sonny zuckte die Achseln und zog seine Jacke aus. Das Leder hatte ihn vor einer schlimmeren Verletzung bewahrt.
»Bei einem Messerstich kann man nie genau sagen, wie schlimm es einen erwischt hat.« Garcia reichte Sonny sein Taschentuch, das dieser um die Wunde wickelte. »Einer von meinen Jungs kann Sie notdürftig zusammenflicken.«
»Ich bin in Ordnung. Was man von Gilroy nicht behaupten kann.«
»Führen Sie uns zu der Leiche.«
»Leiche?« ließ sich Flannery vernehmen.
»Baca sagt, es war Mord.«
Sie gingen zum Aufzug hinüber, fuhren nach oben und betraten Gilroys Zimmer. Garcia schaltete das Licht ein.
»Im Bad«, sagte Sonny, und der Polizeichef knipste das Badezimmerlicht an.
Garcia und Flannery spähten hinein.
»Heilige Muttergottes!« Garcia pfiff durch die Zähne. »Es ist Gilroy, und er ist tatsächlich mausetot.«
»Der Mörder versteht es, mit einem Messer umzugehen«, meinte Flannery und zündete sich eine Zigarette an, während er die Leiche musterte.
»Raven.«
»Sie haben Glück gehabt, Baca. Ein solcher Schnitt ist immer tödlich.«
»Vielleicht hat Gilroy seinen Schnitt gemacht, deshalb der anonyme Anruf«, sagte Garcia und folgte den anderen in den Vorraum.
»Wir haben nichts gegen Gilroy in der Hand«, erklärte Flannery achselzuckend.

Sonny biß sich auf die Lippen, um nicht zu widersprechen. Natürlich war die DEA über Gilroys Vergangenheit informiert! Die ganze Welt kannte seine Vergangenheit!
»Tatsächlich?« Auch Garcia war wütend, daß die DEA nicht mit offenen Karten spielte, und er hatte genügend Auseinandersetzungen mit dem überheblichen Flannery gehabt, um eine gesunde Antipathie gegen ihn zu entwickeln. »Und ich dachte, er sei als verdeckter Ermittler für Ihren Laden tätig.«
»Weit gefehlt.«
»Jetzt hören Sie aber auf, Joe! Jeder weiß, daß Gilroy für Sie gearbeitet hat«, knurrte Garcia.
»Vielleicht für Matt vom FBI, aber nicht für uns!« erwiderte Flannery stur. »Wie dem auch sei«, – er zuckte die Schultern – »wenn Sie Baca glauben, haben Sie Ihren Fall soeben gelöst, würde ich sagen. Raven wollte die Fiesta mit seinen Terroranschlägen boykottieren, oder? Schnappen Sie sich Raven, und die Sache ist ausgestanden.« Flannery wandte sich an Sonny und lächelte. »Also, Baca, dann gehen Sie mal schön zu Ihrem Auftraggeber und teilen Sie ihm mit, daß es jetzt sicher ist zu starten. Raven befindet sich auf der Flucht. Ich bin sicher, Garcia wird ihn in Null Komma nichts dingfest gemacht haben. Den Ballonfahrern droht keine Gefahr mehr.« Er grinste, dann ging er davon.
Garcia fluchte. »Dieser arrogante Schweinehund.«
»Die wissen genau Bescheid über Gilroy.«
»Natürlich! Wofür halten die mich? Für einen ausgemachten Trottel, einen *pendejo*?«
»Warum erzählen sie uns dann diese Märchen?«
»Sie sind darauf geeicht, mit der Wahrheit hinter dem Berg zu halten. Sie wollen den Ruhm allein ernten, geben der Polizei nicht die geringsten Informationen.« Er blickte Sonny mit funkelnden Augen an. »Hauen Sie, verdammt

noch mal, endlich ab!« Er war sauer auf Flannery und ließ seinen Ärger jetzt an Sonny aus.

»Was ist mit Raven?«

»Wir schnappen uns Raven schon, verlassen Sie sich drauf. Und wir werden Rita finden. Und Sie fahren jetzt zu einem Arzt und lassen Ihre Wunde versorgen.«

Sonny nickte. Rita. Raven befand sich wieder auf freiem Fuß und würde vielleicht noch gravierendere Fehler machen. Aber das würde auch die Gefahr für Rita erhöhen. Die Trophäe befand sich immer noch in Ravens Besitz.

23

Sonny verließ die überfüllte Lobby des Hotels und trat in das weiche, diffuse Licht hinaus, das kurz vor Sonnenaufgang herrschte. Die Luft war eisig, aber es hatte in der Nacht keinen Frost gegeben. Die schroffe Silhouette der Sandia Mountains zeichnete sich klar gegen den sanften perlblauen Himmel im Osten ab. Er blickte auf seine Armbanduhr. Mittwoch. In einer Stunde würde die Sonne aufgehen, und zur gleichen Zeit wollten Hunderte von Ballons starten.

Er stieg in seinen Pick-up und fuhr zur Notaufnahme des Pres-Hospitals, ein paar Häuserblocks entfernt. Der diensthabende Arzt desinfizierte die Wunde, nähte sie und gab Sonny ein Rezept für ein Antibiotikum. Auf die Frage, wie er sich die Stichverletzung zugezogen hatte, antwortete Sonny: »Bei einer Schlägerei in der Bar.«

»Ihr Hausarzt sollte sich das in rund einer Woche noch einmal anschauen und die Fäden ziehen«, sagte der Doktor. »Wie wär's mit einem HIV-Test, nur zu Ihrer eigenen Sicherheit, wo wir schon einmal dabei sind?«

»Klar, warum nicht«, erwiderte Sonny. Er bedankte sich für die medizinische Hilfeleistung und fuhr zum Ballonstartplatz. Auf dem Alameda Boulevard war bereits das Chaos ausgebrochen. Verkehrspolizisten leiteten die Fahrzeuge auf die freien Parkplätze, und am Haupteingang überwachten berittene Deputies das Gedränge. Allenthalben herrschte Aufregung, als die Besucher in hellen Scharen auf das Gelände pilgerten.

Heute stand ein Massenstart auf dem Programm, Hunderte von Freiluftballons würden aufsteigen, ein Grund zur Freu-

de. Tausende von Menschen strömten zusammen, um sich bei der Fiesta zu amüsieren, in der festen Überzeugung, daß ihnen keinerlei Gefahr mehr drohte.
Sonny bog in die schmale Straße ab, die zum Haupttor führte. Einer der berittenen Deputies beugte sich im Sattel vor. »He, Sie können hier nicht einfach –« Dann erkannte er Sonny. »Ach, Sie sind's! Arbeiten Sie noch hier?«
»Ich hoffe es.«
Der Deputy winkte ihn durch.
Sonny fuhr zum Hauptquartier von Fiesta Control, an der langen Reihe der Buden vorbei, die der Fiesta eine Atmosphäre wie auf dem Rummelplatz verliehen. Die Luft war bereits erfüllt vom verführerischen Duft der ersten *burritos* und frischgebrühten Kaffees. Später würden die hungrigen Besucher die Marktstände belagern und sich an den verschiedensten Köstlichkeiten gütlich tun, die von Pizza bis Tacos reichten.
Die Lautsprecher einer Rundfunkstation kündigten den Beginn der Veranstaltung an. Andere Fernseh- und Rundfunksender übertrugen die Nachrichten aus ihren Zelten; die Fiesta wurde fortgesetzt, wie geplant. Die Ballons konnten endlich wieder starten. Die ganze Stadt freute sich, als sie erwachte. Heute, auf dem Weg zur Arbeit, würden Tausende von Autofahrern die Heißluftballons am Himmel über Albuquerque beobachten können.
Statt direkt zu Fiesta Control zu gehen, parkte Sonny den Wagen und lief auf den Startplatz. Mannschaften und Zuschauer wirkten in ihren Parkas, Schals und Schirmmützen wie vermummte Spukgestalten. Kein Lüftchen regte sich, der Staub des Tals lag wie eine Glocke dicht über dem Boden. Der Lärm der Gebläse war ohrenbetäubend, während die Ballonführer auf das Zeichen von Fiesta Control warteten, um in den Himmel aufzusteigen.

Es war eisig kalt, nahe dem Gefrierpunkt, und Sonny zitterte vor Kälte. Der Schauplatz war in ein gespenstisches, glühendes Licht getaucht, wie man es vor Sonnenaufgang oft sah, aber die Zuschauer und Ballonfahrer, die heute an den Start gehen würden, befanden sich in heiterer, gelöster Stimmung.

Die Zuschauer würden jubeln, wenn das Leinen-los-Signal erfolgte und die bunten Ballons aufstiegen. Alle wollten in den Zauber derer eingesponnen sein, die sich frei wie ein Vogel in die Lüfte erheben würden.

Sonny blieb stehen. Die blauen Stichflammen der Brenner, die sporadisch ansprangen, füllten die Luft mit lautem Getöse. Die heiße Luft blähte die bunten Ballonhüllen auf, bis sie riesigen *farolitos* ähnelten, weihnachtlichen Lichterketten, im Oktober. In einer Stunde würde der Aufstieg beginnen.

Schon rannten die »Zebras« – Männer und Frauen in schwarzweißgestreiften Overalls – entlang der ersten Ballonreihe hin und her, riefen den Piloten Anweisungen zu und überprüften deren Befolgung noch einmal per Handy. Die »Zebras« waren für die ordnungsgemäßen Vorbereitungen und die Koordination des Massenstarts zuständig.

Sonny wandte sich abrupt um und machte sich auf den Weg zu Fiesta Control. Er war sicher, daß sich das Rauschgift bereits in der Stadt befand, eine kleine Aufmerksamkeit des Hauses Gilroy, und ein Teil der Drogen mußte auf dem Startplatz versteckt sein. Genau das war ihr Plan, sie wollten sämtliche DEA-Agenten nebst Mutter und Anverwandten aufs Feld lotsen, sie in Sicherheit wiegen und zum Nichtstun verleiten, damit sie nicht dazwischenfunkten, wenn's wirklich darauf ankam.

In der Eingangshalle von Fiesta Control wimmelte es von Reportern. Sonny bahnte sich einen Weg durch die Menge

und betrat Madges Büro. Madge, ihre zwei Assistenten und Jerry Stammer beugten sich über eine Straßenkarte. Ein »Zebra« berechnete gerade noch einmal die Windgeschwindigkeit in den verschiedenen Höhen und die vermutliche Richtung der Luftströmungen. Heute war die »Schuhschachtel« von Albuquerque ideal. Eine sanfte Brise würde die Ballons nach Süden tragen, und wenn sie höher stiegen, würden sie dank der gegenläufigen Luftströmung wieder auf dem Startplatz landen.
Madge blickte auf. Stammer drehte sich ebenfalls um.
»Aha, da ist ja unser widerspenstiger Detektiv«, begrüßte ihn Stammer. »Sie haben sich alle Mühe gegeben, Ihren Willen durchzusetzen, Mann, aber Sie stehen mit leeren Händen da. Wir werden heute starten.«
Die beiden »Zebras«, die spürten, daß dicke Luft herrschte, zogen sich schleunigst zurück, um sich Kaffee nachzuschenken.
Sonny sah Madge an. Sie erwiderte seinen Blick, doch ihre blauen Augen waren ausdruckslos.
»Gilroy ist tot«, sagte Sonny.
»Garcia hat uns schon benachrichtigt«, nickte Madge.
»Es kam in den Nachrichten«, fügte Stammer hinzu. »Pech, aber das hat für die Fiesta keinerlei Bedeutung.«
»Es bedeutet, daß ein weiteres Hindernis aus dem Weg geräumt wurde.«
Stammer entspannte sich, lächelte und sah Madge an. »Was ich dir gesagt habe! Ein paar Verrückte, die sich gegenseitig umbringen. Ich wußte von Anfang, daß die Fiesta so sicher wie ein Sonntagsspaziergang ist. Wir haben grünes Licht gegeben, und damit basta!« Er drehte sich zu den »Zebras« um und gab mit erhobenem Daumen das Startsignal.
»So einfach ist das nicht«, warnte Sonny.

»Blödsinn! Sie haben doch gerade bestätigt, daß das letzte Hindernis aus dem Weg geräumt wurde. Die Sache mit Gilroy tut mir leid, aber worauf er sich auch eingelassen haben mag, mit uns hatte das nichts zu tun!«

»O doch! Die Drogen werden heute per Ballon weiterbefördert, und zwar von Gilroys Mörder.«

»Den Unsinn glauben Sie immer noch? Hör dir das an, Madge, wir befördern Rauschgift! So ein Mist, Baca! Das ist ja völlig bescheuert!« fauchte Stammer. »Und übrigens, nur zu Ihrer Information, die DEA-Leute befinden sich bereits vor Ort. Ich habe sie höchstpersönlich eingeladen, sich umzuschauen.«

»Aber sie werden nichts finden.«

»Richtig.« Stammer hatte seine Fassung wiedergewonnen. »Weil es nämlich nichts zu finden gibt.«

Madge trat zwischen die beiden Streithähne und blickte Sonny an. »Ich kann nicht behaupten, daß ich Gilroys Tod bedaure«, sagte sie mit tonloser Stimme. »Ich nehme aber an, daß diese Sache, worum es dabei auch gehen mochte, vorüber ist.«

»Ich habe einen Verdacht.«

»Einen Verdacht!« erwiderte Stammer aufgebracht. »Sie haben den Nerv, mit einem Verdacht hier aufzukreuzen! Da kann ich nur lachen, Baca!«

»Nichts weiter als einen Verdacht? Ich stimme Jerry zu, daß uns das keinen Schritt weiter bringt! Hör zu, falls du irgend etwas weißt, dann sag es uns oder Garcia. Wir möchten ja gerne helfen.«

»Der Koks und das Heroin sind bereits hier!« Sonny schauderte. Seine Stimme war kaum mehr als ein Flüstern, und seine Augen wanderten beschwörend zwischen Madge und Stammer hin und her. »Ich weiß, daß der Stoff hier ist. Ich spüre es.«

»Er spürt es!« Stammer schüttelte angewidert den Kopf und wandte sich um. »Bring du ihn zur Vernunft, Madge!«
»Sonny –«
Er packte ihren Arm und sah ihr in die Augen. »Ich weiß, daß der Stoff hier ist. Ich bin ihm kreuz und quer durch die Stadt gefolgt, und nun bin ich nahe am Ziel.« Er machte ein Zeichen mit den Fingern. »So nahe.«
»Wo soll das Zeug denn sein?« schrie sie.
»Ach du lieber Gott.« Er drehte sich um und blickte aus dem Fenster. Die Sonne war gerade im Begriff, über dem Gipfel des Berges aufzugehen, ein goldenes Gestirn, der Feuerball der Götter, der dem Tal geschenkt wurde. Der Großvater *kachina*.
Im Gehölz unten am Fluß heulten die Kojoten, bewegten sich im Rudel entlang den ausgetretenen Pfaden, zitterten in der kalten Luft des Oktobermorgens, nach der nächtlichen Jagd.
Mir ist heiß, dachte Sonny, und rieb die schmutzigen Hände an seiner Jacke trocken, blickte an seinen zerknitterten Jeans hinunter. Die Wunde in seinem Arm pochte. Er war verschwitzt, übermüdet, erschöpft. Vielleicht kann ich keinen klaren Gedanken mehr fassen. Vielleicht befinde ich mich völlig auf dem Holzweg, gestand er sich widerwillig ein.
Die anderen Anwesenden im Raum mieden seinen Blick. Ja, er sah aus wie ein Verlierer. Sie empfanden Mitleid mit ihm, sein Anblick war ihnen peinlich. Er hatte sich nicht rasiert, war ungekämmt, und der Arm hing herunter, die nackte Haut sichtbar in dem zerrissenen, blutbefleckten Ärmel. Es war jedem klar, daß er Schmerzen hatte und kurz vor dem Zusammenbruch stand. Er hatte keinen Trumpf mehr im Ärmel.
»Die Drogen wurden bereits eingeschmuggelt«, flüsterte er

und sah vor seinem inneren Auge den UPS-Lieferwagen, der Ravens Schlupfwinkel verließ, mit der tödlichen Fracht in seinem Bauch.
»Was sagst du da?« fragte Madge.
Sonny wandte sich an die beiden »Zebras«. »Ist in letzter Zeit eine große Warenlieferung von UPS gekommen? Vielleicht gestern? Oder heute morgen, in aller Frühe?«
»Ja«, bestätigte die Frau zögernd und warf Jerry Stammer einen fragenden Blick zu. »Heute morgen.«
»Was war in den Kisten?«
»Das übliche. Propangasbehälter, Material zum Reparieren der Hülle, Flugkarten, sogar ein neuer Ballon –« Sie lachte nervös und blickte wieder von Madge zu Stammer.
»Die Phantasie geht mit Ihnen durch!« mischte Stammer sich ein. »Das war von Anfang an Ihr Problem, Baca! Sie wissen nicht das geringste, und deshalb muß die Phantasie herhalten. Jetzt reicht's, keine weiteren Fragen mehr!« Er wandte sich an Madge. »Zeit für den Start!«
Madge sah auf die Armbanduhr, dann wandte sie sich an Sonny. »Wir müssen los –«
»Falls du hierbleiben und mit ihm plaudern willst, werde ich das Startsignal geben!« brummte Stammer und ging zur Tür.
Madge packte seinen Arm. »Halt, du bist zwar Vorstandsvorsitzender von Fiesta Control, aber für Start und Landung bin ich verantwortlich!«
Stammer funkelte sie an. »Vielleicht nicht mehr lange! Es war deine Idee, Baca zu engagieren, und er hat sich als absolute Niete erwiesen. Von mir aus halte zu ihm. Aber sorge gefälligst dafür, daß die Ballons ordnungsgemäß starten!«
Nachdem er sein Ultimatum gestellt hatte, machte er auf dem Absatz kehrt und verließ das Gebäude.

»Was ist mit den Propangasbehältern?« fragte Sonny die Frau.
»Die Piloten füllen die Ballons hier auf dem Gelände, deshalb habe ich mich schon gewundert, wer zusätzlich die vollen Gasbehälter bestellt haben könnte. Wir haben auf dem Platz genug Gasvorräte, um von hier nach Miami zu gelangen!«
»Genau, das ist es!« Sonny hieb mit der Faust auf den Schreibtisch. »Die Behälter. Sie sind verschlossen. Die Hunde können das Rauschgift nicht riechen. Für wen waren sie bestimmt?«
»Ich habe den Lieferschein hier.« Die Frau blätterte in ihren Papieren. Sie fand den Lieferschein von UPS und reichte ihn Sonny. »Da steht der Name des Piloten, der das Propangas erhalten hat. Merkwürdig, er war heute morgen schon in aller Herrgottsfrühe hier und hat auf die Lieferung gewartet!«
Sonny wandte sich an Madge. »Das ist es! Die UPS-Lieferung! Können wir den Kerl abfangen, bevor er startet?«
»Sonny, bist du absolut sicher?«
»Warum sollte jemand soviel zusätzliche Propangasbehälter bestellen?«
Madge zuckte die Schultern. »Himmelherrgott, wenn wir ihn am Start hindern, und dann ist an der ganzen Sache nichts dran –«
»Madge!« Sonny wedelte ungeduldig mit dem Lieferschein, den er in der Hand hielt. »Ich sage dir, das ist es!«
Madge wandte sich an das »Zebra«. »Und Sie sind ganz sicher, daß Sie den Piloten kennen, der die Behälter abgeholt hat?«
»Ja, der Name und die Nummer des Ballons stehen ja auf dem Lieferschein«, erwiderte sie.
»Ich kann ihm den Start untersagen, aber Jerry wird nicht –«

»Dann tu's!« unterbrach Sonny sie. »Und sollte ich mich getäuscht haben, werde ich die Folgen ganz allein auf meine Kappe nehmen.«
Madge zögerte noch immer. Sie hatte das Gefühl, zwischen zwei Stühlen zu sitzen.
»Nun gut, wir werden die Sache überprüfen.« Sie warf einen Blick auf den Lieferschein. »Ballon Nummer 47.«
Sie gab dem »Zebra« den Lieferschein zurück. »Sorgen Sie dafür, daß der Ballon keine Starterlaubnis erhält.« Und an den männlichen Helfer gewandt: »Und Sie geben über Lautsprecher bekannt, daß sich der Start verzögert. Die Ballons dürfen noch nicht hoch. Und du nimmst Ballon 47 aufs Korn«, wies sie Sonny an.
Sie verließen im Laufschritt das Büro, sprangen in Madges Elektro-Golfcart und fuhren in vollem Tempo aufs Feld hinaus. Die verdutzten Zuschauer sprangen beiseite.
Nahe der großen elektronischen Anzeigetafel war die erste Ballonreihe startbereit. Die Propangasstichflammen schimmerten blau, als die Piloten der Bodenmannschaft letzte Anweisungen gaben. Es war ein Festtag, und es herrschte eine ausgelassene Atmosphäre.
Dann ertönte eine laute Stimme, wurde über das weitläufige Feld getragen, gab die Startverzögerung bekannt. Entrüstete Gesichter drehten sich zum Lautsprecher um, und ein kollektives, enttäuschtes Murren brandete auf.
»Da ist er!« rief Madge und deutete auf den Ballon. »Die Nummer 47. Bobby Lee aus Dallas ...«
Der feuerrote Ballon trug den Namen Avenger, Rächer.
Ein sommersprossiger junger Mann in einem roten Parka, ein weiterer junger Bursche und zwei junge Frauen hatten gerade die Hülle ihres Ballons mit Heißluft gefüllt. Sie lachten, scherzten und hatten eindeutig mit ein paar Margaritas am Morgen für Stimmung gesorgt.

»Morgen, ihr da!« sagte der hochaufgeschossene Bobby Lee lächelnd, als Madge und Sonny eintrafen. »Ihr solltet besser ein Stück zurücksetzen, wir sind startklar.«
»Bobby Lee?«
»Zu Diensten, Ma'am.«
»Ich bin Madge Swenson, Flugkontrolle. Ihre Starterlaubnis ist gestrichen!«
»Ich habe die Ansage gehört, Lady, aber ich bin zum Ballonfahren hier, und ich werde starten«, erwiderte Bobby Lee. Seine Freunde nickten und rückten bedrohlich zusammen.
»Sie werden heute nicht starten.«
»Reden Sie keinen Scheiß, Lady.« Bobby Lees Stimme nahm einen unheilvollen Tonfall an. »Ich habe die ganze Woche darauf gewartet, und niemand wird mich aufhalten!« Er drehte sich zu seinen Freunden um. »Was ist, starten wir?«
»Klar doch!« schrien und lachten sie.
»Ihr Ballon hat keine Starterlaubnis!« sagte Madge noch einmal mit Nachdruck. »Bitte machen Sie uns keine Schwierigkeiten. Treten Sie einen Schritt zurück!«
»Sie können mich nicht daran hindern zu starten, Lady«, fauchte Bobby Lee.
Sonny stellte sich vor ihn hin. »Sie haben gehört, was die Dame gesagt hat. Sie ist hier der Boß; also tun Sie gefälligst, was sie sagt. Kommen Sie, legen Sie uns keine Steine in den Weg; treten Sie einfach beiseite.«
Zwei Männer vom Sicherheitspersonal tauchten hinter Madge auf, und Bobby Lee wich zurück.
Sonny warf einen Blick in den Korb. Er enthielt fünf Propangastanks. Er betrachtete die Behälter genauer und hob einen hoch, an dessen Ventil Reste eines weißen Pulvers hafteten.
»Warum soviel zusätzliches Gas?« fragte Sonny.
»Sie haben, verdammt noch mal, kein Recht, den Tank aus

meinem Korb zu nehmen!« brüllte Bobby Lee. Er sah seinen Freund und die beiden Frauen an, aber sie schienen nicht bereit, ihm Schützenhilfe zu geben. Sie hatten die DEA-Männer mit den Hunden gesichtet, die sich den Weg durch die zusammenströmende Zuschauermenge bahnten und sich dem Ballon näherten. Sie drehten sich um und gaben Fersengeld.

»Ich habe jedes Recht«, unterbrach ihn Madge. »So steht es im Anmeldeformular, das Sie unterschrieben haben.«

Sonny klopfte gegen den geschlossenen Behälter und lächelte. »Was enthält er, Zucker?« flüsterte er. Er nahm einen Schraubenschlüssel aus dem Korb und begann, den Verschluß zu öffnen.

»Halt, Mister«, rief einer der »Zebras«. »Machen Sie das ja nicht! Sie müssen zuerst den Druck ablassen! Sonst explodiert das Ding!«

Sonny schraubte ungerührt das Ventil auf, und es fiel zu Boden. Ein weißes Pulver rieselte aus dem Behälter. Einer der DEA-Hunde in der Nähe gab ein tiefes, kehliges Knurren von sich. Er zerrte an seiner Leine und versuchte, sich mit Gewalt einen Weg durch die Menge zu bahnen, die den Ballon nun dichtgedrängt umringte.

»Zucker«, sagte Sonny und sah Bobby Lee an. »Warum befördert ein junger Mann wie Sie Zucker? Zucker kann man nicht verbrennen!«

Sonny befeuchtete seine Fingerspitze tauchte sie in das Pulver. Er probierte, dann spie er in hohem Bogen aus. »Na, so was, Bobby Lee, das ist ja gar kein Zucker! Das ist ja reiner Koks. Genug für einen Höhenflug nach Dallas –«

»Scheißkerl!« fluchte Bobby Lee und stürzte sich auf Sonny. Sonny blockte Bobby Lees Schlag ab und verpaßte ihm einen Schwinger in den Magen. Ein weiterer Haken folgte, dann war Bobby Lee die Lust zum Kämpfen vergangen. »Wo

ist Raven?« brüllte Sonny, packte ihn beim Kragen und schlug ihm mit voller Kraft ins Gesicht. Blut tropfte von Bobby Lees geplatzter Lippe.
»Raven? Kenn' ich nicht.«
»Wo ist Raven?« schrie Sonny noch einmal, schlug ein zweites Mal zu und stieß Bobby Lee gegen den Ballonkorb.
»Ich hab' keine Ahnung, wovon Sie reden!« kreischte Bobby Lee.
»Wo habt ihr die Frau und das Mädchen hingebracht?« Sonny versetzte ihm einen weiteren Schlag. »Ich will eine Antwort!« Bobby Lee stolperte, fiel rücklings in das verschüttete Kokain, und Sonny stürzte sich auf ihn. Die DEA-Hunde knurrten und zerrten an ihren Leinen.
»Wo ist Raven? Wo ist Rita?« brüllte Sonny, packte Bobby Lee und schüttelte ihn.
Die verdutzten Zuschauer rückten näher, um sich den Kampf nicht entgehen zu lassen. Der DEA-Agent mit dem Hund war vor ihnen da, und nun schnappte und bellte das Tier.
»DEA! Hände hoch! Los, die Hände hoch!« Er zog seine Pistole.
»Sonny, hör auf!« schrie Madge.
»Wo ist die Frau?« brüllte Sonny, während er auf Bobby Lee eindrosch.
Erst die Faust von Chief Garcia und einer seiner Männer waren imstande, Sonny von dem am Boden liegenden Bobby Lee wegzuzerren.
»Immer mit der Ruhe, Sonny, keine Panik«, sagte der Polizeichef, als er Sonny von seinem Opfer trennte. »Wir brauchen ihn lebend.«
»Er arbeitet für Raven! Er kann uns sagen, wo wir Rita finden!« keuchte Sonny.
Er hatte durchgedreht. Nun, da er von seinem Opfer abge-

lassen hatte und nach Luft rang, wurde ihm bewußt, daß er imstande gewesen wäre, den Mann mit bloßen Händen zu töten. Er zitterte und spürte einen dolchartigen Schmerz in seinem verletzten Arm. Die Wunde war offenbar wieder aufgeplatzt.

Garcia beugte sich über den stöhnenden Bobby Lee. »Sagen Sie mir, wo sich die Frau befindet, oder ich überlasse es wieder ihm, Sie in die Mangel zu nehmen!« drohte er.

»Ihr habt ja nicht mehr alle Tassen im Schrank«, fluchte Bobby Lee. »Ich weiß nichts von einer Frau.«

»Sie kennen Raven!«

»Ich kenne keinen Raven. Ich hab' keine Ahnung, wer die verdammten Kerle sind, die den Deal eingefädelt haben!« ächzte er. »Ich werde dafür bezahlt, das Zeug nach Dallas zu bringen, das ist alles!«

Garcia zügelte seine Wut. Der Mann sagte vermutlich die Wahrheit. Er war beauftragt worden, das Kokain im Ballonkorb zu verstauen, es nach der Landung in das wartende Verfolgerfahrzeug zu laden, es nach Dallas zu transportieren und abzuliefern.

Bobby Lee war nur ein Botenjunge, er kannte die eigentlichen Drahtzieher nicht. Der Auftrag war möglicherweise telefonisch erteilt oder durch einen von Ravens Lakaien eingefädelt worden. Bobby Lee war Raven nie persönlich begegnet, und er wußte nichts von Rita.

Garcia drehte sich zu Sonny um und zuckte die Schultern. »Er weiß nichts, Sonny. Er verrichtet nur Handlangerdienste. Dank Ihrer Hilfe haben wir jetzt zwar die Drogen gefunden, aber er weiß nichts über Rita oder das Mädchen ...«

»Dieser Schweinehund weiß bestimmt etwas.« Sonny wollte sich erneut auf ihn stürzen, aber der Polizeichef hielt ihn zurück.

»Sonny, so nehmen Sie doch Vernunft an! Leute wie er

gehören zum Fußvolk. Sie wissen doch, wie das in der Drogenszene läuft!«

Sonny fühlte sich plötzlich ausgelaugt. Garcia hatte recht, das Fußvolk der Mafia wußte in aller Regel sehr wenig.

»Zwei sind abgehauen«, sagte er und sah zu, wie die Polizisten Bobby Lee Handschellen anlegten.

»Die haben wir schon.« Garcia wandte sich an Madge. »Ich würde sie gerne in Ihr Büro mitnehmen, um sie gleich hier zu vernehmen. Es besteht zumindest die Möglichkeit, daß einer von ihnen den Ort kennt, das Versteck. Die Chance ist gering, aber sie ist alles, was wir haben.«

»Natürlich«, erwiderte Madge. Sie blickte Sonny an. »Sie haben die Fiesta tatsächlich für ihre Machenschaften benutzt. Und ich habe dir nicht geglaubt. Es tut mir leid –« Sie streckte die Hand nach Sonny aus, aber er zuckte vor der Berührung zurück.

»Bringt die Gasbehälter ins Labor«, wies Garcia seine Leute an. Sonny erkannte Jerry Candelaria, den Rauschgiftfahnder, der verdeckt arbeitete und am Fundort von Veronicas Leiche aufgetaucht war. Candelaria nickte wortlos und erteilte die Anweisung, die Gasbehälter aus dem Ballonkorb zu hieven.

Madge drehte sich um und brachte Garcia, seine Männer und den in Handschellen abgeführten Bobby Lee ins Hauptquartier von Fiesta Control.

Sonny lehnte sich an den Korb des Heißluftballons. Die Polizisten riegelten den Bereich weitläufig ab, drängten die Zuschauer zurück.

Die DEA-Agenten wußten die ganze Zeit, was gespielt wird, dachte Sonny. Sie wußten, daß eine große Drogenlieferung im Anmarsch war.

Sonny drehte sich um und warf einen Blick auf die Zuschauer. Die Leute dachten ebenfalls, nun sei alles gut, weil

das Rauschgift gefunden worden war. Die Polizisten waren wieder einmal die Helden. Einige begannen, die Szene zu fotografieren. Drogenschmuggel, eine Riesensensation, und sie waren Augenzeugen gewesen. Uniformierte DEA-Agenten und ihre Hunde. Und Sonny Baca. Sie hatten miterlebt, wie er den Drogenschmuggler gestellt und ihm eine Abreibung verpaßt hatte. Einfach phantastisch!
»Sonny!« rief Francine Hunter. Sie schob sich resolut durch die Menge. Der aufgeregte Conroy Chino folgte ihr; beide versuchten, den Rahm abzuschöpfen und exklusiv zu berichten.
Ihr seid auf der falschen Fährte, dachte Sonny. Raven, Gilroy und wer sonst noch an dem Deal beteiligt war, hatten ihre Trümpfe geschickt ausgespielt. Die Botenjungen waren beauftragt, die Drecksarbeit zu leisten, aber sie waren nicht in die Einzelheiten des Coups eingeweiht.
Sonny starrte auf die Fernsehkameras vor seinem Gesicht und blinzelte im grellen Scheinwerferlicht.
Ihr solltet eure Kameras auf den Ursprung allen Übels richten, dachte er. Der wahre Täter ist noch nicht gefaßt!

24

Die Zuschauer wichen plötzlich zurück und starrten zum Himmel empor. Als ließe sich die Spannung der letzten Tage, in denen sie darauf gewartet hatten, sich in die Lüfte zu erheben, nicht länger bezähmen, begannen die Ballons aufzusteigen. Sie starteten in Wellen, gemäß Plan, und bildeten ein dichte Traube. Die »Zebras« gaben mit ihren Trillerpfeifen das Startsignal, rannten geschäftig hin und her, versuchten, Ordnung in das Chaos zu bringen. Sie brüllten ihre Anweisungen, als eine Heißluftballonreihe nach der anderen von der Leine gelassen wurde, um in einem Kaleidoskop von Farben am wolkenlosen blauen Himmel zu explodieren.

Als die Geräusche wie ein Donnerschlag erstarben, der im Verlauf eines sommerlichen Unwetters heranrollt und verklingt, folgte ehrfürchtiges Staunen; die Zuschauer holten tief Luft, Fotoapparate klickten und Mütter riefen nach ihren Kindern, weil sie ein Plätzchen entdeckt hatten, von dem man das Spektakel besser sehen konnte.

Inmitten der regulären, birnenförmigen Ballons schwebten die Unikate: eine Kuh, Uncle Sam mit Zylinder und einer Hülle, die der amerikanischen Flagge nachempfunden war, Mickey Mouse und andere Gestalten aus der amerikanischen Mythologie. Eine Flasche Scotch, eine Pepsicola-Dose, eine Filmrolle, ein Dinosaurier und andere riesige, phantastische Gestalten tummelten sich am Himmel. Die Kinder deuteten aufgeregt nach oben und winkten den Passagieren in den winzigen Gondeln zu, die sich plötzlich außer

Reichweite befanden und in den wolkenlosen Himmel aufstiegen.
Über Lautsprecher wurden die Namen der Piloten bekanntgegeben, als diese in ihren Ballons die Fernsehtribüne passierten. Für diejenigen, die zu Hause geblieben waren, wurde der Massenstart per Radio und Fernsehen in sämtliche Haushalte der Stadt übertragen.
Sonny blickte hoch. Er konnte dem sensationellen Schauspiel keine Freude abgewinnen. Raven hatte Rita immer noch als Geisel in seiner Gewalt. Daß er die kokaingefüllten Gasbehältnisse gefunden hatte, war reines Glück gewesen; vielleicht war ihm der Sieg zu leicht gemacht worden. Madge schien ihm ein wenig zu kooperativ gewesen zu sein. Irgend etwas stimmte nicht.
Joe Flannery näherte sich Sonny. »Dank Ihrer Hilfe ist uns ein dicker Fisch ins Netz gegangen. Ich möchte mich persönlich bei Ihnen bedanken …« Er streckte die Hand aus.
Die Presse umringte sie, kesselte Sonny ein, bestürmte ihn mit Fragen. Jeder wollte exklusiv über den Knüller berichten, wie es dazu gekommen war, daß man eine größere Menge Drogen auf dem Fiestagelände sichergestellt hatte. Die Kameras konzentrierten sich auf das verschüttete Kokain.
»Woher hatten Sie die Informationen?« rief Francine Hunter.
Sonny sah Flannery an. Konnte er dem Mistkerl wirklich trauen? Für ihn spielte es keine Rolle, wer die Lorbeeren für den Kokainfund bekam; er wollte nur eines: einen Hinweis auf das Versteck, in dem Rita gefangengehalten wurde.
»Schon gut!« sagte Sonny und drängte sich an Flannery vorbei.
»Sonny!« Francine Hunter folgte ihm hektisch im Laufschritt. »Woher hatten Sie die Informationen? Wie groß ist

die Ausbeute? Darf ich Ihnen ein paar Fragen stellen? Peter, machen Sie Aufnahmen –«
»Ich kann nicht darüber reden.«
»Woher wußten Sie, daß sich die Drogen ausgerechnet dort befanden?« Sie hielt Sonny das Mikrophon noch dichter vor die Nase.
»Hier gibt's keine Drogen«, fauchte Sonny und wandte sich zum Gehen.
»Aber es heißt, das Kokain sei vom Cali-Kartell eingeschmuggelt worden. Bedeutet das nicht, daß sie in New Mexico eine Operationsbasis besitzen?«
Sonny wirbelte herum und starrte sie mit funkelnden Augen an. »Eine Operationsbasis? Daß ich nicht lache! Denen gehört der ganze Staat! Ach, was sage ich, das ganze Land! Die produzieren Crack-Kokain für die Bewohner der *Barrios* und machen sie zu Sklaven! Wo, zum Teufel, leben Sie, auf dem Mond? Und nun lassen Sie mich gefälligst in Frieden!«
»Sie sind aufgebracht«, erwiderte sie und hielt ihm immer noch das Mikrophon hin. »Das verstehe ich, aber das hier ist eine große Sache! Ich muß diese Story bringen!«
Peter hatte aufgehört zu filmen. »Gönnen Sie dem Mann doch eine Ruhepause«, sagte er sanft. »Ihm gehen jetzt ganz andere Dinge im Kopf herum.«
Francine blickte zuerst ihn, dann Sonny an. »Ja, sie haben vermutlich recht. Tut mir leid –«
Ihre Worte verhallten ungehört, als sich Sonny eilends entfernte.
Bei Fiesta Control wurde er von einem triumphierenden Polizeichef in Empfang genommen. »Jedes einzelne Gasbehältnis ist auf dem Lieferschein vermerkt. Wir haben hieb- und stichfeste Beweise und sie in flagranti erwischt. Was wir Ihnen verdanken.« Er lächelte edelmütig.
»Sie haben gar nichts.«

»Wie bitte?«
Sonny schüttelte den Kopf. »Es war zu einfach.« Ballon Nummer 47 war zu dicht an Fiesta Control »verankert« worden. Zu bequem. Wieder eine dieser falschen Fährten, die Raven so gerne legte.
»Kommen Sie Sonny, raus mit der Sprache. Was soll das heißen?«
Joe Flannery und zwei seiner Agenten waren Sonny in das Gebäude gefolgt. Nun traten sie einen Schritt vor.
»Verschweigen Sie uns etwas, Baca? Denn falls es so ist –«
»Öffnen Sie die Gasbehältnisse.« Sonny verspürte ein nagendes Gefühl in seinem leeren Magen. Irgendein Bindeglied in der Kette fehlte. Die DEA hatte sich erst eingeschaltet, nachdem Sonny den kleinen Dealer Bobby Lee entlarvt hatte, und das FBI hielt sich bedeckt. Kein einziger FBI-Agent in Sicht! Warum?
Er sah Madge an. Sie hielt seinem Blick stand, ihre kalten blauen Augen verbargen, was sie wirklich wußte.
»Ich werde die Behältnisse in die Stadt mitnehmen und sie im Labor öffnen lassen –« sagte Flannery.
»Öffnen Sie sie jetzt!«
»Sonny«, ermahnte Garcia ihn streng. »Das fällt in seine Zuständigkeit! Ich möchte mit den Leuten reden, die wir festgenommen haben. Es besteht die Chance, daß sie etwas über Ritas Verbleib wissen. Das ist für mich momentan von vorrangigem Interesse.«
»Sie wissen nicht das geringste«, erwiderte Sonny. Er schnappte sich einen Schraubenschlüssel von einer Werkzeugkiste, die in der Nähe stand, und öffnete das Sicherheitsventil des nächstgelegenen Behältnisses. Der Geruch von Propangas, der faulen Eiern glich, verpestete die Luft. Sonny öffnete ein weiteres Behältnis, und auch hier entwich eine Gaswolke.

»Gas!« schrie Flannery, und ein überraschter Ausdruck huschte über sein Gesicht. Er sah Garcia an. »Die verdammten Behälter sind mit Gas gefüllt!«
Madge trat vor und schloß die Ventile. »Hier ist kein Rauschgift drin!« flüsterte sie.
»Verdammt!« fluchte Garcia und funkelte Sonny an. »Wir sind an der Nase herumgeführt worden!«
Flannery blickte Sonny an und mußte sich ein Grinsen verkneifen. »Sieht ganz so aus, als hätte ich zu früh gratuliert.« Er zuckte die Achseln. »Sie haben ein Kilo Kokain gefunden, das ist alles. Der Rest ist Propangas. Wo ist also die große Lieferung, die wir auf Ihre Veranlassung hin gesucht haben?«
»Wissen Sie's denn nicht?« fragte Sonny und warf den Schraubenschlüssel in die Luft, so daß der verdutzte Flannery ihn fangen mußte.
»Hören Sie, Baca, ich hasse solche Unterstellungen«, knurrte Flannery und trat drohend einen Schritt vor. Dann machte er einen Rückzieher. »Ach was soll's! Denken Sie doch, was Sie wollen! Was wir hier haben, ist ein Kilo Kokain, nicht mehr.«
Er wandte sich an Madge. »Sie sollten die Presse davon in Kenntnis setzen. Wir haben nur eine kleine Menge Drogen gefunden. Kein dicker Fisch. Sonny Baca hat unsere Zeit vergeudet. Ich würde gerne Ihr Büro benutzen.«
Sie nickte. Sonny, der Polizeichef und Madge standen schweigend da und beobachteten, wie einer der Agenten die Horde der Reporter hereinließ, die ungeduldig vor der Tür gewartet hatten.
»Ich habe dir gesagt, daß unsere Weste blütenweiß ist«, sagte Madge. »Wer immer uns die Geschichte eingebrockt hat, war darauf erpicht, dem Ruf der Fiesta zu schaden. Einer der Piloten bringt ein bißchen Kokain an Bord, und schon

ist der gute Ruf im Eimer. Aber wir haben nichts damit zu tun.«
»Was, zum Teufel, geht hier vor?« Garcia war am Ende seiner Kräfte. Er hatte sich im Beisein der Nachrichtenmedien zum Narren gemacht, über die Festnahme gesprochen, als sei es der Fang des Jahrhunderts, und es gefiel ihm gar nicht, an die nächste Pressekonferenz zu denken, bei der er nicht mehr als ein Kilo Drogen vorweisen konnte.
»Während wir mit dem Ballon beschäftigt waren, sind die Drogen ausgeliefert worden«, erklärte Sonny.
»Wie bitte?« murmelte Garcia.
»Es war von Anfang an nicht geplant, daß hier der Umschlagplatz sein sollte«, sagte Sonny und blickte Madge an. »Das war nur ein Täuschungsmanöver. Sie haben genug falsche Fährten gelegt, um uns hierherzuführen. Sie haben dafür gesorgt, daß wir Bobby Lee festnehmen konnten, der morgen früh gegen Kaution wieder auf freiem Fuß sein wird. Und in der Zwischenzeit haben sie sich das Tohuwabohu zunutze gemacht, um die Drogen an den Mann zu bringen. Frei Haus sozusagen, als kleine Aufmerksamkeit von UPS.«
Garcia stöhnte. »Falls Sie recht haben, gibt es Hunderte von Möglichkeiten, den Stoff aus der Stadt zu schaffen. Sobald die Lieferung verteilt ist, sind die Drahtzieher aus dem Schneider.«
Madge wandte sich an Sonny. »Es tut mir leid, daß dein Plan durchkreuzt wurde, aber das beweist nur, was ich die ganze Zeit beteuert habe: Wir hatten nichts damit zu tun.«
»Rita ist jetzt wichtig«, warf Garcia ein.
Sonny zuckte die Achseln. »Raven hat den Drogendeal wie geplant durchgezogen. Er hat sein Geld.«
»Damit er wieder versuchen kann, einen WIPP-Transporter in die Luft zu jagen«, ächzte Garcia.
»Nein.« Sonny schüttelte den Kopf. »Dieses Mal geht es um

viel mehr.« Er blickte den Polizeichef an. »Wie weit trauen Sie Flannery?« Garcia zuckte zusammen.
»Die haben mich im dunkeln tappen lassen«, erwiderte der Polizeichef. »Im Augenblick traue ich niemandem mehr.«
»Es wäre an der Zeit, daß sie mit der Wahrheit herausrücken«, sagte Sonny und biß die Zähne zusammen. Er war wütend, weil ihm die Drogen durch die Lappen gegangen waren; er war wütend, weil der Stoff, sobald er sich auf der Straße in Umlauf befand, die Elendsviertel im ganzen Land vergiften würde. Und er war ganz besonders wütend, weil die Jagd nach dem Rauschgift Zeit gekostet hatte, Zeit, die er brauchte, um Rita zu finden. Die Mistkerle hatten ihn wieder in eine Sackgasse geführt.
»Wo ist Stammer?« fragte er Madge.
»Schon weg. Vermutlich steckt er in seinem Labor. Laß ihn in Ruhe, der Mann steht unter Streß, er ist überarbeitet.«
»Mir kommen gleich die Tränen«, erwiderte Sonny sarkastisch und ging zur Tür.
»Wohin wollen Sie?« rief ihm Garcia hinterher.
»In die Kirche.«
Wer immer Gilroy die Kehle durchgeschnitten hatte, war ein Experte. Zuerst Veronica, dann Secco und zuletzt Gilroy. Todesfälle, die er mit der Ballonfiesta in Verbindung bringen sollte, deren Ursache in Wirklichkeit jedoch in jahrzehntelangem Drogenhandel wurzelte.
Ja, es war alles sorgfältig inszeniert worden, alles lief wie am Schnürchen, alles war haargenau berechnet, um die Gesetzeshüter und Sonny in die Irre zu führen. Und der Plan war aufgegangen. Nun war es an der Zeit, sich mit dem geistigen Urheber zu befassen!
In seinem Wagen angekommen, hörte Sonny per Fernabfrage die Nachrichten auf seinem Anrufbeantworter ab. Eine stammte von Diego. Sonny rief ihn zu Hause an.

»Sonny, bin ich froh, daß du dich meldest. Ich habe mir erlaubt, ein paar alte Freunde anzurufen. Der Deal ist nach Plan verlaufen. Die Drogen befinden sich in der Stadt.«
»Ja, ich weiß.«
»Und kein Wort von Rita und meiner *hijita.* Ich fühle mich völlig nutzlos, wenn ich den ganzen Tag hier herumsitze. Ich habe Angst, Sonny, Angst um mein kleines Mädchen. Und Cristinas Mutter ist auch mit ihren Nerven am Ende.«
»Haltet durch«, versuchte Sonny seinen Freund zu trösten. »Ich habe etwas Wichtiges vor; ich weiß nicht, ob es klappt, aber es ist einen Versuch wert. Ich melde mich später wieder.«
»*Cuidado.*«
»Ich hab' keine Zeit, vorsichtig zu sein«, erwiderte Sonny.
Er dachte an den nächsten Schachzug, den er machen mußte. Es gab nur einen einzigen Mann in der Stadt, der alles über die alten CIA-Seilschaften in Mittelamerika wußte. Ein Mann, der Gilroy kannte, der mit den Spielen vertraut war, die der amerikanische Zoll und die DEA spielten: William Stone.
Er rief Ruth Jamison in der Stadtbibliothek an.
»Hallo, Ruth. Sonny Baca hier.«
»Sonny, alles in Ordnung? Geht's dir gut?«
»Mir geht's blendend. Ich bin in Eile. Was hast du über Stone?«
»Nur die Ausschnitte aus Zeitungen und Zeitschriften. Es gibt Dossiers von FBI und CIA, die interessant sein könnten, aber sich per Gesetz Einsicht zu verschaffen, ist ein langwieriges Verfahren. Und solche Schriftstücke werden in aller Regel ›gesäubert‹. Es standen aber ein paar sehr aufschlußreiche Artikel in der *Washington Post* und in der *New York Times.* Informationsmaterial, das die meisten Leute kennen.«

Sie skizzierte in aller Kürze Gilroys und Stones Aktivitäten. Im Gegensatz zu Gilroy war Stone ein aalglatter Politiker. Er hatte ein Elitecollege besucht und war im Auswärtigen Amt tätig gewesen, bevor er zum Geheimdienst überwechselte. Er hatte sich seine Sporen in der CIA verdient, als die Sandinistische Befreiungsfront Managua einnahm. Einige behaupteten, es sei Stones Hubschrauber gewesen, der Somoza aus der belagerten Hauptstadt ausflog, als diese den Rebellen in die Hände fiel. Danach hatte ihm das Weiße Haus grünes Licht für verdeckte Aktionen gegeben, die Contras mit Waffen zu beliefern.

Irgendwann bekam die Presse Wind von Gilroys Aktivitäten. Die Reporter begannen, in seiner Vergangenheit herumzustochern, und der eigentliche Drahtzieher der Libertad-Bewegung wurde enttarnt: William Stone. Diejenigen Senatoren, die den verdeckten Operationen zugestimmt hatten, um die Contra-Rebellen zu finanzieren, schützten Stone und stempelten Gilroy zum Sündenbock.

»Mir blieb nur noch eines zu tun, nämlich seine Telefonnummer herausfinden.«

»Du hast seine *Telefonnummer*?« fragte Sonny ungläubig.

»Von einem Freund, der für US-West tätig ist. Stone wohnt bei Freunden. Schwerreiche, konservative Leute, die rechtsextreme Milizen in New Mexico finanzieren«, flüsterte Ruth und las Sonny die Telefonnummer vor.

»Du bist ein Schatz. Danke!«

»Keine Ursache. Ich hoffe, du findest Rita bald«, fügte sie hinzu. »Ich bete für sie.«

»Danke. Ich auch.«

Er legte auf und wählte die Nummer, unter der Stone angeblich zu erreichen war.

Der Himmel war klar und wolkenlos, die meisten der Heißluftballons war bereits sicher gelandet. Keine Schüsse, keine

Unfälle, Fiesta Control hatte wieder alles unter Kontrolle, die Veranstaltung war gerettet und die Kassen der Stadt würden am Ende doch noch klingeln.
Blieb nur noch eines: Er mußte Rita und das Mädchen finden.
Eine Männerstimme meldete sich.
»Billy the Kid?« fragte Sonny.
Am anderen Ende der Leitung herrschte Schweigen. Dann fragte die Stimme: »Mit wem spreche ich?«
»Mit Juan Libertad.« Er wußte, daß es ihm gelingen mußte, Stones Interesse gleich am Anfang zu wecken.
»Sie müssen sich verwählt haben –«
»Bestimmt nicht, Billy. Ich habe die richtige Nummer.«
Die Pause war dieses Mal sehr kurz. »Sind Sie Reporter?«
Sonny lachte. »Würde ein Reporter namens Juan Libertad Sie anrufen? Nein, ich bin kein Reporter, aber ich weiß, wer Gilroy umgebracht hat.«
»Dann sollten Sie zur Polizei gehen.«
»Tatsächlich? Ich könnte Namen nennen, und Ihrer wäre möglicherweise auch dabei. Nein, ich muß unter vier Augen mit Ihnen sprechen, Mr. Stone.«
Sonny hoffte, daß er den Mann jetzt nicht verschreckt hatte.
Stone lachte. »Sie reden dummes Zeug, Juan. Was wollen Sie von mir?«
»Ich möchte Ihnen eine Information verkaufen. Sie sollten sich mit mir unterhalten, es lohnt sich.«
»Wer sind Sie?«
Jetzt hab' ich ihn, dachte Sonny. Er zeigt Interesse.
»Habe ich Ihnen doch gesagt, Juan Libertad.«
Er hielt inne und wartete. Würde Stone den Köder schlukken? Er war kein blutiger Anfänger, dem man etwas vormachen konnte. Er hatte die Intrigen und Verschwörungen

überlebt, die vor Beendigung des Kalten Krieges üblich waren, hatte Nicaragua überlebt, und nun würde er, falls Sonny sich nicht täuschte, als Insider eines Drogenkartells überleben, das den Süchtigen weltweit den täglichen Schuß verpaßte.

Nun war es an Stone, mangelndes Interesse zu heucheln, den Kaltblütigen zu spielen. Er lachte erneut. »Ich kenne keinen Juan Libertad. Sagen Sie, was Sie von mir wollen!«

»Ich möchte mit Ihnen reden.«

»Um mir eine Information zu verkaufen.« Stone lachte; er war immer noch argwöhnisch. »Ich bin nicht der richtige Ansprechpartner. Falls Sie wirklich wissen, wer Gilroy getötet hat, sollten Sie zur Polizei gehen.«

»Ich befinde mich im Besitz eines Fotos«, unterbrach Sonny ihn, wohl wissend, daß er nahe daran war, den dicken Fisch von der Angel zu verlieren.

»Ein Foto! Aha.«

»Auf diesem Foto betreten Sie gerade ein gewisses Gebäude in Bogotá. Ein Backsteingebäude. Auf den Stufen werden Sie von einem Mann begrüßt, der als Kartellboß bekannt ist.«

Sonny beschrieb das Gebäude, dann wartete er gespannt. Das war sein letzter Trumpf gewesen. Stone hielt ebenfalls den Atem an, oder zumindest wartete er eine Weile, bevor er antwortete.

»Ich habe in Bogotá Urlaub gemacht. Jeder hätte das Foto aufnehmen können.«

»Es ist ein Unikat«, warf Sonny ein. »Selbst ein Urlaubsfoto besitzt einen gewissen Wert. Für das Familienalbum.«

Wieder lachte Stone. »Ja, damit es vollständig ist. Sie haben mich überredet, Juan. Ich werde mich mit Ihnen treffen. Wo?«

»In Old Town. In der Kirche, um Punkt zwölf. Setzen Sie

sich in die zehnte Bankreihe von vorne. Sie beten dort. Und kommen Sie ohne Begleitung.«

»Ich werde dort sein«, erwiderte Stone und legte den Hörer auf. Sonny atmete erleichtert auf. Gott sei Dank, der Kerl hatte den Köder geschluckt, hatte angebissen, und Männer, die am Haken zappelten, hatten immer etwas zu verbergen. Sonny warf einen flüchtigen Blick auf seine Armbanduhr. Wo Raven wohl sein mochte? Und Rita?

25

Kurz vor zwölf fuhr Sonny auf die Old Town Plaza und umkreiste den weitläufigen Platz im Zentrum der historischen Altstadt von Albuquerque zweimal, bevor er das Glück hatte, eine Parklücke an der Südseite zu entdecken. Er saß da und beobachtete den Verkehr. Auf der Plaza wimmelte es von Touristen. In der Mehrzahl handelte es sich um Familien, die zur Heißluftballon-Fiesta gekommen waren. Sie gingen in der Sonne spazieren und genossen die klare, frische Luft.

Auf der Nordseite der Plaza erhoben sich die aluminiumverkleideten Doppeltürme der Kirche San Felip de Neri in den wolkenlosen, kobaltblauen Himmel New Mexicos. Die Plaza in Old Town gehörte zu Sonnys Lieblingsplätzen in der Stadt. Er fuhr häufig hierher, um mit den alteingesessenen Bewohnern des Viertels, die viel Zeit auf den Bänken unter den schattenspendenden Bäumen verbrachten, beisammenzusitzen und sich zu unterhalten. Sie erzählten sich Geschichten, während sie die Touristen beobachteten, die den historischen Stadtkern besichtigten.

Sonny blickte auf seine Armbanduhr. Viertel vor zwölf. Er würde sich noch eine Weile gedulden müssen. Er öffnete das Handschuhfach und holte den .45er Colt in dem alten, abgewetzten Lederholster heraus. Falls William Stone Informationen über Rita besaß, würde er sie aus ihm herausholen, so oder so. Er klemmte die Pistole unter seinen Gürtel und wartete.

Um fünf Minuten vor zwölf näherte sich ein schwarzer BMW

mit getönten Scheiben und reihte sich langsam in den Kreisverkehr auf der Plaza ein.
William Stone ist zum Beten gekommen, dachte Sonny, und lehnte sich in seinem Sitz zurück. Der BMW fuhr in eine enge Parklücke unmittelbar vor der Kirche, und ein hochgewachsener, distinguiert aussehender Mann in dunklem Anzug und mit Sonnenbrille stieg aus. Der Mann sah sich um, dann betrat er mit weitausholenden Schritten das Gotteshaus.
Sonny wartete und beobachtete den Verkehr, hielt nach Zeichen Ausschau, daß Stone in Begleitung gekommen war. Der Mann würde sich nicht allein zu einem solchen Treffen begeben. Doch der Verkehr auf dem Platz war wie immer, bewegte sich im Schrittempo vorwärts. Es war ein idealer Tag für einen Einkaufsbummel; die Geschäfte in Old Town florierten. Die Ballonfahrt am Morgen war ohne Zwischenfälle verlaufen, und die Welt war wieder in Ordnung.
Zeit, mich in Bewegung zu setzen, dachte Sonny und stieg aus. Doch plötzlich tauchte an einer Ecke der Plaza ein Demonstrationszug auf. Als er die Mitte des Platzes in Richtung Kirche überquerte, sah er, daß es sich um eine Prozession handelte. Alte Frauen und ein paar blaugekleidete junge Mädchen sangen Marienlieder, angeführt von Father Luna, dem Priester von San Felipe de Neri.
Sonny kannte Father Luna. Sie hatten beide in der High-School Football gespielt, wenn auch in verschiedenen Mannschaften. Bereits damals war José, der später Father Luna werden sollte, ein harter Brocken gewesen. Wenn er jemanden in den Schwitzkasten nahm, vergaß man die Tortur nie wieder. Er sah außerdem sehr gut aus. Die Mädchen himmelten ihn an.
José hatte in der Woche jeden Abend einer anderen den Hof gemacht. Die Mädchen waren ganz verrückt nach ihm.

Trotzdem landete er im Priesterseminar von Sante Fé, verließ den Weg des Fleisches. Wieso hatte ein Mann wie er sich entschlossen, ehelos und enthaltsam zu leben?
Father Luna leitete die Blue Angels, eine Gruppe von Frauen, die sich ehrenamtlich um den Schmuck des Gotteshauses kümmerten. Sie hatten in der Kapelle der Heiligen Jungfrau von Guadalupe gebetet, und nun betraten sie den Innenhof des Konvents, um dort zu beten. Im Nu hatten sich Touristen um sie geschart, um sie zu fotografieren.
Sonny eilte durch das Säulenportal in den Kirchhof und blickte sich ein letztes Mal um, dann betrat er das stille Gotteshaus. Das gedämpfte Licht im Innern bildete einen Kontrast zum gleißenden Licht der Oktobersonne, das draußen herrschte.
Touristen kamen und gingen, flüsterten, gafften und fragten sich, ob sie wohl Aufnahmen machen durften. Der Altar war farbenprächtig geschmückt. Kerzen brannten und füllten die Luft mit dem Geruch nach Bienenwachs. Sonny, der sich an die Rückwand preßte, nahm alle Einzelheiten wahr. Der Mann im dunklen Anzug, der in der zehnten Bankreihe saß, mußte William Stone sein. Er war allein gekommen, zumindest hatte es den Anschein.
Sonny nahm das Foto heraus, das Alisandra Bustamante-Smith ihm gegeben hatte, und musterte es. Die verschwommene Aufnahme eines hochgewachsenen blonden Mannes mit kurzgeschorenen Haaren, der seinen Blick zu erwidern schien. Es war das einzige Foto, das es gab, das einzige Beweisstück, das ihn mit den Drogenkartellen in Verbindung brachte, und Stone war so erpicht darauf, daß er hergekommen war.
Sonny spürte die Pistole, die er unter seinen Gürtel geklemmt hatte. Er zog seinen Anorak darüber und ging langsam durch den Mittelgang nach vorne. Als er an dem

Weihwasserbecken vorüberkam, streckte er instinktiv die Hand aus, tauchte seine Finger hinein und bekreuzigte sich. Durch die jahrelangen Kirchenbesuche mit seiner Mutter während der Kindheit war ihm diese Gewohnheit in Fleisch und Blut übergegangen.

Sonny schlich lautlos in die Bank hinter William Stone.

»Drehen Sie sich nicht um«, flüsterte er, als er niederkniete. Er preßte den Lauf der Pistole in Stones Nacken und verdeckte die Waffe mit seinem linken Arm.

»Wo ist Rita?«

Stones Körper versteifte sich. »Eine Waffe zu ziehen ist töricht. Wir können reden –«

»Ich bin nicht hier, um mich auf irgendwelche Spiele einzulassen, Sie Scheißkerl! Ich will Rita! Und Sie wissen, wo sie sich befindet!«

Er hielt inne, als sich ein Mann, eine Frau und ein Kind im Mittelgang näherten. Das Mädchen, vielleicht acht Jahre alt, blickte Sonny neugierig an. Dann entdeckte sie die Pistole.

»Der Mann hat eine Pistole«, flüsterte sie ihrer Mutter zu, und die Frau, die damit beschäftigt war, den Altar zu betrachten, ermahnte ihre Tochter zu schweigen, packte ihre Hand und zog sie weiter.

»Schau, was Daddy macht«, sagte die Mutter, und der Vater ließ die Videokamera umherwandern, um auch die kleinste Einzelheit des alten Kirchengemäuers im Bild festzuhalten.

»Ich weiß nichts über eine Frau namens Rita!«

Sonny spannte den Hahn. »Ich zähle jetzt bis fünf –«

»Seien Sie kein Narr!«

»Eins –«

»Sehen Sie sich um«, flüsterte Stone.

Sonny drehte sich langsam um, wobei er die Pistole weiterhin gegen Stones Nacken preßte. Ein Mann mit dunkler Sonnenbrille und dunklem Anzug stand neben dem Portal.

Die Ausbuchtung in seinem Jackett sagte Sonny, daß er darunter ein Schnellfeuergewehr oder eine Uzi verbarg. Ein weiterer Mann hatte sich im Seitengang genähert und fast direkt gegenüber Sonny Posten bezogen. Sie hatten im Wagen gewartet, bis sie wußten, wer er war. Nun hatten sie ihn im Kreuzfeuer.

»Wenn sich die beiden nur einen Schritt bewegen, sind Sie tot!« flüsterte Sonny.

»Und danach sind Sie dran, und eine Menge unschuldiger Menschen mit ihnen. Vielleicht sogar der Priester«, erwiderte Stone. »Wollen Sie das?«

»Genau wie in Nicaragua«, sagte Sonny verächtlich und spie aus.

»Aber wir wollen doch nicht, daß Unschuldige zu Schaden kommen, oder?«

Sonny krümmte den Finger am Abzug. Wut und Frustration ließen ihn zittern, eine Welle der Bitterkeit überschwemmte ihn; er entspannte den Hahn und ließ die Pistole sinken.

»So ist es besser. Sie haben wohl noch nie einen Menschen getötet, oder?«

»Ich habe auch noch nie unschuldige Männer und Frauen aus dem Hubschrauber geworfen.«

Stone zuckte die Achseln. »Diese Greuelgeschichten sind maßlos übertrieben. Damals herrschte Krieg, und unser Land hatte da unten rechtmäßige Interessen.«

»Beispielsweise, ganze Flugzeugladungen voll Kokain von dort einzuschmuggeln?«

»Der Stoff, aus dem Phantasien und romantische Träume sind«, spottete er. »Hören Sie, Mr. Baca. Oder bestehen Sie noch immer darauf, daß ich Sie Juan nenne?« Er lachte leise.

Dieser Mistkerl weiß, wer ich bin, dachte Sonny. Die CIA hat immer noch Kontakt zu ihm. Eine falsche Bewegung von mir, und seine beiden Agenten oder Leibwächter schießen mich über den Haufen. Er spürte, daß die Hand, in der er die Pistole hielt, schweißnaß war.

»Ich will Rita. Das ist alles.«

»Ich kann mir keine Fehler leisten, Mr. Baca. Und eine Frau zu entführen wäre ein großer Fehler gewesen!« Stone drehte sich langsam um, seine blauen Augen waren so klar und kalt wie der Winterhimmel. Sein Haar war schütter, sein Gesicht faltig.

Sonny spürte, wie es ihn eiskalt überlief. Stones Gesicht glich einer Totenmaske. Der Mann hatte viele Menschen getötet, aber ihn quälten keinerlei Gewissensbisse.

»Sie sind nicht besonders clever, Baca.« Stone lächelte. »Denn dann wüßten Sie, daß ich nie Geiseln zu nehmen pflege. Im Dschungel kann man die Geiseln nicht mitschleppen. Man verhört sie, und dann – nun, Sie kennen ja die Spielregeln. Falls die Frau, die Sie suchen, noch am Leben ist, dann befindet sie sich in Ravens Gewalt.«

»Wo ist Raven?«

Stone schien überrascht. »Ich wünschte, ich wüßte es. Raven ist ein Meister des Tarnens und Täuschens. Er verschwindet von einer Minute auf die andere. Wir kämpfen im selben Lager, Baca. Wir sind beide hinter Raven her. Sie wegen der Frau, und ich – aus anderen Gründen.«

Sonny hörte den Haß, der in Stones Worten mitschwang. Raven hatte Stone offenbar betrogen! Raven hatte sich die Drogen unter den Nagel gerissen!

»Sehen Sie, wir beide haben etwas gemein.«

»Nein«, entgegnete Sonny. »Wir beide haben nicht das geringste gemein.«

In diesem Augenblick begannen die Kirchenglocken die Mittagsmesse einzuläuten, und zwei Meßdiener öffneten mit einem Ruck die beiden Flügel des Hauptportals. Father

Luna, in vollem Ornat, erschien auf der Schwelle, das Meßbuch in der Hand, die beiden Meßdiener an seiner Seite. Der eine trug ein großes Messingkreuz, der andere das Weihrauchgefäß. Hinter ihnen tauchte die Streitmacht Gottes auf, die Blue Angels, die dem Priester gesittet folgten und mit ihren frommen Liedern die Glocken übertönten.

Father Luna, den Kopf gebeugt und lautlos Gebete intonierend, schritt durch den Mittelgang. Eine riesige Menschenmenge hatte sich hinter den blaugewandeten Frauen versammelt, die sich nun in den Mittelgang ergoß, Touristen mit Fotoapparaten und Videokameras, die vorwärts drängten, um einen möglichst guten Platz für ihre Aufnahmen zu erwischen.

Als Father Luna näher kam, fiel sein Blick auf Sonny. Er hielt inne, und die Prozession hinter ihm kam abrupt zum Stillstand.

»Sonny!« Er lächelte. »Sonny Baca. Ich freue mich –« Er hielt inne, sah die Waffe und runzelte die Stirn. »Was ist denn das?«

Sonny blickte zuerst Father Luna, dann die Pistole an. »Ich –«

»Wie du weißt, dulde ich keine Schußwaffen in meiner Kirche.« Father Luna streckte die Hand aus und berührte Sonnys Schulter. »Steck sie bitte weg. Es überrascht mich, daß du es wagst, damit ein Gotteshaus zu betreten.« Er packte Sonny, als wolle er versuchen, ihm die Pistole wegzunehmen.

Die Atempause genügte Stone, um sich klammheimlich aus dem Staub zu machen. Als Sonny sich umdrehte, lief der Mann bereits den Seitengang entlang auf das Hauptportal zu.

»War nett, Sie zu sehen, Father! Ich werde es Ihnen ein anderes Mal erklären!« rief Sonny, als er Stone hinterher-

rannte und sich durch die dichte Menschenmenge schob, um zur Tür zu gelangen.
»Er hat eine Waffe!« schrie jemand.
»Warte!« rief Father Luna ihm nach. »Was immer du auch getan haben magst, dir sei vergeben! Komm und bete mit uns!«
»Eine Waffe!«
»Zurück!«
»Ist die echt?« rief eine verdutzte Touristin.
Ein Blitzlicht flammte vor Sonny auf, als er durch das Portal stürmte, und blendete ihn einen Augenblick lang. Er rannte durch das Tor des Kirchhofs, gerade noch rechtzeitig, um zu sehen, wie einer der Leibwächter Stone in den schwarzen BMW schob. Der zweite klemmte sich hinter das Lenkrad und fuhr eilends aus der Parklücke, dann raste er mit quietschenden Reifen davon und bog nach rechts in die Romero Street ein, eine Abgaswolke hinter sich herziehend. Die Touristen starrten dem Wagen entgeistert nach, dann gafften sie Sonny an.
»Hallo, Mister, ist das ein Film?«
Es war das kleine Mädchen, das Sonny in der Kirche gesehen hatte; es zupfte ihn am Ärmel.
»Ja«, versuchte Sonny zu lächeln. »Nur ein Film.« Er klemmte seine Pistole wieder unter den Gürtel.
»Wo sind die Kameras?« rief das Mädchen ihm nach, als er zu seinem Pick-up eilte.
»Dein Vater hält sie in der Hand. Siehst du sie?«
Das kleine Mädchen drehte sich um und blickte ihren Vater an. »Klar.« Sie lächelte.
»O Gott, diese Touristen«, murmelte Sonny ging zu seinem Wagen.
Er stieg ein und wischte sich den Schweiß von der Stirn. Es hatte keinen Sinn, Stone hinterherzujagen.

Verdammt! Frustriert schlug er mit der Faust auf das Armaturenbrett. Er war so nahe am Ziel gewesen und hatte seine Chance schon wieder verspielt. Aber Stone hatte ihm zumindest eine Information gegeben. Raven hatte alle betrogen! Wo war das Foto? Er hatte es in seine Jackentasche gesteckt, als er aus der Kirche gerannt war. Er nahm es heraus und betrachtete es noch einmal genau. Er schüttelte den Kopf. Es war wertlos. Es existierte kein Negativ, und das Gesicht auf dem Foto war so zerknittert, daß niemand es mit Sicherheit als Stones identifizieren konnte.

Stone war nicht wegen des Fotos gekommen; er wollte von Sonny erfahren, was er über Raven wußte. Er war nicht hinter den Drogen her; er hatte es auf Raven abgesehen.

26

Sonny warf einen Blick über die Plaza. Ja, der Mann besaß gute Beziehungen und folglich Schutz. Er hatte sich seine Sporen im Reich der Finsternis durch Geheimoperationen gegen die Contras in Nicaragua verdient, und das bedeutete, daß Blut an seinen Händen klebte. Viel Blut.

Sonny stöhnte. Er war hilflos und ohnmächtig. Das nagende Gefühl, versagt zu haben, lag wie ein Klumpen in seinen Eingeweiden, kroch durch sein Blut. Er war mit seinem Latein am Ende. Wann hatte er das letzte Mal etwas gegessen? Wann hatte er geschlafen? Der Tag war so friedvoll und schön, aber er spürte nur die Qual des Scheiterns.

Er glich einem Ertrinkenden, der seine Hände vergebens nach dem Rettungsanker ausstreckt. Er brauchte Hilfe, schnellstens, denn Raven würde nicht warten. Er wählte Lorenza Villas Telefonnummer.

»Sie lebt«, sagte Lorenza. »Ich habe den ganzen Morgen meditiert, ich weiß, daß sie lebt. Ich habe den Ort gesehen, an dem sie gefangengehalten wird.«

Sonny hörte aufmerksam zu. Er wußte, daß Meditieren bei Lorenza Fasten bedeutete, vielleicht sogar die Schwitzhütte wie bei den Indianern. Gebet bedeutete einzutauchen in eine Vision. Und sie hatte mit dem Lagerhaus recht behalten.

»Was hast du gesehen?« fragte er und hielt gespannt den Atem an.

»Ich sah eine Begräbnisstätte …« Ihre Stimme wurde leiser,

angsterfüllt. »Totenschädel, Federn, schwarze Vögel ... Sie befindet sich in Gefahr, in großer Gefahr ...«
»Eine Begräbnisstätte.« Die schwarzen Vögel symbolisierten Raven, aber in der Nähe der Stadt gab es keine Gräber, die mit Totenschädeln markiert waren.
Lorenza schien seine Gedanken zu lesen. »Raven ist sehr mächtig geworden. Selbst wenn du ihn finden könntest, besteht höchste Gefahr. Er befindet sich im Zentrum seines magischen Kreises, an seinem Eingang zur Unterwelt.«
»Seines Machtkreises?«
»Ja.«
»Und Rita?«
Lorenza zögerte. »Er braucht eine Frau ... Es wird eine Initiation stattfinden ...«
Eiskalte Furcht ließ Sonnys Blut erstarren. Lorenza brauchte kein weiteres Wort hinzufügen. Raven wollte Rita nicht mehr als Geisel zu seinem Schutz, sondern als Verbündete, als seine Gefährtin in der Welt des Bösen. Ravens Plan war, Rita in seine Geisterwelt zu entführen, sie in ihrem innersten Kern zu verwandeln, sie zum Eintritt in den *nagual* des Raben zu bewegen. Falls ihm das gelang, würde es keine Rückkehr mehr für sie geben.
»Nichts kann ihn berühren«, sagte Lorenza. »Die einzige Möglichkeit, Rita zurückzuholen, besteht darin, sich Zutritt zu Ravens Welt zu verschaffen.« Ihre Worte hatten etwas Endgültiges.
Sie warnte ihn, aber er verstand nicht, was sie mit »berühren« meinte. Eine Kugel würde ihn aufhalten, selbst wenn er ein Kreuz hineinritzen müßte. Eine Kugel, die mit einem Kreuz gekennzeichnet war, würde sogar einen *brujo* wie Raven töten.
Zum ersten Mal spürte er, daß er fähig war, einen Menschen

umzubringen. Um Rita und das Mädchen zu retten, fühlte er sich imstande, Raven zu töten.
»Wo bist du?«
»In Old Town.«
»Es bleibt nicht mehr viel Zeit.«
Er hatte es gewußt. Nach der Auslieferung der Drogen würde Raven schleunigst das Weite suchen, und wie William Stone würde er sich nicht mit Geiseln belasten.
»Sie versucht, Kontakt mit uns aufzunehmen, deshalb ist sie mir in der Vision erschienen. Ruf sie!«
»Was soll ich?«
»Sie bei ihrem Namen rufen. Hast du irgend etwas bei dir, was ihr gehört? Vielleicht ein Foto?«
»Ja.« Sonny holte ein Bild von Rita aus seiner Brieftasche.
»Ruf sie beim Namen. Benutze deinen Gesang, um Kontakt mit ihr aufzunehmen.«
Sonny kam sich albern vor. Er betrachtete das Gesicht auf dem Foto und dachte an Rita. Er liebte sie, er wollte sie um jeden Preis finden, und wenn er dabei die ganze Stadt auseinandernehmen mußte. Seine Stirn bedeckte sich mit kaltem Schweiß.
»Rita«, flüsterte er.
Die träge Stille des Oktobertages lag über den Parkplätzen am Straßenrand, die Taxis vorbehalten waren. Kinder lärmten auf den Grasflächen der Plaza. Sie rannten um den Aussichtsturm herum. Sonny fühlte sich ausgeschlossen, einsam im Strom der Zeit, der ihn umspülte. Er meinte, Ritas Stimme zu hören, sah einen Augenblick lang Ihr Gesicht vor sich, ihre angsterfüllten Augen.
Sanft wiegte er sich vor und zurück, und stimmte seinen Gesang an: »Großvater Sonne, dir schicke ich meine Gebete. Ich bete zu *Tata Díos y los santos.* Ich schicke meine Gebete in die vier geheiligten Himmelsrichtungen. Ich bete zu den

Geistern der Berge. Möge die Kraft meiner Ahnen meine Seele erfüllen. Gebt mir Geleit auf dem Pfad der Sonne. Erfüllt mich mit Klarheit und Licht.«

Die Kojoten erschienen, und er lief mit ihnen um die Wette durch den dunklen Wald, bis er eine Stimme vernahm.

»Sonny«, rief Rita im raschelnden Laub des Oktobertages. »Komm nicht, komm nicht her!«

Sie wollte Sonny schützen, wollte nicht, daß er Raven in seinem Versteck aufstöberte, selbst wenn sie dafür mit dem Leben bezahlen mußte. Er sollte in eine Falle gelockt werden. Er sah den Flügelschlag schwarzer Vögel, mächtige dunkle Schwingen, die um das Zia-Amulett kreisten. Er hörte Ravens irres Gelächter, und dann die verführerische Stimme von Tamara Dubronsky.

»Komm zu mir«, gurrte sie. »Du bist mein Seelengefährte seit Anbeginn der Zeit. Der Mann, den ich in früheren Leben liebte. Du hast den Weg zu meinem Herzen gefunden. Ich bin bei dir.«

Plötzlich zogen sich die Kojoten zurück, und das Bild löste sich auf.

Die Vision, die völlig unverhofft über ihn gekommen war, machte Sonny benommen. Er öffnete die Augen, versuchte, seinen Blick zu konzentrieren, sah aus dem Fenster des Wagens. Nein, die Welt war nicht verschwunden, sie war noch da, vibrierend wie immer in ihrem Sein. Doch hinter der Fassade der realen Welt verbargen sich Bilder von der Welt der Geister.

»Was hast du gesehen?« flüsterte Lorenza.

»Ich habe ihre Stimme gehört, aber ich konnte nicht erkennen, wo sie sich befindet. Sie will nicht, daß ich komme.«

»Dann ist es gefährlich für dich.«

»Und Tamara tauchte in der Vision auf. Warum?«

»Du stehst nicht nur mit einer Person in Kontakt, sondern mit vielen. Ich kann dir nicht sagen, was das für die Zukunft bedeuten wird, aber im Augenblick raubt sie dir Kraft. Sie weiß, wo du bist.«
»Sie weiß, wo ich bin?«
»Ich habe keine Zeit, es dir zu erklären. Du mußt dich auf Rita konzentrieren.«
»Ja, das werde ich. Und ich weiß, wo ich nach ihr suchen muß.«
»Ich begleite dich.«
»Nein.«
»Du brauchst Hilfe.«
»Es könnte gefährlich werden.«
»Ich habe mit dir das Abenteuer im Ballon überstanden. War das nichts?«
»Also gut. Ich hole dich ab.«
»Ich werde bereit sein.«
Er schaltete das Autotelefon aus, ließ den Motor an, reihte sich in den Kreisverkehr der Plaza ein und bog dann nach Norden in die Río Grande Avenue ab, in Richtung Corrales.
Er wählte die Nummer von Howard im Polizeilabor.
»Sonny. Wo hast du gesteckt?«
»In der Kirche.«
»Wie bitte?«
»Ich habe mich mit Billy the Kid unterhalten.«
Am anderen Ende der Leitung herrschte Schweigen, dann ertönte Howards leise, gemessene Stimme: »Du hast mit – warte!«
Sonny wartete, hörte, wie eine Tür geschlossen wurde, wie die Toilettenspülung rauschte, und dann wieder Howards kaum vernehmbare Stimme. »Was hast du gesagt?«
»Raven ist ausgeflogen, mit der gesamten Beute.«

»Und hat Billy the Kid übers Ohr gehauen? Verdammt, der Mann ist *loco.* Weiß er nicht, daß die CIA ihre schützende Hand über Billy hält?«
»Und wer schützt Raven?«
»Brauchst du Rückendeckung?«
»Mitnichten. Gibt's was Neues von Diego?«
»Er hat vorhin angerufen. Er bleibt vorerst bei seiner Frau. Ich habe ihnen gesagt, sie sollen sich nicht von der Stelle rühren.«
»Gut. Also, ich fahre jetzt zu Lorenza. Ich ruf' dich später wieder an.«
»Kann ich dir irgendwie helfen?«
»Nein danke, mach's gut.«
»Mach's besser«, verabschiedete sich Howard.
Sonny schaltete das Telefon aus. Laut Don Eliseo hatte es seit Anbeginn der Welt Hexer gegeben, die Schwarze Magie betrieben. Ihre Macht war unermeßlich. Und nun behauptete Lorenza, daß sich Raven im Zentrum seiner Welt befand, sich in einen Raben, seinen Schutzgeist, verwandelt hatte. Niemand konnte ihn aufhalten.
Was hat das alles zu bedeuten? fragte sich Sonny. Dann erinnerte er sich daran, was Don Eliseo ihm erzählt hatte, als sie eines Abends unter dem Baumriesen vor dem Haus des alten Mannes saßen und Wein tranken, kurz nach Glorias Ermordung.
»Es gibt den Weg des Lichts und den Weg der Finsternis. Einige Menschen wählen den Weg des Bösen. Sie werden Hexer, praktizieren ihre schwarzen Künste. Ja, es gibt Männer und Frauen, die fliegen können, aber sie fliegen nicht, um die Seele von ihren irdischen Fesseln zu befreien, sondern um sie in ihre Netze zu verstricken. Sie sind Zauberer, die sich Seelen einverleiben.«
Mit Glorias Tod war Sonny in die Welt der seelenverschlin-

genden Hexer geraten, die sich auf die schwarzen Künste verstanden. Doch ein Raven, der fliegen konnte, war mehr als die Ausgeburt einer Kokainphantasie, er war die Ausgeburt des Bösen schlechthin.

»Wie bin ich da nur hineingeraten?« hatte er Don Eliseo gefragt.

»Sonny, auch du bist eine Seele, die viele Leben durchwandert hat«, hatte der alte Mann erwidert. »Auch in dir verbirgt sich die Fähigkeit zu fliegen.«

»Ich, ein *brujo*?«

»Ein Zauberer, der Gutes bewirkt«, hatte Don Eliseo lachend gemeint. »Hör auf Lorenza, sie kann dir helfen. Die größte Gefahr ist, wenn du Finsternis in dein Herz einkehren läßt und dem Bösen gestattest, deine Seele zu verschlingen. Du mußt deine eigene Kraft finden, die Kraft, die sich in deinem Innern verbirgt. Finde den guten Zauberer.«

Ich hätte auf den alten Mann hören sollen, dachte Sonny, als er auf die schmale, unbefestigte Straße abbog, die zu Lorenzas Haus führte. Ich wußte nichts von den Kojoten, wußte nichts von der Macht, die jeder Mensch in sich trägt, von der Möglichkeit zu fliegen, Zugang zur Welt der Geister und Dämonen zu finden.

Vielleicht hatte er dem alten Mann oder Lorenza nicht richtig zugehört. Sie hatte ihm den Weg in die Unterwelt gewiesen, mit Hilfe des Kojoten *nagual*. Die Stärke dieses Schutzgeists hatte ihn in den vergangenen Tagen auf Schritt und Tritt begleitet, wie er jetzt erkannte. Er mußte lernen, auf sie zu bauen, sie zu nutzen.

Er mußte noch einen Schritt weitergehen, in das Zentrum von Ravens Welt. Ein gefahrvoller Schritt. Ja, er brauchte Lorenzas Hilfe.

»Zwei Dinge sind für dich von großem Nachteil«, hatte

Manuel López gesagt, der Mann, von dem er in die Unwägbarkeiten der Detektivarbeit in dieser Stadt eingeweiht worden war. »Du hast deine Waffe nie auf einen Menschen gerichtet, und das könnte eines Tages dein Tod sein. Und du denkst zuviel. Philosophen sind keine guten Detektive.«

Möglich, dachte Sonny, aber jetzt ist es an der Zeit, zu handeln.

Lorenzas Haus stand auf einer schmalen, sonnigen Lichtung im Wäldchen am Flußufer. Sie öffnete die Tür.

»Ich bin froh, daß du da bist«, sagte sie, umarmte und küßte ihn auf beide Wangen.

Es war das erste Mal, daß sie ihn mit einem *abrazo* begrüßte, ein weithin verbreitetes Ritual bei den Bewohnern New Mexicos. Sonny hatte gesehen, wie sie Rita umarmt hatte, wenn sie kam oder ging; der *abrazo* war ein Teil der Nähe und Wärme, die ihre Freundschaft kennzeichnete. Da er von Lorenza kam, glich der *abrazo* einem Energiestrom, vermischt mit dem Duft ihres Körpers. Er versetzte Sonny in atemloses Staunen.

»*Gracias*«, sagte er.

»*Por qué?*«

»Für alles, was du für uns tust –«

»Rita ist mir eine Schwester. Und Raven repräsentiert die Macht des Bösen. Komm, auf uns wartet eine Menge Arbeit.«

Sie führte ihn in das Beratungszimmer und bat ihn, sich auf das schmale Feldbett zu legen.

»Haben wir noch genug Zeit?« fragte er, erpicht darauf, die Reise anzutreten und Rita und Cristina zu retten.

»Wir müssen uns die Zeit nehmen. Raven ist in den Bannkreis seiner Macht zurückgekehrt. Die Begegnung muß dort stattfinden. Unvorbereitet dort einzudringen, das bedeutet den sicheren Tod für dich. Laß uns damit beginnen, daß du Ravens Schlupfwinkel in dieser Welt beschreibst.«

Er schloß die Augen und schilderte Ravens Anwesen auf dem Berg. Es war von einem Ring weißer Steine und Pfähle mit Federn umgeben.

»Das ist genau der Ort, den ich in meiner Vision gesehen habe«, sagte Lorenza, als er geendet hatte.

Sonny nickte. »Ich war dort, im Sommer. Er hauste dort mit seinen vier Frauen, aber mittlerweile sind sie in alle Winde zerstreut. Also ist er dorthin zurückgekehrt, ein gutes Versteck.«

»Und es birgt unzählige Gefahren.«

Sonny wußte es. Im Bannkreis seiner Macht war Raven vermutlich unbesiegbar.

»Kann ich ihn dort treffen?«

»Dir bleibt gar keine andere Wahl. Er diktiert die Bedingungen, er hat Rita in seiner Gewalt. Du mußt zu ihm gehen. Er wird auf dich warten.«

»Ich bin bereit.«

»Er ist ein *brujo*«, sagte sie mit sanfter Stimme. »Nicht in dem Sinne, wie man diesen Begriff allgemein versteht. Die meisten Menschen denken bei dem Wort Hexe auf Anhieb an alte Frauen, die sich um einen Hexenkessel versammeln. In den Religionen der alten Welt waren diese Frauen Priesterinnen. Als sie ihre Macht einbüßten, wurden ihre Zeremonien und Rituale, die sich auf die Erde und den Mond bezogen, geächtet und bei Todesstrafe verboten. Danach begann man, sie als Teufelsanbeterinnen zu brandmarken.«

»Was meinst du dann mit *brujo*?«

»Brujo ist kein Wort aus dem Nahuatl, der Sprache der Azteken. Es ist spanischen Ursprungs, und deshalb hat es für die Überzeugungen der spanischen Katholiken, die sich hier ansiedelten, eine andere Bedeutung.«

»Wie lautet das Wort in Nahuatl?«

Sie sah ihn an. Es war Zeit, Sonny in ein geheimes Wissen einzuweihen, das sie noch niemandem anvertraut hatte. Sie hatte Rita einige ihrer Erlebnisse erzählt, aber Sonny mußte alles erfahren. Er hatte die erste Phase der Initiation hinter sich. Er war seinen Schutzgeistern begegnet, und nun mußte er für die Konfrontation mit Raven gerüstet werden. Es blieb keine Zeit für schrittweise Vorbereitungen. Er mußte seine Möglichkeiten hier und jetzt erkennen, er mußte seinen *nagual* kennen, bevor es zu spät war.

»Als ich in Mexico war, lebte ich in einem Dorf in der Nähe von Tlaxcala, am Fuße des Berges von la Malintzi. Ein erloschener Vulkan, ein magischer Ort. Die Leute dort glaubten, lange bevor die spanischen Eroberer ins Land kamen, an ›Hexen‹ und ›Zauberer‹, Menschen mit besonderen, übersinnlichen Kräften. Ihre *brujos* können Tiergestalt annehmen. In der Nahuatl-Sprache der Azteken nennt man sie *tlahuelpuchi.*«

»*Tla-huel-puchi*«, wiederholte Sonny. Er hatte das Wort noch nie gehört.

»Sie können sich in einen Feuerball zu verwandeln. Sie können sich in ihren *nagual* verwandeln.«

Sonny wartete.

»Raven gehört zu ihnen.«

»Er hat sein Handwerk gelernt wie du, um ein –«

Sie lächelte. »Ein *tlahuelpuchi* zu werden? Das kann man nicht lernen; man wird mit dieser Gabe geboren.«

»Ist das ein Fluch?«

»Man ist, was man ist, seit Anbeginn der Zeit.« Sie blickte ihn an, und ihre Augen ließen ihn schaudern. »Das Böse wurde zu Anbeginn der Zeit geboren. Alle Sagen und Legenden berichten vom Keim des Bösen, der sich in einem Apfel oder einer Getreideähre befand. Sie warnen uns, daß das Böse uns daran hindert, unser menschliches Potential zu erfüllen. Es befindet sich im Herzen jedes Menschen.«

Sonny nickte. »Bist du ein *tlahuelpuchi*?«

»Nein. Ich kann meinen *nagual* herbeirufen, aber an dieser Verwandlung ist nichts Böses. Die Anthropologen nennen uns ›Zauberkünstler‹.« Sie lachte. »Als wenn solche starren Begriffe irgend etwas erklären könnten. Wir treiben keine Schwarze Magie.«

»Also ist Raven ein *tlahuelpuchi*? Er hat von Anbeginn der Zeit gemordet?«

»Höchstwahrscheinlich.«

»Und ich dachte, er stünde unter der Fuchtel der Drogenbarone.«

»Nein, er ist ein Herrscher aus der Unterwelt.«

Und er hat Rita in seiner Gewalt, dachte Sonny.

»Und was jetzt?«

»Du wirst dich mit deinem *nagual* vereinigen. Du wirst dir die Stärke und Macht des Kojoten zu eigen machen, und wenn du den Berg bestiegen hast und dich Raven gegenübersiehst, wirst du ihm ebenbürtig sein. Suche nun Eingang in die Welt der Geister. Stimme deinen Gesang an.«

Sie schaltete das Tonband mit den Trommeln ein. Sonny schloß die Augen und wiederholte die Worte seiner Anrufung, psalmodierte sie leise zum Klang der Trommeln.

Als die Sonne nach Westen zog, führte sie ihn in die Unterwelt, in das Reich der Geister und Dämonen, wo Sonny in der Lage war, die Stärke und Macht des Kojoten zu erlangen.

Sie übten, bis er begriff, daß die Macht des Kojoten von jeher in seinem Körper und in seiner Seele geschlummert hatte.

Er lernte, durch reine Willensanstrengung von seiner Welt in die parallel existierende Welt der Geister überzuwechseln.

Als er schließlich seine Augen öffnete, war es im Raum dämmerig geworden.

»Ich weiß nun, was zu tun ist«, sagte er.

»Jetzt bist du bereit«, nickte Lorenza.

27

»Ravens Anwesen liegt gleich hinter La Cueva«, erklärte Sonny, als sie durch den Tijeras Canyon fuhren und dann nach Norden in Richtung des Dörfchens abbogen.

Er beschrieb noch einmal die Lichtung auf dem Berg, Ravens kultischen Ring aus Felsgestein, angeordnet in der Form des Zia-Sonnensymbols. Rundum waren Pfähle in den Boden gerammt, an denen Kuhschädel, Knochen und Federn hingen. Er erinnerte sich an das Grauen, das jeden Winkel des entlegenen Fleckchens Erde auf der Lichtung im Schwarzkiefernwald zu durchdringen schien.

»Der *tlahuelpuchi* benutzt einen geheimen Ort, an dem er seine Tiergestalt annimmt«, erklärte Lorenza. »Für Raven stellt dieser magische Ring das Zentrum seiner Macht dar. Aber in Wirklichkeit handelt es sich um eine Begräbnisstätte. Er hält dort verlorene Seelen gefangen, saugt ihnen wie ein Vampir die Lebensenergie aus. Das ist der Ort, wo er die Welt seines *nagual* betritt.«

»Verlorene Seelen?«

»Er sieht seine Aufgabe darin, Seelen zu fangen. Das ist seine Art, die Welt aus den Angeln zu heben. Ein Weg, um das Universum in den ursprünglichen Zustand des Chaos zurückzuführen.

Und Rita sollte sein nächstes Opfer werden. Blut und Menschenopfer, das waren die Stützpfeiler von Raven.«

»Wie sieht Ravens Vergangenheit aus?«

»Genau wie unsere«, erwiderte Lorenza. »Die dunkle Seite der menschlichen Natur begleitet uns seit Anbeginn der Zeit.«

»Aber Raven besaß schon viele Erdenleben und Existenzweisen, oder? War er auch in Tlaxcala?«
»Ja, die Macht des *tlahuelpuchi* ist sehr alt.«
Als sie nicht weitersprach, fragte Sonny: »Warum ist er ausgerechnet hierher, in unsere Gegend, gekommen?«
»Weil das eine heilige Stätte ist.«
Sonny nickte. Ja, Don Eliseo hatte es mit ähnlichen Worten beschrieben, als er vom Río Grande Valley, dem Tal seiner Vorfahren sprach.
»Und warum hat er den Zia-Kult gegründet und betet die Sonne an?«
»Die Sonne ist ihnen nicht heilig. Ganz im Gegenteil. Sie wollen die Sonne entmachten. Das ist ein Wesenszug Ravens, den nicht einmal Tamara versteht.«
»Die Sonne entmachten?«
»Unser derzeitiger Zeitzyklus nähert sich seinem Ende. Wie Don Eliseo dir erklärt hat, wird überall auf der Welt Gewalt aufflammen, wenn die Fünfte Sonne untergeht. Raven gehört zu denen, die im Chaos gedeihen. Seine Beweggründe sind einfach: Er will Herrscher der Neuen Zeit werden, die aus der Asche der alten geboren wird.«
»Und deshalb schafft und schürt er die Gewalt, der wir uns augenblicklich gegenübersehen.«
»Und jeder von uns trägt seinen Teil dazu bei«, erinnerte ihn Lorenza. »Wenn wir dem zerstörerischen Element in unserer Natur nachgeben, reihen wir uns in die Streitmacht des Bösen und solcher *brujos* wie Raven ein.«
»Was für eine Rolle spielt Tamara dabei?«
»Er benutzt sie. Tamara wußte nicht, worauf sie sich einließ, als sie sich Raven anschloß. Für sie war das ein Spiel, eine Möglichkeit, Anhängerin des Sonnenkultes zu werden, den sie sich untertan machen wollte. Sie lechzte danach, Herrscherin des Zia-Kults werden, die Sonnenköni-

gin, und Raven hielt ihr die begehrte Trophäe als Köder hin.«

»Dann trennten sich ihre Wege. Warum?«

»Deinetwegen.«

»Meinetwegen?«

»Tamara mag dich wirklich. Sie weiß, daß du Raven ebenbürtig bist. Sie hat die Gabe, die du besitzt, vermutlich erkannt, die Möglichkeiten und Fähigkeiten des *nagual*. Als sie Ravens wahre Macht entdeckte, wurde ihr bewußt, daß sie in Gefahr schwebte. Du verfügst über ähnliche Kräfte, aber ohne die damit verbundene zerstörerische Komponente.«

»Sie glaubt, ich sei ihr Seelengefährte aus vergangenen Leben«, sagte Sonny nachdenklich.

»Das bist du auch.«

Also glaubt sogar Lorenza an die Seelenwanderung und zieht die Möglichkeit der Reinkarnation in Erwägung, dachte Sonny. »Gibt es noch andere von Ravens Schlag?«

»Ja. *Brujos*, deren Credo Angst, Gewalt, Krieg und Hunger ist.«

»Klingt nach der Bibel.«

»Jede Epoche und jedes Land hat seine Propheten, die das Ende der Zeit beschreiben. Die Zeit verläuft in Zyklen, und jede Ära oder Epoche ist von begrenzter Dauer. Am Ende einer solchen Epoche müssen wir entscheiden, ob wir den Weg unserer persönlichen Entwicklung und Ziele fortsetzen oder ob wir zum Chaos zurückkehren wollen. Wie in allen Epochen des grundlegenden Wandels sind wir in dieser Zeit ganz besonders verwundbar.«

»Und dann setzen sie diese Verwundbarkeit als Waffe gegen uns ein«, ergänzte Sonny.

»So ist es immer gewesen«, seufzte Lorenza. »Blühende Zivilisationen gehen unter, die Welt wird verwüstet, und aus diesem Akt der Gewalt wird etwas Neues geboren. Seit Anbeginn der Zeit herrscht ein tödlicher Kampf zwischen Gut und Böse. Die Azteken beschrieben unsere Jetztzeit als die Welt der Fünften Sonne. Vier Welten wurden bereits erschaffen und zerstört.«

»Erzähl weiter.« Er nickte und dachte an Rita, während er kurz auf den Tacho blickte. Er fuhr so schnell er es wagte. Jetzt wegen einer Geschwindigkeitsübertretung von einer Polizeistreife angehalten zu werden, hätte zu nichts geführt.

Lorenza fuhr fort. »In den Legenden der Azteken heißt es, daß Quetzalcoatl in der Periode der Ersten Sonne, die Wassersonne genannt wurde, Menschen aus Asche erschuf. Dann kam eine Sintflut und schwemmte die Menschen hinweg, und sie verwandelten sich in Libellen und Fische.

Die Zweite Sonne trug den Namen Jaguarsonne. Der Himmel stürzte auf die Erde, und die Sonne konnte ihre Reise am Firmament nicht fortsetzen. Dunkelheit senkte sich um die Mittagsstunde über das Land, und die Menschen wurden von den Dämonen der Finsternis verschlungen.

Die Dritte Sonne war die Regensonne. Feuer fiel wie Regen herab, und die Menschen verbrannten. Glühende Felsbrocken und Lavagestein stürzte aus dem Himmel, und die roten Felsen erkalteten und blieben auf der Erde liegen.

Die Vierte Sonne wurde Windsonne genannt. Am Ende dieses Zeitlaufs wütete ein gnadenloser Sturm und riß die Menschen mit sich. Sie wurden in Affen verwandelt und Affenmenschen genannt.

Die Fünfte Sonne, das ist unsere, trägt den Namen Reisesonne. Der Legende zufolge müssen die Menschen jeden Morgen beten, daß die Fünfte Sonne auf die Reise geht und ihrer vorgezeichneten Bahn folgt, denn sonst wird sie vom Himmel fallen, und Erdbeben und Hungersnöte werden die Menschheit vernichten ...«

Sie hielt inne.
Sonny blickte durch die Windschutzscheibe auf die untergehende Sonne, Lorenzas Fünfte Sonne, von Don Eliseo als Großvater Sonne verehrt. Für Lorenza neigte sich das Zeitalter der Fünften Sonne dem Ende zu. Die dunklen Mächte des Universums trachteten danach, die Sonne zu Fall zu bringen.
Sie fuhren durch das Dorf La Cueva, und Sonny bog von der gepflasterten Straße auf einen schmalen, kaum sichtbaren Saumpfad ab, der zu Ravens entlegenem Gehöft führte. Der Schwarzkiefernwald und das Unterholz ringsum wurden immer dichter und dunkler. Als er so nahe herangefahren war, wie er es wagte, bog er von dem Pfad ab und folgte einer alten Holzfällerstraße, die in den Wald hineinführte.
Er hielt an, stellte den Motor ab und lauschte. Im Wald ringsum herrschte unheilvolle Stille. An der Ostflanke des Berges lagen die tiefen Schatten des späten Nachmittags, und die Sonne war bereits über dem Gipfel verschwunden. Er nahm seine Pistole. Mit dem Daumennagel ritzte er ein Kreuz in das weiche Blei einer Kugel und schob sie in eine leere Kammer.
»Damit kann man einen *brujo* töten«, sagte er.
Lorenza schüttelte den Kopf. Sie glaubte nicht an die Macht der Schußwaffen. »Vertrau deiner Medizin.«
Sonny griff unter sein Hemd und zog den ledernen Beutel hervor, den Lorenza ihm gegeben hatte: Kojotenmedizin.
»Gut.«
Sie verließen geräuschlos den Weg und schlichen geduckt in den Wald. Bis zu Ravens Anwesen war es nicht weit.
Die Schatten der Dämmerung wurden dichter. Sonny hielt an, um zu lauschen. Er bedeutete Lorenza, stehenzubleiben. Er spürte die Gegenwart eines Menschen oder Tieres im undurchdringlichen Buschwerk. Er holte tief Luft, nahm

die Witterung auf. Kojoten. Ja, drei oder vier Kojoten folgten ihnen in der einsetzenden Dämmerung.
Er bedeutete ihr mit einem Zeichen, weiterzugehen, und sie bahnten sich zwischen Kiefern und verkrüppelten Eichen den Weg, sämtliche Sinnesorgane geschärft. Er bewegte sich lautlos wie ein Kojote, der Gefahr, die nahe war, mit jeder Faser seines Körpers bewußt. Sie drangen tiefer in den dichten Wald ein, bis sie Ravens magischen Ring vor sich sahen. Ravens Machtzentrum. Der kleine Berganger war von einer dichten Schwarzkiefernschonung gesäumt.
»Das ist es«, sagte Lorenza.
»Du kennst den Ort?«
Lorenza nickte. »Ich folge den Spuren des *tlahuelpuchi* schon eine ganze Weile. Wir kennen diese Stätte des Bösen.«
Sie drehte sich um und blickte ihn an, und in den Schatten der Bäume sah Sonny ihre Eulenaugen glänzen. Auch sie verwandelte sich in ihren *nagual* der Geisterwelt.
»Ravens Schachzüge sind schlau und listig. Du weißt inzwischen, daß er viele Zeichen, viele Hinweise hinterläßt. Siehst du? Er hat dich zu seinem Bannkreis gezogen.«
Sonny schauderte. Jenseits des magischen Ringes ertönte das Knacken eines trockenen Zweiges, und über ihm das Flattern mächtiger Schwingen.
Er blickte hinauf; eine Schar Raben hatte sich in den Wipfel der Kiefern niedergelassen.
Windharfen aus trockenen Knochen schwankten in dem Sturm, der plötzlich über die Lichtung fegte; ihr Klappern untermalte schaurig die schrillen Schreie der riesigen Rabenkrähen über ihren Köpfen. Bleiche Gerippe baumelten an langen Pfählen, Schienbeine stießen gegen große Hüftknochen. Überall hingen schwarze Federn – das stumpfe Gefieder von Geiern, das lackschwarze Gefieder von Rabenkrähen und das geheiligte Gefieder von Eulen.

Tierschädel krönten die Spitze der Kiefernpfähle, die in den Boden gerammt waren. Die weißen Schädel von Kühen und Schafen mit leeren Augenhöhlen, und die kleineren Schädel von Waschbären, Stinktieren, Füchsen. Vogelköpfe, bar ihres Gefieders. Und da es in der letzten Zeit nicht geregnet hatte, war alles mit einer dünnen Staubschicht bedeckt.
Mächtige Kalksteine bildeten die äußere Linie des Zia-Kreises, eine Begräbnisstätte für die Vergessenen. Hier hielten Raven und seine Anhänger ihrer perversen Zeremonien ab, um die Sonne zu Fall zu bringen, hier waren möglicherweise die Leichen früherer Opfer verscharrt.
Sonny sog erneut tief die Luft durch die Nase ein. Raven war ganz in der Nähe! Lauerte.
Über ihren Köpfen wurden die schrillen Schreie der Raben lauter. Das Flattern der Schwingen war mehr als eine vage spürbare Gegenwart; es hatte sich zu dunklen Schatten verdichtet, die sich aus dem Himmel herabstürzten, den Staub aufwirbelten. Bergraben, zu Dutzenden, die schwarzen Augen grimmig funkelnd, als sie die Lichtung umkreisten.
Sonny spähte in die Dämmerung. Auf der anderen Seite der Lichtung gewahrte er eine schwarze Gestalt. Raven. Er stand reglos in den Schatten der Kiefern. Sein Gesicht war finster, seine Augen brannten vor Haß.
»Raven«, flüsterte Sonny.
»Ja. Er wartet auf dich. Vergiß nicht, er trägt das Zia-Amulett. Es verleiht ihm große Macht. Laß nicht zu, daß er dich in seinen Bannkreis zieht. In diesem Bannkreis ist er in der Lage, sich zu verwandeln. Er ist listig, also gibt acht, daß er dich nicht überlistet. Du befindest dich jetzt in deinem *nagual*, der Geist des Kojoten ist in dir.«
Sonny spürte die borstigen Haare des Kojoten an seinen Armen und Beinen.

»Benutze die Kojotenmedizin. Werde ein Kojote!«
Er zog den Lederbeutel heraus und begann seinen Anrufungsgesang anzustimmen.
Als er geendet hatte, flüsterte Lorenza: »Ruf den Kojoten! Verwandle dich in einen Kojoten!«
Sonny streckte den Lederbeutel mit den Haaren aus dem Kojotenfell hoch über den Kopf.
»Kojoten!« rief er seine Brüder und Schwestern, und die Schutzgeister sprachen zu ihm.
Im Wald heulte ein Kojote, dann ein zweiter. Sie waren seinem Ruf gefolgt, hatten ihm geantwortet. Zuerst erschien einer, dann ein zweiter, bis schließlich das Unterholz voll war von ihren schimmernden Leibern, dicht an dicht das Fell, in dem sich das matte Licht des Mondes spiegelte, der über dem Estancia Valley aufging. Ein Licht in der Finsternis, ein schützender Kreis, so umringten sie Sonny.
»Du bist bereit«, hörte er Lorenza flüstern. »Denke daran, in deiner Vision verfügst du über alle Macht der Welt. In seinem Bannkreis der Macht ist er der Stärkere.«
Er nickte. Die Kojoten des Waldes, die ihn in ihr Mitte genommen hatten, bewegten sch lautlos wie Schatten. Die Raben in den Baumwipfeln stießen Warnrufe aus, stürzten sich aber nicht auf sie herab, um in den Kampf einzugreifen.
Sonnys Augen glühten. Plötzlich war das Reich der Wälder nicht mehr dunkel, sondern lichterfüllt. Er konnte die sich bewegenden Schattengestalten klar erkennen, ähnlich wie die Tiere, die ihm während Don Eliseos Peyote-Zeremonie erschienen waren. Das war einer der Wege, Eingang in den *nagual* zu finden, aber er war dem Peyotepfad nicht gefolgt. Nun war er in der Lage, sich der eigenen, inneren Kräfte zu bedienen, sich Eingang in Ravens Welt zu verschaffen.
Er spürte intuitiv die Gefahr, die in der dunklen Welt der Geister und Dämonen lag. Hier prallten Leben und Tod

aufeinander. Raven konnte Sonny nicht als Verbündeten gewinnen, und deshalb mußte er ihn umbringen. Nur im Bannkreis des Bösen konnte er Sonnys Seele töten, die alt war und viele Existenzen durchlebt hatte.

Wieder nahm Sonny die Witterung auf. Er blickte nach oben. Die Raben über ihren Köpfen schlugen kreischend Alarm, die kohlschwarzen Augen funkelten die Eindringlinge an, aber sie gingen nicht zum Angriff über. Die Kojoten schützten Sonny in der Dunkelheit.

Er bewegte sich lautlos wie ein Schatten, kreisend, er tappte nicht in Ravens Falle, sondern hielt sich im Gebüsch verborgen. Er bewegte sich schnell, und ein Adrenalinstoß strömte durch seinen Körper.

An der Erde unter ihm haftete Menschengeruch. Männer waren an dieser Stelle vorübergekommen, und eine Frau. Mehr als eine Frau, aber eine Duftspur war klar zu erkennen – die von Rita.

Er näherte sich Raven lautlos in einem weitläufigen Bogen. Er fühlte sich stark, seine Bewegungen waren flüssig. Ritas Duftspur war nur schwach, aber sie hing gleichwohl über dem schmalen Pfad. Ein Hauch wehte ihm von der Rinde eines Baumes entgegen, wo sie sich kurz angelehnt hatte, nachdem sie gestolpert war und sich an den Spitzen der trockenen Gräser festgehalten hatte. Raven war hier entlanggegangen, als er sie in seinen Schlupfwinkel geschleppt hatte.

Über seinem Kopf vernahm er den Schrei einer Eule, der im dunklen Wald widerhallte.

Er hielt erneut inne, nahm witternd die Spuren im Abendwind auf, mit hellwachen Sinnen, jeder Muskel gespannt, mit klopfendem Herzen. Die Raben in den Wipfeln der Bäume schwiegen, als die Dämmerung einer undurchdringlichen Dunkelheit wich.

Raven hatte sich ebenfalls vorwärtsbewegt, stand nun wartend in der Mitte der Lichtung. Er hatte den steinernen Ring für ihre Begegnung gewählt, den Bannkreis des Bösen, in dem er jede beliebige Gestalt annehmen konnte. Er forderte Sonny heraus, sich mit ihm im Zentrum seiner Macht im Kampf zu messen.
Die Kraftprobe zwischen den beiden Männern stand bevor, und damit ein Gefühl der Endgültigkeit. Der Schrei eines Raben ließ die Luft erzittern, und er wurde vom Jagdruf eines Kojoten beantwortet.
Hinter Raven befand sich das verfallene Adobegehöft, Horst und Zufluchtstätte des Raben. In einem der Räume würden sich Rita und Cristina voller Furcht aneinanderschmiegen. Ravens dunkle Gestalt war das einzige Hindernis, das den Weg zu ihnen versperrte.
Sonny stieß ein kehliges, wildes Grollen aus. Das Heulen der Kojoten, die einen Kreis um ihn bildeten, war ein Widerhall dieses Lautes, der das Signal zum Angriff gab.
Er krümmte die Schultern, seine Körperbehaarung stellte sich auf. Es gab nur eine Möglichkeit, Raven zu besiegen. Die Zeit, Vorsicht walten zu lassen, war längst vorüber; nun mußte er sich allein auf seine Stärke verlassen, auf die animalische Kraft seiner Beschützer, die ihn umringten, an die soeben erst gefundene Kraft des Kojote *nagual*, die durch seine Adern floß.
»Rita!« schrie er und rannte über die Lichtung.
Raven drehte sich überrascht um. Was er sah, brachte ihn aus der Fassung. Er hatte nicht erwartet, daß Sonny seine Macht aus der Welt der Schutzgeister ableiten würde, und doch war die dunkle Gestalt, die auf ihn zurannte, ganz eindeutig der Animus des Kojoten. Der Mann, den er heute nacht töten mußte, hatte die Welt des *nagual* betreten.
»Sei's drum«, fluchte er.

Sonnys Faustschlag ließ Raven an den Rand des magischen Kreises zurücktaumeln. Raven sprang wie ein aufgescheuchter Vogel hoch in die Luft, sein Kampfschrei gellte durch die Nacht, als er zum Gegenschlag ausholte.
Sonny bewegte sich blitzschnell und wich dem Schlag aus. »Rita!« schrie er.
Sein einziger Gedanke war, Rita zu retten. Das war sein Vorteil. Er schlug mit aller Kraft zu, und der Schlag schleuderte ihn aus dem Kreis.
Raven schrie ihm eine Drohung zu, denn außerhalb des Kreises büßte er seine Kräfte ein. Nun war er verwundbar.
»Sie gehört dem Sieger«, höhnte Raven und zückte eine Waffe, einen Krummsäbel, der im Dämmerlicht funkelte.
Er hieb nach seinem Gegner, und Sonny taumelte zurück in den Kreis. Raven holte mit der gebogenen Klinge zum Schlag aus.
In diesem Augenblick hallte eine ohrenbetäubende Explosion durch die Nacht. Der Tumult der Raben in den Bäumen steigerte sich zu einem Crescendo der Angst.
Raven ließ überrascht den Säbel fallen, griff sich an die Brust und blickte hoch. Am Rande der Lichtung stand Lorenza, Sonnys rauchende Pistole in der Hand.
»Ah, *bruja*«, fluchte Raven und fiel zu Boden.
Sonny sprang auf und machte sich auf einen Angriff der Geisterraben gefaßt, aber sie erhoben sich in die Lüfte und verschwanden in der Abenddämmerung.
Argwöhnisch ging er auf Ravens leblosen Körper zu. Der Mann, den Lorenza als *tlahuelpuchi* bezeichnet hatte, besaß mehr als ein Leben. Selbst wenn er verwundet war, war es ratsam, sich ihm mit allergrößter Vorsicht zu nähern. Im matten Licht des Mondes schimmerte etwas auf Ravens Brust. Blut? Nein, das Zia-Amulett. Sonny beugte sich hinunter und riß es Raven vom Hals.

Er drehte sich zu Lorenza um und hielt das Amulett hoch. Nun beschien der volle Oktobermond, der sich über den Wipfeln der Schwarzkiefern erhob, die Lichtung. Sein geisterhaft bleiches Licht ließ den goldenen Anhänger schimmern.
»Er ist tot«, sagte Sonny.
»Nein.« Sie schüttelte den Kopf. »Die Raben haben seine Seele fortgetragen, aber nur für den Augenblick. Schnell«, drängte sie ihn. Sie nahm ihm das Amulett aus der Hand und streifte es ihm über den Kopf.
»Nun gehört das Zia-Amulett wieder dir. Seine Kraft gewährleistet den Rückweg aus dem Reich der Schutzgeister.«
Das Zia-Amulett war der Schlüssel gewesen, der Raven Zutritt zur Welt seines *nagual* verschafft hatte, und nun befand es sich in Sonnys Besitz. Mit diesem Wissen gerüstet, konnte er leichter aus dem Reich der Schutzgeister, aus der Welt des Kojoten, zurückfinden, auch ohne Lorenzas langwierige Vorbereitungen.
Er blickte sich um und nahm die Witterung auf. Die Duftspuren, die er noch vor wenigen Minuten klar unterscheiden konnte, begannen zu verwischen und ihre individuelle Schärfe zu verlieren. Die Helligkeit in den Bäumen wich dunklen Schatten. Er sah Lorenza an, streckte die Hand aus und berührte sie.
»*Gracias.*«
»Rita«, drängte sie. »Wir müssen uns beeilen.« Ihre Stimme sagte ihm, daß sie immer noch von Gefahren umringt waren.
Sonny folgte ihr über die Lichtung, näherte sich dem Haus. Ein schwacher Lichtschein erhellte eines der Fenster, ansonsten schien das düstere, unheimliche Gehöft menschenleer zu sein.
Sonny zögerte keine Sekunde. Mit Hilfe der Kojotenkraft,

die nachzulassen begann, warf er sich gegen die Tür. Das trockene Holz rund um das Schloß splitterte unter seinem Gewicht, und die Tür sprang auf. In der Mitte des Raumes, in der eine Kerosinlampe ihren trüben Lichtschein verbreitete, kauerten Rita und Cristina, eng aneinandergeschmiegt, Arme und Füße mit Stricken gefesselt.

»Sonny!« schrie Rita, und schon kniete Sonny neben ihr, nahm sie in seine Arme, löste die Stricke, küßte ihr Gesicht, und schmeckte die salzigen Tränen, die ihr aus den Augen rannen, als sie immer wieder seinen Namen stammelte.

Lorenza nahm Cristina auf den Arm und redete beschwichtigend auf sie ein, während sie die Fesseln entfernte.

»Wie habt ihr uns gefunden?«

»Das ist eine lange Geschichte«, erwiderte Sonny.

Er zog Rita hoch und stützte sie, als sie auf den noch schwachen, zittrigen Beinen stand. »Alles in Ordnung?« fragte er und umarmte Cristina.

»Ja«, schluchzte das Mädchen.

»*Gracias, gracias, gracias*«, bedankte sich Rita unter Tränen, als sie Lorenza umarmte. »Mein Gott, ich dachte, wir würden nie –«

Die vier hielten sich eng umschlungen. Sie waren nun in Sicherheit.

»Ich wußte, du würdest kommen«, flüsterte Rita.

Er hielt ihre Hände und sah die purpurfarbenen Schwellungen an ihren Handgelenken. Dann blickte er Cristina an, die sich in Lorenzas Arme schmiegte.

»Wie geht's dir, *m'ijita*?«

»Gut«, sagte sie mit Tränen in den Augen. »Ich will zu meiner *mamá* und meinem *papá.*«

»Deine Mutter und dein Vater sind in Sicherheit. Sie haben mich geschickt, um dich zu holen. Kannst du allein gehen?«

»Ja«, seufzte sie erleichtert.

»Tapferes Mädchen.« Sonny strich ihr über das Haar und wandte sich wieder Rita zu.

»Wir müssen uns beeilen«, mahnte Lorenza. Sonny nickte, und Lorenza eilte voraus ins Freie, wobei sie Cristina eng an sich gepreßt hielt. Sonny hatte seinen Arm um Rita gelegt. Sie folgten dem dunklen Pfad zurück zur Lichtung. Dort hielt Lorenza inne und deutete auf den Boden.

Ravens Leiche war verschwunden.

»Verdammt«, fluchte Sonny. Er musterte die Stelle, an der Ravens Leiche gelegen hatte. Keine einzige Spur war mehr von ihm zu entdecken. Raven war wieder entkommen. Einem *brujo* konnte man nicht mit einer Kugel beikommen.

»Du hast ihn getroffen; ich bin mir ganz sicher, daß du ihn erwischt hast«, flüsterte Sonny.

»Ich habe dir doch gesagt, daß Kugeln ihn nicht töten können.«

»Sonny? Was ist?« fragte Rita.

»Nichts, nur die Schwarze Magie eines Hexers.«

Er spürte das Amulett auf seiner Brust. In der Mitte war eine Delle, die von dem Schuß stammte. Er hatte es im Mondlicht hochgehalten, damit Lorenza es sehen konnte. Die Kugel war am Amulett abgeprallt und hatte Raven das Leben gerettet. Der damit verbundene Schlag hatte bewirkt, daß er gestürzt und benommen am Boden liegengeblieben war, aber er war gewiß nicht tot.

»Außerhalb seines Bannkreises büßt er zwar einen Teil seiner Macht ein, aber Kugeln können ihm nichts anhaben«, flüsterte Lorenza. »Kommt jetzt.«

Sie drehten sich um und liefen mit Rita und dem Mädchen eilends an Ravens magischem Kreis vorbei und den dunklen Waldpfad entlang zum Wagen. Die hereinbrechende Nacht war kalt, und Rita und Cristina zitterten und wurden in Decken gewickelt, die auf den Sitzen lagen.

Sonny ließ den Motor an und fand mühelos den Weg, der sie zum Highway zurückbrachte, zurück in eine Welt, die er kannte und die ihm vertraut war. Rita schlief erschöpft ein, den Kopf an seine Schulter gelehnt. Auch Cristina war im Handumdrehen auf Lorenzas Schoß eingeschlafen.

Plötzlich fühlte auch er sich ausgelaugt und müde. Die kleine Welt seines Pick-up erschien ihm neu und ungewohnt. Er berührte das Lenkrad und lauschte dem Geräusch des Motors unter der Haube. Die Scheinwerfer beleuchteten die Dunkelheit. Wie seltsam ihm diese Welt des Metalls und der Motoren erschien, wie schwach und zerbrechlich.

Ich bin den Weg des Kojoten gegangen, dachte Sonny, und bin ein Kojote geworden. Ich habe die Macht meines Schutzgeistes genutzt und Rita befreit. Diese Macht des *brujo* kann dazu dienen, Gutes zu bewirken.

Er bildete sich ein, Don Eliseo stillvergnügt lachen zu hören. »*Hijo*, du wirst einen guten *brujo* abgeben!«

Die Erschöpfung zehrte an seinen Kräften, doch noch immer spürte er das Vibrieren des Kojotennagual in seinem Blut. Er hatte nichts weiter als Rita und das Mädchen finden wollen. Aber es war noch etwas anderes geschehen, das sich ihm erst in der Zukunft, ganz allmählich, enthüllen würde. Im gedämpften Licht des Wagens blickte er zu Lorenza hinüber.

»*Gracias.*«

»*De nada*«, lächelte sie.

»Jetzt hätte ich Lust …«

»Zu rauchen?« beendete sie seinen Gedanken.

»Woher weißt du das?«

»Der Rauch vertreibt das Böse, das von Raven auf uns abgefärbt hat. Wenn mehr Zeit gewesen wäre, hätten wir Räucherwerk an der Stelle angezündet, an der du Raven gegenübergetreten bist. Doch es war wichtiger, zuerst Rita und das kleine Mädchen in Sicherheit zu bringen. Aber jetzt können wir rauchen.«

Sehr vorsichtig, um Rita und die Kleine nicht zu wecken, griff sie in ihren Beutel, zog Tabak heraus, häufte ihn auf Zigarettenpapier und rollte ihn auf. Er drückte auf den Zigarettenanzünder, dann hielt er ihr das glühende Metall entgegen. Als sich der Tabak entzündete, blies sie den Rauch in alle vier Himmelsrichtungen, ein Reinigungsritual für die Menschen, die eng aneinandergedrängt im Fahrerhaus des Pick-up saßen.

Dann reichte sie Sonny die Zigarette. Er hatte nie einen Tabak probiert, der aromatischer schmeckte.

»Deine eigene Mischung?«

»Meine eigene Mischung.«

»Gut.« Er nickte. Das Rauchen hatte bewirkt, das er nun klarer zu denken vermochte.

»Gut«, wiederholte er noch einmal, als er in die breite Asphaltstraße einbog und in Richtung Tijeras Canyon und zur Interstate fuhr, die sie auf schnellstem Weg nach Hause bringen würde.

Sein *nagual*-Geist hatte Zugang zur Welt des *brujo* gefunden. Er war jetzt überzeugt, daß Don Eliseo und Lorenza recht gehabt hatten. Auch er, Sonny Baca, war ein Zauberer und Schamane.

28

»Deine Chefin, die Blonde, parkte am Pyramid Hotel direkt neben einem Mercedes«, sagte Diego. »Es sah ganz so aus, als würde sie den Wagen kennen.«
»Und wem gehört er?« erkundigte sich Sonny, als er mit Diego beim Morgenkaffee in der Küche saß.
»Da sie zu Gilroy wollte, nahm ich an, daß es seiner war.«
»Nein, seiner war's nicht.« Sonny blickte aus dem Fenster zu Don Eliseos Häuschen hinüber.
Der alte Mann stand früh auf, wie immer, um die Sonne zu begrüßen und zu arbeiten. Heute rechte er die großen, goldfarbenen Blätter, die unter seiner Pappel lagen, zusammen.
Madge, dachte Sonny. Sie hatte die ganze Zeit ein falsches Spiel mit ihm getrieben, ihn an der Nase herumgeführt.
Er trank seinen Kaffee und beobachtete Don Eliseo beim Harken. Der hundert Jahre alte Baumriese hatte Ende Juni geblüht. Nun nahm er eine goldene Färbung an, verlor seine Blätter, bereitete sich auf seine Winterruhe vor.
Eine neue Jahreszeit nahte, und die Bauern im Tal, die noch ihr Land bestellten, hatten die Ernte eingebracht. Roter Chilipfeffer hing, zu Ketten aufgefädelt, an den Adobewänden. Die Oktoberluft, morgenfrisch mit fünf Grad Celsius, erwärmte sich mittags auf etwa fünfzehn Grad. Das milde, trockene Wetter war ideal, um die Chiliketten langsam zu trocknen, und die hellroten Schoten nahmen ein dunkle, rotbraune Färbung an.
»Verdammt«, stöhnte Diego. »Ich hätte mir das Autokennzeichen aufschreiben sollen.«

»Madge weiß, wem der Mercedes gehört.« Sonny berührte das goldene Amulett auf seiner Brust. Er drehte den Kopf zur Seite, um seine Nackenmuskeln zu dehnen. Er hatte Prellungen und Verletzungen am ganzen Körper.
Am liebsten hätte er eine ganze Woche ununterbrochen geschlafen. Letzte Nacht war er immer wieder aufgewacht, weil Ravens Bild vor seinem inneren Auge auftauchte.
Lorenza hatte Rita und Cristina mit zu sich nach Hause genommen. »Die beiden müssen schlafen«, hatte sie gesagt. »Rita ist stark, aber das kleine Mädchen ist völlig verängstigt. Ich kann ihr helfen, aber im Augenblick braucht sie vor allem ihre Mutter, um sich sicher und geborgen zu fühlen.«
Sonny und Diego verstanden das sehr gut. Es war eine Zeit des Grauens für Rita und Cristina gewesen, eine Zeit, in der sie um ihr Leben bangten. Sonny wußte, daß ein Trauma oder Schock, wenn er nicht sachkundig behandelt wurde, schlimme Langzeitfolgen haben konnte. Die beiden befanden sich in Sicherheit, und das war alles, was zählte, aber sie brauchten Lorenzas Heilkräfte.
»Unglaublich, diese Frau!«
»Welche?« fragte Diego.
Sonny lächelte. Diegos Frau war bewundernswert. Rita und Lorenza waren bewundernswert, Kriegerinnen wie die *curanderas* aus alter Zeit. Starke Frauen. Weise Frauen, von denen man lernen konnte. Ja, wie Don Eliseo waren diese beiden Frauen spirituelle Führerinnen, und es gab noch vieles an ihnen zu entdecken. Sonny Bacas Reise in die Welt der Geister hatte gerade erst begonnen.
»Alle«, erwiderte Sonny.
»Schlitzohr«, meinte Diego augenzwinkernd.
Das Telefon klingelte; Sonny stand auf und hob ab.
»Sonny?«
»Ja.«

»Ich hätte Sie beinahe nicht erkannt. Garcia hier.«
Diego hatte gestern nacht den Polizeichef angerufen und ihm mitgeteilt, daß Rita und Cristina frei waren.
»Was ist mit Ihrer Stimme los? Haben Sie sich erkältet?«
»Nein.« Hatte sich seine Stimme verändert?
»Wie geht's Rita?«
»Sie ruht sich aus. Sie wird bald wieder auf den Beinen sein.«
»Und das Mädchen?«
»Prima, alles bestens!«
»Ich weiß nicht, wie Sie das geschafft haben, Sonny, aber ich bin heilfroh, daß die beiden gefunden wurden. Ich werde unserer Bürgermeisterin vorschlagen, Ihnen einen Orden zu verleihen.«
Sonny berührte das Zia-Amulett, das er um den Hals trug.
»Danke, Chief, aber das wichtigste ist, daß sie wieder hier sind. Mehr brauche ich nicht.«
»Ja, ich verstehe schon. Ich wollte Ihnen nur sagen, daß meine Männer die ganze Nacht lang Ravens Gehöft auf den Kopf gestellt haben. Howard hat keinen Stein auf dem anderen gelassen, aber bisher hatten wir kein Glück. Eine Menge Abfall, aber keine Spur von den Drogen oder dem Geld, absolut nichts. Oh, bevor ich es vergesse: Howard bat mich, Ihnen mitzuteilen, daß er Fliederduft gerochen hat. Wissen Sie, was das bedeuten soll?«
»Vielleicht war in letzter Zeit eine von Ravens Frauen dort.«
Flieder war das ätherische Öl, mit dem Sie das Wasser versetzt hatten, als sie Gloria Dominics Blut abzapften.
»Sonny, wir müssen Ihre Aussage zu Protokoll nehmen. Wir müssen wissen, was genau da oben passiert ist.«
»Gibt's was Neues von Raven?«
»Nein. Dieser Mistkerl versteht es offensichtlich, sich in Luft aufzulösen. Hören Sie, Sie müssen ins Präsidium kommen«, wiederholte der Polizeichef noch einmal. »Die Presse läßt

nicht locker. Folgt mir auf Schritt und Tritt, um etwas von mir zu erfahren. Sogar José Armas hat angerufen.«

»Klingt, als sei es ernst«, erwiderte Sonny und sah immer noch Don Eliseo auf der gegenüberliegenden Straßenseite zu.

»Und ob es ernst ist. Haben Sie noch nicht die Zeitung gelesen? Sie nehmen die ganze Titelseite ein. Die Presse hat einen Narren an Ihnen gefressen, Sonny. Ich weiß nicht, warum, aber sie hat einen Narren an Ihnen gefressen. Hören Sie, ich kann mir vorstellen, wie müde Sie sind. Gott weiß, wie Rita und das Mädchen gelitten haben. Kommen Sie morgen ins Präsidium, gleich in der Frühe. Solange wird Ihre Aussage noch warten können. Alles klar? Bis dann!«

Sonny legte den Hörer auf. Er hatte die ganze Zeit am Amulett herumgespielt und die Delle befühlt, die von der Kugel stammte.

»*Mira*«, sagte Sonny und zeigte Diego die Einbuchtung. »Ich weiß nicht, wo Lorenza schießen gelernt hat, aber sie hat mitten ins Schwarze getroffen. Das Amulett hat Raven das Leben gerettet.«

»*Chingao*!« rief Diego aus.

»Raven kann man nicht töten.« Sonny erinnerte sich an Tamaras Warnung: Raven ist unsterblich, seine Seele kehrt immer wieder auf die Erde zurück, in zahllosen Reinkarnationen. »Ich muß los«, sagte er. Er stellte die Kaffeetasse ab und zog eine Windjacke an.

»Wohin?«

»Zu Madge.«

»Und warum?«

Ja, fragte sich Sonny, warum? Warum ließ er die ganze Sache nicht einfach auf sich beruhen? Führte ein ganz normales, weniger aufregendes Leben? Arbeitete mit Rita im Restaurant, lernte es, Tacos und Enchiladas zuzubereiten. Plante die Hochzeit und heiratete irgendwann in der Vorweihnachtszeit. Er wußte inzwischen, wie sehr er sich danach sehnte, Rita zum Traualtar zu führen, eine Familie zu gründen, das Leben wieder genauso zu genießen wie früher.

»Wegen der Drogen«, sagte er.

»Du glaubst, die sind noch in der Stadt?«

»Höchstwahrscheinlich. *Mira*, bei einer Lieferung diesen Umfangs macht irgendein kleines Licht in der Kette bestimmt einen Fehler: trinkt zuviel, redet zuviel, zweigt für seine Freunde eine Prise ab, und am Ende verpfeift ihn jemand.«

»Aber kein Mensch ist verhaftet worden – außer dem Typen, den sie dir auf dem Silbertablett serviert haben.« Diego nickte. »Du hast recht. Wahrscheinlich ist der Stoff noch hier, ist noch nicht verteilt.«

»So sehe ich das auch.«

Aber die Drogen zu finden ist Garcias Aufgabe, dachte Sonny, nicht meine. Soll er doch die Spuren verfolgen. Das war sein Job, dafür wurde er schließlich bezahlt.

Alles Unsinn, Raven befand sich immer noch auf freiem Fuß. Die Rechnung war nur zeitweilig beglichen; Raven würde zurückkehren, um es Sonny heimzuzahlen. Und Don Eliseo hatte gesagt, so sei es von Anbeginn der Zeit gewesen, ein Kampf zwischen Gut und Böse.

Lorenza hatte die Hexer, die Schwarze Magie praktizierten, von Anfang an bekämpft, genau wie Don Eliseo auf seine eigene Weise. Nun brauchten Lorenza und Don Eliseo seine Hilfe. Die Hilfe des Kojotennagual.

»*Buenos días le de Dios, Don Eliseo*«, rief Sonny dem alten Mann zu.

Don Eliseo sah von seiner Arbeit auf. »Sonny, Gott sei Dank, du hast Rita gefunden.« Er überquerte gemächlich die Schotterstraße, umarmte Sonny und begrüßte ihn mit einem Kuß auf beide Wangen. »*Gracias a Díos,* sie sind in Sicherheit! Ich habe es gestern nacht von Diego erfahren. *Dios mío,* ich habe für sie gebetet. Meine Frau – *que descanse en paz* – glaubte fest an die Fürsprache der Heiligen. Sie kannte jeden *santo* aus dem Buch, und sie wußte, wie man sie anruft. Ich habe viele Gebete von ihr gelernt, und ich dachte mir, wenn jemand helfen kann, dann meine Frau, Friede ihrer Asche. *Pues,* jetzt ist sie selbst eine Heilige. Diese Frau hat in ihrem ganzen Leben keiner Fliege etwas zuleide getan. Ich habe immer wieder mit ihr gesprochen und ihr gesagt: ›Paß auf Rita auf, *vieja.* Bitte deinen *diosito* und deine *santos,* Rita zu beschützen.‹ Und siehst du, es hat gewirkt, Sonny.« Er wischte sich über die feuchten Augen.

»Ja, es hat gewirkt.«

»*Y tú?*«

»Ich? Ich habe Raven vorübergehend aus dem Verkehr gezogen, aber du weißt ja, daß er unsterblich ist.«

Die Augen des alte Mannes blitzten. »*Sí.* Und nun hast du es selbst miterlebt. Dieser Krieg wird nicht in einer Nacht gewonnen.« Er sog tief die Luft durch die Nase ein. »Selbst jetzt ist er irgendwo da draußen und plant seinen nächsten Schachzug. Er wird einen Weg finden, um uns Verdruß zu bereiten. Es wird noch mehr Böses geschehen. Jetzt weißt du, worum es geht.« Er legte Sonny die Hand auf die Schulter.

»Ja.« Sonny hatte begriffen. Der alte Mann erteilte ihm seinen Segen für alle Fehden, die noch auf ihn warteten.

»*Cuídate,* Sonny. Die Bösen sterben nie aus.« Er betrachtete das Zia-Amulett.

»Lorenza meinte, ich sollte es behalten.«

»Ja, lassen wir es vorerst dabei bewenden. *Bueno,* du bist zurück und Rita ist gerettet.« Er wies auf den Baum. »Hast du jemals gedacht, daß er so wunderbar aussehen würde?

Die Blätter färben sich golden. Das ist das einzige Gold, das wir brauchen – Blätter, Mais, Kürbisse. *Qué no*?«
Sonny und Diego nickten zustimmend.
»*Bueno, cuídate.* Kommt heute nachmittag zum Essen; es gibt Enchiladas mit rotem Chili. Toto und Concha werden auch da sein, und du weißt ja, Conchas Enchiladas sind die besten! Bring Rita mit und alle deine Freunde. Wir wollen feiern!«
»Danke. Warum auch nicht!«
Der alte Mann verabschiedete sich von Sonny mit einem *abrazo,* dann schlenderte er über die Straße, zurück zu dem zusammengerechten Laub. Sonny und Diego sahen ihm zu.
»Was für ein Mann!« meinte Diego anerkennend.
»Ich lerne heute noch jeden Tag etwas Neues von ihm«, bestätigte Sonny. »Aber jetzt muß ich los; ich habe eine Verabredung.« Er schickte sich zum Gehen an.
»Möchtest du, daß ich mitkomme?«
»Nein, es ist besser, wenn du hierbleibst. Deine Familie braucht dich.«
»*Pues,* sei vorsichtig, mein Freund.«
»Keine Sorge. Da ist noch eine Sache, die zwischen Madge und mir geklärt werden muß. Du bleibst bei deiner Frau und deiner Tochter. Lorenza wird dich möglicherweise brauchen. Ich werde einstweilen Madge in die Mangel nehmen, und zwar so lange, bis sie den Mund aufmacht. Wir bleiben telefonisch in Kontakt.«
»Einverstanden«, erklärte Diego widerstrebend. »Aber die Sache gefällt mir nicht. Jedesmal, wenn du auch nur in die Nähe dieser Frau kommst, steckst du in Schwierigkeiten.«
Sonny stieg in seinen Wagen. »Das ist nun mal mein Schicksal«, meinte Sonny grinsend und fuhr los.
Unterwegs wählte er die Telefonnummer seiner Mutter.
»Sonny!« rief sie aufgeregt. »*Malcriado!* Warum hast du mir

nichts gesagt? Rita hat mich heute morgen angerufen. Ich bin vor Freude immer noch ganz aus dem Häuschen und unvorstellbar erleichtert. *Gracias a Díos*, daß sie wieder da ist! Wo bist du?«

»Hier.«

»Wo ist hier? Und warum ist deine Stimme so heiser? Du klingst wie ein Kojote mit Kater.«

Sonny lachte. Sie hatte den Nagel auf den Kopf getroffen. Sie wußte also Bescheid. Offenbar wußten viele Leute Bescheid, nur redeten sie nicht darüber. Ja, er fühlte sich tatsächlich wie ein Kojote mit einem Mordskater.

»Wie hast du sie gefunden? Ach, das spielt keine Rolle, Hauptsache, sie lebt. Geht es ihr einigermaßen?«

»Ja, es geht ihr gut.«

»Und das kleine Mädchen?«

»Es geht beiden gut.«

»Ich bin stolz auf dich! Dein Vater wäre es auch. Und dein *bisabuelo*, sie alle wären stolz auf dich. War es gefährlich?«

»Nicht besonders ...« schwindelte er.

»Nicht gefährlich, sagst du. Ich wette, das war es doch. Irgendwann mußt du mir die Geschichte von Anfang an erzählen.«

»Das mache ich, sobald ich Zeit habe.«

»Zeit! Du bist immer in Eile. Aber ich bin froh, daß du sie gefunden hast. Wie im Kino! Du hast deine Liebste gerettet. *Qué mas quieres, hijo*? Heirate sie. Gründe einen eigenen Hausstand und eine Familie.«

»Ich denke, das werde ich tun.«

»Gut! Und wann?«

»Ich sagte doch, daß ich darüber nachdenken werde«, neckte er sie.

»*Ay, malcriado.* Sie ist eine wunderbare Frau. So schön, und sie steht mit beiden Beinen im Leben, hat ein eigenes Geschäft. Du solltest sie endlich heiraten und Kinder in die Welt setzen.«

»Aha, du willst also Enkelkinder!«

»Natürlich, was denkst du denn! Dieser Herzanfall hat mich eines gelehrt: Das Leben ist kurz. Ich wünsche mir Enkel, und wie ich es sehe, wird Armando nie heiraten. Er hat alle Hände voll damit zu tun, diesen herausgeputzten Mädels nachzulaufen. *Ay Díos,* ich möchte wissen, wo er sie immer auftreibt.«

»Bei Gebrauchtwagenhändler-Tagungen.«

»*Ay, probecitas.* Wissen die denn nicht, daß Armando ihnen den Himmel auf Erden verspricht und dann ... Er kann nichts dafür, so ist er nun mal. Wie dem auch sein, besuch mich, sobald du kannst, und bring Rita mit. Du kannst dir nicht vorstellen, wie oft ich gebetet habe. Gestern habe ich den ganzen Tag lang mit deinem *papá* Zwiesprache gehalten.«

»Mit Dad?«

»Ich habe mit seinem Geist geredet. »Paß auf Rita auf, paß auf Sonny auf«, habe ich ihn angefleht, und siehe da, er hat meiner Bitte entsprochen. Also was ist, kommst du? Mit Rita?«

»Ganz bestimmt. Sobald Rita wieder auf dem Damm ist.«

»Ja, das ist gut, sie braucht Ruhe. *Gracias a Díos.* Jetzt kann ich aufatmen.«

»Ich rufe dich an.«

»Das sagst du immer, aber wann rufst du an? Ich mache mir Sorgen, Elfego. Bring sie mit, sobald du kannst. Ich würde euch beide so gerne sehen.«

»Ich verspreche es.«

»Versprechen, Versprechen. Uns armen Müttern ergeht es wie allen Frauen: nichts als Versprechen.«

»Ich verspreche es hoch und heilig.«
»Ändere dein Leben, damit du nicht dauernd in Schwierigkeiten gerätst. Heirate sie.«
»Vielleicht werde ich deinen Rat beherzigen. *Adíos.*«
»*Que l'angel de la guardia te cuide.*«
Mit diesem Segen bat sie seinen Schutzengel und die Heiligen, ihn zu behüten, über ihn zu wachen, ihn vor dem Bösen zu bewahren.
»*Gracias*«, bedankte er sich und schaltete das Autotelefon aus.
Er fuhr zum Ballonstartplatz hinüber. *El angel de la guardia*, sein Schutzengel. Wer war dieser Schutzengel? Einst war es der heilige Christopherus gewesen, der Schutzpatron der Reisenden. Hatten die Engel der Kirche irgend etwas mit dem Kojotennagual zu tun? Waren der Kojotennagual und der Schutzengel gleichermaßen damit befaßt, über ihn zu wachen?
Die Leute fuhren kreuz und quer durch die Stadt, von der Ostseite des Río Grande auf die Westseite hinüber und umgekehrt, und heute geriet der Verkehrsfluß immer wieder ins Stocken, weil die Autofahrer einen Blick auf die Ballons erhaschen wollten.
Hunderte von Heißluftballons schwebten über dem Tal wie bunte chinesische Papierlaternen. In einer Stunde würden die meisten landen.
Der Startplatz war nahezu menschenleer. Die Verfolgerfahrzeuge waren ausgerückt, um die Ballons nach der Landung auf der Ladefläche zu verstauen. Die Zuschauer, die in aller Frühe auf das Feld gekommen waren, um dem Start beizuwohnen, drängten sich nun vor den Buden mit den Souvenirs, die eine Gasse bildeten. Busse voller Touristen aus den Stadthotels fuhren mit röhrendem Motor davon und zogen dunkle Dieselrauchwolken hinter sich her.

Madges roter Corvette parkte vor dem Hauptquartier von Fiesta Control. Er hatte erwartet, gleich daneben einen Mercedes zu sehen. Als er ausstieg, betrachtete er kurz sein Gesicht im Seitenspiegel. Der Anblick versetzte ihn in Staunen. Er sah einen völlig verwandelten Menschen vor sich. Irgend etwas hatte sich über Nacht verändert, hatte ihn reifer gemacht. Er entdeckte Fältchen rund um die Augen, die ihm vorher nicht aufgefallen waren. Sein Gesicht wirkte ernster. Warum nur? Rita befand sich in Sicherheit, das war alles, was zählte, aber trotzdem lächelte er nicht. Die Muskeln seines Gesichts waren angespannt.

»*Qué pasa*?« fragte er sein Spiegelbild.

Der Mann im Spiegel erwiderte seinen prüfenden Blick. Die Augen glichen sich nicht mehr, ähnlich wie bei Lorenza: Das eine war das Auge Sonny Bacas, das andere das Auge eines Kojoten!

Was hatte das zu bedeuten? War er im Begriff, sich in einen *curandero* zu verwandeln? Ein Schamane zu werden, wie Lorenza, ein *brujo*, der Gutes bewirkte und Weiße Magie praktizierte?

Er schüttelte verwundert den Kopf und betrat das Gebäude. Merkwürdig, daß ein so strahlender Herbsttag das unterschwellige Gefühl einer drohenden Gefahr vermitteln konnte! Der Herbst war die schönste Jahreszeit am Río Grande, aber er konnte die dunklen Vorahnungen nicht abschütteln.

Rita ist in Sicherheit, dachte er, und heute abend wirst du ihr einen Heiratsantrag machen und das Datum der Trauung festsetzen. Warum machte er sich überhaupt noch die Mühe, Madge zur Rede zu stellen? Vielleicht sollte er Garcia einfach mitteilen, was er wußte, und ihm alles Weitere überlassen.

Die Eingangstür war unverschlossen; er ging hinein. Die

Eingangshalle war menschenleer. Keine fleißigen Helfer, die geschäftig hin und her liefen, keine »Zebras«. Die Tür zu Madges Büro stand offen, er hörte, wie sie telefonierte. Er trat näher und schob sie langsam auf. Madge Swenson starrte ihn verblüfft an.

»Ich muß los. Ich rufe dich später an«, verabschiedete sie sich und legte den Hörer auf. »Sonny!« Sie stand auf und kam um den Schreibtisch herum. »Ich habe die Neuigkeiten schon gehört. Gott sei Dank, daß Rita gerettet ist. Wie geht es dir?«

»Bestens«, erwiderte Sonny kalt. Sie zuckte zurück und sah ihn prüfend an.

»Endlich ist es vorbei. Kann ich dir etwas zu trinken anbieten?«

»Nein, danke.«

»Nach dem Start der Ballons pflege ich mich mit einem Schuß Brandy im Kaffee zu belohnen«, sagte sie, öffnete die Schreibtischschublade und holte eine Flasche heraus. »Bist du sicher, daß du keinen willst?«

»Ganz sicher.«

Sie goß einen Doppelten in die Tasse mit dem dampfenden Kaffee, der auf ihrem Schreibtisch stand. »Ich kann dir gar nicht sagen, wie erleichtert ich bin, daß Rita nichts passiert ist«, sagte sie und trank. »Erzähl doch mal.«

»Das ist eine lange Geschichte. Aber deshalb bin ich nicht hergekommen.«

Sie trug einen schwarzen Rollkragenpullover und schwarze, hautenge Hosen. Ihre kornblumenblauen Augen musterten Sonny. Sie strich sich das kurze blonde Haar aus der Stirn.

»Also, was hast du auf dem Herzen? Weshalb bist du hier?«

»Deinetwegen. Und wegen der Drogen.«

Madge runzelte die Stirn. »Spukt dir der Drogendeal immer

noch im Kopf herum? Das ist aus und vorbei, Sonny, es gibt nichts, was wir tun könnten. Rita ist gerettet, das ist alles, was zählt.«

»Menschen mußten deswegen sterben.«

»Was meinst du, was ich tun sollte? Mich schuldig fühlen? Ich hatte nichts zu tun mit der Sache.«

»Du warst bei Gilroy an dem Abend, als er ermordet wurde!«

»Na und? Er hatte etwas gegen mich in der Hand! Das habe ich dir doch schon erzählt!«

»Du hast mich belogen! Du warst in Begleitung!«

Sonny streckte den Arm aus und packte ihr Handgelenk.

»Du bist ja verrückt!«

»Stammer war ebenfalls dort!« schrie Sonny, riß sie hoch und blickte in ihre blauen Augen, die vor Wut funkelten.

»Du hast den Verstand verloren!«

»Stammer war dort! Ihr wart von Anfang an Komplizen! Gib es endlich zu!«

Sonny drehte ihr den Arm um, und sie stöhnte vor Schmerzen auf. Tränen traten ihr die Augen. »Du verdammter Mistkerl!«

»Stammer hat Gilroy umgebracht!«

Madge ächzte, dann gab sie ihren Widerstand plötzlich auf. Sonny ließ ihr Handgelenk los. Sie sackte auf den Stuhl zurück.

»Du hast es also doch herausbekommen.«

Sonny nickte.

»Ich schwöre dir, ich hatte keine Ahnung, was da gespielt wurde! Jerry sagte mir, daß Gilroy mich unbedingt sehen müsse. Mir blieb keine andere Wahl.«

»Stammer hat dir die Daumenschrauben angelegt?«

»Ja.« Sie rieb sich das Handgelenk, dann strich sie ihre Haare zurück. »Er ist verrückt. Er hat sein ganzes Geld in das Labor gesteckt und sich eingebildet, er könnte den Leuten Pavianherzen einpflanzen. Er hat sich mit diesem Projekt finanziell total übernommen. Als seine Träume wie eine Seifenblase zerplatzten, begann er –« Ihre Stimme brach. »Er lernte Gilroy kennen, erfuhr, daß ich früher Stoff bei ihm gekauft hatte. Jerry drohte, mich ans Messer zu liefern, wenn ich ihr Vorhaben nicht unterstützen würde. Aber er wollte uns beide übers Ohr hauen, und als Gilroy sich das nicht gefallen ließ, brachte er ihn um.«

Ja, dachte Sonny, Stammer hatte die ganze Zeit seine Finger im Spiel gehabt. Die Drogen, die am Río Grande landeten, stellten für ihn eine Möglichkeit dar, seine Probleme zu lösen.

»Ich wollte nichts mit ihren miesen Geschäften zu tun haben. Du mußt mir glauben!«

»Das wird sich zeigen.«

Madge schüttelte den Kopf. »Ich sehe schon, du bist erst überzeugt, wenn er es dir ins Gesicht sagt.«

Sonny nickte.

Madge lächelte und stand auf. Sie zog ihren Pullover glatt und strich mit ihren Händen an der Vorderseite der Hosenbeine entlang.

»Ich schätze, der Stoff ist noch in der Stadt.«

Madge runzelte die Stirn. »Du hast doch selbst gesagt, daß die Fiesta eine Tarnung war. Du hast einen Propangasbehälter mit dem Zeug gefunden, aber mit dem Rest werden sie längst über alle Berge sein.«

»Warum ist der Polizei dann nicht ein einziger kleiner Fisch in den angrenzenden vier Bundesstaaten ins Netz gegangen? Wenn die Beute so oft geteilt wurde, gibt es zwangsläufig böses Blut. Irgendwo müßte die Polizei doch einen Tip erhalten haben oder über verdächtige Aktivitäten gestolpert sein. Aber nein, alles ist ruhig geblieben, alle halten dicht.

Niemand hat einen gravierenden Fehler gemacht. Die Drogen müssen sich also noch in der Stadt befinden.«

»Und du glaubst, Stammer hat sie?«

»Juan Libertad hat sie«, flüsterte Sonny.

»Wer?«

»Ich besitze ein Foto von einem Mann, aufgenommen vor dem Hauptquartier eines Drogenkartells in Bogotá. Einige Leute meinen, der Mann auf dem Bild sei John Gilroy. Eine Zeitlang dachte ich, es sei William Stone. Aber jetzt weiß ich, daß es Jerry Stammer ist.«

»Jerry, in Bogotá? Ich habe keine Ahnung, wovon du redest!«

»Ja, dein Boss hat gemeinsame Sache mit den kolumbianischen Drogenkartellen gemacht. Und mit der CIA. Ich habe die alten Akten in der Bibliothek durchforstet. Angefangen hat es damit, daß ein Herzchirurg als ›barfüßiger Doktor‹ unterwegs war. Dann erhielt der amerikanische Arzt eine Einladung als Gastdozent an der medizinischen Fakultät in Bogotá. Er brauchte einen Grund, um sich dort aufzuhalten, und er fand ein perfektes Alibi. Aber er hinterließ eine Spur, eine aktenkundige, die von einer wundervollen Bibliothekarin in aller Stille entdeckt wurde.«

»Wir wußten, daß er nach Bogotá wollte«, gestand Madge. »Es hatte mit einem medizinischen Austauschprogramm zu tun. Ich hätte nie gedacht –«

»Daß sich Dr. Stammer mit den Drogenkartellen einlassen würde? Ja, er ist der Mann auf dem Foto, ohne jeden Zweifel. Zuerst schmuggelte er genug Kokain für seinen eigenen Bedarf und für Freunde. Dann wurde Juan Libertad auf ihn aufmerksam, und sie rechneten sich aus, daß er der ideale Partner für eine Lieferung dieses Kalibers sei.«

»Juan Libertad?«

»Eine Organisation innerhalb der CIA. Warum sollten sie

ihre Leute einsetzen und ihre normalen Verteilungskanäle benutzen? Nun hatten sie einen ›renommierten‹ Arzt, den sie einspannen konnten. Jerry Stammer hielt sich an dem Tag, an dem das Foto entstand, in Bogotà auf. Ich habe die Daten überprüft. Meine Bekannte, eine Journalistin, hat sich geirrt, was verständlich ist, denn sie kannte Jerry Stammer nicht. Seltsam, wie sehr sich Gilroy, Stone und Stammer ähneln. Die gleiche Statur, die gleichen Gesichtszüge ...«
Er faßte in die Jackentasche, holte das vergilbte Foto heraus, das Alisandra Bustamante-Smith ihm gegeben hatte, und legte es auf den Tisch.
»Erkennst du ihn? Ist das Stammer?«
Madge betrachtete die Aufnahme. »Möglich, aber die Aufnahme ist ziemlich unscharf. Das könnte jedermann sein!«
Er nahm das Foto in die Hand und betrachtete es. Für ihn gehörte das verschwommene Gesicht des Mannes auf dem Bild Stammer, aber sie hatte recht. Oft gaukelte einem die Phantasie genau das vor, was man sich zu sehen wünschte. Er wollte Stammer festnageln, und deshalb meinte er, ihn auf Alisandras Foto erkannt zu haben. Alisandra hatte sich gewünscht, Stone das Handwerk zu legen, und deshalb war sie der Überzeugung gewesen, er sei der Mann auf dem Bild.
»Ja, vermutlich könnte es wirklich jedermann sein.«
»Deine Geschichte ist an den Haaren herbeigezogen, Sonny.«
»Warum zeigen wir dem Doktor nicht das Foto?«
»Wenn ich dich richtig verstehe, möchtest du, daß ich dich dabei begleite –«
»Du hast es erfaßt.«
»Und das ist die einzige Möglichkeit, meinen Namen reinzuwaschen.«
»Ruf ihn an«, sagte Sonny und reichte ihr das Telefon. Sie

zögerte. »Los, ruf ihn an! Sag ihm, daß du ihn dringend sprechen mußt.«

Sie wählte die Nummer, zündete sich eine Zigarette an und wartete. »Hallo, Jerry«, sagte sie nach einer Weile. »Nein, alles bestens. Nein, nein, der Start ist ohne Zwischenfälle verlaufen. Ich muß dich unbedingt sehen. Ja, sofort! Nein, ich komme zu dir. Nein, das ist sicherer. Ich bin gleich da.« Sie legte den Hörer auf.

»Na, dann los!« sagte Sonny, packte ihren Arm und verfrachtete sie in seinem Wagen. Dann fuhr er mit Schwung aus dem Parkplatz heraus, gab Gas und brauste den Weg zur Schnellstraße hinunter.

29

Er würde also an Stammer herankommen, aber wo, zum Teufel, steckte Raven? War er eine Weile untergetaucht, um Sonny das Feld zu überlassen? Hatte er seinen Anteil an der Beute bereits kassiert? War der Vogel davongeflogen? Hatte Lorenzas Kugel ihm doch den Todesstoß versetzt? Nein, Sonny wußte, daß Ravens und seine Wege sich wieder kreuzen würden.

»Wie gut kennst du Stammer?«

»Ich wünschte, ich wäre diesem Mistkerl nie begegnet«, erwiderte Madge und zündete sich eine Zigarette an. »Er arbeitete damals mit einem Team junger Wissenschaftler an der Entwicklung eines künstlichen Herzens, aber es lief nicht so, wie sie es sich vorgestellt hatten. Die Mitglieder der Gruppe wechselten zu anderen Forschungsprojekten über, und Jerry war verbittert. Er zog in unsere Gegend. In unserer Stadt leben einige der besten Herzspezialisten weit und breit. Jerry nahm eine Anstellung in der Klinik an und versprach, Albuquerque als Herztransplantationszentrum weltweit Ruhm und Anerkennung zu verschaffen.«

»Aber er gab sich nicht damit zufrieden, menschliche Herzen zu verpflanzen.«

»Er war immer schon sehr ehrgeizig. Er wollte ein Held sein, berühmt werden. Er wußte, daß in der Transplantationsindustrie ein Mangel an Organspendern herrscht, und deshalb experimentierte er mit Pavianherzen. Er ist inzwischen regelrecht besessen von der Idee und plante, einem Patienten ein Pavianherz einzupflanzen, aber das Human Research Committee der Klinik hat seinem Vorhaben einen Riegel vorgeschoben, denn zu dem Zeitpunkt hatten mehrere Ärzte ihre Zweifel an ihm. Und dann verließ ihn auch noch seine Frau.«

»Er brauchte Geld«, sagte Sonny, als er den Pick-up an der Ausfahrt Martin Luther King Avenue abrupt von siebzig auf sechzig abbremste. Das Herzzentrum, das Jerry Stammer mit eigenen Mitteln erbaut hatte, war auf einem Hügel über der Stadt errichtet, direkt oberhalb des alten Dog-Town-*Barrio.* Sonny fuhr auf den leeren Parkplatz. In der Nähe des Eingangs an der Südseite des Komplexes parkte ein einziges Fahrzeug, ein schwarzer Mercedes.

»Er wird schon auf mich warten.«

»Ja, aber mit mir hat er nicht gerechnet. Dann wollen wir ihn mal überraschen«, erwiderte Sonny, fuhr um das Gebäude herum und stellte den Wagen auf dem rückwärtigen Parkplatz ab. »Komm schon.« Er stieg aus und zog sie am Arm zum Hintereingang. Es war am besten, das Überraschungsmoment zu nutzen. Irgendwo in den Lagerräumen des Labors waren die Drogen versteckt, da war er sich ganz sicher.

Auf der Verladerampe stand ein großes Warnschild: BETRETEN VERBOTEN! GEFÄHRLICHE TIERE. Sonny probierte, ob die Tür offen war.

»Da drinnen sind die Käfige mit den Pavianen. Da kannst du nicht hinein.«

»Tatsächlich? Dann paß mal auf!« erwiderte Sonny und rüttelte kräftig an der Tür. Ein lautes Heulen und Rattern war die Antwort.

Das ist also die berühmte Versuchsstation, dachte Sonny, als er den Bund mit den Nachschlüsseln herauszog und das Schloß zu öffnen versuchte. Hier züchtete Jerry Stammer die Paviane, die künftig als Organspender dienen sollten. Hier brütete er die Strategie aus, mit der er die Herztransplantationsmedizin revolutionieren wollte. Als nächstes würde er Pavianlebern verpflanzen, danach die Nieren, und dann ...? Wie weit würde er mit seinen ehrgeizigen Pläne gehen? Kein Wunder, daß sich die *médicos* von Albuquerque von Stammer distanziert hatten. Der Mann war verrückt.

Sonny fand den passenden Nachschlüssel, die Tür öffnete sich, und er drehte sich zu Madge um; ihr Gesicht wurde kalkweiß von dem grauenvollen Gestank, der durch die offene Labortür drang.

»Nein!« keuchte sie und zuckte zurück.

»Hast du Angst vor Pavianen?«

»Ich kann nicht.« Sie wand sich. »Ich kann diese gräßlichen Tiere nicht ausstehen!«

Vielleicht würde sie Lärm machen, wenn er sie zwang, und Stammer warnen. Es war am besten, allein hineinzugehen.

»Warte hier.«

Sie nickte, und Sonny betrat die Versuchsstation, die einem Warenlager ähnelte. Der Gestank war nahezu unerträglich.

»Pfui Teufel«, flüsterte er und schloß die Tür hinter sich.

Die riesige Halle war hell erleuchtet. Er hatte nicht mit der Anzahl der Käfige gerechnet, die hier dicht an dicht standen, Reihe an Reihe, jeweils drei übereinandergestapelt. In jedem der nur vier mal vier Zoll großen Drahtverschläge hockte eine dunkle Gestalt. Die Tiere starrten Sonny an, mit durchdringenden, schicksalsschweren Augen. Ein Mensch im Gebäude bedeutete Nahrung, und so rüttelten sie an den Gitterstäben und kreischten schrill.

Der Gestank nach Exkrementen und Urin verschlug ihm den Atem. Die Versuchsstation war in letzter Zeit nicht mehr gereinigt und die Tiere offenbar nicht gefüttert worden. Stammer hatte anscheinend alle Hände voll mit dem Drogendeal zu tun gehabt, überlegte Sonny. Die Paviane wirkten halb verhungert, unruhig. Sie brüllten, rüttelten an den Käfigen, streckten die Arme durch die Gitterstäbe, um ihn zu packen. Je weiter er ging, desto mehr Affen stimmten in den ohrenbetäubenden Lärm ein, bis das ganze Gebäude einer einzigen kreischenden, hämmernden Menagerie glich.

Wie war das mit dem Überraschungsmoment, das man nutzen sollte? dachte Sonny.

Er befand sich in der Nähe der Tür mit dem Schild Büro, als es schlagartig dunkel wurde. Die Leuchtstoffröhren an der Decke hatten ein grelles Licht verbreitet, das von den kahlen weißen Wänden reflektiert wurde; nun herrschte undurchdringliche Finsternis. Das Gebäude besaß keine Fenster oder Oberlichter, sondern nur ein defektes Belüftungssystem. Die Paviane verstummten.

Sonny hörte, wie eine Tür geöffnet und geschlossen wurde. Er hatte die Drogen finden wollen, bevor er mit Stammer zusammentraf, aber nun hatte Stammer ihn zuerst gefunden.

»Stammer!« rief Sonny in die nachtschwarze Finsternis.

Er wartete, aber es kam keine Antwort. Vielleicht ist er es ja gar nicht, dachte Sonny und spähte zur Eingangstür hinüber. Vielleicht hatte Madge ja doch beschlossen, ihm zu folgen.

Er bewegte sich lautlos vorwärts, tastete nach den Käfigen, um sich zu orientieren. Als er am Ende des Ganges ankam, packte ihn plötzlich jemand am Arm, und er riß sich mit aller Kraft los. Er merkte zu spät, daß es ein Pavian gewesen war, der ihn festgehalten hatte, und als er sich aus dem Klammergriff befreite, fiel ihm der Käfig auf den Kopf, so daß er zu Boden ging.

»*Pinche chango*«, fluchte er, als er den Käfig zur Seite schob und der Insasse lautstark protestierte. Und wegen des kreischenden Pavians hörte und spürte er erst, daß jemand hinter ihm stand, als es bereits zu spät war.

Als er aufstehen wollte, traf ihn etwas Hartes und Schweres am Hinterkopf, und er ging ein zweites Mal zu Boden.

Vor seinen Augen explodierten Sterne, dann verlor er die Besinnung. Er sah Bilder von Pavianen, nicht die vor Hunger rasenden Kreaturen in den Käfigen, sondern gutgenährte, kraftvolle Geschöpfe, die durch den sonnenhellen Dschungel streiften. Er saß in seiner Kojotengestalt am Rande und sah ihrem Treiben zu. Er beobachtete die wundervollen Geschöpfe, die sich geschmeidig auf dem grasbewachsenen Boden des Dschungels bewegten, ab und zu Halt machten, um Beeren zu pflücken, oder in der warmen Sonne saßen und Fellpflege betrieben. Der Kojote saß da und wachte über die Familie.

Als das Licht des Bewußtseins durch die Spinnweben drang, blinzelte er. In seinem Kopf spürte er einen hämmernden Schmerz. Ein grelles Licht befand sich direkt über ihm; sein Kopf pochte, sobald er die Augen öffnete.

Er versuchte, seine Arme zu bewegen, und merkte, daß er festgeschnallt war – auf einem Tisch, einem Operationstisch. Das grelle Licht war eine Lampe, wie man sie in Operationssälen verwendete! Ein eisiger Schauer durchlief ihn. Er war entkleidet und auf dem Tisch festgeschnallt worden!

Ein goldener Faden flimmerte vor seinen Augen. Sonny blinzelte, bemüht, die Spinnweben zu vertreiben. Dann erkannte er das Zia-Amulett, das von der Operationslampe herunterbaumelte. Es schaukelte sanft hin und her, das Gold schimmerte im hellen Licht.

Er blickte zur Seite und blinzelte, um seine Augen an die Dunkelheit zu beiden Seiten des Operationstisches zu gewöhnen. Madge saß auf einem Stuhl vor einem Schreibtisch.

Sie betrachtete zuerst Sonny, dann den breitschultrigen Mann hinter dem Schreibtisch mit ausdruckslosem Blick. Sonny sah, wie sich der Mann über den Schreibtisch beugte und ein weißes Pulver, säuberlich in einer schmalen Linie aufgehäuft, durch ein Nasenloch schnupfte. Der Mann hustete, dann kam das zweite Nasenloch an die Reihe.
Als sich Jerry Stammer lächelnd und mit glasigen Augen herumdrehte, wußte Sonny, daß er sich nicht getäuscht hatte. Das Kokain und das Heroin befanden sich noch irgendwo in der Versuchsstation, dem »Warenlager«. Stammer saß wie eine Glucke auf dem Stoff, mit dem er seine eigene Sucht befriedigte. Er war so gierig danach, daß er das Risiko in Kauf genommen und es direkt in sein Labor geschafft hatte.
Stammer sah Madge an, dann stand er langsam auf und ging zu Sonny hinüber und stellte sich neben den Operationstisch.
»Hallo, Mr. Baca, sieht ganz so aus, als könnten wir starten. Zeit, Sie für den Eingriff vorzubereiten. Ich habe gehört, daß Sie Probleme mit dem Herzen haben«, grinste er, drehte sich um und zwinkerte Madge zu. »Hat er Probleme mit dem Herzen?«
Madge zuckte die Schultern. »Seinem Herzen fehlt nichts«, erwiderte sie kalt und zündete sich eine Zigarette an.
Stammer runzelte die Stirn. »Das ist ein Trugschluß; er ist schwer herzkrank, liegt in der Familie. Seine Mutter hat gerade eine Bypassoperation hinter sich. Und heute ist der Sohn an der Reihe.«
Er horchte Sonnys Herz mit dem Stethoskop ab. »Genau wie ich mir gedacht hatte, es schlägt kaum noch. Er braucht ein neues Herz. Ein Pavianherz.« Er lachte gellend.
Sonny entdeckte eine Flasche Scotch auf dem Schreibtisch. Der Mann hatte nicht nur Kokain geschnupft, sondern

obendrein auch noch Alkohol getrunken. Das beschleunigte und verstärkte die Wirkung. Er war wirklich völlig durchgeknallt.

»Wollen Sie mich abservieren wie Gilroy?« fragte Sonny.

»Da schau her, unser Patient wird wieder munter!« höhnte Stammer. »Ja, genauso, wie ich Gilroy abserviert habe. Unser kleiner Schnüffler ist mir also auf die Schliche gekommen«, sagte er, an Madge gewandt.

»Er ist kein Einfaltspinsel«, murmelte Madge.

»Nein, das ist er wirklich nicht. Und deshalb habe ich ihn ja auch auf meinem OP-Tisch festgeschnallt! Sagen Sie mir, Sherlock Holmes, wie haben Sie es herausgefunden?«

»Nur ein hochgewachsener Mann mit kräftiger Statur wäre mit Gilroy fertiggeworden.«

»Sehr gut. Ihr Scharfsinn gefällt mir. Und was noch?«

»Der Schnitt war fachmännisch ausgeführt.«

Stammer brach in höhnisches Gelächter aus. »Fachmännisch! Was für ein Kompliment!«

Dann wurde er ebenso abrupt wieder ernst. Sein Gesicht nahm eine aschgraue Farbe an; rote Adern traten wie dicke Stränge auf seiner fahlen Haut hervor, und die blauen Augen sprühten vor Haß.

»Meine Schnitte waren immer präzise«, flüsterte er und hob die Hände. »Sehen Sie her! Die geschicktesten Hände in der ganzen Branche. Und meine Kollegen wagen es, mir zu unterstellen, ich hätte keine ruhige Hand mehr! Überzeugen Sie sich selbst! Hier!«

Er hielt Sonny die zitternden Hände vors Gesicht. »Meine Hände sind ruhig«, murmelte er. Dann ging er in eine Ecke des Raumes hinüber zu einem Käfig, in dem ein riesiges Pavianmännchen saß.

»Darf ich Ihnen den Spender Ihres neuen Herzens vorstellen?« Er öffnete die Käfigtür.

Der mächtige Babuin war mit einem Satz draußen und entblößte die langen, messerscharfen Fänge, als wolle er zum Angriff übergehen. Er rannte um den Operationstisch herum, das Nackenhaar gesträubt. Dann hielt er plötzlich inne, hämmerte sich gegen die Brust und stieß einen schrillen Schrei aus.

Stammer lachte. »Ein starkes Herz hat dieser Bursche, ein richtiger Macho. Für Mr. Sonny Baca ist uns das Beste gerade gut genug.«

»Jerry«, schrie Madge. »Nicht!«

Sie umklammerte die Armlehnen ihres Stuhls, und der Pavian, der ihre Angst witterte, rannte mit gebleckten, dolchartigen Eckzähnen zu ihr hinüber und stieß drohende Kreischlaute aus.

»O Gott!« Sie duckte sich in Todesangst.

Doch der Pavian griff sie nicht an, sondern drehte sich um und sprang auf den Operationstisch. Der goldene Anhänger hatte seine Aufmerksamkeit geweckt. Er streckte die mächtigen Arme aus und schlug gegen das Amulett, so daß es hin und her schaukelte; dann funkelte er Sonny an und entblößte sein Gebiß. Einen Moment lang dachte Sonny, der Pavian würde ihn aufschlitzen, aber er hatte seine Neugierde befriedigt. Er sprang vom Tisch und trottete wieder in seinen Käfig zurück.

»Eine tolle Nummer, direkt zirkusreif«, rief Stammer. »Er ist zwar neugierig, aber er weiß, wann Schluß ist. Im Gegensatz zu Ihnen, Baca.« Stammer näherte sich dem Operationstisch. »Sie wären besser beraten gewesen, sich zurückzuziehen, als Sie Ihre Freundin wiedergefunden hatten.«

»Ich wollte sehen, wieviel Stoff nötig ist, damit ein Mensch seine Seele verkauft«, sagte Sonny und sah Madge an.

»Du hast es die ganze Zeit gewußt«, flüsterte sie.

»Schlauberger!« sagte Stammer. »Unsere kostbare Fracht ist

tatsächlich hier. Na und? Sie haben vermutlich die UPS-Kisten gesehen, die an den Wänden aufgestapelt sind. In diesem Raum befindet sich genügend Kapital, um in Aruba eine neue Existenz aufzubauen. Ja, es gibt noch Forschungsinstitute, die meine genialen Fähigkeiten zu schätzen wissen. Mit ein paar Millionen kann ein Mann dort eine Versuchsstation errichten, die dem neuesten Stand der Technik entspricht. Wie Sie sehen, plane ich immer noch, Pavianherzen zu verpflanzen und die Implantationstechnik zu verbessern. Meine Arbeit geht mir über alles.«
»Dafür haben Sie Menschen ermordet.«
»Diese Leute haben es gewagt, sich mir in den Weg zu stellen«, erwiderte Stammer kalt. »Und Hindernisse muß man beseitigen, wie Geschmeiß zertreten, würde mein Freund Billy sagen.«
»Stone?«
»Ja, Stone. Wie ich hörte, hatten Sie eine kleine Auseinandersetzung mit ihm. Er wird ebenfalls nach Aruba übersiedeln. Ich werde dort meine Transplantationen durchführen, und er möchte sich politisch engagieren. Lateinamerika ist ein ideales Versuchsgelände für uns beide. Regierungen, die sich in der Hand von Drogenkartellen befinden, sind erheblich leichter zu kontrollieren. Das ist Mr. Stones Ziel, er möchte eine hübsche kleine Bananenrepublik sein eigen nennen.«
Er lachte und beugte sich hinunter; neben dem Operationstisch befand sich ein Gerät, von dem er etwas herunternahm. Zwei runde, schaufelähnliche Gebilde, mit dicken elektrischen Drähten verbunden. Ein Defibrillator, wie man ihn bei Patienten mit Kammerflimmern für eine medizinische Elektroschocktherapie benutzte.
Sonny zerrte an den Lederbändern, die ihn an den Operationstisch fesselten, aber es war zwecklos.

»Warum mußte Mario Secco sterben?« Er versuchte, Zeit zu gewinnen.
»Er war uns im Weg«, erwiderte Stammer, als er einen Schalter am Gerät umlegte. Knöpfe leuchteten rot auf. »Und ich dachte, Sie wüßten alles?«
»Werde ich es auch noch wissen, wenn Sie mir ein Pavianherz eingepflanzt haben?«
Stammer lachte. »Der Mann hat Sinn für Humor«, sagte er zu Madge. »Genau das ist Teil meiner Forschung, Sonnyboy. Werden Sie Sonny-Baca-Träume haben? Oder Träume vom Dschungel? Dieser Eingriff ist eine Premiere. Eine medizinische Premiere.«
»Du bist verrückt«, unterbrach Madge ihn, aber Stammer beachtete sie nicht.
»Was ist mit Raven?«
Stammer hielt inne. »Raven? Hm, ein gefährlicher Mann. Er ist zu allem fähig.«
»Gehört das hier zu seinem Plan?«
Stammer runzelte die Stirn. »Wir haben eine Abmachung getroffen. Raven meinte, daß Sie Tiergeister lieben. Er hat mich beauftragt, Ihnen ein Pavianherz einzupflanzen.«
»Und er läßt Sie in Ruhe, sobald Sie Ihren Teil des Handels erfüllt haben?«
»Raven ist ein Scheusal. Ich möchte ihn mir nicht zum Feind machen.« Stammer schauderte.
»Wo befindet er sich jetzt?«
»Auf dem Weg in die Ukraine. Will angeblich eine von diesen Atombomben kaufen, die von den Russen nach Beendigung des Kalten Krieges ausgemustert und demontiert werden. Wissen Sie, was? Ich glaube ihm aufs Wort.«
»Raven schreckt vor nichts zurück. Sie sollten sein Wort für bare Münze nehmen«, sagte Sonny. »Er wird zahllose Menschen vernichten.«

»Er ist ein skrupelloser Bursche«, meinte Stammer achselzuckend. »Wie auch immer, ich werde bei seiner Rückkehr nicht mehr hiersein.«
Sonny spähte im Raum umher. Sein Kopf war nun glasklar, aber er konnte sich nicht bewegen. Er versuchte, den Operationstisch zu verschieben, aber er war schwer und unverrückbar. Er war außerstande, auch nur einen Finger zu rühren.
»Madge und ich werden längst über alle Berge sein«, sagte Stammer. »Sie wird in ihrem Heißluftballon über der Karibik schweben, so hoch wie ein Papierdrache, und meine Fortschritte auf dem Gebiet der Transplantation werden Medizingeschichte schreiben. Ich werde berühmt sein!«
»Dann bring's endlich hinter dich«, flüsterte Madge.
Stammer lachte. »Sieht ganz so aus, als hätten Sie keine einflußreichen Freunde, Mr. Baca. Pech für Sie. Sie haben nicht gewußt, wie groß die Lieferung war, oder?«
»Groß genug, um Stone auszuzahlen.«
Stammer nickte, »Jeder erhält seinen Anteil. Das ist der Vorteil bei einer so großen Lieferung – es bleibt genug für alle.«
»Und Garcia?« Sonny haßte sich selbst für diese Frage.
»Garcia ist nicht käuflich. Wir haben versucht, ihn zu bestechen. Man möchte meinen, daß ein Polizeichef aus der Provinz der erste ist, der ›hier‹ schreit, wenn es gilt, auf die Schnelle ein paar Mark nebenher zu verdienen. Aber an ihm haben wir uns die Zähne ausgebissen. Was letztlich keine Rolle spielt, denn er weiß nichts, was uns gefährlich werden könnte.«
»Fang endlich an!« rief Madge ungeduldig.
»Sonnyboy, ich sage Ihnen, die Frauen sind der Nagel zum Sarg eines Mannes«, verkündete Stammer und schnalzte mit

der Zunge. »Weißt du eigentlich, Madge, was passiert, wenn sein Gehirn einen Stromstoß von achttausend Volt erhält? Es wird geröstet. Es wird keine Spur von der Mordwaffe geben, nur einen mausetoten Sonny Baca.«

So ist das also, dachte Sonny. Er will mich nicht aufschneiden und mir ein Pavianherz einsetzen, sondern mir die beiden Elektroden an den Kopf setzen und mich töten!

»Mach endlich!« brüllte Madge und rannte zur Tür.

»Wohin gehst du?«

Madge öffnete die Tür, dann drehte sie sich um.

»Bleib hier, ich werde es nicht alleine tun!«

»Hast du Angst?« Madge sah ihn fragend an, dann lächelte sie und näherte sich dem Operationstisch. »Sieh einer an! Der große Doktor Jerry Stammer hat Angst!«

»Ich habe keine Angst, aber mitgehangen, mitgefangen, meine Liebe. Warum sollte ich dir dieses Vergnügen vorenthalten!«

Er legte Sonny die beiden Elektroden an. »Außerdem brauche ich dich; du siehst doch, ich habe die Hände voll. Du mußt auf den Knopf drücken.«

Madge zögerte. Sie sah Sonny an. Seine Brust hob und senkte sich, während er versuchte, die Lederriemen zu sprengen.

»Wir werden das gemeinsam machen.« Stammer grinste. Schweißperlen rannen von seiner Stirn. Der Kokainrausch war verflogen; seine Hände zitterten, als er die Elektroden an Sonnys Schläfen preßte.

Sonny blickt Madge an und sah den Haß in ihren Augen.

»Los, mach schon, drück endlich auf den roten Knopf«, befahl Stammer. »In ein paar Stunden kassieren wir das Geld für die Lieferung und verlassen das Land auf dem Luftweg! Mr. Baca steht uns im Weg. Er ist der einzige, der das Spiel durchschaut hat. Millionen, meine Liebe, denk an

die Millionen! Genug Stoff, um ganz Venezuela zu kaufen. Beeil dich!«
»So eine Verschwendung«, sagte Madge und betrachtete bedauernd Sonnys nackten Körper.
»Er weiß Bescheid! Er ist der einzige, der uns auf die Schliche gekommen ist. Los, drück endlich auf den Knopf!«
Madge nickte und streckte die Hand nach dem Herzstimulator aus und drückte den roten Knopf.
»Leb wohl, Sonny«, flüsterte sie, als der Stromstoß wie eine gedämpfte Explosion im Raum widerhallte.
Sonny brüllte auf, und der Pavian ahmte den gepeinigten Laut nach, reagierte auf den Schmerzensschrei, der aus Sonnys Mund drang.
Stammer wurde zurückgeschleudert, als die Entladung erfolgte; sie löste bei Sonny von Kopf bis Fuß konvulsivische Zuckungen aus, als der Stromstoß durch sein Gehirn schoß. Er verdrehte die Augen, seine Kiefer mahlten, er knirschte mit den Zähnen.
»O Gott«, murmelte Madge und wich taumelnd zum Schreibtisch zurück. Sie packte die Flasche Scotch, setzte sie an die Lippen und trank gierig.
Stammer hielt die Elektroden erneut an Sonnys Kopf. »Drück noch mal!« brüllte er. »Er ist noch nicht tot! Drück auf den Knopf!«
Doch Madge hatte sich von dem zuckenden Bündel Fleisch aus dem Operationstisch abgewandt und reagierte nicht.
»Drück endlich auf den verdammten Knopf!« kreischte Stammer. »Er lebt noch!«
Stammer drehte sich zu dem Gerät um. Er schob eine Elektrode unter Sonny Kopf und preßte ihm die zweite gegen die Stirn. »Verdammt noch mal! Alles muß man selber machen!«
Während er versuchte, an das Gerät heranzukommen, hatte

eine Gestalt lautlos den Raum betreten und tauchte nun unmittelbar hinter ihm auf.
»Tamara!« schrie Madge ihm vom Schreibtisch aus warnend zu.
Stammer wirbelte herum, aber es war zu spät.
»Mörder!« schrie sie, hob den Arm und schlug blitzschnell zu. Das rasiermesserscharfe Stilett drang seitlich in Stammers Hals.
»Miststück!« brüllte er und taumelte zurück, griff mit beiden Händen nach der Klinge, die in seiner Kehle steckte. Ein Blutschwall drang aus der durchtrennten Halsschlagader.
»Hilf mir!« röchelte er und streckte die Hand nach Madge aus, wobei er über den Defibrillator stolperte und im Fallen an den roten Knopf kam. Der Stromstoß, der sich aus den Elektroden entlud, riß Stammers Körper vom Boden in die Höhe. Eine weiterer Stromstoß folgte, dann stand die Maschine abrupt still, da ein Kurzschluß den Stromkreis unterbrochen hatte. Im Büro gingen sämtliche Lichter aus.
Tamara drehte sich zu Sonny um. Er lag zitternd auf dem Operationstisch, vereinzelte Zuckungen schüttelten seinen Körper. Sie trat näher, legte das Ohr auf seine Brust und vernahm einen schwachen Herzschlag.
»Sonny«, flüsterte sie und berührte seine Wange.
Er versuchte, die Augen zu öffnen, aber seine Augenlider flatterten unkontrolliert.
»Sonny!« rief Tamara noch einmal und schüttelte ihn. »Verdammt! Verdammt!«
Ihre Augen füllten sich mit Tränen. Langsam streckte sie die Hand aus und nahm das Zia-Amulett von der Lampe.
»Raven hätte dich töten sollen«, sagte sie mit sanfter Stimme. »Für einen Krieger wie dich ist es eine Schande, auf

diese Weise zu sterben. Raven hätte deine Seele von ihren irdischen Fesseln befreit und ihr ermöglicht, zur mir zurückzukehren. Es ist besser, von der Hand eines Kriegers der Sonne zu sterben«, flüsterte sie. »O Gott, Sonny, es ist besser für dich, zu sterben ...«

Sie sah zu Madge hinüber. Die Frau war zur Salzsäule erstarrt, das Gesicht aschfahl. Ihr Blick war auf Stammer gerichtet. Sein Körper lag reglos da, immer noch quoll Blut aus der klaffenden Wunde.

Tamara bückte sich und hob das blutverschmierte Stilett auf. »Verstehst du? Es ist besser für dich, wenn du sterben darfst.«

Sonnys Kopf zuckte krampfhaft hin und her. Er versuchte, zu antworten, aber seine Zunge war geschwollen und drohte ihn zu ersticken. Er bemühte sich unter Aufbietung seiner ganzen Willenskraft, die Hand auszustrecken, um Tamara zu berühren, aber seine Gliedmaßen reagierten nicht.

Tamara hielt die Spitze des Stiletts an Sonnys Kehle. »Ich habe dich immer geliebt, Sonny, auch wenn du mir nicht geglaubt hast. Du hättest der neue Raven sein können, der neue Sonnenkönig, und ich deine Königin. Doch es sollte nicht sein, die Vision war dunkel und getrübt. Ich habe dich darin als Gefangener dieser beiden Scheusale gesehen, deshalb kam ich sofort hierher. Ich wußte, in welcher Gefahr du schwebst. Ach Sonny, ich bin zu spät gekommen. Es bricht mir das Herz, aber ich muß es tun. Der Tod ist gnädiger, als das zu ertragen, was die zwei dir angetan haben. Er wird deine Seele aus ihren irdischen Fesseln befreien ...«

Ein höllischer Lärm ließ sie herumfahren, gerade als sie ihm das Stilett in die Halsschlagader stoßen wollte. Ein Poltern wie Donnerhall in der Stille, dann das Kreischen der erregten Paviane in der Versuchsstation, eine Polizeisirene

draußen auf dem Parkplatz, Türen splitterten, dann lautes Rufen.
Tamara blickte Sonny an und beugte sich zu ihm hinunter, küßte seine Lippen. »Es tut mir leid. Ich muß gehen. Vielleicht ist deine Uhr noch nicht abgelaufen«, flüsterte sie. Sie legte das Zia-Amulett auf seine Brust, dann drehte sie sich um und war durch die Tür zum Büro verschwunden.

30

Sonnys Augenlider flatterten, öffneten sich einen Spalt, und er erblickte vor sich verschwommene Silhouetten. Der Tod befand sich im Raum, er konnte seine Gegenwart spüren. Nicht der Tod der alten *penitentes* von New Mexico, la Muerte, die ehrfurchtgebietende Doña Sebastiana, das Knochengerippe auf dem Totenkarren, das mit Pfeil und Bogen ihre Opfer einforderte, sondern ein kalter, unsentimentaler Tod. Ein nüchterner Raum, eine nüchterne Atmosphäre, ein Tod, wie er einem Laboratorium angemessen war. Unpersönlich, ohne Erbarmen, ohne Gefühle.

Ein kalter Tod. Ihn fror, er zitterte. Auch der Pavian spürte die Gegenwart des Todes, er hockte zusammengekrümmt und wimmernd in seinem Käfig.

Sonny versuchte, den Kopf zu drehen, aber seine Hals- und Nackenmuskeln waren steif, bewegten sich nicht.

»Agch – ahhh –« röchelte er. *Hilfe.*

Der Pavian antwortete mit einem kehligen Schrei.

Sonny schloß die Augen und ließ sich vom eisigen, mit Graupelschauern durchsetzen Wind einhüllen. Er war zu schwach, um sich zu wehren. Das Atmen bereitete ihm Mühe, und infolge der Kälte schien seine Zunge zu gefrieren. Sein Körper war nichts als ein Häufchen zitterndes, krampfhaft zuckendes Fleisch.

Ein helles Licht fesselte plötzlich seine Aufmerksamkeit, ein sanft glühender Lichtball, der über seinem Körper aufstieg. Er lächelte, als er seine Seele erkannte, die sich aus ihren irdischen Fesseln befreit hatte. Der Körper erkaltete und starb, aber der warme Lichtball über ihm lebte, blickte

hinunter auf die irdische Hülle, die er soeben verlassen hatte. Er war nicht länger in dem zuckenden Leib eingeschlossen, sondern schwebte hinauf im Flüstern des Windes, hoch über der Welt des Fleisches.
»Es ist besser, zu sterben«, flüsterte Tamara, ihre Stimme ein Flattern im Wind. Ja, sie hatte recht. Zu sterben war der Gipfel der Glückseligkeit, denn die Seele wurde endlich erlöst.
Er blickt hinunter auf die Erde und sah eine Quelle unweit des Flusses sprudeln, von grüner Wasserkresse gesäumt, der Tunnel, der in die Unterwelt führte, dorthin, wo seine Schutzgeister auf ihn warteten. So zu sterben glich einem Traum, der Rückkehr zu den unbeschwerten Jahren der Kindheit, Heimkehr in die Welt des Naturhaften, so wie er sie als Kind an den Ufern des Río Grande gekannt hatte.
Und er sah Lorenza. Sie wartete auf ihn, empfing ihn mit ausgebreiteten Armen. »Die Medizin«, flüsterte sie. »Benutze die Medizin deines Schutztieres. Fliege mit dem *nagual* des Kojoten.«
»Vertrau ihr«, flehte Rita.
»Vertrau uns«, vernahm er die Stimme seiner Mutter.
Sie drängten ihn, sich der Stärke seines Schutzgeistes zu bemächtigen, der Kojoten, die ihm geholfen hatten, Raven zu besiegen. Er würde Beistand in der Welt der Geister finden, Führer, die ihn an die Hand nahmen und leiteten.
Pozo, dachte er. Der Durchschlupf, der als Eingang zur Unterwelt diente, war sein Grab. Es war besser zu sterben.
Laß mich sterben, schrie er, aber alles, was aus seinem Mund drang, war ein Stöhnen.
Ein Gebilde, das er für sein Herz hielt, öffnete sich unverhofft wie eine rote Blüte, ein Granatapfel, mit roten Kernen,

saftig, blutend. Aus der Wunde schwang sich seine Seele hoch in die Lüfte.

»*Brujos* können fliegen«, hatte Don Eliseo gesagt.

»Die Medizin«, mahnte ihn Lorenza erneut.

Er griff in den Lederbeutel mit den Haaren aus dem Fell des Kojoten, und berührte das Zia-Amulett. Seine Medizin war unversehrt, befand sich noch in seinem Besitz.

Er blickte auf seinen Körper hinunter und sah, wie sich Ärzte an seiner erstarrten, nackten Hülle zu schaffen machten. Er entdeckte Garcia und Diego. Irgend jemand führte Madge in Handschellen aus dem Raum. Sie hatte den Kopf gesenkt. Er lächelte erleichtert. Garcia war rechtzeitig zur Stelle gewesen, wie es sich für einen guten Polizisten gehört. Wie es dem alten Elfego Baca immer gelungen war.

Sonnys Seele schwebte im Raum, blickte aus der Ferne auf seinen Körper hinab, erfüllt von der Klarheit des Lichtes, die Don Eliseo gefallen würde, wie er wußte.

Sonnys Seele stieg wie ein goldener Ballon auf, dem Licht der Sonne entgegen ... Und dort, ebenfalls lächelnd, wartete Rita. Sie war ganz in Weiß gekleidet, in die fließende Seide des Brautgewandes, der Spitzenschleier auf ihrem Kopf flatterte wie ein Segel im Wind, als sie ihm entgegenlief. Sie strahlte, die Lippen so rot wie die Blüten der Feigenkakteen, ein Wahrzeichen New Mexicos. Ihre Augen waren voller Licht, gleich Honigschimmer, ihr Haar dunkel wie eine Sommernacht, glänzend im Mondlicht, das Zirpen der Zikaden ihre Musik. Er breitete die Arme aus, um sie zu begrüßen. Ja, es war an der Zeit, zu heiraten, es war an der Zeit, eine Familie zu gründen. Er war heimgekehrt. Sie stand vor ihm, lächelnd, wollte wissen, wie sie ihm gefiel, sah ihn scheu an, und er sagte ihr, sie sei so schön wie ein strahlendheller Sommermorgen in den Jemez-Bergen, und die Hochzeitsgesellschaft lachte, nannte ihn einen Dichter, neckte ihn. Sonny Baca, der eingefleischte Junggeselle, der glühende Verehrer und Liebhaber der Frauen des North Valley, ein Mann, der sich beim Leben, Lieben und Tanzen keinerlei Schranken auferlegt hatte, kam endlich unter die Haube. Sogar seine Verflossenen waren gekommen, hielten sich im Hintergrund wie gute Verliererinnen, denn sie zollten Rita Respekt. Sie hatte gewonnen, fair und ohne Tricks, obwohl ... vielleicht doch nicht ganz ohne Tricks, denn sie argwöhnten, daß sich die Rivalin eines Liebestranks von Lorenza bedient haben könnte, um ihn zu angeln. Doch machten sie gute Miene zum bösen Spiel, schwiegen, vielleicht in die Erinnerung an eine Nacht verwoben, die sie vor langer Zeit mit Sonny verbracht hatten.

»Du siehst auch ganz passabel aus«, erwiderte Rita, und Sonny blickte an seinen Hosen hinunter, sah die Smokingjacke, das weiße Seidenhemd, seinen Bolo-Tie mit den Türkisen, den er zur Cowboykluft trug und besonders liebte, weil er ein Geschenk seines Vater war.

»Ich könnte ja meinen schwarzen Stetson dazu aufsetzen«, sagte er grinsend.

»Ich habe ihn mitgebracht.«

»Du denkst aber auch an alles«, sagte er bewundernd und setzte den Hut auf.

»Jetzt siehst du wie die Cowboys im Film aus«, neckte sie ihn.

»Das einzige mutterlose Kalb, das ich einfangen will, bist du«, konterte er. Himmelherrgott noch mal, war er glücklich!

Er sah zu den Hochzeitsgästen hinüber. Alle waren gekommen. Alle, die er kannte und liebte. Howard und Marie mit ihrer Tochter. Diego und seine Familie, der Polizeichef, all seine alten *companeros,* selbst die *vatos locos* aus dem South Valley, die inzwischen betagten Veteranen, die ihn gelehrt hatten, das Leben bis zum letzten Tropfen auszukosten.

Nun wurde die Hochzeitsgesellschaft ernst. Don Eliseo, im schwarzen Anzug, trat vor und räusperte sich; dann begann er mit seiner Rede. »Wir haben uns hier eingefunden, um den Bund fürs Leben zwischen Elfego Francisco Baca und Rita López zu schließen.« Er hielt inne. »Sollte einer der Anwesenden etwas gegen die Verbindung einzuwenden haben, so möge der *pendejo* einen Schritt vortreten.«

»Seine Seele gehört mir«, rief la Muerte. Don Eliseo und die Hochzeitsgesellschaft drehten sich um, und sie erblickten die Gestalt des Todes, in weit strahlenderem Weiß als Ritas Kleid. La Muerte streckte die Hand nach Sonny aus. »Wir werden diesen Weg gehen.« Sie lächelte ein so liebreizendes Lächeln, daß jeder Mann ihr glühenden Herzens gefolgt wäre. Sie war die Sirene, die Tausende von Schiffen lockte, Segel zu setzen und in unbekannte Ferne aufzubrechen, Seelen, die durch die Meere des Universums glitten.

Sie deutete auf den Pfad der Seelen.

Es ist besser zu sterben, erinnerte sich Sonny wieder an Tamaras Worte, und streckte die Hand nach la Muerte aus.

»Nein!« schrie Rita. »Ich werde nicht zulassen, daß du ihn mir nimmst. Er gehört zu mir! Ich habe hart um ihn gekämpft! Du hast kein Recht auf ihn! Er gehört mir. Ich will ihn heiraten, mit ihm alt werden, seine Kinder gebären! Er wird gesund werden. Ich gelobe es bei Gott und allen Heiligen. Sein Weg ist der Pfad der Sonne, nicht der Pfad des Todes!«

Sie zog ihn am Arm, und Don Eliseo zog, und Lorenza und seine Mutter und Diego und seine Familie zogen und seine alten Freunde, alle nahm teil an dem Tauziehen, alle bildeten einen Schutzwall um Sonny, bis la Muerte zurückwich und lachte. »Ihr habt gesiegt! Ihr habt gesiegt!« rief sie. »Seine Uhr ist noch nicht abgelaufen.«

Und der Tod wandte sich um und verschwand auf dem Pfad der Seelen.
»Stirb nicht! Stirb nicht! Ich werde nicht zulassen, daß du stirbst«, flüsterte sie in sein Ohr. Ihre Tränen netzten sein Gesicht, sie wiegte ihn in ihren Armen. »Wach auf, Sonny! Öffne deine Augen! Du darfst nicht sterben, bitte!«
»Sonny, kehre in diese Welt zurück, die du kennst!« befahl Don Eliseo.
»Der Geist des Kojoten wird dir helfen«, flüsterte Lorenza in sein Ohr.
Sie wiesen ihm den Weg. Es war an der Zeit, seine Seele einzufangen und zur Erde zurückzukehren, in die irdische Welt, zu seiner Liebe und dem Geist, der im Fleisch lebte.
In dem dunklen Wirbelwind erschienen die Kojoten, tanzten um seinen Körper, erfüllten seine Seele mit der Kraft und Energie, die er brauchte, um in die irdische Welt zurückzukehren. Nein, seine Uhr war noch nicht abgelaufen. Sonny betrat den Tunnel, kehrte aus der Unterwelt wie ein goldener Lichtregen zurück.
Seine Augenlider flatterten.
»Er macht die Augen auf!«
»*Gracias a Díos!*«
»Ruf den Doktor!«
»Sonny?«
Sonny lächelte. Die eisige Kälte in seinen Muskeln war verschwunden und einer fiebrigen Hitze gewichen. Die Kojoten heulten in der Ferne.
Er konnte Ritas Stimme hören.
Seine Augenlider zuckten wieder, öffneten sich blinzelnd. Der Tunnel lag hinter ihm; er kehrte in die Welt zurück, die er kannte, in die Welt der Menschen. Er fand zurück auf die Erde, zurück in seinen Körper.
»Sonny, ach Sonny.« Rita streichelte sanft seine Stirn.

Einen Augenblick lang verspürte er keinen Schmerz, dann kehrten die Qualen zurück wie Glassplitter, wie glitzernde Speere, tief in seinem Kopf. Kopfschmerzen. Seine Augenlider zuckten, schlossen sich, sehnten sich danach, den explodierenden Schmerz auszuschalten. Das Licht war grell. Die Rückkehr in die physische Hülle auf dem Operationstisch war die Rückkehr in eine Welt des Leidens. Selbst das Licht bereitete ihm Schmerzen.

»Es ist besser zu sterben«, flüsterte Tamara.

»Ich werde nicht zulassen, daß du stirbst«, erwiderte Rita.

Meine Zeit ist noch nicht abgelaufen, versuchte er zu sagen und bewegte seine Lippen. Sie hielt einen feuchten Schwamm an seine Lippen, die trocken, rissig, steif und unbeweglich waren wie der Rest seines Körpers. Er saugte die Flüssigkeit auf, dann berührte ein Plastikstrohhalm seine Lippen. Er schluckte mühevoll. Luft und Wasser. Die Erde hatte ihn wieder. Seine Zehen zuckten, dann seine Finger.

»Seht nur! Gott sei Dank, Gott sei Dank!«

Er konnte nicht verhindern, daß seine Augenlider flatterten, blinzelten. Die Glasscherben durchbohrten seine Augen.

»Ri–«

»Ja, ich bin hier.«

»Wa –«

Sie flößte ihm mehr Wasser ein und er trank in tiefen Zügen, leerte den großen Plastikbecher, verschüttete es, so daß es ihm über die Haut seiner Brust rann. Kühlend. Er schnappte nach Luft, furzte, spürte, wie Urin das Bett näßte. Großer Gott, ich hab' ins Bett gepinkelt, dachte er lächelnd.

»O Sonny, du bist wieder bei uns, bist zurück«, weinte sie und preßte ihren Mund auf seine Lippen, wärmte ihn, näßte ihn mit ihren warmen Tränen.

Die Erde konnte wunderbar sein. Voller Leid und Schmerz, aber wunderbar.
Die Umrisse menschlicher Gestalten tauchten hinter ihr auf. Ach ja, die Hochzeitsgesellschaft. Haben wir eigentlich geheiratet, wollte er fragen, aber er brachte kein Wort über die Lippen.
Der Arzt betrat im Eilschritt den Raum, hob Sonnys Augenlider hoch und leuchtete mit einer Lampe hinein.
Hijo de tu chingada! brüllte Sonny vor Schmerzen, aber es war nur ein dumpfes Stöhnen zu hören. Er versuchte, mit dem rechten Arm nach ihm zu schlagen, aber er spürte, wie sein linker Fuß wackelte. Er fluchte erneut, doch alles, was er vernahm, war ein Knurren. Verdammt. Keinerlei Koordination zwischen Gehirn und Gliedmaßen mehr! Nichts!
Der Doktor preßte ein kaltes Stethoskop auf seine Brust, fühlte seinen Puls, bohrte ihm den Finger in die zur Faust geschlossene Hand. »Drücken Sie, wenn Sie können.«
»Neiiiii –«
»Er hat gesprochen!« rief irgend jemand.
»Er hat etwas gesagt!«
»Was?«
»Gutes Zeichen, gutes Zeichen.« Der Arzt tätschelte ihn. »Denken Sie daran« – er sprach nun zu Rita und den anderen – »daß es einige Zeit dauern kann. Wir wissen nicht, wie es um seine Koordination bestellt ist. Sein Gehirn hat einen ungeheuer starken Stromstoß verkraften müssen, als würde der Blitz in einen Computer einschlagen und alle Programme durcheinanderbringen. Verstehen Sie? Ich kann keine Prognose erstellen, aber mit einer entsprechenden Behandlung und im Laufe der Zeit ...« Er ging kopfschüttelnd hinaus.
Ja, jetzt wußte er, wo er sich befand. In einem Zimmer in der Klinik. Er lebte. Das Bild von Stammer, der die Elektro-

den an seine Schläfen preßte, schoß ihm durch den Kopf. Madge. Die Paviane. Die Bilder zuckten einen Moment lang wie grelle Lichtblitze auf, gerieten durcheinander, aber sie waren eine Erinnerung, gleichgültig, wie unscharf sie auch sein mochte. Tamara hatte ihn gerettet.

»Sonny«, sagte Don Eliseo mit leiser Stimme. »Du lebst, *hijo. No te tocaba.*« Der alte Mann küßte ihn auf die Stirn.

Seine Mutter war an seiner Seite, weinte, beugte sich über ihn, um ihn behutsam zu streicheln, ihm nahe zu sein. »*Gracias a Díos* ...«

Lorenza, die *curandera,* die ihm den Weg in die Welt der Schutzgeister gewiesen hatte, stand neben Rita.

»Weeeeeeer«, begann er.

»Er will etwas sagen!«

Ich rede doch die ganze Zeit, versuchte er zu sagen. Seine Augenlider hatten aufgehört zu zittern, doch der Rest seines Körpers zuckte noch immer, brannte wie glühende Nadeln, die Nerven zum Zerreißen angespannt, die Muskeln verkrampft.

»Sonny, kannst du mich hören?«

»Jaaaa.«

Don Eliseo blickte von Rita zu Lorenza und beugte sich dicht über Sonnys Ohr. »Wie lautet dein Name?« fragte er.

»Aggggh«, gurgelte Sonny, der Laut wickelte sich um seine geschwollene, trockene Zunge. Aber da war noch ein anderer Laut, klarer, deutlicher zu vernehmen. In seinem Herzen. In seiner Seele. Er griff danach, wie nach einem rettenden Strohhalm. Er mußte sich anstrengen, seine gesamte Energie konzentrieren, sich bemühen, den Laut in seiner Seele mit dem steifen Fleisch seiner Zunge, seiner Lippen, seiner Kehle zu vereinen.

»Sah –« stammelte er mit aller Kraft, die ihm zu Gebote stand. »Sah-nie ...«

»Ja!«
»Er hat seinen Namen gesagt!«
»Wo wohnst du?« fragte Don Eliseo.
Sonny lächelte. Mein Gott, war das einfach. Schließlich wußte doch jeder der Anwesenden, daß er im North Valley lebte, in Albuquerque, im Staate New Mexico. Aha, der alte Mann wollte ihn wieder einmal auf die Probe stellen. Don Eliseo war ein schlauer Fuchs, auch das wußte jeder. Na gut, dann werde ich ihm verraten, wo ich lebe. Er sammelte die Laute in seinen Gedanken und zwang sie auf seine Zunge.
»Novo Mexic«, sagte er, und sie brachen in Jubelrufe aus und küßten und umarmten ihn.
»Ja!« rief Rita. »Novo Mexic! Du lebst in Novo Mexic!«
Die Erde hatte ihn wieder.

ETHNO BY KNAUR

GRENZENLOS LESEN

(60527)

(60486)

(65102)

(77215)

(65080)